《紅樓夢》的經義批評
——以評點派紅學的批評理論爲基礎

李柏林 著

臺灣 學生書局 印行

序

《紅樓夢》不失為一豐富寓言，其意義如酌之不絕的源泉，歷久彌新，這正是此書之所以偉大處。然而，回首紅學之史，有求實求虛兩派。求實者，用力氣於「假語村言」中索史事、證曹家事，如索隱派、考證派的新舊紅學家們，他們使《紅樓夢》中的「事」愈來愈豐富，然而，好似二者愈走愈親近。求虛者，大談儒釋道之文化義理，不斷拓展該書的意義世界。然而，似乎日漸靠近天花板。古老的紅學期待一個破殼的新時代。

柏林於復旦求學時，酷愛《易》，這在年輕學者中實不多見。而他又偏愛《紅樓夢》，於是，以《易》理釋之。柏林對魯迅所言「理學家看見《易》」不以為然，自有洞見，認為《易》理是剖析該書價值的好法子，逆流而行，遂成就了他的碩士學位論文。後至交通大學求學，計劃突破《易》，擴大至以《易》為點的儒道經典，以此分析《紅樓夢》對儒道文化的承續與新變，由「《易》理紅學」，延展為「義理紅學」。他之所以如此，是因為他有個執念：比起故事背後的事實來，隱藏於事件之中的義理更重要。

於是他要發掘《紅樓夢》在文學形式和思想義理層面與儒家、道家典籍的深層聯繫，借用海德格爾的存在論，破除評點紅學中的立象、錯綜、影身、敷演等方法形成的文本屏障。結果發現，曹雪芹的思想與海德格爾竟有相同之處，都是面對死亡思考人生的價值，強調人必死，終須一個土饅頭；席必散，天下沒有不散的筵席；好必了，好就是了，了就是好。於是面對短暫的人生，人來到這個世界來做什麼，要怎樣活著？是生活在天真少女般的清淨純真的世界里，還是生活在男人追名逐利的虛偽而污濁的世界里。是僅僅生活在儒家的現象世界、主權世界里，為了廟堂、功名、金銀、嬌妻、子女而爭得頭破血流。還是超越儒家的現象世界，回歸人的抽象的思維世界里，回歸人的主體，人的生命的本真、人的詩意的棲居？紅樓一夢、警幻仙境、理想的女兒國、《好了歌》都是最好的回音。於是他認為《紅樓夢》是一部置身於儒學的現象世界而反思並超越的書，一部由主權存在向主體存在而跨越的書。

柏林這本書，對於《紅樓夢》義理的分析有獨到之處，眼界與思路開闊，分析富於哲理性，見解敏銳而深刻，是本值得一讀的富于思辨的好書，故欣然為之序。

許建平

2023 年 12 月 20 日於上海

《紅樓夢》的經義批評
——以評點派紅學的批評理論爲基礎

目　次

緒論：紅學四派研究邏輯小史與其反思

《紅樓夢》自乾隆年間流播世間以來，伴隨對作品本身諸多疑問的探討使紅學成為歷久不衰的顯學。縱觀近兩百年的紅學研究史，可謂由初始的星星之火，至後來的風起雲湧、影從雲集、門派迭立，遂成百年文化界一大觀。紅學研究既廣泛駁雜，然考其治學路徑，則可約之為四派而已：曰評點、索隱、考證、評論。考紅學之始，則只有零星筆記傳聞，其書則每以抄本流世，後經高鶚、程偉元刊刻流行，流傳漸廣，評點派隨之而起，其中則有涂瀛、諸聯、王希廉、姚燮、哈斯寶之評點，然能慧眼深心集大成者則為張新之、洪秋蕃二家，其援四子六經、古國舊史來讀解此書，後無有出其右者。清末革命雲集，反清之勢日烈，索隱派之開山鼻祖王夢阮、沈瓶庵多以清史遺事說解此書，後蔡元培隨之並起，謂此書為清中期一政治小說，兼寫當時諸名士，寓民族主義觀念，遂成一時典論。其後起者則有鄧狂言、壽鵬飛、景梅九。西學日進，科學觀念流行，胡適則以新文化領袖屢制新說，從考證作者為曹雪芹始，別立自敘傳說、續書說，遂與索隱派成對立之局。新文化運動革新吾國人觀念，考證派日益壯大，頗得人心，後則有殿軍俞平伯、周汝昌先後繼起，至於時下則仍似諸門派之執牛耳者也，然其頗不好異見，多有攻伐。於諸門派論爭外清靜自居者，則有評論派之王國維，其以叔本華人世論援解此書，發明其人於欲海浮沉之人生哲學，後以此徑援西學文思、哲理闡釋此書者不乏其人，然皆難企及王氏之論，吳宓、藍公武、李希凡則為別有洞見。

平心而論，於四大門派之中，如果說索隱派諸家於作品的歷史意味、作品意旨有特定的認識，考證派諸家於成書研究、作者研究有較大的發現，則評點派、評論派諸家對於書中的微言大義、內蘊義理、人生哲思則多有發揮，能深得《紅樓夢》一書作為文學作品的讀解要領，功底扎實、立基穩當，且結論有益於世道人心、有益於指引眾生。然而二派的合理內核在當代鮮有能繼承發揚，論者每每以此為憾事。本文以分析四大門派的研究邏輯為基礎，從儒家經典的形式和義理精神切入，尋找一條綜合其長處的新研究路徑。

一

魯迅在〈《絳洞花主》小引〉一文中評論《紅樓夢》道：「《紅樓夢》是中國許多人所知道，至少，是知道這名目的書。誰是作者和續者姑且勿論，單是命意，就因讀者的眼光而有種種：經學家看見《易》，道學家看見淫，才子看見纏綿，革命家看見排滿，流言家看見宮闈秘事……」[1]，魯迅這段話可以說獨具慧眼地概括了當時不同的讀者圈對《紅樓夢》這本書迥異的看法，在一定程度上也是對當時紅學研究不同流派的歸納總結。

其中，「革命家看見排滿」和「流言家看見宮闈秘事」應是指當時頗為風行的索隱派。王夢阮、沈瓶庵的《紅樓夢索隱》例言曰：「全書大旨，隱寓清開國一朝史事」[2]，是書提要中又云：「全書百二十回之目錄，大半皆明指真事，而特於書中敷衍一篇假文章……作《紅樓》人必善作八股文，其全書皆創詞造意，點題處不過數語而已……作《紅樓》人必善制燈謎，全書是一總謎，每段中又含無數小謎，智者射而出之。」[3] 王夢阮、沈瓶庵的基本觀念是認為全書是按照八股文、燈謎等類似的創作方式，將真事隱去而敷衍出一篇假文章，他的索隱就是「猜謎」，他猜謎的方式則是按照傳統的注經法中的考證方法，尋求書中材料與史實相符處，如例言所云：「以注經之法注《紅樓》……本評於事實考證未精。參詳未確者，概弗妄列。有異聞、

1 魯迅：《魯迅全集・第八卷》（北京：人民文學出版社，2005 年），頁 179。
2 王夢阮、沈瓶庵：《紅樓夢索隱》（北京：北京大學出版社，2011 年），頁 3。
3 王夢阮、沈瓶庵：《紅樓夢索隱》（北京：北京大學出版社，2011 年），頁 7。

有歧說、為疑義，並著而出之，亦注經考史法也。」[4]可見不論索隱的具體結果如何，王、沈二人注《紅樓夢》的態度是較為嚴肅的，是按照注經法來考索出他們所認為的本事的。本事是何事呢？是書提要中云：「然則書中果記何人何事乎？請試言之。蓋嘗聞之京師故老云：是書全為清世祖與董鄂妃而作，兼及當時諸名士奇女也。」可見，認為《紅樓夢》是隱寓清世祖與董鄂妃之事的，並非僅是王、沈二氏的看法，而是當時在京師故老們口中流傳的看法，王、沈二氏是依照這個看法，考索史料，按照注經之法，將《紅樓夢》是隱寓清世祖與董鄂妃之事的觀念用考證的手法彰顯出來。這種方法在清代經學考證中是十分常用的，其研究的出發點是在一個觀念的引導下去考索文獻中的材料來支持最初的觀念，索隱派紅學可以說是這種學術方式的一個體現，對書中所隱寓的事件的認識的不同也導向了不同的材料支撐，蔡元培與王夢阮等人的分歧就在於此。

至蔡元培寫《石頭記索隱》則批判發展了王夢阮、沈瓶庵的觀點，進而認為：「《石頭記》者，清康熙朝政治小說也。作者持民族主義甚摯。書中本事，在弔明之亡，揭清之失，而尤于漢族名士仕清者，寓痛惜之意。」蔡元培的觀點夾帶著當時民主革命的歷史語境，他的這種「揭清之失、悼明之亡」的判斷深刻影響到之後的索隱派如鄧狂言、景梅九諸人的基本主張。但是，蔡元培的這種牽強地以康熙朝的政治人物來比附《紅樓夢》書中人物的方法顯示了其本身在文學闡釋上的弱點，這也導致其闡釋不能合於文學文本的內在邏輯。然而，蔡元培的諸多主張顯示了其對《紅樓夢》一書所蘊含的史書性質的重要判斷，如其云：「賈寶玉，言偽朝之帝系也。寶玉者，傳國璽之義也。」這些判斷具有其思想上的穿透力，在相當意義上也合於《紅樓夢》文本本身的具體狀況，雖然這些判斷在以後的索隱家中得到了較好的傳承，然而以胡適為首的新紅學卻摒棄了索隱紅學的這個合理內核。胡適紅學研究的基礎是自傳說，胡適的這種文學自傳的觀念不可避免地是受到了西方文學觀念和西方文學分析方法的影響，但是胡適以通過考證作者來確立自敘

[4] 王夢阮、沈瓶庵：《紅樓夢索隱》（北京：北京大學出版社，2011年），頁7。

傳說的觀點卻仍然是索隱紅學本身的發展，因為從王夢阮、沈瓶庵的以清初開國史事來說解文本，到蔡元培以康熙朝史事說解文本，再到胡適的以曹雪芹的家族史事來說解文本，其研究邏輯在本質上是一脈相承的，但是因為其對《紅樓夢》一書根本性質的判斷的巨大差異，從而引起了其索隱範圍和材料的不同，胡適的自敘傳說無疑在文學的寫實觀念以及闡釋方法上是一種進步，但是這種闡釋方式對《紅樓夢》一書與傳統的經史的深刻聯繫缺乏足夠的重視，乃至如新文化運動的一些觀念一般，是將其祛除了。這被祛除的一個理解《紅樓夢》的深刻內涵的觀點即是索隱派所秉持的史書觀念。但是，在一定意義上，作者的家族史與朝代史在本質上是共通的，寫一家與寫一朝在其內在意義上是相通的，所以，胡適的這種自傳說之所以能取得一定的認可即在於其自身的這個合理內核。

索隱派的功績在於認識到了理解《紅樓夢》不能脫離歷史思想和歷史材料的支撐，但是索隱派自始至終沒有解決的問題便是以何種歷史思想和以何種歷史材料來理解《紅樓夢》，可以說從王夢阮、沈瓶庵，到蔡元培、鄧狂言、景梅九都是以特定的看法來對待這個問題，但是這諸多看法都導向了歷史思想和歷史材料的確定性，即書中是表現某一特定的歷史思想和歷史材料，如蔡元培的「揭清之失、悼明之亡」的觀點即表現了這種確定性，仿佛《紅樓夢》就是來表現這個歷史思想從而運用某些歷史材料的。索隱派諸家的功績在於其戰略眼光的正確，而其失敗則在於其戰術上的問題。所謂戰略眼光的正確是指其認識到了要運用歷史思想和歷史材料，所謂戰術上的問題就是索隱諸家都走入了執著於確定的歷史思想和歷史材料的泥沼。《紅樓夢》一書是無中生有，從其書名即可知其並非以一朝一代、一家一族之史來自寓，而索隱諸家是以有證無，則其結果如《莊子・天地》中所云的令「知」、「離朱」去索黃帝遺失的玄珠一般，終究不可得。評家張新之云：「《紅樓夢》脫胎於《西遊記》。」[5] 亦是以《紅樓夢》本於無的觀點。錢

---

5 張新之：〈《石頭記》讀法〉，見於《紅樓夢：三家評本》（上海：上海古籍出版社，2021 年），頁 2。

靜方《紅樓夢考》云：「要之《紅樓》一書，空中樓閣，作者第由其興會所至，隨手拈來，初無成意。即或有心影射，亦不過若即若離，輕描淡寫。」[6] 錢氏的觀點可以說正是以「象罔」求玄珠，即以本無之物求本無之物，然而這個本無之物並非確定的歷史思想和歷史材料，那它是什麼呢？這個「象罔」應是一種抽象的、深層的歷史思想和一般、普遍的歷史材料，正是這個抽象的、一般的東西決定了實在的、確定的東西。《紅樓夢》所表現的正是這個抽象的、普遍的歷史思想和一般的、普遍的歷史材料，所以以一種確定的歷史思想和確定的、表層的歷史材料來說解這個普遍的、深層的、一般的東西，是混淆了共相和個相，是以具體、實在之物指代了抽象、一般之物，這是索隱紅學戰術上的根本癥結所在。

然而沿著索隱紅學的戰略思想來看，《紅樓夢》中所表現的這個抽象的、普遍的歷史思想和一般的、普遍的歷史材料是何物呢？愚以為這正是一種作者對於古今歷史的深刻理解和洞達的歷史觀點，如洪秋蕃在《紅樓夢抉隱》中評探春的話：「古人云，敗必有徵，抄檢大觀園殆賈家之敗徵歟？善乎探春之言曰：『這樣大族人家，若從外頭殺來，一時是殺不死的。必須先從家裡自殺自滅起來，才能一敗塗地！』旨哉斯言！非讀破萬卷書，明於古今得失之道者不能道。」[7] 評點諸家中多有此種透徹之論，又如張新之評曰：「全書無非《易》道也。」[8] 這種亂自內生，乃至盛極而衰、周而復始的觀念極為透徹，這就導向了同樣力圖以經史眼光來讀解《紅樓夢》評點派。

---

6 錢靜方：〈紅樓夢考〉，蔡元培《石頭記索隱》附錄一（北京：北京大學出版社，1989 年），頁 46。

7 馮其庸輯校：《重校《八家評批紅樓夢》》（青島：青島出版社，2015 年），頁 1843。

8 張新之：〈《石頭記》讀法〉，見於《紅樓夢：三家評本》（上海：上海古籍出版社，2021 年），頁 6。

二

王夢阮、沈瓶庵對待《紅樓夢》索隱的態度是以經史的眼光來研究考證的，而並不是像金聖歎批評《水滸傳》那樣將其看待為繪人寫事的小說，這種差異有多方面的原因，清代偏向考據的漢學風氣可以說對此有一定的影響。而且，單純從《紅樓夢》的評點出發，王、沈二氏以經注法來對待《紅樓夢》並非先例，他們之前有一個重要的評點派人物——太平閒人張新之，即在相當程度上以經學眼光來看待《紅樓夢》，只不過張新之進行的並不是後起的索隱派的工作。王夢阮《紅樓夢索隱》提要中曰：「以《大學》、《中庸》講《紅樓》，期期不敢奉教。然作者實有得于經旨處，其美刺學《詩》，其書法學《春秋》，其參互錯綜學《周易》，其淋漓痛快學《孟子》。」[9] 這個觀點是認為《紅樓夢》文本筆法中有與儒家經典相合之處，王、沈《提要》中的看法可以說是源於張新之。

道光年間的張新之在〈紅樓夢讀法〉中云：「《石頭記》乃演性理之書，祖《大學》而宗《中庸》……是書大意闡發《學》《庸》，以《周易》演消長，以《國風》正貞淫，以《春秋》示予奪，《禮經》、《樂記》融會其中……通部《紅樓》，以左氏一言概之曰：『譏失教』也……《易》曰：『臣弒其君，子弒其父，非一朝一夕之故，其所由來者漸矣。』故謹履霜之戒，一部《紅樓》，演一漸字。」[10] 張新之的看法雖然具有局限性，但也是極具穿透性的，以後的紅學界論《紅樓夢》思想多從其突破封建禮教為出發點，大書特書，但忽視了該書與儒家義理精神的內在聯繫，比如對孝、教、禮、貞淫、忠奸等的看法，賈寶玉的失教、秦可卿的壞禮、賈璉熱孝在身而偷娶、賈寶玉國孝家孝在身而沖喜、襲人的奸等等，這些違背儒家倫常的行為在張新之的評注中進行了充分的揭示。總體上說，張新之的評注對《紅樓夢》進行了儒家經義的闡釋，正如他自己認為的該書的主旨不歸於二

9 王夢阮、沈瓶庵：《紅樓夢索隱》（北京：北京大學出版社，2011 年），頁 6。

10 張新之：〈《石頭記》讀法〉，見於《紅樓夢：三家評本》（上海：上海古籍出版社，2021 年），頁 2-3。

氏，而是以儒家思想為本的。在具體的文本評點上，張新之採用諸多的易學評點，如以卦配人，用《周易》中的具體卦象來與《紅樓夢》中的人物相配，來達到闡發書中結構和脈絡的目的，如認為劉姥姥配〈坤〉卦等，但以卦配人並未在其批評中佔據主要地位；再者，張新之尤為注重〈姤〉〈否〉〈剝〉〈復〉等卦，用這幾個卦來揭示賈府由盛轉衰、由衰復盛的過程，正如其讀法中所揭示的「以《周易》演消長」，在這一點上對於理解書中結構脈絡亦有參考價值。

張新之的《妙復軒評石頭記》於 1850 年刊行，其以儒家經典尤其是《周易》的眼光來讀《紅樓夢》可以說受到了前人的影響。在紅學研究方面，1794 年左右周春的《閱紅樓夢隨筆》是第一篇索隱紅學的著作，周春《紅樓夢約評》云：「蓋此書專言情，情欲肆則天理滅亡，以鴛鴦、秦可卿殿十二釵，所謂欲盡理來也。《易》之碩果不食，一陽復生，無非此理。乃全書之微旨，異于《金瓶梅》、《玉嬌梨》者在此。」[11] 周春認為《紅樓夢》是演理欲之書，欲盡則理來，陰極則陽復，可以說是很精到的，這一點與張新之用易理來闡發家道盛衰而不是理欲的消長有些許差異。康熙年間的張竹坡在評點《金瓶梅》時也初步運用了易數的評點法，《金瓶梅》第三十三回眉批：「六者，陰數也。潘六兒與王六兒合成重陰之數，陽已全盡，安得不死？〈坤〉盡為〈復〉，〈復〉之一陽，必須靜以保之方可。月娘過街上樓，以致一陽盡，所以必死無疑。」[12] 可以說張竹坡的這段易學評點已經很有見地了。全面運用《周易》來評點小說的，應是乾嘉年間的道士劉一明（1734-1821），其著《西遊原旨》，認為《西遊記》是演內丹的，幾乎通篇運用《周易》卦象來闡釋情節與人物。劉一明應對張新之運用易理評批《紅樓夢》有影響，這一點蔡元培指出了。蔡元培在《石頭記索隱》開篇提及「太平閒人評本之缺點，在誤以前人讀《西遊記》之眼光讀此書，乃以《大學》《中庸》『明明德』等為作者本意所在，遂有種種可笑之傅會，如

---

11 一粟：《紅樓夢資料彙編》（北京：中華書局，1964 年），頁 70。

12 〔明〕蘭陵笑笑生：《皋鶴堂批評第一奇書金瓶梅》（長春：吉林大學出版社，1994 年），頁 522。

以吃飯為誠意之類。」[13] 前人讀《西遊記》的眼光應是指劉一明等人，且張新之評本中多次提及丹道。可見，張新之以易道評《紅樓夢》是承繼了之前的小說評點傳統，而將其發揚光大的。雖然，從源流上易學評點可以追溯到某些小說評點家，但是易學評點從本質上說還是源於儒家經學傳注的傳統。鄭玄曾經以《禮》注《易》，六經之間的互證正是經義評點的本源。

張新之的經義評點方法在不同的時期受到不同的對待，其間有認同也有質疑。其《妙復軒評石頭記》於道光三十年（公元 1850 年）刊行。孫桐生是《妙復軒評石頭記》的重要刊刻者，他在〈妙復軒評石頭記敘〉中云：「自得妙復軒評本，然後知是書之所以傳，傳以奇，是書之所以奇，實奇而正也。如含玉而生，實演明德；黛為物欲，實演自新。此外融會四子六經，以俗情道文言，或用借音，或用設影，或用反筆達正意，或以前言擊後語……至其立忠孝之綱，存人禽之辨，主以陰陽五行，寓以勸懲褒貶，深心大意，於海涵地負中自有萬變不移、一絲不紊之主宰，信乎其為奇傳也。」[14] 可以說對張新之的評點進行了較高的評價。1880 年代，粵人徐潤在上海開設的廣百宋齋書局刊刻了《增評補圖石頭記》，該書正文前有太平閒人張新之的讀法。光緒十四、五年間，徐潤的另一書局同文書局石印了《增評補像全圖金玉緣》，該本增加了太平閒人的文中雙行夾批，這個版本作為一個匯評本，風行海內，可見頗有影響。[15] 1915 年蔡元培的《石頭記索隱》開篇中評價了太平閒人的評本：「又於書中主要人物，設種種影子以暢寫之，如晴雯、小紅等均為黛玉影子，襲人為寶釵影子，是也。此等曲筆，惟太平閒人評本，能盡揭之。」[16] 這可以說是對張新之評本對文本細緻分析的肯定，但蔡元培轉而又說：「太平閒人評本之缺點，在誤以前人讀《西遊記》之眼光讀此書，乃以《大學》《中庸》『明明德』等為作者本意所在，遂有種種可笑之傅會，如以吃飯為誠意之類。而於闡證本事一方面，遂不免未達

[13] 高平叔編：《蔡元培全集・第三卷》（北京：中華書局，1984 年），頁 74。
[14] 一粟：《紅樓夢資料彙編》（北京：中華書局，1964 年），頁 40。
[15] 見《紅樓夢三家評本》（上海：上海古籍出版社，1988 年），魏同賢所撰前言。
[16] 高平叔編：《蔡元培全集・第三卷》（北京：中華書局，1984 年），頁 74。

一間耳。」[17] 蔡元培批評張新之的要點在於「傅會」，用讀《西遊記》的眼光讀《紅樓夢》，以為吃飯是暗寓誠意，還指出張新之評本對本事考證沒有涉足。此後紅學界對張新之的批評往往會引述蔡元培的觀點，尤其是「以吃飯為誠意之類」，對張新之評本的易理批評思路相反缺少較深入的探究，此後人云亦云，人便多以為以《易》評《紅樓夢》就是傅會，卻忽視了其所運用的經義闡釋的方法。

1921 年胡適發表《紅樓夢考證》，以科學的考證為研究特徵的新紅學佔據了紅學界，著作紛出，紅學界的爭論也多發生在索隱派紅學和新紅學之間，評點派逐漸退出了歷史舞臺，鮮有被人提及。直到郭豫適在 1980 年代編寫《紅樓夢小史稿》時對張新之、夢癡學人作了一番評價。郭豫適認為孫桐生等人對張新之的批評「那些過分鼓吹的話，都是從一些冬烘的頭腦裡產生出來的」[18]，他認為張新之的批評是對《紅樓夢》的根本歪曲，郭豫適對張新之的評價多有不可卒讀之處。總之，郭豫適對張新之的經義批評進行了相當徹底的否定。其批評是與當時的立新去舊、聲討舊文化的學術氛圍有相當關係的，但是可以明確判斷的是，郭豫適並沒有以同情、理性的態度對待張新之的批評。其根源是多方面的，其中對經學體系缺乏認同和瞭解是一個重要原因，魯迅所言「經學家看見《易》」是側重於認識主體的前理解，倘若沒有經學體系的前理解也就不會看見《易》了，「傅會」的見解大多是賴此以出。

郭豫適的看法可以代表當時學界大多數的看法，林方直曾經在〈舊話重提：「經學家看見《易》」〉也對張新之等人經義方法和易理方法進行了否定，林方直認為：「舊紅學失誤在陷進《周易》解釋世界、卜兆吉凶的獨特形式中，仿佛曹雪芹是位陰陽八卦先生，按照卦爻模式設計其篇章回目，組構人物情節」[19]，林方直的這種看法是具有普遍性的，其根源是沒有認識到易理評點所依賴的經學傳注傳統。經學傳注是一種解釋性質的注解，是後起

---

17 同上。

18 郭豫適：《紅樓夢研究小史稿》（上海：上海文藝出版社，1981 年），頁 109。

19 林方直：〈舊話重提：「經學家看見《易》」〉，《紅樓夢學刊》1988 年 12 月刊。

的，同樣易理評點《紅樓夢》也是一種後起的注解批評，而非是要達到作者著書時所具有的原意，所以，以為易理評點《紅樓夢》就意味著《紅樓夢》在寫作時就秉持著易理觀念則是一種誤解。

學術不斷在發展，一些不冷靜的看法逐漸失去其生命力。進入新世紀，一些學者開始以同情體察的態度冷靜分析經學評點派。陳維昭的《紅學通史》肯定了張新之易學批評中的影身說和「演」的小說結構：「張新之『演易理』的觀點歷來被認為是荒唐可笑的，實際上，如果我們暫且懸置『現實主義』、『唯物主義』等現代話語，直接面對曹雪芹及其《紅樓夢》的結構理念，我們將發現張新之的『演易理』是一個極具原創意義的判斷。」[20]《紅樓夢》書中的結構所蘊含的「敷衍」法是與「文王拘而演《周易》」中的「演」相通的，《周易》有太極生陰陽，陰陽生四象，四象生八卦，八卦重為六十四卦，是依靠不斷的敷演，但也有一個不變的根基——陰陽，張新之易學評點中也認為《紅樓夢》縱使有再多的人物形象，這些形象總是統合在一個不變的根基之上，就是木石前盟和金玉良緣。陳維昭對此進行了肯定：「『演』是中國古代小說創作中一個極其重要的概念，來自《周易》傳統，它不一定與寫實原則相悖，曹雪芹的卓越之處正在於他可以把多層理念演述於追蹤躡跡之中。——這一點至今尚未被學界所充分認識。」[21] 易學結構並不與寫實原則相悖，這對我們有很強的指導意義，易學結構可以對現實材料進行統合而煥發新的生機。這也說明易學評點與索隱紅學、考證紅學並不存在衝突，而是可以相輔相成的。再者，《紅學通史》肯定了影身說的易學緣起：「『影子說』這一類創作方法和解讀方法的重要依據是《易》理。」[22] 這個重要的看法蔡元培模糊提及，蔡元培認為張新之評本對書中影身的揭示十分到位：「又於書中主要人物，設種種影子以暢寫之，如晴雯、小紅等均為黛玉影子，襲人為寶釵影子是也。此等曲筆，惟太平閒人評

---

20 陳維昭：《紅學通史》（上海：上海人民出版社，2005 年），頁 59。

21 陳維昭：《紅學通史》（上海：上海人民出版社，2005 年），頁 58。

22 同上。

本，能盡揭之。」[23]〈說卦傳〉中涉及的八卦中有眾多的象，漢代易學中眾多卦變法揭示六十四卦間的相通和轉換都是影身說的源頭，嘗試挖掘這一源頭也是本書研究的一個重點。

另外，《紅樓夢》的易學批評是否具有實證方面的材料支撐呢？這些線索需要的文獻方面進行較深入的搜集，這並不是本書的重點，但是曹寅曾經刊刻過《周易》類的叢書，這有待於相關具有支撐性的文獻的進一步顯現和查考。

總之，我們看出評點派中的易理評點的基本特徵是本於儒家經典的傳注傳統、側重發掘文本特徵和結構、注重對文本的儒學闡釋。以張新之為代表的易理評點派的學術根源是本於經學傳注，他們嘗試尋求《紅樓夢》文本結構和義理內涵與儒家經典的關係，在紅學史上發生過重要的影響，從而在《紅樓夢》書旨、結構等方面的研究做出貢獻。但是，由於學術界長期存在的對易理評點派的誤解和相關研究的缺乏，這亟待我們對此進行更加深入的研究，對易理評點派做出客觀的評價，並以此導引出易理評點的基本觀念和旨歸。

但是，張新之的等人的批評思想還須辯證地分析。以《大學》《中庸》等經典義理說解《紅樓夢》，其方法與索隱派以歷史事件說解《紅樓夢》皆有「傅會」的因素。在此論及的所謂「傅會」，是指不是在總體精神層面而是具體的形而下的層面在本不相關的或看似相關的兩個對象物之間簡單地劃等號，這種比附的方法是原始思維的產物，現在學界普遍難以接受。這也是當今學者對張新之的批評進行批判的原因之一。但是可以肯定的是，其易理評點在揭示《紅樓夢》形式構造以及特定的人物情節與儒家義理的深層聯繫上確實做出了初步的工作，但是限於因時代局限其本身無理論分析的學理體系和論述邏輯，其批評觀點是感發式的、凌亂的，乃至有不少硬性比附，缺少論證和推理，未能上升到人生哲學的高度等。這都為本書提出了對其觀點進行系統化、理論化闡發說明的要求，這也是本書對於評點紅學的繼承和發展。

---

23 高平叔編：《蔡元培全集・第三卷》（北京：中華書局，1984 年），頁 74。

三

1921 年胡適發表《紅樓夢考證》，聲稱以科學的考證為研究特徵的新紅學佔據了紅學界，著作紛出，紅學界的爭論也多發生在索隱派紅學和新紅學之間，評點派逐漸退出了歷史舞臺，鮮有被人提及，然而佔據了紅學研究近一個世紀的以作者為中心的和以作者史料比證文本的紅學研究範式是需要深刻反思的，可以說這些新紅學的研究偏離了作者的原初用意和創作苦心，書中所竭力反映的社會問題和人生問題被置之不顧，而一味考索作者之狀況，過於強調歷史文本對文學研究的基礎作用，過於強調文學創作對於史料的依附性，實際上此是對明清小說發展的傳統缺乏深刻的認知，在一定程度上也偏離了文學研究的中心。[24]

胡適是新文化運動的幹將，是廢除文言聲張白話文的首要人物，其受實用主義的影響而以效驗為矢的進行研究，然而在歷史的經驗性材料的研究中難以取得實在的確證，不同的經驗材料完全可以導向相反的研究結論，或者相同的研究材料由於其不同的闡釋方式也具有不同的結論。而且，胡適先生的經驗式的考證是有一個先入為主的觀念，即是認為書中有一個確定的作者是曹雪芹，是在此先入為主的觀念的推動下從而進一步在歷史材料中尋求線索，並由此決定了所取材料的方向，這是胡適研究邏輯的第一個支撐。為了合理地維護其第一個支撐，胡適進一步認為此書是作者的自敘傳，這樣就進一步確定了作者研究的合理性，這可以說是胡適式研究的第二個支撐。然而，這兩個研究的邏輯支撐些許有些問題，僅僅通過書中所言的「批閱十載，增刪五次」的曹雪芹來斷定其為作書者則與文本的記載抵牾，為了自圓其說，這種範式的研究者竟以第一回篇首所言的石兄、情僧、孔梅溪、吳玉峰諸人為「煙霧彈」，可以說這種範式具有邏輯上的薄弱面，經不起反方向的推敲，這是經驗式研究的不可避免的謬誤，因為在經驗材料有限的情況下，研究必然受著理性的指引而進入到二律背反的境地，這是理性脫離經驗

---

24 參見第一章第二節、第六節，內中對此問題有詳細論述。

界而不可避免的謬誤，康德在《純粹理性批判》即是著力研究此問題[25]，可以說胡適式的以經驗材料的發現為核心來試圖確證文本的關聯性，這種研究範式是應當反思的。更進一步，是書是作者的自敘傳更是無法證明且亦不符合文本事實的事情，這是受到了西方自傳小說觀念的影響，而非以歷史傳統的觀點來理解此書，所以這種研究方法是上個世紀受到西學影響而偏離了文化本位的研究範式。王國維《紅樓夢評論》中的觀點亦點破此種關係，作者考證和文學故事之間不能劃等號，因文學不等於一個人的事實，他有虛構和人世抽象的歸納。[26]

我們可以著重考察一下新紅學的根基作者說的邏輯基礎。《紅樓夢》的作者問題是近百年紅學研究的基礎問題，直接牽涉到對作品本身的描述、理解和闡釋。以往研究顯現出的不足在於：其一是重文獻事實而輕於文獻賴以產生的背後的人的（人情的）歷史分析，即文獻本身以及運用文獻皆存在問題；其二便是輕於文學作品發展脈絡本身的考察。以此造成了《紅樓夢》作者問題形成過度依靠文獻而陷入僵局的局面，從而難以回應一些對作者問題提出的質疑。實際上，作者問題已然不是單純的文獻上的問題，而是隱含著更為深層的兩個基礎問題：一是從邏輯上、思想上認識作者失傳和作者考索的邏輯關係問題，二是作者研究是否導向作品的性質為自敘傳的問題。《紅樓夢》作者的研究需要擺脫這種傳統的依靠文獻的思路，文獻的產生和流傳依賴於人，而將人還原到歷史之中尋求其條件性的動因比機械地依靠文獻證據更有助於理解歷史形成的邏輯。

究竟何人作《紅樓夢》一書，這個問題在胡適 1921 年發表《紅樓夢考

---

25 《純粹理性批判》中「先驗幻相」一節中闡明，在無法確切有經驗材料支撐的情況下，人受理性觀念的支配可以達到二律背反的境地。

26 《紅樓夢評論・餘論》云：「今對人類之全體而必規規焉求個人以實之，人之知力相越豈不遠哉？故《紅樓夢》之主人公，謂之賈寶玉可，謂之子虛烏有先生可，即謂之納蘭容若、謂之曹雪芹亦無不可也。」（王國維：《《紅樓夢》評論》，杭州：浙江古籍出版社，2012 年，頁 23。）可見王氏對作者考證的方法亦頗有微辭，其所懷疑的正是以具體的歷史事實對應小說文本的研究方法。

證》之前殊乏定論，之後胡適的見解因其所運用的「科學的考證」的方法，加之其在新文化運動的風潮中作為旗手的身分，在新與舊的對抗中壓倒了蔡元培的所謂的舊式的索隱的紅學。實際上，從胡適與蔡元培之後進行的通信來看，胡適的研究有其駁倒「舊的紅學」的直接意圖，這與其對《西遊記》等的研究[27] 具有相通性，都是力在以科學觀念、西方文學觀念來反對、改化傳統觀念。在以後歷史脈絡中隨著「賽先生」的觀念日益深入人心，較大程度上改化了中國傳統的信仰風尚，加之有一二擁躉，遂在較長的歷史時期內成為「不刊之論」。然而，一旦號稱以科學方法對歷史作定性的判斷還須時時回到歷史原本中去檢驗。

1791 年（乾隆五十六年辛亥）在《紅樓夢》的第一次刊刻本程甲本的序言中有數語云：「《紅樓夢》小說本名《石頭記》，作者相傳不一，究未知出自何人，惟書內記雪芹曹先生刪改數過。」[28] 由言及「作者相傳不一」而並不羅列、分析諸可能的作者，以及「究未知出自何人」諸種表述來看，程高本對待此書作者的態度是不需深究，且不必深究的，或言之也是不能深究的，故其一筆帶過，以數言將此問題遮掩、搪塞過去。

《紅樓夢》的作者之所以失傳，從其反面來看未然不顯現出作者問題的蛛絲馬跡，實際上這正暗含了關於作品和作者問題的一些關鍵要素。換言之，假設一本清代的著作作者將其姓名署於作品之上，而之後著作或傳抄、或刊刻亦能流傳載其姓名，則這本著作的著者問題是不成問題的。但是，一本著作之所以在其起初（抄本階段以及初刻本階段）作者失傳，在其邏輯上

---

[27] 其《西遊記考證》云：「《西遊記》被這三四百年來的無數道士和尚秀才弄壞了。道士說，這部書是一部金丹妙訣。和尚說，這部書是禪門心法。秀才說，這部書是一部正心誠意的理學書。這些解說都是《西遊記》的大仇敵。現在我們把那些什麼悟一子和什麼悟元子等等的『真詮』、『原旨』一概刪去了，還他一個本來面目。……指出這部《西遊記》至多不過是一部很有趣味的滑稽小說，神話小說；他並沒有什麼微妙的意思，他至多不過有一點愛罵人的玩世主義。這點玩世主義也是很明白的；他並不隱藏，我們也不用深求。」胡適的態度似少了嚴肅性的學理，而帶有青年的叛逆的態度，其主張亦深受這種態度所影響，故而其主張多有值得再商榷之處。

[28] 《紅樓夢》程甲本序言。

則亦是由於在以上兩個環節中出現了問題：一則是作者不能在作品上署名，有意隱去；二則是該作品的作者信息亦不能流傳出去。在這個意義上來看，《紅樓夢》的作者問題是先天地由作者本身造成的，他不想、甚或是不能讓人知曉其為本書的作者，既而知道其為本書作者的人亦三緘其口，從而真正知道作者的人有意識地不留下任何線索，人為地、有意識地將真實作者隱沒於與這部作品的直接關聯之中。

這是為何呢？這實際上揭示了《紅樓夢》一書的流傳將對作者不利[29]，在清廷高壓統治、文字獄嚴苛的時期，抑或引來殺身滅族之禍，故而作者迫不得已不能令世人知曉其為本書作者，亦且在作品中屢施障霧、疑團，以令人至少從文本上無從直接得知其為本書作者。既而，知其為本書作者的師友朋輩，亦深懼株連之禍，且懷同情共鳴之心，從而亦守口如瓶，亦且不留下關於作者的任何文獻資料。這實際上形成了一個歷史現象，即是任何知道作者的人皆不留下歷史文獻，而不真知作者的人反而多加猜測，在筆記中留下了諸多不確鑿的記錄。這就造成了文獻考證方法的先天的弊端，因為文獻的形成有其歷史的邏輯，真實的歷史信息未然必然地留存在文獻之中，反而是刻意地回避於文獻的記載之中。

《紅樓夢》一書緣何令作者深懼暴露於天下呢？至少在當時的政治環境中《紅樓夢》的作者是畏懼為人所知的，不僅在其生世，亦且恐怕連及其後世的子孫，這皆因《紅樓夢》一書蘊含了為清廷抑或為權臣所不容的思想以及文本內容，如後來的蔡元培所言：「書中本事，在弔明之亡，揭清之失，而尤于漢族名士仕清者，寓痛惜之意。當時既慮觸文網」。[30] 至於文本內容的顯豁表現則如書中六十三回給芳官取名「耶律雄奴」[31]，亦為斥夷狄之

29 實際上，這種現象在《金瓶梅》作者失傳的問題上已有顯現，《金瓶梅》的作者實際亦是有意隱去與作品的直接聯繫。

30 蔡元培：《石頭記索隱》（上海：上海三聯書店，2014 年），頁 1。

31 耶律本為契丹姓，為遼帝系之姓，後通過音轉演變為金代女真的移剌氏與滿族的伊拉氏。故而稱呼芳官「耶律雄奴」，並打芳官實際是在譏刺清廷。芳官被起名「耶律雄奴」及被打一段在程乙本中率皆刪去。

義，斷難為清廷統治者所容。時世變遷，脫離當時的歷史環境中人們不易理會書中的隱語所指，但是在當時的歷史環境中士人體會到作者的筆意所指卻並非難事。正因此，清廷、某些權臣與《紅樓夢》的作者亦是勢不兩立的，即使知曉作者的士人君子亦憫其辛勞，三緘其口，以令其免於創戮。《紅樓夢》的實際的真實作者自己無論如何也不會將自己的身分直接公諸於天下，遑論直接寫在書中的第一回了。[32]

胡適憑藉程高本序言所記述的「惟書內記雪芹曹先生刪改數過」[33]，再加上《紅樓夢》第一回中所記述的這位曹雪芹先生，加之袁枚的一些關於曹寅、大觀園的不能作為傳信之言的筆記野語[34]，既而在歷史文獻中考證這位曹雪芹先生為《紅樓夢》的作者，且將書中所記接駕諸事作為互證的材料。然而，這其中亦有諸多邏輯上不能自洽的癥結：第一，《紅樓夢》的作者既然失傳，又如何可能在書中自記呢？既如此則何來不知作者的失傳之說。即便曹雪芹作為此書的增刪者，亦絕非此書的作者，否則《紅樓夢》的作者豈能說是失傳呢？曹雪芹可直接署名且被認為是作者（亦可見「曹雪芹」之名未必為實名）。第二，若非曹雪芹實有其人，且受清廷囑託刪改此書，亦絕無可能直接記其名姓於書中，否則作者之禍恐怕將由曹雪芹受之。若非如此，則曹雪芹恐怕亦是作者所托的子虛烏有的假名而已。且依照胡適認為的曹雪芹為曹寅孫輩，然而曹寅號雪樵，後輩中又豈能有雪芹的名呢？

這疑點皆導向兩點認知：第一，如同先前的歷史還原，《紅樓夢》的真實作者不可能將其真實的名姓記於書中，記於書中的曹雪芹並非此書作者的真正名姓。第二，若曹雪芹實為《紅樓夢》一書的增刪者，則其與真實作者

---

[32] 但是，須注意的是，作品中或然亦有作者有意暗藏或不經意流露的蛛絲馬跡，此亦乃是對於作者問題研究的線索之一。即此為第三種可能，作者既不想明言作者，亦不想完全絕跡，而是在本文中流露出一些蛛絲馬跡，或這種蛛絲馬跡的流露是無意識的。即，也不能完全隔斷文本與作者的聯繫。

[33] 程甲本《紅樓夢》序言。

[34] 胡適：《紅樓夢考證》引袁枚《隨園詩話》。（見葉朗主編：《百年紅學經典論著輯要・胡適卷》，合肥：安徽教育出版社，2020 年，頁 100。）

以及清廷的關係是十分曖昧的。這皆說明，《紅樓夢》的原始作者仍然處於歷史的隱沒之中，如同他刻意退避於文獻的記述之外一樣。然而，通過《紅樓夢》一書本身的諸多特徵依然可以在歷史文獻之外為此書的作者作一個歷史的還原。胡適作者研究的癥結在於重於文獻的互證，卻沒有考量文獻背後的記述者的人的因素，沒有把人還原到歷史之中，從而形成的先驗的機械的文獻考證，這也是科學的抽象研究方法只是單純地尋求客觀事實，而對事實本身所依附的歷史現實中的人缺乏體察造成的問題。

四

以往的評論性研究在不同層面上認識到了《紅樓夢》的反對舊的、僵化的禮俗秩序而追求人性的平等、解放的思想，並對此一方面著力闡發。或者更進一步，認為《紅樓夢》是封建社會大廈轟然倒塌的哀歌，是作者對以往的安閒富足的封建生活的無比留戀和無限歎惋，充滿了對人世中的人物的懷戀，並對此無可奈何地超脫，而進入到「一片白茫茫大地真乾淨」的超然的境界，或者是超越善惡、千紅一窟、萬豔同悲的渺渺茫茫的「空」的人生體悟。這兩方面的看法一是反對舊禮俗秩序，一是開出了讓人在向內走的人生解脫中達成了新的境界，這兩方面可以說是以往的理論闡釋如劉大杰先生《紅樓夢引論》中十分看重的地方。

然而，無論是《紅樓夢》的抨擊舊的禮俗秩序，還是開出新的無論是人性解放、自由平等以及新的人生解脫境界都不是簡單的去舊和立新，而是充滿了複雜的、矛盾的、辯證的看法。將《紅樓夢》的思想的舊一面歸結為反對禮教，以及將其新的一面歸結為對人性解放和自由平等的追求，這是受到了新文化運動學說的影響，或者說受到了當時那些琳琅滿目的西方思潮的影響，而非是從中國古文化的本來面目以及對本文化通透、平和的認識上出發的。而且，也不宜只是以西方的思想來參照來作出判斷。將《紅樓夢》書中的那些模糊的充滿矛盾的思想或者說新思想的萌芽解釋成反封建、反禮教、追求自由平等是說得通的，但這並不完全合於書中的事實，因為書中表現的只是母胎般的對一些現象的困惑不解，這個母胎是模糊的、混沌而蘊發著生機的，這個母胎裡蘊含著以後的歷史階段中發展出來的反封建和自由平等的精神，但是這個母胎還遠不是那個階段。正因為她未到達那個新的階段，而又跟那個舊的古文化的階段有千絲萬縷難以割捨的聯繫，所以這個母胎就蘊含著豐富的可能性。故而不能將這個豐富的可能性定性為簡單的反禮教和自由平等的精神。那樣便不能理解《紅樓夢》這本書本身蘊含的矛盾，也就不能從這個意義深刻的矛盾裡找到我們理解這本書，乃至理解歷史、理解當下以及理解我們自己的文化精神所必要的指示。

實際上，《紅樓夢》不是單純地反封建、也不是單純地肯定人性追求的自由平等[35]，她是有兩者的可能性的契機在裡面，但是她本身的內涵卻超越了這兩點。更進一步講，《紅樓夢》並不是反封建，說她反禮教也不盡然，說她追求自由平等只是認識到了書中的一面。她的精神說到底還是在那個綿延至久的古文化的至聖先師孔子那裡，在《紅樓夢》所理解的儒家思想下，自由平等只是小道，不是大道，反禮教只是修正的，而不是顛覆的。再進一步講，《紅樓夢》是儒家在古文化嬗變期提出的對儒家思想的反思和改造以適應進入到新的社會的思想準備，將《紅樓夢》裡的這些對儒家的思想的反思提煉出來便是古文化嬗變到新文化的必要準備和必要基礎。

《紅樓夢》一書實是一部古書，其思想是古文化的，其本身也是孕育在古文化的滋養裡，也決定了其性質實是一部古典性質的書，正因為此所以不能僅以新文學的視角來看她，也不應以西方的文類的觀念來審視她。其實，《紅樓夢》一書，不是別的，正如我們古文化裡的熠熠生輝的大文章《周易》、《春秋》、〈離騷〉、《詩經》、《史記》、《陶淵明集》、李、杜集、《三國演義》、《水滸傳》、《金瓶梅》、《西遊記》一樣是一脈相承的，實際上司馬遷〈報任安書〉裡所說的一段話歸之為《紅樓夢》並無不妥：

---

35 見朱一玄：《紅樓夢資料彙編》之「評論編」（天津：南開大學出版社，1985年）。

> 蓋文王拘而演《周易》；仲尼厄而作《春秋》；屈原放逐，乃賦〈離騷〉；左丘失明，厥有《國語》；孫子臏腳，《兵法》修列；不韋遷蜀，世傳《呂覽》；韓非囚秦，《說難》《孤憤》；《詩》三百篇，大底聖賢發憤之所為作也。此人皆意有所鬱結，不得通其道，故述往事、思來者。乃如左丘無目，孫子斷足，終不可用，退而論書策，以舒其憤，思垂空文以自見。僕竊不遜，近自托於無能之辭，網羅天下放失舊聞，略考其行事，綜其終始，稽其成敗興壞之紀，上計軒轅，下至於茲，為十表，本紀十二，書八章，世家三十，列傳七十，凡百三十篇。亦欲以究天人之際，通古今之變，成一家之言。[36]

《紅樓夢》之精神與司馬遷此處所論實是一理，是無材可補蒼天，「終不可用」，進而「退而論書策」，而遷所謂的「無能之辭」即是《紅樓夢》所云的「假雨村言」，都是自謙自虛之辭。「《詩》三百篇，大抵聖賢發憤之所為也」，《紅樓夢》一書實是發憤之作，其與〈離騷〉的精神是一致的。大抵中國古人作書，不是為了求知識、求真知，知識和真知實是在一個人身內的，也就是為學是為己，不是為了寫出來，而那些著書立說以求不使名磨滅者，都是發憤而所為。「文王拘而演《周易》，仲尼厄而作《春秋》」，皆是志不能達，心中有所憤慨，不得已不得法而退而論書策，進而「稽其成敗興壞之紀」、「究天人之際，通古今之變，成一家之言」。這是中國古人的著書的一個鮮明的精神。《紅樓夢》實亦因循於此，然而開篇作者自云又似是述舊之作：

> 欲將已往所賴天恩祖德，錦衣紈袴之時，飫甘饜肥之日，背父兄教育之恩，負師友規訓之德，以致今日一技無成、半生潦倒之罪，編述一集，以告天下：我之罪固不可免，然閨閣中自歷歷有人，萬不可因我

36　〔漢〕班固：《漢書・司馬遷傳》（北京：中華書局，1962 年），頁 2735。

之不肖，自護己短，一併使其泯滅也。[37]

作者作書之意在何處？此段話斷不是寫明作者是來述舊，作者寫書之日已是半生潦倒，作者緣何窮困潦倒？此即問題之關鍵。司馬遷前文所論之人無非也是窮困潦倒，此處作者寫道說其潦倒的原因是「背父兄教育之恩，負師友規訓之德，以致今日一事無成」，作者將罪責都歸結到了自己身上，然而作者的話能如此寫，讀者切不可如此去讀，大抵有才華有抱負而又最終潦倒之人，斷不僅僅是因為自己不聽父兄師友的規訓和教育，這是自然而明的，看司馬遷所論之人便可知。作者開篇所言便是女媧補天，「無材可去補蒼天，枉入紅塵許多年」便見作者的抱負不凡，然而終究是不能施展抱負，這裡面的根由絕非只是不聽父兄師友的規勸。更進一步，為何不聽父兄師友的規勸也是大有根由，所以作者之最終窮困潦倒絕非因自己之無能，而是與古來聖賢之窮困潦倒所出同源，便是「離騷者，猶離憂也」，便是「意有所鬱結，不得通其道，故述往事、思來者」，便是「屈心而抑志兮，忍尤而攘詬。伏清白以死直兮，固前聖之所厚。」明乎此，我們才能知道作者緣何寫出晴雯、黛玉這樣的角色，若僅僅以一個紈綺子弟述舊之作來看作其自敘傳，則斷不能理解此書的精神。作者發憤作書之緣故實已在書中點明：

空空道人聽如此說，思忖半晌，將這《石頭記》再檢閱一遍，因見上面雖有些指奸責佞、貶惡誅邪之語，亦非傷時罵世之旨；及至君仁臣良、父慈子孝，凡倫常所關之處，皆是稱功頌德，眷眷無窮，實非別書可比。[38]

這段話是書中不多的所關主旨的直筆，程乙本知此段話過於顯露（正依賴程乙本與脂本的差異，我們可以找出程、高所知的此書的真意），而將從

[37] 〔清〕曹雪芹：《紅樓夢：三家評本》第一回（上海：上海古籍出版社，2021年），頁3。引文從他本校改。

[38] 曹雪芹著，無名氏續：《紅樓夢》（北京：人民文學出版社，2017年），頁5。

「因見上面雖有些指奸責佞」到句末「實非別書可比」這五十八字全部刪去，這五十八字正是作者發憤著書之證據，也關涉《紅樓夢》原書之本旨。作者是以反話說了出來，實際上此書的本旨恰恰是：傷時罵世，指奸責佞，貶惡誅邪，揭露了凡倫常所關的君仁臣良、父慈子孝的顛倒虛假。實際卻是君不仁，臣不良，父不慈，子不孝。作者是以此將倫常的衰退和衰變給闡明了出來，所以《紅樓夢》一書的基本的意思裡實是有對儒家倫常衰變至此的反省，並認為這是諸多人生問題和社會問題的根源，乃至最終導致了人生的無結果和社會的崩塌。寶玉之受笞撻、賈璉之偷娶尤二姐、王熙鳳之借劍殺人、寶玉賈環兄弟之不孝不悌、王夫人之不慈、元春之因皇家制度不能盡孝、迎春之因利誤嫁、襲人之納讒言、探春之與生母之矛盾、薛寶釵之權奸、寶玉成親之掉包等諸事，凡倫常所關之處，書中都是直指其失，為文之處卻含蓄蘊藉、兩面三刀，多用虛筆，令人渾然從反面看去，難解其底裡，所以此書又名《風月寶鑑》，因是其有正反兩面。

然而，傷時罵世、指奸責佞、貶惡誅邪、揭露倫常之變這些還未達《紅樓夢》一書的全旨，也未能完全闡明此書古典著作之性質。指奸責佞是〈離騷〉一書之旨，然而其指奸責佞之法則是借香草美人為喻，《紅樓夢》一書雖有此旨，但其更廣泛駁雜，非是囿於一人一事，而是將吾國舊史之中的「事體事理」取出，別換一番「香草美人」的比喻，換了一番筆法來寫出，這也是作者開篇所點明之事：

> 「石兄，你這一段故事，據你自己說來，有些趣味，故鐫寫在此，意欲聞世傳奇。據我看來：第一件，無朝代年紀可考；第二件，並無大賢大忠、理朝廷、治風俗的善政，其中只不過幾個異樣女子，或情或癡，或小才微善，亦無班姑、蔡女之德能，我縱抄去，恐世人不愛看呢！」石頭果然答道：「我師何必太癡！若云無朝代可考，今我師竟借漢、唐等年紀添綴，又有何難？但我想，歷來野史，皆蹈一轍，莫如我這不借此套者，反倒新奇別致。不過只取其事體事理罷了，又何

必拘拘於朝代年紀哉！」[39]

他用「春秋」的法子，將市俗的粗話，撮其要，刪其繁，再加潤色，比方出來，一句是一句。[40]

第一回這段話程乙本改為：「我想歷來野史的朝代，無非假借漢、唐的名色；莫如我這石頭所記不借此套，只按自己的事體情理，反倒新鮮別致。」添綴漢、唐的年紀改為假借漢、唐的名色，「取其事體事理」改為「只按自己的事理」，程乙本實是將原本的主旨之句、點睛之筆給奪了去，原本的意思是取漢、唐朝代的事體事理來加敷演一番，程乙本則弱化了《紅樓夢》與漢、唐舊史的關係，反而只是說它「只按自己的事體事理」，便把一別有意味、於史傳別有關聯的書弱化為一按照自己的事理來敷演成文的傳奇作品，其中的差別頗大。程高本實是將《紅樓夢》的與朝代、政治所關聯處給剔除了。其刪改此書，目的或是規避文網，然其更改頗令真面目湮沒於世，而僅以談情之書視之，如此則本末倒置，永不得廬山真面目。

程高本之異於早期的手抄本，其實正是當局默許的廣為流傳的刊刻本，故其將本來意在借史傳之筆指奸責佞、貶惡誅邪的書遮掉其點睛之筆，而借書中本來含蓄蘊藉的「香草美人」之事，推波助瀾，令世人目之為談情之書，而使其大義隱沒，書旨不明，將作者發憤所著之書贊許為談情述舊之作，實是以假混真，假作真時真亦假，此是大不幸之事，然而程高本刪改之筆卻欲蓋彌彰，憑藉於歷史中顯現出的脂本系統，則程高本之刪改反而將書旨襯明，此是不幸中之幸。然而開篇所言添綴漢、唐的事體事理是何意呢？漢、唐有何事體事理？作者之貶惡誅邪實是為了「稽其成敗興壞之紀」，添綴漢、唐的事體事理也正是此事，借蔡東藩《前漢演義》的序言中所言正為此意：

[39] 曹雪芹著，無名氏續：《紅樓夢》（北京：人民文學出版社，2017 年），頁 4。
[40] 曹雪芹著，無名氏續：《紅樓夢》（北京：人民文學出版社，2017 年），頁 494。

> 漢則兩京迭嬗，閱年四百有餘，而前漢二百一十年間，有女寵，有外戚，有方鎮，有夷狄，有嬖幸，有閹宦，有權奸，蓋已舉古今來病柄之厲階彙集其中，故治日少而亂日多。其尤烈者，則為女寵，為外戚。高祖以百戰成帝業，而其權且移于宮闈；文景懲之，厥禍少殺；至武帝尊田蚡，貴衛青，女寵外戚，于此復盛；至許、史盛于宣、元，王、趙、丁、傅盛于成、哀；平帝入嗣，元皇后老而不死，卒貽王莽篡弒之禍；然則謂前漢一代與女寵外戚相終始，亦無不可也。[41]

這段話的義理頗可援引來作為理解《紅樓夢》書旨的三昧之筆，若捨去這種史書義理的介入而僅依從自敘傳說，則《紅樓夢》便落為一貴族嫡子在家道衰落之後窮困潦倒追思往事的述舊之作。且又因書含蓄蘊藉而辟為正反兩面，正面大旨談情，點睛的實筆往往落在邊縫之處，讀者若不能細究，便被正面所蒙蔽，而僅以談情述舊的家族之事來視之。毛澤東平生對古國的二十四史研讀不輟，深有洞見，所以他眼力能力透紙背，認識到《紅樓夢》一書所寫的事及其價值，所以毛澤東評價此書說：「《紅樓夢》不僅要當作小說看，而且要當作歷史看。他寫的是很細緻的、很精細的社會歷史。」[42] 實際上，此書的深刻正因其鮮明地描寫了人性和倫常的衝突在社會歷史中變化消長所呈現的規律。西漢兩百一十年的歷史中，有女寵，有外戚，有方鎮，有夷狄，有嬖幸，有閹宦，有權奸，實際上古文化裡治亂興衰的根本在兩百多年中已經呈現了其在人事上的基本形態和基本規律，便是其基本的「事體事理」[43]，以後封建王朝的覆滅緣故已於此有其充分顯現，其中對政局、社會和人心禍害最為劇烈的則是女寵和外戚，在漢、唐的歷史中皆表現

---

41 蔡東藩：《前漢通俗演義》（上海：會文堂新記書局，1936 年），頁 1。

42 見於 1961 年 12 月 20 日，毛澤東在中央政治局常委和各大區第一書記會議上講話。

43 庚辰本《紅樓夢》第一回云：「歷來野史，皆蹈一轍，莫如我這不借此套者，反倒新奇別致，不過只取其事體事理罷了，又何必拘拘於朝代年紀哉！」這實是說明《紅樓夢》一書是有對史書中「事體事理」的運化吸收的，這個基本的「事體事理」實際與「女寵、外戚、權奸」等諸類極為接近。

為此，而《紅樓夢》的作者對此是深明洞悉的，書中寫秦可卿的臥房所設武則天、趙飛燕、安祿山、壽昌公主、同昌公主等人的器物，寫賈璉口中所言的「髒唐臭漢」便是其透露。

《紅樓夢》一書之立基便是於女寵、外戚二端，間雜夷狄、權奸、閹宦、嬖幸於其中，黛玉為女寵之主，以王熙鳳為首的王家、薛寶釵為首的薛家便是外戚，正因為外有外戚攀附，權奸橫生，內有女寵惑心，不得安生，又有嬖幸戲子蔣玉菡、芳官之流，閨閣之中暗生角逐，黛玉勢單力薄，又有一襲人「閹宦」進讒，權柄既移於宮闈婦人之手，於兒女婚姻大事、人倫之基上潦草行事、類同兒戲，終至一死一亡，人不安生，人心低迷，邪妄滋生，蟲既蛀於其內，而外患便生於外，終至抄家，一敗塗地，然抄則抄矣，官官相護，斷不能斷其根底，所以又有家道復興。此便是昭明：《紅樓夢》一書實是將史中事理，敷演開來，於一賈家之中，寫古今治亂興衰之由，其事雖似有所本，然事既因理而敷演渲染，便不是本事，而是理事，故不能以本事視之，如作者所言「又何必拘拘於朝代年紀哉」，因作者是寫事體事理，得其事體事理，又何必膠柱鼓瑟，求其原本呢，況且原本是生於理，理在象先，並無一個固定的原象和本事，這個道理便同王弼《周易略例・明象》所言：

> 夫象者，出意者也。言者，明象者也。盡意莫若象，盡象莫若言。言生於象，故可尋言以觀象。象生於意，故可尋象以觀意。意以象盡，象以言著。故言者所以明象，得象而忘言。象者所以存意，得意而忘象，猶蹄者所以在兔，得兔而忘蹄；筌者所以在魚，得魚而忘筌也。[44]

其事體事理是取之於史，即有其事體事理然後方敷演出一些人物事件，事體事理便是體，書中的閨閣兒女便是用，體是意之所生，用是象之所出，宜於得意而忘象，因象本是用以明意，若是刻舟求劍，非得於歷史中找出一

---

[44] 樓宇烈：《王弼集校釋》（北京：中華書局，1980年），頁609。

個實象，實際是不得其可能，因其實象實在體中，是意之實，非是象之實。索隱派與考證派即是昧於此理，而對《紅樓夢》一書之性質、其精神缺乏更為全面、深刻的理解。

如前所論，《紅樓夢》一書即有用《春秋》曲筆發憤著書、指奸責佞、貶惡誅邪乃至援介漢、唐史中之事體事理借香草美人之皮相畫法敷演成文，以記倫常之失，稽治亂興衰之由之性質，此是書中必有之義，然仍未得其全。因書中寫這些興衰與倫常之事多有從兒女之情中寫出，其貶惡誅邪之餘實是又在情字中開出一番新境界，所以不能單以「女寵」二字歸結書中男女之情。實際上，古今寫男女之情之深邃悠遠者，至《紅樓夢》為其高峰，因其寫情不著於色，而著於心，由是寫男女之情而將倫常衰變、禮教虛假之下的一人之真心給寫了出來。此真心便是赤子之心，此赤子之心便是聖賢之本心，有此本心便能勘透倫常之失，便能識得倫常之本來用意，識得聖人用心，此心便是那通靈寶玉，斷不同於那些為聲色利欲所薰染的人，如賈璉、賈蓉諸人。賈寶玉便是作者於事體事理之胎中所新生的一個人物，作者借此人物來反思禮教與倫常，又借此人發明聖學之本心，以男女之真情，抨擊倫常之衰敗，發明儒家之真面目，這又是《紅樓夢》一書之一面。然而此中作者之矛盾處便在於：既講寶玉所言的「明明德之外無書」，又講寶玉不讀聖賢書、廢學而一任於男女之意淫，為情所惑，而失去良知良能的本心，這又是作者對男女之情的辯證看法。一方面男女之情本之自然而於倫常皆假中實是唯一之真，藉此可以不沒為假人；另一方面，若一任放心於情，則亦失心於意淫，進而目中唯有情，而無倫常，其心雖真，而溺於情天幻海，良知良能因此而失，昧中庸之度，也是作者所警戒的。可見，情在書中，實是此兩種作用。

然而作者之寫男女之情、寫閨閣中事，除了〈離騷〉中的「香草美人」之喻外，於開篇之中，作者也講明：

> ……再者，市井俗人喜看理治之書者甚少而愛適趣閑文者特多。歷來野史，或訕謗君相，或貶人妻女，姦淫兇惡，不可勝數。更有一種風

> 月筆墨，其淫穢汙臭，屠毒筆墨，壞人子弟，又不可勝數。至若佳人才子等書，則又千部共出一套，且其中終不能不涉於淫濫，以致滿紙潘安，子建，西子，文君，不過作者要寫出自己的那兩首情詩豔賦來，故假擬出男女二人名姓，又必旁出一小人其間撥亂，亦如劇中之小丑然。且鬟婢開口即者也之乎，非文即理。故逐一看去，悉皆自相矛盾，大不近情理之話，竟不如我半世親睹親聞的這幾個女子，雖不敢說強似前代書中所有之人，但事蹟原委，亦可以消愁破悶，也有幾首歪詩熟話，可以噴飯供酒。至若離合悲歡，興衰際遇，則又追蹤躡跡，不敢稍加穿鑿，徒為供人之目而反失其真傳者。[45]

> 今之人，貧者日為衣食所累，富者又懷不足之心，縱然一時稍閑，又有貪淫戀色，好貨尋愁之事，那裡去有工夫看那理治之書？所以我這一段故事，也不願世人稱奇道妙，也不定要世人喜悅檢讀，只願他們當那醉淫飽臥之時，或避世去愁之際，把此一玩，豈不省了些壽命筋力？就比那謀虛逐妄，卻也省了口舌是非之害，腿腳奔忙之苦。再者，亦令世人換新眼目，不比那些胡牽亂扯，忽離忽遇，滿紙才人淑女，子建文君紅娘小玉等通共熟套之舊稿。我師意為何如？[46]

作者實是深悉當時的時代風氣，便是市井俗人的市民階層實是左右了文化風氣，其不喜看理治之書而愛適趣閑文，這裡的市井俗人未必是其表面意思，或者是有所特指[47]，作者傷時罵世或有所的。「貧者為衣食所累，富者貪淫戀色」，正是這種風氣之下那些訕謗君相、貶人妻女的野史，以及涉於淫濫的風月筆墨頗為盛行，作者實是在這種風氣之下以談情之書的胎而寫了理治倫常、傷時罵世之實。作者之寫情，應是於離合悲歡、興衰際遇中有所感，於是說「追蹤躡跡」，則於此可見，作者之寫情並非依據自己之情，否

45 曹雪芹著，無名氏續：《紅樓夢》（北京：人民文學出版社，2017 年），頁 4。
46 曹雪芹著，無名氏續：《紅樓夢》（北京：人民文學出版社，2017 年），頁 5。
47 尤指滿清閒人。

則自己之情何須「追蹤躡跡」？他人之事蹟方可「追蹤躡跡」，王夢阮、沈瓶庵所以為的作者是感於順治與董鄂妃之情，而於書中事蹟加以傅會，然而作者感於他人離合悲歡、興衰際遇卻不一定要原原本本去摹寫，只是感其精神，藉其意蘊，而寫出一番新故事，這就類於作者於當時的才子佳人之書深有意見，而自己寫出自己所認同的這類作品，發乎情，止乎禮義，而不涉於淫濫，試看寶黛之情，實是如此。可見作者實是深受儒家倫常之影響，而用「正」《風》、「正」《雅》來對抗那些「變」《風》、「變」《雅》。程乙本於引文中「市井俗人」乃至「貧者」、「富者」一大段全然刪去，乃是懼怕作者傷時罵世之筆，亦是懼於作者之「追蹤躡跡」。

然而程、高之懼於「追蹤攝跡」實亦是多餘。賈寶玉最後的隱退也不宜從書中表面所描寫的因情抑或「自色悟空」來理解，此種理解仍然是未能通達書中的精義，而只惑於表面的文章。如果僅僅是寫寶玉因黛玉之情而遯隱，又何必大費周折「指奸責佞」呢？為何寫出了襲人之給王夫人納讒，為何寫出了晴雯被攆，為何寫出了「惑饞奸抄檢大觀園」，為何又因探春興利而一個大觀園成了婆子們私有化斂財的工具而令黛玉歎出「這裡住不得了」[48]，為何林黛玉因勢單力薄而魂歸離恨天呢？賈寶玉之遯隱實不是因與黛玉之情，而是由黛玉之情及其這多年間所歷所聞，所見之生死，忽然頓悟而明白，這個偌大的大觀園實際是「吃人」的，實際是權奸橫行而真假顛倒的。

若從五四運動之後的角度來理解，則寶玉之遯隱實際是不想在這個僵化的、歪曲的、沒有生氣的、充滿了不公和冤屈的賈府的舊世界裡再待一刻。作者始終不能讓寶玉的口指出這一切，然而作者實際也是受時代的限制（然而作者實際所處時代並未有此種想法），而只能從不願同流合污、為人所挾制的角度來刻畫寶玉的遯隱，而難以從一個現代的看到舊世界覆滅了人的眼光來看寶玉的遯隱。寶玉的遯隱是一種「反抗」，這種反抗與黛玉用死來「反抗」是一理的，但是這種反抗仍然不能是一種五四運動之後的現代化的

48 〔清〕曹雪芹：《紅樓夢：三家評本》第八十三回（上海：上海古籍出版社，2021年），頁1467。

理解，這種現代化的理解實際是一種新的片面。相反，這種反抗在古文化的自洽的完整性裡也是自然而存在的，他所對抗的並不是古文化的全體，而是古文化裡生出的僵化的、亟待解決的一部分。而且，他之所以能對抗也恰恰是由於古文化裡的精義的滋養而讓他生出對抗的觀念和行動，這一切通通都是在古文化的完整性和恰適性中自然而存在的。寶玉之遯隱並不是一件新事，而是一件在我們文化裡自古以來就存在的事，伯夷、叔齊、介子推、陶淵明歷歷有人，這一點即便是王夫人、薛寶釵心裡也是心知肚明的。《詩經》之中的〈考槃〉一詩正是寫了此種人：

考槃在澗，碩人之寬。獨寐寤言，永矢弗諼。[49]

〈詩序〉曰：「刺莊公也。不能繼先公之業，使賢者退而窮處。」[50]寶玉遯隱的底裡實是賢人遯隱，其表面是因情，底裡卻是對整個的倫理上、政治上失去真意而偏離了儒家的本義的體制和做法的對抗。實際也是對整個的當時的思想界的偏離了儒家本旨的傾向的反思。所以程、高的懼於「追蹤攝跡」，懼於讀者考索書中所記之事與順治、董鄂妃之關係實是僅是從表面上來理解此書，實際上作者的思考已經完全超越了這些表層現象。然而程、高的懼於「追蹤攝跡」的想法也不可全然一無是處，這裡面亦有其深層的動因，對這種動因的考察實際也有助於我們理解《紅樓夢》一書。然而對此的考察還宜借從對《詩經》的解釋入手。以〈野有蔓草〉一詩為例：

野有蔓草，零露漙兮。有美一人，清揚婉兮。邂逅相遇，適我願兮。
野有蔓草，零露瀼瀼。有美一人，婉如清揚。邂逅相遇，與子偕臧。[51]

---

[49] 〔漢〕鄭玄箋，〔唐〕孔穎達疏：《毛詩注疏》（上海：上海古籍出版社，2013年），頁299。

[50] 同上。

[51] 〔漢〕鄭玄箋，〔唐〕孔穎達疏：《毛詩注疏》（上海：上海古籍出版社，2013年），頁444。

程俊英之《詩經》解讀深受五四時代學風的影響，其以為此詩的主旨為：

> 這是一首戀歌。春秋時候，戰爭頻繁，人口稀少。統治者為了蕃育人口，規定超齡的男女還未結婚的，可以在仲春時候自由相會，自由同居。這首詩就是寫一對男女邂逅相遇于田野間自由結合的情景。[52]

程俊英的對眾多詩的解讀大多是從詩本身的表象加之社會歷史的角度加以解讀，所以其將眾多的詩解釋成男女自由相會的情詩，這一點實際在朱熹的《詩集傳》已有的傾向，即他們都漠視了《詩經》為孔子所刪訂的，其中蘊含了豐富的孔學的思想。此詩毛詩〈詩序〉的解釋為：

> 思遇時也。君子澤不下流，民窮於兵戈，男女失時，思不期而會焉。[53]

〈野有蔓草〉一詩實是借香草美人而表現一個「思遇時」的主旨，若僅僅關注其表象而不能思考男女表象的更進一步的意味，則是不能通曉《詩》之本義的。詩中寫男女相會只是作詩者設計的表象，或者說是一個「興」的手法，是「先言他事而後引起所詠之辭也」。《國風》中很大一部分詩是借寫男女之情來反映王化的興衰，因為男女倫常是人倫之始，若男女倫常正則他者才有可能正，男女倫常失正則造成其他倫理關係的無所措，進而造成更深的社會和人生問題。所以寫男女並不是著眼於男女，而著眼於倫常的「正」、「變」。這一點對理解《紅樓夢》之主旨是深有鑒戒意義的。五四學風影響下的對《紅樓夢》主旨之研究因其受到自由、平等思潮的影響而很看重書中要求個性和婚姻自由的要求，這是受到五四學風和時代風氣浸漫的影響，這就猶如程俊英解〈野有蔓草〉一詩所持有的態度。然而《紅樓夢》

---

52 程俊英：《詩經譯注》（上海：上海古籍出版社，2014 年），頁 124。

53 〔漢〕鄭玄箋，〔唐〕孔穎達疏：《毛詩注疏》（上海：上海古籍出版社，2013 年），頁 444。

一書之寫男女、婚姻絕非著眼於男女、婚姻，而是著眼於其背後的倫常失序。所以，以為此書是寫愛情實是被其表象迷惑而未達其底裡，其底裡仍然是孔子學說中對男女婚姻的重視[54]，對書中不能合理安排男女婚姻進而導致的一系列倫常的顛倒錯亂的摹寫。這並不是本著一個以西方的人性觀而進行的反思，而是本著孔學的觀念對倫常之變進行反思的結果。所以，《紅樓夢》一書之性質實是本著傳統的孔學立場對倫常衰變進行反思的結果，並且在一定程度上也從倫常衰變的反面對孔學立場進行了反思。這構成了《紅樓夢》在新的歷史環境下對孔學觀念的進一步發展和變革，這也是《紅樓夢》一書本身所具有的思想價值，因為其包含了革新孔學的重要思想。

實際上，《紅樓夢》一書是儒家在古文化嬗變期提出的對儒家思想的反思和改造以適應進入新的社會的思想準備。將《紅樓夢》裡的這些對儒家的思想的反思提煉出來便是古文化嬗變到新文化的必要準備和必要基礎。中國的文化是綿延不絕的，這不以人和世界的意志為轉移，新文化運動只是中國古文化內部進行劇烈調整的一個階段，這個階段還是要導向對古文化和中國文化的更為深刻的認識。說到底，《紅樓夢》的思想還是孔子的思想，更確切地說，是代表了孔子思想的新變，這個新變還是以孔子思想為內裡的，「周雖舊邦，其命維新」，孔子的思想本身就不是固化的。

總而言之，針對從經義角度對《紅樓夢》義理、主旨、性質進行研究的路徑而論，可以嘗試作出小結：作者飽經世變，於世情有所悲憤而托之於書策。以閨閣女子之畫相描繪古今人物，以男女婚姻為基礎寫倫常之衰變。於家庭瑣事之中借用《春秋》曲筆指奸責佞、貶惡誅邪。力在復歸古禮。融會史傳事理、漢唐事體，以「變」《風》、「變」《雅》為鑒戒。含蓄蘊藉，清新雅正。超出了摹寫才子佳人千篇一律的野史、風月筆法的窠臼。開出了反思男女之情，反思倫常衰變、啟迪思想變革的新路。這可以作為我們進一步展開分析《紅樓夢》的基本認識和基本觀念。

---

[54] 參照本書第一章第二節。

五

在此緒論的最後一部分，我們須考察一下王國維的紅學研究，這對本書的義理闡釋路徑而言是十分重要的，因本書直接借鑑了其闡釋路徑，但是援介的是儒家經義義理，而非王國維援介的叔本華哲學思想。

王國維的《紅樓夢評論》寫於 1904 年，早於王夢阮、沈瓶庵的《紅樓夢索隱》（1916）和蔡元培的《石頭記索隱》（1916），更早於胡適的《紅樓夢考證》（1921）。王國維的此書可以說是第一部運用現代文學思想闡釋《紅樓夢》的論著，且其一產生即達到了十分成熟的高度，時至今日在其闡釋深度和洽和性上尚難有企及者。

其中的緣故在於：王國維勘透了儒家人世中的人的存在本質是意欲，並找到了德國哲學中存在論的先驅叔本華的人生論將儒家的這個人生本質明晰地闡釋了出來──「生活之本質何？欲而已矣。」意欲是人在世間不得不受之驅使之物，而意欲中最為集中者則為生存與延續，故而凡是能集中表現此二者的文學作品實為能勘透人的存在方式。求生存這一主題表現在古文化中對政治的關切中，而求延續則表現在對於男女婚姻以及求仙訪道類著作的關切中。拋除儒家文化以倫理關係改化男女，而從更為普遍性的文化形態而言，男女婚姻結合的基礎要麼根基於人欲，要麼根基於情欲。對於前者《金瓶梅》的描寫是典型的，而對於後者則《紅樓夢》的表現是典範的。王國維的深刻在於，他直接點破了儒家人世賴以建立的人欲根基，並以此作為意欲的根基為基礎來分析人在其中的破滅。意欲的根本特徵是一欲既償，則又一欲生起，故而人始終在意欲滿足的空虛和新的意欲生起的過程中受其苦痛，故而人生是徹底的悲劇，因其不能擺脫意欲的擾亂。

由是王國維從意欲出發走向了解脫的問題，他認為賈寶玉、紫鵑、惜春是為書中的解脫者。王國維在這條路徑中顯示了其受西方以及印度宗教的影響，而偏離了儒家的路徑。他認為賈寶玉的解脫是因切身的經歷的苦痛令其省悟，其解脫是塵世的、宗教的。而惜春、紫鵑是目睹了他人的苦難而從人在意欲中的存在中得到了解脫，其解脫是美學的、超越的。王國維的這種認識集中在了《紅樓夢》對儒家人世的反思的層面上，因儒家人世本有的以意欲為基礎的缺陷而導致人在其中不可避免地受到吞噬。儒家在本質上完全是建立在感官意欲的基礎上的[55]。然而，是不是一定要解脫才是對待意欲的根本路徑，王國維在這一點上走向了一個極端，即認為唯有棄絕意欲才是人生解脫的方式。

儒家的根本立學主張則在這一點上與王國維有差異。從《儀禮・昏義》、「二南」等儒家經典中可以看出，儒家對於人的意欲的根本態度並非棄絕之，而是將其引導在合於禮義的範圍內，也即是人的意欲只要得其中和之度，則意欲並不表現的那麼讓人苦惱，反而有利於人生的幸福。從這個觀點出發，《紅樓夢》中人物的悲劇命運乃是由於其行為不能遵循儒家禮的調和，而走向了極端，如潘又安、惜春、妙玉皆是對待意欲的態度各走向兩個極端，一則至於完全受到意欲的蠱惑，一則意在摒絕意欲而違人情，反而招致不利的局面，實際都不能獲得人在世間的幸福。在這個意義上，《紅樓夢》的悲劇性乃在於對於禮的違背，因一旦違背了中和的禮，人必然完全受到意欲的支配，不可避免地走向悲劇的境地。賈寶玉的人生歷程未嘗不是如此，其自幼為情所惑，自初試雲雨情始，未嘗一日用禮來約束自己的意欲，乃至於做出諸如「初試」、群芳夜宴的違禮之事。

王國維認為《紅樓夢》是徹頭徹尾的悲劇，也根植於其對意欲的根本態度上，而非根植於《紅樓夢》一書的具體情況上。他認為最深刻的悲劇乃是因所處之位置與關係不得不如此，而非是極惡之人或受命運的支配。此種主張的根本乃在於人各尊重自己的意欲，只有人各以自己的意欲為不可或缺之物才造成人在所處的關係中不得不如此，不如此則為意欲之毀滅，則為悲劇。寶玉、黛玉之事的悲劇本質實在於此。因儒家之禮正是意在調和意欲，使人能在意欲與倫理之間得到平衡，能在此兩者之間各獲得寄託與滿足。若是不受禮的調和，一任自作主張，則人生的全部重心倏然落在了意欲一端之

---

55 如同浮士德對感官意欲的世界一無所知，只知道謀求真理。而中國人的處事方式則完全相反。

上，意欲的破滅也就導向了人生的破滅。然而，若人在意欲與倫理兩者之間分憂，則即使意欲破滅，尚有倫理可以安身。李紈的人生實際即是如此，雖然其意欲在根本上破滅了，但是在倫理中安身卻培養出了賈蘭，後來賈蘭中舉，賈家後繼有人，「蘭桂齊芳」，反而對於賈家而言是家道復興了，對於作為整體的家族而言並未是徹頭徹尾的悲劇。徹底的悲劇只存在於意欲為唯一基礎的人生觀念中，唯有宗教的棄絕意欲可以使人獲得解脫。但是，在《紅樓夢》一書所根植的儒家人世生活中，意欲之外尚有禮這個十分明顯的調和物的存在。對於儒家人世生活的闡發而言，如果不能顧及到禮的層面，縱然點破了儒家作為人世基礎的意欲這個根本之物，則仍然似只闡發了一半，因為禮對於意欲導向的人的悲劇而言未嘗不為貴重之物。

王國維的闡發在於其人生理論的介入，從而點破了《紅樓夢》一書的根本癥結所在，但是因其以叔本華的哲學和西方悲劇理論為基礎，對於闡發人類所具有的共性這一層面顯示了其獨有的深刻性，也使《紅樓夢》的闡釋如同莎士比亞悲劇、《安提戈涅》一般具有人類的共通性。但是王國維只重視了儒家的學說基礎的根本所在，卻忽視了在其根本基礎上建立的倫理道德這座大廈。從而對於書旨和人物的闡釋中能達到人類的共有性，卻不能闡釋出中國文化的獨有的規律和特點。這是王國維《紅樓夢評論》的根本利弊所在。

本書在借鑑了王國維紅學研究的基礎上，力圖從儒家文化的義理特徵這一面來闡釋《紅樓夢》，吸取王國維理論闡釋的路徑和方法，但是從評點派的評點實踐出發吸取其利用經義評點文本的觀念，從而結合評論派與評點派的獨到之處，利用儒家經義理論來闡釋《紅樓夢》，以期力圖呈現出《紅樓夢》在承繼和反思儒家文化方面的形式特徵和思想特徵。這可以說是王國維的紅學研究帶給我們的啟示。

第一章　立象說

在周汝昌先生的《紅樓夢新證》中，常常將書中的形象追溯到一個歷史原型，甚至以《紅樓夢》中的人物譜系為指導，在清史和曹雪芹的家族史中尋求或者設定一個書中人物的原型，這種研究方式本質上是胡適的作者考證或者本事研究的精細化，即認為考索出歷史原型對理解書中要旨具有必不可缺的作用，這是文學理論中模仿說的體現和深入的運用。但是，立象說理論對此提出了必要的質疑，或者說提供了新的理解思路。立象說理論認為書中的情節、人物並非是依據歷史材料而來，而很可能是純粹依靠「立象以盡意」的模式而完成的虛構，這種虛構的角色是為了表達作者的特定思想或者為了闡發特定的義理。本章擬以此觀點為基礎分析立象說的「意」、「象」等概念，並試圖以象意關係為出發點分析文學史和美學史中的象意平衡和失衡的問題，以此以象意關係對《紅樓夢》中明顯的虛構部分進行闡釋，試圖闡明這些虛構的人物和意象的用意。立象說除了在《周易》中有其源頭以外，在《紅樓夢》作者非常熟悉的《莊子》和《春秋》亦有該理論的不同顯現，本章對此亦進行了具體實例的分析，來展示立象說的基本內涵、理論緣起以及在《紅樓夢》闡釋中的運用。

第一節　立象說在易學中的緣起和內涵

先秦時代的《易傳》提出了「立象以盡意」的觀點，這是根植於《易經》的一種說解方式，因為《易經》即是用象來表明意義，這個象不只是八卦和六十四卦的象，也包括了爻辭中所運用的具體的意象或形象。

八卦之象是利用陰陽爻的不同組合來體現出不同的意義，本質上是用陰陽思想對外部世界以及變化規律的一種理解，即用陰陽爻這個象來明意。八卦分別是：☰乾、☷坤、☳震、☴巽、☵坎、☲離、☶艮、☱兌。乾的象徵為天，陽氣上升為天，《淮南子・天文訓》曰：「宇宙生氣，氣有涯垠，清陽者薄靡而為天。」[1] 天是純陽的、剛健的，所以用三個陽爻來表現天的意義。坤象徵著地，陰氣下凝為地，地是天之配，其卦義是順從，所以用三個陰爻來表示。震代表了雷，其卦義是動，雷能奮動萬物，也代表了陽氣初生，所以用下方的一個陽爻，上方兩個陰爻來表示陰陽衝突的奮動之時。巽象徵著風，其卦義是入，風行無所不入，兩個陽爻升起於一陰之上，象徵著風的流行。坎卦象徵著水，其卦義是陷，因為水彙聚於下陷之處，其卦象是兩個陰爻包裹一個陽爻，象徵著水外柔弱而內剛健。另外，根據河圖[2]，坎處於北方，象徵冬季，一個白點（象徵陽）在內，六個黑點（象徵陰）在外，即是內陽外陰，所以用其卦象也是陰包陽。離象徵著火，其卦氣是麗，意為附著、附麗，因為火總要附著於某物，其卦象是兩陽爻在外，一陰爻內在，陽包陰，比喻火外剛而內柔。另外，根據河圖，離處於南方，象徵夏季，兩個黑點在內，七個白點在外，即是外陽內陰，所以其卦象也是陽包陰。艮象徵著山，其卦義是止，山穩固不動，所以引申為「止」義，其卦象是下方兩個陰爻，上方一個陽爻，比喻山的上方是陽剛堅硬的山石，而其下方則是柔軟的草木和濕土。兌象徵澤，其卦義為悅，有山澤之處，萬物滋潤，所以有欣悅之狀，其卦象是上方位一陰爻，下方兩個陽爻，比如水為陰柔在其上，而澤的下方蘊藉著陽氣。實際上，對八卦象徵方式的說解方式有多種，以上所說的只是較為通行的看法，歷代的易學家根據其自身的易學思想有其特定的闡釋方式。總之，八卦以陰陽爻這種形象的方式將八種自然物質、意義範疇統合起來，是立象說的一種具體體現。

陰陽爻的組合來比擬事物的情態不只體現在八卦中，也體現在六十四

---

1 轉引自張善文：《周易入門》（上海：華東師範大學出版社，2004 年），頁 44。下文對八卦名義的基本說解參考此書，不再一一加注。

2 可參見第三章錯綜說中有關河圖的論述。

卦[3]中。如☰〈乾〉卦，六爻皆為陽爻，象徵了〈乾〉所代表的天是純陽的，是剛健的，是永不止息的，所以《乾・象傳》曰：「天行健，君子以自強不息。」[4]君子要效法天所具有的陽剛之氣，像天沿著春、夏、秋、冬循環往復一樣，自強不息。這是用陰陽爻來表明天的特性，但是在爻辭中，又用龍這個意象來表明〈乾〉的陽氣不同的變化過程，因為龍象徵了一種剛健的特性。初九爻代表了〈乾〉卦最下面的一個陽爻，象徵了陽氣衰微，位卑力薄，所以初九爻的爻辭是：「初九，潛龍勿用。」[5]意為龍潛伏在深水之中，不要有所動作，宜於養精蓄銳，不宜施展才用。隨著陽氣的漸漸發展，到了九二爻，九二爻代表了由下往上的第二個陽爻，意味著陽氣有所增加，所以九二爻的爻辭是：「見龍在田，利見大人。」意為龍出離了潛隱，出現在了田間，利於見有作為的人，這是因為陽氣已經逐漸增長，而且九二的位置是居中不偏，有君子之德，所以利於出現大人。由上可見，八卦之象通過陰陽爻、意象（如龍）、意象的位置（爻位）來表達不同的意義，所以這就是立象說的一個基本內涵，它倡導我們看待形象的時候要尋求形象內部的深層次的意義，而不僅是表層的現象。

另一方面，六十四卦所指示的意義也是根植於象的組合，確切地說，即是通過八卦之象的不同組合來體現不同的意義，其立象的方式是八卦的兩兩相重，通過八卦本身所蘊含的意義的不同組合而形成新的意義，本質上也是通過象的配合產生新的內涵。䷊〈泰〉卦是由乾卦與坤卦相重而成，〈泰〉卦象徵著通泰，為什麼乾卦與坤卦相重意味著通泰呢？〈象傳〉曰：「『泰，小往大來，吉，亨。』則是天地交而萬物通也，上下交而其志同也。內陽而外陰，內健而外順，內君子而外小人，君子道長，小人道消也。」[6]內卦為乾，為天，天氣上騰。外卦為坤，坤為地，地氣下沉。而天處於下方，地處於上方，天地之氣正好可以相交通，所以風雷雲雨由此生，

3　即八卦兩兩相重之後形成的重卦，共六十四卦，下方的稱為內卦，上方的稱為外卦。
4　黃壽祺、張善文：《周易譯注》（北京：中華書局，2016年），頁7。
5　黃壽祺、張善文：《周易譯注》（北京：中華書局，2016年），頁2。
6　黃壽祺、張善文：《周易譯注》（上海：上海古籍出版社，2001年），頁93。

化生萬物。表現在倫理上，居於上位的與居於下位的相互交通，君臣配合，則意志可以相互協同。所以，由乾下坤上組合而成的〈泰〉卦具有通泰之義。䷋〈否〉卦則由乾卦和坤卦按照相反於〈泰〉卦的方式組合而來，是乾居於上方，坤居於下方，這種狀況則造成了閉塞不通的局面，天氣升騰，而乾居於上方，地氣下降，而地居於下方，天地各向相反的方向運動，而並不交通，〈彖傳〉曰：「『否之匪人，不利，君子貞；大往小來。』則是天地不交而萬物不通也，上下不交而天下無邦也。」[7] 上下不交通則萬物寂滅，民無主，邦無君，而造成否敗之象。由上可見，六十四卦的設象是通過運用八卦的不同的內涵而組合生發出新的意義，本質上也是立象以盡意。

而爻辭中為了說解一些變化的形式往往也會運用的一些意象來表達內涵，這類似於《詩經》中「比」的內涵，朱熹曰：「比者，以彼物比此物也。」[8] 如《曹風・蜉蝣》篇曰：「蜉蝣之羽，衣裳楚楚。心之憂矣，於我歸處。蜉蝣之翼，采采衣服。心之憂矣，於我歸息。」[9] 即是用「比」之義，蜉蝣的羽翅，像華麗的衣裳一般，我心憂傷，何處是我的歸處？朱熹傳云：「此詩蓋以時人有玩細娛而忘遠慮者，故以蜉蝣為比而刺之。言蜉蝣之羽翼，猶衣裳之楚楚可愛也。然其朝生暮死，不能久存，故我心憂之，而欲其於我歸處耳。」[10] 朱熹的解釋是立足於其特定的看法，不論其解釋的內容如何，可以看出蜉蝣的羽翼這個意象是有一個隱在的內涵的，而詩人正是由這個隱在的義而設立了蜉蝣之羽翼這個外在的象。在《詩經》中這個此物可以找到明確的所指，而彼物是一個意象化的形象。但是在《周易》爻辭中這個此物只是一種抽象的內涵，而這個彼物是將這個抽象的意義表現出來的一個意象，如「見龍在田」即是一個意象，但是其所指的內涵是非常抽象的。

䷂〈屯〉卦的最基本的內涵是象徵著艱險，因為其內卦（下方三爻組

---

7 黃壽祺、張善文：《周易譯注》（上海：上海古籍出版社，2001 年），頁 101。

8 見〔宋〕朱熹：《詩集傳》（北京：中華書局，2018 年）。

9 〔宋〕朱熹：《詩集傳》（北京：中華書局，2018 年），頁 135。

10 〔宋〕朱熹：《詩集傳》（北京：中華書局，2018 年），頁 135。

成的卦）為震，外卦（上方三爻所組成的卦）為坎，震的意義是動，坎的意義是險或者陷。所以〈彖傳〉曰：「屯，剛柔始交而難生，動乎險中。」[11] 坎為水，也象徵著雲，雲與雷相交所以是剛柔始交[12]，震為動，坎為險，所以說動乎險中。總之，〈屯〉卦象徵著艱險。其六三[13] 爻辭曰：「即鹿無虞，入于林中。君子幾，不如舍，往吝。」[14] 這段爻辭可以說是非常形象化的表述了，其意思是追逐山鹿但是並沒有虞人（掌山澤的官）的指引，來到了茫茫林海之中，君子要見微知著，謹慎行事，不如捨棄，繼續前往則會有悔吝[15]。這段爻辭的表示是用來明象的，也就是說明卦中象的意義，六三爻是陰爻，而且其所處的爻位是陽位[16]，也即是以柔居剛，在〈屯〉卦這個艱險的時候以柔居剛，而且不中不正[17]，則容易妄動，妄動卻沒有應援[18]，就正如追逐山鹿沒有虞人的引導，所以不如捨棄。可見，六三爻辭作為一段意象其內涵是相對隱晦的。正是通過立象（即鹿無虞）來把這個意義表現出來。

下面再分析一例。䷈〈小畜〉卦九三爻辭曰：「輿說輻，夫妻反

---

11 黃壽祺、張善文：《周易譯注》（北京：中華書局，2016 年），頁 35。

12 本說解參照了程頤的《周易程氏傳》的傳文。

13 卦中的橫線稱為「爻」，連通的是陽爻，中間斷開的是陰爻，陽爻用九表示，因為九為太陽之數，陰爻用六來表示，六為太陰之數。卦由下往上分別用初、一、二、三、四、五、上表示，配合九六來表示陰陽，如〈屯〉卦各爻的名稱是：初九、六二、六三、六四、九五、上六。六三就表示該卦中的由下往上的第三個陰爻。

14 黃壽祺、張善文：《周易譯注》（北京：中華書局，2016 年），頁 39。

15 翻譯此句參考了《周易譯注》（黃壽祺，張善文：《周易譯注》，上海：上海古籍出版社，2001 年，頁 44）的相關譯文。

16 六個爻的位置由下到上分別是一三五的位置為陽位，二四六的位置為陰位。陽爻處於陽位，陰爻處於陰位，則為當位，反之則為不當位。

17 「中」一般指第二爻位和第五爻位，因為這兩個爻位分別處於內卦和外卦的中間。「正」可以理解為當位。

18 六個爻位中其內部有相互應援的關係，稱為「應」，即初爻與四爻應，二爻與五爻應，三爻與上爻應，若相應的兩爻陰陽屬性相反，則可以「應」，反之則「不應」，「應」一般可以理解為有應援。在此處六三爻與上六爻都是陰爻，不能「應」，所以無援手。

目。」意為車輪掉了輻條，夫妻反目相視，這是該爻辭的形象，但是這個形象設立出來是為了表達怎樣的意義呢？爻辭是用來明象的，象是出意的，所以要明白爻辭的意義必須要去卦象中尋求。按照程頤的說解，九三爻作為陽爻，不處於中位，並且「密比[19] 於四」，因為陰陽爻相求的緣故，「匿比而不中，為陰蓄制者也，故不能前進，猶車輿說去輪輻，言不能行也。夫妻反目，陰制于陽者也，今反制陽，如夫妻之反目也。反目謂怒目相視，不順其夫，而反制之也。婦人為夫寵溺，既而遂反制其夫，未有夫不失道而妻能制之者也。」[20] 在此處程頤指出了夫妻反目的原因在於九三爻受制於六四爻，陽受制於陰，這是比較抽象的原意，但是他用夫婦進行的理學式的論述則屬外延式的推演，實際上是從陽受制於陰推演到夫妻之象，是在受爻辭「夫妻反目」的影響而來，但爻辭所設的這個形象並非是在表層指夫妻之禮，而是用來喻明陽受制於陰。朱熹的說解則相對固守於原意：「九三意欲上進，然剛而不中，迫近于陰，而又非正應，但以陰陽相說，而為所係蓄，不能自進，故有『輿說輻』之象。然以志剛，故又不能平而與之爭，故又為『夫妻反目』之象。戒占者如是，則不得進而有所爭也。」[21] 朱熹的分析沒有過多地局限在象的層面，而是直接闡明了本爻辭的意義，「不得進而有所爭」。而且，對於夫妻反目的原因朱熹在卦義層面而非象的層面進行了解釋，九三志剛所以不能與六四爻爭，所以反目，這不同於程頤用理學化的夫妻形象的說解。綜上，可見「輿說輻，夫妻反目」的這個形象實際上表明了不可繼續冒進而爭執的意義，這即是立象說中「立象以盡意」的具體體現。

這樣的形象在《周易》中十分豐富，都是利用象來明意，如〈睽〉卦上九爻辭：「上九，睽孤，見豕負塗，載鬼一車，先張之弧，後說之弧。」〈隨〉卦六二爻辭：「六二，系小子，失丈夫。」〈剝〉卦初六爻辭：「剝床以足，蔑；貞凶。」上九爻辭：「碩果不食，君子得輿，小人剝廬。」

---

19 「比」也是易例的一種，是指下方爻與臨近的上方爻的關係，下方爻對上方爻即為「比」。同類還有「乘」，上方爻對下方爻的關係即是「乘」。

20 〔宋〕程顥，程頤：《二程集》（北京：中華書局，1981 年），頁 746。

21 〔宋〕朱熹：《周易本義》（北京：北京大學出版社，1992 年），頁 16。

〈大過〉卦九二爻辭：「枯楊生稊，老夫得其女妻；無不利。」〈離〉卦九三爻辭：「日昃之離，不鼓缶而歌，則大耋之嗟，凶。」這些鮮明的形象的設立即是用來表明難以用概念直接表露，或者用語言表露後其內涵單一化的意義，這些形象的設定是根據卦象而來的，根據卦象中的六爻之間的「乘、承、比、應」的關係而聯想到用這些形象來使這個意義變得鮮明，所以這就是「盡意莫若象」，這是作《易》者的初衷。

「象」的觀念在漢代易學中變得更加重要，成為漢代象數易學的核心概念，為了解釋卦爻辭在卦象中的來源，漢代易學家發現僅僅從〈說卦傳〉中所指明的八卦中所寓的象來解釋經文是不夠的，於是衍生出眾多的卦變方法，如互體、旁通、相錯、變化、反復、往來、升降等，卦變法體現了六十四卦、三百八十四爻之間的內在聯繫和相互轉化，於是為了求得卦爻辭中的象，漢儒便沉溺於瑣碎繁雜的卦變中，可以說是對象與象之間的相互聯繫進行了重要的探索。這在易學批評《紅樓夢》中可以引導我們探索《紅樓夢》中眾多人物和形象之間的內在聯繫。

針對漢代繁瑣的象數易學，魏晉的易學家王弼在《周易略例．明象》提出了一個重要的觀點：「夫象者，出意者也。言者，明象者也。盡意莫若象，盡象莫若言。言生於象，故可尋言以觀象。象生於意，故可尋象以觀意。意以象盡，象以言著。故言者所以明象，得象而忘言。象者所以存意，得意而忘象。……是故觸類可為其象，合義可為其徵。義苟在健，何必馬乎？類苟在順，何必牛乎？爻苟合順，何必坤乃為牛？義苟應健，何必乾乃為馬？」[22] 這就是得意忘象說，王弼強調「意」而削弱「象」的作用，認為要側重於探求象所蘊含的意義，而非只是在表層來探尋象的來源，這可以說是立象說理論的一個重要源頭，其基本的主張即是象是達到意的手段，意是目的，不要在象的執著中忽視了意義。在《紅樓夢》的研究中，這個主張的合理表述即是：不要在理解、考證表層人物形象時忽視了對人物意義的探求。

張新之的易學批評中秉持了一定的立象說成分，他認為書中的一些事件

22 樓宇烈：《王弼集校釋》（北京：中華書局，1980 年），頁 609。

是虛構出來來傳達一個「意」的，如鐵檻寺中冤死的一男一女，乃至柳湘蓮與尤三姐的愛情，都是通過立象來形成而表達一定的寓意。立象說認為書中的情節和人物並不是簡單的模仿，乃至並不是由一個歷史原型而來，在這方面立象說是對紅學中索隱派和考證派的一個反動。立象說認為書中的人物和情節存在相當程度上的虛構性，其虛構的目的是「立象以盡意」，為了表達一個隱含的意義而設定這個形象。

第二節 〈繫辭傳〉的立象說及其批評價值

一、〈繫辭傳〉立象說的基本旨歸

《周易》是一部很古的書，不只表現在其在六經中是最古的，即使放在世界文明的比較視野中，《周易》也算得上相當古老的。傳統的說法認為《周易》的成書是「人更三聖，世歷三古」[23]。一般認為畫卦者是伏羲，清代易學家胡煦云：「孔子曰：『河出圖，洛出書，聖人則之。』古今畫卦，止伏羲一人，則此聖人斷指伏羲無疑矣。」[24] 伏羲畫卦這一點較少受到爭論。卦辭和爻辭的作者則略有爭議，一種看法是認為卦辭和爻辭皆由周文王所作，尚秉和先生舉出了兩個證據，一是：「周公之德，由魯《春秋》知之。周王之所以王，則由易象知之。蓋文王演《易》，其憂勤惕厲之精神，備見於《易》辭，故一觀《易》辭（凡《易》辭皆易象），即知文王之所以王，是春秋人以文王演《易》。」[25] 可見，文王的憂勤惕厲的精神可以在《易》辭中得到體現，這裡的《易》辭即是卦辭和爻辭，而且春秋時人皆以為卦辭和爻辭皆為文王所作。二是：「〈繫辭〉云：『《易》之興也，其當殷之末世，周之盛德邪？當文王與紂之事邪？』是孔氏以文王演《易》。後

---

[23] 也有「人更四聖」之說，四聖分別為伏羲、文王、周公、孔子，以為伏羲畫卦，文王繫辭（即作卦辭），周公作爻辭，孔子作十翼。

[24] 〔清〕胡煦：《周易函書・第一冊》（北京：中華書局，2008 年），頁 14。

[25] 尚秉和：《周易尚氏學》（北京：中華書局，1980 年），頁 3。

太史公、揚子雲之屬，亦以文王演《易》於羑里，既曰演《易》，則卦爻辭皆文王所作，自西漢以前，無異議也。」[26] 傳統認為〈繫辭傳〉等「十翼」是孔子所作，則根據〈繫辭傳〉所言，孔子的看法也是文王演《易》，司馬遷、揚雄諸人皆以為此。至於卦爻辭作者的爭論是東漢以後發生的，尚秉和云「至東漢王充、馬融、陸績之儔，忽謂文王演卦辭，周公演爻辭，孔穎達、朱子等皆信之，而究其根據，則記載皆無。」縱使卦爻辭的成書作者有所爭論，但是其成書於周代應該沒有疑問。

至於重卦[27] 是何人所重，歷代有所爭議，王弼以為是伏羲重卦，鄭玄以為是神農重卦，孫盛以為是夏禹重卦，司馬遷認為是文王重卦。尚秉和引孔穎達說認為伏羲重卦較為令人信服，其證據是《周易乾鑿度》云：「垂皇策者羲。」[28] 策是占筮時所用的蓍草，既然伏羲時已經用蓍草占筮，而蓍草占筮所用的大衍之法所形成的是六畫卦，所以，說明伏羲之時已經有重卦了。可見，重卦是在相當久遠的年代，也說明利用八卦的象來相重來產生新的意義的思維方式的出現是非常古老的。

再就是「十翼」的形成年代，「十翼」即對《易傳》十篇的總稱，認為其羽翼經文，實際上是對經文的闡釋，共有七種十篇：〈繫辭傳・上〉、〈繫辭傳・下〉、〈說卦傳〉、〈序卦傳〉、〈雜卦傳〉、〈文言傳〉、〈象傳・上〉、〈象傳・下〉、〈彖傳・上〉、〈彖傳・下〉。傳統認為是孔子作「十翼」，司馬遷、揚雄、班固等人都對此無疑。直到宋代歐陽修開始質疑。尚秉和認為：「蓋《周易》得夫子之十翼，門戶始開，而十翼幽奧之辭，其難解過於《周易》。朱子云：『有文王之《易》，有孔子之《易》』，孔子之《易》即十翼，故十翼非孔子不能為，不敢為，而記錄十翼者，則孔子之門人也。」[29] 總之，十翼與孔子的關係是較為密切的，所以〈繫辭傳〉中的「立象以盡意」的思想應該代表了孔子的思想。

---

26 尚秉和：《周易尚氏學》（北京：中華書局，1980 年），頁 4。

27 即三畫卦重為六畫卦。

28 尚秉和：《周易尚氏學》（北京：中華書局，1980 年），頁 5。

29 尚秉和：《周易尚氏學》（北京：中華書局，1980 年），頁 6。

由上可見，立象說在易學中表現為四個層次，一個是陰陽爻之象來形成八卦；二是八卦之象來形成重卦（即八卦兩兩相重形成的六十四卦）；三是卦爻辭中為了表現卦象中的意而塑造的生動的形象；四是〈繫辭傳〉明確提出的「立象以盡意」的論斷。其中，陰陽爻形成八卦代表了伏羲的思想，重卦也代表了伏羲的思想。卦爻辭中的形象是代表了周文王的思想，而「立象以盡意」是代表了孔子的思想。可見，立象說是凝聚了伏羲、文王、孔子三聖的思想，可以說是起源甚古的。

〈繫辭傳〉云：「子曰：『書不盡言，言不盡意，然則聖人之意其不可見乎？』，子曰：『聖人立象以盡意，設卦以盡情偽，繫辭焉以盡其言，變而通之以盡利，鼓之舞之以盡神』」。「意」、「象」、「言」三者的關係問題在此被第一次提出。「立象以盡意」是《周易》十分重要的屬性，也是其區別於其他經典的關鍵。

八卦的特點在於它是一種形象的存在，是一種表達意義的形象，〈繫辭傳〉曰：「立象以盡意」，「易者，象也。象也者，象也」，「是故，夫象，聖人有以見天下之賾，而擬諸形容，象其物宜，是故謂之象」，都說明《周易》是通過仰觀俯察的方法，比擬事態的情狀，以象的方式表現出來，這是象與世間萬物在相像層次上的相通，但是這個相像卻不是表面的相似，而是內部的意義的相通，這就是「立象以盡意」中的意義的相通，所以八卦「通神明之德，類萬物之情」所依靠的就是提取出了萬物內部的意義，也就是〈說卦傳〉中羅列的「義象」，通過內在意義的相互聯繫，世間萬物則達到了一種深層次的意義的相通。劉勰在《文心雕龍》中指出了「四象」說正是本源於《周易》的，那麼這個意義的內涵是什麼呢？其內涵是非常深邃的，但是陰陽是其中本源的一部分，《莊子・天下篇》曰「《易》以道陰陽」，〈說卦傳〉曰：「觀變於陰陽，而立卦」，立卦也即是立象，卦者，象也，還說「設卦觀象……昔者聖人之作《易》也，將以順性命之理。是以立天之道，曰陰與陽；立地之道，曰柔與剛；立人之道，曰仁與義」，可見，由陰陽之本源衍生出地道的剛柔和人道的仁義，這可以說是「立象以盡意」中意的重要內涵。

可見，《周易》作為一本上古的典籍，即發揮了通過設立形象來表達某種內在旨趣的主張，這可以看作是立象說的源頭，對後世的中國文學發揮了深遠的影響。立象說的本質是一種模仿說和表現說的結合，它在一定程度上是一種模仿，因為它首先要觀物，然後取象，「觀」和「取」即是一種模仿的過程，但是它又不僅僅是模仿，而又是一種表現，它通過模仿的過程將外物的意義提取出來從而用陰陽爻組成的形象來表達出來，從而實現了一個內化的過程。

《周易》的「觀物取象」法可以依照八卦和卦爻辭來分成不同的層次。八卦的象是運用陰陽爻的不同組合來象徵不同的事物，而卦爻辭則是用不同實在的形象來表達內涵，這兩者有較大的差異。其中卦爻辭中的形象十分類似於《詩經》中「比」的手法，朱熹《詩集傳》中云：「比者，以彼物比此物也。」〈乾〉卦中通過龍的不同位置來比喻陽氣所處的不同階段，實際上就是一種比擬來言理的方法，龍潛伏在深水裡，比喻陽氣微弱。〈小畜〉卦九三爻辭「輿說輻，夫妻反目」，用以表示九三爻所處的不利位置，這樣的例子上文已經略有論述。總之，爻辭是運用形象將卦象中的每個爻所處的情勢給比擬出來，其中有一種意義間的相通，意義間的相通是任何比擬成立的一個前提。

至於八卦的象內涵則不僅僅局限於文本之中，其指涉的範圍非常廣泛，是延伸到整個世間的萬事萬物的，這在一方面也為卜筮提供了可能，因為卜筮必須對世間的萬物有所指。這一點在〈說卦傳〉中已經發源，並在漢代的象數易學中發揚光大，後世也有不少專門增補八卦的「逸象」之說，都是試圖建立八卦與世間各種事物的聯繫，其聯繫的內在依據則在於意義的相通。〈說卦傳〉：「乾，健也；坤，順也；震，動也；巽，入也；坎，陷也；離，麗也；艮，止也；兌，說也。」可以說是說明了八卦的義象或本義，乾為天的指稱，天最大的特性是「健」，所以乾即以來指代健，該卦不直接言天或者直接言健，而稱之為乾，王夫之在《周易外傳》首篇中曾給予解釋，乾可以看作是形象和意義的一個結合體，天只是形象，而健只是意義，乾則將二者統合起來，可見，乾是一個源出於天而將其意義內在化並超越兩者的代指，從而它具有最高的指代性，所以〈說卦傳〉曰：「乾為天、為圜、為君、為父、為玉、為金、為寒、為冰、為大赤、為良馬、為瘠馬、為駁馬、為木果」，這一個指涉序列可以無限延伸下去，其成立的依據即在於意義的相通，所有的乾所指涉的形象都可以與「健」的意義聯繫起來。

在這個意義上，易學中的設象法可以為我們分析文本形象提供一個理論源頭和分析依據。

二、立象理論在紅學中的批評價值

清代的紅學批評家張新之在很大程度上講就是運用易理的方法來評批《紅樓夢》，他的批評著重於對書中人物和情節所具有的義理來進行闡釋，致力於挖掘具體的人物和事件中所體現的出的義理，其闡釋的旨歸還是在於儒家，其闡釋的方法多運用易象法，即將書中的具體形象跟《周易》的卦象等聯繫起來，從而達到一種相互闡發的目的，但是因為他所用的易象闡釋法過於晦澀難明，或者在一些地方有牽強之處，所以其評點受到一些誤解和指責，但是當我們在《周易》立象說觀念的指導下來分析其具體批評，則會發現其中重要的批評價值。

要理解用易理來解釋《紅樓夢》的基本思路，還須首先破除一種觀念，即認為張新之這類批評家認為《紅樓夢》是比附《周易》來寫的，或者按照某個卦象來設計一個書中的人物。持有這種看法的根源在於把「援《易》解『紅』」跟紅學中索隱派的方法等同起來，索隱派如王夢阮、沈瓶庵、鄧狂言、壽鵬飛、杜世傑等常常把書中的人物或事件引向一個或多個歷史中的確定的人物或事件，從而有了認為《紅樓夢》是暗寫排滿情緒、宮闈秘事、奪嫡之事、明清史人物的看法，而且索隱派得出的許多看法之所以為人所詬病[30]，

---

[30] 索隱派的看法實際上對理解書旨較有參考價值，但索隱派往往皆流於過度闡發，其初始之觀念多言之成理，但一旦切入書中延伸，則往往有附會之嫌，而流於主觀、任意，這皆因《紅樓夢》一書乃歷經多次刪改，由野史而成小說，原先的本事已是若即若離，又加作者興之所至，另設文辭，已與本事有相當距離，所以索隱若能避其泛漫，適當解說，適可而止，則或可有益於理解此書。

在於他們把書中事件和歷史事件聯繫起來時所持有的主觀性和任意性，這種主觀性和任意性的本有缺陷和具體闡發中的過度、泛漫是導致索隱紅學本身經不起推敲的根本原因。但是以胡適、周汝昌等學者為代表的新紅學的研究邏輯在本質上與索隱派紅學並無差異，只是他們通過作者考證把書中文本事件跟歷史事件相聯繫的任意性降到了比較低的層面，所以新紅學的核心是「自傳說」，認為書中的大量材料是根源於曹家，這就避免了文本解釋的任意性，但這也是一個十分危險的根基，因為這種觀念是要建立在《紅樓夢》有嚴苛的寫實主義傾向的基礎之上的，但由中國的文學傳統和明清小說發展的傳統以及《紅樓夢》文本的具體情況來看這種純粹的寫實傾向實際是站不住腳的[31]。

而張新之的批評方式是不同於索隱派的，所以歸之於索隱派的「牽強附會」、「任意性」也同樣不適用於張新之的批評，因為他批評的這個層面不存在表層的附會，他的方法也不能用附會來概括。確切地說，他的方法是一種注重對於意義的闡發的義理批評法，《紅樓夢》中人物或事件所表現出來的義理或內蘊是可以與《周易》或其他儒道的經典相通的，這是一種義理的相通，而不是表層材料層面的相通，所以就不存在任意性或牽強附會的問題。意義相通則可以將不同的表象聯繫在一起互相闡發，這是「援《易》解『紅』」的基本思路。更進一步，這種思路的來源也可以追溯到易學，在〈說卦傳〉、王弼的易學思想中有具體體現。

簡要地說，以《紅樓夢》第七十四回「抄檢大觀園」為例，該回寫的是以王善保家的和周瑞家的等人為首，王熙鳳等人陪同，去抄檢大觀園中眾姊妹的箱篋。並且，該查抄之前，是有甄家被抄的消息；該查抄之後，是有賈家真被抄的事實。如果按照索隱派紅學的思路，那可能真會找到一個清史中的也是抄沒的事件與之對應，認為即是影射此事。若按照新紅學的思路，估計會從曹家的眾姊妹中找到一個查抄的事件，或者也許認為是暗寫曹家抄

31　《紅樓夢》脫胎於《金瓶梅》，而後者並非是純粹寫實的著作，而是以家庭瑣事暗寓對朝政的批判。《紅樓夢》實際在其根本精神上也是這個路數。

沒，同時這也就在一定程度上承認書中所寫的並不是簡單的「自敘傳」，是有很多演繹出來的虛事的。但是，按照「援《易》解『紅』」的思路，問題則顯得更有價值。

首先，以張新之為代表的評點派的方法是有可以與索隱派相通的地方的，也就是索隱派認為的書中所寫不是實事，而是借象影射或闡發，書中所設無非是一些虛構的形象，這些形象背後可以追溯到一個本事或主旨，如按照這個思路蔡元培在《石頭記索隱》就不乏一些精闢的論述：「所謂賈府，即偽朝也。其人名如賈代化、賈代善，謂偽朝之所謂化、偽朝之所謂善也。賈政者，偽朝之吏部也。賈敷、賈敬，偽朝之教育也。（《書》曰敬敷五教。）賈赦，偽朝之刑部也，故其妻氏邢（音同刑）[32]。」在此蔡元培認為賈府及諸人之所以設，是為了寫偽朝的政治文化的統治都十分虛偽這個本旨。按照這個思路來理解，抄家也就不再是一個局限於大觀園閨閣中的小小的風波，而有了更為廣泛的與整個封建王朝的政治文化、史書義理相融通的地方。這是索隱派紅學由細微的事件到更具普泛寓意的一個闡釋過程的貢獻。洪秋蕃在《紅樓夢抉隱》中曾經評論此回：「古人云，敗必有徵，抄檢大觀園殆即賈家之敗徵歟？善乎探春之言曰：『這樣大族人家，若從外頭殺來，一時是殺不死的。必須先從家裡自殺自滅起來，才能一敗塗地！』旨哉斯言！非讀破萬卷書，明於古今得失之機者不能道。」[33] 可見，賈府的大觀園的寓意絕非僅僅是一個私家的園子而已，而是可以從中窺探出整個封建歷史的治亂興衰。至此，我們可以考慮新紅學研究一味地來比附，一味地來進行本事考證，是不是偏離書旨呢？作者是把「古今得失之道」注入到大觀園中的各個事件中的，所謂的本事並非只是曹家的本事，而是整個封建歷史的本事甚或是史書中的事體事理，如《紅樓夢》第一回所云的「貶惡誅邪，指奸責佞」的意思。

即如序言中所引蔡東藩在《前漢通俗演義》序言所論漢代外戚與女寵相

---

[32] 高平叔編：《蔡元培全集・第三卷》（北京：中華書局，1984 年），頁 76。

[33] 馮其庸輯校：《重校八家評批紅樓夢》（青島：青島出版社，2015 年），頁 1843。

始終的歷史規律。歷史的發展是人內部的物質欲望與與此相對的倫理道德相衝突的過程，倫理道德與物質欲望的矛盾衝突構成了中國古代歷史展開的基礎，女寵、外戚、方鎮實是人本身的物質欲望超越倫理的限制的產物，夷狄、閹宦、嬖幸、權奸實是人的個性不受倫常禮制的限制的產物，總而言之便是人的物質欲望不斷掙脫的過程，歷史的動力即來源於這個人本身的顯現為人性的物質欲望，雖然其有多種的表現形式，但其根基卻不會超脫於此。《紅樓夢》中正是表現了這種物質欲望和倫常禮制相衝突的過程，而這兩者的衝突正是孔子學說內部蘊含的本有衝突，即以物質欲望作為人世實在的基礎，而以德性倫理對此基礎進行指引。

這種物質欲望和倫常禮制的衝突在《紅樓夢》中是通過婚姻這個形式表現出來的。孔子學說中對婚姻極為重視，這也是孔學在其本質上以人性欲望為基礎的明證。《禮記・郊特牲》曰：「天地合而後萬物興焉。夫昏禮，萬世之始也。」《禮記・昏義》曰：「男女有別而後夫婦有義，夫婦有義而後父子有親，父子有親而後君臣有正。故曰：昏禮者，禮之本也。」《周易・序卦傳》曰：「有天地然後有萬物，有萬物然後有男女，有男女然後有夫婦。」《史記・外戚世家》云：「故《易》基〈乾〉、〈坤〉，《詩》始〈關雎〉，《書》美釐降，《春秋》譏不親迎。夫婦之際，人道之大倫也。禮之用，惟昏姻為兢兢。」這皆證明孔子學說中對婚姻觀念十分重視，男女婚姻乃是與天地並列的概念。婚姻本身乃就是禮本質特徵的顯現，禮即是人欲和人倫的調和，婚姻就是孔學以禮改化人欲的典範，正因有此婚姻之學，儒家的人世的存在方式才得以建立起來，而德性倫理的學說實際是用以指引人世的物質、欲望實踐的花葉，孔子學說的本根卻仍然在人世中的物質和欲望，這實際成為古代社會中以孔學為基礎的人世生活的動力。

理解婚姻對於儒家的根本意義對於理解《紅樓夢》一書為何力在寫男女婚姻有重要的指示，理解《紅樓夢》寫婚姻的諸多問題對於理解此書對儒家人世的認識和意旨所在具有重要的指示。《紅樓夢》中寫婚姻的種種問題如賈璉熱孝娶親，王熙鳳妒忌成性，夏金桂之不能守貞，賈珍賈蓉父子聚麀，賈赦賈璉因秋桐而父子聚麀，賈瑞之盜嫂，王熙鳳之叔嫂同車，秦可卿之叔侄不忌諱，來旺霸成親，薛寶釵機心用事失禮成親，薛蟠奪親，尤三姐自定終身等事，皆是人物之行為不能合於儒家婚姻之禮的規定，正因其不循禮，所以造成人物的悲劇命運。這正是物質欲望和倫常禮制相衝突的過程，《紅樓夢》寫婚姻的問題正是反思了儒家人世中的這個歷史動力的問題。婚姻一旦變動，則儒家人世必然變動，歷史也將向著不同的方向前進，因為婚姻是這個人世的基礎。正因為儒家建立起了婚姻之禮，儒家人世才有了其基礎，《紅樓夢》正寫了這個最基礎之物、最根本之物，這建立在其對儒家的深刻理解之上，由此也能觸及儒家人世的根本問題。進一步而言，《紅樓夢》寫了男女婚姻這個作為禮之本、萬世之始之物的問題和衰變，從而對理解儒家人世的嬗變具有重要的認識意義。

這種內在義理可以進一步概括為：《紅樓夢》一書以婚姻為主要描寫對象，而其基本的事體則是立足於女寵、外戚二端。黛玉為女寵之主，以王熙鳳為首的王家、薛寶釵為首的薛家實為外戚，正因外有外戚攀附，權奸橫生，內有女寵惑心，不得安生，加之元春失勢，欲依從功利而結親薛家，又有孌幸戲子蔣玉菡、芳官之流，閨閣之中暗生角逐，黛玉勢單力薄，又有一襲人進讒，權柄既移於宮闈婦人之手，於兒女婚姻大事、人倫之基上潦草行事、類同兒戲，終至一死一亡。人不安生，人心低迷，邪妄滋生，蟲既蛀於其內，而外患便生於外，終至抄家，一敗塗地。然而抄則抄矣，官官相護，斷不能斷其根底，所以又有家道復興。這實際上說明《紅樓夢》一書實是將史中事理敷演開來，在一賈家之中通過婚姻這個人世基礎來寫古今治亂興衰的根由，其事雖似有所本，然事既因理而敷演渲染，便不是本事，而是理事，故不能以本事視之，如作者所言「又何必拘拘於朝代年紀哉」，因作者是寫事體事理，得其事體事理，又何必膠柱鼓瑟，求其原本呢，況且主旨原本是生於義理之中，理在象先，並無一個固定、恒定的原象和本事。

從根本上說，這種由具體的家庭事件而闡發到治亂興衰的闡釋思路可以概括為是「因意設象、得意忘象」。作者的文本創作是因意設象，而讀者則宜得意忘象。「得意忘象」是王弼在解《易》時所提出的看法，《周易略例．明象》云：「夫象者，出意者也。言者，明象者也。盡意莫若象，盡象莫若言。言生於象，故可尋言以觀象。象生於意，故可尋象以觀意。意以象盡，象以言著。故言者所以明象，得象而忘言。象者所以存意，得意而忘象。」[34] 雖然王弼在此論述「明象」的根基是針對漢代的繁瑣的象數易學，但對我們分析文學作品時尤其有借鑑意義，「抄檢大觀園」就是一個象，我們要根據這個象來尋求其意，可以說洪秋蕃的評論就十分接近這個意，而且我們不要執象，所以王弼說：「故立象以盡意，而象可忘也。」只要我們從抄檢大觀園中明白了古今得失之道，又何必拘執於這些人物是什麼呢？這些人物可以在閨閣中，可以在朝廷官場中，也可以在亂世疆場上，但其意是相通的，這就是王弼說的「觸類可為其象，合義可為其徵」，這就啟示我們讀《紅樓夢》不要只以為是閨閣中的事，而可以是世間萬事的一個表露，所以一個大觀園就是一個小世界。相反，新紅學非要找出一個歷史中的相似的人物作為書中人物的原型，就是執象，「執象而求，咫尺千里」，不但沒有求得象，反而也沒有找到其意。

再者，以張新之為代表的易理批評方法正是尋求《紅樓夢》中的種種的「象」可以與《易》象或易理相通的地方。那我們會產生這個疑問，為什麼是用《周易》與其相通而不是別的書呢？這個問題非常值得探討，筆者暫且提出兩點看法。

一是《易》本身就是一本非常特殊的經典，因其有「象」，〈繫辭傳・下〉云「是故《易》者象也，象也者像也。」《易》最本質的一點就是其用「象」，〈繫辭傳・上〉云「子曰，書不盡言，言不盡意，然則聖人之意，其不可見乎？子曰，聖人立象以盡意，設卦以盡情偽。」〈說卦傳〉云「乾健也……乾為天，為圜，為金，為玉，為寒……」，所以八卦之象是可以盡萬物的，《紅樓夢》也是包羅萬象，且是直接用形象來寫，故兩書應有相互印證之處。更進一步，《紅樓夢》與《周易》在取譬設象上如出一理，《周易》從卦象上看，是用一陰一陽兩爻來立象，陰陽組合三百八十四爻，千變萬化，把宇宙間陰陽的合和都形諸卦象。《紅樓夢》也有立象來闡理的意

[34] 樓宇烈：《王弼集校釋》（北京：中華書局，1980 年），頁 609。

味，其象也是千變萬化，只不過其內中之理比較蘊藉含蓄，她所取的象都是現實中俯仰皆拾的平常之象，所以人往往被那表面的象所蒙蔽，以為只有表面的意思，而忽視了底裡的意思。

二是《易》作為群經之首，其成書過程「人更三聖，事歷三古」，很多思想在一定程度上可以作為儒、道等家的根基。所以《紅樓夢》中一些事情的內蘊可以追原到《易》，就以抄家為例，賈家之所以被抄是緣起甚遠，可以說從秦可卿案、「王熙鳳弄權鐵檻寺」就開始發端，到王熙鳳「弄小巧借劍殺人」可以說已經一發不可收拾，「惑奸饞抄檢大觀園」是一個小照，直到最終被抄沒，是一步一步而來，《周易》中〈坤〉卦初六爻的爻辭是「履霜，堅冰至」，「霜」比喻微陰，微陰已經初生，按照其發展趨勢，則可以想到堅冰的生成也將不遠，預示了陰陽變化的規律是由細微處開始發端，進而形成燎原之勢的。不僅在〈坤〉卦的爻辭中有此逐漸變化的意味，《周易》中處處有此表現，最突出的表現應該是十二辟卦（也稱十二消息卦）[35]，十二辟卦對應一年中十二個月，用十二個卦比喻陰陽消長，從一陽初生的〈復〉卦，陽息陰消，到〈臨〉、〈泰〉、〈大壯〉、〈夬〉直至到〈乾〉，陰消盡，而成純陽，然後又從一陰初生的〈姤〉卦，陰剝陽，到〈遯〉、〈否〉、〈觀〉、〈剝〉直到剝成純陰〈坤〉，而有從〈復〉卦開始新一輪的循環。可見，《周易》中的這個變易的規律在《紅樓夢》中是有一個十分顯著的體現的，在這個思想的指引下我們也能明白為什麼後四十回賈家又得到皇上的恩澤，乃至又有寶玉中鄉魁之說。

總之，這一段文字是一段簡明的概括，一是說明以太平閒人張新之為代表的易理評點派為什麼在很長一段時間內不被接納與理解，主要原因在於把索隱派與易理派混為一談，而沒有發現易理評點派的特殊性。二是闡明「援《易》解『紅』」在學理上具有可行性，且通過易理的闡發使書中很多《紅樓夢》書旨和思想義理的問題可以迎刃而解，加深我們對《紅樓夢》文本的深刻思想內涵和教益作用的理解。

---

[35] 在本書第五章卦氣說中有對十二消息卦的論述，可參見彼章。

把《紅樓夢》中人物與《周易》中的卦象相對應而相互闡發，張新之在此基礎上已有一定的實踐，尤其突出在劉姥姥和元、迎、探、惜四姐妹身上，這種闡釋方法並不是張新之的首創。蔡元培在《石頭記索隱》開篇即提及「太平閒人評本之缺點，在誤以前人讀《西遊記》之眼光讀此書，乃以《大學》《中庸》『明明德』等為作者本意所在，遂有種種可笑之傅會，如以吃飯為誠意之類。」[36] 在此不論蔡元培說張新之是傅會，但蔡元培還是很敏銳地辨別到張新之的批評是受到前人讀《西遊記》的影響的。

蔡元培所說的前人讀《西遊記》的讀法應包含乾嘉年間的著名內丹家劉一明所撰的《西遊原旨》，該書從內丹、易理角度闡發《西遊記》文本，對書中的眾多人物用卦象與其對應。張新之生活在道光年間[37]，其受到劉一明評《西遊記》的影響是有很大可能的。且張新之評語中在細微的幾處有提及丹道，而張新之並非丹家，可見這種影響的可能性確實存在。也由此可見，以卦象配人物是有其傳統，其根源可以追溯到六經間的相互解釋。

把《紅樓夢》中的人物與《周易》中的卦象相配合需要有幾點值得我們反思。一是這種配合的依據在何處；二是配合之後對讀《紅樓夢》有何益處。

王弼在《周易略例・明象》中闡明了易學中非常重要的一點，就是內在意義上可以相通的事物，是可以歸納在一起，集合在某個共同的範疇或名目之下的。而我們要從具體事物中達到共同範疇下的這個義，得到義之後，具體的象就不那麼重要了。王弼的原話是：

> 是故觸類可為其象，合義可為其徵。義苟在健，何必馬乎？類苟在順，何必牛乎？爻苟合順，何必坤乃為牛？義苟應健，何必乾乃為馬？而或者定馬於乾，案文責卦，有馬無乾，則偽說滋漫，難可紀

36 高平叔編：《蔡元培全集・第三卷》（北京：中華書局，1984 年），頁 74。

37 張新之具體生卒年不可考，與其交遊的五桂山人在署其〈妙復軒評石頭記序〉中有言「道光三十年庚戌一陽月五桂山人跋」（見一粟編《紅樓夢研究資料》，北京：中華書局，1964 年，頁 36），可知太平閒人後半生在道光三十年左右。

> 矣。互體不足，遂及卦變，變又不足，推致五行。一失其原，巧愈彌甚。縱復或值，而義無所取。蓋存象忘意之由也。忘象以求其意，義斯見矣。[38]

王弼的這個「掃象」思想雖然在易學史上頗受爭議，很多宗漢易的學者認為王弼掃象而易學遂亡，如尚秉和先生即持此種看法：「誠以象者《易》之本……乃自王弼掃象，演空理，唐宋諸儒，以其易而從之，易學遂亡矣，范寧謂其罪浮桀紂，彼實有所見。」[39] 在此不論王弼的這個思想在易學上的影響，但是在文學批評領域尤其是易學批評中可以提煉出十分重要的思想。

「觸類可為其象，合義可為其徵」，觸逢到意義相通的個別事物則可以統攝到一個更具一般意義的名目之下，這個更具一般意義的名目即是意義，或者卦義，比如〈乾〉卦的卦義是健，品物之中凡是可以與「健」相聯繫的都可以歸到〈乾〉之下，故乾為馬。〈坤〉為順，品物之中凡是可以與「順」聯繫的都可以歸到〈坤〉之下，故坤為牛。王弼進一步闡發自己的思想「義苟在健，何必馬乎？類苟在順，何必牛乎？」王弼認為只要能從具體的象中提取到他的意義，那麼這個具體的象就沒有那麼重要了，所以要「得意忘象」，在此王弼突出「義」而削弱「象」，是面對漢代繁瑣的象數易學而發，象數易學執象而忽視了義理的探求，乃至為了尋求卦辭、爻辭中的一個象不惜運用各種各樣的卦變來找到這個象，所以王弼說「互體不足，遂及卦變，變又不足，推至五行，一失其原，巧愈彌甚！」這個「原」就是「義」，我們只要把握了意義，何必沉溺於那些愈滋愈巧的象的搜求中呢？

反觀紅學，我們不禁唏嘘，紅學的索隱派、新紅學中的本事考證也是沉陷在「象」中不能自拔，非要把書中的「象」找到一個歷史現實中的象，為了找到這個象也可謂是「巧愈彌甚！」，批語不足，便及家史，家史不足，

---

38 樓宇烈：《王弼集校釋》（北京：中華書局，1980 年），頁 609。

39 尚秉和：《周易尚氏學》（北京：中華書局，1980 年），頁 288。

更及清史，反而對書中眾多的象的義理沒有深刻的瞭解和認識，這不與作者的良苦用心背道而馳麼？作者「批閱十載，增刪五次」、「字字看來皆是血，十年辛苦不尋常」，不是為了讓我們後人去找一個書中的本事的，而是讓我們明曉書中的義理，以此為鑒，不要重蹈覆轍。

所以過分強調象似為缺乏旨趣，追尋義理反而更能接近作書本義，這就是立象說解《紅樓夢》的第一個依據。不過分強調象就是不過分拘執於書中的閨閣場景，這個閨閣場景作為象是有內在的義理的，就像馬作為一個象其義在於「健」，同樣「抄檢大觀園」這個象何嘗只是在閨閣中呢？明白了這一點，我們就可通過閨閣中「抄檢大觀園」得出的義理來反觀更廣闊的世界，這就是洪秋蕃所說的「明於古今得失之機」。張新之的易理批評方法正是尋求《紅樓夢》中的種種的事象、物象可以與易象或易理相通的地方，通過表象的相通來尋求其內在的義理，這實際上是易理紅學方法上的精髓。但是，這種易理批評潛存的問題是過於注重以易理來比附書中事象，進一步也將《紅樓夢》的內涵局限在了易理之中，在其本質上則將書旨固化了，演至其極端則《紅樓夢》一書成為《周易》的映射物。

第三節　《莊子》中的設象法

《紅樓夢》中屢次提及到《莊子》。第二十一回寫賈寶玉讀《莊子》外篇的〈胠篋〉，並仿照其文體續了一段妙文。第六十三回寫邢岫煙向寶玉描述妙玉的脾氣時，說「文是莊子的好」。第一百十三回，寫賈寶玉看到園子中風波不斷，黛玉又亡，「想到《莊子》上的話，虛無縹緲，人生在世，難免風流雲散，不覺的大哭起來。」《紅樓夢》中尚有多處引用或提及《莊子》，足見作者是對《莊子》十分熟悉的，甚至可以說《莊子》的文法和思想對《紅樓夢》有一定的影響，本節試圖從立象說的角度來探索《莊子》中所設的虛無縹緲的形象的特定的意義。

《周易》提供了一個「設象以盡意」的源頭，它的意義是盡變化之理，是側重於用形象來呈現陰陽、剛柔、仁義的內涵。《周易》設象說的兩個源頭分別是卦象和爻辭中的象，卦象的設象側重於將變化之理統合在一陰一陽之中，根本上是對外部事物的一種分析和提煉，爻辭中的形象則側重於尋求意義與形象間的相通之處，這可以說是《周易》設象說的兩個基本觀念。先秦典籍中，《詩經》、〈離騷〉、《莊子》可以說也對設象說具有貢獻，尤其是《莊子》中充滿了大量說理的形象，值得我們深入分析。

《莊子》文中充滿了豐富爛漫的形象，在形象中說理，賦予理念以形象，是《莊子》區別於其他諸子的顯著特徵。魯迅在《漢文學史綱要》中論及《莊子》文風道：「著書十萬言，大抵寓言，人物天地，皆空言無事實，而其文則汪洋辟闔，儀態萬方，晚周諸子之作，莫能先也。」[40] 劉熙載在《藝概》中說：「莊子寓真於誕，寓實於玄，於此見寓言之妙。」[41] 可見《莊子》之文是汪洋恣縱，將實在的東西用玄妙虛無的寓言來表現出來，實際上還是有實理在的，其「無事實」是寓言在現實性上的不真實，卻在義理層面有其所指，所以〈天下〉篇自述道：

> 以繆悠之說，荒唐之言，無端崖之辭，時恣縱而不儻，不以觭角見之也。以天下為沉濁，不可以與莊語，以卮言為曼衍，以重言為真，以寓言為廣。獨與天地精神往來，而不敖倪於萬物，不譴是非，以與世俗處。其書雖瓌瑋，而連犿無傷也；其辭雖參差，而諔詭可觀。[42]

「謬悠之說，荒唐之言，無端崖之辭」，這確實是《莊子》文本帶給人的直觀體驗，但是在本質上這些「無端崖之辭」確實是虛無而沒有意義的嗎？劉熙載認為這是「寓實於玄」，實際上在這些「無端崖之辭」中是可以尋找到一個實在的意義的，只不過這個實在的意義被玄妙化，隱藏起來而已。尤其是《莊子》文中的人物、事物的名字，帶給我們一種不可捉摸的玄妙體驗，如〈逍遙遊〉中的「北冥」、「南冥」、「天池」，〈天運〉篇中

---

[40] 魯迅：《魯迅全集・第九卷》（北京：人民文學出版社，2005年），頁375。
[41] 王氣中：《藝概箋注》（貴陽：貴州人民出版社，1986年），頁20。
[42] 鍾泰：《莊子發微》（上海：上海古籍出版社，2002年），頁6。

的「北門成」，〈知北遊〉中的「知」、「無為」、「白水之南」等等，這些名相果真是荒誕不經，其具體的意義難以捉摸，但也留給我們探尋的餘地。近人鍾泰在《莊子發微》中嘗試探尋了這些人名、物名的意義，他所探尋的方法是援用易理來解釋這些名相，筆者對《莊子發微》中的解釋稍加說解，以求對莊文中的「無端崖之辭」的「實」義有所認識，進而探尋《莊子》文中的眾多形象是具有實在意義的，是本源於意義而衍生出的形象。由此作為立象說的一個具體呈現，並為紅學研究中象的分析提供一個方法論的依據。

鍾泰認為莊子之言，多取象於《易》，而取義於老。取義於老，人或知之，取象於《易》，則知之者鮮矣[43]。《莊子》之文並非單調的說理文，而是充滿了眾多的形象，莊子的思想多闡發老子之義，而多用形象來發揮，這些形象在很大程度上與易象相通。鍾泰注解莊文的一大令人欽服之處就是他發掘了書中眾多的易象，他探尋〈消搖遊〉[44]一段中的《易》象可以說是非常精到。

> 北冥有魚，其名為鯤。鯤之大，不知其幾千里也。化而為鳥，其名為鵬。鵬之背，不知其幾千里也；怒而飛，其翼若垂天之雲。是鳥也，海運則將徙于南冥。南冥者，天池也。[45]

鍾泰認為《莊子》一書即發端於「北冥」，而「冥」字可以旁通於其他篇目，〈在宥〉篇說「至道之精，窈窈冥冥」，〈天地〉篇：「視乎冥冥，聽乎無聲。冥冥之中，獨見曉焉。無聲之中，獨聞和焉。」〈知北遊〉篇云：「昭昭生於冥冥，有倫生於無形。」莊子所言的「冥」就猶如老子所說

---

43 鍾泰：《莊子發微》（上海：上海古籍出版社，2002 年），頁 6。

44 鍾泰以為「消搖」是疊韻謰語，「消」者，消釋義，「搖」者，動盪義。蓋消者，消其習心，搖者，動其真機，習心消而真機動，是之謂消搖。所以鍾泰用此二字，詳見《莊子發微・消搖遊第一》篇首。

45 〔清〕王先謙：《莊子集解》（北京：中華書局，2012 年），頁 9。

的「玄」。

「北冥」作為一個形象，鍾泰認為取象「北冥」的緣故在於，「北」在易象中屬坎方，南則屬離的方位。〈說卦傳〉云：「坎者水也，正北方之卦也，勞卦也，萬物之所歸也，故曰勞乎坎。離也者，明也，萬物皆相見，南方之卦也，聖人南面而聽天下，向明而治，蓋取諸此也」。離處於南方，為明，則坎處於北方，為暗可知，可見由「北冥」至「南冥」是由暗徙明，南方為明，然而也謂之「南冥」的緣故在於，明暗一源，正如老子曰：「此二者同出而異名，同謂之玄。」

取象「魚」的緣故在於，鍾泰認為該象取之於〈中孚〉卦，〈中孚〉卦上巽下兌，卦辭是「豚魚吉，利涉大川，利貞。」筆者查考《周易集解纂疏》中的漢易舊注，根據虞翻所解，〈中孚〉卦是由〈訟〉卦的九四爻降至初爻而成，而在〈訟〉卦中內卦為坎，坎為豕，四降到初爻後，則「折坎為豚」，《說文》：「豚，小豕也。」其義為因為九四降，則有折傷之義，所以由〈訟〉中的「豕」變成〈中孚〉中的「豚」，這是豚象的來歷。從另一面看，〈訟〉卦中初爻升至第四爻，根據互體，第四爻到上爻形成巽，即「初陰升四，體巽為魚」，而巽為何為魚？其原因是「震陽為龍，巽陰為魚。郭璞云：『魚者，震之廢氣』是也。」震巽旁通，故是[46]。

之所以是取象於〈中孚〉卦，更重要的緣由是因為卦氣[47]起於〈中孚〉。李鼎祚引《爾雅翼》：「鯢，今之河豚，冬至日輒至，應〈中孚〉十一月卦。」鄭康成曰：「中孚為陽，貞於十一月子。」可見卦氣由〈中孚〉而起，而莊子之文也藉由〈中孚〉的「魚」象而起[48]。

---

46 以上舊注皆引自〔清〕李道平：《周易集解纂疏》（北京：中華書局，1994 年）。參看該書具體卦的注解。

47 卦氣說出於《易緯・稽覽圖》，其載：「甲子卦氣起於中孚。」在本書卦氣說一章中有詳細介紹。

48 另外，李鼎祚備一說，沒有道明出處，僅曰或曰：「豚魚生澤中而性好風，向東則東風，向西則西風，舟人以之候風焉。當其什百為群，一浮一沒。謂之拜風，拜風之時，見其背而不見其鼻。鼻出於水，則風立至矣，〈中孚〉之為卦也，上兌而下巽，當風與澤之間，而象之以豚魚，互艮又為鼻。此象之至精也者，存之以備一說。」筆

「其名為鯤」，鍾泰認為在此「『鯤』之為言混也。」《爾雅・釋魚》：「鯤，魚子。」段玉裁曰：「魚子未生者曰鯤，鯤即卵子。」郭慶藩引方以智之說：「鯤本小魚之名，莊子用為大魚之名，其說是也。」筆者以為，鯤小魚之名而莊子卻形容鯤之大，類似於南冥為明方，卻也謂之為「冥」，南冥謂之為冥是因為「微顯一源，非有二也。」《老子》所謂：「此二者同出而異名，同謂之玄。」同樣，鯤為小魚而寫其大，小大也是同出而異名，鍾泰解鯤為「混」，混也即「玄」也，《老子》曰：「有物混成，先天地生。」在此，取「鯤」象，是有合於《老子》之義的。

「鯤之大，不知其幾千里也。」在此，大不為大，小不為小，鍾泰認為此是發揮《老子》之義：「吾不知其名，字之曰道，強為之名曰大。」

「化而為鳥。」魚化為鳥，這個象非常奇異，鍾泰認為此象是取象於〈小過〉卦。〈小過〉卦辭：「小過。亨利貞，可小事，不可大事，飛鳥遺之音，不宜上宜下，大吉」，所以鍾泰以為此卦「有飛鳥之象焉」[49]。但魚化為鳥作何解釋？鍾泰給出解釋，〈小過〉卦與〈中孚〉卦旁通，故魚化為鳥，另根據卦氣說，〈小過〉卦貞於六月未，處於正離之方。鄭康成曰：「小過為陰，貞於六月未」，因為〈小過〉卦象四陰包兩陽，有坎之象。前〈中孚〉卦卦象四陽包兩陰，有離之象，「〈中孚〉為陽，貞於十一月子。」處於正坎之方。由此看，〈中孚〉卦有離象卻居坎方，〈小過〉卦有坎象卻居離方，是陽居於陰，而陰居於陽，陰陽互根。筆者以為，魚取象於中孚有坎象為陰，居離方，鳥取象於小過有離象為明，居坎方，儼然是後代

者以為，李鼎祚所引此說，與胠篋取象比較相似，生活現象中豚魚與風澤緊密相連，而本卦即取象於此，是不借卦變之說，而徵之以時氣物候。《周易》一個非常顯著的特點就是卦辭、卦象、卦義三者相通，一有俱有，李鼎祚所引的一說在卦辭、卦義、卦象上皆講得通，確可備一說。

49 之所以有飛鳥之象，據虞翻解，〈小過〉卦由〈晉〉卦的上爻之三爻而成，〈晉〉卦的外卦為離，離有雉象，所以為飛鳥，卦變之後離毀而成為震卦，震為音（〈說卦傳〉曰「震為善鳴」，故為音），內卦艮為止，離去震在，所以是鳥飛而音止。因五六兩陰爻乘陽，所以不宜上，一二兩陰爻承順兩陽爻，所以宜下，這是虞翻的解釋，我們據此可以認為莊子取鳥象是根於〈小過〉卦。

的太極雙魚圖，而陰中有陽，陽中有陰，陰陽互根，正是本於《易》。

「其名為鵬」，鍾泰以為：「『鵬』之為言朋也。」由此引到〈坤卦〉，其卦辭有：「西南得朋，東北喪朋，安貞吉」。鍾泰根據虞氏《易》曰「得朋猶得明也。」筆者查漢《易》舊注，有崔覲一說：「西方坤兌，南方巽離，二方皆陰，與坤同類，故曰『西南得朋』。」據此，離居南方，為明，得朋言得明亦可[50]。「鵬言背，艮之止也。」鍾泰未言所以然，筆者以為，鵬鳥取象於〈小過〉，〈小過〉內卦即艮，故言。

鍾泰繼而論之，「怒而飛，」震之動也。「海運」者風，巽也。「天池」者澤，兌也。「蓋於是坎離震巽艮兌，六子之卦，無不具備。六子之卦備，即六十四卦無不備，而總之者則為乾坤，故後有『乘天地之正，而御六氣之辨』之言也。」[51]

經過鍾泰的注解，「北冥」、「南冥」、「魚」、「鯤」、「鳥」、「鵬」的隱義得到一個較為明晰的說解，且魚與鳥的象和「化而為鳥」的象可以在《周易》中找到一個對應的源頭，而且其形象之內的意義是，魚（〈中孚〉）在坎方，卻是離象（南方），化成鳥（〈小過〉）之後，卻有坎象（北方），飛向離方。簡明地說，一開始即是陽在陰的方位，陰在陽的方位；接著陰陽轉換（魚化為鳥），結果變成陰在陽的方位，陽在陰的方位，就是陰陽的動態變換。這即是鍾泰認為的這一段的隱義。

潘雨廷先生也與鍾泰有相似的見解，在〈《易》與〈逍遙游〉〉一文中他說：「《莊子》曰：『《易》以道陰陽』……若其用，理當陰陽互根……〈逍遙遊〉曰：『北冥有魚，其名為鯤，鯤之大，不知其幾千里也。』此于易象為坎，坎位北為水，天一生水，鯤遊其中，逍遙焉，變化焉，陰根于陽，乾元藏焉……於卦離為鳥、為鵬，又為飛，宜鯤既化鵬……且離位南，

---

50 而且，據惠棟《周易述》：「虞氏說此經以納甲云，此《易》道陰陽消息大要也。謂陽月三日變而成震，出庚；至月八日成兌，見丁。庚西丁南，故西南得朋，謂二陽為朋。故兌，君子以朋友講習。」這是用納甲法解釋「得朋」之義。又，根據惠棟引爻辰說，也可見得朋之義，「爻辰初在未，未西南陰位，故得朋。」

51 鍾泰：《莊子發微》（上海：上海古籍出版社，2002 年），頁 5。

故『是鳥也，海運則將徙于南冥，南冥者，天池也』。達天池而地二生火，鵬息其中，陽根于陰，坤元生焉。陰陽相生，以遊無窮者，易道也。」[52] 可見，潘雨廷先生對鯤、鵬的解釋也是對應陰陽，可以推演到易道上。

下面我們再看〈天運〉篇中的一個例子。〈天運〉篇講北門成問樂於黃帝，借說至樂來彰明道體。北門成聽聞了咸池的樂後產生了接連的感受，黃帝便借言樂來言道。

> 北門成問于黃帝曰：「帝張咸池之樂於洞庭之野，吾始聞之懼，復聞之怠，卒聞之而惑，蕩蕩默默，乃不自得。」[53]

鍾泰援《易》解《莊》，對此段進行了十分精到的注解。他認為黃帝與北門成兩個名字皆有寓意，實際上是擬設一象而別有所指。「黃帝」的名字較易理解，「黃帝者，中央之帝為混沌者是也。」

> 「北門成」，則艮象也。艮于卦位居東北，故曰「北」。艮為門闕，故曰「門」。成言乎艮，故曰「成」也。「成」者，萬物之所成終而所成始也。成終成始，周流不息，是之為運。此明天道聖道之運，故取象於艮也。「咸池」，黃帝樂名，取「咸池」為言者，「咸」者感也，「池」者澤也。〈咸卦〉下〈艮〉而上〈兌〉，二氣感應以相與。樂之感人，有似於是。[54]

> 「懼」者震象，〈震卦〉言「震來虩虩」是也。故下文言「蟄蟲始作，吾驚之以雷霆」。「雷霆」即震也。震者艮之反，於卦位則震繼艮而首出。艮之成始，成始乎震也，故言樂始乎此，入道亦始乎此，

---

[52] 潘雨廷：《易與佛教・易與老莊》（上海：上海古籍出版社，2005 年），頁 252。

[53] 鍾泰：《莊子發微》（上海：上海古籍出版社，2002 年），頁 314。

[54] 鍾泰：《莊子發微》（上海：上海古籍出版社，2002 年），頁 315。

> 子思作《中庸》，所以首言「戒慎恐懼」也。「復聞之怠」者，「怠」者豫象，〈雜卦〉言「謙輕而豫怠」是也。「豫」者，雷出地奮，先王所以作樂崇德也。故此「怠」非怠惰之謂，乃奮豫之至，力無所著，形為此象。故下文言「目知窮乎所欲見，力屈乎所欲逐，吾既不及也夫！」蓋入道之久，情移形釋，往往有此境界。[55]

據〈說卦傳〉：「艮，東北之卦也，萬物之所成終而所成始也，故曰成言乎艮。」據此而成的後天八卦方位皆列艮處於東北方，而〈艮〉卦具有成物的意思，〈艮〉卦一陽爻居於二陰之上。夏代的《易》即稱作《連山》，是〈艮〉卦排在首位，所以「成」意是取象於艮。〈說卦傳〉：「艮為山、為徑路、為小石、為門闕、為果蓏、為閽寺、為指、為狗、為鼠、為黔喙之屬。其於木也，為堅多節。」所以「門」字也是取象於艮。可見，北門成三字都是由〈艮〉卦的寓意或所代表的象而來，而《莊子》文中之所以取艮的「成物」之意是因為這合於本篇〈天運〉的旨意，即「成終成始，周流不息」。

「咸池」一名也有寓意，「咸」明顯與《周易》中〈咸〉卦相通，「咸」即是「感」的意思，惠棟《周易述》：「咸，感也。坤三之上成女，乾上之三成男，乾坤氣交以相與，止而悅，男下女，故通，利貞，取女吉。」[56]〈咸〉卦是上兌下艮，兌為少女，艮為少男，艮兌皆由乾坤二卦交感而來，是坤的六三升到上爻形成兌卦，所以說「成女」，是乾的上爻降到坤的六三形成艮卦，所以說「成男」，而且男在女下，有求女之象，所以〈咸卦〉有感應的意思，也即「二氣感應」，而音樂感人動物，也與〈咸卦〉的二氣感應十分相似，所以莊子取象為「咸池」，按照鍾泰的注解，莊文實是取象於《易》來使命名蘊藉深意。

所以，「北門成」、「咸池」這樣的命名皆與全篇相貫，而它之所以能

---

55 鍾泰：《莊子發微》（上海：上海古籍出版社，2002 年），頁 316。

56 〔清〕惠棟：《周易述》（北京：中華書局，2007 年），頁 90。

貫通就是運用了象與意的相通之處，象可以達意，如〈繫辭傳〉所說：「聖人立象以盡意。」「北門成」、「咸池」的象就是莊子所設，用來盡意的。莊子多用寓言，寓言中多設象，這樣的象在《莊子》文中俯拾皆是。

綜上所言，無非是說明莊子文中所取之象都有一定的寓意和淵源，而《周易》作為古代非常重要的有象之書，可以說為他書取象提供了基礎。尤其是〈逍遙遊〉、〈知北遊〉、〈天運〉篇中的例子，其事物的命名都可以用易象加以解釋，通過援入易象來分析，我們可以對《莊子》中人名、物名的具體內涵作出頗讓人信服的解釋，從而達到更好地理解書中思想的目的。

在對《莊子》文中的人名、物名的寓意有所瞭解之後，我們反觀《紅樓夢》中的命名則有更深刻的認知。《紅樓夢》中屢次言及《莊子》，可見作者對《莊子》是十分熟悉的，而且《紅樓夢》命名多用諧音法，但是對其分析則可以借鑑鍾泰分析《莊子》命名的方法，《周易》一書本身就是一部「象」書，從而可以啟示我們用易象來分析《紅樓夢》的事物命名。

這一點，清代的批評家已經略有涉及，如張新之在〈紅樓夢讀法〉中曰：「木行東方，主春生；金行西方，主秋殺。林生於海，海處東南，陽也；金出於薛，薛猶雲雪，錮冷積寒，陰也。此為林為薛、為木為金之所由取義也。」[57] 在此張新之運用五行提煉了林黛玉和薛寶釵等人的命名取義，可以說非常精闢。

第四節　「象」與「意」之關係的歷史分析

在先秦時代，象作為出意的手段被廣泛運用，單純的說理文章反而並不發達，尤其是《周易》、《老子》、《莊子》之中，運用形象來闡理非常普遍，即使是儒家典籍中，《詩經》的比興手法也可以說是運用形象來說明儒理，這在漢代經學中得到了很大的提煉，如以〈關雎〉為「后妃之德」，則

57　一粟：《紅樓夢資料彙編》（北京：中華書局，1964 年），頁 156。

是認為形象之中蘊含著義理。《禮》中也可以提煉出形象與意義的特定的關係，如《儀禮‧喪服》中，不同的衣飾則代表不同的意義，是呈現並固定意義的方式。《春秋》中，尤其是《公羊傳》中側重於對經文中出現的自然災害作為象來分析，並試圖尋找其中的內涵與意義，來發明天人感應的學說，如經文中屢次記載蝗蟲災害、大雨雪、地震等，這些自然災害作為一種天地之象，被認為是具有意義的存在，從而對其進行分析，〈繫辭傳‧上〉曰：「天垂象，見吉凶，聖人象之。」《春秋》經中對象的記載及傳中對其意義的探尋，皆把握了象與意之間的內在關係。《尚書‧洪範》篇中對五行的分析，水火木金土分別對應一二三四五之生數，也是具體之象與深層次的意義之間的聯繫。

但象意關係在先秦時代並未成為十分顯著的問題，可以說是象意相稱，象可以相對恰合和節制地來表達意義，不能直接用論述方式表達的意義也可以用象來指稱，象與意沒有出現內在的衝突，所以，象意之間的矛盾還未明顯地顯露出來。

對象意關係進行深入探討的是魏晉的王弼，他在《周易略例》中首次鮮明地提出了象意關係的明確看法，他認為需要「得意忘象」，「夫象者，出意者也。言者，明象者也。盡意莫若象，盡象莫若言。言生於象，故可尋言以觀象；象生於意，故可尋象以盡意。故言者所以明象，得象而忘言；象者所以存意，得意而忘象。」在此，王弼將意、象、言劃分成了三個層級，意是本源，而象是出意的，言更是所以明象的，這個觀點非常值得分析，它本質上不同於西方文論中的語音中心主義或邏格斯中心主義，它主張存在一個處於源出狀態的意，而最親近於這個意的是象，言則是處於最末流的狀態，其與意義相差較遠。但王弼在此是明顯地推重意義，而擯斥形象，這說明在王弼的時代象意關係已經發生了較為明顯的衝突，需要摒棄對象的執著而達到對意的把握。在歷史上這表現為漢代思想中對於象的過分的重視，而忽視了對意的探求。

表現在易學中，是漢代象數易學對於象的無休止的探求，為了解釋《周易》經文中的種種卦象的來源，漢代象數易學發展了繁複的卦變方法[58]，如互體（多種互體法）、升降、往來、旁通、卦氣、爻辰、納甲等等名目繁複，蔚為大觀，從而在解釋經文之外發展了龐大的易學闡釋理論，這些理論與陰陽五行干支相互結合，形成一種具有很大的闡釋能力的學說，如納甲說、爻辰說、卦氣說都是根植於易學而發展起來的理論，這些理論多立足於對經文的闡釋上，但是其闡釋過於繁複，往往為了解釋一個爻辭中的象的來源而費盡周折，根源上說這是一種漢代古文經學的訓釋方法，為了一個字而動輒幾千的傳文，所以在對象的過分的執著上，反而忽視了對經文意義的探求，這就是王弼所說的：「案文責卦，有馬無乾，則偽說滋漫，難可紀矣。互體不足，遂及卦變，變又不足，推致五行。一失其原，巧愈彌甚。縱復或值，而義無所取。」[59] 這種繁瑣的經文訓釋方式讓人對經文本有的意義難以瞭解，所以王弼獨立旗幟，提出了得意忘象之說：「是故觸類可為其象，合義可為其徵。義苟在健，何必馬乎？類苟在順，何必牛乎？爻苟合順，何必坤乃為牛？義苟應健，何必乾乃為馬？……蓋存象忘意之由也。忘象以求其意，義斯見矣。」[60] 節制對象的過分執著，或將象控制在一定範圍之內，並且重視對經文意義的考察，這是王弼的主張。王弼的主張是立足於象意關係的失衡上，象太過於繁瑣而遮蔽了意義，所以王弼的主張也是矯枉過正，提出了得意忘象之說，在一定程度上也走向了另一個極端，所以後世評價王弼對易學的貢獻時常言，易學至王嗣輔而亡，因為一定範圍的象確實對意義是有深刻的闡釋作用的，忘象有時導致了意義的不存。

不僅是漢代的易學存在過分注重繁瑣的象的特徵，漢代的文章尤其是賦體，更是存在了數量巨大的形象，世間的百草鳥獸，名目繁複的修飾詞，讓賦體這種文體變得意義異常難尋。可見，漢代的審美風尚即是崇尚象而節損意義，在象與意的偏重上是偏重於象的，這不同於唐宋時的審美風尚，對意

58 在本書第四章影身說第二節「影身說理論的易學來源」中有對以卦變方法解釋經文的具體分析。

59 樓宇烈：《王弼集校釋》（北京：中華書局，1980 年），頁 609。

60 樓宇烈：《王弼集校釋》（北京：中華書局，1980 年），頁 609。

更為重視，在易學上則表現為義理派易學的興起，在文章上則表現為重視餘音和味外之旨的詩詞。迨至明清，象意關係又因過分忽視象而出現了新的變革，那就是象又有復興之勢，人們在審美思想上又尋求對象的描摹和興趣，表現在易學上則是清代象數易學的復興，表現在文學上則是明清小說的緩緩展開，小說不同於詩詞，而是具有相當長度的篇幅，可以將世間的事物一覽無餘地表現出來，在一定程度上，這不就是對漢代美學思想的回應嗎？「賦家之心，包括宇宙，總覽人物。」這難道不是小說家的抱負嗎？實際上，明清的小說家是真正配得上這三句評語的。

同樣，明清的審美思潮所構造的新的象意關係，又展示為新一輪的矛盾運動，這番矛盾運動不只表現在藝術家的創作上，也表現在學術研究乃至人們的審美傾向上。對象的過分的重視又導向了清代的乾嘉學風，在小說上表現為對具體之象的描摹達到了新的高度，這應該說是《紅樓夢》產生時的審美思想上的時代背景。

第五節　《紅樓夢》象意關係闡釋的兩個維度及其實踐

具體到《紅樓夢》的研究上，象意關係的觀念將給我們打開新的視野和闡釋思路。具體而言，筆者認為象意關係可以在兩方面對《紅樓夢》文本及紅學史的研究產生積極推進。

一方面是在《紅樓夢》文本的闡釋上，以《周易》和其他儒道經典所提煉出的立象說，將有利於《紅樓夢》書中眾多藝術形象的解讀，如具體人物的闡釋，每個人物作為審美形象是具有一定的意義存在的，這個意義的闡釋和界定，以及書中絲毫不遜於漢賦的眾多的生活的、宗教的、文學的、哲學的形象的解讀上，都需要我們以新的象意關係的維度上來考察，側重於發掘其意的層面，因為清代審美思潮將象一覽無餘地表現出來了，而意則需要我們下一番功夫來探索。

第二方面，在紅學研究史上也出現了對象與意的不同側重，這種不同的側重導向了不同的紅學研究流派，因此產生了不同的紅學研究成果。從根本上說，這些富有差異的研究實際上是根植於對象與意的不同側重上的，這與《周易》的闡釋史不無二致，易學史上因為對象與意的不同的側重從而出現了不同的流派，同樣，紅學研究史上出現了驚人的一致性。可以說，考證派和索隱派是對《紅樓夢》中的象非常重視，而疏於對意的探求。王國維等人的紅學研究則表現為一種注重意義的文藝理論式的研究，忽視了對具體的象的源流的深層次探求。

一、從象意關係簡論紅學史

一般來說，把胡適發表《紅樓夢新證》作為一個重要的關節點來對紅學研究進行劃分，之前那些評點的、索隱的紅學被視為舊紅學，而之後的科學的考證的紅學則被認為是新紅學，這種劃分無疑是粗疏的，但是從象意的關係上來考察，則可以對不同研究方法的偏重有所瞭解。筆者以為，清代筆記體的以及評點派的紅學研究尚是一個亟待墾荒的領域，之前的許多評價並未中肯，甚至學界對評點派的紅學還沒有深入的、客觀的、認真的研究和評價。這裡面有其歷史的原因，但不可否認的是，評點派紅學，除了脂硯齋的評點之外，尚且是處於相對繁複且不易研究的領域，以張新之等人的評點為例，其評點的內蘊包含著與儒家經學、文章學的千絲萬縷的聯繫，這是一個相對複雜的領域。馮其庸輯校的《重校八家評紅樓夢》可以說對評點派的整理工作做出貢獻，但是對其研究尚未深入開展，所以筆者暫且放置對評點派的分析工作，而著重分析紅學史上的以沈瓶庵、蔡元培為代表的索隱派和以胡適、周汝昌為代表的考證派，以及之後用西方理論來闡釋《紅樓夢》的著作作一番分析。

王夢阮、沈瓶庵的《紅樓夢索隱》創作的前見是「全書大旨，隱寓開國一朝史事。」[61] 這是王沈二人認為的書中的真事，他們研究的方法就是透過書中的假文章而引證出真實存在的歷史人物和歷史事件，《紅樓夢索隱》曰：「全書百二十回之目錄，大半皆明指真事，而特於書中敷衍出一篇假文

[61] 王夢阮、沈瓶庵：《紅樓夢索隱》（北京：北京大學出版社，2011 年），頁 3。

章……全書是一總謎，每段中又含無數小謎，智者射而出之。」[62] 所以其研究方式就是射覆、猜謎，根據一個已經存在的觀念，來在文本和歷史中尋求相合的證據。這種考索方法將《紅樓夢》中的人物形象和事件看作是歷史人物和歷史事件的一種呈現，當我們把這些人物形象和事件都看做一種象時，這種理論確實認為這些象不是單一的存在，而是有其歷史根據的，在象意的關係上，它側重於尋求象的眾多相似特徵，並將其限定在清朝開國史的時間範圍內，凡是在這個時間段內，與董鄂妃與順治帝相關的歷史事件，具有與《紅樓夢》中文本有相似特徵的，都被引用來作為其真實的源出的象。在此，王夢阮的索隱方法是以歷史之象來論證文本之象，其論證的依據在於兩者的相似性，但這種相似性是一種表層的象的相似性，並未深入到意的層面，從象意關係上來看，它是執著於象，只在象的領域相互考索，而沒有到達意的層面。

而胡適的考證研究則是在象的層面上避免了一種任意性，王、沈二氏沒有避免的尋求象之間聯繫的任意性在胡適這裡得到了解決，因為胡適找到了相當的實證證據，來證明《紅樓夢》文本中的象是與具體的曹家的象相聯繫的。相比較於王夢阮通過認為《紅樓夢》是敷演董鄂妃之事的傳聞來尋求書中情節與實際事件的證據，胡適則是通過版本、脂批的研究來把書中所記的象與曹家的專門象相結合來闡釋。這兩者的研究在象意關係上沒有本質的不同，只是立足點有相當的差異，王夢阮的立足點是京師故老的傳聞，胡適的立足點則是在考證的基礎上將《紅樓夢》看作是曹雪芹的自敘傳。兩者的研究方法都旨在尋求一個本象，都試圖尋求《紅樓夢》文本中的人物事件等種種象的本來面目，這種研究思想的出發點都建立在一個邏輯前提下，那就是《紅樓夢》是一部可以用模仿說理論涵蓋的著作。在象意關係上，也即是認為《紅樓夢》的觀物取象說是一種低層次的取象說，因為這種理論認為《紅樓夢》的象就是歷史中存在的象，作者只不過通過些許變換把它搬到了書中而已。

---

[62] 王夢阮、沈瓶庵：《紅樓夢索隱》（北京：北京大學出版社，2011 年），頁 7。

當我們反觀《周易》和《莊子》中的立象說之時，我們會發現立象說的理論是極其豐富的，是主張用象來明意，而非設一個象來比附另一個象。考察中國古代的小說和詩詞，無不是設象說的一種代表，而到了《紅樓夢》這樣一部博大精深的著作，斷不可能僅僅變成了一部自敘傳，或是一部外傳，在邏輯上這是講不通的。所以，索隱派和考證派都只是在象的領域進行比附闡釋，而沒有觸及到真正深刻的源出於象的意的層面。所以，這種研究是一種執象，「執象而求，咫尺千里」，所以這種研究就類似於漢代的象數易學和古文經學的研究方式，在一種類同性和相似性上不斷比附，導致了非常繁瑣的考證方式，但是其對人物形象、人物事件的意義則疏於考察，這正如王弼所說的「義無所取」。

王國維的《紅樓夢評論》以叔本華美學為本體的闡釋方式，將叔本華為代表的西方近代美學思想援入《紅樓夢》的解釋之中，從而對《紅樓夢》本身所具有的人生哲學的內涵進行了極大的挖掘，這在根本上是一種根植於意義的闡釋方法，是超越了個別的人物形象而將其視作作者表達人生哲學的媒介。王國維在意義層面上超越了清代的以儒釋道三家解釋《紅樓夢》思想的窠臼，而認為其主題是生活的本質是欲望和痛苦的海洋，人生乃是苦痛和不幸的，所以《紅樓夢》是一齣徹頭徹尾的悲劇。以叔本華的理論合理地從《紅樓夢》中闡釋出這樣的觀念是了不起的，可以說是研究《紅樓夢》主旨意義的一個飛躍，在象意關係上著力挖掘了意義，也對承載意義的人物形象有一定的兼顧。五四時期出現的用西方文藝思想來闡釋《紅樓夢》的著作，如吳宓的《紅樓夢新談》以西方詩學理論來對《紅樓夢》進行了相對全面的闡釋，尤其運用了亞里士多德《詩學》中的悲劇觀點分析了賈寶玉的人物形象，認為寶玉是一詩人，可以說頗有卓見。總之，五四時期對《紅樓夢》的分析在西方文藝思潮的影響下，超越了索隱派紅學的「執象而求」，而非常注重闡釋《紅樓夢》本身的哲學和文學藝術思想，提出了許多頗有見識的論斷，在象意關係上彌補了之前闡釋意義的不足，使文本意義研究達到了一個新的理論化、系統化的高度。

在新的時代，出現了李希凡等人的以階級鬥爭方式分析《紅樓夢》的研究方式，其中以文藝理論的方式對《紅樓夢》人物所具有的階級的、人性的等意義挖掘出來也是一種側重於意的闡釋方式，只是其與五四時代的闡釋的差異在於理論本源的差異，限於篇幅，在此不能詳細展開論述，總之與新紅學注重實證相比，這些以文藝思想來闡釋《紅樓夢》的研究方法更側重意義層面的研究。

二、以象意關係論《紅樓夢》具體文本

《紅樓夢》中最具重要性的象應是書中的人物形象，這些鮮活的人物形象是作者批刪十載，耗費心血創造出來的，其創造這些人物形象時所秉持的態度一定是複雜的，所存有的感情和態度也肯定是矛盾的，這一點，在書中的第一回中已有敘及：

> 今風塵碌碌，一事無成，忽念及當日所有之女子，一一細考較去，覺其行止見識皆出我之上。我堂堂鬚眉誠不若彼裙釵，我實愧則有餘，悔又無益，大無可如何之日也。當此日，欲將已往所賴天恩祖德，錦衣紈袴之時，飫甘饜肥之日，背父兄教育之恩，負師友規訓之德，以致今日一技無成、半生潦倒之罪，編述一集，以告天下；知我之負罪固多，然閨閣中歷歷有人，萬不可因我之不肖，自護己短，一併使其泯滅也。所以蓬牖茅椽，繩床瓦灶，並不足妨我襟懷；況那晨風夕月，階柳庭花，更覺得潤人筆墨。我雖不學無文，又何妨用假語村言敷演出來？亦可使閨閣昭傳。復可破一時之悶，醒同人之目，不亦宜乎？[63]

這段話對理解本書產生了深刻的影響，作者言閨閣中歷歷有人，所以將其編述出來，使閨閣昭傳，這應該是認為本書是本事傳的一個出發點，但是這段話中矛盾的一點是既然是記敘閨閣之事，而書中所寫也即是閨閣，為何

63 〔清〕曹雪芹：《紅樓夢三家評本》（上海：上海古籍出版社，1988年），頁1。

又用「何妨用假語村言敷演出來」這樣的表述呢？既然明寫閨閣，何用假語村言敷演呢？這是作者故意留下的破綻。

索隱派和考證派都從考據的角度，試圖找到書中人物的原型，他們的根據實際上是作者在此敘述的編述一集而使閨閣昭傳的說法，從而把書中的寫實性成分提到很高的程度。但《紅樓夢》在多大程度是寫實性的著作呢？其中又有多少是寫實的呢？索隱派、考證派都將寫實性作為研究的重要出發點，來進行本事研究，歸結起來，按照我們上節所論述的，只是一種表象層面的研究。

從象意關係的角度對《紅樓夢》人物和形象進行研究，則為我們開拓出新的研究思路和研究領域。《周易》的象意思想是立象以盡意，象中必然包含一定的意義，而這個意義正是象所生成的關鍵，所以只在象的領域相互比附而不對意義進行考察，則忽視了立象以盡意的基點。

從象意關係方面研究《紅樓夢》形象，筆者認為可以分成幾個類別。一是太平閒人張新之的以卦配人的方式，可以用具體的卦象來明確標示出人物的意義和特性。二是涂瀛的《紅樓夢論贊》、《紅樓夢問答》中對書中人物與歷史人物的比附，實際上是對書中人物形象的意義特徵的揭示。朱作霖、西園主人、青山山農等人的評述也大量運用了以意論人法，並超越了人物的單個的象，而出現了將書中人物與歷史人物相互對應的趨勢，以史事來說解《紅樓夢》人物及事件所形成的流派非常類似於易學史中兩派六宗中的史事宗，《四庫全書總目提要．易類》說：

> 易之為書，推天道以明人事者也。《左傳》所記諸占，蓋猶太卜之遺法。漢儒言象數，去古未遠也。一變而為京焦，入於禨祥。再變而為陳邵，務窮造化，易遂不切於民用。王弼盡黜象數，說以老莊。一變而胡瑗程子，始闡明儒理。再變而李光、楊萬里，又參證史事。易遂日啟其論端。此兩派六宗已互相攻駁。又易道廣大，無所不包，旁及天文、地理、樂律、兵法、韻學、算術，以逮方外之爐火，皆可援易

以為說，而好異者又援以入易，故易說愈繁。[64]

易學史上的一般劃分是象數和義理兩宗，而義理派側重於闡發卦象中蘊含的人事的意義，「一變而為胡瑗、程子，始闡明儒理」，就是側重於闡發《周易》書中的儒理，「再變而李光、楊萬里，又參證史事」，即是以歷史事件來輔助闡發義理，而清代紅學批評中出現的用歷史人物來與《紅樓夢》中人物相比附的方法就是在方法論上是與易學中的史事宗類似的，所以朱作霖等人的評述可以看作是紅學中的史事宗，對該宗的論述將會在〈影身說〉一章中展開。

接下來我們看涂瀛在《紅樓夢論贊》中的論述，看其著重把握人物意義的具體方法。涂瀛論述《紅樓夢》中的近一百多個人物時，即是抓住這個人物總體的大的意義，論述雖簡短，但對人物精義的揭示是十分到位的。

論賈寶玉道：「寶玉之情，人情也，為天地古今男女共有之情，為天地古今男女所不能盡之情，而適寶玉為林黛玉心中目中、意中念中、談笑中、哭泣中、幽思夢魂中、生生死死中悱惻纏綿固結莫解之情，此為天地古今男女之至情。惟聖人為能盡性，惟寶玉為能盡情。負情者多矣，微寶玉其誰與歸！孟子曰：『伯夷聖之清者也，伊尹聖之任者也，柳下惠聖之和者也。』讀花人曰：『寶玉聖之情者也。』」[65] 可見，涂瀛抓住了賈寶玉的情字，認為賈寶玉之象就在於情之聖者，是古今天地男女之情的至情的體現。

同樣，在《紅樓夢問答》中，涂瀛曰：「『寶玉古今人孰似？』曰：『似武陵源百姓。』」又曰：「或問：『子之處寶玉也將如何？』曰：『佛之』。」[66] 這都是對賈寶玉這個人物之精義的揭示，可以說在象意關係上是深入到意的層面的論述，他超脫了賈寶玉這個人物的單一的象，且不在象的層面相互比附，而是試圖尋求象之後的意義，這可以說找到了立象以盡意的「意」，當人物形象的意被揭示出來以後，那麼象就不那麼重要了，所以

---

64 〔清〕紀昀撰：《四庫全書總目提要卷一・易類》，清乾隆五十四年武英殿刻本。

65 一粟：《紅樓夢研究資料》（北京：中華書局，1964 年），頁 127。

66 一粟：《紅樓夢研究資料》（北京：中華書局，1964 年），頁 144。

也就超越了象的束縛，而達到了意的具有更廣泛的覆蓋的層面，所以涂瀛的以古今人物來論《紅樓夢》中的人物，實際上尋求的正是人物形象內的意的相通。這個意是十分重要的，甚至可以是作者思想的直接表露，這比研究在象的層面上探究其原型更有思想意義。

賈寶玉似武陵源百姓，就是飽含一顆赤子之心。對賈寶玉是「佛之」，則表明了賈寶玉有一顆無分別的對眾生的悲憫之心，從他與大觀園中的姊妹人物的相處上看，處處有一顆憐惜之心。同樣，涂瀛對其他人物的分析也是把持了這樣一種觀念，即是側重於超越人物的個別的具體的形象，而達到其深層次的意的目的。

三、《紅樓夢》中「立象說」理論的具體體現舉例

以象意關係闡釋《紅樓夢》文本，不僅體現在對書中的重要的人物立意的整體探討上，也體現在對書中個別的具體形象的探討上，比如書中對人物的衣飾和行為動作的描寫並非是純粹的是對現實生活的模仿，而是具有一定的內涵和意義，其中尤其與易學思想有千絲萬縷的聯繫，接下來筆者試圖以張新之的評點為基礎對此進行一番分析。

1、劉姥姥講「雪下抽柴」喻薛寶釵

第三十九回「村老老是信口開河」講劉姥姥九月間二進賈府，其間劉姥姥與賈母、寶玉等眾姊妹談話時，講到一個故事，文中用半遮半掩的方式寫道：「那劉老老雖是個村野人，卻生來的有些見識，況且年紀老了，世情上經歷過的，見頭一件賈母高興，第二件這些哥兒姐兒都愛聽，便沒話也編出些話來講」。劉姥姥講了一個冬天裡小姑娘偷柴草的故事。

> 因說道：「我們村莊上種地種菜，每年每日，春夏秋冬，風裡雨裡，那裡有個坐著的空兒？天天都是在那地頭上做歇馬涼亭，什麼奇奇怪怪的事不見呢！就像舊年冬天，接連下了幾天雪，地下壓了三四尺深。我那日起的早，還沒出屋門，只聽外頭柴草響，我想著必定有人

> 偷柴草來了。我巴著窗戶眼兒一瞧，不是我們村莊上的人——」賈母道：「必定是過路的客人們冷了，見現成的柴火抽些烤火，也是有的。」劉老老笑道：「也並不是客人，所以說來奇怪。老壽星打量什麼人？原來是一個十七八歲極標緻的個小姑娘兒，梳著溜油兒光的頭，穿著大紅襖兒，白綾子裙兒。」[67]

《紅樓夢》中雪的意象是與薛寶釵緊密相關的，劉姥姥講的這個冬天裡偷柴草的小姑娘應是隱射薛寶釵，而且下文寶玉與眾姊妹商議下頭場雪時的提議中黛玉隱隱點出這個主旨，文中寫道：「黛玉笑道：『咱們雪下吟詩，依我說，還不如弄一捆柴火，雪下抽柴，還更有趣兒呢！』說著，寶釵等都笑了。寶玉瞅了他一眼，也不答話。」[68]「雪下抽柴」這個意象實際上隱含著薛寶釵通過掉包之計破壞木石姻緣，黛玉為絳珠仙草，為木，而偷偷地偷柴火則隱喻了薛寶釵通過不光明的手段來成婚的事實。張新之在「雪下抽柴」一段下評道：「特借黛玉妬語，定明劉姥姥口中之女孩兒抽柴草，乃演寶釵抽黛玉，即鳳姐奇謀之抽梁換柱掉包兒法也。」可見，這一段小故事中的意象分明是有一個抽梁換柱的隱義在其中的，「雪下抽柴」的象即是通過這個隱義而形成的，而且這也是隱射將來寶釵抽黛玉的情節。

劉姥姥講完小姑娘抽柴草的故事後，敘事忽作橫截，「剛說到這裡，忽聽外面人吵嚷起來，又說：『不相干，別唬著老太太！』賈母等聽了，忙問『怎麼了？』丫鬟回說：『南院子馬棚裡走了水了，不相干，已經救下了。』賈母最膽小的，聽了這話，忙起身扶了人出至廊上來瞧時，只見那東南角上火光猶亮。」[69] 這一段中的南院馬棚子裡走水和東南角火光猶亮兩

---

[67] 〔清〕曹雪芹：《紅樓夢：三家評本》第三十九回（上海：上海古籍出版社，2021年），頁669。

[68] 〔清〕曹雪芹：《紅樓夢：三家評本》第三十九回（上海：上海古籍出版社，2021年），頁670。

[69] 〔清〕曹雪芹：《紅樓夢：三家評本》第三十九回（上海：上海古籍出版社，2021年），頁669。

個意象也並非是無端而來，而是跟前文中劉姥姥所講的故事有承接和相關的地方，張新之在此處評曰：「〈離〉位，午象，是指心，說寶玉走也。」[70] 張新之根據易學中的方位和時間來判斷南院是〈離〉的方位，在易學中八卦分屬各個方位，而在後天八卦方位圖中〈離〉處於南方（參見下圖），而南方在五行中對應火，而且是在馬棚著火，馬在地支中對應午，午也對應火[71]，而在五臟中心也對應火[72]，所以張新之說這是與心緊密相關的，是隱寓在薛寶釵與寶玉成親，而寶玉迷失真心之後離家出走的事件。再者，東南角上火光猶亮的象也有深意，張新之評曰：「梨香院，釵舊居在東南，『巧合』處即火起處。」這也是說明這次的起火是與薛寶釵緊密相聯繫的。

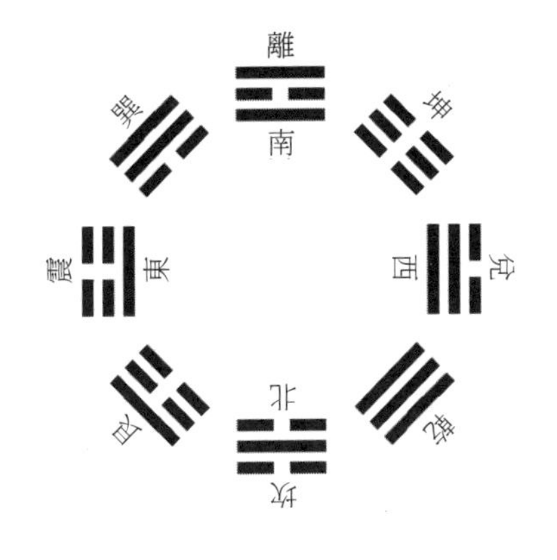

後天八卦方位圖

所以，這一段中的雪下抽柴與馬棚著火的意象都是具有敷演寶黛釵三人之間爭奪婚姻的寓意的，這些象的設定根源於其中的意，所以這些象不只是具有敘事意義的表象，而是具有深層次意義的意象。

---

70 同上。

71 十二地支與五行的相配關係為：亥、子屬水，丑屬土，寅、卯屬木，辰屬土，巳、午屬火，未屬土，申、酉屬金，戌屬土。

72 五臟與五行的對應為：心屬火，肝屬木，脾屬土，肺屬金，腎屬水。在第五章陰陽五行說中對此有論述。

2、寶黛釵三人吃茶之象

第六十二回「憨湘雲醉眠芍藥茵」中有寫寶玉、黛玉、寶釵三人吃茶一段，意味深長，可以看作是隱寓三人關係的一個映照。

> 寶玉正欲走時，只見襲人走來，手內捧著一個小連環洋漆茶盤，裡面可式放著兩鍾新茶，因問：「他往那去了？我見你兩個半日沒吃茶，巴巴的倒了兩鍾來，他又走了。」寶玉道：「那不是他，你給他送去。」說著自拿了一鍾。襲人便送了那鍾去，偏和寶釵在一處，只得一鍾茶，便說：「那位渴了那位先接了，我再倒去。」寶釵笑道：「我卻不渴，只要一口漱一漱就夠了。」說著先拿起來喝了一口，剩下半杯遞在黛玉手內。襲人笑道：「我再倒去。」黛玉笑道：「你知道我這病，大夫不許我多吃茶，這半鍾盡夠了，難為你想到。」說畢，飲乾，將杯放下。襲人又來接寶玉的。[73]

張新之在此段後評曰：「行茶，婚禮也，演此一段，全書又完，而各人聲情如聞如見。」[74] 襲人捧來新茶，但卻只有兩鍾新茶，而卻有寶玉、黛玉、寶釵三人，用襲人來掌管分茶是有深意的，因為在書中襲人為寶玉的近婢，對寶玉的心事常常洞曉，處處為寶玉張羅，且寶玉在一定程度上鉗制於襲人，襲人善於察言觀色，在賈母、王夫人、王熙鳳等人處都博得了一個好名聲，這讓她在寶玉婚事上的影響的力度又加大了一層，所以在此處由襲人來捧茶可以說明其重要的決定作用，設若襲人不受寶釵的拉攏，而將寶玉與黛玉生死不渝的情事告明賈母和王夫人，則沒有之後的一死一亡。寶玉自拿了一鍾茶，剩下的一鍾茶卻有寶釵和黛玉二人同分，隱寓這兩人是不能相容，不能盡得佳配的。寫黛玉說畢而飲乾，寫得慷慨悲壯，符合黛玉最終的

---

73 〔清〕曹雪芹：《紅樓夢：三家評本》第六十二回（上海：上海古籍出版社，2021年），頁1099。

74 〔清〕曹雪芹：《紅樓夢：三家評本》第六十二回（上海：上海古籍出版社，2021年），頁1099。

悲壯結局。

所以，書中這個飲茶之象的設定並非是源於本事傳的敘述，而是根據一個已有的意義而敷演出來的意象，三人飲茶已將三人的關係以及將來的結果映透出來，既可以看作是以後的事件的一個前兆，也可以作為一個獨立的審美意象來分析和鑒賞，並且在象意關係上，吃茶也體現了象出於意的本旨。

3、給賈母等人盛飯的象

第七十五回「開夜宴異兆發悲音」中講了賈母與眾人盛飯的象，預示了賈家最終的敗落，而且盛飯時對各個人物的描寫多有深意。

> 賈母因問：「拿稀飯來，吃些罷了。」尤氏早捧過一碗來，說是紅稻米粥。賈母接來吃了半碗，便吩咐：「將這粥送給鳳姐兒吃去，」又指著這一盤果子，獨給平兒吃去。又向尤氏道：「我吃了，你就來吃了罷。」尤氏答應著，待賈母漱口洗手畢，賈母便下地，和王夫人說閒話行食。尤氏告坐吃飯。賈母又命鴛鴦等來陪吃。賈母見尤氏吃的，仍是白米飯，因問說：「怎麼不盛我的飯？」丫頭們回道：「老太太的飯完了。」[75]

這一段是「抄檢大觀園」之後的一段重要的對賈母的描寫，通過描繪分飯來映透賈府的沒落，但又對各個人物之間的關係進行了透視，賈母接了半碗便首先說粥分給鳳姐，可見賈母的偏愛，張新之在此評道：「因鳳及平，既寫史之偏心，李、鳳同病而二物不及賜，則李之知而不言為無罪矣。以果及平，又以見惟平有結果。」可見，從人物命運的角度分析，分給平兒果子

75　此段與各本包括脂本系列與程本系列的《紅樓夢》在文字上有較大差異，可能有所改動或源出於失傳的古本。《妙復軒評石頭記》中的文字與各本在文字上皆有較大差異，這一段是比較明顯的。另外，第七十七回描寫晴雯臨死與寶玉相見的文字與各本的差異也極為明顯。筆者揣測，或者是張新之為了使其人物批評更加統一而改動原文，或者是張新之根據的是更古的本子，這一點有待深入的考證研究。

是喻其最終有結果。文中還涉及到寫尤氏告坐吃飯，張新之評道：「此人乃寧府復機，故又及之。」這是點明尤氏在書中後半部分是有其積極作用的，且尤氏為人善，是能為寧國府復興作出重要貢獻的人，所以在這一個關鍵的盛飯的意象設定中為其設定一個位置。賈母也讓鴛鴦來陪吃，是暗示鴛鴦以後的殉主行為。而最後一句點題的話「老太太的飯完了」則是隱寓賈母的壽終。

4、尤三姐的墜子的象

關於尤三姐的一段描寫也可以用立象說的理論來說解，寫尤三姐與賈珍、賈璉二人共酒席時的情況，十分引人注目：

> 只見這三姐索性卸了妝飾，脫了大衣服，鬆鬆的挽個鬢兒，身上穿著大紅襖兒，半掩半開的，故意露出蔥綠抹胸，一痕雪脯，底下綠褲紅鞋，鮮豔奪目。忽起忽坐，忽喜忽嗔，沒半刻斯文，兩個墜子就和打秋千一般。（第六十五回）[76]

寫尤三姐的神態酣暢淋漓，也寫其爆發出其剛烈的本性前的準備階段，尤三姐不是懦弱的尤二姐，而是自己非常有膽識，因為賈珍和賈璉兩人覬覦著她的美色，而她不忍以一個弱女子的身分任人欺辱，她表現出了一個弱女子剛烈的一面，不拘小節，高談闊論，任意揮霍，村俗流言，灑落一陣，從而以這種方式威懾住了賈珍與賈璉二兄弟。尤其是寫她忽起忽坐，忽喜忽嗔，兩個墜子就和打秋千一般，張新之評「兩個墜子」道：「與芳官相掩映，而兩個墜子云云，其形容令人叫絕矣，而隱兩個墜兒，乃一釵一黛。釵以曖昧而生，雖得所歸，而究為離棄。黛以乾淨而死，亦得寶玉，而絕不分明。同一打秋千，無定之象也。何如三姐明媒明證明以身殉，為有定之鴛鴦乎？」此處實際上張新之利用尤三姐的兩個墜子而做出的對寶釵和黛玉的評

---

[76] 〔清〕曹雪芹：《紅樓夢：三家評本》第六十五回（上海：上海古籍出版社，2021年），頁1163。

論。《紅樓夢》中的雙峰正是一黛一釵，最終也是通過兩個人的姻緣的衝突將小說推向了頂峰，伴隨的是賈府的由盛而衰的變化。薛寶釵雖然最終與賈寶玉「成大禮」，但最終使得賈寶玉棄家而走，是「雖有所歸，而究為離棄」。林黛玉雖然死去，但是以乾淨身子而死，並且其與寶玉心心相印，從未點明，卻終得寶玉。所以，黛玉和寶釵就像兩個墜子一樣，勢均力敵。尤三姐身上透出的品性實際上可以透出林黛玉、薛寶釵二人，這一點在影身說一章中要解決的問題。

第六節　立象說的理論特徵及其與紅學四派之關聯

立象說在其本質上是側重探討表象之下的義理，這可以導源出側重尋求作品義理的研究範式，也即以立象說為基礎的義理紅學研究方法。所謂「以立象說為基礎的義理紅學研究方法」，指從《紅樓夢》事的層面入手，分析事件背後所表達的文化內涵，人生真諦和精神追求。以求超越陷於本事層面而難見《紅樓夢》真精神的傳統分析方法（如索隱、考證諸派），通過尋求象外義理，以見該書所揭示的中國文化根本矛盾及其運行規律。《周易》的以象見義思維實際上具有普遍意義，用《周易》的義理和象數的分析方法對《紅樓夢》文本的內在意義進行分析提取，以求由事象而終超越事象層次以求其潛在的義理。以立象說為基礎的義理紅學研究方法是批判借鑑以往的紅學研究方法的基礎上而來的，將評論派紅學憑藉理論方法分析的合理內核與評點派直揭深義的方法結合起來，從而產生了義理的紅學。其具有三個具體的理論特徵：從史事到義理，從可見到不可見，從有形到無形。簡而言之即是超越表象，尋覓表象之後隱含的義理，同時力求克服評點派的單純的直感和簡單地比附的毛病，以及評論派以事實附會某一理論及其所帶來的削足適履之弊，以中國古代的理論範疇為底色，吸納西方理論的邏輯性和學理性，探索《紅樓夢》的新義理學，發現《紅樓夢》文化的新價值[77]。

---

77 融會貫通其義理，這種闡釋思想可以在六經中找到其理論緣起。但是評點派紅學顯示

一、從史事到義理：借史憂時、史筆深意

小說與史事的關係是伴隨小說產生初始的重要命題。《漢書・藝文志》所云：「小說家者流，蓋出於稗官。街談巷語，道聽塗說者之所造也。」[78]此中所云的小說一家與後世尤其自唐以後的小說並非完全一致，〈藝文志〉所載小說十五家多是虛誕、難以確信的作品，如云《皇帝說》「迂誕依託」，總之便是小說家言不能作為傳信，所謂街談巷議、道聽途說。這其中最為關鍵的是產生了虛構性的因素，因為議論之中難免誇大，言談之間多有舛訛，故而小說的形成乃是由這種誇大、不實的本有缺陷構成了其虛構的本質。但是這種虛構並非純粹的虛構，而多是有所托，與史事存在或多或少的聯繫。如〈藝文志〉所載《宋子》、《天乙》、《封禪方說》諸書，即是托於歷史人物而多有虛構之辭。

純粹的虛構在其初始並非文人的自覺，而是由街談巷議、道聽途說這樣的集體所形成的，這尤其體現在志怪中，猶如《詩經》形成所依賴的采風，對於街談巷議的敘事性文體的搜求書寫則成為志怪小說。在唐傳奇中這種虛構成為文人的自覺，產生了以描寫虛構人物為主體的作品，較少地依賴對史事的援借。這種現象的產生與唐代相對寬鬆的社會風氣是密切相關的。

然而，史事對小說的影響仍然是極為重要的。元代產生的《三國演義》則全以史事作為基礎，只是部分情節有所虛構，這種虛構性實不佔據作品的主要位置。《水滸傳》雖借宋江之史事作為引線，但作品的主體已經走向了虛構，其重心在於寫宋事以鑒戒其治亂之由。雖在具體的人物情節上依靠了虛構，但是作品的意旨仍在於對史事的關切之中，其是援取史理，而非援介史事。《金瓶梅》在這一點上直接承繼了《水滸傳》的根本精神，以宋寫明，實際上假借寫宋事來暗寓明事，只是其中又穿雜了諸多市民生活，從而

出比附等問題，故而對評點派紅學加以揚棄，結合評論派的理論路徑，發展成了以立象說為基礎的義理紅學研究方法。以立象說為基礎的義理紅學研究方法又與明清小說的發展史具有密切聯繫，在四大奇書上也可以找到其理論淵源。

[78] 〔漢〕班固：《漢書・藝文志》（北京：中華書局，1962 年），頁 1745。

弱化了其對史事的表現。

紅學研究中的索隱派產生於清末的社會思想相對寬鬆之時，這種環境下也使索隱派能點破《紅樓夢》一書所蘊含的史事成分。但是索隱派的這種闡釋思路是根植於小說與史事的密切關係中而來的，其側重的是史事的表面性比附，認為小說文本是通過影射的方式對史事的直接表現，由此其闡釋目的即是尋求書中的歷史本事。

索隱派的本事諸說有影當時名伶、記金陵張侯家事、記故相明珠家事、記清世祖董鄂妃故事、影康熙朝政治狀態說、曹雪芹自述生平說。[79] 蔡元培之後之索隱派多主於影射清初政治說，其中則尤重弔明之亡、揭清之失。胡適之後的考證派多主於自述生平說，認為此書的本事乃是曹家之事。

然而這種索隱本事的研究邏輯不可避免地存在兩個問題。第一個方面在於，書中內容或導源於史，但又超越於具體的史事。當然這實際上根植於文學傳統，絕非首自《紅樓夢》而產生。

明清易代以迄乾隆中葉，社會思想變遷劇烈，作者目睹諸多史事，在思想上難免不受其影響。故而《紅樓夢》一書之內容其或本之於史，然又於史料之上增刪，或感之於史事而別開機杼，酌加運思，遂成空中樓閣，而成為一小說作品。若完全以尋求本事的態度來對待書中文本，恐失於膠柱鼓瑟、刻舟求劍。筆者認為，該書在其思想傾向上必然是受到歷史思潮和重要史事的影響的，作者開篇所云云「若云無朝代可考，今我師竟假借漢唐等年紀添綴，又有何難」、「今之人，貧者日為衣食所累，富者又懷不足之心」[80] 可見作者雖刻意回避對史事的表現，然而對當時社會狀況和社會風氣是深為洞悉的。故而，考察當時的歷史事件對於瞭解該書的思想傾向與其力在反思的問題具有助益。簡而言之，也即理解當時的社會歷史。這並非是對《紅樓夢》一書獨有的考量，而是對於考察文學作品通用的考量範式，然而在紅學諸派中的研究中，唯獨片面地以具體史事來比附書中文本，有其細微之處，

---

79 葉朗主編：《百年紅學經典論著輯要．胡適卷》（合肥：安徽教育出版社，2020年），頁87。

80 曹雪芹著，無名氏續：《紅樓夢》（北京：人民文學出版社，2017年），頁5。

但是其對當時總全的社會歷史的整體狀況卻缺乏實在的把握，也即紅學諸家皆未能參透 18 世紀籠罩在當時中國人心中的具體問題以及在當時的文人群體中甚為關心或者難以釋懷的問題為何物。

吉川幸次郎的《中國文學史》論及清代文學的開篇即言，清代是對於漢族的異族滿族人統治中國的王朝，是繼元朝以來漢族人第二次被異族統治。[81] 元代對中國的統治對文人思想界的創傷是極大的，試想有誰願意受異族的高壓統治呢？這在當時卻是實實在在的現實。《水滸傳》一書的產生實是反思宋亡之事的，故而此書寫了一批心懷忠義的英雄卻遭到奸臣的陷害，走投無路，朝中皆是奸臣把持，在野的皆是忠義之士，這樣國家焉得不亡呢？盛于斯《休庵影語》云：

> 耐庵，元人也，而心忠於宋。其立言有本，故以宋江為之首。其謀主曰吳用者，吳與無同音，言宋家輔相之臣，皆無用以至於敗亡也。奸臣必稱蔡京、童貫、楊戩、高俅者，誅元兇也。首稱破大遼者，即所以破金、元也。……征江南方臘，而皇秀大半死亡者，宋家偷安江左，趙家一塊肉，終於此也。宋公明葬楚州，而神游蓼兒窪者，死不忍故土也。林衝殺白衣秀士王倫者，王倫與王倫同姓名，倫首附秦儈倡成和義，殺之，所以雪憤也。……若以世間小說目之，嗚呼！怨哉！羅鶴林謂施耐庵作《水滸傳》，三代皆啞，豈有如此之天道哉？[82]

盛于斯的看法乃是《水滸傳》於宋江故事中實有所指，故而假借綠林好漢以寫宋室，借綠林好漢與奸臣之忠奸鬥爭以寫宋亡的元兇乃奸臣。故而文中敘述綠林，乃真真假假之筆，於其中則屢用隱語，暗寓宋事。《文心雕龍・隱秀》云：「隱也者，文外之重旨者也。秀也者，篇中之獨拔者也。」[83] 故而書中在其秀之層面乃寫宋江之綠林好漢，隱之層面則隱寓宋事。明

---

[81] 見〔日〕吉川幸次郎：《中國文學史》（北京：新星出版社，2022 年）。

[82] 朱一玄編：《《水滸傳》資料彙編》（天津：南開大學出版社，2012 年），頁 306。

[83] 〔南朝梁〕劉勰：《增訂文心雕龍校注》（北京：中華書局，2012 年），頁 500。

於此則可知書中諸多疑團，如海內皆知宋公明，人人皆知宋江，而宋江不過一小縣押司而已，即便如何濟危扶困，亦難得海內皆知，人人願為之驅使。作者如此用筆，乃暗寓宋江乃宋室也。此則書中亦有明點之筆。七十二回寫元宵夜宋江欲通過李師師會面宋徽宗，寫徽宗從後門地道而入，實則暗寓宋江徽宗乃真假一體也，然而其以文為戲，故寫李逵一番打鬧。書中通通是此兩種真假脈絡往來。又則，八十三回寫陳橋驛宋江揮淚斬小卒，此則明點因陳橋驛兵變而興之宋室與宋江之關係，然而重寫讒佞之徒克扣，乃喻指宋室之江山毀於此種奸臣，然而殺此奸臣之軍校卻被宋江言及當守法律，以見宋室受制於奸臣。內部忠奸鬥爭，自相殘殺，而外族適得以侵入。此則《水滸傳》作者之義，乃是作此書以寫宋亡的根源。可見書中內容雖不直接寫史，卻是以文為戲，而暗中言明書旨，其所寫乃是史中之意，或曰因對史事導發出的見解別換一種文辭寫出。所謂借樹開花，別開生面，一手二牘的創作方法。

《水滸傳》這種雖感發於史事，意中也在寫史，然而書中所寫卻不是平鋪直敘的記史之筆，具有極為重要的開創性。此則也是《水滸傳》一書長久以來不太為人所察知的一面。人多知其以綠林的立場反對貪官、奸臣，進而替天行道，卻難知其實則以此反思宋事，指奸責佞，進而也在更深層的意義上反思了淪為異族統治的根由乃在自相殘殺，乃在忠奸水火不容。故其用筆乃有真有幻，借幻寫真。以幻筆映射史事，從而寄寓其在元人統治之下的歷史苦心。

《水滸傳》的這種創作方法在文學史中起源甚早，《詩經》中比、興手法實則是其濫觴，其更早的顯現則在《易》中的爻辭，亦是借寫他事來引出所寓之事。故而常常古代文人的表面文章絕非其所欲表達之義。「摽有梅，其實三兮。求我庶士，迨其今兮。」[84] 表面上寫梅花在樹上的只有三成了，來追求我的男子，就該在今日出現了！一則樹上梅花越落越少，二則少

84 〔漢〕鄭玄箋，〔唐〕孔穎達疏：《毛詩注疏》（上海：上海古籍出版社，2013年），頁124。

女借梅花來訴其求偶之心，此二者乃表象，而梅花則表象之表象，其真實寓意則賢士思不遇時，渴求得遇明君。〈離騷〉亦是屈原借香草美人以喻清潔之士，以眾女之嫉妒寫群小之中傷，屈原依託五經而立義[85]，其較之《詩經》為顯，故而班固謂之「露才揚己」，然則至於寫真正的實事，亦絕不明寫懷王、上官大夫，而是別立文辭。此中又有司馬相如作漢賦煊赫排場以明諷諫，賈誼作〈弔屈原〉、〈鵩鳥賦〉以表貶謫之哀，庾信作〈枯樹賦〉以明山河斷絕之痛。此則古代文人對於難言之事皆有隱義、含蓄的傾向。故而王夢阮、沈瓶庵《紅樓夢索隱》序云：「文人感事，隱語為多。君子憂時，變風將作。是以子長良史，寄情于貨殖遊俠之中。莊生寓言，見義于秋水南華之外。」[86] 故而若徒以表象觀照古典文學作品則失之，此中對於詩賦一類，人多知其有隱義，然而對於小說一類，則往往因其表象豐富，故而僅僅看其表面。

不獨有偶，《三國演義》雖寫漢末三國事體，其中也往往有作者憂時之隱義，此則尤其體現在對曹魏政權和劉蜀政權的態度中。毛宗崗〈讀《三國志》法〉云：「讀《三國志》者，當知有正統、閏運、僭國之別。」[87] 毛氏評批《三國演義》以蜀漢為正統，以吳、魏為僭國，以晉為閏運。此則並非一成之見，乃是毛氏對古人看法有所擇取而為之。晉陳壽《三國志》以魏為正統，用魏國紀年。首列魏書，蜀書次之，後則吳書。稱曹操為武帝，而稱劉備為先主，孫權為吳主。司馬光《資治通鑑》則仍用魏國紀年，實則以魏為正統。朱熹之《資治通鑑綱目》則備《春秋》之體，「明天理，正人倫，褒善貶惡」，[88] 其立義則以「《春秋》為後人之軌範，不可不廣其傳也」，[89] 故而朱熹以蜀漢為正統，而以曹魏為篡賊。故其紀年「起高祖五

---

[85] 見《楚辭章句》序。

[86] 王夢阮、沈瓶庵：《紅樓夢索隱》（天津：天津古籍書店，1989 年），頁 1。

[87] 〔清〕毛宗崗評改：《三國演義：毛評本》（上海：上海古籍出版社，2021 年），頁 1。

[88] 朱熹：《通鑑綱目・凡例》，明成化九年刻本。

[89] 朱熹：《通鑑綱目・凡例》，明成化九年刻本。

年盡炎興元年，此用習鑿齒及程子說。自建安二十五年以後黜魏年而繫漢統，與司馬氏異。」[90]《三國演義》成書於元代，書中擁劉反曹的傾向已極為顯著，實是以蜀漢為正統，曹魏為篡賊，是繼承了朱熹的看法。司馬光居於北宋，北宋開國乃趙匡胤陳橋兵變篡後周的政權，故而司馬光為了使北宋政權合法化，以曹魏為正統，趙匡胤之篡與曹操之篡相仿，皆是欺凌幼主。陳壽居於晉，晉乃是篡魏，故而陳壽只能正魏而正晉。朱熹居於南宋，時則北方大部為金所占，南宋偏安一隅，朱熹作史為了討伐外侵者，故而以同理之心看三國事體，又以蜀漢為正統，而以操為篡賊。同樣，元人的心境與朱熹相同，皆是痛恨蒙古入侵，故而將一腔恨意發之於史書，由是《三國演義》中擁劉反曹的傾向更加明顯，恨外賊之切則轉移至曹操，將其刻畫成了奸雄，愛先君之深則轉移至劉備，將其刻畫為仁君，恨宋之奸臣朋黨則著力寫劉、關、張之義，哀宋室之無能人而竭力寫諸葛亮忠、智。故而元人羅貫中之寫《三國演義》，事體則為三國事體，而立意則感於宋元易代事。宋室之亡代表了中國醇正的古典時代的終結，元代文人對此定有極為刻痛的反思。

實際上，長篇章回小說這種文學形式正是為了曲折詳盡的表達元人對喪國的反思而形成的，《三國演義》、《水滸傳》的立意實際都是根植於此，皆文人憂時反思之作。這實際是比所謂市民階級的興起更為深層的、重要的因素。

《金瓶梅》在其根本精神上是《水滸傳》、《三國演義》的直接繼承者。無論書中表面所寫為何事，實則亦是作者憂時感時而作。不同的是，《水滸》以寫盜賊寫宋亡之因，其義在怒。《三國》以三國事體表達歷史變幻之機，其義在智。《金瓶梅》則別開機杼，以市井婦人譏刺時政，其義在刺。廿公云：「《金瓶梅傳》，為世廟時一鉅公寓言。蓋有所刺也。」[91]滿文本〈金瓶梅序〉曰：「或曰是書乃明時逸儒盧楠所作，以譏刺嚴嵩、嚴

90　朱熹：《通鑑綱目・凡例》，明成化九年刻本。

91　〔明〕蘭陵笑笑生：《金瓶梅詞話》（北京：人民文學出版社，2000年），頁3。

世蓄父子者。」[92] 存寶齋《金瓶梅》提要云：「以西門慶影射東樓一生貪欲淫侈，元美目擊記載，極為詳盡。按諸正、野各史，事事皆可指實，口誅筆伐，勸善懲惡，於是乎在。」[93]《金瓶梅》所刺，蓋亦在當時之權奸，人或以為其為私憤，然其為古時文人憂時感世的公憤亦不為不可。然而其所假借則為寫家庭瑣事，寫夫婦男女之間，由是較之《水滸》、《三國》則猶為隱晦。然則此書又以善惡報應為體，各人結局報應顯然，又則章法嚴謹。《金瓶梅》中所指斥，實則已昭明明代社會危機的本根，可以說從中亦可找到明亡的緣起。在這個意義上，《金瓶梅》無異於首書作惡者。然而考索《金瓶梅》與史事之關係，似未有較深的見解。《金瓶梅》一書所蘊含的隱義之法，亦未得到較明確的說解。在這一點上，其所深刻影響的《紅樓夢》實際上得到了更多的關注。

《紅樓夢》在其根本精神上並未超越從《水滸》、《三國》、《金瓶梅》而來的文人憂時感事而作的小說傳統。以此王夢阮、沈瓶庵《紅樓夢索隱》序云：「古有作者，憂乎尚矣。若夫傳奇記異，詎不附於通人。因事成書，體自屈於小說。而實則僉載朝野，為外史之別裁。實錄見聞，非稗官之正體。」[94] 此書雖「因事成書」，但絕不「實錄見聞」，且刻意用晦。以致《紅樓夢》在表現隱義方面更加隱晦難明，乃至到了不可深求的地步，所謂「《詩》無達詁」，因《紅樓夢》在比、興手法之外又別立種種假象、幻象，假象中又套假象，幻象中又生幻象，如太虛幻境、真如福地云云，如賈寶玉、甄寶玉云云，由是文脈愈繁，義理愈晦，遂成空中樓閣，可遠觀而難確察。

在這個意義上，索隱、考證兩派以為《紅樓夢》是實錄見聞，或者自敘傳，並不符合中國文學意在用晦的傳統，也不符合明清小說發展的內在邏輯，即借他事表達憂時感事的隱義，且此義愈演愈晦，表象愈用愈隔。起初乃援介史事來表達憂時的念頭，如《三國》、《水滸》，既則以朝政之所出

---

92 黃霖編：《金瓶梅資料彙編》（北京：中華書局，1987 年），頁 6。

93 黃霖編：《金瓶梅資料彙編》（北京：中華書局，1987 年），頁 8。

94 王夢阮、沈瓶庵：《紅樓夢索隱・序》（北京：北京大學出版社，2011 年），頁 1。

的內闈作為描寫對象，而其義則在時事。故而《紅樓夢》一書在其本質上不可能是簡單地描繪作者所經歷的現實生活，表其家族之憂思而已。亦即書中的現實絕非作者意欲表達的現實，而是借眾多女子引起所詠之辭的比、興手法。在這一點上，胡適以西方小說觀念中的自敘傳來理解《紅樓夢》，在本質上是不恰當的。

西方小說源流有自，多以主人公作為軌跡描寫，表達直露顯豁，然而其中亦絕非僅僅為紀事而已，乃亦是時代精神的表達，如笛福之《魯濱孫漂流記》，乃是當時英國殖民者海外擴荒的精神軌跡。若僅僅為記敘一生之事來寫出一部《紅樓夢》，實在是中國文學中自始至終沒有的傳統。若僅僅因家道由盛轉衰看出人情冷暖而寫出一部《紅樓夢》，則清代以來由盛轉衰的家族不可勝數，清代被抄家的多達兩千起，此滿族蠻荒之風。從目的論角度來看，《紅樓夢》的產生絕不僅僅是因一家一人之事的哀痛所致，猶如《三國》、《水滸》絕不是志一家一人之哀痛，而是因舉國舉族的哀痛所致，「白骨如山忘姓氏，無非公子與紅妝」，這種哀痛乃是時代的巨大的陰影籠罩在個人身上的哀痛，這種哀痛才是真正讓人無法釋懷的。

但是回到之前的問題，即《紅樓夢》產生之時，當時籠罩在漢族文人身上的是何物？猶如《水滸》、《三國》之作乃是感於宋亡，《紅樓夢》的產生乃是漢族文人第二次屈於外族之下，乃是感於明亡。這是籠罩在當時漢族文人身上揮之不去的陰影。因他們的現實生活實與明亡的事件息息相關，乃至人生命途由此改轍。這種變化在很多文士身上實是一種屈辱，尤其對於先仕於明、後被迫仕於清的貳臣而言。

索隱的方法在其根本的路徑上是合理的，因為《紅樓夢》必然是憂時感事而作的，但是對這種「時」、「事」的把握潛存著兩個不易解決的問題。

一則，作者對當時時事的關注點在何處，其態度如何。二則，作者對這些時事的感發是如何化用到作品中的，作者是簡單地換其名姓而實錄其事嗎？還是因事感發，以比、興手法別立文辭呢？這兩個問題是意圖以史事來闡釋《紅樓夢》的索隱派和考證派在其本質上沒有理清楚的問題。

從王夢阮、沈瓶庵的《紅樓夢索隱》來說，其認為書中是寫的清代的歷史實事，但是作者以假文辭寫出而已。作者是制謎，索隱即是猜謎。只要找到清代的史事，即可以將其對應到書中所制的種種情節之中。在這其中重要的一個邏輯線索即在於，王、沈認為《紅樓夢》有刻意記敘、影射當時史事的傾向和意圖，書中寫一事即是為了影射史事而來，不論其影射方法如何曲折隱晦，利用種種轉義的手段仍可以說通。王、沈的方法根植於經義闡釋的方法，側重於尋求文本外的本事，頗類同於解《詩經》的魯詩、韓詩。這種方法在其闡釋古典文學作品及小說上源流有自，絕非空穴來風，而是深植於中國文學的用晦傳統。其主張並不能輕易地否定，實際上其所認為的寶黛之事影射順治與董鄂妃，對於《紅樓夢》原本所起而言是很有價值的，順治因情出家事與賈寶玉事在整體上是吻合的。作品的整體脈絡而言如援介順治事確可得到合理的說解。故而筆者認為，王、沈的索隱方法和諸多見解時至今日仍然有相當的價值，甚至對於理解《紅樓夢》一書的緣起而言不可或缺。但是王、沈的問題在於，其一味運用解謎的方法，全用影射的眼光讀解文本，從而陷入其中、為其所障目了。即如《三國》而言，亦有三分虛事，《水滸》則更是以文為戲，只在通篇結構及緊要處點出關口，《金瓶梅》亦頗類《水滸》，只是晦澀難明，到了《紅樓夢》，斷無通篇全是影射的道理。如依從王、沈之見，全篇幾乎無一字不可用影射來解，如是則其在具體的術的層面實是走向了偏執，雖然其整體的方略層面有其合理之處。

筆者認為，《紅樓夢》確如王、沈索隱，在個中關節處，包蘊了一定的影射史事的成分，此即類於《水滸》提及陳橋驛以指明寫宋事，篇首提及洪信釋放天罡地煞以指明當朝信用左道。《紅樓夢》實際上亦以此種程度來影射史事，但是其更多的則是因史事而以比、興手法來感發，所感發而設之象與史事並非有表面上的聯繫，而是深層的聯繫。而且，作者興之所至，有時又超脫史事，以文為戲，如《水滸》、《三國》中寫雙方的計中計，亦是文思所至，無可無不可，此即是文貴幻、不幻不成文的說法。《紅樓夢》的文辭多半亦是此類，如其寫寶黛之情、黛玉寶釵之爭，多類於此。若是通篇皆是影射，愚以為如此則文脈不暢，必為鎖斷，斷不能成此好文章，如《三國》全是敘史之筆亦且用三分幻筆來疏通文脈，《紅樓夢》怎可能通篇皆是影射。

此是王、沈的根本問題所在，即其大的著眼處是合理準確的，但是其小處的解說之術則有方法論上的癥結。這種癥結的原因在於其以注經之法來注解《紅樓夢》文本，如例言所云：「以注經之法注《紅樓》……本評於事實考證未精。參詳未確者，概弗妄列。有異聞、有歧說、為疑義，並著而出之，亦注經考史法也。」[95] 二人將《紅樓夢》的文本以對待經史之法對待之，故有其具體解說上的生硬、附會之處。須知《紅樓夢》文本絕不同於經史文本，內中有大量以文為戲的成分。如能只在《紅樓夢》的關節緊要處以注經史之法對待之，則可。

王、沈的解說之術上的問題尚在於其整體觀念上求大、求全，用影射清代史事的眼光對待整篇大文，其心思不可謂不周致，但是這是陷入到了其自己編織的網中，且以此來網住了自己，這是由其觀念所導發的作繭自縛，其帶著「就是如此」的念頭來解說，而非是「多聞闕疑，慎言其餘」的立場，這是王、沈在著作態度上的問題，未能「正心誠意」。此種著書立說時的態度雖似與其闡釋無關，實則關係甚大，心苟不正，如何能得其「達詁」，如此則易於走火入魔，修至旁門左道。這實際是為學與修身的要領。後來的胡適實際上也在態度上有偏頗之處，此是後話。

蔡元培立論較為寬和，兼容並包，且眼光高遠，故其持論亦多能點出要旨，看到他人所不易看到之處。故蔡元培的索隱在大關節上勝過了王、沈，開篇即大張旗鼓，旗幟鮮明地指出了全書的悼明斥清的主旨，實則有如孫中山推翻清朝一樣，開出了紅學的新局面：

> 《石頭記》者，清康熙朝政治小說也。作者持民族主義甚摯。書中本事，在弔明之亡，揭清之失，而尤於漢族名士仕清者，寓痛惜之意。當時既慮觸文網，又欲別開生面，特於本事以上，加以數層障幕，使讀者有「橫看成嶺側成峰」之狀況。

95　王夢阮、沈瓶庵：《紅樓夢索隱》（北京：北京大學出版社，2011 年），頁 7。

> 最表面一層，談家政而斥風懷，尊婦德而薄文藝。其寫寶釵也，幾為完人，而寫黛玉、妙玉，則乖癡不近人情，是學究所喜也，故有王雪香評本。
>
> 進一層，則純乎言情之作，為文士所喜，故普通評本，多著眼於此點。
>
> 再進一層，則言情之中，善用曲筆。如寶玉中覺，在秦氏房中布種種疑陣，寶釵金鎖為籠絡寶玉之作用，而終未道破。又於書中主要人物，設種種影子以暢寫之，如晴雯、小紅等均為黛玉影子，襲人為寶釵影子是也……
>
> 闡證本事，以《郎潛紀聞》所述徐柳泉之說為最合，所謂「寶釵影高澹人，妙玉影姜西溟」是也。近人《乘光舍筆記》謂「書中女人皆指漢人，男人皆指滿人，以寶玉曾云男人是土做的，女人是水做的也」，尤與鄙見相合。
>
> 左之劄記，專以闡證本事，於所不知則闕之。書中紅字，多影朱字。朱者，明也，漢也。寶玉有愛紅之癖，言以滿人而愛漢族文化也；好吃人口上胭脂，言拾漢人唾餘也。清制，滿人不得為狀元，防其同化於漢。[96]

蔡元培開篇的看法時至今日亦似為不刊之論，雖其後文多有瑕疵。他實際上一眼看到了此書的根本之處，但是他卻不會用讓人信服的方法來佐證他的結論，導致後來難以令人信服。這一點蔡元培與胡適恰恰相反。胡適雖似一眼看不準問題的根本，但他善於用循序善誘的文筆，擺證據、用考據等所謂科學的方法來佐證他的結論，故而即使一開始是個錯謬，經他這麼一說，也似乎是科學的事實了。胡適的考證實際也是索隱，但是其沒有蔡元培的大眼光，也沒有王、沈的細處方法。但是其找到了作者研究這個定海神針，雖

---

96 葉朗主編：《百年紅學經典論著輯要・蔡元培卷》（合肥：安徽教育出版社，2020年），頁39。

然這個定海神針在很大程度上是虛的。試看胡適的開篇：

> 《紅樓夢》的考證是不容易做的，一來因為材料太少。二來因為向來研究這部書的人都走錯了道路。他們怎樣走錯了道路呢？他們不去搜求那些可以考定《紅樓夢》的著者、時代、版本等等的材料，卻去收羅許多不相干的零碎史事來附會《紅樓夢》裡的情節，他們並不曾做《紅樓夢》的考證，其實只做了許多《紅樓夢》的附會！這種附會的「紅學」又可分作幾派……[97]

> 我現在要忠告諸位愛讀《紅樓夢》的人：我們若想真正瞭解《紅樓夢》，必須先打破這種牽強附會的《紅樓夢》謎學！
> 其實做《紅樓夢》的考證，盡可以不用那種附會的法子。我們只須根據可靠的版本與可靠的材料，考定這書的著者究竟是誰，著者的事蹟家世，著書的時代，這書曾有何種不同的本子，這些本子的來歷如何。這些問題乃是《紅樓夢》考證的正當範圍。
> 我們先從「著者」一個問題下手。[98]

胡適受了實證主義的影響，注重用考據的方法，但是他卻對中國的文學傳統和政治、歷史的傳統沒有深刻的理解。猶如他寫的《中國哲學史大綱》，是按照西方的哲學史的觀念書寫的，但是他寫得出孔子的學說主張，卻不一定真正認同他的學說，他是將諸子的學說當做客觀的知識來對待的。但是從中國古學的傳統來看，不認同孔子的學說又如何能寫得出對此的體悟呢？故而利用這種方法什麼都可以整理、敘述出來，卻完全在其自身脫離於它。胡適做的是隔靴搔癢的工作，是把古國的東西當做客觀存在的東西來解

---

[97] 葉朗主編：《百年紅學經典論著輯要・胡適卷》（合肥：安徽教育出版社，2020年），頁87。

[98] 葉朗主編：《百年紅學經典論著輯要・胡適卷》（合肥：安徽教育出版社，2020年），頁98。

剖它，卻不是當做自己的同族、前輩來與它對話、請教。

但是中國的古學、文學絕不是科學的，用科學的冰冷的方法是搞不通這些東西的，即便是搞出來，也是生硬的、不鮮活的。猶如莊子與惠子對於魚在水中游的辯論，只有沉浸到他們的談話的理路中才能理解魚之樂，而不是將魚放在砧板上解剖它，這兩種態度導向的是完全不同的結果。胡適是偏向於後者的，故而他是新文化運動時期誕生的一個新人，卻絕不會理解中國文化的本根裡的東西。古典文學講「知人論世」，《孟子・萬章》曰：「頌其詩，讀其書，不知其人，可乎？」[99] 由讀其書來想到瞭解作者的為人與所處的時代本是很自然的事情，猶如漢武帝讀到〈子虛賦〉，非常喜歡，曰：「朕獨不得與此人同時哉！」[100] 是武帝之心深契於賦中之意，故而想見其為人。司馬遷〈孔子世家〉曰：「《詩》有之『高山仰止，景行行止。』雖不能至，然心鄉往之。余讀孔氏書，想見其為人。」[101]〈屈原列傳〉又曰：「余讀〈離騷〉、〈天問〉、〈招魂〉、〈哀郢〉，悲其志。適長沙，觀屈原所自沈淵，未嘗不垂涕，想見其為人。」[102] 司馬遷想見孔子、屈原的為人是因讀懂了他們的顛沛流離的遭際和顛撲不破的思想，為之景仰、垂涕，故而想知道其為人更多一點，是表其愛憐、崇敬之意。

世上絕無未能讀懂其書，未能為書中精神所感念，卻去找尋、考索作者的為人的。但是，胡適的研究方法即是如此。其對《紅樓夢》作者的筆力所指、哀痛所在並無深刻理解，至少從其《考證》的文字中看不出他有多同情這位「曹雪芹」先生的思想。王國維《紅樓夢評論》中那種對人生問題的感懷的深度在胡適這裡是不存在的，蔡元培《石頭記索隱》裡那種蘊藉著民族主義的痛切在胡適這裡也是缺乏的。

蔡元培與胡適的方法實際都是索隱史事。不同的是蔡元培以為此書有四層。最表面的一層是「談家政而斥風懷，尊婦德而薄文藝」，其意則是此書

---

[99]〔宋〕朱熹：《四書章句集注》（北京：中華書局，2011 年），頁 302。
[100]〔漢〕司馬遷：《史記・司馬相如傳》（北京：中華書局，1959 年），頁 3002。
[101]〔漢〕司馬遷：《史記・孔子世家》（北京：中華書局，1959 年），頁 1747。
[102]〔漢〕司馬遷：《史記・屈原列傳》（北京：中華書局，1959 年），頁 2503。

表面寫眾婦人不守婦人之禮處，也即書中寫倫常敗壞處，如此則王熙鳳、尤二姐、尤三姐、司棋諸人皆似在妒婦、奔女之列。書中以寫此「變」《風》來復歸孔學禮制，此則是以家庭、婚姻倫常為體的最表層。第二層則是書中談情處，談情則非是儒家所稱揚之物，雖《周禮・地官媒氏》有「奔者不禁」[103]義，《詩經》有〈野有死麕〉之變，但儒家實是以「二南」之德改化婦人，讓其不嫉妒、賢良。若談情則生出許多奔女，一旦有奔女，則倫常廢弛，故而儒家在男女婚姻作為人倫之始的關節眼上頗為慎重。《紅樓夢》談情則洗盡鉛華、一脫俗態，並未有紅娘這樣導人涉於流俗者，故而書中談情未涉於淫濫，純是意中之淫。此則因其新雅別致，故而多得文士所喜。蔡氏所論的第三層曰言情之中善用曲筆。此中之義實大，乃不拘繫於言情之中。此中曲筆所由來乃在五經，尤其《春秋》、《周易》之中，秦氏房中種種疑陣則是以《春秋》避諱之例不使之顯出，而愈顯。如同寶玉去看廂房中美人畫像而見茗煙與萬兒之事，亦是曲筆寫寶玉之日常。猶如《春秋》寫莊公「如齊觀社」而實則宣淫一般，是為其諱惡。寶釵金鎖籠絡之用，亦用《詩經》比的筆法來寫出隱義。又且，晴雯為黛玉影身，襲人為寶釵影身則源於易學之卦變與假象諸說。實則蔡氏所論此諸筆法皆本於五經，源流有自，本書後幾章皆有涉及。蔡氏認為的最根本的一層乃在闡證本事，即因文網嚴密，於本事之上，加此三層蔽障，而使人不易勘透本事。蔡氏認為索隱的任務即是尋求出此中的本事，得知本事，也即知書中所寫為何物了。

在闡證本事這一點上，蔡氏與王、沈是一致的，故而他也犯了王、沈一樣的癥結。即如前文所論，《紅樓夢》一書雖感於史中本事，但是從明清小說發展的傳統來看，此書至少是虛實參半的，文中絕非全是本事，而多有以文為戲的法子，故而一旦去具體闡證本事，皆不可避免有其偏頗。在大的關節處、大的脈絡處以及作書的主旨處闡證出其感發的本事，此則較易形成公道的結論。蔡元培在闡釋此書「弔明之亡，揭清之失」這樣的主旨上讓人為

---

[103] 見〔漢〕鄭玄注，〔唐〕孔穎達疏，彭林整理《周禮注疏》：「中春之月，令會男女，於是時也，奔者不禁。」（上海：上海古籍出版社，2010年），頁512。

之嘆服，以賈寶玉隱偽朝之帝系也讓人十分寓目，很能說解得通。但是其以林黛玉影朱彝尊，薛寶釵影高士奇則頗讓人費解，然而也難說蔡氏此論不確，因其自道理上亦能說通。其云：「居瀟湘館影其竹垞之號也。竹垞生於秀水，故絳珠草長於靈河岸上。」但是以這種方法講得通，同樣也如王、沈的一樣能講得通董鄂妃。即這種比附的方法雖在文學傳統中源流有自，但是不能獲得確定性，只能聊備一說，作為人們讀解的一種思路。這裡面絕不存在對錯的問題，就如《詩經》齊、魯、韓、毛各有說解，難道各家有對有錯否？並非如此，各家切入角度不同，故而結論不同，所謂「《詩》無達詁」，這種多義性的闡釋本來即是文學闡釋的特點，也是必要的，故而決不能像胡適一樣說蔡元培的說解是錯誤的，是笨伯猜謎。實則蔡元培這樣說未嘗不是事實如此，只是這種事實無法證實、也無法證偽。蔡元培提供了一種思路，這是其貢獻所在。但是其在具體的細節處不如王、沈。其所謂的寫當時名士，思路有其合理處。總而言之是進步的。

事實上，因《紅樓夢》隱義的方式過於複雜隱秘，書中的本事已然是不可能得到證實的了。已經是失傳了的，恐怕只有作者自己得知了。因這種隱義的手法太過個人性、隨機性。但是這也說明，作者認為不必找到具體的隱義所指的本事。如我們能跨越過這個失傳的本事，來直達其通過本事傳達的義理，亦未嘗不是一條行得通的有益的道路。

胡適認為只要找到了作者，考索出作者的生平軌跡，就可以知道書中的本事是何物了。因為他的研究邏輯的預設是作者是「自敘平生」，但是胡適怎麼知道作者是自敘平生的呢？因為他考索出曹家抄家之事，而《紅樓夢》中也有抄家之事，故而作者是自敘平生。實際上，胡適是把預設當結論，結論還是預設。最終是以預設為出發點證明了預設。

這說明胡適的研究邏輯中潛存著不可掩蓋的漏洞。其所推崇的「大膽假設，小心求證」，最終求證必然是沿著假設的方向而去的，其所求證乃是為了證明其假設，而其假設的由來則又是其心中的直感，也即其所認為的以西方文學觀念來理解《紅樓夢》為自敘傳的作品，這裡面包含著極大的任意性。首先，胡適認為之所以去考索作者，是認為考索出作者、其家世、時代則有助於認識此書，然而這並不能證明此書的內容與作者的家世有必然的聯繫，也不能證明此書即是作者的自敘平生，作者問題與作品內容實際是兩個不同的問題。考索出作者並不能作為作品即是作者的自敘傳的充分必要條件，這在根本上是兩個不同層面的問題。胡適的研究邏輯在於，他力在反駁索隱紅學的諸多他認為不相關的本事來考證此書，而別出心裁，想到以「作者的本事」來考證此書，因為他認為作者的本事肯定比其他諸多不相關的本事（如順治董鄂妃事）更能接近作品、更能說明作品的問題。因為他認為作者肯定是更傾向於寫「自己」的，而非寫「他人」的。然而《紅樓夢》一書的作者真的更傾向於寫「自己」而非寫「他事」嗎？這是胡適研究的根本癥結所在。胡適受到了資產階級人性論的影響，更傾向於以「個人」、「個體」的角度來理解文學作品，以「我手寫我口」的角度來理解古典作品。正是在這種觀念的影響下胡適才更傾向於得出作者描寫「自己」的自敘傳說。但是，胡適忽視了他的這種人性論在古典文學中是陌生的。其不知古典作品中多是「借他人之酒杯，澆自己之塊壘」。

班固受儒家之教的影響，在〈離騷序〉中云：「〈關雎〉哀周道而不傷，蘧瑗持可懷之智，寧武保如愚之性，咸以全命避害，不受世患，故〈大雅〉曰：『既明且哲，以保其身。』斯為貴矣。今若屈原，露才揚己，競乎危國群小之間，以離讒賊。」[104] 其認為凡事得中和之度，哀而不傷，怨而不怒方是合乎正道的，屈原並未在〈離騷〉中直抒胸臆，而是以香草美人為喻：「善鳥香草，以配忠貞；惡禽臭物，以比讒佞；靈修美人，以媲於君。」[105] 即便以如此的隱寓之體，尚為班固所譏。司馬遷受辱而潛述其志於〈貨殖〉、〈遊俠〉，班固則論之曰：「其是非頗繆于聖人，論大道而先黃、老而後六經，序遊俠則退處士而進奸雄，述貨殖則崇勢利而羞賤貧，此其所蔽也。」[106] 在古典文學一旦聲揚個人則必受口誅筆伐的。故而李商隱

---

[104]〔清〕嚴可均：《全上古三代秦漢三國六朝文・後漢文卷二十五・離騷序》，民國十九年丁福保影印本。

[105] 王逸章句：《楚辭・楚辭章句序》，明隆慶五年豫章夫容館刻本。

[106]〔漢〕班固：《漢書・司馬遷傳》（北京：中華書局，1962 年），頁 2738。

之〈藥轉〉、〈無題〉，所寫何旨曠世難有解人，王漁洋的〈秋柳詞〉，其所指當世已多聚訟[107]。羅貫中《三國演義》只能通過擁劉討曹表其微旨，施耐庵《水滸傳》亦只能假借盜寇述其憤懣，《金瓶梅》亦只能以淫穢之文字為屏幃指奸責佞，《聊齋志異》只能寄情於鬼狐抒其不平，「三言」無非假借歷來風流佳人、奔女浪夫之事抨擊假道學，《西廂記》、《牡丹亭》皆是借他人事體寫自己心境，《趙氏孤兒》、《桃花扇》亦借國家民族頌心中忠烈。

自古以來，從未有像胡適所說的作者將自己的名字寫在首回，而將自己平生之事敘述出來，供大家「醉淫飽臥之時，或避事去愁之際，把此一玩」的[108]。而且，書中所寫無非長輩盜了兒媳，兄弟熱孝偷娶，家中逼死小妾，大伯要祖母的丫鬟當小妾，嬸嬸治死了遠房家中的長子，祖母嬸嬸合夥欺負死了外甥女，大伯賣了閨女給餓狼被欺凌死，家中管賬的放地租，自己則意淫了眾多姊妹……凡此種種，書中所寫難道是作者自敘平生，自敘曹家祖上的事？中國人講家醜不可外揚，這位曹家的「曹雪芹」先生將家中的醜事一併記了一個遍，於情與理這如何講得通呢？古人講諱莫如深，從《紅樓夢》文本來看作者是深知《春秋》的，如何能不通此理。

這進一步說明，作者考證如果不是建立在對文本有深刻的理解之上，如果不是建立在對作者之苦痛有切身的體悟之上，而一味以事不關己的態度在故紙堆裡找尋他家的線索、傳聞，是無論如何也不能探求到於作品有益的認知的。胡適這樣的學術風氣一而再、再而三地出現在古史辨的學風中，疑古成為風尚，而實在缺乏對吾國文化之理解與同情，這樣的學術研究是不會蘊含著生氣的，因為其並未給人得以傳承下去的讓人感念的生機。這不禁讓人想到二十世紀的文學史家章培恒先生的治學之法，章先生並未以冰冷的態度去孤立地探尋古典文學文本，而是帶著對人性的發展的考索的立場，從能否感動人的、激發人的角度判定是不是好的文學，從而在歷史的脈絡中梳理出

---

[107] 王夢阮、沈瓶庵：《紅樓夢索隱・序》（北京：北京大學出版社，2011 年），頁 1。

[108] 杜世傑書中對此亦有多處論述。（見杜世傑：《紅樓夢考釋》，北京：中國文學出版社，1995 年。）

了一條人性文學的線索，這樣學者與古典文學文本是處於互動而不斷獲得生機的關係之中的。這實際也是魯迅對待古學的態度的傳承。魯迅與周作人留日期間感於西方文學的精神，而力圖恢復古國被湮沒的精神，故而搜羅古籍，輯成《古小說鉤沉》、《唐宋傳奇集》、《小說舊聞鈔》。《鉤沉・序》曰：「心行曼衍，自生此品，其在文林，有如舜華，足以麗爾文明，點綴幽獨。」[109] 此種點綴亦可以於文明有所附麗，其求異邦之新聲，而力圖擇選古國之菁華，以充國民之性。這樣的研究是帶著對於文化的深沉的愛之上的。這與那些主張全盤西化的是迥然不同的。

胡適的考證論中尚沒有解決的是文本層次的問題，即其立論無法說明作者篇中所云的「真事隱去」、「假語村言」之說。這種文中有表象的假文辭與內在的隱指是索隱、考證所依賴的本事說的基礎。如果從胡適所論，書中是作者自敘平生，那何來隱去的本事呢？書中表面所寫即是一家族之事，哪有什麼「假語村言」呢？

這是考證派立論的薄弱之處，因其並沒有從古典文學的傳統和明清小說發展的傳統中尋求出作者生平和文本事件所應存在的合理關係。索隱派根植於比、興傳統及明清小說的用晦傳統，從而以作為他物的史事來解說文本事件。然而考證派自敘傳說則沒有這種他物和文本事件的差異性，因為既然此書是自敘平生，那麼就不存在本事這一說，書中所言就是本事，更沒有「真事隱去」這種說法了，難道換個名字就是真事隱去？所謂「真事隱去」只有在索隱派的意義才有邏輯上的合理性，而在考證派的意義上是沒有本事的，因為他們認為作品事件就是曹家本事。

在這個意義上，考證派的此種觀點是獨斷的，這個獨斷的觀點既是他們立論的出發點，也是他們的終點，是他們借了索隱派的內核來嫁接到曹家身上，因為在考證的意義上是沒有本事這種提法的。這也進一步說明考證派並非是一個邏輯上自洽的紅學派別，因為「考證」和「本事」二者是恰恰相反

---

[109] 魯迅：《古小說鉤沉・序》，《魯迅作品精選》（北京：中國文史出版社，2001年），頁3。

的意思，而考證派卻用「考證」的方法去尋求「本事」。考證即是為了消除索隱那種比附的本事研究方法，這建立在考證認為作者是自然主義的自敘平生、流水帳的記法，而本事是建立在作者假設文辭影射他物的觀念上的。考證派假借了索隱派的本事的名頭作為出發點卻又將其消解了，變成了沒有本事。所以，通過考證的方法通向的只能是書中是曹家家族的日記，他將文本中「假語村言」、「真事隱去」的這個提法置在一邊了，沒有去理書中的這個說法，而這個重要的提法卻是索隱派開宗立派的出發點。因為在考證派那裡，曹家的事並不是作為本事而存在，而是作為實事、作為是書中的事而存在，這是從考證派的思維方法中得出的結論。

在考證派這裡，曹家家族史通過曹雪芹和《紅樓夢》劃上了等號，曹雪芹生平、曹家家族史、《紅樓夢》三者成為了三位一體等同物。但是，三者之間的確切聯繫並不比索隱派所認為的《紅樓夢》是寫朱彝尊、高士奇更多一點。三者之間本無確切聯繫的確證，只是考證派利用修修補補的證據將其結合在了一起。這樣的結果就是《紅樓夢》成了曹家的家族史、曹雪芹的自敘傳。這又回到了胡適的出發點——考證作者就可以瞭解《紅樓夢》。他把假設當結論，結論又通向了假設。

但是，這樣一個循環中我們真的對《紅樓夢》更多瞭解了嗎？結果恰恰相反。第一，考證派沒有回答索隱派提出的本事的問題，考證派直接用家族史對應文本把這個問題消解了，這樣考證派也沒有回答文本中的「真事隱去」的具體意味，同樣置之不理。第二，考證派無法回答書中作者描寫的諸多家族問題的意圖和動機，更無法回答文本中言及的「指奸責佞、貶惡誅邪」之筆的提法，難道曹雪芹要在自己家族中「指奸責佞」、「貶惡誅邪」嗎？這無論如何於情理是講不通的。第三，考證派完全忽視了古典文學的比興的傳統和明清小說用晦的發展傳統，認為稗官之體的小說文本即是家族史文本，完全混淆了虛構與紀事，這無論在古典學術的傳統中還是西方學術的傳統中都是講不通的。第四，考證派又在臆測的根據上倡導了續書說，將高鶚、程偉元的整理本斥之為狗尾續貂，引發了更多不利於理解文本的疑團、迷霧。

考證派在其邏輯脈絡上發展到極致的則是周汝昌的紅學研究，同時這種極致也昭示了考證派必然在邏輯上崩塌。周汝昌認為紅學就是曹學，就是曹家的考證[110]，曹家家事就是《紅樓夢》文本事件，十二釵是作為女性真實存在的，史湘雲乃至就是作為賈寶玉的曹雪芹的晚年伴侶。這種文本和歷史交錯往來，想像與考索相伴而行，紅學研究也變成了虛構小說是考證派在二十世紀的學術醜聞。這樣的範式也有一些仿效者，既而紅學研究真正變成了全體操漢語者的猜謎和想像的狂歡，似乎任何人都持有了真理。這種現象實際上是周氏研究所代表的考證派在邏輯上的漏洞所導發的群體的反諷。當考證派發展到周汝昌寫出《紅樓夢新證》的曹家世系之時，實際上考證派的路已經走到了終點。其研究範式本身也在這種世系的構建中坍塌了，所剩下的有價值的瓦礫甚至比索隱派還少一些。

考證派是索隱派影響下形成的學術支派，其變化了索隱派提出的諸多問題，意圖以新的路徑解決這些問題，然而其嘗試將紅學從文學傳統中抽離出來、忽視了諸多文學傳統中的問題，從而走向了死胡同。

索隱派和考證派的所共有的問題一再昭示了：對於紅學研究而言，如果不從明清小說發展的傳統出發來理解作品，如果不能恰當地處理好史事和小說文本的關係，如果不能在充分理解作品本身的基礎上分析關於作品的諸多問題，都將易於走向旁門左道，偏離了文學研究乃至紅學研究的正軌。

在這個意義我們倡導回到《紅樓夢》文本，而回到文本的頗為有力的憑藉則是早於索隱派和考證派的清代評點派。前文我們論及了評點派的批評實踐實際上對於文本的微言大義、筆法內蘊、人物結構上有充分的說解，其體量、篇幅總的來說比王沈二氏、蔡元培、胡適的紅學研究還要大一些[111]。評點派總其要旨而云便是對《紅樓夢》的內蘊義理多有提煉發揮，較少程度地依靠史事的比附而較多程度地依靠經、史義理來闡釋文本。在這個意義上，評點派是以立象說為基礎的義理紅學研究方法得以憑藉的重要理論來源。

---

110 見周汝昌：《紅樓夢新證》（北京：人民文學出版社，1976 年）。

111 見馮其庸：《重校八家評批紅樓夢》（青島：青島出版社，2015 年）。

同樣早於蔡元培和胡適的王國維在1904年發表的《紅樓夢評論》實際對文本所蘊之人生哲理的理解洞徹古今，其同樣以哲理的路徑分析書中人物，對其理解實際能勘透文化中的切要之處。故而，以立象說為基礎的義理紅學研究方法的另一重要基礎在於評論派王國維、藍公武、吳宓的紅學研究[112]。

無論是評點派還是評論派，二者都異於索隱派和考證派的最緊要一點在於——二者都是超脫於史事的比附和考索，而深求文章義理。筆者以為，在批判借鑑索隱、考證的基礎上，認為《紅樓夢》中感寓史事的線索是有的，其略顯豁處的能找到，過於隱蔽處則不一定找得到。故而不如摒棄史事研究的法子，結合評點與評論兩派闡釋其文章表象背後的深層義理，如此則能找到表象和史事相通的義理，即使沒有找到其所感寓的史事，找到了其意圖蘊藉的義理也得其圓滿了，故而跨過了史事這一層。這就猶如《莊子》中所謂用象罔求玄珠，象罔即是不可見的無形之義理，唯憑藉此義理方可找到史事背後所蘊藉的深層義理，從而即使找不到史事也無所謂了，因已找到了其史事的義理本根，這實際也是得意忘象的意思。故而下一部分我們在著重分析紅學四派的基礎上探求《紅樓夢》的不可見的義理。

二、從可見性到不可見性：心即義理、無可云證

考證派的問題在於執著於表象，故而其全部立論根植於經驗表象的聯結。索隱派有其大的主張，如「揭清之失」說，然而其仍然被史事牽著走，未能在比附中掙脫開來。評點派有認識此書內裡的慧眼，也理解此書譬喻設象的方法，然而其又有對儒家經義的過分比附的瑕疵。王國維看到了此書不可見的內裡，然而對這種內裡的闡釋過於憑藉了人類普遍性的觀念，而對本文化尤其是儒家人世中的人的特殊性缺乏關照，進而也不能深入地洽和以儒家人世為描寫對象的《紅樓夢》的本身的內在義理。

對於呈現在眼前的小說文本而言，可見的是文本中的文辭以及由文辭所

---

[112] 藍公武著有〈紅樓夢評論〉一文，發表於《教育》1906年第1卷。吳宓紅學論著可參見周絢隆編：《紅樓夢新談吳宓紅學論集》（北京：人民文學出版社，2021年）。

設的形象——即人物情節，而不可見則是文辭之下的評判和形象所蘊之義。故而對於小說文本而言在自身中洽和地存在著三個構件，即文辭、形象、義理。義理可以存在於文辭中，也可以存在於形象中。

這三者在歷史文本和說理文本中是不同的。對於說理文本而言，則只有文辭、義理二者，文辭直接導向義理，二者的關係是同一的，義理憑藉文辭而存在，文辭就是義理的顯現。如《道德經》云：「虛其心，實其腹，弱其志，強其骨。」[113] 此十二字表達的就是讓民無所想、有所食，無志意而身體堅強。文辭與義理之間是沒有隔礙的，雖然說理文中也有運用形象說理的，但總的來說，其理是藉形象而愈顯，如「天地之間，其猶橐籥。虛而不屈，動而愈出。」[114] 橐籥這個形象是為了說理的更加明確而存在的，並不獨立存在，故而說理文中準確地說是沒有形象這一層級的。

對於歷史文本而言，則只有文辭、形象二者，文辭直接導向形象，二者關係也是同一的。形象憑藉文辭而存在，文辭就是形象的顯現。如《史記・項羽本紀》曰：「秦二世元年七月，陳涉等起大澤中。其九月，會稽守通謂梁曰：『江西皆反，此亦天亡秦之時也。吾聞先即制人，後則為人所制。吾欲發兵，使公及桓楚將。』」[115] 此中文辭是歷史文辭，幾乎全部直接導向形象、事象，全都可以形象化、畫面化、具體化、實存化。歷史文本的特性就是直接摹寫現實世界，是現實世界分毫不差的摹本。愈是能準確地、公正地摹寫現實世界，則愈為良史、信史。故而文辭愈接近形象，愈好。文辭愈直接，愈好。文辭愈精煉，愈好。雖史中亦有說理的文辭，但這些文辭不為說理而生，而是為了豐富形象而生，如上引文中「吾聞先即制人，後則為人所制」此數語，是在說理，但是其不是作為獨立的說理而存在，而是為了表現會稽守在歷史現實中的作用而存在的。

史書中也有義理，但是史書中的義理情況較為特殊。一方面，史中義理是史書中的說理性文辭表現出來的，其本質上仍是說理文義理的表達。另一

---

113 〔清〕宋常星：《道德經講義》（臺北：東大圖書公司，2018 年），頁 12。

114 〔清〕宋常星：《道德經講義》（臺北：東大圖書公司，2018 年），頁 20。

115 〔漢〕司馬遷：《史記・項羽本紀》（北京：中華書局，1959 年），頁 297。

方面，史書中的義理是歷史文本中形象、文辭的衍生物，這個衍生物不一定是歷史文本的直接目的，但是這個衍生物可以從歷史文本的文辭、形象中外溢出來。歷史文本並不在其自身中本有地包含這種義理。這種史書義理的外溢是人的閱讀、理解下參與形成的。並不是歷史文本本身蘊藉的東西。

但是在文學文本中，文辭、形象、義理三者是必然地本身蘊藉在文學文本中的，缺一不可。而且，義理實際處於更為切要的位置中的，文學文本與歷史文本的差別就在於這種義理的主動性。除卻義理這一要素來看，文學文本尤其是史傳文學、歷史演義與歷史文本是相仿的，但是與嚴格的史書還是有很多差異的。

理解了文學文本、說理文本、歷史文本三者的特徵以及文辭、形象、義理的關係之後，我們再來考察《紅樓夢》的文本特徵，因為欲使紅學研究走向合理的軌道上文本學的分析是不可或缺的，正因為文本學分析的缺失才導致了索隱、考證所形成的諸多問題。

《紅樓夢》的文本可以說是古典文學中極為複雜的文本，這突出表現在文辭、形象、義理三者的複雜關係上。

第一，《紅樓夢》的文辭形式極為複雜繁複。刻意用曲折、曲筆、虛筆、假筆、斷筆等「假語村言」來遮遮掩掩，又抖露一二，自說自掩。寫一事從不直說，必從別處、對照中寫出。寫一事從不一下寫完，必是拖拖逻逻，草蛇灰線。寫一事旁敲側擊，又自行遮掩。寫一事無頭無尾，令人自思。寫一事是假事，來使人想出真事。敘一句話相反相成，正言若反。此種筆法名目頗多，概括起來便是錯綜複雜，真假對待，用儘量隱晦的筆法。其結果就造成了帷燈匣劍[116]，人們不能從文辭之中真切地看到形象是何物，也不易直接從文辭之中得知作者想表達什麼義理。如其寫賈蓉借王熙鳳的炕屏，鳳姐欲言又止，寫得極膩，人們也不知二人是否真有其事。如寫賈寶玉在秦可卿房裡午睡夢到太虛幻境，夢中又叫可卿的名字，人們也不知寶玉在

116 見洪秋蕃《紅樓夢抉隱》總評中對於「意淫」的論述。（馮其庸輯校：《重校八家評批紅樓夢》，青島：青島出版社，2015 年，頁 123。）

房中到底是何事。如寫王熙鳳叫賈蓉、賈薔去捉弄賈瑞，又寫賈薔與賈蓉兄弟「常共起居」，則王熙鳳之與二人事又在此處作結。如寫賈寶玉初試雲雨，寫「亦不為越禮」，又寫「幸得無人撞見」，那到底越不越禮？又為何怕人撞見？如寫賈寶玉在平兒理妝、香菱情解石榴裙、為尤二姐、尤三姐遮擋醃臢和尚時到底是什麼角色？如寫尤二姐、尤三姐與賈珍兄弟們又是什麼關係？如寫張太醫論病細窮源，病到春分是何意，源又是何物。如王熙鳳弄權鐵檻寺與後來的寶黛拆散又是什麼關係？如寫賈瑞看的風月寶鑑正面美人，反面骷髏，又是何意。如寫俏平兒軟語救阿璉，平兒是救賈璉麼？

總之，《紅樓夢》的文辭故作疑障處頗多，以此造成了此書在文辭的層面上易於產生歧義，易於產生充分的闡釋空間，易於蘊含多種不同的說解方式。正是這種文辭的複雜所導向的闡釋的多義性才使索隱派的闡釋成為可能。也即這種複雜的文辭成為蘊含著豐富意義的能指，具備指向多種所指的空間。這種複雜的文辭表現形態在歷史文本和說理文本中皆是不常見的，這實際上是一種「詩」性的文本，所謂「《詩》無達詁」，故而這樣的文本也通向多種義理的闡釋。

第二，《紅樓夢》的通過複雜的文辭所導向的形象也極其複雜。形象是從文辭中產生出來的，有如歷史文本直接通向形象，愈直接愈好，這樣形象就愈鮮明。然而《紅樓夢》文本刻意使形象複雜化、多義化，變得蘊藉極為豐富，乃至成為一類人物在不同層面的集合。如王熙鳳這個人物，寫其殺伐決斷，妒忌，又寫漢朝有個王熙鳳，抽籤說衣錦還鄉，治喪全用法家手段，希奉賈母，攢金慶壽，這樣的人物在之前的小說中少見，故而評點中論王熙鳳則言其像曹阿瞞，是奸雄人物。藍公武則謂之為政治家[117]。林黛玉這個人物也不易以一端歸納，一來她是有風懷的才女、癡情女，二來其清高高潔又有古之文士之風度，故評點家多謂之為陶潛、賈誼之流[118]，藍公武謂之

---

[117] 楊李秀子：〈藍公武《紅樓夢評論》新探〉，《紅樓夢學刊》，2021 年第 4 期。

[118] 涂瀛：《紅樓夢問答》，見馮其庸輯校：《重校八家評批紅樓夢》（青島：青島出版社，2015 年），頁 103。

為哲學家[119]。賈寶玉有愛紅之癖，而多愛護眾女子，然而其又與襲人、麝月有私，至於「綺櫳晝夜困鴛鴦」，對人則渾如赤子，動靜皆由其心，評點家謂之「佛之」[120]，藍公武謂之為詩人[121]，王國維所謂「詞人者，不失其赤子之心也。」[122] 凡此皆可論，書中人物絕非有一端之體，而是兼有數端，如此則亦意義廣大。

第三，《紅樓夢》文辭、形象的複雜皆導向了其義理的多面與隱晦。蔡元培謂：「當時既慮觸文網，又欲別開生面，特於本事以上，加以數層障冪，使讀者有『橫看成嶺側成峰』之狀況。」[123] 然而，即如蔡氏所言書中有本事，然而書中的層層障冪實則亦在表象層面形成其義理的表達。若徒從「談家政」的角度看，書中寫對諸倫常之違背亦有深層義理，從中可以分析出該書對於儒家倫常禮制的復歸與反省的雙向態度。這種表象的義理表達乃是共同分佈在文辭和形象之中，書中文辭受《春秋》影響極大，王、沈謂「其書法學《春秋》」[124]，張新之則謂「以《春秋》示予奪」[125]，故而分析《紅樓夢》文辭乃可見此書的史筆所蘊之義理，此為其一。再者，書中形象並非為固定不變之象，而實則可以作假象講，或言託意之象，此是評點派張新之評點中一貫之觀念，此是以《周易》立象以盡意的法子，設諸多形象以表達隱義，故寫王熙鳳則寫古來之妒婦與奸雄，寫林黛玉則寫歷來清高潔淨文士之受屈者，寫一賈寶玉則寫癡情而近於赤子者，寫一薛寶釵而寫禮制中所產生出的冰冷無生氣且機心用事的人物。《紅樓夢》此設象筆法遠則宗

---

119 楊李秀子：〈藍公武《紅樓夢評論》新探〉，《紅樓夢學刊》，2021 年第 4 期。

120 涂瀛：《紅樓夢問答》，見馮其庸輯校：《重校八家評批紅樓夢》（青島：青島出版社，2015 年），頁 103。

121 楊李秀子：〈藍公武《紅樓夢評論》新探〉，《紅樓夢學刊》，2021 年第 4 期。

122 王國維：《人間詞話》一六條（杭州：浙江古籍出版社，2011 年），頁 12。袁枚《隨園詩話》卷三一十七語有「詩人者，不失其赤子之心也。」乃俱化用《孟子・離婁下》「大人者，不失其赤子之心也。」

123 蔡元培：《石頭記索隱》（上海：上海三聯書店，2014 年），頁 1。

124 見王夢阮、沈瓶庵《紅樓夢索隱》提要（北京：北京大學出版社，2011 年），頁 6。

125 並參見序及第二章中相關論述。

《周易》、《詩經》，近則承《西遊記》、接《金瓶梅》，故張新之云「脫胎於《西遊記》，借徑在《金瓶梅》」。[126]

所謂脫胎於《西遊記》，因《西遊記》純以悟空、八戒、悟淨三者為義象[127]，由義象而生形象，非由形象而出義象，三人皆乃作者為表修道之義而設，悟空表心猿意馬的上下蓬勃之心，八戒表人之七情六欲之肉身，悟淨表人之庸常無為之態，乃一敬慎意，此三者皆唐僧一人心身之外在顯象，且九九八十一難，諸種妖魔鬼怪，亦秉持「心生，種種魔生；心滅，種種魔滅」的《心經》義理。故而一部《西遊記》，非是由形象而義理，乃是由義理而形象，此則偏於說理文所導發的小說文本。人所可見者，皆外在之猴頭、豬、僧而已，而此諸形象皆為假借之象，深究此假借之象實無意趣，而此假借之象背後所蘊之義乃文章精義所在，亦是作者心思所在。言《紅樓夢》一書脫胎於《西遊記》，乃言《紅樓夢》一書的胎體乃是得《西遊記》的真傳的，即《紅樓夢》一書乃亦假借諸種種外在假借之象，以表蘊其深層義理。於《西遊記》而言，乃表蘊丘處機所傳的修道義理，融合佛、道、儒修身、修心之法，故而能度此種種心生、體生的劫難，則能找到金丹大道，修成仙佛之體。

《紅樓夢》所假借諸女子所蘊之義乃主要是六經之義，乃蘊含福善禍淫（《尚書》）、積善之家必有餘慶（《周易》）、災異（《春秋》）、倫常之禮制之順悖等諸種儒家義理，因此書所寫在家政，修身而能齊家，齊家而治國，治國而能平天下，故齊家乃儒家人世設計之核心環節，其上承修身而來，而下開治國，其成則足以致福於一家，其敗亦不至於禍亂於一國，故而齊家最能檢驗問題之所在的中間場。且儒家之義常有「政出於宮闈、婦人」[128]，

---

[126] 張新之：〈紅樓夢讀法〉，見馮其庸輯校：《重校八家評批紅樓夢》（青島：青島出版社，2015 年），頁 107。

[127] 清代張書紳（《新說西遊記圖像》）、劉一明（《西遊原旨》）對於《西遊記》的評批多以此為基本說解方法。

[128] 《詩經》「二南」的三家詩注解中常常以「后妃之德」、「夫人之德」來闡發，以示夫婦齊體，內幃合禮則外政得當，詳見此書第七章第五節。

寫一國必難以寫政之所出，寫一家則可以曲盡周致寫婦人如何影響男人，夫婦人倫乃萬世之始、人倫之基，寫此中的問題則易於寫出人世的根本問題。此則《紅樓夢》一書假借家庭之場表儒家義理的大體。

故而索隱派常在搜求表象之史事考索、比附而不能深究無論是表象處、還是史事處的義理。因其立派的出發點就在於證明此書乃為述及本事而來，故而求索到其所認為的本事之所出，其目的也即達到了，其未能深究小說文本文辭、形象、義理三者之關係，故而僅從文辭比附、解謎、轉義的角度來進行闡釋。至於形象方面，索隱派已然秉持了超越表象的思維，這根植於索隱之方法所憑藉的比、興傳統，如王、沈以王熙鳳寫洪承疇，是超越了王熙鳳作為家庭人物的表象，而尋求其與歷史人物義象[129] 的相通。然而可惜的是，索隱派並未在此義象相通上再邁出一步，來達到其內在義理的表達，如王、沈能通過王熙鳳影射洪承疇得出古來對禍國殃民最為劇烈是奸臣[130]，故而作史以指奸責佞。如是則能闡發出作品所內蘊的義理，然而因索隱止步於文辭的轉義、義象的類比而沒有對文辭、形象所傳達的義理作更深的探究。而這個內部的義理實是對於小說文本而言舉足輕重的主旨。索隱派最終是在歷史文本所注重的文辭、形象二者所蔽目，徒以此二者看待作為小說文本的《紅樓夢》，從而將其亦看成了僅有文辭與形象二者的史，以注經之法注之，而沒有看到義理。其思維在根本緣起上是根植於魯詩的本事傳統。這是其沒有從根本上認識到歷史文本和小說文本的差異所形成的蔽障，沒有從明清小說發展史來考量《紅樓夢》而只從經史的眼光來注目之所造成的結果。

至於蔡元培以「一，品性相類者。二，軼事有徵者。三，姓名相關者」[131] 三者來推求作品的影射，確在比、興的角度上有其合理處，故而「以湘雲之豪放而推為其年」、「以惜春之冷僻而推為蓀友」，又則「以寶玉曾逢

---

[129] 對於「義象」之概念參見影身說一章。

[130] 參見王夢阮、沈瓶庵《紅樓夢索隱》第十一、十二回賈瑞情節之評注。（《紅樓夢索隱》，北京：北京大學出版社，2011 年，頁 141-159。）

[131] 該段所引蔡元培論述皆引自《石頭記索隱》（上海：上海三聯書店，2014 年）。

魔魘而推為允礽，以鳳姐哭向金陵而推為國柱」，又則「以探春之名與探花有關而推為健庵，以寶琴之名與學琴于師襄之故事有關而推為辟疆」。蔡氏此論有其高明處，因其主於情節之考索。然而此種品性相類、軼事有徵、姓名相關確乎在文辭、形象二者之上可以得出其相類，但是仍如前文所論，此乃一種說解方法，而非能達到其確證。且《紅樓夢》本小說文本，非歷史文本，如何確定書中幻文一定根於此史事，且即使其根於此史事，乃是感於史事而別立機杼，已然脫離於史事而憑藉其自身的義理自成一體。本質上乃是作者感於史事之義理，從此義理中生出新的形象、文辭來表達其反思、評判。猶如《水滸傳》所感於宋亡，然而作者將宋亡的根本在於奸臣這一義理融會到新的故事中，假借諸因奸臣受屈的綠林好漢寫出宋亡之根本。故而欲理解此類書之精要，非從義理處入手不可，知其義理則自能融會其所造之形象、文辭。

蔡氏之論不可謂不精深，然而其講明書中形象因歷史人物而來，確然，然而卻為何不講出作者又造此新形象之目的何在？此種關鍵乃是作者融會此歷史人物之義理，而新造形象、文辭，對之反省、評判，此方是作者義理精要之所在，蔡氏在此臨門一腳上未能前進，而失於胡適之譏為笨伯。然而蔡氏之路徑實非胡適可及。且蔡氏云：「惟吾人與文學書，最密切之接觸，本不在作者之生平，而在其著作。著作之內容，即胡先生所謂『情節』者，決非無考證之價值。」蔡氏此論直擊考證派薄弱處，確乎吾國人著書，如前文所論，絕非直寫自己事體，著作之內容乃多假借之辭而已。

考證派昧於此端，則純事於曹家家事之搜集，對於書中義理則未免未達一間，毫無所得。考證、索隱在其本質上都是方法，而非目的，以為考證完了《紅樓夢》的問題就解決了，這種想法在根本上是錯誤的。考證源出於古文經學的傳注傳統，目的乃是為了闡明文字、訓詁、音韻之出處，如此通曉了文字方能於經文的義理有所闡發。故而考證小說而言乃是為其義理闡釋作初步的準備，乃是最為基礎的工作，而非作為最終目的的工作。考證只能得到關於文本的產生、流傳的一些文本之外的經驗性線索，對文本真正的認知還須在文本本身上下功夫。在這個意義上，考證只是為了認識文本的手段，而非目的。考證派紅學則本末倒置，將考證作為純粹的目的，以考證之法研究文本，而非在深刻認識文本的基礎上以考證為輔助。考證的方法並非為考證派所獨有，索隱派亦有考證，如對此書主旨、情節的考證，王、沈則援京師故老傳聞。高鶚、程偉元對於此書每以抄本流行，作者究未知出自何人，亦是考證。乃是胡適考證作者、版本的先驅，雖胡適對之多有詆責。

考證在其根本上乃是在限於文辭之上，其於形象、義理則未免皆未能深求。然而文辭乃是《紅樓夢》一書最為表面之一層，且文辭皆是假文辭。正是昧於此種假文辭，考證派才陷入到曹家家事的比附中。

須知《紅樓夢》脫胎於《西遊記》，故其以寫義理為體，其借徑在《金瓶梅》，故以繪形象為用，其書法學《春秋》，故其以制文辭為冪。此三者乃通達《紅樓夢》一書義理之鎖鑰。考證派昧於此端，只看到了文辭這幅假殼子，猶如唐僧看到了白骨精化作少婦、老婦、老頭便信以為真，且仍以為老婦、老頭來尋少婦這樣的關係也是真的，故而更加怨怒悟空，殊不知，無論是老頭、老婦、少婦皆是皮相，皆是白骨精幻化而來，其內裡並非如此，退一步論，即使白骨精亦乃是皮相，乃是唐僧心中之魔障而已。周汝昌乃至為這老婦、老頭、少婦來尋其族譜，按圖索驥，則不知其可了。索隱派至少比考證派高明一端，其知道這個老婦、老頭、少婦乃是他人變的，奈何其無火眼金睛，只能意度這個哪個妖怪變的，如是則以洪承疇變了王熙鳳，陳其年變了史湘雲。然而此仍未為妖怪根本所從出，「心生，種種魔生」，悟空為何能一眼看出這是妖怪變的？因其表人之一心，以心度之，其義自見，王熙鳳何人也？以心度之，則知，王熙鳳非是歷史人物，乃身邊人物，非是身邊人物，乃自己之心也，人人心中皆有王熙鳳，故用心讀王熙鳳則識之，人人心中皆有史湘雲，故用心讀史湘雲而識之。緣何如此？因作者識人不可見之心，以可見之形體顯現之，故而經史子集，無非作者識人心之用，萬般皮相，皆作者幻化以示人之法子也。

《紅樓夢》以《西遊記》之胎，借《金瓶梅》寫婦人之皮相，以婦人寫人心，融會經史之大義作為人心顯現之場。故而以襲人對寶玉約法三章，見人心為女色所惑。以王熙鳳攢金慶壽，見人心為財利勢位所汙。以賈政笞撻寶玉，見人心為饞言、兄弟、狗友所蔽。以探春與趙姨娘之爭鬧氣，見人心為功名所噬。以王熙鳳殺尤二姐、夏金桂殺秋菱，見人心為妒忌所吞。以薛寶釵金蟬脫殼、配對金鎖、改綠玉案、籠絡眾人，見人心為機謀所熏。以賈璉偷腥、熱孝偷娶、賈赦求婢，見人心為色欲所壓。以妙玉，見人心勿刻意求名。以秦可卿，見人心勿墮情天幻海。以惜春、迎春，見人心勿冷勿懦。以李紈，見人心雖枯槁而尚有希冀。以巧姐，見人心多行善事而有餘慶。以元春，見人心天道之不周。以黛玉，見人生而靜，其心本潔[132]。

故而可知《紅樓夢》一書，其可見者，文辭、形體二端，其不見者，乃義理。義理緣何可得見？義理即心，心即義理。心外無義理，義理不在心外。求書之義理，反求吾心。破文辭形體之蔽障，心照則不宣而明。索隱考證，皆無心之舉，評點評論，為有心之用。你證我證，心證意證，無可云證，是立足境。此為紅學之法門。

明清小說皆有禪機，故不能不心領神會，賈寶玉參禪，庶可知：

> 你證我證，心證意證。
> 是無有證，斯可云證。
> 無可云證，是立足境。[133]

索隱、考證即是你證我證，皆欲有證，而皆不用心，殊不知，此書原不待證，因其心中幻出，是無有證，唯其不證，其義自在心中顯現，斯可云證，以心證也，唯無可云證，則書與我是一非二，我與書中人物是一非二，不必云證，無可云證，是為圓足之境，故而《紅樓夢》一書自可讀通。

書中美人本是幻相，如世間美人，亦是幻相，借世間幻相之形，寫人心之變化修為，庶可為悟道之機。甄寶玉做夢夢見了好些冊子，見了無數女

132 書中設若無黛玉則此書不可讀。設黛玉人心質本潔來之體此書方有意蘊，否則黑壓壓一片。

133 〔清〕曹雪芹：《紅樓夢：三家評本》第二十二回（上海：上海古籍出版社，2021年），頁368。

子[134]，也有變了鬼怪似的，也有變了骷髏兒的，此猶孫悟空見到白骨精幻化出了婦人、老婦、老頭而能看出其本身是鬼怪、骷髏，從此甄寶玉改了脾氣，無論什麼人來引誘他，他也全不動心。以此，《石頭記》乃《西遊記》之前傳，《西遊記》第一回之受天真地秀、日精月華之頑石即《石頭記》第一回意欲下凡之頑石。孫悟空求仙訪道煉成好本事，於世間之人則有渺茫不經之感，故《石頭記》則於紅塵之中制其前傳，為世人說法開示用。賈寶玉後來則「走來名利無雙地，打出樊籠第一關」，此名利之樊籠於書中假借財色寫出，借美人之體，寫紅塵中萬般變化之義。是猶如《西遊記》中唐僧所過之一關，大觀園猶如盤絲洞而已。

考證派是肉眼凡胎，障於幻相，以美人為美人。索隱派亦障於表象，不知鬼怪、骷髏之本義乃幻相，刻舟求劍、作繭自縛。至於此間，索隱、考證二者皆可不再提及。因其如同三打白骨精中之唐僧，為白骨精捉了去，難過此關。

能具慧眼勘透此間故事者，則為評點派。評點派之中較為有影響者則有張新之、姚燮、王希廉、涂瀛、諸聯、二知道人（蔡家琬）、解盦居士、洪秋蕃八家，此八家根植於小說傳統或經史傳統對此書的要領進行了評點。以立象說為基礎的義理紅學研究方法與評點派紅學有密切的聯繫，總結而言則有三個方面。

首先，經義義理評點之義理乃是心即義理、義理即心義，此種種義理皆從對勘此心而生，故從心處發動，則能自然越過書中之皮相而達其內裡[135]，乃是心中領會作者設種種象所表達之義的道理。如此講此中心領神會之義理則似為疏闊，然而心中義理的外在顯現則為經義，心即義理，經史大義乃即是心之義理的外在顯現。經義從聖人心中流出，實亦從吾眾人心中流出，經義乃是聖人總結吾人心中之義理而造。如《孟子》心之四端說云：

---

[134] 大觀園即是盤絲洞，識得此理，此書可通。《紅樓夢》實際寫唐僧取經路上之一關也，故寶玉「走來名利無雙地，打破樊籠第一關」，此第一關即是情色關。

[135] 此或有直覺主義的因素，然而儒家的倫理學說實是根植於人的心之所感的直覺之上，凡事問心。

「惻隱之心，仁之端也；羞惡之心，義之端也；辭讓之心，禮之端也；是非之心，智之端也。」儒家之仁義禮智四者乃吾人心中本有之物，經義將其外顯而已。至於讀薛寶釵金蟬脫殼而感於其人或不仁、或多智、或深險，此種種感覺即如《孟子》云「今人乍見孺子將入于井」的直觀感覺，人見寶釵幹此事，心中所感到的即是書中義理。《紅樓夢》正是營造了此諸種感發人心的「場」，這個場或曰即是賈府、即是大觀園、即是家庭之中，從此種場中可以上演出感發人心的種種或喜或悲、或哀怨、或恐懼、或惻隱、或辭讓、或不平的種種心境，心中所感即是書中之義理，即是作者所欲傳達之義理。作者寫襲人納讒於王夫人，人皆感此讒言可懼，而書中義理亦是誤家國者常常在此小人處。作者寫賈雨村亂判葫蘆案，人皆感人情勢力讓人無天理可言，而書中義理亦是如此。作者寫薛蟠因爭風吃醋打死酒家，復惹流放刑，人心中皆感天道循環、怙惡不悛，而書中義理亦是如此。

人心中對書中種種事件的感發即是人心中的義理，也即以立象說為基礎的義理紅學研究方法的義理，而經史義理則是這種人心中義理的顯現形態。評點派紅學正是假借了經史義理來評點書中事件，從而點出了人心中有所同感者。這也是評點紅學援用經史典籍的義理來說解書中人物事件具有超過表象而能深契書旨的關鍵所在。

如三十四回寶玉被打後襲人向王夫人進的一番言語，因其文辭頗有兩面三刀、自說自掩、真假相襯的畫骨之妙，茲引如下：

> 襲人道：「我也沒什麼別的說。我只想著討太太一個示下，怎麼變個法兒，以後竟還教二爺搬出園外來住就好了。」王夫人聽了，吃一大驚，忙拉了襲人的手問道：「寶玉難道和誰作了怪不成？」襲人連忙回道：「太太別多心，並沒有這話。這不過是我的小見識。如今二爺也大了，裡頭姑娘們也大了，況且林姑娘、寶姑娘又是兩姨姑表姊妹，雖說是姊妹們，到底是男女之分，日夜一處，起坐不方便，由不得叫人懸心。便是外人看著，也不像大家子的體統。俗語說的『沒事常思有事。』世上多少沒頭腦的事，多半因為無心中人做出，有心人

> 看見，當作有心事，反說壞了。只是預先不防著斷然不好。二爺素日性格太太是知道的。他又偏好在我們隊裡鬧，倘或不防，前後錯了一點半點，不論真假，人多口雜，那起小人的嘴有什麼避諱，心順了，說得比菩薩還好，心不順，就編的連畜生不如。二爺將來倘或有人說好，不過大家直過；設若要叫人哼出一聲不是來，我們不用說，粉身碎骨，罪有萬重，都是平常小事，但後來二爺一生的聲名品行豈不完了，二則太太也難見老爺。俗語又說『君子防未然』，不如這會子防避的為是。太太事情多，一時固然想不到。我們想不到則可，既想到了，若不回明太太，罪越重了。近來我為這事日夜懸心，又不好說與人，惟有燈知道罷了。」王夫人聽了這話，如雷轟電掣的一般，正觸了金釧兒之事，心內越發感愛襲人不盡……[136]

襲人此人頗複雜，先有偷試雲雨、約法三章，後則又有納讒之事，此處又說出一大段公道話，人讀之頗有不知其可之感，既而則覺其深險可懼。王希廉、張新之等評此段曰：

> 襲姑娘之浸潤，無一字不稱太太之意而出，又無一字不鑽太太之心而入，後來黛玉之死，晴雯之攆已伏此數語中矣。
>
> 襲人與寶玉之有交關，同院人誰不知之，恐有人露到王夫人耳裡，故先于無意中撇清一層。
>
> 都從旁敲側擊之言寫出一段道理來，卻無一字一句空設。如此賣主求榮，花姑娘于律當斬。
>
> 截截諞言，一片大道理，若懇切之至，信乎舌上有花矣。
>
> 天下果有此好人，我當鑄金事之；天下果有此佞人，我直欲持斧斫之矣。

136 〔清〕曹雪芹：《紅樓夢：三家評本》第三十四回（上海：上海古籍出版社，2021年），頁 578。

自今以往遭其劫者多矣，不獨黛玉與晴雯也。（以上王希廉）

舌上有刀，何不反己思之，固誰為罪魁耶？說得入耳，那不使王夫人墮其術中。（姚燮）

說好處則舉薛，說不好處則林薛並舉而林且在先。

皎皎如月，滔滔如河，一篇大道理，賈母、政、王所不能知，不能言，而自他言之，是乃為寶、黛哭，而本大段大聲疾呼者也。（以上張新之）

人以此多襲人之賢善，而不知其狡猾也。蓋不欲以寶玉為丫頭獲咎耳。為丫頭獲咎，則凡怡紅院丫頭皆在危岩之下，故撇去金釧，專言琪官，又免趙姨娘結仇計害，故不說也。大有寶釵機靈，洵為寶釵小照。小人欲入人罪，必芟其情事類己者，往往然矣。（洪秋蕃）[137]

襲人此番言談是史書中小人納讒之典範，每每以公道話入港而實則皆是逞起私心，評點諸家皆勘透了作者寫襲人此段之本相，故而皆以納讒事體觀之，而書中義理由此表露。賈家禍亂在於寶玉之不安，寶玉之不安因其心在黛玉而往往為人阻隔，賈母、賈政、王夫人不能為之定，而寶釵假借襲人之力暗中拆散，由是襲人納讒，攆晴雯、歸黛玉，寶玉之心亦為之瘋癲。若追原返本，不能不在寶玉與襲人初試雲雨之上，以此則襲人愈加嫉妒，排揎眾人，一家之中有此人，而家適以敗。故大家之中，其所由敗者，皆起於一微末之人。《春秋公羊傳．僖公三十三年》曰：「千里而襲人，未有不亡者也。」此蓋襲人之名所由出。歐陽修《五代史．宦官傳序》曰：

自古宦者亂人之國，其源深於女禍。女，色而已，宦者之害，非一端也。蓋其用事也近而習，其為心也專而忍。能以小善中人之意，小信

137 馮其庸輯校：《重校八家評批紅樓夢》（青島：青島出版社，2015 年），頁 907-909，頁 921。

固人之心，使人主必信而親之。待其已信，然後懼以禍福而把持之。[138]

襲人對王夫人此數語，可以說是深得宦官用事的三昧，其正以此端中王夫人之意，把持王夫人，進而將寶玉之姻緣操持於其一人之手，將賈家禍福操持於一人之手，攆去忠貞如晴雯者，拉攏機變如寶釵者，故賈家之興亡，乃襲人一人之責耳！歐陽修曰：「宦者之為禍，雖欲悔悟，而勢有不得而去也，唐昭宗之事是已。故曰深於女禍者，謂此也。可不戒哉！」此書正是昭明賈家之禍雖有因女禍，而比女禍更烈者，則為宦官假借之形襲人也。書中末回惟重在收拾襲人結局，可見賈家雖家敗人亡，而禍首之襲人仍可下嫁優伶，得其全軀。此猶十常侍之操持漢靈帝。亦猶勸孫權降曹的張昭，魯肅所言：「眾人之意，各自為己，不可聽也。」[139] 則賈家一襲人全是以私意操持賈家命脈於己手，其以小人之心量黛玉，不知其善，其以同謀量寶釵，不知其惡，故寶釵得勢，豈容襲人臥榻於側？而追本溯源，引入襲人者，則賈母也，令襲人有此嫉妒之心者，則寶玉之初試也，令寶玉有此心者，則秦氏秘授之術也。評點派蔡家琬曰：「《禮》云：『男女不雜坐，不同椸枷，不同巾櫛。』又云：『男女不通衣裳。』亦聖人防微杜漸之意也。」[140] 此義寶玉年幼不知，奈何賈母不知？書中此種義理不可不深知也。

可見，從第一個方面講，以立象說為基礎的義理紅學研究方法超越了索隱、考證執著於表象的藩籬，從評點的細節入手，根植於評點紅學中點出來的這些義理的機要之處進行歸納總結，將其理論化、系統化。從而達到了人心中對此感發的義理，並在經史義理中找到其更為具體的呈現。我們將在下一部分展開以立象說為基礎的義理紅學研究方法與評點紅學和評論派紅學的更全面的論述。

---

[138]〔宋〕歐陽修：《新五代史》（北京：中華書局，1974 年），頁 406。

[139]見《三國演義》第四十三回。

[140]馮其庸輯校：《重校八家評批紅樓夢》（青島：青島出版社，2015 年），頁 62。

三、從有形到無形：脫胎換骨、至於無形

「形」是古典小說研究的起始同時也是屏障。然而，小說的產生從根本上可分為有形和無形兩派。有形一派根於道聽途說、史傳本事，其本則是史家之衍流，其文辭、形象則多以模仿為法，其作小說則以傳事也。無形一派是則源於子書之流，其本以說理為體，而因義設象，假借形象譬喻道理，其道理則或感於實事，而形象、文辭皆生於無，因無而幻形，其作小說實為傳理也。

《三國》為紀事之體，故而文辭、形象摹寫史傳居多，實為有形小說之典範，然其自身已開無形小說之微脈，故以忠義予之劉、關、張，而以奸詐予曹操，實已非史記之本然，借其形體以言微旨也。迨至《水滸傳》、《金瓶梅》則借形寓意居多，故假借宋江以寫宋室「忠義」之本相，假借西門慶以暗寓譏刺，形象並非顛撲不破之物，故書中往往皆有隱在之義理。《西遊記》則純以無形為體，以幻形為用，故假借猴頭之形，以寫人心之變化往來。《紅樓夢》脫胎於《西遊記》，借徑在《金瓶梅》，攝神在《水滸》、《三國》，或曰其「得〈國風〉、〈小雅〉、〈離騷〉遺意，參以《莊》、《列》寓言」[141]，實則亦是謂《紅樓夢》乃假借形體譬喻義理之書，其義理則或得於〈離騷〉、或得於六經、二氏，未可輕易界定，然其作無形之體的法門實與六經、〈離騷〉、《莊》、《列》密切相關。

索隱、考證拘於有形，而評點、評論則能得無形小說的要領。以立象說為基礎的義理紅學研究方法則正是根植於此種無形論而來，義理即無形小說之所由來，義理即心之構造，從心中所出之物，心本無形，假借義理而出，〈說卦〉曰：「和順於道德而理於義」，「理」即條理、脈理之義。人心所秉持的條理乃即是義理。此物之所出則粲然成章，故而《紅樓夢》曰「世事洞明皆學問，人情練達即文章」，世事人情皆是人心由義理所從出之物。

---

141 解盦居士語。馮其庸輯校：《重校八家評批紅樓夢》（青島：青島出版社，2015年），頁111。

《紅樓夢》一書無非寫世事人情，寫人心也，實即人心作為義理之顯現，故而義理紅學研究方法則徑直點出《紅樓夢》一書之本相。此為其深層意味。作淺顯解，則義理即道理也，其研究方法即探究《紅樓夢》所寓之道理也，此種道理必從心中掂量，而六經則道理的顯現，假借經史以襯出《紅樓夢》所蘊之道理，是為以立象說為基礎的義理紅學研究方法。評點派的路徑即是發掘書中人情世事的微旨，以立象說為基礎的義理紅學研究方法則承繼評點紅學而來，兼用評論派紅學的闡述方法，是為兼收二者之長。

明於此則接續前文再論。上節論述了義理紅學研究方法的首要特徵乃是義理出自一心，而經義則又是義理的外在顯現。立象說的理論特性以及與評點、評論的關係的後兩個層面在於：

二者，以立象說為基礎的義理紅學研究方法側重尋求小說文本的文辭、形象的形式規則，並對《紅樓夢》文本的文辭、形象規則作文本學的探究，尋求其在儒家經典中的源流。同時，此研究方法對文辭和形象形式結構的探討也直接憑藉了評點紅學的批評實踐，吸收了其基本觀點。

三者，以立象說為基礎的義理紅學研究方法力在以儒家經義義理闡釋書中義理，並對勘其對儒家思想的反思與新變。這直接承繼了評點紅學的傳統，但是比評點紅學更有意尋求小說義理與儒家經義的內在關聯。而且也力圖吸收評論派紅學的闡釋路徑，以儒家經義對小說文本展開全面總體的論述。

首先從第二個方面來看，如前文所論，《紅樓夢》一書在文辭、形象三方面皆呈現出刻意複雜化的特徵，所謂蔡元培所論及的「數層障冪」，以此使文本義理變得隱晦難明。這種形成障冪的方法在於文辭、形象具有特定的使意義得以隱晦的方法，考究起來這種隱義方法可以追尋到六經之中，尤其是《春秋》的書法體例、《周易》的以象表義的思維以及《詩經》的比、興手法，六經中的這種文辭、形象表現的法則也在〈離騷〉、《莊子》等書中有其顯現，作為古典文學的一般方法則在後世的各種文學體式中有充分的發展。

評點派通過文本細讀對《紅樓夢》文本的隱義有點破和說明，並且也在對這種隱義的提取中對書中文辭、形象的構造法則有其揭示，這集中表現在對文本結構、文辭譏刺褒貶的法則、創作形式、整書結構、人物結構等的說解，實際上這對於理解《紅樓夢》一書在文辭、形象方面所具有的形式特徵具有重要的指示。如張新之、涂瀛評點中提及的影身說，即晴雯為黛玉之影身，而襲人為寶釵之影身，書中寫完黛玉，必寫寶釵，或用其影身襲人接寫，或寫完寶釵，必寫黛玉，或用黛玉之影身晴雯接寫，此則篇章一絲不變的法則。可以說影身說即是對篇章結構和人物結構的一種歸納，影身說的發展則認為黛玉的影身不止晴雯，尚及於紅玉、柳五兒等人，寶釵的影身也不止於襲人，尚及於麝月、春燕等人。影身說演至其極最終可以將書中人物按照兩個陣營分別開來，一個陣營是維護木石前盟的，其代表則為寶玉、黛玉、晴雯諸人，一個則是力在破木石的金玉良緣的陣營，其代表則是薛姨媽、薛寶釵、王熙鳳，乃至最終的賈母、王夫人諸人。由此影身說對於人物的說解使書中人物具有一定的統合和層級。然而對影身說本身的認識則須追原到〈說卦傳〉的實象、義象、假象、用象的「四象說」，可見理解評點派的批評方法仍需追原到六經之中。

敷演說則是另一極為重要說解文本構成的法則，其認為全書是根據木石姻緣和金玉姻緣的衝突而來，實際書中自始至終都在其隱義中表達這個衝突，書中的人物事件都是隱寓這個衝突的，每一回的構造都是以不同的人物事件描寫這個衝突，不同的人物事件實是按照這個衝突的隱義構造出來的事象、假象。如書中寫晴雯半夜起身欲嚇唬麝月而著涼，後則有撕扇子作千金一笑，實則是寫寶玉、黛玉的木石姻緣與金玉姻緣的衝突。如寫賈薔買雀兒給齡官，齡官則數落他一番，亦是寫木石姻緣的問題，借齡官之口發黛玉之屈。總之，書中隱處有一最為本根、最為關鍵之處，即是木石與金玉二者的變化消長，而百二十回文字則苦心經營，最終全是為了敷演出此事。敷演的創作方法實則出於《周易》的陰陽爻的變化和合。從根本上說亦是源於六經的。

書中的文辭的構造法則來源於《春秋》居多，故而《紅樓夢》書法多得於《春秋》史筆。《紅樓夢》寫一事，必不明明白白地直露寫出此事所蘊之義，常常是人看其平白無故寫一事，其中亦無深意。實則這是得之於《春秋》的「常事不書，書則違常」的法則，即看似一件平白無奇的事有何記述的價值，實則書中記述此事，因此事並非如表面看去平白無奇，而是其中必有緣故，須深求其中的緣故，必有違禮亂常之處。如書中寫周瑞家的送宮花，到王熙鳳處則發現小丫頭坐在門口，裡面傳出賈璉的笑聲，此則是譏刺二人白日宣淫，以為後來夫妻二人屢生事變作鋪墊。又如書中寫賈寶玉去秦可卿房裡睡中覺，婆子們說哪有叔叔去侄媳婦房裡睡覺的禮，秦氏則說他才多大，然而若本無事，則此事不必記述了，書中既然鄭重寫來，則必然有事，故而文中又點綴好好看貓狗打架。又如賈寶玉給平兒理妝，香菱情解石榴裙，要是本無事，則不必寫了，寫了必是有隱情，只是書中不寫出來罷了。此純是《春秋》史筆，如寫宣公「如齊觀社」，實則宣公是去齊國宣淫了，聖人不忍直書其惡，故而以避諱例寫出。常事不書與避諱例的書法常常是結合在一起的。如《紅樓夢》中寫賈寶玉去看房中的美人畫，而碰見茗煙與萬兒，此實則是為賈寶玉避諱而以其小廝寫出，上行下效可知。如寫馮紫英鐵網山打圍，實則亦是避諱例，如《春秋》寫「王狩于河陽」實則是去打仗了。

書中文辭形式法則還有源於《春秋》的首書說，即《紅樓夢》書中寫違禮亂常之事必然從起初始處、微末處寫起，如前文的賈璉白日戲熙鳳實則已寫明賈家風氣之漸，後來有多姑娘、尤二姐之事也就不足為奇了。又如寫賈寶玉初試雲雨，實則賈寶玉一生敗德皆自此而生，一則演為情癡、二則受襲人所制，實則皆由初試雲雨而來。

書中更為常見的文辭形式法則則為譏刺例，書中對於倫常的衰變多以此種譏刺筆法寫出。如寫賈赦貪石呆子的扇子而賈雨村逢迎，則刺貪虐也。如寫薛蟠兩番殺人，則刺腐敗也。如寫賈赦求母婢鴛鴦，則刺不孝也。如寫賈璉熱孝偷娶，則刺淫、刺不孝也。如寫平兒軟語救阿璉，則譏平兒不忠其主也。凡此種種，不一而足，書中純是以此種譏刺、避諱筆法寫成，故而書中義理隱晦。實則全是得於《春秋》史筆法則。

從第三個方面來看，則王國維《紅樓夢評論》純以義理之體理解《紅樓夢》，而能得其要領。然而其言此書為徹底之悲劇，言惜春、紫鵑乃目睹他人之苦痛而解脫，則未免與書中之意難以完全契合，而有以文本遷就美學理論之嫌。書中寫惜春雖寫其決意出家，而筆力所及則寫其與尤氏之不合、對入畫之無情，實作者亦有微旨也。寫迎春之懦與寫惜春之冷，皆秉對於二氏之微責。故而若作者純是向佛，則緣何寫淨虛之受賄、水月庵之風月案哉？惜春若入此種地方能得其所求哉？即其如妙玉在家，則難逃妙玉之命運哉？故而惜春之所謂「不作狠心人，難得自了漢」，其所云林姐姐那麼一個聰明人，怎麼看不清呢？實亦是此世間之一種體悟，而難稱其真有所解脫。若論書中真有解脫者，則為李紈，他人目之為槁木死灰，而竟以慈母諄諄之教培養出一賈蘭，後來家道復興、蘭桂齊芳，是真於此人世有功績者，故而賈家有此一寡母孝子接續家脈，亦絕不為悲劇，因他人如秦氏、熙鳳所作，亦有其所自求者也。

故而王國維雖參透意欲之透徹，而不知儒家倫理實則亦為人事天道變易之法則，所謂「福善禍淫」。於此，則靜安先生之論尚可從儒家義理角度加以接續，料靜安先生亦不以為妄也。

第二章　因事寓理說

《紅樓夢》中寫一平白無奇的事，必有記敘此事的根由所在，然而此種根由多隱而不現，多易為讀者所疏忽，在前後文的相互發明中才見出其所指。這種寫一事不止於事情本身，而是於其中別寓義理的寫作手法實則根植於六經中的《春秋》筆法。《春秋》中「常事不書，書則違常」、「首書說」等觀念在《紅樓夢》中有其重要的顯現。本章即力在依託《春秋》發明《紅樓夢》的文本特性，歸納出其文本形式特徵，從而為深入理解文本義理廓清障蔽。

第一節　《春秋》借史寓理的性質及其與紅學闡釋的關聯

《春秋》是孔子所作的表達其社會理想的最重要的一部書。王夫之《春秋家說》云：「《春秋》有大義，有微言。義也者，以治事也；言也者，以顯義也。非事無義，非義無顯，斯以文成數萬而無餘辭。」[1] 孔廣森亦謂「《春秋》重義不重事」[2]，《春秋》一書作為史書紀事在其次，借所傳聞世、所聞世、所見世的所發生的歷史事件的評判來彰顯其事中之義則是其本，「於所見世微其辭，於所聞世痛其禍，於所傳聞世殺其恩」[3]，所以《春秋》實是經義為本，紀事為末，其經義則是孔子之社會理想。這個理想

1　〔明〕王夫之：《船山全書・春秋家說》（長沙：嶽麓書社，2010年），頁109。

2　〔清〕孔廣森：《春秋公羊經傳通義》（上海：上海古籍出版社，2014年），頁242。

3　〔明〕顧炎武撰，〔清〕黃汝成集釋：《日知錄集釋》（北京：中華書局，2020年），頁169。

是借社會秩序變化的評判來表達的，「《春秋》作而亂臣賊子懼」，是借社會秩序的失序來顯其義，如亂臣賊子，如婚姻倫常的失序，總而言之是試圖以寫那些不合禮制的事，但是也不盡然。孟子云：「世衰道微，邪說暴行有作。臣弒其君者有之，子弒其父者有之。孔子懼，作《春秋》。《春秋》，天子之事也。……孔子成《春秋》而亂臣賊子懼。」[4] 此便是《春秋》所作之第一義。

《紅樓夢》第一回中有云此書為「貶惡誅邪、指奸責佞」而作，則暗合孔子《春秋》之旨。張新之云此書「以《春秋》示予奪」，則此書有以《春秋》名分評騭是非，揭露事實之旨。

再者，援《春秋》以解《紅樓夢》，則此書的史書義理得以彰顯，而其於易代之際、褒貶人物，史家筆法非賴此不能明透。張新之云：

> 是書無非隱演《四書》、《五經》。以寶玉演「明德」，以黛玉演「物染」，一紅一黑，分合一心，天人性道，無不包舉，是演《四書》。政、王乃所自出，「政」字演《書》，「王」字演《易》；合「政」、「王」字演《國風》；若賈赦之「赦」，邢氏之「刑」，則演《春秋》之斧鉞也。至「毋不敬」三字冠首《曲禮》。《禮》主春生，故東府之主曰「敬」，乃大有期望之意。奈其背「敬」叛「禮」，為「造釁開端」之罪首，遂至所出為珍，倫理澌滅矣。「珍」之轉音通「烝」，即禽獸行上下亂之名，不必制定以下烝上，總一亂成《春秋》之大僇而已。必如此看去，是書本意，自然洞澈。（第二回回後評）[5]

張新之的方向是頗有啟發意義的，但其弊端在於沒有理論化、系統化，而是支離、模糊、感性化，沒有將其概念化、抽象化，過於賴於比附的方

---

4 〔宋〕朱熹：《四書章句集注》（北京：中華書局，1982 年），頁 276。

5 〔清〕曹雪芹：《紅樓夢：三家評本》第三十四回（上海：上海古籍出版社，2021 年），頁 35。

法，這是囿於時代的限制。

約與《紅樓夢》成書同時的孔尚任的《桃花扇》，在其〈小引〉中云：「傳奇雖小道，凡詩賦、詞曲、四六、小說家，無體不備。至於摹寫鬚眉，點染景物，乃兼畫苑矣。其旨趣實本於《三百篇》，而義則《春秋》。」[6] 孔尚任所言的其旨趣本之於《詩經》，而義理則本之於《春秋》，雖是對《桃花扇》之小引，實際歸之於《紅樓夢》也甚恰當，二書實際上皆是以明末南京近事，「借離合之情，寫興亡之感」，《紅樓夢》實亦有「《桃花扇》」之風韻。道光年間的張新之曾作《妙復軒評石頭記》，在其〈紅樓夢讀法〉中云：「《石頭記》乃演性理之書，祖《大學》而宗《中庸》，故借寶玉說『明明德外無書』，……是書大意闡發《學》、《庸》，以《周易》演消長，以《國風》正貞淫，以《春秋》示予奪。」[7] 又云：「致堂胡氏曰：『孔子作《春秋》，常事不書，惟敗常反理，乃書於策，以訓後世，使正其心術，復常循理，交適於治而已。』是書實竊此意。」[8] 又云：「《石頭記》一百二十回，一言以蔽之，左氏曰：『譏失教也』。」[9] 張新之純粹以六經旨意來讀《紅樓夢》，看到了此書與六經在義理方面的相通之處，尤其在《春秋》、《周易》的大意與此書的闡發中得一家之言。

迨至清末民初，王夢阮、沈瓶庵的《紅樓夢索隱》在其提要中云：「以《大學》、《中庸》講《紅樓》，期期不敢奉教，然作者實有得于經旨處，其美刺學《詩》，其書法學《春秋》，其參互錯綜學《周易》，其淋漓痛快學《孟子》。」[10] 可以說，王、沈二人也看到了《紅樓夢》與六經尤其是《春秋》一書在書法上的關聯。不止於此，民國的洪秋蕃在其《紅樓夢抉隱》一書中，引用了大量篇幅以《春秋》史事發明《紅樓夢》義理，可以說

6　〔清〕孔尚任：《雲亭山人評點《桃花扇》》（上海：上海古籍出版社，2012年），頁7。

7　《紅樓夢：三家評本》（上海：上海古籍出版社，2021年），頁2。

8　同上。

9　〔清〕曹雪芹：《紅樓夢：三家評本》（上海：上海古籍出版社，2021年），頁3。

10　王夢阮、沈瓶庵：《紅樓夢索隱》（北京：北京大學出版社，2011年），頁6。

觸及了一些核心問題。鄧狂言亦有此例。由以上可見，從明末的孔尚任至清末民初的洪秋蕃，皆看到了《紅樓夢》一書與《春秋》的深層聯繫，但多是浮風掠影，僅僅給予了一些片段的真知灼見，而失之於粗疏，但這些觀點是極有分量的。

因《春秋》一書是孔子所作的表達其社會政治理想的最重要的一書，故而孔子云：「吾志在《春秋》，行在《孝經》」[11]，又云：「知我者其惟《春秋》乎！罪我者其惟《春秋》乎！」[12]，《春秋》於孔子的分量可知。《春秋》一書重義不重事，是借事表義，其有大義，有微言，晚清皮錫瑞《春秋通論》云：「所謂大義者，誅討亂賊以戒後世是也；所謂微言者，改立法制以致太平是也。」[13] 所以《春秋》的大義撥亂反正，借其譏、貶、絕的書法的不同來「貶天子，退諸侯，討大夫」。孟子云：「世道衰微，邪說暴行有作。臣弒其君者有之，子弒其父者有之。孔子懼，作《春秋》。《春秋》，天子之事也。孔子成《春秋》而亂臣賊子懼。」可見《春秋》的揭露和批判的力量是強大的。

《紅樓夢》一書實際秉承了《春秋》的大義和微言，這在書中有其顯現，《紅樓夢》第一回所云「因見上面雖有些指奸責佞、貶惡誅邪之語」實際是關合《春秋》的誅討亂賊的大義，只不過《紅樓夢》的大義「誅討亂賊以戒後世」不只是關涉書中的表層如襲人、王熙鳳的權奸的行徑，而實際有更廣博深刻的所指，這就牽涉到對《春秋》義理的介入。同樣，《紅樓夢》的微言是「改制立法」以托後世，從其深層次來看其對後世的影響可謂浩大。然而，要理解《紅樓夢》一書的大義和微言，就不能不對《春秋》有相對全面的認知和理解。

---

11 〔漢〕鄭玄：《孝經正義》（上海：華東師範大學出版社，2022 年），頁 1。

12 〔宋〕朱熹：《四書章句集注》（北京：中華書局，1982 年），頁 276。

13 〔清〕皮錫瑞：《經學通論校注》（北京：中國社會科學出版社，2019 年），頁 313。

第二節　《春秋》象、意、辭的三個層面與其闡釋價值

《春秋》是經，不是史，是義書，不是史書，旨在傳經義，而非傳史事。《春秋》所憑藉的歷史事件是因事顯義，義是第一性的，是借事來讓義顯現出來，事是第二性的。王夫之《春秋家說》云：「《春秋》有大義，有微言。義也者，以治事也；言也者，以顯義也。非事無義，非義無顯，斯以文成數萬而無餘辭。」[14]《春秋》之寫事是本著「非事無義」的方法，即是孔子所云「與其托之空言，不如見之行事深切著明也」，孔廣森亦謂「《春秋》重義不重事」[15]。再者，由於《春秋》是以事為假借，借事明義，劉申受云：「《春秋》之義，猶六書之假借」[16]，因為是孔子將經義賦予歷史事件，所以歷史事件與義並不一定相合，皮錫瑞的《春秋通論》云：

> 猶今之《大清律》，必引舊案以為比例，然後辦案乃有把握，故不得不借當時之事，以明褒貶之義，即褒貶之義，以為後來之法。如魯隱非真能讓國也，而《春秋》借魯隱之事，以明讓國之義；祭仲非真能知權也，而《春秋》借祭仲之事，以明知權之義；齊襄非真能復仇也，而《春秋》借齊襄之事，以明復仇之義；宋襄非真能仁義行師也，而《春秋》借宋襄之事，以明仁義行師之義。
>
> 所謂見之行事，深切著明，孔子之意，蓋是如此。故其所托之義，與其本事不必盡合，孔子特欲借之以明其作《春秋》之義，使後之讀《春秋》者，曉然知其大義所存，較之徒托空言而未能徵實者，不益深切而著明乎？三《傳》惟公羊家能明此旨，昧者乃執《左氏》之事，以駁公羊之義，謂其所稱祭仲、齊襄之類，如何與事不合，不知

---

14 〔明〕王夫之：《船山全書．春秋家說》（長沙：嶽麓書社，2010年），頁109。

15 〔清〕孔廣森：《春秋公羊經傳通義》（上海：上海古籍出版社，2014 年），頁242。

16 曾亦，郭曉東：《春秋公羊學史》（上海：華東師範大學出版社，2017 年），頁342。

> 孔子並非不見《國史》，其所以特筆褒之者，止是借當時之事做一樣子；其事之合與不合，備與不備，本所不計，孔子是為萬世作經，而立法以垂教，非為一代作史，而紀實以徵信也。[17]

可見，借事明義是《春秋》書法的根本要領[18]，孔子將經義托之於魯國史記中，不是為了傳史，而是為了假借一魯國來表達其大義和微言，這就猶如《周易》中的卦象是以明義為先，王弼所謂「立象以盡意」（《周易略例・明象》），只不過《周易》之中是利用陰陽爻來立象，而《春秋》之中則須假借魯國十二公這一個橐籥般的外象來作為經義的憑藉，又用「言」這個層次形成不同的書法來表達其經義，這就猶如王弼所謂的「象生於意」、「言生於象」，「夫象者，出意者也。言者，明象者也。盡意莫若象，盡象莫若言。」（《周易略例・明象》）實際上，猶如《周易》一書存在著「象」、「意」、「言」三個層級，《春秋》一書也有「象」、「意」、「言」這三個層級，只不過兩書各有偏重而有所不同。《周易》的象是卦象，是一個經過人的思維改造後的象徵物，而《春秋》的象則是歷史現象，是人類生活世界的存在過的現象，有其客觀性和特定的存在方式和發生規律，孔子正是假借這一歷史現象，對其進行分析評判而形成了其「意」的層面，這個「意」又通過特定的「言」即「書法」表現出來，而通過分析「言」或《春秋》書法則能體察到孔子要表達的「意」，這個「意」便是經義。皮錫瑞所云「所托之義」，正是孔子假借魯國史記來「寄託」其微言大義。由此可知，《春秋》是義書，不是史書，其經義是孔子作此書的真目的，其傳史則是其做一樣子，所以，《春秋》的作為史書的層面僅僅是追求其樣子，所達到的是歷史現象，而非孔子《春秋》的微言大義了。

左氏《春秋》所傳的就是這個歷史現象，《左傳》將孔子《春秋》經所

---

[17] 〔清〕皮錫瑞：《經學通論校注》（北京：中國社會科學出版社，2019 年），頁 336。

[18] 曾亦、郭曉東：《春秋公羊學史》（上海：華東師範大學出版社，2017 年），頁 342。

假借的「樣子」或歷史事實、歷史現象求索出來，可以說是求索到了孔子作《春秋》時所用到的歷史材料，也就是在「象」、「意」、「言」三者中獨在「象」這個層面有所得，但是其疏忽了《春秋》的旨趣是在「意」，《左傳》也有其「意」，但是其「意」是歷史現象中呈現出的或左丘明所傳的「意」，而非孔子《春秋》經的「意」，因其對「言」只是看到了其表面，而不深究其書法，所以左氏於「言」的層面也無所究，所以《左傳》不傳經，抑或可以將其看為別為一史[19]，因為《左傳》考索了孔子《春秋》所用的屬「象」的層面的歷史現象和歷史材料，而可成為別為一史，孔子《春秋》之所以成之為《春秋》正在於其對歷史材料和歷史現象的分析統合，進而用特定的書法將其內化在「言」之中，在這個意義上，左氏是忽視了孔子的分析統合，而注重了其原始材料，即注重了單一的「象」。

《公羊傳》和《穀梁傳》則是傳經義的書，因為兩者皆從對「言」的分析入手，來達到經義。以《春秋》第一條「隱公元年」為例，經云：「元年，春，王正月。」《公羊傳》云：

> 元年者何？君之始年也。春者何？歲之始也。王者孰謂？謂文王也。曷為先言王而後言正月？王正月也。何言乎王正月？大一統也。公何以不言即位？成公意也。何成乎公之意？公將平國而反之桓。曷為反之桓？桓幼而貴，隱長而卑，其為尊卑也微，國人莫知。隱長又賢，諸大夫扳隱而立之。隱於是焉而辭立，則未知桓之將必得立也。且如桓立，則恐諸大夫之不能相幼君也，故凡隱之立為桓立也。隱長又賢，何以不宜立？立適以長不以賢，立子以貴不以長。桓何以貴？母貴也。母貴則子何以貴？子以母貴，母以子貴。[20]

---

19 曾亦、郭曉東：《春秋公羊學史》（上海：華東師範大學出版社，2017 年），頁149。

20 〔清〕孔廣森：《春秋公羊經傳通義》（上海：上海古籍出版社，2014 年），頁243。

《穀梁傳》云：

> 雖無事，必舉正月，謹始也。公何以不言即位？成公志也。焉成之？言君之不取為公也。君之不取為公何也？將以讓桓也。讓桓正乎？曰：不正。《春秋》成人之美，不成人之惡。隱不正而成之，何也？將以惡桓也。其惡桓何也？隱將讓而桓弒之，則桓惡矣。桓弒而隱讓，則隱善矣。善則其不正何也？《春秋》貴義不貴惠，信道不信邪。孝子揚父之美，不揚父之惡。先君之欲與桓，非正也，邪也。雖然，既勝其邪心以與隱矣，已探先君之邪志，而遂以與桓，則是成父之惡也。兄弟，天倫也，為子受之父；為諸侯受之君。已廢天倫而忘君父，以行小惠，曰小道也。若隱者，可謂輕千乘之國，蹈道，則未也。[21]

可見，《公羊傳》、《穀梁傳》皆是依附經文，因其書法而解釋其意，《公羊傳》發揮了「大一統」以及「立適以長不以賢」的學說。《穀梁傳》則發揮了「《春秋》貴義不貴惠，信道不信邪」的思想。總而言之，《公羊傳》、《穀梁傳》二傳本之於《春秋》經義即「意」的層面，通過分析「言」（經文）而體察「意」（經義）。

由以上的考察，我們可以作如下總結：《春秋》是義書，但是其有「象」、「意」、「言」三個層面，《春秋》三傳對三個層面解釋有所偏重。左氏不傳經，而求索《春秋》成書所用的「象」，《公羊傳》、《穀梁傳》是解經的，是因「言」而解「意」，側重了《春秋》經義的層面。

實際上，《紅樓夢》一書的意蘊是與《春秋》一致的，這即是孔尚任所云的「其義則《春秋》」，王夢阮、沈瓶庵所云的「其書法學《春秋》」，援介理解《春秋》的思路來體察《紅樓夢》，則書中很多問題得以顯現抑或得以迎刃而解。《紅樓夢》亦有「象」、「意」、「言」三個層面，《紅樓

---

21 〔清〕柯劭忞：《春秋穀梁傳注》（桂林：廣西師範大學出版社，2018 年），頁 7。

夢》的「言」是最為撲朔迷離，純粹是一副假樣子，即書中所言的「將真事隱去」、「假語村言云云」，若不勘透這個「言」得以構成的書法，則無以明曉書中的意旨，而僅僅對其表面進行評論觀察。索隱派是試圖考索書中的「象」的層面，即試圖考察出作者所運用的原始材料，作者加以分析統合的歷史現象的材料。評點派是試圖以「言」為憑藉，來通達作者的意旨，或有所得。考證派則執著於「言」，以「言」為實「象」，則不免膠柱鼓瑟，失之毫釐而謬以千里。在本章的第五節，這個問題將深入討論，而在此節則再須注目的關鍵問題，即《紅樓夢》與《春秋》一樣，是有其大義微言的，欲理解此，則先需對《春秋》的大義微言有所理解。下面一節將對《春秋》一書或可資理解《紅樓夢》的認識再加以概述。

第三節 《春秋》義例的一般方法論歸納與《紅樓夢》闡釋援例一

《春秋》有義，有例。義因例而生。「例」猶如易學中解《易》之方法，互體卦變之類。《紅樓夢》亦有凡例。《春秋》有正例，有變例。不明《春秋》之例，不知《春秋》著意所在，猶如不明《紅樓夢》之例，不知作者在何處立意。書法條例如同外文的語法，不通書法，則不通文辭。

《禮記・經解》引孔子曰：「屬詞比事，《春秋》教也。」[22]《漢書・刑法志》顏師古注曰：「比，比例相比況也。」[23]《後漢書・陳寵傳》注：「比，例也。」[24] 皮錫瑞據此云：「古無『例』字，『屬詞比事』即『比例』」[25]，又云：「夫子以《春秋》口授弟子，必有比例之說，故自言『屬詞比事』為《春秋》教。《春秋》文簡義繁，若無比例以通貫之，必至人各

22 〔漢〕鄭玄：《禮記注・經解第二十六》（北京：中華書局，2021 年），頁 635。

23 〔清〕皮錫瑞：《經學通論校注》（北京：中國社會科學出版社，2019 年），頁 371。

24 同上。

25 同上。

異說而大亂不能理，故曰『《春秋》』之失亂。亂，由於無比例。」[26] 比例即是因事稱物的一定之法，事與事之間相互發明而相互聯繫，彼此照應而因其辭之不同以生發新意，易學中亦有比例之法，焦循多所發明。

比例實是作書一定之法，凡體大思精的著作無不有一相互關照、彼此發明的凡例，以此來統合龐大的內容，五經皆有其例，讀書能明書之凡例，是理解書旨的關鍵，皮錫瑞針對後人不重《春秋》之例而云：「後人矯言例者支離破碎之過，謂《春秋》本無例，例出後儒傅會。為此說者，非獨不明《春秋》之義，並不知著書作文之體例矣。凡修史皆有例，《史記》、《漢書》自序，即其義例所在。後世修史，先定凡例，詳略增損，分別合併，或著錄，或不著錄，必有一定之法。修州郡志亦然。即自著一部書，或注古人之書，其引用書傳、編次子目，亦必有凡例。」[27]《紅樓夢》一書亦有凡例，但書中具體的體例則有待於進一步歸納總結。段熙仲云：「治《春秋》當於其辭、其事、其義、其例求之。」[28] 又云：「其事則經文所書者是也。莊方耕《正辭》，比事以正其辭，其比事之序可從也。孔巽軒曰：『操其要歸，不越乎同辭、異辭二途而已。』故辭篇之序從之。例莫詳于劉申受，但未別傳、注耳。故例篇從劉而別傳、注以析源流。義莫明于董君，而包孟開所得不少，故多錄其言。」[29] 辭、事、義、例是《春秋》的四個層面，而辭和例則是理解事而通達義的方法，所以理解辭例至關重要。在《紅樓夢》的理解中，若不究察辭例，而只看表面文章，則被假語村言所蔽，第五節將以《春秋》辭例為比照，發明《紅樓夢》的辭例。

劉逢祿《春秋公羊經何氏釋例》，段熙仲《春秋公羊學講疏》，曾亦《春秋公羊學史》皆對《春秋》例作了解釋整理，本節對其進行了引用參證，並略點出其與《紅樓夢》之關聯。

---

26 同上。

27 〔清〕皮錫瑞：《經學通論校注》（北京：中國社會科學出版社，2019 年），頁 375。

28 段熙仲：《春秋公羊學講疏》（南京：南京師範大學出版社，2002 年），見凡例。

29 段熙仲：《春秋公羊學講疏》（南京：南京師範大學出版社，2002 年），見凡例。

《春秋》本身蘊藉的象、意、言的三者關係，借歷史事象以表寓褒貶，這種褒貶進而蘊含了儒家的倫理禮制的思想，這種借事象而表意的方法與《周易》有相通之處，但是這在《春秋》之中更為複雜，因其在「言」的方面發明了諸多作為法則的體例，記與不記、以何種言辭、名號來記述皆有內在的考量，故而這種書法體例中存在可以提煉的理論。實際上，這種體例在《紅樓夢》中亦有其延伸和發展，與《春秋》的書法體例在一定程度上是一脈相承的。本部分以對《春秋》一書的性質及其褒貶譏刺的書法為基礎，闡釋發明出數個有助於紅學闡釋的方法論理論，以作為進一步分析《紅樓夢》的方法基礎。

一、因事寓理法

《春秋》所記諸事，其根本意旨並不在事件本身，而在於事件本身蘊含的對倫常禮制的遵循、違背與否。雖然後世之人可以以所記之事作為史料，但是孔子增刪《春秋》當時所秉持的意旨卻不在史料，而是借史料以寓褒貶、揭發歷史人物行為、心地之內層，故「《春秋》作而亂臣賊子懼」。歷史事象是儒家義理得以呈現的載體，即「與其著之空文，不如見之行事深切著明也。」見之行事即是依託了人物事象這個基礎，故而能得到更為具象的認識和闡發。在這個意義上，《春秋》與《周易》處於相反的維度上：《周易》力在將義理抽象化，用卦象這種抽象形象表明卦義；《春秋》則力在具象化，用現實人物將義理具象化，用人物事象的具體行為表明其政治想法。在這個意義上，《紅樓夢》中的文學形象實是二者的結合，文學人物形象既有具象化的一面，因其仿佛是現實中的人物，又有抽象化的一面，因其乃是依託文學想像和理念創造出的人物，其產生具有抽象化的一面。

《春秋》的這種利用具象而表達義理的方法即是因事寓理說。憑藉此說可以認識到《春秋》中每記一事，必有記載此事的根由，其背後必有緣故。故而公羊、穀梁、左氏三家皆力在尋求其根由，以對經文作闡釋。這就導向了《春秋》記述意圖。

二、常事不書法與首書法

《春秋》中記一事，其文辭是極簡的，單從文辭中是難以得知其義理。「常」說則是為了理解此種記敘現象而來。「常」說是指《春秋》的記述意圖中秉持著一個恒常的標準，這個標準即是禮。要理解《春秋》所記述的事的具體意圖，則必須理解記敘話語中對於「常」的態度。這又分為兩個層面。一方面，一事記與不記是根據「常」來判斷的，按一般規則的常理，彼處記此類事，此處亦記此類事，那這件事就是常事。但是，彼處或其他處皆不記此類事，單單此處記下了，則說明此事有非常之處，需要探求其背後的根由，或是違禮亂常之事，記之以譏刺。此即「常事不書，所書非常」。

如桓十五年經曰：「十有五年，春，二月，天王使家父來求車。」此記述事象的表面文辭是周王讓家父來到桓公處求取車，但是根據周禮禮制「王者無求」，此處周王到諸侯處求取財物，是不合禮制的，故而《春秋》將此事記下了。因這件事違「常」了，也即違禮了。孔子刪改《春秋》的根本目的即是恢復周禮，所以他格外注重將此種違背禮制的事記下來，他記敘時所秉持的意圖不是在這件事本身，而是這件事與周禮的關係，以此來達到譏刺褒貶的目的。

《紅樓夢》一書中對此種筆法亦有深度的吸收。七十二回夏太府的小太監說夏爺爺看中了一所房子，如今短二百兩銀子，要來找王熙鳳借銀子，賈家此時已入不敷出，王熙鳳便典當了金項圈。從賈璉口中亦說出，前幾日周太監張口要一千兩。《紅樓夢》中這些描寫，皆是譏刺皇室貪求，來找這些皇親國戚要錢，而這些皇親國戚又講排場極其奢費，作為管家的王熙鳳只能暗地裡放貸，賈家的末流子弟如賈芸之流生活得亦極其拮据，只能找外人借銀子來為王熙鳳做人情找活幹。《紅樓夢》中寫這些事，皆從篇章末節的細微處著筆，似與書旨不相干，但是卻是書中最為緊要的實筆。作者以此《春秋》筆法來寫明史事，暗寓褒貶。

再者，因《春秋》記事，秉持的是復禮的旨歸，所以《春秋》尤其注重違背禮制的開始，此即慎始，凡是第一次違禮的舉動，雖起於微末之間，

《春秋》皆書之，此即「首書說」。《春秋要指》曰：「《春秋》治亂必表其微，所謂禮禁未然之前也。凡所書者，有所表也，是故《春秋》無空文。」[30] 慎始的思想在《周易》中亦有諸多表現，如〈坤〉卦的「履霜之誡」，皆是表明對於起於微末的違禮之事亦須格外謹慎，《春秋》中承繼了這種思想。實際上慎始思想是洞察人性之後而得出的經驗，人為了貪欲第一次做出違禮之事，必然亦會做出第二次，若要將其改正實際要付出很大的代價，若能於其起於微末的萌芽狀態即遏制之，則是有益的，此亦是「首書說」的價值所在。

如隱二年經曰：「九月，紀履緰來逆女。」此事象的文辭是表述紀國的大夫去親迎新娘，但是其義理則是譏刺婚禮不親迎，這是《春秋》之中不親迎的首次，故而格外記下來。依照婚禮六禮，迎娶新娘必須是新郎親自去，以體現「男下女」之意，但是周末禮崩樂壞，婚姻之禮多有違背，不親迎是最顯著的違背，也是《春秋》格外批判的。雖不親迎一事不一定發端於紀國大夫此處，但是《春秋》託於此處，作為《春秋》一書中不親迎之始，以示慎始之義。

又如隱五年經曰：「九月，考仲子之宮。初獻六羽。」《穀梁傳》云：「穀梁子曰：『舞夏，天子八佾，諸公六佾，諸侯四佾。初獻六羽，始僭樂矣。』尸子曰：『舞夏，自天子至諸侯皆用八佾。初獻六羽，始厲樂矣。』」[31] 此處隱公獻六羽來祭祀，違背了禮制，且是《春秋》中「僭樂」的首次，故而格外記敘，這是《春秋》慎始的意思。

《紅樓夢》中實際也吸收了《春秋》這種慎始的筆法，尤其側重記敘第一次對於倫常禮制的違背。如第五回回目云「賈寶玉初試雲雨情」，此「初試」即表明是以後其為女色所惑的開始，以後賈寶玉「粉漬脂痕汙寶光，綺櫳晝夜困鴛鴦」實際是耽於女色的表現，而這一切皆因從此淫婢開

---

30 〔清〕莊存與：《春秋要指》（上海：上海古籍出版社，2014 年），頁 228。

31 〔清〕柯劭忞：《春秋穀梁傳注》（桂林：廣西師範大學出版社，2018 年），頁 27。

始，襲人不以正禮校正寶玉，而只是「掩面伏身而笑」[32]，書中替其遮掩說「不為越禮」[33]，但又揭露說「幸無人撞見」[34]，將罪責歸到賈母身上。且之後，書中云「寶玉視襲人更與別個不同，襲人待寶玉更為盡心。」[35] 此則適以開進奸之路，是寶玉一生無為、寶黛無果的根本緣起所在。倘寶玉不與襲人偷試，則襲人必不對寶玉暗中爭風吃醋，對其「約法三章」，排斥異端，且與寶釵聯結，共破木石前盟，此皆因寶玉初試失足，粘結奸人所致。且正因此舉，襲人適以結王夫人之心，進讒攆晴雯。寶玉因晴雯、黛玉之死而精神恍惚，歸根結底，此皆襲人逞奸，然而襲人之逞奸，在於寶玉之初試。寶玉之初試，在於秦氏之淫訓。故書中云「漫言不肖皆榮出，造釁開端實在寧」。

盛于斯《休庵影語》云：「晁天王不得其死者，君子惡亂始，所以戒後世也。」又云：「宋江等之生始于洪信走魔者，蓋指道君信任左道，首開禍亂也。其命意大率如此。」[36] 皆說明首書說在《水滸傳》中已有其範式，《紅樓夢》則借用之。

若不理解此種《春秋》慎始追原的筆法，則對《紅樓夢》一書賈家之所以滅，寶黛之所以一死一亡無從得其門徑。

第四節　《春秋》義例的一般方法論歸納與《紅樓夢》闡釋援例二

《春秋》本身蘊藉的象、意、言的三者關係，借歷史事象以表寓褒貶，這種褒貶進而蘊含了儒家的倫理禮制的思想，這種借事象而表意的方法與

---

[32] 〔清〕曹雪芹：《紅樓夢：三家評本》第六回（上海：上海古籍出版社，2021年），頁99。

[33] 同上。三家評本作「不為越理」，庚辰本作「不為越禮」。

[34] 同上。

[35] 同上。三家評本原作「越發盡職」，從庚辰本改。

[36] 朱一玄編：《《水滸傳》資料彙編》（天津：南開大學出版社，2012年），頁306。

《周易》有相通之處，但是這在《春秋》之中更為複雜，因其在「言」的方面發明了諸多作為法則的體例，記與不記、以何種言辭、名號來記述皆有內在的考量，故而這種書法體例中存在可以提煉的理論。實際上，這種體例在《紅樓夢》中亦有其延伸和發展，與《春秋》的書法體例在一定程度上是一脈相承的。本部分以對《春秋》一書的性質及其褒貶譏刺的書法為基礎，闡釋發明出數個有助於紅學闡釋的方法論理論，以作為進一步分析《紅樓夢》的方法基礎。因《春秋》書法體例繁複，本節僅從簡枚舉數例，其詳細體例與《紅樓夢》闡釋之關係擬有專書詳論。

一、避諱例與其文辭寓理方法

避諱分為尊者諱、內辭、為親者諱、為賢者諱。

莊元年經曰：「三月，夫人孫于齊。」[37]《公羊傳》云：「孫者何？孫猶孫也。內諱奔謂之孫。夫人固在齊矣，其言孫于齊何？念母也。正月以存君，念母以首事。夫人何以不稱姜氏？貶。曷為貶？與弒公也。其與弒公何？夫人譖公于齊侯：公曰：『同非吾子，齊侯之子也。』齊侯怒，與之飲酒，於其出焉，使公子彭生送之，於其乘焉，搚幹而殺之。念母者，所善也，則曷為於其念母焉貶？不與其念母也。」[38]

謹案，《紅樓夢》中屢有貶賈母之辭，且隱而不見，屬為尊者諱之例，賈母言要不就讓尤二姐出去，尤二姐答言張華之事方罷，後尤二姐葬於城外，皆明賈母是偏聽偏信之人，恃信權奸。

昭二十五年經曰：「九月，己亥，公孫于齊，次於揚州。」[39]

37〔清〕孔廣森：《春秋公羊經傳通義》（上海：上海古籍出版社，2014 年），頁 332。

38 同上。

39〔清〕孔廣森：《春秋公羊經傳通義》（上海：上海古籍出版社，2014 年），頁 662。

閔二年經曰：「九月，夫人姜氏孫于邾婁。」[40]

隱六年經曰：「六年，春，鄭人來輸平」。[41]《公羊傳》云：「輸平者何？輸平猶墮成也。何言乎墮成？敗其成也，曰：『吾成敗矣，吾與鄭人未有成也。』吾與鄭人則曷未有成？狐壤之戰，隱公獲焉。然則何以不言戰？諱獲也。」[42]

謹案，馮紫英鐵網山言打獵，此亦是避諱詞。

莊四年經曰：「冬，公及齊人狩與郜。」[43]《公羊傳》云：「公曷為與微者狩？齊侯也。齊侯則其稱人何？諱與讎狩也。前此者有事矣，後此者有事矣，則曷為獨於此焉譏？於讎者，將壹譏而已，故擇其重者而譏焉，莫重乎其與讎狩也。於讎者，則曷為將壹譏而已？讎者無時焉可與通，通則為大譏，不可勝譏，故將壹譏而已，其餘從同同。」[44]

謹案，黛玉與寶釵蘭言解疑癖。

莊八年經曰：「夏，師及齊師圍成，成降于齊師。」[45]《公羊傳》云：「成者何？盛也。盛則曷為謂之成？諱滅同姓也。曷為不言降吾師？辟之也。」[46]

僖三十一年經曰：「三十有一年，春，取濟西田。」[47]《公羊傳》云：「惡乎取之？取之曹也。曷為不言取之曹？諱取同姓之田也。此未有伐曹

[40]〔清〕孔廣森：《春秋公羊經傳通義》（上海：上海古籍出版社，2014 年），頁 401。

[41]〔清〕孔廣森：《春秋公羊經傳通義》（上海：上海古籍出版社，2014 年），頁 274。

[42] 同上。

[43]〔清〕孔廣森：《春秋公羊經傳通義》（上海：上海古籍出版社，2014 年），頁 344。

[44] 同上。

[45]〔清〕孔廣森：《春秋公羊經傳通義》（上海：上海古籍出版社，2014 年），頁 349。

[46] 同上。

[47]〔清〕孔廣森：《春秋公羊經傳通義》（上海：上海古籍出版社，2014 年），頁 463。

者，則其言取之曹何？晉侯執曹伯，班其所取侵地于諸侯也。晉侯執曹伯，班其所取侵地于諸侯，則何諱乎取同姓之田？久也。」[48]

謹案，可見避諱皆是以假文辭寫真事，於此真假對勘中寓理。「取濟」是假文辭，取同姓之田方是真事。《紅樓夢》中此類亦多。可見文章虛實真假之間，不可不具慧眼。

「避諱」即以異於此事真相的別種文辭來記此事，但是此別種文辭可以輕易勘透，如「天王狩于河陽。」名義上是記周王在河陽狩獵，實際卻是有戰亂之事。孔子通過這種假的文辭來暗寓真事，這實際是《紅樓夢》以「假語村言」來敷演他事的方法論所本。

不書說即何事書，而何事不書。隱十年傳曰：「《春秋》錄內而略外，於外大惡書，小惡不書。於內大惡諱，小惡書。」[49] 此種不書的例法影響深遠，《紅樓夢》中亦多承襲之，秦可卿之事在書中即是隱去的狀態。《春秋》書法對《紅樓夢》影響頗深，避諱說是較為明顯的一例，《紅樓夢》實是一諱書。

避諱即是以假文辭來掩蓋真事，但是真事反而得到發明，在此種真假之間，實有所刺。劉逢祿曰：「凡諱，皆有惡即刺也。諱深則刺亦深。」[50]

莊二十三年經曰：「公如齊觀社。公至自齊。」[51] 莊公實際並不是去齊國觀社，而是去私會。注云：「諱淫。」實則《春秋》經文以觀社來寫莊公如齊宣淫。

隱五年經曰：「五年，春，公觀魚於棠。」[52] 隱公實是去張魚（張弓

---

48 同上。

49 〔清〕孔廣森：《春秋公羊經傳通義》（上海：上海古籍出版社，2014 年），頁 285。

50 〔清〕劉逢祿：《春秋公羊何氏釋例》（上海：上海古籍出版社，2013 年），頁 179。

51 〔清〕孔廣森：《春秋公羊經傳通義》（上海：上海古籍出版社，2014 年），頁 372。

52 〔清〕孔廣森：《春秋公羊經傳通義》（上海：上海古籍出版社，2014 年），頁 269。

矢以射），書之以譏隱公去南面之位，下與百姓爭利，與匹夫無異，「故諱使若以遠觀為譏也。」[53] 故而經文所書是隱公去棠地觀魚，實則是去張弓射魚。此種書法，如在《紅樓夢》中，寫賈寶玉午後困乏去秦氏房中睡午覺，實則並非午覺而已，亦是此種因避諱而起的真假筆法，文辭之假實從此生。

二、災異例與其記述意圖

《春秋・哀十四年》曰：「十有四年，春，西狩獲麟。」[54]《傳》曰：「記異也。非中國之獸也。孰狩之？薪采者也。以狩言之，大之也。麟者，仁獸也。有王者則至，無王者則不至。有以告者曰：『有麕而角者。』孔子曰：『噫！天祝予！』西狩獲麟，孔子曰：『吾道窮矣。』」[55]《注》曰：「麟者，太平之符，聖人之類，時得麟而死，此亦天告夫子將沒之徵。」[56] 必止於麟者，欲見撥亂功成於麟，猶堯、舜之隆，鳳皇來儀，故麟於周為異，《春秋》記以為瑞，明太平以瑞應為效也。

經曰：「莊二十九年，秋有蜚。」[57]《傳》曰：「記異也。」[58]《注》曰：「蜚者，臭惡之蟲也，象夫人有臭惡之行。」[59]

劉逢祿《春秋公羊何氏釋例》云：

> 災異者，聖人所以畏天命，重民命也。聖人之教民也，先之以教，而

---

53 〔清〕劉逢祿：《春秋公羊何氏釋例》（上海：上海古籍出版社，2013 年），頁 160。

54 〔清〕孔廣森：《春秋公羊經傳通義》（上海：上海古籍出版社，2014 年），頁 719。

55 同上。

56 〔清〕孔廣森：《春秋公羊經傳通義》（上海：上海古籍出版社，2014 年），頁 719。

57 〔清〕孔廣森：《春秋公羊經傳通義》（上海：上海古籍出版社，2014 年），頁 387。

58 同上。

59 同上。

後誅隨之。天之告人主，先之以災異，而後亂亡從之。其任教而不任刑，一也。六經皆言災異，《詩》、《禮》師失其傳，伏生之於《書》，京房之於《易》，董仲舒、劉向之於《春秋》，大義略同。[60]

記述災異乃孔子認為災異是對倫常政治不循常理而導致的天所示之象，讓人君能反思改正。災異分為多種：日食、大雨雪、恒星不見、無冰、不雨、大水、地震、螟、山崩、宮室火災。

《紅樓夢》中的「花妖」亦是災異之一種，此種災異乃指斥賈府悖倫亂常。

第五節　因事寓理說基礎上的《紅樓夢》文本形式法則

以立象說為基礎的紅學研究方法的理論特性在於從史事到義理、從可見到不可見、從有形到無形，因《紅樓夢》一書在其文辭的製作、形象的鋪設上皆有其特殊的刻意隱晦其義理的法則，如蔡元培所言「又加層層障冪」，通曉這些法則是突破此種障冪，進而理解《紅樓夢》隱義的關鍵因素。此書文辭方面的法則是吸取了六經尤其是《春秋》的史筆筆法，秉持了其「常事不書、書則違常」的基本原則，進而利用諸如避諱例、首書例、災異例、時日月例、譏刺例等寓義的文辭法則來實現其義理的表達。至於《紅樓夢》一書形象鋪設方面則充分吸收了《周易》的「立象以盡意」的觀念和《詩經》中的比、興手法，《紅樓夢》書中所設諸美人皆是承載意義的假象、幻象，只有以象見義、「得意忘象」方能越過其可見的障冪和有形的一面，進而進入其無形、不可見的隱義層面。這些基本方法論在第一章皆有其詳細的說解，本節則力在分析《紅樓夢》中對《春秋》筆法的具體吸收為原則來歸納《紅樓夢》的讀解法則。

60　〔清〕劉逢祿：《春秋公羊何氏釋例》（上海：上海古籍出版社，2013 年），頁287。

如同《春秋》，《紅樓夢》亦有「象」、「意」、「言」三個層面，《紅樓夢》的「言」是最為撲朔迷離，純粹是一副假樣子，即書中所言的「將真事隱去」、「假語村言云云」，若不勘透這個「言」得以構成的書法，則無以明曉書中的意旨，而僅僅對其表面進行評論觀察。透過言所看到的象，亦是真假對峙，易為表象所欺騙。故而本部分以《春秋》書法體例的方法論理論為基礎，探討《紅樓夢》一書的言辭、形象方面的形式法則。

一、《紅樓夢》的筆法與畫法：隱意、設象、制言

如前文所論小說（文學）文本之區別於歷史文本和說理文本在於在其自身中充分而必要地存在三個因素，即文辭、形象、義理。而歷史文本只必要地存在文辭和形象二者，義理並非在其自身中是必要的，義理乃是歷史文本的讀解的衍化物[61]。說理文本亦只必要地存在文辭、義理二者，形象在其自身中亦不是必要而充分的，只是成為喻理的手段而已。只有恰當地顧及到小說文本所具有的三個因素中的任何一個，才能理解《紅樓夢》一書本身所具有的特性，因其文辭、形象、義理三者處於較為複雜的關係中，文辭通過其曲折的《春秋》筆法可以蘊藉義理，而形象通過其假象特徵亦可以寓理，義理是被此文辭、形象二者作為障幂隱蔽起來了。故而所謂筆法即是文辭的構成法則，所謂畫法即是形象的構成法則。其筆法的特徵是「制言」，即利用《春秋》筆法製作一番文辭。其畫法的特徵是「設象」，即設象以表義，設計諸多美人形象，以及諸多事象、物象來形成比、興的手法來表義。故而其書中義理則形成了「隱義」的特徵，即義理如花蕊一樣被苞含在了作為花瓣的文辭和形象之中。由此，欲理解《紅樓夢》一書的隱義，則必須突破其文辭、形象的蔽障，此是理解其筆法和畫法的根由，也有助於理解《紅樓夢》與六經存在密切聯繫的形式方面的特徵。

---

61 其自身作為歷史文本而言並不必要而充分地包含義理，歷史文本注重客觀性，注重史事的記述，故而力圖用文辭復現歷史形象，而歷史形象在其存在的本然狀態並非是有義理包含其中的，史書中的義理是一種後起的說理文本，而一旦介入說理，歷史形象則成為不必要的了。

《紅樓夢》一書對於《春秋》因事寓理、因辭寓意的思想具有緊要聯繫。歸結《紅樓夢》一書的象、言、意三者的關係即是：隱意、設象、制言。三者的根本要旨是：將意義隱含在形象之中，將形象隱含在言辭之中。須知意義為形象所蔽，形象為言辭所蔽。欲勘透形象，須先勘透作者所制之言辭，此種言辭或現或隱，即書中所謂「假語村言」。欲勘透隱意，須先勘透言辭所設之形象，此種種形象皆是假象，所謂「太虛幻境」冊子裡女子變骷髏，風月寶鑑正反面美女骷髏，皆是此義。

故而欲讀通《紅樓夢》一書，有兩大要關需要打通。

一者是破除言辭的蔽障，通曉其筆法，筆法即是制言之法。因書中言辭虛筆多而顯，實筆隱而微，人易為虛筆所障，而難見實筆之真義。欲破此關，須知《紅樓夢》一書的書寫的形式法秉持《春秋》的「常事不書、所書非常」的觀念，其重在寫始、寫微、寫變，故而書中文辭的筋脈過關之處皆是在此三處下手，如寫賈寶玉初試雲雨、王熙鳳典當自鳴鐘、北靜王送念珠誡不溺愛、夏太監要銀子、襲人約法三章、寶玉蔣玉菡換汗巾等皆此寫始、寫微、寫變的實筆。惟通曉此種筆法，方能打開《紅樓夢》形象之門，進入第二關。

二者是破除形象的蔽障，通曉其畫法，畫法即是設象之法。從筆法三要領打開言辭之門，通往形象之門，此時眼前所見，如同賈寶玉在太虛幻境中所見冊子是一個樣子，也是一個道理。須知賈寶玉兩番閱冊，美人變骷髏。賈瑞正看風月寶鑑為美人，反看為骷髏。須知：《紅樓夢》中形象皆為畫皮，美人即是骷髏。美人本不存在，書中畫法皆是畫皮而已。須從皮相看到內裡，此內裡便是隱意。

能通曉因在象、意、言三者關係之上的筆法和畫法，方能進入《紅樓夢》一書的門庭，也即劉姥姥看「省親別墅」為「玉皇寶殿」意，象本虛無，得意而忘象。

然而欲修煉到此境界，須有筆法和畫法的功力。

二、《紅樓夢》筆法形式要領：寫始、寫微、寫變

《紅樓夢》一書文本形式的要領與《春秋》的常事不書說、首書說關係緊密，實際上構成了《紅樓夢》在義理呈現方面的形式法則，理解此種形式法則對於打開《紅樓夢》的義理具有重要意義。這種形式法則歸納起來即是：寫始、寫微、寫變。縱然此書設諸多假語村言、文辭變化多端，但是此形式法則卻是有章可循的。

所謂「寫始」，即此書必然寫一違禮之事起於微末的開端之處，如賈寶玉初試雲雨即為一書之中襲人進奸之始。又如賈璉與多姑娘之事是為以後尤二姐之始，多姑娘一筆帶過，後文則大寫特寫乃至因此事抄家。此種開始在文本中雖不鄭重寫出，卻不會缺漏。寫史借鑑於《春秋》中的慎始說、首書說，其義理則認為違禮悖論之事必然起於微末，若於微末之時能加以戒勸，則不至於造成嚴重的後果，然而若任由其發展，則微末必至於殞身亡命。故而作為具有普遍歷史特性的《紅樓夢》一書擷取史書中的此重要義理，在書法形式方面秉持了一事先描繪其起於微末之處。

「寫微」亦與「寫始」有類同之處，但又有不同之處，其同於寫始處在於悖禮之事多起於微末，故而所寫之始必是微末之事，故而亦是寫微，此是寫微同於寫始處。但寫微之義更在於另一端，即違禮亂倫之事往往不是鄭重其筆，而是於微末之處抖露一二，又且其純粹如《春秋》記事白描一般，故而往往不易勘透其意。此種事體如賈璉鳳姐白日宣淫，卻只寫小丫頭在門口坐著，後周瑞家的聽到笑聲，搬洗水盆進去。又如賈珍與秦可卿亂倫事、賈珍覬覦尤三姐事，賈珍與賈璉二馬同槽相互打架事，皆是從細微處用筆。又如寫王熙鳳、賈母調包之計也是緩緩於其口中敘來，皆是微末之筆力有千鈞。又如傻大姐撿到繡春囊，引出大觀園內亂象，亦是寫其微末之間。至於寫薛寶釵之為人，則全在微末處用筆，若不能細究，則純粹為薛寶釵騙去。

寫微的緣故一是秉持《春秋》筆法形式，貌似平鋪直敘、輕描淡寫，實則褒貶俱在、筆法謹嚴，寫其事而不將其點透，有褒貶而忠厚亦在，實是此種儒家思想的觀念作用下才促成此種筆法傳承。試想，若特寫王熙鳳白日宣

淫、賈珍秦可卿亂倫，則此書必為穢書，若《春秋》直寫亂臣賊子、悖禮亂倫之事，則《春秋》不可卒讀，此則《金瓶梅》多獲譏之故。正因二書所記，其意皆在於戒勸，故而用此種寫微之筆，點到即止，讀者自可領會，作者亦存忠厚。寫微的緣故二在於《紅樓夢》第一回「貶惡誅邪、指奸責佞」之語，因此書有此主旨，故而凡譏刺之筆皆以微末之筆點出，如夏太監來要銀兩，則於鳳姐家事中敘來，譏刺皇室貪求。寫薛寶釵滴翠亭金蟬脫殼、拉攏史湘雲亦用此種筆法，看似無心，實則謹嚴。只有以此種筆法才不至於在政治高下受到迫害。然而至於後四十回中如寫林黛玉之事，則作者憤懣已極，多不循寫微之筆，後四十回之遺失刪改則必有此緣故在。

「寫變」即書中寫始、寫微以及凡所著筆處，皆寫其不合於倫常禮制處，猶如正《風》之於變《風》、正《雅》之於變《雅》，「變」即倫常之變，書中大寫特寫元春省親，則是寫皇家制度違背倫常之變，賈家則奢費過度，賈母、賈政則對元春行國禮，違背《春秋》「子尊不加于父母」之義，此則元春致死抑鬱之由，故而其曰你們把我送到那沒人煙的地方、反不如小家子快活諸語。又如寫探春與趙姨娘因趙國基事大鬧，探春為了討好王夫人則拿親娘試法，來博得一個秉公辦事的美名，此則全違背儒家親親之義。又如寫迎春，日日誦道，乃至欺於乳母，司棋被攆，無一有情分之語，名為向善無為，實則懦弱之極也。又如惜春，聲言看破三春，一心向佛，然至於妯娌之間，卻惡言相向，無半句同情之心，此則佛法之真諦哉？凡此種種，皆寫儒家倫常之變。

總結來看，書中有七大「寫始」、七大微末、七大倫常之變。

七大「寫始」曰：

一則賈雨村之得志、甄士隱之入道而吟出《好了歌解》，二人之盛衰為賈家興衰之始、人情關目之始、全書總義之始。賈府未及開篇，石頭尚無歸處，而首敘甄士隱、賈雨村一干人，賈雨村由破廟之窮儒而中進士，甄士隱由閒適之鄉宦倏而家破人散，且賈雨村之得志，實則受甄士隱之接濟，而其入宦之後亦惟念當時甄家之巨眼英雄——嬌杏，而於甄士隱則未深見其圖報之心。首以賈雨村之有情思而無恩義映襯絳珠仙草之圖報神瑛侍者，是為書中有恩無恩之始。且賈雨村嬌杏之情，自識之情，實則義也，一知自身之貧賤而有此女子賞識，一知此人之貧賤而竟去賞識，此則非關風月，乃是義也。賈雨村未及義於贈銀兩之甄士隱，而及義於不得一語之嬌杏，何也？所謂情也。情則本無道理可言，所謂「情不知所起，一往而深」，猶寶黛之情深，作者當時之思想實對此種男女無道理之情不能理解，故而以神瑛侍者澆灌絳珠仙草之因果予之，以使其有道理可言。故而賈雨村嬌杏之遇合實則亦為談情之始。甄士隱之家道破敗則因兒女而起，其所解《好了歌》則破人世對於功名、金銀、姣妻、兒孫四者之執著，然而英蓮之「有命無運」的兒孫可執著否？乃一場空也，此則乃是賈家、賈母憐惜寶玉而竟白操心之始。甄士隱一生從有功名、金銀、姣妻、兒孫至於四者皆無，賈雨村從無功名、無金銀、無姣妻、無兒孫以至於四者皆有，見二人之變化往來，以見賈家之人事興廢，實則皆是執著人世現象所造成的空無的預演，是為全書總義之始。

二則黛玉、寶玉自幼耳鬢廝磨為寶玉癡情之始。自林黛玉入賈府，書中云：「寶玉和黛玉二人之親密友愛處，亦自較別個不同，日則同行同坐，夜則同息同止，真是言和意順，略無參商。」此則全是賈母之主張，因賈母萬般憐愛寶玉、黛玉二人，至於溺愛，正從此種溺愛處生出許多問題。聖人云「七年男女不同席、不共食」[62] 自有其考慮，寶黛二人白日則同行同坐，夜晚則同息同止，此確非適宜之事，故後來「意綿綿靜日玉生香」一回寶玉則有狎黛玉之舉，黛玉雖拒之，然亦可見其端倪，且書中二十九回又云：「原來那寶玉自幼生成有一種下流癡病，況從幼時和黛玉耳鬢廝磨，心情相對；及如今稍明時事，又看了那些邪書僻傳，凡遠親近友之家所見的那些閨英闈秀，皆未有稍及黛玉者：所以早存了一段心事，只不好說出來。」此則是作者著意在彼而出意在此，寶黛即同起同臥，則其所致寶玉之病則在此「下流癡病」，此皆是自幼由黛玉之冶容導引所致，所謂「慢藏誨盜、冶容誨淫」，即不能守偶常相遊之度，一旦親密無間，則難免相戲相狎，一旦狎戲則失敬，而禍亂怨怒皆由此而生，所謂「摯而有別」的道理，黛玉能明，

---

62 〔漢〕鄭玄：《禮記注・內則第十二》（北京：中華書局，2021 年），頁 385。

但是賈寶玉終生不能明。而正因寶玉自幼親近黛玉之冶容，此則自幼導其情癡。寶玉後來在女人堆裡混、好吃女人的胭脂、愛紅之癖皆是由賈母此種安置。且黛玉未來之前，書中元春教其讀書寫字，書中云：「三四歲時，已得賈妃手引口傳，教授了幾本書、數千字在腹內了。其名分雖係姊弟，其情狀有如母子。」[63]「雖係姊弟，有如母子」，可見寶玉自幼皆是長於深宮之中、婦人之手，如王國維論李後主：「詞人者，不失其赤子之心者也。故生於深宮之中，長於婦人之手，是後主為人君短處，亦即為詞人所長處。」故而寶玉之心如赤子，常發詩人之感歎，而好女人之冶容，此則是其感性充盈的結果。至於待人接物皆純是童心，厭惡談論仕途經濟的大人，此則是其理性衰弱的結果。寶玉與寶釵論古聖賢亦自云「不失其赤子之心」，因其本是長於少女之手的赤子，即使與王夫人、賈政的關係亦頗顯疏離，因賈母之溺愛而父母皆對寶玉失於庭訓。而王夫人本是無才之人，賈政亦是迂闊之輩，賈母周圍則純是希奉之輩，寶玉在此種環境中成長，自幼又無良師，八十二回以賈代儒為其師，實則高鶚欲以一師點破寶玉之病，然而其假借賈代儒則頗為不通，賈瑞夜不歸宿，賈代儒則純以刑罰治之，是殊不通道理之法。賈府中之清客如賈雨村、程日興、詹光之流，多是才學不淳之輩，至於其所上之義塾，則純是胡鬧。如此則寶玉實則無師。故而高鶚後文所續則令其有一師點出其疾「吾未見好德如好色者也」，然寶玉之好色實根於賈母之溺愛，賈母溺愛，因寶玉像其祖父。此則書中微筆。

三則寶玉初試雲雨為進奸、耽於淫色之始。對於書中所表現的賈寶玉而言，癡情與淫色尚有不同，癡情為警幻所云不同於皮肉之淫的意淫，而淫色則為皮肉之淫。書中第五回戚序本回目曰：「靈石迷性難解仙機　警幻多情密垂淫訓」[64]。此回中多有疑竇叢生處，警幻既知寶玉有意淫之癖，且喜其不涉於淫濫的皮肉之淫，緣何又令可卿與之行秘授之術呢？此則非警幻導其淫否？且觀寶玉夢醒之後與襲人之偷試雲雨，可知寶玉先前與黛玉之耳鬢廝

63　〔清〕曹雪芹：《紅樓夢：三家評本》第十八回（上海：上海古籍出版社，2021年），頁296。該本引文原文「雖為姊弟，有如母子」，正文引文並參他本校正。

64　見戚序本《紅樓夢》目錄。

磨實為意淫，而至於此端與襲人則為皮肉之淫矣。此則警幻之責也。後來寶玉之凡與麝月、平兒、香菱有所曖昧者，皆可導之於警幻，實則秦氏也。故而寶玉之「粉漬脂痕汙寶光，綺櫳晝夜困鴛鴦」乃其淫欲之所招，其始則襲人不知以禮拒之。文中之筆則遮遮掩掩，曰不為越禮，又曰幸得無人撞見，此則皆襲人之私心。然對於此事而言，寶玉之初試尚非切重。最為切重之事則襲人自此以後待寶玉不同，既而生嫉妒、佔有之心，乃至對其約法三章，排揎他人。密結寶釵以破木石前盟，納饞於王夫人以攆晴雯、攻黛玉。以至將寶玉之婚姻操之己手，賈家之興亡繫於己手，乃至一死一亡，而寶玉初試則其始也。以此見宣淫適以進奸人，一陰之進不察，日後則陰進而陽消，乃至將賈府剝至純陰。故而襲人之體則宦官之體，其所以納讒、密結外勢者皆是宦官事體，而宦官之進則因寶玉不守禮法而惑於警幻之淫訓，而聽警幻之淫訓則因在秦氏房中，秦氏房中之武則天、趙飛燕、安祿山、同昌公主、壽昌公主、西子、紅娘之器物似有隱寓，然而難以輕言其確切所指，然而考秦氏對婆子之言辭則似為暗指其不守倫常且為情所感之義。寶玉之進奸實則又導源於秦氏。

四則秦氏賈珍事體為賈府倫常廢弛之始。賈家之抄家一則乃導源於醉金剛宣揚出張華、尤二姐案，一則導源於石呆子案。而賈璉熱孝偷娶是倫常廢亂之極，而究詰其始之造釁開端之人則為秦氏、賈珍事體。賈珍其自為浪蕩子，秦氏之外其屬意賈璉偷娶，亦是為覬覦尤二姐、尤三姐意。而秦氏亦非等閒之人，其與王熙鳳本是一明一暗，性格雖有殊分，行事則無二致。故二人最為相好，且托夢、見鬼諸事皆是二人關合。不僅於此，鳳姐唆使賈蓉、賈薔戲弄賈瑞，則透露出賈薔為人，書中云賈蓉與賈薔二人「二人最相親厚，常共起居。寧府中人多口雜，那些不得志的奴僕，專能造言誹謗主人，因此不知又有什麼小人詬誶謠諑之辭。賈珍想亦風聞得些口聲不好，自己也要避些嫌疑，如今竟分與房舍，命賈薔搬出寧府，自己立門戶過活去了。」[65]

---

65 〔清〕曹雪芹：《紅樓夢：三家評本》第九回（上海：上海古籍出版社，2021年），頁158。

賈珍所顧及的風聲不好，實亦是言賈薔與賈蓉常相共處，或兼及於秦氏。以此見秦氏之為人。賈珍、賈蓉父子聚麀實則是對於倫常中最為切重的父子、夫婦倫常的徹底違背，此種違背乃是喪家敗德之始。至於賈瑞事體是純從秦氏處來，是為接續之。其具體內涵實在第五章有所論述。故而書中云「造釁開端實在寧」，作者於寫秦氏之事正是寫其始。

五則寫秦鐘以寫談情破滅之始。秦鐘與秦氏實為同體，二人一則陰而隱、一則陽而顯，而其內蘊則皆是寫情、淫之壞滅倫常。秦鐘之與尼姑智能兒有情，實則頗為不通，即其腹中有半點文墨，亦不至於為此不堪之事，上則不敬於宗廟，下則失於自守，故而竟於佛殿之中肆張人欲，故而鬼神不祝、魂魄失守，「偷期繾綣」、「失於調養」，遂演成疾，且智能兒竟於水月庵中私逃進城，秦業發覺，逐出智能兒，打了秦鐘一頓，氣得老病發作死了。以此見秦鐘之談情實則遺亂人世、喪滅己身。秦鐘臨死之時告誡寶玉云：「以前你我見識自為高過世人，我今日才知自誤了。以後還該立志功名，以榮耀顯達為是。」[66] 此則秦鐘之遺言，亦且秦鐘之事體所表談情誤人，是為作者鑒戒談情之始。後來之司棋與潘又安、薛蟠之與柳湘蓮、柳湘蓮之與尤三姐、賈寶玉之與林黛玉皆是為情所誤，故而書中末回有戒情的點題。然而作者實對情有辯證的態度，實是處於對情的巨大原發力量與其造成的對倫常的破壞性的迷惑之中。

六則薛寶釵比通靈為釵、黛對立之始。第八回回目云「比通靈金鶯微露意　探寶釵黛玉半含酸」，此中黛玉見寶釵看視寶玉之通靈，則已窺視出寶釵之心，故而其顯露其含酸之義，自此以至於黛玉之魂歸離恨天，意中則無一日不以此事為念，因寶釵之攻玉無日不無心為之，黛玉之戒備懷疑，亦無日不為之思慮。然則寶釵黛玉顯露其對立之義，則自此回為始。林黛玉之出場大有來頭，其本則為靈河岸上三生石畔的絳珠仙草，受天地之精華，得雨露之澆灌，得換人形，修成女體。此段雖為寓言，其中所蘊之義則是黛玉所

---

[66] 曹雪芹著，無名氏續：《紅樓夢》（北京：人民文學出版社，2017 年），頁 186。該版以庚辰本為底本。

得之於天者多，故其才高。且黛玉入世之家林如海為探花，管鹽政，既是書香門第，又是仕宦之家，家世清華，得人事之富貴。其坎坷處則為幼年喪母，家中人丁不濟，失於伶仃無援，故而攜家財孤身入賈府，得百般之憐愛，而究乃是寄居他人屋簷之下。薛寶釵之出場則自薛蟠人命案處敘來，頗非光彩，實則以見薛家風氣，寶釵之入京城，本是為充為才人贊善之職，為公主郡主入學陪侍，而其隨其母薛姨媽、其兄薛蟠寄居賈家梨香院，實為作為外戚攀附。而其既見寶玉之人品，見賈家之富貴則別動心思，欲登賈家嫡婦之位，故而造出金鎖一番說辭，又請寶玉至此比試其通靈，借丫鬟之嘴透露其意。遂謀成其攻破木石之局。寶釵破木石之關鍵章法於《春秋》學人物義理評釋中有其深論，總其大概則是假借襲人、王熙鳳乃至元春之勢，形成合圍黛玉之局，又利用史湘雲、薛寶琴造出諸多聲勢，以削弱賈母木石之執念，後則以假意接近黛玉，蘭言解疑癖，此時黛玉已入其彀中。寶釵之謀不可謂不周密，不可謂不陰險。然則此書意旨雖寫忠貞受屈，而奸險之人實則亦難得其成，故而寶釵婚禮之不完，而假扮黛玉以成其婦，而寶玉離家，徒成守寡，深心人枉做了深心人。

七則元春省親為賈家奢費之始。賈家最終的拮据、入不敷支的經濟問題究其根本乃不在經濟上，而在人倫之廢弛。設若賈珍秦氏之事無，則何來秦氏之死，又何來秦氏喪禮之廢度。設若賈璉不偷多姑娘，又何來其死及其安葬之廢度。設若賈璉不偷娶尤二姐，則又何來一大串生死廢度。然而若云秦氏喪葬之奢費乃為遮掩口舌，賈家奢費過度則自元春省親為其始。元春省親時屢言：「以後不可太奢，此皆過分之極。」因賈家排場之奢，後則引發宮中多來要銀兩，夏爺爺、周太監之事則如是。賈家之奢則演為無度貪求，無度貪求則無王法規矩，故而賈赦之要石呆子的扇子，乃至害的草民坑家敗業。此則皆是賈府禍亂之由。

書中筆法意在寫始處尚極多，因大凡一事之所起，作者必究其始末，原始要終，以見問題之根由。如寫賈璉偷多姑娘，必從鳳姐過生日攢金慶壽寫起，見鳳姐平日待人適以招致枕邊人亦不能服。如寫茉莉粉、薔薇硝、玫瑰露必從寶釵之影身春燕處寫起，接續芳官、賈環、趙姨娘、柳家，而其末則寶玉代罪、平兒行私不了了之，以見大觀園漸起其亂，人情物品傳遞如此，則後來之抄檢大觀園已在筆下。如寫司棋之事，必先寫起始乃是鴛鴦夜中窺見高大豐壯身材的司棋，後則暫時擱下，又起筆從傻大姐拾繡春囊始，至潘又安自盡終。

且書中寫始處亦蘊藉其微末義，因事變之初始皆起於微末，而其之所以為始亦是倫常之變之始，故而言始，則微、變亦在其中。所謂喜則以文為戲，悲則以言志痛。若不能明澈此書寫始的筆法，則不知一事起所從來，只見賈家之敗而不知禍端起於何處，故而書中以一初試暗寓其義，熔鑄《春秋》寫始之筆而成其典要。

三、《紅樓夢》畫法形式要領：冊子、風月寶鑑、《春秋》雅謔

畫法即是《紅樓夢》一書中設象之法，習熟了筆法，則書中因文辭所構建的形象如在目前，然則此形象並非根本旨歸，如金陵十二釵美人乃皆是皮相，若僅觀其皮相則不能得書中隱義，故而破筆法關節後須破畫法關節，破除美人皮相之蒙蔽，而能觀其真面，此則《紅樓夢》真假轉換重要一端。若欲知書中畫法，書中亦有三處明點處，以此可知美人皆虛物、皆皮相而已。此三處即賈寶玉兩番閱冊、賈天祥正看風月寶鑑、薛寶釵說林黛玉用《春秋》法子雅謔。

書中寫賈寶玉於太虛幻境兩番閱冊，正冊、副冊裡畫的一些美人，帶著一些詞句，又見到無數女子，後來有變鬼怪的、有變骷髏的，和尚說：「你見了冊子，還不解麼？世上的情緣，都是那些魔障。只要把歷過的事情細細記著，將來我與你說明。」[67] 此則惟因情所惑之人，看冊子中美人為美人，不知美人皆可變鬼怪、骷髏，即如黛玉，又且奈何？書中寫美人，自然有美人之皮相，但絕非止於美人而已，而是變骷髏之美人，正面美人，反面

67 〔清〕曹雪芹：《紅樓夢：三家評本》第一百十六回（上海：上海古籍出版社，2021年），頁 2036。

骷髏，故寫元春判詞云「蕩悠悠芳魂消耗」、「天倫呵，須要退步抽身早」[68]，寫王熙鳳判詞云「一場歡喜忽悲辛，歎人世，終難定」[69]，寫黛玉云「一個是水中月，一個是鏡中花」[70]。此則皆是破除美人之義，美人皆虛物。正因美人虛物，故其所蘊之義愈渾厚深沉。惟畫美人，可表達深層之義理。故書中純以寫婦人為皮相，然其內裡所蘊則深廣非常。

賈天祥照風月寶鑑，皆因其看美人為美人，不知美人之機關聰明，王熙鳳雖為婦人，實則有商鞅之風，治家純從酷法而來。書中寫一賈天祥，正鑒戒讀者，勿看此書正面，須看此書反面而已。勿看此書皮相，須看此書內裡而已。故而寫王熙鳳非寫賈家媳婦而已，寫奸雄也。寫林黛玉，非寫才女而已，寫才高之文士也。寫薛寶釵非寫孀婦而已，寫作偽攻心投機之政客也。寫襲人，非寫婢而已，寫奸也。寫史湘雲，適以寫魏晉達士也。寫妙玉，適以寫高士而受汙者也。寫迎春、惜春，適以寫自命於佛道之人。寫探春，適以寫一心向上、六親不顧之革命者也。寫元春，寫為皇家制度所噬之怨婦也。寫李紈，適以寫枯槁節烈之士。寫秦可卿，適以寫性情中之女流之類。寫晴雯，適以寫伯夷、叔齊、介子推之類也。寫賈寶玉，適以寫情也，此情則乃於生靈之情，此則一詩人而已，王國維所謂：「詞人者，不失其赤子之心也。」寶玉赤子而已。

四十二回瀟湘子雅謔補餘音，寶釵言：「更有顰兒這促狹嘴，他用《春秋》的法子，將市俗的粗話撮其要，刪其繁，再加潤色，比方出來，一句是一句。『母蝗蟲』三字，把昨兒那些形景都現出來了。虧他想的倒也快。」[71] 此則作者自道也。「母蝗蟲」即與「玉皇寶殿」同義，即與「金陵十二

---

[68] 〔清〕曹雪芹：《紅樓夢：三家評本》第五回（上海：上海古籍出版社，2021年），頁 87。

[69] 〔清〕曹雪芹：《紅樓夢：三家評本》第五回（上海：上海古籍出版社，2021年），頁 89。

[70] 〔清〕曹雪芹：《紅樓夢：三家評本》第五回（上海：上海古籍出版社，2021年），頁 87。

[71] 〔清〕曹雪芹：《紅樓夢：三家評本》第四十二回（上海：上海古籍出版社，2021年），頁 723。

釵」、「大觀園」同義，乃是以《春秋》法子所設之象而已。總之，此書所設諸象皆是虛象，破除對於虛象的執著，方能看到其隱義。

總結來看，書中畫法的要領在於兩點，知其畫法則能至於人物之無形。

一則採擷史中人物以畫其風神。林黛玉則史中賈誼、陶淵明一類人物，因其才高而目下無塵，氣韻風雅皆能高絕出眾，故能吟出「一從陶令平章後，千古高風說到今」[72] 之句，故以詠絮才喻之，謝道韞詠雪而云「未若柳絮因風起」而被稱為詠絮之才，然黛玉之才實高於詠絮，「一畦春韭綠，十里稻花香」[73] 則見其意境高遠，旨趣超逸，「一從陶令平章後，千古高風說到今」則其才堪比青蓮，而有蘊致之格，「孤標傲世偕誰隱，一樣花開為底遲」[74] 則其才高於格而力透紙背，直入仙格而人所難當，「風蕭蕭兮秋氣深，美人千里兮獨沉吟」、「山迢迢兮水長，照軒窗兮明月光」、「人生斯世兮如輕塵，天上人間兮感夙因。感夙因兮不可惙，素心如何天上月」[75]，則見其古今合璧、了悟人道、條達洞曉而絕世超凡，黛玉無他，僅一才高而已矣，從他處論黛玉皆不能得其三昧，若性格真率、家世舛離、貞一專情則皆因其才高而生，故論黛玉當以才高為本，他處為末。古來凡才高之人皆於世情難免乖違，賈誼如是、陶淵明如是、黛玉亦如是，黛玉得古來清高文士之風神，故能解琴為聖人之器，其云：「琴者，禁也。古人制下，原以治身，涵養性情，抑其淫蕩，去其奢侈。若要撫琴，必擇靜室高齋，或在層樓的上頭，在林岩的裡面，或是山巔上，或是水涯上。再遇著那天地清和的時候，風清月朗，焚香靜坐，心不外想，氣血和平，才能與神合靈，與道合

---

72 〔清〕曹雪芹：《紅樓夢：三家評本》第三十八回（上海：上海古籍出版社，2021年），頁652。

73 〔清〕曹雪芹：《紅樓夢：三家評本》第十八回（上海：上海古籍出版社，2021年），頁304。

74 〔清〕曹雪芹：《紅樓夢：三家評本》第三十八回（上海：上海古籍出版社，2021年），頁653。

75 〔清〕曹雪芹：《紅樓夢：三家評本》第八十七回（上海：上海古籍出版社，2021年），頁1547-1548。

妙。」[76] 此番言語非是黛玉所道來，乃是假借黛玉之體道古來文士之心，作者以此寫黛玉正以寫古來之高士也。

作者寫寶釵則純以機謀予之，其深通老子之術，而有大奸之風神。評點派多謂寶釵似漢高祖，因其有權謀而知進退也。寶釵處事處處周到，能體察人意，鑽其心而窺探之，此中則尤其寶釵為金釧兒借壽衣一事顯見，其與王夫人數語，則唯以王夫人之念為念，逢迎其心。又且寶釵之籠絡史湘雲，則為之張羅螃蟹宴。觀襲人之可用，而與之結盟。而其博雅大方又得賈母之歡喜。雖寶釵此種善結人心之術乃因其欲為才人贊善之職之因素，然其所為則近於出神入化。然而此種善結人心皆其表象，因其內中主於一私，力在破木石前盟。此又為寶釵之為政治家的本色。其深通老子之術，「將欲奪之，必固與之」[77]，待其和合金玉良緣，則襲人之輩則為走狗，烹之而已。寶釵則大奸似忠之類。

二則以諸子之體充實人物內蘊，此又則畫法之第二端。如以上所論寶釵深通老子之術，而王熙鳳則純是法家人物。王熙鳳治秦氏之喪，喪禮所主在哀，而王熙鳳則首以嚴刑厲法管束眾人，令其皆因畏懼而恪盡其責，此中之義則又於賈母生日因邢夫人心生嫌隙而王熙鳳捆兩婆子給尤氏發落一理，先事則其端倪，後事則其報應。喪禮意在發眾人戚戚之心，苟存戚戚之心，則不待教正而後皆可盡其職責，而王熙鳳善用法家之術，令諸人皆起畏懼之心，乃至近如夫婦之賈璉，對其亦有微辭，不能收心於其夫，豈能收心於眾人，唯其知一味希奉賈母，賈母亦利用之懾服眾人，而其後果則如自道，須要退步抽身，然而商鞅以法制秦，秦人恨之入骨，豈能饒恕之？賈母一死，王夫人、邢夫人又豈能饒恕王熙鳳？評點多謂王熙鳳為奸雄，愚意其奸則奸矣，未必雄也。

至於探春，則此人雖不得中和之度，而雷厲風行，果斷英明，氣局廓

---

[76] 〔清〕曹雪芹：《紅樓夢：三家評本》第八十六回（上海：上海古籍出版社，2021年），頁1532。

[77] 〔清〕宋常星：《道德經講義》（臺北：東大圖書公司，2018年），頁153。

大，頗有英豪之氣。涂瀛謂探春「品界林、薛之間，才在鳳、平之後」[78]，「端莊雜以流利，剛健含以婀娜」[79]，有謂之其類太原公子。此人之思想乃孟子之亞流，故其頗能「含弘光大」，然其觀念仍在等級之中，故甚以嫡庶為介懷。至於迎春，則純是《太上感應篇》為意，失於怯懦。而惜春則純以佛事為念，失於冷心。

知人物得諸諸子之內蘊，則其聲口可聞，王熙鳳之所言必不出於探春，探春之所言亦不出於迎春。其風神為外顯之格致，而內蘊為內含之韻致，一可顯而見，一可默而得。故而風神與內蘊互為表裡，而其義則通徹古今，超脫形體。是為形象畫法之兩端。

---

[78] 馮其庸輯校：《重校八家評批紅樓夢》（青島：青島出版社，2015 年），頁 83。
[79] 同上。

第三章　錯綜說

錯綜說分析《紅樓夢》源於一個基本的客觀事實，即《紅樓夢》文本有一個明顯的特徵，即每回之中並不是單個線索的運作，而是有多個線索。除了每回回目中所提及的兩個重要事件外，作者也會不斷安插伏筆，夾敘一些細微的事件，從而使每一回都變成一個比較複雜的整體，每一回都有較強的張力，或者是對前文中的事件進行做結，或者是生發一些新的事件，大大小小的事件十分巧妙地從人物的言語、行為中敘述出來，就像一塊相互交織起來的錦緞，這些錦緞之間有相錯但是也有相合。而且，這種錯綜交織的現象不僅體現在敘事上，更體現在人物和事件的錯綜交織而互相聯通上。錯綜理論即是試圖認識並分析這種文本現象及其思想起源，並發掘這種文學形式背後所潛藏的文本義理，進而對認識書中的思想內容提供可以借鑑的分析方法。

第一節　「錯綜」的文本現象及其內涵與用意

《紅樓夢》中的這種文本現象是較為特殊的，乃至在西方文學和中國現代文學中都較為少見。這種現象實際根植於古典文學的傳統，根植於古代的思維範式。雖然評點紅學利用文本錯綜現象對文本內涵和形式進行了諸多說解，但是因評點本身的感性、分散的特徵未能對錯綜的文本現象有理論化的看法。筆者以為欲理解《紅樓夢》中的這種錯綜現象，有必要借助古代文論對古代的思想範式作必要的考察，這可以作為理解這種錯綜現象的思想基礎，也能輔助我們對《紅樓夢》中體現在敘事、人物上的錯綜現象有更為本質的認識。《紅樓夢》中這種讓文章、事件相互交織起來的結構實際上正反映了古代文論中「文」的本來意義。欲理解這種文本交織的思想起源，還須追溯到較古的典籍《易傳》中，其中有對「文」的本義的最初記載。〈繫辭傳・下〉曰：「物相雜，故曰文。」[1] 可見物與物之間的相互錯雜即是「文」的本義。李道平的疏則更明確，其云：「鄭語曰：『物一無文』是也。《說文》曰：『文，錯畫也。』」[2]「物一無文」，以此見一個純在的整全之物是不會產生「文」的，只有差異性的物的錯雜才能形成「文」。由此可知，「文」的本義即是不同物類的錯雜，其本質就是交錯，或言之「文」即是「錯」。更進一步，《文心雕龍・原道》曰：「山川煥綺，以鋪理地之形，此蓋道之文也。」[3] 可見山川因為錯雜所以成為道的文飾，文德最本質的特徵就是「錯」，既表現為陰陽錯局，也表現為萬物錯雜。可見，《紅樓夢》文本的錯雜特徵正表現了「文」的本來含義。

實際上，「錯」在古典文論中的具有基礎性的地位，「錯」所蘊含的交錯和錯雜的思想對於理解古典文本乃至對於理解《紅樓夢》而言具有指導意義。因為越是經典的文學作品，必然在形式上越能體現「文」的本來內蘊。「文」在這裡顯現為「錯雜」的內涵猶如柏拉圖的理念一般，越是接近「文」的理念，則越是好的文學作品，猶如越是接近椅子的理念，就越是好的椅子。故而無論是漢賦還是律詩，首先在其形式上都力在反映「文」的本來內涵，即是力在形成形式上的交錯。《紅樓夢》之經典正因為其首先在形式上接近了「文」的本來內涵，即形式上形成了豐富的交錯現象。

由此，當我們俯察《紅樓夢》文本的時候，發現《紅樓夢》的文本在不同層面上呈現出較為明顯的「錯」的特徵。直觀地看，《紅樓夢》首先在其敘事中體現了相雜交錯的特徵，此即是敘事線索的多重性，大事中有小事，小事引出大事。前者如元妃省親引出襲人探母，後者如傻大姐揀到繡春囊引出抄檢大觀園、賈璉與趙嬤嬤談話引出省親。此種例子不勝枚舉，全書皆以

---

1 黃壽祺、張善文：《周易譯注》（上海：上海古籍出版社，2007 年），頁 420。下文所引《周易》及《易傳》原文皆引自該版本所標明的相關章節，概不一一標出。

2 〔清〕李道平：《周易集解纂疏》（北京：中華書局，1994 年），頁 676。

3 詹鍈：《文心雕龍義證》（上海：上海古籍出版社，1989 年），頁 2。

此種敘事方法展開。而且，一件事中也可以映透出多個事情，而多個事情之間若有若無的存在關聯性。如寫齡官畫薔、賈薔拿雀兒來嬉戲似與寶、黛情感有指涉關係，如寫王熙鳳鐵檻寺弄權又與後來獻掉包之計有指涉關係，如寫劉姥姥講「雪下抽柴」的故事又似與薛寶釵的心事有關。〈繫辭傳・下〉曰：「六爻相雜」，干寶注曰：「一卦六爻，則皆雜有八卦之氣。」[4] 這種不同事情的內在關聯即頗類於「皆雜有八卦之氣」。敘事的交錯的本質即不同事之間有內在的層級關聯，主要線索中夾雜著次要線索，或是對前事進行了結，或是埋下伏筆，生發出新的事件。這種敘事的錯綜是本章分析的重點，即這種敘事形式與古代的思想範式密切相關，其根本上是古代的思想形態在敘事形式上的體現。實際上，這種思想形態最早可以追溯到河圖、洛書，這是本章第二節論述的重點。

再者，在《紅樓夢》文本中這種錯雜是不同文體的交錯，這是較為表面的一層現象。散文與韻文的交錯在《紅樓夢》中非常普遍，同樣在其他明清小說中也存在這種交錯，但《紅樓夢》中這種不同文類交錯更為複雜和特殊。因為《紅樓夢》中的韻文不僅包括詩、詞，更包括了謎語、賦、誄、偈子、曲辭，散文則包括諸子散文、八股文等，而詩也分為古風（如老學士閑徵姽嫿詞一回中）、律詩、絕句等，可以說百二十回《紅樓夢》是古典文體的大觀。這種文體的錯雜形式同樣根植於古代的思想範式和審美傳統，根植於「文」的理念意義，只是在《紅樓夢》中其表現得更為典型。

最後，《紅樓夢》文本的錯雜還體現在人物的交錯上，書中所描寫的人物囊括了明清社會中的形形色色的人物，大觀園中有情性各異的小姐和丫鬟，丫鬟與小姐不同的聲色口角相互雜錯。同樣，在人物敘事中也是不同的人物相互接榫，如張新之在評批《紅樓夢》中就指出書中的一個大章法：寫黛玉之後必接寶釵，寫寶釵之後必接黛玉，若不接本人則用各自的影身來接榫，即寫黛玉之後即接寫寶釵之影身襲人，寫寶釵之後即接寫黛玉之影身晴雯。張新之認為這是書中的一定之法則，這也可以說是書中章法的一個大交

4　〔清〕李道平：《周易集解纂疏》（北京：中華書局，1994年），頁670。

錯。除了這個章法上的大交錯，十二釵與其丫鬟之間也是交錯出現，各有各的情事。但書中的人物的交錯不止於大觀園中，還體現在作者善於穿插一些其他的角色，如鐵檻寺的靜虛老尼，如論病細窮源中的張太醫，如醉金剛倪二，如賈雨村的門子，如劉姥姥與板兒，如焦大，如多姑娘、燈姑娘，如柳湘蓮、蔣玉菡、北靜王等局外人物，可以說上至王侯，下至黎民，閨閣官場，無所不備。可以說書中的省親的大觀園是一副「大觀」，而大觀園之外則又是一副「大觀」。這樣的把世間萬象相互交錯敘述形成了內涵豐富的有機整體，而非簡單的一件接一件的疊加敘述，這正是作者巧妙地運用了「錯」的章法。正是這個形式上的錯綜才使《紅樓夢》在內容上具有廣闊的內涵。可以說，如果不借助這個錯綜的形式，《紅樓夢》在表達上形成這樣豐富的內涵是很難的，《紅樓夢》的經典首先就在這個形式上。

從根本上說，錯綜的本質是一種思維形式經由審美觀念在文學文本上的反映。在詩、詞文本中錯綜形式在平仄、對仗、押韻等方法上有很明顯的顯現，即有錯雜也有相通，這已經成為不言而喻、理所當然的形式特徵了。同樣在小說文本中也有明顯的顯現，在小說文本如《金瓶梅》、《紅樓夢》中格外明顯，但這種小說文本的錯綜特徵未能得到較為理論化的歸納說明。尤其是在小說文本中為什麼要著意運用這種形式特徵，這是我們理解小說錯綜形式繞不開的一個重要問題，也是我們深入理解小說錯綜形式的關鍵問題。筆者分析作者著意運用錯綜的形式的緣故主要有三方面：

第一，錯綜體現了中國古代家族現實生活的本來面目，小說文本中的錯綜現象是對古代的倫理生活現象的直接呈現，在其形式上則直接借鑑了生活現象出現的形式規律，即生活現象不是單線的，而是複線的、交織的，一件事接著一件、從中又生發新事，內中則「密響旁通」。這種生活現象的形式有其社會根源。因古代社會是倫理社會，家族通過倫理秩序生活在一起，形成共居的狀態，而非個體化的生活形態。《紅樓夢》所描寫的賈家生活即是這種家族生活形態的直接呈現，一日之中必然有家族人員大到祖母、父母，小到姊弟、姊妹、叔伯兄弟的來往，因為人們的生活方式是通過倫理秩序規定的，晨昏定省、節日壽辰、婚喪嫁娶等等，這就體現為人際關係是複線的、錯雜的，如賈寶玉可以是賈母的孫子，也是林黛玉的表兄，也是元春的弟弟，也是史湘雲的姑表兄，又是晴雯、襲人的主子，琪官、薛蟠等人的朋友。因為個人在倫理秩序中的多角色、多屬性，從而也就形成了人際關係中的人物和事件的錯雜現象，賈寶玉一人有多重倫理角色，而實際上賈府每一個都是這種多重角色，如跟隨王熙鳳陪嫁的周瑞家，如劉姥姥，這種倫理關係的繁複一旦體現在文學文本的描寫上，就直接形成了小說文本的敘事和人物的錯雜特徵。這實際上也是作者在《紅樓夢》的寫作形式上秉持現實主義方法的一種顯現。可以說這種寫法「借徑在《金瓶梅》」[5]，但《紅樓夢》中的描寫明顯比《金瓶梅》更側重倫理、更側重利用現實主義手法描寫倫常的變化。對照西方小說理論而言，「意識流」是個人從社會剝離開來面對世界而呈現個人意識化的特徵，而《紅樓夢》中這種錯雜敘事則是儒家倫理生活中的「現實流」，顯現為人際關係的錯雜和生活事件的錯雜。總之，這種利用錯綜手法表達生活現象的寫法的文論意義和美學意義值得更深入的探討。

第二，《紅樓夢》文本中的錯綜使文本表達意義極為含蓄蘊藉，適合作者通過錯綜中的對照、互通的形式來表達其譏刺、揭露隱事的微旨。這是與此書的第一回所云的主旨「指奸責佞、貶惡誅邪」相吻合的一種形式法則。如一件事平鋪直敘，則其所蘊之義盡顯無餘。一方面，若作者所欲指涉之事，不欲使之過於顯明，則通過設置影身、設置副線來對主線進行評判以表達微旨。如王熙鳳在鐵檻寺收受老尼銀兩拆散姻緣實際是利用影身、副線的手法來寫其後來獻掉包之計拆散木石姻緣，這在評點諸家中是一致的看法。又如書中寫齡官認為賈薔給她的雀兒是打趣，而與之哭鬧，實際也是對寶黛情感關係的點染和評判。又如文章在鄭重寫出元春省親後又接寫襲人探母，元春省親寫的元妃甚覺不能盡孝，乃至賈母、賈政皆須對其行國禮，實為對元妃之摧殘，而襲人回家探母則多有小家子的暖意融融、天倫之樂，此中對

[5] 〔清〕張新之：《妙復軒評石頭記》（北京：北京圖書館出版社，2002 年），見《石頭記讀法》。

照則實為指斥當時朝政顛倒倫常。又如評點家張新之認為夏金桂此人乃為王熙鳳的影身，王熙鳳與賈蓉等人的曖昧不明皆通過夏金桂明寫出來，夏金桂與薛蝌、夏三之事是為揭露隱事而作。又如，寫茉莉粉、薔薇硝、玫瑰露、茯苓霜之事，線索繁複、人物繁雜，實則是為了照應出大觀園內物品傳遞、人員交往已頗為混亂，一來為後文抄檢之事的前因，後則平兒行權不能究察根本而徇私不究，實則亦是為後事張本。總而言之，線索、人物之錯綜使文章含蓄蘊藉、隱義豐富，使不便明言之事通過穿插對照的方法顯現出來。

第三，錯綜實際上在《紅樓夢》中構成了一種審美風格，其特徵在含蓄蘊藉、回環往復，入於婉約一派，即使過於顯豁的事件亦能婉轉敘來，如帷燈匣劍，而別具穿透力，令人回味無窮。即書中寫一事必然不是寫頭接著寫尾，而是頭尾分散於不同之處，內中又錯雜、包蘊他事，形成一種框架、回環的結構。一者，這種審美風格曲徑通幽，讓讀者慢慢累積信息，到最終方豁然開朗，延長了審美時間，讓審美過程大大延長。如書中最大的主脈寫金玉良緣如何破木石姻緣，從第八回「比通靈、半含酸」黛玉與寶釵初露對局之意，一篇大文洋洋灑灑、邐邐迤迤，直至九十七回才寫黛玉魂歸、寶釵成禮，而兩人對峙之中插入無數妙文、蘊藉無數情事。不只是書中這件最緊要的事，若其他小事，也是見首不見尾的寫法，如寫賈蓉借王熙鳳屏風，至於王熙鳳令賈蓉、賈薔捉賈瑞方抖露其隱事。故而《紅樓夢》之風格在於刻意用晦，這在古典文學中由來有自，如王夢阮、沈瓶庵在《紅樓夢索隱》序中言：「文人感事，隱語為多。君子憂時，變風將作。是以子長良史，寄情于貨殖遊俠之中。莊生寓言，見義于秋水南華之外。」[6] 洪秋蕃則在其評點中認為這些「帷燈匣劍」的筆法，見其幃而不見其燈，見其匣而不見其劍，在幃與燈、匣與劍之間皆錯雜無數妙文。以此在《紅樓夢》中則形成了用晦的集大成之作，錯綜則是用晦風格的最為重要的手法之一。

總而言之，《紅樓夢》的文本中的多重的錯綜特徵，評點紅學對其有所認識和發掘。通過我們的考察也發現錯綜說也具有三個層面的不同的功用使

6 王夢阮、沈瓶庵：《紅樓夢索隱》（北京：北京大學出版社，2011年），頁1。

其能在作品中得到廣泛運用。但是，評點者運用錯綜理論則著重在於分析錯綜的表象之下的深意，也即第二點的特徵。然而如前文所論，錯綜這種形式特徵並非是無根之木、無源之水，而是本源於古代的思想範式。在根本上是古代思想範式憑藉審美觀念在文學文本上的反映。如果不能對錯綜說所憑藉的思想範式有所瞭解，則對錯綜的文本現象的認識始終還停留在表層，停留在「用」的層面，如是也難以對《紅樓夢》的文本構造有更深層的理解，因為《紅樓夢》雖不一定直接借鑑這種本源的思想範式，但是古代思想範式的內核在書中是繼承並發展的。這就要求我們為了深刻理解《紅樓夢》中這種錯綜的形式特徵，還須對其在古代思想中的錯綜的「體」進行溯源。實際上，其源頭可以追溯到上古的河圖、洛書。

第二節　「相錯」的易學來源與其文論價值

當我們在古代文論和美學史中具體考察時，會發現「錯」這個範疇可以說是在易學中開端並發展完善的。在《周易》八卦之前，相錯的觀念可以追溯到河圖，河圖本身就是天數與地數的相錯。

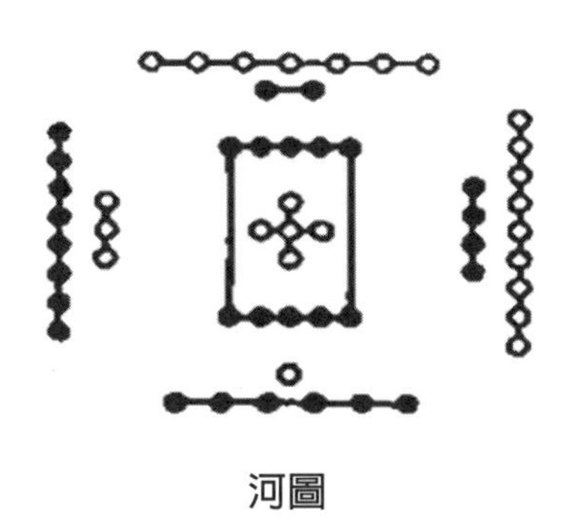

河圖

河圖相傳是伏羲時有龍馬出孟河，其背有點，白點象徵陽，黑點象徵陰，其組成的奇數偶數相互交錯。前有兩點在內、七點在外，後有一點在內、六點在外，左有三點在內、八點在外，右有四點在內、九點在外，中有五點在內、十點在外，共奇數二十有五，偶數三十，總數五十有五。〈繫辭傳・上〉云：「天一，地二；天三，地四；天五，地六；天七，地八；天九，地十。天數五，地數五，五位相得而各有合；天數二十有五，地數三十，凡天地之數五十有五，此所以成變化而行鬼神也。」實際上這一段話說解的正是河圖，河圖將天地變化之象表現出來，蘊藏著深刻的義理，其中對文學批評最重要的一點就是相錯的原理。在易學中，一二三四五稱為生數，五六七八九十稱為成數，生數與成數的區別源於五行。天一生水，地二生火，天三生木，地四生金，而五在五行中為土，土的功用在於化成，將生數化成為成數，所以一二三四五分別與五相配即成為成數，地六為水，天七為火，地八為木，天九為金，地十為土。在河圖中，一六為水，內陽外陰，居於北方；二七為火，內陰外陽，居於南方；三八為木，內陽外陰，居於東方；四九為金，內陰外陽，居於西方；五十為土，內陽外陰，居於中央。這其中體現出的道理就是陰陽相配、相互交錯的思想。在河圖中體現為五行的交錯。

在文學批評上，尤其具體到《紅樓夢》上則體現為情節、人物、敘事上的交錯，多條線索反復交織，卻又按照某種規律結合在一起，這種創作方式下的思維源起最早應該可以追原到河圖。這種規律具體而言就是大與小的交錯、陰與陽的交錯、五行的交錯，如河圖中一與六相配合，乃是生數（小數）與成數（大數）的交錯，也是陽數與陰數的交錯，進而也體現為五行的交錯。這種思維範式對文學創作和文學批評有根本的影響，如《紅樓夢》中大事與小事的交錯、主要人物與次要人物的交錯來形成對比、補充來表達內蘊的方法，實際上都可以歸根到河圖中的這種思想範式。

河圖中的這種相錯的思維在《周易》中得到進一步體現。《周易》由陰陽爻生成六十四卦的基礎就在於相錯，陰陽爻相錯形成兩儀，兩儀相錯形成四象，四象相錯成八卦，八卦兩兩相錯生成六十四卦，〈繫辭傳・上〉曰：「是故《易》有太極，是生兩儀，兩儀生四象，四象生八卦」。八卦的演化過程有多種闡釋，一種理解方式即相錯的生成原理，兩儀是指陰陽二氣，在卦象上也就是陽爻⚊和陰爻⚋，陰陽爻相重則生成四象，四象是指陰陽爻兩兩相重形成的少陰⚎、少陽⚍、太陰⚏、太陽⚌，四象再與陰陽爻相重則生成八卦：☰乾、☷坤、☳震、☴巽、☵坎、☲離、☶艮、☱兌。可見其生成方式的基礎就是交錯相重，《周易本義》曰：「《易》者陰陽之變，太極者其理也。兩儀者，始為一畫以分陰陽；四象者，次為二畫以分太少；八卦者，次為三畫而三才之象始備。此數言者，實聖人作《易》自然之次第。」張善文《周易譯注》言及：「《本義》承邵康節說，以為太極至八卦的衍生原理，是一生二、二生四、四生八的過程，指出兩儀即陰陽，四象即兩儀重迭成為太陽、太陰、少陽、少陰，八卦則由四象再加一畫而成。」所以說，《周易》生成的自然次第就是一個不斷重迭，相互交錯的過程，六十四卦總體來看，就是陰陽爻的各種方式的交錯。對於《紅樓夢》的篇章結構和創作方式而言，這種錯雜相重實際亦有指導意義。評點家張新之認為全書的展開即是金玉良緣與木石姻緣的衝突，二者正類似於《周易》中的一陰一陽，圍繞這種衝突敷演出了書中眾多的陪襯人物。如有金玉與木石的對立，而且亦有黛玉與湘雲的對立，其體現是金麒麟案，又有鴛鴦、尤三姐、張家女兒、傅秋芳等人在對局的中心之外。這種合圍、圓周的結構實際可以歸根到河圖、《周易》之中。由前文所論可見，「文」的本質即是「錯」，而「錯」在中國文學的發展中產生了重要的影響，到後來的駢文、律詩皆是主張字乃至韻的交錯，發展到《紅樓夢》這樣的小說中，則出現了文體、線索、人物之間的交錯，但「相錯」這個範疇在易學中還有非常具體的含義，體現在漢代易學十分重視的卦變中，也即是相錯的卦變法。

卦變是漢代易學家為了解釋經文而利用六十四卦之間的聯繫來達到相互闡釋的目的，其重要的思想就是把六十四卦看成陰陽爻相互組合而形成的整體。清代易學家焦循可以說把相錯的卦變法發揚光大，組成了其易學體系中的一個重要環節，瞭解相錯的內涵將十分有助於我們理解《紅樓夢》文本內部的緊密聯繫。相錯的易例有很早的緣起，〈說卦傳〉即曰：「八卦相錯」，韓康伯注曰：「易八卦相錯，變化理備。」[7] 可見相錯即是變化的根

[7] 樓宇烈：《王弼集校釋》（北京：中華書局，1980年），頁577。

本，相錯生成變化。潘雨廷《周易虞氏易象釋易則》解釋曰：「錯，摩也。剛柔相摩而成八卦，故八卦相錯。謂天地定位，而二五剛柔相錯，以成山澤雷風水火之象而為八卦也。」[8] 清代易學家焦循的解釋可以說與此相合，焦循認為相錯與旁通的卦變法聯繫緊密，相錯即是在旁通的基礎上變化而來。

首先看旁通的含義。旁通就是指兩個卦之間的陰陽爻相反，將一個卦的陰爻變成陽爻，陽爻變成陰爻則形成其旁通卦，如䷀〈乾〉卦旁通於䷁〈坤〉卦，䷆〈師〉卦旁通於䷌〈同人〉卦，這樣一來六十四卦之間就變得可以相互聯繫，每一個卦都可以找到其旁通卦。旁通卦之間意義存在一定的關聯。

相錯是在旁通的基礎上而來，即將旁通卦之間的內外卦相互調換，而形成兩個新的卦，也就是兩組卦之間內外卦的錯置。如：

䷀〈乾〉卦與䷁〈坤〉卦為旁通卦，則其相錯卦為䷋〈否〉卦和䷊〈泰〉卦。

䷜〈坎〉卦與䷝〈離〉卦為旁通卦，則其相錯卦為䷾〈既濟〉卦和䷿〈未濟〉卦。

䷮〈困〉卦與䷕〈賁〉卦為旁通卦，則其相錯卦為䷰〈革〉卦和䷃〈蒙〉卦。

䷎〈謙〉卦與䷉〈履〉卦為旁通卦，則其相錯卦為䷒〈臨〉卦和䷠〈遯〉卦。

由上可見，通過相錯法，原先的兩個卦生成了兩個新的卦，且這四個卦之間具有一些意義的聯繫。焦循《易圖略》云：

> 天地相錯，上天下地成〈否〉，二五已定，為「定位」。山澤相錯，上山下澤成〈損〉，二交五，為「通氣」。雷風相錯，上雷下風成〈恒〉，二交五，為「相薄」。水火相錯，上水下火成〈既濟〉，六爻皆定，不更往來，故「不相射」。此〈否〉則彼〈泰〉，此〈損〉

8 潘雨廷：《周易虞氏易象釋易則》（上海：上海古籍出版社，2009 年），頁 457。

> 則彼〈咸〉，此〈恒〉則彼〈益〉，此〈既濟〉則彼〈未濟〉，而統括以「八卦相錯」一語。六十四卦，皆此天地、山澤、雷風、水火之「相錯」也。[9]

焦循認為六十四卦的根本原理就在於八卦的「相錯」。這裡的相錯主要是指交錯，從而形成新的變化。相錯形成新的變化的不僅在六十四卦的形成上，也表現在六十四卦內部的關係上，劉師培《經學教科書》云：「《易經》卦變之法，一為旁通、相錯、變化之法。六爻變易者，為旁通……有旁通之卦，則有相錯之卦，故〈繫辭〉言『八卦相錯』，即各卦亦然。」[10]不僅八卦間存在相錯的關係，六十四卦之間也存在相錯而相互聯繫的關係，劉師培舉例曰：

> 〈乾〉䷀與〈坤〉䷁旁通，而〈否〉䷋〈泰〉䷊即為〈乾〉〈坤〉相錯之卦。
>
> 〈震〉䷲與〈巽〉䷸旁通，而〈恒〉䷟〈益〉䷩即為〈震〉〈巽〉相錯之卦。
>
> 〈坎〉䷜與〈離〉䷝旁通，而〈既濟〉䷾〈未濟〉䷿即為〈坎〉〈離〉相錯之卦。
>
> 凡此卦與彼卦相錯者，則此卦之義互見於彼卦。[11]

焦循對六十四卦間的通過相錯可以相互聯繫的關係進行了較深的挖掘，同時他認為相錯卦之間的意義可以互通。可以說「錯」這個概念從《易傳》中的交互迭加從而生成新的變化的含義，到焦循的相錯觀念發生了明顯的進步，相錯成為一種闡釋不同卦之間聯繫的有力的工具，這將對我們研究《紅樓夢》中的不同人物、不同事件的聯繫帶來了嶄新的看法和強有力的闡釋。

9　〔清〕焦循：《易圖略》（北京：九州出版社，2003年），頁67。

10　劉師培：《經學教科書》（上海：上海古籍出版社，2006年），頁200。

11　劉師培：《經學教科書》（上海：上海古籍出版社，2006年），頁201。

通過以上的分析我們大致可以明曉，相錯的觀念具有兩個不同的相繼發展的含義，一是以《易》生成的「兩儀生四象，四象生八卦」的迭加的相錯，再進一步發展為〈說卦傳〉中的「八卦相錯」，八卦相錯可以生成新的變化，進一步發展成為焦循的卦變的相錯法，從而相錯不僅具有生成的意義，而更具有內部聯通的功能。迭加的相錯可以指導我們分析《紅樓夢》文本中的不同類型的人物的迭加和相合，內部聯通的相錯則可以讓我們更加深入地看到《紅樓夢》文本中人物的深層關聯。

第三節　「相錯」理論對《紅樓夢》文本的內在闡釋

易學中「相錯」的思想給我們研究《紅樓夢》文本帶來重要的啟示。首先我們分析易學中相錯思想的基本內涵，兩儀、四象、八卦、六十四卦是《周易》演變中的基本的節次，可以說到六十四卦已經基本定型，六十四卦從而是最大的具有明確意義的單位，因六十四卦由八卦兩兩相重而來，所以稱為重卦，八卦稱為本卦，每一個重卦由兩個本卦上下相重而成，居於上方的稱為外卦，居於下方的稱為內卦，而相錯的原理就是兩個重卦的內外卦相互交錯，從而導向了另外兩個新的卦，焦循認為四個卦之間有一定的意義關聯。

實際上，這個相錯的易學模型對我們看待《紅樓夢》中眾多的關係複雜的人物具有便利之處。

《紅樓夢》第一回認為該書「大旨不過談情」，雖然該書並非全為談情或為談情而作，但書中寫談情之處亦復不少。書中寫談情則寫了眾多的「鴛鴦」，眾多的姻緣，這些姻緣或成或敗，或貞或淫，可以說將世間的種種姻緣描繪了大半。下面筆者著重將書中描寫的姻緣考察一番。《紅樓夢》中的姻緣眾多，但值得我們注意的是這些姻緣並非是憑空生發出來的，也不是彼此相互隔絕的，而是彼此相互關照的，甚至可以說這些姻緣的構成內部具有深層次的聯繫。易學中「相錯」的卦變法可以說為我們尋找這種聯繫提供了一個基礎的圖示。

《紅樓夢》第一回可以看做一個楔子，名為「甄士隱夢幻識通靈，賈雨村風塵懷閨秀」中就出現了兩段重要的姻緣，一個較為明顯的是賈雨村與嬌杏，另一個是甄士隱與封氏，封氏「性情淑賢，深明禮儀」，嬌杏則是一個丫鬟，書中描寫的甚簡甚明「生的儀容不俗，眉目清秀，雖無十分姿色，卻也有動人之處」。這兩段姻緣在首回中一提而過，並未對後文有深刻的影響。

如果我們用易學中的相錯法對待這兩個姻緣，則可以生成另外兩個姻緣，賈雨村與封氏，甄士隱與嬌杏。

甄士隱	賈雨村	相錯為：	甄士隱	賈雨村
封氏	嬌杏		嬌杏	封氏

這樣相錯出來的兩個姻緣組合看起來十分陌生，但是根據單個人物本身所具有的特點而生成的這個組合卻與後文中的其他姻緣具有某種聯繫，甚至可以說，通過這兩組姻緣的相錯可以導向書中的其他姻緣。賈雨村與封氏，當我們把兩個人在書中實際的現實聯繫模糊掉，而將兩人的品性等方面的特徵凸顯出來的話，我們可以發現書中其他人的描寫與此兩人具有十分的相通之處，封氏「性情淑賢，深明禮儀」，賈雨村名化，表字時飛，號雨村，生得十分雄壯，「係湖州人氏，也是詩書仕宦之族」，只因生於末世，父母根基已盡，有功名之心，待進京重整基業，且通過其人所吟之詩「玉在櫝中求善價，釵於奩內待時飛」，可見其人抱負不凡，其人為官之初，並無甚經驗，為縣太爺後「雖才幹優長，未免貪酷，且恃才侮上，那同寅皆側目而視」，後被參了一本，說他「貌似有才，性實狡猾」，又有「徇庇蠹役、交結鄉紳」之事，因此龍顏大怒，即被革職，但「雨村雖十分慚恨，面上卻全無一點怨色，仍是嘻笑自若」，這是賈雨村的一番面目，在書中可以說是特徵十分明顯的一人。賈雨村與封氏的相合，雖然在書中找不到完全相同的對應，但是跟賈政與王夫人是有相通之處。

賈雨村	相通於：	賈政
封氏		王夫人

這種相通並不需要是生成式的，而是分析式的，雖然賈雨村與封氏的相合沒有現實性，但是這個組合的內涵卻可以導向賈政與王夫人的實際的組合。這種相錯可以讓我們增加對人物內涵的瞭解，因為書中每個人物並不是相互孤立的，而是彼此映照的，一個人物的命運可以在另一個人物的命運中反映出來。封氏喪失英蓮之後可以說是家道迅速衰落，而王夫人喪失寶玉之後的情形我們是可以從封氏身上觀照出來的。

《紅樓夢》中把大多數人物都統攝在一個姻緣之中，而姻緣關係的根本就在相配，〈蒙〉卦的九二爻辭云：「納婦，吉。」王弼注云：「婦者，配己而成德者也」，〈繫辭傳〉云：「廣大配天地，變通配四時」，姻緣就是發揮兩人相配的作用，從而將兩個人物結合在一起，這種結合是具有深刻的意義的，是夫妻之始，〈序卦傳〉曰：「有天地然後有萬物，有萬物然後有男女，有男女然後有夫婦，有夫婦然後有君臣，有君臣然後有上下，有上下然後禮義有所錯。」可見夫婦相配是猶如天地相配，在儒家的觀念中是極其重要的，《詩》首篇〈關雎〉即講夫婦，《周易》下經首〈咸〉〈恒〉是講夫婦之道，〈乾〉〈坤〉也可以說是講夫婦之道，乾為父，坤為母，〈坤．文言傳〉云：「陰雖有美，含之以從王事，弗敢成也。地道也，妻道也，臣道也，地道無成而代有終也。」可見夫妻相配之義的重要性，甚至可以說其意義類同於八卦相配，由此而生成不同的特徵和變化，所以我們在《紅樓夢》中通過相錯的方式尋求出夫妻相配的依據，這種相錯法在一定程度上揭示了書中姻緣關係存在的相通性，猶如六十四卦是彼此旁通、相互關照的整體，《紅樓夢》中的姻緣也並不是各自孤立的，而是相互聯繫的，而相錯的方法可以讓這種聯繫顯露出來。下面，我們來觀察幾組相錯的姻配關係。

賈璉	薛蟠	相錯為：	賈璉	薛蟠
王熙鳳	夏金桂		夏金桂	王熙鳳
賈璉	孫紹祖		賈璉	孫紹祖
王熙鳳	迎春		迎春	王熙鳳

賈璉與薛蟠的相錯生成的新的兩組相配在書中具有較為明顯的意義，可以說新的兩組相配反證了原先的相配，因為兩者的屬性在很大程度上是相合的，書中對夏金桂的描寫時常讓人聯想到王熙鳳，寫夏金桂感覺也往往讓人想到寫王鳳姐的文字；讀到夏金桂喜好吃油炸的骨頭，吃得不耐煩便肆行海罵，說：「有別的忘八粉頭樂的，我為什麼不樂。」（第八十回）[12] 這種畫骨之筆也不禁讓人想到王熙鳳挽了袖子，跐著角門的門檻子一面吹風一面罵：「我從今以後倒要幹幾件刻薄事了，抱怨給太太聽我也不怕。糊塗油蒙了心，爛了舌頭，不得好死的下作東西們，別做娘的春夢了！……也不想一想自己也陪使三個丫頭？」（第三十六回）[13] 書中有明說夏金桂與王熙鳳相通之處：「若論心中的丘壑涇渭，頗步熙鳳的後塵。」（第七十九回）薛姨媽也曾說：「如今娶了親，眼前抱兒子了，還是這樣胡鬧，人家鳳凰似的。」（第七十九回）可以說這兩處都是明點之筆。賈璉與薛蟠也大有相通之處，兩人都是浮浪紈絝子弟。可以說，這種相錯之後的反證證明書中確實存在一類的姻緣，以賈璉與王熙鳳為代表，相通於薛蟠與夏金桂。

賈璉與孫紹祖相錯，錯成賈璉與迎春，孫紹祖與王熙鳳。先看賈璉與迎春，迎春是懦弱屈從之人，賈璉則為任性浮浪之人，這類姻緣的相配在書中可以尋見，在於寧府。第四十六回寫邢夫人為賈赦說鴛鴦為妾，寫「鳳姐知道邢夫人稟性愚弱，只知奉承賈赦以自保，次則婪取財貨為自得，家下一應大小事務俱由賈赦擺佈」，邢夫人的這種愚弱可與迎春相通，第七十三回「懦小姐不問累金鳳」中寫明迎春愚，這個愚是與邢夫人的愚相通的，寫迎春的懦則可以與尤氏相通，尤氏不對賈璉偷娶尤二姐加以勸誡，可以說有通於賈璉與迎春相配之懦。可見，賈璉與迎春這兩者的相配在書中的表現形式是通過邢夫人、尤氏兩人可以表現出來的。

12　〔清〕曹雪芹：《紅樓夢三家評本》（上海：上海古籍出版社，1988 年），頁 1329。

13　〔清〕曹雪芹：《紅樓夢三家評本》（上海：上海古籍出版社，1988 年），頁 567。下文所引《紅樓夢》原文皆在引文後標明回目，所引原文皆出自該版本相關回目，概不一一加注。

賈璉
迎春 ⟶ 邢夫人、尤氏

孫紹祖與王熙鳳這兩類人物的相配則在書中沒有直接的體現。這種相配對挖掘書中人物的結構具有一定意義，可以看出文中不同的人物處於一種相互指涉和聯繫的場中，而易學中相錯的方法則可以使這種聯繫呈現出來。在一定意義上，這種分析方式是比較新異的，打破了傳統的將個體人物限制化理解的傾向，而充分開放了人物的外延，從而讓其意義向所有的個體人物敞開，使其內部聯繫變得更加清晰。總之，這種相錯的方法不是生成式的，而是一種結構化的分析。易學的相錯觀念一方面導向了對《紅樓夢》敘事的分析，另一方面則主要從相錯的卦變法導向了對書中人物結構的分析。

第四節　「綜」的易學內涵與旁通理論

〈繫辭傳．上〉云：「錯綜其數」，虞翻曰：「綜，理也。」[14] 李道平疏曰：「劉向《列女傳》『推而往，引而來，綜也。』綜有文理，《易》順性命之理，有陰陽往來之義……錯為六畫，綜為三兩。」[15]「綜」在歷代注疏中有不同的解釋，《周易正義》疏曰：「錯謂交錯，綜謂總聚，交錯總聚，其陰陽之數也。」[16] 孔穎達以易數的方式解釋「綜」。但「綜」最為明顯的特徵則是其對易象的構成上，現存《周易》的卦序就是利用綜卦，在此處「綜卦」的意義就是把一個卦象倒過來，又稱為「倒象」，劉大鈞在《周易概論．易象》中即沿用此說法。〈屯〉卦的綜卦就是〈蒙〉卦。潘雨廷《易學史發微》：「凡顛倒視其卦象，古以『反復』名之，得名於〈復．象〉『反復』之義，顛倒視之卦象仍同者，漢末虞翻以『反復不衰』名之。及明中葉來知德又取『綜』字名之，用之較方便。若陰陽相反之卦象，古以

14 〔清〕李道平：《周易集解纂疏》（北京：中華書局，1994 年），頁 591。
15 〔清〕李道平：《周易集解纂疏》（北京：中華書局，1994 年），頁 591。
16 劉玉建：《《周易正義》導讀》（濟南：齊魯書社，2005 年），頁 389。

『旁通』名之，得名于〈文言〉『六爻發揮，旁通情也』。當虞翻用之，義取陰陽相反兩卦間之各種關係。來知德又取『錯』名之。故反復旁通與錯綜，今可兼用之。凡旁通之象以示陰陽相異，且六十四卦旁通成三十二對，于理易知。若反復之象，則六十四卦唯有『不衰』之八卦，合之有三十六對。僅八對僅含一卦，此外二十八對各含二卦。於反復之象，義取對同一事物用不同觀點加以認識，與旁通之認識事物及其反面實有不同之意義。」[17] 反復卦也就是來知德所謂的綜卦，綜卦即將卦象倒置來形成新的卦，所以綜卦間雖然有差異性，但是屬其內部的聯通。

清代易學家劉一明認為河圖蘊含相錯之理，而洛書則蘊含相綜之理，其《三易讀法》云：「『錯』者，各分其位也；『綜』者，總整一氣也。須要於河圖中究出陰陽相錯之理，於洛書中推出陰陽相合之理。」[18]

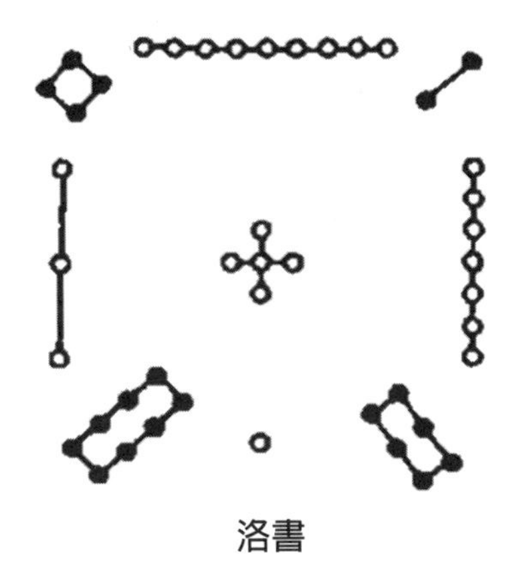

洛書

洛書相傳是大禹治水時，有神龜出洛河，其背有文：戴九履一，左三右七，二四為肩，六八為足，五居中央。洛書的數也與五行相配合，二四六八在五行分別為火、金、水、木，皆為陰五行，分居於四隅；一三七九在五行中分屬水、木、火、金，分居四正；五為土，位於中央。劉一明注洛書曰：

17　參見潘雨廷：《易學史發微》（上海：復旦大學出版社，2001 年）。

18　〔清〕劉一明：《易道闡真》（北京：宗教文化出版社，2016 年），頁 15。

「錯者，錯亂其位而不合也；綜者，綜整其數而成總也。」[19] 河圖注重的是錯，而洛書注重的是綜，綜即是達到一種統一性，這種統一性首先表現為數之間的統一，在洛書中八個方向上的數字相加皆為十五。洛書中的陰陽相合之理在於，一九相綜，即相合，則為陽金（九）生陽水（一），三七相綜，則為陽木（三）生陽火（七），二八相綜，則為陰木（八）生陰火（二），四六相綜，則為陰金（四）生陰水（六）。可見，在洛書中，相綜之後產生了一種一致性，也就是陰陽的一致。這種屬性的一致性與河圖中屬性的差異性形成了各自的特徵，所以，洛書的特徵在於綜，在於探尋不同的事物中的一致性。河圖重在相錯，造成差異性，洛書則重在相綜，造成一致性，這可以說是錯綜說最根本的兩個起源，同時也是中華審美文化的兩個重要的特徵，錯中有綜，綜中有錯。

具體到《紅樓夢》的批評領域，綜的思想也給我們很大的啟發。相綜探求的是不同人物之間的一致性與相通之處，在《紅樓夢》巨大的篇幅中，存在著不同敘事層次的不同人物，這些人物之間的聯繫並非是書中現實情節的聯繫，而存在著一種隱性的共通的聯繫，這種聯繫可以稱之為旁通。旁通本是易學中的術語，旁通與相綜在本質上是一致的，即是發掘不同類別事物可以相通的地方，在洛書中的表現即是處於不同位置的五行之間的相互依附和關照，在《周易》卦象中的表現即是「綜卦」或者「旁通卦」。前文已經說明「綜卦」即是將一個卦反過來所形成的卦，比如䷃〈蒙〉卦的綜卦即是䷄〈需〉卦，而旁通卦則是將一個卦的陰陽爻轉換成其對立面，即陰爻轉換成陽爻，陽爻轉換成陰爻，如䷝〈離〉卦的旁通卦為䷜〈坎〉卦。許多易學家認為綜卦或旁通卦之間存在著一定的意義關聯，在實際的易學闡釋中，這種關聯也確實存在，比如旁通卦之間經常出現同樣的爻辭。

這對我們研究《紅樓夢》文本有何價值呢？這個價值是非常巨大的。旁通理論的優勢在於它超越了個別性，超越了具體的人物和事件，超越了單個脈絡，而導向了一種共通性，將單個個體置於一種相互聯繫的整體之中，從

19　〔清〕劉一明：《易道闡真》（北京：宗教文化出版社，2016年），頁62。

而豐富了對個體的闡釋，也進一步加強了對總體的認知。可以說，旁通理論是易學的基礎理論，《周易》的六十四卦、三百八十四爻本身都是由一陰一陽不斷組合而來，所以其內部必然地存在著相互的聯繫和指涉，這種聯繫和指涉是《周易》的源頭活水，使其成為一個開放的不斷豐富的系統，而非一個固定的封閉的系統。同樣，旁通說在對《紅樓夢》文本的分析中，也有很強的指導作用。筆者認為，由錯綜說演化而來的旁通理論，是立象說和影身說的一個基礎，其基本觀念即是側重於超越個別的、一般的形象，而尋求不同的形象之間的相互關聯，在這種聯繫中尋求出其大意，尋求出書旨。下一節將以旁通理論闡釋元春和襲人這兩個在書中聯繫不緊密的形象的內在關聯，從而挖掘出《紅樓夢》對「孝」這個重要的儒家觀念的基本主張。

第五節　旁通理論對《紅樓夢》文本的內在闡釋舉例——以元春省親和襲人探親的旁通性入手

元春和襲人是《紅樓夢》中差異很大的兩個人物，在具體的文本中幾乎難以發現這兩個人物的具體交集，所以她們的聯繫也往往被忽略，但在旁通理論的作用下，我們還是可以發現這兩個人物深層次的突出聯繫，從而可以挖掘出作者對清朝的統治者的一些控訴。書中第十八回寫元春歸省，緊接的十九回即寫襲人回家探親，而描寫元春和襲人回家的景象則有天壤之別，本節的分析即是從元春和襲人探親的相通點著手，分析皇家規矩對人的摧殘。

一、元春簡述

賈元春居於「四春」之首，是賈政與王夫人之女，賈寶玉的長姊，初入宮作女史，後加封賢德妃，身分顯貴，後因病而亡，《紅樓夢》第五回仙曲中《恨無常》所云即是指元春，「喜榮華正好，恨無常又到，眼睜睜把萬事全拋，蕩悠悠把芳魂消耗。望家鄉路遠山高，故鄉爹娘夢裡來相告，兒命已入黃泉，天倫呵，須要退步抽身早。」元春早年即離家萬里，早夭而亡，其死因撲朔迷離。作者在描寫這個人物時首先側重的是「始」字，也就是她在書中多有開先的功用。

「元」字本身就有「始」的意思，〈乾〉卦卦辭「元，亨，利，貞」，也是「元」統其首，〈文言傳〉曰「元者，善之長也。」程頤注曰：「元亨利貞，乾之四德，在人則元者眾善之首也。」[20]《春秋公羊傳・隱公元年》曰：「元年，春王正月。元年者何？君之始年也，春者何？歲之始也。」[21]《周易・文言傳》：「元，始也。」可見「元春」二字都有「始」的意思。元春是一個開先的人物，其開先與她的生辰正相吻合，第二回「冷子興演說榮國府」云「第二胎生了一位小姐，生在大年初一，就奇了。不想次年又生了一位公子，說來更奇，一落胞胎，嘴裡便銜下一塊五彩晶瑩的玉來。」元春生在大年初一，正是一年之始。而且，賈家的盛極可以說是由元春省親而來，正似秦可卿托夢給王熙鳳時所說的「烈火烹油，鮮花著錦之盛」的非常喜事，正因這件喜事，大觀園才得以營造，也是元妃讓眾姊妹搬進大觀園，由此才有了大觀園中的種種悲歡離合，人間萬象，可以說元春在義理上是開闢了大觀園的局勢同時也決定了賈家的走向，元春尊貴則賈家尊貴，元春薨逝則賈家失勢。又，《春秋公羊傳・隱公元年》：「隱長又賢，何以不宜立？立適以長不以賢，立子以貴不以長。桓何以貴？母貴也。母貴則子何以貴？子以母貴，母以子貴。」[22] 子女因為母親而尊貴，母親也因子女的貴而尊貴，元春與王夫人的關係正是如此，元春得以選為嬪妃，是因為王家、賈家的聲勢，而更重要的，王夫人之所以在賈府中煞有聲威，則是恃於元春，尤其對比探春、賈環與趙姨娘這層關係更為明晰。可以說，元春的尊貴在賈家有一種「元統其首」的地位，大觀園中的一些重要事件的根本緣起皆可以追溯到元春。

---

[20] 〔宋〕程顥、程頤：《二程集》（北京：中華書局，2004 年），頁 699。

[21] 王維堤、唐書文：《春秋公羊傳譯注》（上海：上海古籍出版社，2004 年），頁 1。

[22] 王維堤、唐書文：《春秋公羊傳譯注》（上海：上海古籍出版社，2004 年），頁 2。

二、以「孝」為主題論元春省親的隱性內涵

第十六回載賈元春封為鳳藻宮尚書，加封賢德妃，省親之事便提上日程，省親的確定是從賈璉口中敘來：

> 鳳姐忙問道：「省親的事竟准了？」賈璉笑道：「雖不十分准，也有八九分了。」鳳姐笑道：「可是當今的恩典呢！從來聽書聽戲，古時候兒也沒有的。」趙嬤嬤又接口道：「可是呢，我也老糊塗了！我聽見上上下下吵嚷了這些日子，什麼省親不省親，我也不理論；如今又說省親，到底是怎麼個緣故呢？」（第十六回）[23]

> 賈璉道：「如今當今體貼萬人之心世上至大莫如『孝』字，想來父母兒女之性，皆是一理，不在貴賤上分的（著重號引者所加，下同。此處點出後文襲人探親的本旨）。當今自為日夜侍奉太上皇、皇太后，尚不能略盡孝意，因見宮裡嬪妃才人等皆是入宮多年，抛離父母，豈有不思想之理？且父母在家，思想女兒，不能一見，倘因此成疾，亦大傷天和之事。所以啟奏太上皇、皇太后，每月逢二六日期，准椒房眷屬入宮請候。於是太上皇、皇太后大喜，深贊當今至孝純仁，體天格物，因此二位老聖人又下諭旨，說椒房眷屬入宮，未免有關國體儀制，母女尚未能愜懷。竟大開方便之恩，特降諭諸椒房貴戚，除二六日入宮之恩外，凡有重宇別院之家，可以駐蹕關防者，不妨啟請內廷鑾輿入其私第，庶可盡骨肉私情，共享天倫之樂事。此旨下了，誰不踴躍感戴！現今周貴妃的父親已在家裡動了工，修蓋省親的別院呢。又有吳貴妃的父親吳天佑家，也往城外踏看地方去了。——這豈非有

23　〔清〕曹雪芹：《紅樓夢：三家評本》第十六回（上海：上海古籍出版社，2021年），頁257。

八九分了？」（第十六回）[24]

可見元春省親是因為「孝」字，《孝經》云：「夫孝，始於事親，中於事君，終於立身」[25]，賈妃可以說是能盡孝之人了，而且書中寫元春的地方處處有孝意，寫其思念父母，寫其對寶玉的長姊幼弟之情，足以動人。尤其寫賈妃修改寶玉題的匾額一段，尤其彰顯手足情深：

> 想賈府世代詩書，自有一二名手題詠，豈似暴富之家，竟以小兒語搪塞了事呢？只因當日這賈妃未入宮時，自幼亦係賈母教養。後來添了寶玉，賈妃乃長姊，寶玉為幼弟，賈妃念母年將邁，始得此弟，是以獨愛憐之。且同侍賈母，刻不相離。那寶玉未入學之先，三四歲時，已得元妃口傳教授了幾本書，識了數千字在腹中。雖為姊弟，有如母子。自入宮後，時時帶信出來與父兄說：「千萬好生扶養：不嚴不能成器，過嚴恐生不虞，且致祖母之憂。」眷念之心，刻刻不忘。前日賈政聞塾師贊他盡有才情，故于遊園時聊一試之，雖非名公大筆，卻是本家風味；且使賈妃見之，知愛弟所為，亦不負其平日切望之意。因此故將寶玉所題用了。（第十八回）[26]

元春修改對額中間插入這一段往日情事，有讓人通透的地方，也有讓人疑惑的地方，這一段表面是敘說賈妃省親時詩書望族的賈家卻用寶玉的小兒語的緣由，是因為元春與寶玉「雖為姊弟，有如母子」，往時曾經十分愛憐，口傳教授了幾本書，由此可見元春與寶玉手足情深，深合孝悌之道，《孝經・廣至德章》云：「教以孝，所以敬天下之為人父者也。教以悌，所

---

24 同上。

25 汪受寬：《孝經譯注》（上海：上海古籍出版社，2004年），頁2。

26 〔清〕曹雪芹：《紅樓夢：三家評本》第十八回（上海：上海古籍出版社，2021年），頁295。

以敬天下之為人兄者也」[27]。《禮記・表記》：「《詩》云：『凱弟君子，民之父母。』凱以強教之；弟以說安之。樂而毋荒，有禮而親，威莊而安，孝慈而敬。母，親而不尊；父，尊而不親。」[28]《大學》：「為人子，止於孝；為人父，止於慈。」[29]《禮記・禮運》：「何謂人義？父慈、子孝、兄良、弟弟、夫義、婦聽、長惠、幼順、君仁、臣忠十者，謂之人義。講信修睦，謂之人利。爭奪相殺，謂之人患。故聖人所以治人七情，修十義，講信修睦，尚辭讓，去爭奪，舍禮何以治之？飲食男女，人之大欲存焉；死亡貧苦，人之大惡存焉。故欲惡者，心之大端也。」[30]根據這些儒家經典的論述，可以說元春對寶玉的愛憐是符合儒家的基本義理的。

說元春「雖為姊弟，有如母子」，寫元春和寶玉有如母子，那寶玉與其母親王夫人的關係是如何呢？以旁通理論分析，實際上此語引出了寶玉與王夫人的關係，元春口傳教授了寶玉詩書，書中何曾有一言半語寫王夫人教寶玉讀書呢？前有在王夫人房中因金釧兒之事而備受韃笞，後有因為襲人納饞撵奪寶玉愛婢晴雯，最後乃至視兒婚姻為兒戲，行掉包之計，草草了事，王夫人可謂是背違人倫，《禮記・表記》云：「母，親而不尊；父，尊而不親。」[31]王夫人在子女下人面前處處為尊，為人愚苛，吃齋念佛，卻不辨忠奸，清代批評家涂瀛《紅樓夢贊》評價王夫人云：「人不可以有才，有才則自恃其才，則殺人必多；人尤不可以無才，無才而妄用其才，則殺人愈多，王夫人是也。王夫人情偏性執，信饞任奸，一怒而死金釧，再怒而死晴雯，死司琪，出芳官等於家，為稽其罪，蓋浮於鳳焉。」[32]王夫人的行為導致了金釧兒、晴雯等人的離世，這些事件對寶玉的影響可以說是極深的，王夫人不但與寶玉不親，而且聽信讒言，處處將寶玉逼往絕路，可謂是母德

27 汪受寬：《孝經譯注》（上海：上海古籍出版社，2004年），頁65。
28 楊天宇：《禮記譯注》（上海：上海古籍出版社，2004年），頁723。
29 楊天宇：《禮記譯注》（上海：上海古籍出版社，2004年），頁804。
30 楊天宇：《禮記譯注》（上海：上海古籍出版社，2004年），頁275。
31 楊天宇：《禮記譯注》（上海：上海古籍出版社，2004年），頁723。
32 一粟編：《紅樓夢資料彙編・上冊》（北京：中華書局，1964年），頁133。

盡失，在元春處提此一筆，可以說是為抨擊王夫人而來。元春時常帶信給父兄要對寶玉寬嚴得當，「不嚴不能成器，過嚴恐生不虞」，而賈政、王夫人的所為恰恰是與此背道而行，不是過於嚴苛，就是一任寬鬆，又加上襲人、麝月等人的攛掇，寶玉還學會了裝病，可以說元春的教誨歸於無用。

前文中賈璉說的一大段可謂是堂皇的公論，是寫聖上大開方便之門，是為了不讓人因思念而生疾，「宮裡嬪妃才人等皆是入宮多年，拋離父母，豈有不思想之理？且父母在家，思想女兒，不能一見，倘因此成疾，亦大傷天和之事」，但我們反觀第十八回「皇恩重元妃省父母」，一些深意還是值得我們注意的。

賈府為迎接元妃省親可以說是精心籌備，不但建造省親別墅，還採買樂女、尼姑、道姑，置辦樂器，彩燈花燭、各色帳幔、金銀銅錫、土木磚瓦搬運不歇，王夫人則日日忙亂，陳設各處古董，一直忙到十月裡。元春是奉旨定於正月十五日上元之日省親，但賈府的人十五日五鼓寅時就等在榮府大門外，靜悄悄無一人咳嗽地等待，可以想見賈母等人思念深切，籌備了如此長的時間，終於等到上元佳節，所以大清早就擺開排場等待元春歸省，這也是得益於聖上大開方便之門，以盡天倫之樂的善舉，但接下來是什麼結果呢？

> 街頭巷口，用圍幕擋嚴。正等的不耐煩，忽見一個太監騎著匹馬來了，賈政接著，問其消息。太監道：「早多著呢！未初用晚膳，未正還到寶靈宮拜佛，酉初進大明宮領宴看燈方請旨。只怕戌初才起身呢。」鳳姐聽了道：「既這樣，老太太和太太且請回房，等到了時候再來也還不遲。」於是賈母等自便去了。（第十八回）[33]

本回回名為「皇恩重元妃省父母」，皇恩是甚重的，結果賈府等人在寅時就等待，元妃需要戌初才能起身，中間還要完成宮中的兩件事，一是去寶

---

[33] 〔清〕曹雪芹：《紅樓夢：三家評本》第十八回（上海：上海古籍出版社，2021年），頁294。

靈宮拜佛，二是去大明宮領宴請旨，然後才能在戌初省親，然後賈妃是丑正三刻請駕回鑾，則可見賈妃一共在賈府待了三個時辰，這正是大開方便之門、盡骨肉之情、共享天倫之樂的樂事的實際情形。作者寫「賈母等自便去了」是十分乾淨的筆調，但其中賈母等人的心緒則溢於言表，作者寫「皇恩重」是用正筆寫，但皇恩到底有多重，從戌初進丑正回則分明看得出。這正是從賈璉口中說出的富麗堂皇的一段公論的實際情形。賈妃在這個三個時辰裡是怎麼享天倫樂的呢？試看十八回所描寫的賈妃的天倫樂：

其一，

> 至賈母正室，欲行家禮，賈母等俱跪止之。賈妃垂淚，彼此上前廝見，一手挽賈母，一手挽王夫人，三人滿心皆有許多話，但說不出，只是嗚咽對泣而已。[34]

其二，

> 半日，賈妃方忍悲強笑，安慰道：「當日既送我到那不得見人的去處，好容易今日回家，娘兒們這時不說不笑，反倒哭個不了，一會子我去了，又不知多早晚才能一見！」說到這句，不禁又哽咽起來。邢夫人忙上來勸解。賈母等讓賈妃歸坐，又逐次一一見過，又不免哭泣一番。然後東西兩府執事人等在外廳行禮。[35]

其三，

> 賈妃歎道：「許多親眷，可惜都不能見面！」王夫人啟道：「現有外親薛王氏及寶釵黛玉在外候旨。外眷無職，不敢擅入。」賈妃即請來

---

34 〔清〕曹雪芹：《紅樓夢：三家評本》第十八回（上海：上海古籍出版社，2021年），頁297。

35 同上。

相見。一時薛姨媽等進來，欲行國禮，元妃降旨免過，上前各敘闊別。[36]

其四，

又有賈政至簾外問安行參等事。元妃又向其父說道：「田舍之家，虀鹽布帛，得遂天倫之樂；今雖富貴，骨肉分離，終無意趣。」賈政亦含淚啟道：「臣草芥寒門，鳩群鴉屬之中，豈意得徵鳳鸞之瑞。今貴人上錫天恩，下昭祖德，此皆山川日月之精華，祖宗之遠德，鍾於一人，幸及政夫婦。且今上體天地生生之大德，垂古今未有之曠恩，雖肝腦塗地，豈能報效萬一！惟朝乾夕惕，忠於厥職。伏願聖君萬歲千秋，乃天下蒼生之福也。貴妃切勿以政夫婦殘年為念。更祈自加珍愛，惟勤慎肅恭以侍上，庶不負上眷顧隆恩也。」賈妃亦囑以「國事宜勤，暇時保養，切勿記念」。[37]

其五，

元妃聽了寶玉能題，便含笑說道：「果進益了。」賈政退出。元妃因問：「寶玉因何不見？」賈母乃啟道：「無職外男，不敢擅入。」元妃命引進來。小太監引寶玉進來，先行國禮畢，命他近前，攜手攬於懷內，又撫其頭頸笑道：「比先長了好些。」一語未終，淚如雨下。

其六，

眾人謝恩已畢，執事太監啟道：「時已丑正三刻，請駕回鑾。」元妃

---

36 同上。

37 〔清〕曹雪芹：《紅樓夢：三家評本》第十八回（上海：上海古籍出版社，2021年），頁298。

不由的滿眼又滴下淚來，卻又勉強笑著，拉了賈母王夫人的手不忍放，再四叮嚀：「不須記掛，好生保養！如今天恩浩蕩，一月許進內省視一次，見面盡容易的，何必過悲？倘明歲天恩仍許歸省，不可如此奢華糜費了。」賈母等已哭的哽噎難言。元妃雖不忍別，奈皇家規矩違錯不得的，只得忍心上輿去了。這裡眾人好容易將賈母勸住，及王夫人攙扶出園去了。（以上皆引自第十八回）[38]

文中寫賈妃歸省除了題詩賦一段寫賈妃稱讚寶玉詩賦長進，以及賜物處沒有明寫，其他處每每寫賈妃哭啼，而且寶玉與眾姐妹作詩處實際上重寫黛玉和寶釵，別有他用。可見凡寫賈妃處，皆有不忍之憂，尤其上文所引六處，國禮為重，乃至悖亂人倫，父女之間變成臣奏，唯有嗚咽對泣。可以說，這樣的省親，無異於是殺元春。既然名為省親，卻僅僅歸家三個時辰，既然歸家三個時辰，卻不能共敘天倫之樂，而要處處遵循國禮，乃至父親跪奏女兒，說些無關痛癢的官話，乃至對於「有如母子」的寶玉，竟有「無職外男，不敢擅入」的托詞，這哪裡是省親呢？這樣的悖亂人倫的省親實際上乃是元春病死之由。詳見本書第七章「子尊不加於父母」之義。

元妃省親後在後文中皆沒有正面出場，直到第八十三回寫元春染恙，這一回寫探望元春可以看做是元春歸省的複本，賈母等人前去探望，作者也是重寫「國家制度」、「國禮」。這次賈母等人是「辰巳時進去，申酉時出來」，也是三個時辰，這次探望是何情形呢？

其一，

且說賈家的車輛轎馬俱在外西垣門後歇下等著。一會兒，有兩個內監出來，說道：「賈府省親的太太奶奶們著令入宮探問。爺們俱著令內

[38] 〔清〕曹雪芹：《紅樓夢：三家評本》第十八回（上海：上海古籍出版社，2021年），頁306。

宮門外請安，不得入見。」[39]

其二，

鳳姐正要站起來回奏，只見一個宮女傳進許多職名，請娘娘龍目。元妃看時，說是賈赦賈政等若干人。那元妃看了職名，心裡一酸，止不住早流下淚來。宮女兒遞過絹子，元妃一面拭淚，一面傳諭道：「今日稍安，令他們外面暫歇。」賈母等站起來，又謝了恩。元妃含淚道：「父女弟兄，反不如小家子得以常常親近。」[40]

其三，

元妃又問：「寶玉近來若何？」賈母道：「近來頗肯念書。因他父親逼得嚴緊，如今文字也都做上來了。」元妃道：「這樣才好。」遂命外宮賜宴。便有兩個宮女兒，四個小太監，引了到一座宮裡。已擺得齊整，各按坐次坐了。不必細述。一時吃完了飯，賈母帶著他婆媳三人，謝過宴。又耽擱了一回，看看已近酉初，不敢羈留，俱各辭了出來。（以上皆出自第八十三回）[41]

元春染恙生病，賈母等人進去探望也是受到皇家規矩重重的阻礙，不得親近，而且元妃反復申言：「父女弟兄，反不如小家子得以常常親近」，這在元妃省親之時也曾說：「田舍之家，虀鹽布帛，得遂天倫之樂；今雖富貴，骨肉分離，終無意趣」，這確實是元春對自己命運的控訴。省親卻不能

---

[39] 〔清〕曹雪芹：《紅樓夢：三家評本》第十八回（上海：上海古籍出版社，2021年），頁1476。

[40] 〔清〕曹雪芹：《紅樓夢：三家評本》第十八回（上海：上海古籍出版社，2021年），頁1477。

[41] 同上。

親近，反而處處受到規矩的束縛，這樣能見卻不能愛，思念卻不能見，見卻不能長久，這可以說是元春致病的根由，此次賈母的探親無異於加重了元春的速死。作者用如此隱性的筆調寫出來，是對前文中賈璉所云「如今當今體貼萬人之心世上至大莫如『孝』字」的一種控訴和揭露。

第九十五回寫元妃薨逝，「賈母王夫人遵旨進宮，見元妃痰塞口涎，不能言語。見了賈母，只有悲泣之狀，卻沒眼淚。賈母進前請安，奏些寬慰的話。少時賈政等職名遞進，宮嬪傳奏，元妃目不能顧，漸漸臉色改變。」可見其悲慘的情狀已近黃泉末路，「十八日立春，元妃薨日，是十二月十九日，已交卯年寅月，存年四十三歲。」可以說元春即是在不能盡孝中慘死，書中對其一生的正面描寫都充滿了悲戚。

作者寫元春處處提及孝道，但筆下卻處處寫皇家規矩對盡孝的阻礙，對人倫的悖逆，元春可以說是那個時代皇家規矩的犧牲品。同時，作者通過賈璉說出聖上大開方便之門的善舉，卻又細筆寫出省親探望受到皇家規矩的束縛，不但不能盡天倫之樂，反而引發出元春的悲哀，進而得病。所以元春這個人物的設定實際上是作者來抨擊清朝實行的以孝治天下，是「假」孝。

並且，《紅樓夢》中屢屢寫賈家不能盡孝。《尚書・舜典》云「敬敷五教在寬」[42]，解者謂，教父以義，教母以慈，教兄以友，教弟以恭，教子以孝。賈府中賈敬、賈敷之名就是由「敬敷五教」而來，但賈府中不能盡孝卻是個大問題，元春只是顯露了問題的一面。賈寶玉與賈環相互憎惡，甚至故意毒害，是不能教兄以友，教弟以恭。賈環潑燈油到賈寶玉的臉上，寶玉向來不喜歡賈環。兄弟之間，手足相傷。賈寶玉在元春薨逝之後，依然以沖喜之名娶親，而前有元春「有如母子」，可見是倒行逆施了，是不孝之至。王熙鳳也不能盡到兒媳的孝，只會一味地取悅賈母，而與邢夫人互相慪氣。賈母也是偏心的人。探春也不孝，為了才幹與聲名，是毫不顧戀趙姨娘的生母之恩，毫不顧念與賈環的手足之情，趙姨娘說得好：

---

[42] 李民、王健：《尚書譯注》（上海：上海古籍出版社，2004 年），頁 12。

趙姨娘道：「你們請坐下，聽我說。我這屋裡熬油似的熬了這麼大年紀，又有你兄弟，這會子連襲人都不如了，我還有什麼臉？連你也沒臉面，別說是我呀。」探春笑道：「原來為這個，我說我並不敢犯法違禮。（第五十五回）[43]

……誰叫你拉扯別人去了？你不當家，我也不來問你。你如今現在說一是一，說二是二！如今你舅舅死了，你多給了二三十兩銀子，難道太太就不依你？分明太太是好太太，都是你們尖酸克薄！可惜太太有恩無處使！——姑娘放心：這也使不著你的銀子，明日等出了閣，我還想你額外照看趙家呢！如今沒有長翎毛兒就忘了根本，只『揀高枝兒飛』去了。」探春沒聽完，氣的臉白氣噎，越發嗚嗚咽咽的哭起來。（第五十五回）[44]

探春的說辭所依據的也是所謂的王法規矩和禮儀制度，來與趙姨娘的情理相對抗，可以說這些線索都是作者對「情」與「禮」的衝突的深刻反思和集中體現，是書中充滿深刻的矛盾的地方，也表現出作者對那個時代的道德與禮法衝突的控訴，這是作者處心積慮隱在暗處的看法，其中可能包含了一定的民族情結，但也是對清朝統治的虛偽性的一個隱性的揭露，尤其趙姨娘說出「我這會子連襲人都不如了」，是對那個時代的極端諷刺。

總之，元春的孝正適以殺死元春，元春的悲劇在於不能盡孝，省親不但沒有盡孝，反而把孝心激發起來卻不能以正常的合理的方式來施行，從而更加鬱結，欲孝而不能正是元春的心病，而這一切都是因為皇家制度的束縛，所以元春重病後說「父女弟兄，反不如小家子常常親近」。

---

43 〔清〕曹雪芹：《紅樓夢：三家評本》第十八回（上海：上海古籍出版社，2021年），頁963。

44 〔清〕曹雪芹：《紅樓夢：三家評本》第十八回（上海：上海古籍出版社，2021年），頁964。

三、由元春省親旁通襲人探親

第十八回寫元春省親，第十九回即寫襲人回家探母，這其中存在著某種關聯，第十六回賈璉在言及省親時曾說「如今當今體貼萬人之心，世上至大莫如『孝』字，想來父母兒女之情，皆是一理，不在貴賤上分的」[45]，尤其是「不在貴賤上分的」這一句是深有寓意，既然此番省親事是從元春身邊說出，又何來「貴賤」之分呢？不在貴賤上分則明明引出襲人回家探母。而且在元春省親時曾說：「田舍之家，虀鹽布帛，得遂天倫之樂；今雖富貴，骨肉分離，終無意趣。」天倫之樂是在田舍之家，但這番景象又是怎樣的呢？十八回寫「皇恩重元妃省父母」，十九回緊接著寫襲人回家探望，展現出田舍之家的天倫之樂，作者的安排可謂是章法嚴謹，是在旁通中透出深意，接下來我們看第十九回寫襲人回家作為小家子探親是何景象：

> 話說賈妃回宮，次日見駕謝恩，並回奏歸省之事。龍顏甚說，又發內帑彩緞金銀等物以賜賈政及各椒房等員，不必細說。且說榮寧二府中連日用盡心力，真是人人力倦，各各神疲……偏這一早，襲人的母親又親來回過賈母，接襲人家去吃年茶，晚上才得回來。[46]

> 茗煙道：「就近地方誰家可去？這卻難了。」寶玉笑道：「依我的主意，咱們竟找花大姐姐去，瞧他在家作什麼呢。」茗煙笑道：「好！好！倒忘了他家。」又道：「他們知道了，說我引著二爺胡走，要打我呢。」寶玉道：「有我呢！」茗煙聽說，拉了馬，二人從後門就走了。幸而襲人家不遠，不過一半里路程，轉眼已到門前。茗煙先進去叫襲人之兄花自芳。此時襲人之母接了襲人與幾個外甥女兒幾個侄女

45 〔清〕曹雪芹：《紅樓夢：三家評本》第十六回（上海：上海古籍出版社，2021年），頁257。

46 〔清〕曹雪芹：《紅樓夢：三家評本》第十八回（上海：上海古籍出版社，2021年），頁311。

兒來家，正吃果茶。[47]

襲人的母親也早迎出來了。襲人拉著寶玉進去。寶玉見房中三五個女孩兒，見他進來，都低了頭，羞的臉上通紅。花自芳母子兩個恐怕寶玉冷，又讓他上炕，又忙另擺果子，又忙倒好茶。襲人笑道：「你們不用白忙，我自然知道，不敢亂給他東西吃的。」一面說，一面將自己的坐褥拿了來，鋪在一個杌子上，扶著寶玉坐下，又用自己的腳爐墊了腳，向荷包內取出兩個梅花香餅兒來，又將自己的手爐掀開焚上，仍蓋好，放在寶玉懷裡，然後將自己的茶杯斟了茶，送與寶玉。[48]

寶玉看見襲人兩眼微紅，粉光融滑，因悄問襲人道：「好好的哭什麼？」襲人笑道：「誰哭來著？才迷了眼揉的。」因此便遮掩過了。[49]

襲人笑道：「悄悄兒的罷！叫他們聽著什麼意思？」一面又伸手從寶玉項上將通靈玉摘下來，向他姊妹們笑道：「你們見識見識。時常說起來都當稀罕，恨不能一見，今兒可盡力兒瞧瞧。再瞧什麼稀罕物兒，也不過是這麼著了。」說畢遞與他們，傳看了一遍，仍與寶玉掛好。（以上皆引自第十九回）[50]

作者十分巧妙地說：「偏這一早，襲人的母親又親來回過賈母，接襲人家去吃年茶，晚上才得回來。」便將元春省親與襲人探親巧妙地結合起來。

---

[47] 〔清〕曹雪芹：《紅樓夢：三家評本》第十八回（上海：上海古籍出版社，2021年），頁313。

[48] 〔清〕曹雪芹：《紅樓夢：三家評本》第十八回（上海：上海古籍出版社，2021年），頁314。

[49] 〔清〕曹雪芹：《紅樓夢：三家評本》第十八回（上海：上海古籍出版社，2021年），頁315。

[50] 同上。

而且寶玉去襲人家一段恰恰是從賈璉口中的當今聖上體貼萬人之心，世上莫大於孝字而來，前寫元春歸省是帝王氣象，寫得正正經經、條貫分明，從而言之是寫「貴」族之家中的孝。今寫襲人回家探望寫的是平常之家中的孝，文筆莞爾輕鬆，娓娓敘來，正似家常之事，而且作者並不用正筆寫，而是從寶玉頑皮聽茗煙的主意而來，是全從寶玉身邊寫出，但襲人回家的探望之情卻十分寓目，是十分暖意融融的小家子相聚的情形。尤其寫房中三五個女孩子見寶玉進來都羞得臉通紅，襲人的母兄侍候寶玉，擺了滿滿的一桌子果品，襲人拿著寶玉的稀罕物通靈寶玉給姊妹們看時的輕鬆，可以說這一切與元春歸省形成了鮮明的對比，拋開襲人本身的品性不論，襲人回家探望體現的是儒家的原本的孝，這裡沒有種種的帝王規矩，也沒有元春那麼多的眼淚和遺憾，而寫襲人的哀切也僅僅是兩眼微紅，可以說是中和平淡。小家子中的暖意融融的暢快與元春歸省時的浮於排場而疏於真情的歸省可以說有天壤之別。而且，襲人歸省是從早上去，至晚上回來，歷時一天，而元春本也是一天，卻因公務落得只有晚上的三個時辰。

孝本於一理，本不應有貴賤的分別，卻在施行上有著這樣的天壤之別，在根本上這也是書中討論的「真假」問題的一個方面，聖上大言侃侃地說出提倡孝道，但在具體的施行上卻是王法規矩讓盡孝歸於無力，最終這樣的假孝葬送了元春的身家性命，這是真轉為假。相反，在以襲人為代表的小家子中，包括劉姥姥、惜春丫鬟、柳家等小家子，孝道卻在一定程度上得以施行，治大國如烹小鮮，這種悖反值得我們深入的思考。

同時，元春病重有賈母等人的探望，寫襲人處也有其母病重，襲人回家探望，事在第五十一回：

> 冬日天短，覺得又是吃晚飯時候，一齊往前頭來吃晚飯。因有人回王夫人說：「襲人的哥哥花自芳，在外頭回進來說，他母親病重了，想他女兒。他來求恩典，接襲人家去走走。」王夫人聽了，便說：「人家母女一場，豈有不許他去的呢。」一面就叫了鳳姐來告訴了，命他酌量辦理。鳳姐兒答應了，回至屋裡，便命周瑞家的去告訴襲人原

故。吩咐周瑞家的：「再將跟著出門的媳婦傳一個，你們兩個人，再帶兩個小丫頭子，跟了襲人去。分頭派四個有年紀的跟車。要一輛大車，你們帶著坐，一輛小車，給丫頭們坐。」周瑞家的答應了，才要去，鳳姐又道：「那襲人是個省事的，你告訴說我的話：叫他穿幾件顏色好衣裳，大大的包一包袱衣裳拿著，包袱要好好的，拿手爐也拿好的。臨走時，叫他先到這裡來我瞧。」周瑞家的答應去了。（第五十一回）[51]

襲人母病重，他哥哥花自芳來接襲人，王夫人、鳳姐恰恰此時都是知禮的，尤其鳳姐讓襲人好好裝扮一番，還讓襲人帶了許多好衣裳等物，最終襲人的打扮是「頭上戴著幾枝金釵珠釧，倒也華麗，又看身上穿著桃紅百花刻絲銀鼠襖，蔥綠盤金彩繡錦裙，外面穿著青緞灰鼠褂」，可以說襲人是華麗了。王熙鳳此時非常慷慨，說是為了體面：

鳳姐兒笑道：「太太那裡想的到這些？究竟這又不是正經事。再不照管，也是大家的體面；說不得我自己吃些虧，把眾人打扮體統了，寧可我得個好名兒也罷了。一個一個『燒糊了的卷子』似的，人先笑話我，說我當家倒把人弄出個花子來了。」眾人聽了，都歎說：「誰似奶奶這麼著聖明，在上體貼太太，在下又疼顧下人。」（第五十一回）[52]

王熙鳳對一婢襲人如此注意禮數，似乎是深明孝道的，但看她對尤二姐是如何呢？王熙鳳並不是不知禮，她深明禮義，她只是用禮來徇私，而且寫她對一個蛇蠍心腸的襲人如何禮周，是一種莫大的諷刺。襲人喪母的事一直

---

51 〔清〕曹雪芹：《紅樓夢：三家評本》第十八回（上海：上海古籍出版社，2021年），頁 884。引文從他本校改。

52 〔清〕曹雪芹：《紅樓夢：三家評本》第十八回（上海：上海古籍出版社，2021年），頁 885。

連寫了將近四回，線索是一點點地透露出：

> 寶玉道：「藥氣比一切的花香還香呢。神仙采藥燒藥，再者高人逸士采藥治藥，則妙的一件東西。這屋裡我正想各色都齊了，就只少藥香，如今恰全了。」一面說，一面早命人煨上。又囑咐麝月打點些東西，叫個老嬤嬤去看襲人，勸他少哭。一一妥當，方過前邊來賈母王夫人處請安吃飯。（第五十一回）[53]

> 寶玉因讓諸姐妹先行，自己在後面。黛玉便又叫住他，問道：「襲人到底多早晚回來？」寶玉道：「自然等送了殯才來呢。」黛玉還有話說，又不能出口，出了一回神，便說道：「你去罷。」（第五十二回）[54]

> 襲人送母殯後，業已回來，麝月便將墜兒一事，並「晴雯攆逐出去，也曾回過寶玉」等語，一一的告訴襲人。襲人也沒說別的，只說：「太性急了。」（第五十三回）[55]

> 寶玉又見襲人常常思母含悲，晴雯又未大愈：因此詩社一事，皆未有人作興，便空了幾社。當下已是臘月，離年日近，王夫人和鳳姐兒治辦年事。王子騰升了九省都檢點，賈雨村補授了大司馬，協理軍機，參贊朝政，不提。（第五十三回）[56]

---

53 〔清〕曹雪芹：《紅樓夢：三家評本》第十八回（上海：上海古籍出版社，2021年），頁893。

54 〔清〕曹雪芹：《紅樓夢：三家評本》第十八回（上海：上海古籍出版社，2021年），頁907。

55 〔清〕曹雪芹：《紅樓夢：三家評本》第十八回（上海：上海古籍出版社，2021年），頁922。

56 同上。

襲人探母從五十一回一直夾敘到五十四回，襲人母亡後從寶玉眼中寫出襲人「常常思母含悲」，這一筆可謂力重千鈞，襲人在書中可以說是一個十足的奸人了，清代很多批評家通通指斥襲人，說其蛇蠍心腸，向王夫人進納讒言，從而有晴雯之死，受寶釵的拉攏，明明深知寶玉黛玉之間不可分割，卻背主不言，最終使寶黛一死一亡，乃至最終不令其死，而是讓襲人改嫁下賤的優伶來汙之，可以說書中很多憤恨之筆都寫在了襲人身上，但縱使其如此，尚且在母死之後「常常思母含悲」，反觀賈府中的人呢？不禁令人唏噓，賈敬死後，賈璉熱孝在身，受賈蓉挑唆，居然偷娶尤二姨，何嘗有半點憂戚之心呢？賈元春薨逝後，賈府居然以沖喜之名給寶玉娶親，悖禮亂常，又何嘗有點敬畏之心呢？秦可卿死後，無一筆寫賈蓉憂戚，或因秦氏壞禮，情有可原。看賈府這些子弟的作為，可謂是不孝之甚！所以書中第一回開宗明義就說「昨日黃土隴頭送白骨，今宵紅綃帳底臥鴛鴦」，寫一襲人尚且思母含悲，是痛斥賈府裡的人良心喪盡，人欲遮天。

四、由論孝看元春與襲人的奴才身分

元春與襲人在歸省與回家探親這一點上形成了共通點，成為在書中可以聯結的地方，並且從襲人探親的對比中，看出元春本身的悲劇性，通過對襲人喪母的描寫也在反面映透出對賈府眾人不能盡孝的諷刺。

但是元春與襲人的相通之處並不只是局限在探親和盡孝這一點上，而是存在著更深層次的共通，那就是兩個人的身分在不同層面上都是「奴才」，元春是宮廷中的奴才，而襲人則為賈府中的奴才，而這一點是在旁通理論介入後發覺並顯明出來的。這就猶如錯綜說中的相錯導致兩個人物產生差異性，但是相綜又導致兩個人物產生共通性，這種共通性進一步導向可以通過從對襲人的描寫聯想到元春本身的境遇。

奴才的說法首先在賈母口中提出，是因為襲人喪母熱孝在身，不能去看戲，賈母便說出主子與奴才的論斷，這是其中的一點。另一點則是反觀賈府中其他的人，何曾因為熱孝在身而有所收斂和顧忌呢？先看賈母點明主奴的問題：

當下天有二鼓，戲演的是《八義・觀燈》八齣……賈母因說：「襲人怎麼不見？他如今也有些拿大了，單支使小女孩兒出來。」王夫人忙起身笑說道：「他媽前日沒了，因有熱孝，不便前頭來。」賈母點頭，又笑道：「跟主子，卻講不起這孝與不孝。要是他還跟我，難道這會子也不在這裡？這些竟成了例了。」鳳姐兒忙過來笑回道：「今晚便沒孝，那園子裡頭也須得看著燈燭花爆，最是擔險的。這裡一唱戲。園子裡的誰不來偷瞧瞧，他還細心，各處照看。況且這一散後，寶兄弟回去睡覺，各色都是齊全的。若他再來了，眾人又不經心，散了回去，鋪蓋也是冷的，茶水也不齊全，便各色都不便宜，自然我叫他不用來。老祖宗要叫他來，我就叫他就是了。」（第五十四回）[57]

前一段從賈璉口中敘出當今聖上以孝治國，「如今當今體貼萬人之心世上至大莫如『孝』字，想來父母兒女之性，皆是一理，不在貴賤上分的」，當時賈璉可以說出不在貴賤上分，是主孝本無貴賤，則說這句話時襲人也在其中，而此處又從賈母口中說出「跟主子，卻講不起這孝與不孝」，這一句話可謂是如雷貫耳，與賈璉所說的孝不分貴賤針鋒相對，這裡面大有深意。「主子」、「奴才」兩語在清朝有重要的內涵，蔡元培《石頭記索隱》云：

第三十一回：「……翠縷道：『怎麼東西都有陰陽，咱們人倒沒有陰陽呢？』又道：『知道了，姑娘是陽，我就是陰。』又道：『人家說主子為陽，奴才為陰，我連這個大道理也不懂得。』」是男為陽，主子亦為陽；女為陰，奴才亦為陰。本書明明揭出清制，對於君主，漢人自稱奴才，漢人自稱臣。臣與奴才，並無二義。（《說文解字》臣字象屈服之形，是古義亦然。）以民族之對待言之，征服者為主，被

57　〔清〕曹雪芹：《紅樓夢：三家評本》第十八回（上海：上海古籍出版社，2021年），頁939。

征服者為奴。本書以男女影清漢以此。[58]

可見，清朝統治者自稱主子，而漢人自稱奴才，作者借賈母之口說出「跟主子，卻講不起這孝與不孝」，則是明明揭露出清朝的統治政策，表面上是如賈璉所說體貼萬人之心，世上莫大如孝字，但實際在施行的時候卻是認為奴才講不起孝與不孝，看元春省親時的層層阻礙與悲戚，則可見清朝的以孝治國是值得疑問的。這只是清朝的一個方面，蔡元培《石頭記索隱》開篇所云即極有見地：

甄士隱即真事隱，賈雨村即假語存，盡人皆知。然作者深信正統之說，而斥清室為偽統，所謂賈府，即偽朝也。其人名如賈代化、賈代善，謂偽朝之所謂化、偽朝之所謂善也。賈政者，偽朝之吏部也。賈斂、賈敬，偽朝之教育也。（《書》曰「敬斂五教」。）賈赦，偽朝之刑部也。[59]

孝的失力從賈璉與賈母的言辭差異中顯出來，尤其寫襲人這樣的身分卑微的人物尚且有孝行，來從反面寫賈家的人物不孝之甚。

襲人與元春雖然判然有別，但卻在書中論孝這一個旨意上密切地聯繫在一起，並且元春與襲人在身分上具有某種共通性。元春是以漢人的身分選進宮中作女史，本質上是宮中的「奴才」，而襲人則是以小家子人的身分進賈府中當丫鬟，也就是賈母口中說的「奴才」，可見元春與襲人都具有奴才的身分。寫兩人歸省亦或是探親也往往具有相合之處，元春歸省時帶來了許多的綺羅珠寶，襲人母親病重時王熙鳳為襲人裝扮了較為豐厚的衣飾，讓襲人不失體面。可以說襲人與元春在這一層上是極為相近的。

但是襲人作為奴才的身分是可以脫離的，襲人作為奴才曾對寶玉說有贖

58 高平叔編：《蔡元培全集・第三卷》（北京：中華書局，1984 年），頁 77。

59 高平叔編：《蔡元培全集・第三卷》（北京：中華書局，1984 年），頁 76。

回去的話：

> 襲人道：「我今兒聽見我媽和哥哥商量，教我再耐一年，明年他們上來就贖出我去呢。」寶玉聽了這話，越發忙了，因問：「為什麼贖你呢？」襲人道：「這話奇了！我又比不得是這裡的家生子兒，我們一家子都在別處，獨我一個人在這裡，怎麼是個了手呢？」寶玉道：「我不叫你去也難哪！」襲人道：「從來沒這個理。就是朝廷宮裡，也有定例，幾年一挑，幾年一放，沒有長遠留下人的理，別說你們家！」（第十九回）[60]

奴才與主子的問題是深可思考的，襲人的奴才身分是可以脫離的，而且襲人說我一個人是奴才就罷了，難道我的親戚都是奴才不成？襲人這句氣憤之語內涵極為深刻，蘊含著濃烈的民族主義的隱喻，清朝入關之後，按蔡元培所說，漢人都成為奴才，而襲人是堂堂地說出可以不做奴才，而反觀清朝的漢人呢？他們是別無選擇，竟不如一個襲人，所以清朝統治者屢屢禁《紅樓夢》是有其考慮的。

元春省親和襲人探母的錯綜相通可以說較為典型，但書中這樣的例子實際很多。賈蓉借王熙鳳屏風、秦可卿喪禮二事內中錯雜賈瑞一事，實際亦是錯綜手法典型的運用。第六回劉姥姥一進榮國府，在劉姥姥開口的間歇，賈蓉來向王熙鳳借炕屏，鳳姐答應之後又轉念一想叫「蓉兒回來」，此中又說沒精神、晚飯後過來。實際上作者之筆遮遮掩掩，內中也不知是何事。後來鳳姐設相思局制賈瑞則令賈蓉、賈薔去捉弄賈瑞。評點家多認為此並非光明之事，而鳳姐令此二人去，實是暗寓其關係。且焦大一罵「爬灰的爬灰，偷小叔子的偷小叔子」，鳳姐捉弄賈瑞一事後面所映襯的大事則是秦可卿與賈珍，故而此一大章節兩人為情色亡命——賈瑞、秦可卿。作者此種穿插實是

---

60 〔清〕曹雪芹：《紅樓夢：三家評本》第十八回（上海：上海古籍出版社，2021年），頁318。

揭示書中「風月寶鑑」的本旨，即譏刺倫常崩壞。作為倫理關係中甚為刻重的父子倫常（賈珍、賈蓉父子聚麀）、叔嫂倫常在人欲的作用下徹底崩壞，這實際上是《紅樓夢》一書力在指斥倫常崩壞的內涵，而這種內涵的表露則是運用了錯綜的筆法。

綜上可見，正是依靠錯綜說的介入，元春省親與襲人探親、賈蓉借屏風與王熙鳳設局諸事才在相比較、相通的意義上取得聯繫，並進而讓隱藏在文本間的義理得以顯露出來，這正是通過錯綜理論對文本內在義理進行的有利的闡發。總的來說，由評點派紅學衍發而來的錯綜說實際上以一種交融互通的文本觀念來分析《紅樓夢》，對於提取線索繁複的小說脈絡中的隱藏義理頗具有助益。但是，錯綜理論應在充分的文本考察的基礎上適度地運用，避免過度的、無根據的運用，這樣才能充分、合理地利用錯綜理論發掘《紅樓夢》內中所蘊的「微言大義」。總而言之，錯綜說對於推進《紅樓夢》的義理研究具有方法論上的意義。

第四章　影身說

影身在評點紅學中具有重要的作用，一般認為影身即是與主要人物有緊密關聯的次要人物，並且在各個方面如性格、與周圍人關係方面都與其「本身」具有相關性，如清代的紅學評點派就屢次指明晴雯為黛玉之影身，而襲人為寶釵之影身，因為賈寶玉身邊的這兩個重要的丫鬟在情性舉止方面都與黛玉和寶釵有類同之處。而且，張新之在其批評中指出了全書的一個大章法，就是寫黛玉之後必然接寫寶釵，或者寶釵的影身襲人；寫完寶釵之後必然接寫黛玉，或者黛玉的影身，晴雯。所以，影身是一種非常有趣的文學現象，它在一定程度上使篇章結構變得豐富多彩。影身說一章主要分析影身理論的基本內涵及其主要來源在於易學中的〈說卦傳〉、卦變和互體。影身說是承繼立象說而來，可以說影身是「象」的一種。

第一節　影身說的文本現象與其基本內涵

〈繫辭傳・下〉云：「古者包羲氏之王天下也，仰則觀象於天，俯則觀法於地，觀鳥獸之文，與地之宜，近取諸身，遠取諸物，於是始作八卦，以通神明之德，以類萬物之情。」八卦的形成是仰觀俯察的結果，這個過程正是一個歸納的過程，也就是通過體察萬物而尋找其特徵，也就是「類萬物之情」。通過對萬物之情進行歸類，形成了〈說卦傳〉中八卦的義象：「乾，健也；坤，順也；震，動也；巽，入也；坎，陷也；離，麗也；艮，止也；兌，說也。」通過這個義象的統合而獨立的個體因為意義相通而與八卦聯繫起來，同時分屬同類的個體也彼此聯繫，所以〈說卦傳〉云：「乾為天、為圜、為君、為父、為玉、為金、為寒、為冰、為大赤、為良馬、為瘠馬、為駁馬、為木果。坤為地、為母、為布、為釜、為吝嗇、為均、為子母牛、為大輿、為文、為眾、為柄、其於地也為黑。」這個思想指導我們分析《紅樓夢》中不同的人物、不同的物的形象之間的相通之處，如晴雯為黛玉之影身，晴雯和黛玉從單獨的個體上來看並不相通，但是從深層次的意義層面卻可以相通，這個相通的依據就是義象的相通，可以表現在兩者的品性上，也可以表現在與周圍人的關係上。

具體到《紅樓夢》中的影身說，張新之在〈紅樓夢讀法〉中云：「是書敘釵、黛為比肩，襲人、晴雯乃二人影子也。凡寫寶玉同黛玉事蹟，接寫者必是寶釵；寫寶玉同寶釵事蹟，接寫者必是黛玉。否則用襲人代釵，用晴雯代黛。間有接以他人者，而仍必不脫本處，乃一絲不走，牢不可破，通體大章法也。」[1] 張新之在批語中也經常運用影身說，認為黛玉有六個影身，全書的大章法就是寫完黛玉接寫寶釵，或者是用彼此的影身來代替。

涂瀛在《紅樓夢問答》對書中的影身進行了相對全面的敘述：

> 或問：「《紅樓夢》寫寶釵如此，寫襲人亦如此，則何也？」曰：「襲人，寶釵之影子也。寫襲人，所以寫寶釵也。」
> 或問：「《紅樓夢》寫黛玉如彼，寫晴雯亦如彼，則何也？」曰：「晴雯，黛玉之影子也。寫晴雯，所以寫黛玉也。」
> 或問：「寶玉與黛玉有影子乎？」曰：「有。地藏庵拆散之婚姻，則遠影也；賈薔之於齡官，則近影也。潘又安之於司棋，則有情影也；柳湘蓮之於尤三姐，則無情影也。」
> 或問：「藕官是誰影子？」曰：「是林黛玉銷魂影子。」
> 或問：「齡官是誰影子？」曰：「是林黛玉離魂影子。」
> 或問：「傻大姐是誰影子？」曰：「是醉金剛影子。」[2]

1 一粟編：《紅樓夢資料彙編．上冊》（北京：中華書局，1964 年），頁 155。
2 一粟編：《紅樓夢資料彙編．上冊》（北京：中華書局，1964 年），頁 143。

影身說在根本上是揭示了書中不同人物之間的深層聯繫和相通之處，它表明書中的人物不只是單個相互隔絕的個體，更是具有內部聯繫的整體。影身在創作中表明了人物乃至事件的層級性，不同的人物和事件處於不同的層級上，有的處於本源的位置，有的則處於依附於本源的位置，按照立象說的觀念，就是同一個意在不同的象上的分別體現。影身是本體的延伸，它之所以能延伸的依據在於影身與本體在意義上是相通的，也就是涂瀛所說的「寫寶釵如此，寫襲人亦如此」，以及「寫黛玉如彼，寫晴雯亦如彼」，這就是構造本體的象與構造影身的象時傾注了一樣的意義，這就類同於〈說卦傳〉中所列舉的八卦的本象與延伸的象。只要意義上相通的，則可以構造出多個影身，所以張新之認為林黛玉有六個影身，因為這六個人物的總體特徵或者內涵意義上與林黛玉或多或少具有相通之處，在總體意義上具有相歸屬的特徵，所以把這六個人物統一為林黛玉的影身。

影身不只是人物的影身，在事件上也具有本事與影事的關係。本事與影射本是一種處於歷史現實和文學文本中關係的相互存在，因為政治等因素不能直接寫出本事，便用影射的方式來表明微言，這是影射在政治現實中的功能。但是在本章我們所論述《紅樓夢》中的本事與影射則是出於主要人物、主要脈絡與次要人物、次要脈絡間的相互指涉的關係，如王熙鳳在地藏庵中收受財帛而拆散的男女婚姻，張新之、涂瀛等批評家皆認為是賈寶玉與林黛玉愛情關係的影射，不僅於此，潘又安與司棋的關係、賈薔與齡官，乃至柳湘蓮與尤三姐，都在不同層面上點染出了賈寶玉與林黛玉愛情關係的不同特徵。實際上，書中描寫的眾多的姻緣關係都是可以相互指涉、相互說明的，存在一種內部的相互聯繫。

不僅是在賈寶玉與林黛玉這個主脈上影身豐富，《紅樓夢》中許多其他脈絡實際也存在相互指涉，相互解釋，乃至相互對比的關係。這種指涉、解釋、對比則不一定是在意義上相吻合，但是作為相類似的象，其意義上不像人物的影身那樣如此類同，但是在意義上具有相互補充、相互解釋的關係。實際上這是一種象同而意不同的象意關係，而人物的影身則偏向於象不同而意同的象意關係。如寫秦可卿葬禮的奢華隆重與寫賈母葬禮時的蕭條，同是寫葬禮，同是寫王熙鳳等一干人，卻寫出了不同的意義，一是家道隆盛，烈火烹油的鼎盛之時，一是家道衰落，各奔東西時的蕭條光景。又如，寫賈家抄家先寫抄檢大觀園，這兩次抄在象意關係上內涵是相聚不遠的，是根據相通的意構造出的不同的象，而兩次抄家敘述簡略得當，可以起到相互指涉的作用。又如在一些細微之處，寫元妃省親時又寫襲人歸寧，卻寫出了完全不同的意蘊和內涵，這樣的例子還有很多，待仔細挖掘。

那麼，作者為什麼要設置如此多的影身？影身有何用處？這是一個非常值得思考的問題，不僅關係到文學創作，影身說也包含了豐富的哲學思想和人生教益。從文學創作的角度來說，《紅樓夢》中的影身說實際上跟政治現實中的影射說有相似之處，都旨在避免一種不可明言或不便明言的本事敘述，在政治現實中，因為政治高壓或文字獄等，只能通過含沙影射的方式來表達不滿，而在文學創作中，影射則是一種故意而為的曲折手法，來營造暗示性的、模糊的美學效果，如《詩經》、〈離騷〉中的比興手法，對《詩經》的政治隱喻的解釋等等。

在《紅樓夢》中設定諸多影身，也存在一種「避」的考慮，也即避免直說，這裡的避免直接敘述是針對書中的主要脈絡來說的，也即是為了保證主要脈絡的風格的統一，照顧到主要脈絡中人物的構造等考慮，將不便明言之處用其影身人物敘述出來。賈寶玉和林黛玉的姻緣是書中的主線，書中也有種種的作為其姻緣影身的副線，這些副線實際上是對主線姻緣的補充。如柳湘蓮與尤三姐的姻緣，是將寶玉與黛玉之間的不信任發揮到了極致，從而有了這齣悲劇，書中其他人物的姻緣作為寶黛姻緣的對照而存在，如涂瀛所論寶黛的影身「賈薔之於齡官，則近影也。潘又安之於司棋，則有情影也；柳湘蓮之於尤三姐，則無情影也。」可見書中的不同姻緣、不同人物通過影身的理論而統合在了一起。

影身也在一定程度上是對主要線索的補充或者是評判，這種評判是通過對比來形成的，或者是通過副線中人物的言語聲口來點明。如賈薔與齡官的姻緣中，賈薔買來雀兒給齡官玩，誰想齡官睹物傷懷，道：「你們家把好好兒的人弄了來，關在這牢坑裡，學這個還不算，你這會子又弄個雀兒來，也幹這個浪事！你分明弄了來打趣形容我們，還問『好不好』！」這實際上是寫出了林黛玉能想到卻說不到的話來。賈薔與齡官的姻緣可以看做是對寶黛姻緣一番點染和評價，作者通過寫此處時實際上著意在彼處，形成了一種互補式的敘事手法。

影身除了對主要脈絡進行明點或評判外，也起到了豐富作品內容的作用。《紅樓夢》全書大旨談情，所重在姻緣，寶黛釵是書中姻緣之大者，其他人的姻緣則是書中的陪襯，由大姻緣敷衍出眾多的小姻緣，從而使整個作品在內容豐富的同時能保持內部的相互指涉、相互聯繫，從而加深作品的義理。同時，這也是全書一百二十回龐大篇幅之下的考量，篇幅廣闊，若單單只寫寶黛釵三人之事，則顯得十分單調，且很容易將材料用盡，而通過設定重要人物間的不同的影身，主要事件的不同的複本，則使人物情節脈絡豐富起來，從而成為源頭活水，愈湧愈多，使作品的內涵和描寫範圍更加豐富，乃至大到官宦之家，小到市井遊民，都被作者描寫到書內。對於影身的作用，張新之在其評點中點明：「使無影身則十姊妹嫁十弟兄，呆呆十件事，推至千百，亦無不可；倘見一人之為人，見一事為一事，亦何能辨湘蓮之為湘蓮，而不受三姐一啐乎？」[3] 如果沒有影身的話，寫事則呆板，一件一件地敘來，而沒有內在聯繫，就是寫一百件也無可，而影身則使各個事件分別敘來，而使人物之間有差異但也有相通之處。

再者，影身也是敷演的需要，按照敷演的觀念，敷衍就是按照一個不變的基點來運作眾多的個體，如大衍筮法的基點即是陰陽。張新之認為《紅樓夢》中有一個不變的基點，從而其他人物形象都圍繞這個基點來展開，全書是由金玉和木石不斷衝突而來，全書的所立的眾多的人物形象都是以金玉和木石為基礎，所以金玉和木石可以看作書中的本象，而其他的形象則是依照金玉和木石敷衍而來的。可以說，金玉和木石就如《周易》中的一陰一陽，圍繞著一陰一陽則形成了眾多的與之相符合的形象，影身可以說是敷衍的實

3　〔清〕曹雪芹：《紅樓夢三家評本》（上海：上海古籍出版社，1988 年），頁 1081。

際結果。木石前盟和金玉良緣，也就是賈寶玉和林黛玉的心心相印式的精神相通與薛寶釵以徇人情的方式來籠絡賈寶玉的家族人員來達成婚姻目的的衝突。圍繞這個基點其他的人物如賈芸與紅玉、柳湘蓮與尤三姐、司棋與潘又安等等，都是作者所立的象，也就是說，影身構造所依賴的內在邏輯即是敷演說。所以《紅樓夢》中大多數的影身即是以敷演的方式生成出來的。

影身說對於理解《紅樓夢》具有重要的指示作用，尤其對索隱的、考證的紅學具有一定的衝擊作用。影身說是建立在立象說和敷演說的基礎上的，它認為書中的形象和人物並非是歷史的摹本，所以它是對歷史原型研究的一種反動。影身說重視書中內部人物的內在關聯，尤其在象意關係上重視象的相類或意的相通。通過影身說，《紅樓夢》文本內部的結構、層次問題可以得到一個相對明晰的解釋，同時書中的精義可以得到更全面、更準確的提取。影身說實際上是對具體的象的超越，它將書中的相互隔離的人物統一起來，從而形成了一個有機的整體。影身說發展到極致，則可以將書中的人物按照一定的層次統合起來。

第二節　影身說理論的易學來源

影身說理論與易學具有密切的關係，影身的本質是由一個本象衍生出數個假象，而假象與本象之間具有意義相通的內在聯繫，這可以追原到〈說卦傳〉。

八卦是根據天、地、雷、風、火、水、山、澤這八種自然物的特性而用陰陽爻表現出來的，而八卦之作是「立象以盡意」，則八卦的意分別為健、順、動、入、麗、陷、止、說。根據八卦的分別的意義，則可以推之萬物，〈繫辭傳〉曰「方以類聚，物以群分」，八卦的意義在萬物中皆有所體現，則可以將八卦的象徵外延推至萬物。「乾為馬，坤為牛，震為龍，巽為雞，坎為豕，離為雉，艮為狗，兌為羊。乾為首，坤為腹，震為足，巽為股，坎為耳，離為目，艮為手，兌為口。」這是八卦在身體和家畜方面的體現。

〈說卦傳〉云：「乾為天、為圜、為君、為父、為玉、為金、為寒、為冰、為大赤、為良馬、為瘠馬、為駁馬、為木果。」乾的本義是健，其本象則是指代天，而在意義上通於健的事物則可以用為乾所指涉，所以馬、君、父、玉、金等象與本象的關係是處於次要位置的。這種本象與假象的關係就是影身說中本象與影身的關係。

〈繫辭傳・上〉曰：「易有四象，所以示也。」《文心雕龍・徵聖》中曰：「四象精義以曲隱」。「四象」在《周易》中不難解，且我們不可將此句孤立起來理解，《周易集解》中引侯果說認為：「『四象』謂上『神物』也，『變化』也，『垂象』也，『圖書』也。」其義為「易有四象，所以示也」該句之前有「是故天生神物，聖人則之；天地變化，聖人效之；天垂象，見吉凶，聖人象之；河出圖，洛出書，聖人則之。」所以在這裡的「四象」有明確所指。另外，〈繫辭傳・上〉又有：「是故，易有太極，是生兩儀，兩儀生四象，四象生八卦。」此中的四象則是指太陽、太陰、少陽、少陰，所以朱熹承襲此處的四象的意思，也解釋「易有四象」為「陰陽老少」。「四象」在《周易》經傳中的解釋沒有太多爭議，但《文心雕龍》所說的「四象」則爭議較大。黃侃《文心雕龍劄記》對四象解釋曰：「四象：彥和之義蓋與莊氏同，故曰：四象精義以曲隱。《正義》引莊氏曰：四象，謂六十四卦之中有實象，有假象，有義象，有用象。」按照莊氏的說法，「四象精義以曲隱」這句話可以說通，而不一定泥於《周易》經文中對四象的解釋。但是實象、假象、義象、用象的說法在先秦兩漢的易說中卻很少見到，這一點存疑。

〈說卦傳〉中將八卦的象不斷擴展是為了占筮的需要，通過擴展則可以將卦象與世間萬物取得聯繫，從而做出判斷。按照莊氏的說法，實象和假象之所以能夠相通的要點在於它們的義象是一致的。《紅樓夢》中不同人物的影身與其本來人物的立意也是一致的，從立象說的角度說即是依照同一個意來創造出的不同的象。

影身說的第二個來源應是卦變說。卦變說有多種，其中互體可以看作其中較為簡略的一種。對於互體的論述，劉師培《經學教科書》、黃宗羲《易學象數論》、俞樾《周易互體徵》、劉大鈞《周易概論》皆有較為詳細的論述。此處為了理解的方便，筆者將其最基本的展示出來。

互體又稱為互卦，是指在六畫卦，除內外卦外，二、三、四爻或者三、四、五爻組成的新的三畫卦，前者稱為下互，後者稱為上互。如䷓〈觀〉卦，其本由內卦☷坤與外卦☴巽組合而成，上風下地，為〈觀〉，但是按照互體法，在這個卦中還可以至少找出兩個三畫卦（即經卦、本卦），除去初爻，二、三、四爻還可以形成☷坤，三、四、五爻則形成了☶艮，由此在〈觀〉卦中至少可以分析出坤、巽、艮三個經卦。這有什麼意義呢？首先在易學傳注中，這豐富了卦象的數量，可以為解釋經文或爻辭找到更多的象。〈觀〉卦的六二爻辭曰：「闚觀，利女貞。」「闚」的意思是竊視，這句爻辭大體的意思是偷偷地竊視，利於女子守持正固，〈象〉曰：「闚觀女貞，亦可醜也。」意思是像女子一樣偷偷地觀看，而不能光明正大地博覽，是不光彩的。那易學家們為了尋求為什麼爻辭會這樣寫，便根據爻辭去卦象中尋求爻辭中象的來源。按照虞翻的注解，䷓〈觀〉卦的反覆卦為䷒〈臨〉，反覆也是一種卦變方法，即是將整個卦倒過來，所以〈臨〉卦與〈觀〉互為反覆卦，反覆卦之間有內在意義的聯繫，〈臨〉卦內卦為兌，兌為少女，所以爻辭有女之象。〈臨〉卦中九二、六三爻皆不當位，但是通過反覆變為〈觀〉卦之後，六四、九五爻皆當位，也就是〈臨〉內卦中的兌變成了〈觀〉外卦中的巽，因為巽六四、九五爻當位，所以爻辭中說「利女貞」。因為〈觀〉卦三、四、五爻互體為艮，艮為宮室，〈觀〉內卦為坤，坤為闔戶，女在宮室中闔戶，所以是窺視[4]。惠棟注此爻曰：「二〈離〉爻，離為目、為中女。互體艮，艮為宮室，坤為闔戶。女目近戶，闚觀之象。二陰得正應五，故利女貞，利不淫視也。」[5]惠棟的解釋與虞翻大體類似，只不過惠棟認為〈觀〉卦的內卦坤的六二爻是由〈離〉卦而來的，這包含了一種名為「往來」的卦變方法，而離為目，所以惠棟更找出了「目」這個象的來源。

---

4 參見〔清〕李道平：《周易集解纂疏》（北京：中華書局，1994年），頁233。

5 〔清〕惠棟：《周易述》（北京：中華書局，2007年），頁62。

上面只是引證了通過互體法，可以找到艮象，而艮可以解釋爻辭中含有的宮室的意義，表明了互體法的內涵和運用。下面再舉幾個互體的例子。䷂〈屯〉卦的下互是☷坤，上互是☶艮。䷕〈賁〉卦的下互是☵坎，上互是☳震。

互體不僅包括下互和上互，還包括一種更為抽象的四爻互體法。這一點在劉師培的《經學教科書》中論述較詳。

四爻互體法分為三種，一種是下四爻互卦法，即是通過下四爻的大概的情狀（或陰陽爻組合的形狀），來聯想與其情狀類似的卦，便是其互卦，劉師培云：「即以此卦下四爻，易為他卦上半、下半四爻中增二爻另成一卦。」[6] 其例如下：

䷑〈蠱〉卦下四爻互䷛〈大過〉卦。可見兩者在形狀是相似的，都是中間充滿陽爻，兩端是陰爻。䷘〈無妄〉卦下四爻互䷚〈頤〉卦，也類同於此。䷽〈小過〉下四爻互䷴《漸》卦，則相對抽象。

第二種是上四爻互卦法，其與下四爻互卦法模式相同。䷙〈大畜〉卦上四爻互䷚〈頤〉。䷶〈豐〉卦上四爻互䷡〈大壯〉卦。

第三種是中四爻互卦法。䷶〈豐〉卦中四爻互䷛〈大過〉卦。䷨〈損〉卦中四爻互䷗〈復〉卦。

另外，還有五爻互卦之法，總之與四爻互卦之法類似，即是取其大概的情狀，然後聯想到與之類似的卦，或者增添一二新爻，形成一個新的卦。

互體法是影身說的一個重要基礎，尤其當我們分析《紅樓夢》中的人物時，發現晴雯與黛玉有類同之處，但是又絕不相同，這種似而不似的狀態正是互體法的作用，可以說晴雯是黛玉的互卦，只是從黛玉身上截取了一段而形成了晴雯，所以影身與本象之間的關係正類似於互卦的關係。同樣，這不僅限於人物的分析中，具體的敘事情節也可以用互體法來分析，一些事件之間的相似卻不相同，正是類似於互體的運用。

除了互體，尚有其他多種卦變法。較為常用的有旁通、相錯、變化、反

6　劉師培：《經學教科書》（上海：上海古籍出版社，2006 年），頁 193。

復、往來、升降等法，名目繁多，且運用起來靈活複雜，但是其基點即在於卦與卦之間具有深刻的聯繫和相互轉化的可能性，卦變法即是六十四卦之間的相互轉化的方式。

下面簡略介紹一下旁通法。旁通法源於《乾・文言傳》：「六爻發揮，旁通情也。」旁通即卦中的陽爻變成陰爻，陰爻變成陽爻，形成其對立的卦，如䷀〈乾〉卦旁通於䷁〈坤〉卦，䷆〈師〉卦旁通於䷌〈同人〉卦。旁通卦變法帶給我們的啟示是《紅樓夢》中人物、事件的相反的聯繫，如秦可卿的葬禮與賈母的葬禮可謂差距巨大，盛衰的轉變由此可見，這樣的例子在深入的文本分析中可以考察出很多。

總之，卦變說、互體說揭示了六十四卦之間的內在聯繫和相互轉換，可以指導我們分析《紅樓夢》中不同類人物之間的互通。〈說卦傳〉曰：「觀於陰陽而立卦。」六十四卦都是陰與陽的不同的配合，但是六十四卦的本根都是陰陽，所以這就為六十四卦之間的相互聯通提供了基礎。潘雨廷《卦變總論》曰：「六畫卦六十有四，曰卦變者，六十四卦之間互變也。其極一卦可變六十四卦。」[7] 卦變說對《紅樓夢》批評的作用在於不同類的人物之間的相互映照和轉換。同類的人物由影身說統合在一起，不同類的人物則由卦變說統合在一起。同類人物間的互通如黛玉與晴雯芳官、襲人與寶釵等等，不同類的人物則如寶黛的感情與司棋和潘又安、齡官和賈薔、柳湘蓮和尤三姐之間的相互對照，這個相互對照的理論依據在於卦變說，也就是人物之間的相互通聯和相互關照。

在道教的典籍《化書》中，不同的形象之間變得可以相互轉化，這可以說是易學中卦變說的進一步發展，從具體的卦之間的轉換發展到不同形象之間的轉換，也可以看作是影身說發展的一個具體過程。

卦變說揭示了不同的卦之間的相互聯繫，從而使各個卦之間變成可以相互轉換的統一體。卦變常見的有互體、覆卦、旁通等等，有的卦變過程十分複雜。以覆卦這種最簡單的卦變法為例，覆卦也稱為綜卦，即是將一個卦反

7 潘雨廷：《周易虞氏易象釋》（上海：上海古籍出版社，2017 年），頁 530。

過來看，從而形成新的卦，也即是與另一個卦形成了某種卦變聯繫，卦變就是通過不同的對應方式建立不同的卦之間的互相指涉。

《紅樓夢》中的眾多事件不是單一的、孤立的脈絡，實際上也處在相互聯繫、相互指涉的關係中，如元春省親之後接寫襲人回家探母，而情形卻十分不同，實際上這就建立了這兩個事件的內在聯繫，通過相互指涉我們可以看出所謂皇家規矩，上以孝治國不過是摧殘人的禮制，還不如小家子裡的人過得舒暢，這一點我們在前文有詳細論述。總之，卦變說側重於不同的象之間的相互貫通，以此我們可以打通書中的事件，進行統一的分析，尤其對於《紅樓夢》這樣龐大篇幅的著作，其內在的事件之間處於一種有機聯繫之中，如寫殯葬，前有秦可卿的葬禮，後文又寫賈母的葬禮，前者是烈火烹油之盛，後者則十分蕭條。同樣寫姻緣，書中表現了種種的不同的姻緣，有元、迎、探、惜四姐妹的不同遭遇，也有賈芸與小紅的愛情，尤二姐、尤三姐的不同情事，司棋與潘又安、王熙鳳與賈瑞、夏金桂與薛蝌等等形形色色的關係，這些關係之間有同有異，並且處於稍加調整就能相互貫通的位置，由此可以看作是彼此不同的影身。

第三節　影身說的批評價值與其反思

蔡元培在《石頭記索隱》一文中曾說：「又於書中主要人物，設種種影子以暢寫之，如晴雯、小紅等均為黛玉影子，襲人為寶釵影子，是也。此等曲筆，惟太平閒人評本，能盡揭之。」太平閒人張新之確實在其批評中大量運用了影身說的理論來對書中的意象進行了分析，其影身說的理論涉及了書中眾多的人物，且將次要人物、次要情節統攝到主要人物和主要情節之中。

在其運用影身說分析的人物中，對夏金桂的分析可以說是該理論用例的典型。按照其思路，可以分析出夏金桂一人影三人。一者其為王熙鳳的明影，即將書中為王熙鳳隱去的事從夏金桂身上明寫出來。二者寫夏金桂是為林黛玉報復薛家，由此也影林黛玉。三者夏金桂與薛寶釵有相通之處，進而也影薛寶釵。張新之將三人之影皆統合於夏金桂身上，雖其中不乏牽強附會處，但是也確實根據文本描寫有其根據，由此頗可作為認識、評判影身理論的一個典型。筆者試圖以此為契機反思、評價影身說這種批評理論，試圖理解其內在的批評理路並察考其本身存在的問題。

首先，在批評者這方面來說，影身說體現了評點者對情節和主旨的統一性的追求，試圖通過這種統一性來把握作品的主要內涵和作者的創作意向，但這其中也產生了作品本身的虛構性和寫實性之間的矛盾。如果作品內容在較大程度上依賴虛構，則作者設置影身以及評點者分析出的影身理論有其理解作品的價值，但是作品的形成在多大程度上依靠對外在社會現實的模仿，又在多大程度上依靠對作品內部人物的模仿，這實際上是不易區分的問題。影身理論將眾多人物的創作來源封閉在了作品內部，認為諸多小人物、次要情節是主要人物、主要脈絡的影身，在一定程度上有利於認識作品的藝術結構和藝術形式，但是也相對弱化了作品對現實世界的反映，實際上不利於通過作品認識人物的審美價值、認識社會和現實問題。從作品創作來說，影身說重視了古典長篇小說的創作形式和創作技巧，根據主要脈絡設置不同層級的人物，使之生發敷演，使作品形成源頭活水，這是其對古典長篇小說的創作方式的認識上的優點。但是從另一方面看，其忽視了作品的產生在根本上依靠對社會和人生的觀察和認知，而不是在形式和技巧方面，影身以形式層面的方法涵蓋、強加於內容之上，在一定程度上也不利於理解作品的現實內容。

再者，影身說意在打通個體人物、情節的壁壘，認為獨立的表象之下有其內在可以互通的意義。在通篇的、整全的、互通的視角下認識具體的人物和事件，從而對於理解作品的內在脈絡以及內在脈絡間通過比照所展現的意義具有指導價值，例如對秦可卿與賈瑞案、元春省親與襲人歸寧案、潘又安案、夏金桂案、齡官案以及晴雯、襲人的說解上確實依靠影身說能得出較令人信服的說解，對理解文本的內在旨趣頗有助益。但是值得注意的是，在構建影身的具體操作上缺乏實在的根據和客觀的評判標準，而是多依靠評者的文思和經驗性的觀察，易流於牽強附會，這種附會反而損害了作品中人物、事件的獨立的審美價值，也不利於認識人物的個性，這應該說是影身說確實存在的一個不足。

第三，影身說認識到了不同社會階層的人物間的相似性，但是用影身將社會地位較低的比附為較高的人的影身，這實際上反映了貴族階層的階級觀點，弱化了勞動人民本身的獨立性，從作為賈家丫鬟的晴雯與襲人身上可以看出，兩人並非作為影身而存在，而是具有超越黛玉和寶釵的獨立性。而且，影身在審美形式上之所以令人接受因其根源於對人生情境的藝術化表達，將一定的情感遷移到與之相似的人物或事物上，在美學中稱之為移情，這實際反映了主觀的念想與客觀存在的矛盾，將主觀念想加之於客觀的存在，雖然反映了一定的無可抒懷的意志力量，但實際上易流於唯心主義，這就有如賈寶玉對柳五兒的態度。這在根本上反映了沒落的貴族階級的世界觀，因其無力改變現實世界而只能將破碎的幻想遷移到另外的存在者身上，以達成其內心的慰藉。

這些反思皆是力在辯證地認識影身說，在吸取其優點的同時也謹防其不足，從而合理、適度地運用此觀點，以對理解書中的內在旨趣有些許的助益。總之，雖然影身說在諸多傾向上顯示出其問題，但是其在分析書中人物的內在結構和內在義理方面實際具有一定的參考價值。在這個意義上，對影身理論本身的認識以及以此分析《紅樓夢》主旨、人物和情節都值得進一步探討，從而推進《紅樓夢》的批評理論和文本意義的研究。

第四節　論形的超越性及紅學中的史事派

一、楊萬里史事宗說《易》與涂瀛之《紅樓夢論贊》

從影身說和設象說我們可以看出，單個的形象是可以被超越的，因為形象是依附於意義的，而通過意義可以通達到多個形象。形象的創造是立象以盡意，而我們分析形象時則需要得意而忘象，這裡不一定必然地把象忘掉，而是強調分析形象要重意。

在易學的研究史上出現了兩派六宗，其中義理派摒棄了漢代象數易學繁瑣的以象數模式來解釋經文的範式，而是注重在基本易例的基礎上對經文的義理進行發揮。其中，用具體歷史事件和人物來解釋和聯繫書中的義理形成了義理派中的史事宗，楊萬里的《誠齋易傳》即是其中的代表，《四庫全書提要・經部易類》對評該書曰：「是書大旨本程氏，而多引史傳以證之。」是楊萬里多引用史傳中的具體的象來印證《易》中的義理，下面我們可以引證易學中的史事宗的具體闡釋方法來對紅學中史事派作更深的方法論層面的瞭解。

〈履〉卦初九爻辭曰：「初九，素履，往無咎。」〈象〉曰：「素履之往，獨行願也。」〈履〉卦是重在闡發循禮的，其初九處於最開始的階段，宜於樸實無華，楊萬里傳曰：「初九，履之初也。必有平生雅素之學，然後可以有行，故往而無咎，何也？非利其身也，行其志也。無其素而欲行，欺也；不于其志而於其身，汙也。故古者學而後行，後世行而後學。顏子陋巷之禹、稷，仲舒下帷之伊、呂，孔明草廬之管、樂，不如是不為『素履』。」[8] 在此楊萬里用顏回、董仲舒、孔明的史事來說明初九爻的義理。

〈師〉卦是講征伐和兵法的卦，初六的爻辭是：「師出以律，否臧凶。」義為在征伐之先，最重要的是兵眾的紀律，軍紀不良的話必然有風險，楊萬里傳曰：「徒法不可以興師，徒善不可以出師。出師以律，而興師不以正，徒法也。興師以正，而出師不以律，徒善也。正至焉，律次焉。師出不以律，雖臧亦凶，況不臧乎？楚之亂次，晉之爭舟，齊之轍亂，吳之爭舍，皆失律之師也。初六，師之初出也，故深戒其出之初出。」誠齋用楚之亂次，晉之爭舟，齊之轍亂，吳之爭舍的史事來論證「師出以律」的重要性，是以史事證義理。

〈屯〉卦卦辭曰：「屯，元亨利貞。勿用有攸往，利建侯。」誠齋傳曰：「物屯求亨，時屯亦求亨。然時屯求亨，其道有三。惟至正為能正天下之不正，故曰『利貞』。惟不欲速為能成功之速，故曰『勿用有攸往』。惟

---

8 〔宋〕楊萬里：《誠齋易傳》（北京：九州出版社，2008 年），頁 43。本節所引《誠齋易傳》傳文皆引自該版本相關章節，概不一一標出。

多助能克寡助，故曰『利建侯』。漢高帝平秦項之亂，除秦苛法，為義弟發喪，得『屯』之利貞；不王之關中而王之蜀漢，隱忍就國而不敢校，得『屯』之『勿用有攸往』；會固陵而諸侯不至，亟捐齊、梁以王信、越，得屯之『利建侯』。二帝三王，亨屯之三道，高帝未及也，而亨屯之功如此，而況及之者乎！」在此誠齋是用漢高帝的史事來證〈屯〉卦的義理。

由上可見，易學義理派中的史事宗先是提取卦辭或爻辭中的義理，然後用引證史事來說明。實際上，史事作為一種歷史具象，內在蘊含著一定的義理，而之所以能用史事來引證義理正在於史事中的義理與卦爻辭中的義理是相通的。義理正是史事的意，而史事正是義理的具象。史事的象於卦中的象屬不同的層次，卦中的象是利用陰陽爻表現出的，而史事的象則是具體的現實的象。

清代《紅樓夢》的評注中多有以史事來評書中的人物或事件的，這可以說是紅學中的史事宗。《紅樓夢》中的人物形象和具體事件是包蘊著一定的意義的，所以可以通過歷史人物或歷史事件與這個意義相對應。

涂瀛的《紅樓夢贊》與《紅樓夢問答》中即引證史事來說解書中情節：

〈王熙鳳贊〉曰：「鳳姐治世之能臣，亂世之奸雄也。向使賈母不老，必能駕馭其才，如高祖之于韓、彭，安知不為賈氏福？」[9] 涂瀛將鳳姐比喻為高祖麾下有名的兩個將帥韓信和彭越，以此來彰明王熙鳳的才幹，並認為若賈母不老耄昏庸，必能駕馭王熙鳳，而使賈家家道昌盛，因此得福。

〈賈政贊〉曰：「賈政迂疏膚闊，直逼宋襄，是殆中書毒者。然題園偶興，搜索枯腸，須幾斷矣，曾無一字之遺，何其干也？倘亦食古不化者歟！孔子曰：『孟公綽為趙魏老則優，不可以為滕薛大夫。』政之流亞也。」[10] 孟公綽若是做趙、魏這類大國的國老，就綽綽有餘，但不可因此做滕、薛這類小國的大夫，這是對賈政沒有才幹的一個諷刺，孟公綽生性寡欲，是魯國的大夫，而趙、魏貪慕賢者，所以孟公綽若是作趙、魏的家臣，沒有官守之

9　一粟編：《紅樓夢資料彙編・上冊》（北京：中華書局，1964 年），頁 134。

10　一粟編：《紅樓夢資料彙編・上冊》（北京：中華書局，1964 年），頁 133。

責，所以優。而滕、薛這樣的小國國小政繁，大夫位高責重，而孟公綽廉靜寡欲，短於才，所以不可做滕、薛這類小國的大夫。這實際上是曲折地說賈政短於才。

〈金釧贊〉曰：「金釧金簪落井之對，與漢高祖對楚霸王龍駒龍馭之喻相仿佛。顧楚霸王不殺高祖，而王夫人已殺金釧，是喑啞叱吒之雄，尚慈於持齋念佛之婦也。於是乎殺機動矣，大觀園之禍亟矣。讀《紅樓夢》者，且不暇為金釧惜也。」[11] 喑啞叱吒之雄的項羽尚且不殺劉邦，而王夫人是持齋念佛之人，作出如此冷心冷面的行徑，是引人深思的。

〈襲人贊〉曰：「蘇老泉辨王安石奸，全在不近人情。嗟乎奸而不近人情，此不難辨也，所難辨者近人情耳。襲人者奸之近人情者也。以近人情者制人，人忘其制；以近人情者讒人，人忘其讒。約計平生，死黛玉，死晴雯，逐芳官、蕙香，間秋紋、麝月，其虐肆矣，而王夫人且視之為顧命，寶釵倚之為元臣。向非寶玉出家，或及身先寶玉死，豈不以賢名相終始哉？惜乎天之後其死也！詠史詩曰：『周公恐懼流言日，王莽謙恭下士時，若使當年身便死，一生真偽有誰知？』襲人有焉。」[12] 襲人之奸在清代批評家中是常被提及的論題，涂瀛在此根據蘇洵辨王安石之奸的問題提出襲人之奸全在於徇人情，並且這種近人情的讒奸是不易被察覺的，涂瀛徵引了王莽的例子，只看表面的「謙躬下士」則難以覺察到他的大奸。

涂瀛同樣在《紅樓夢問答》中提出了一個問題，即《紅樓夢》中人物與古今人物中誰相似，這可以說是一種超越了小說人物的具體形態，而超越到尋求其與古今人物的共性上，來探討《紅樓夢》本身人物的特徵，這種說解方式有利於我們超越小說具體文本和情景的局限，來達到更深層次的意義層面的認知。

或問：「寶玉古今人孰似？」曰：「似武陵源百姓。」「黛玉古今人

---

[11] 一粟編：《紅樓夢資料彙編・上冊》（北京：中華書局，1964 年），頁 129。
[12] 一粟編：《紅樓夢資料彙編・上冊》（北京：中華書局，1964 年），頁 138。

> 孰似？」曰：「似賈長沙。」「寶釵古今人孰似？」曰：「似漢高祖。」「湘雲古今人孰似？」曰：「似虯髯公。」「探春古今人孰似？」曰：「似太原公子。」「寶琴古今人孰似？」曰：「似藐姑仙子。」「平兒古今人孰似？」曰：「似鄭子產。」「紫鵑古今人孰似？」曰：「似李令伯。」「妙玉古今人孰似？」曰：「似阮始平。」「晴雯古今人孰似？」曰：「似楊德祖。」「劉老老古今人孰似？」曰：「似馮讙。」「鳳姐古今人孰似？」曰：「似曹瞞。」「襲人古今人孰似？」曰：「似呂雉。」[13]

黛玉似賈長沙，賈誼才高而不容於人，受權臣進讒，而謫居為長沙王太傅，賈誼得知長沙卑濕，自以為壽不長，及渡湘水，作賦弔屈原，其中有言：「遭世罔極兮，乃隕厥身。嗚呼哀哉，逢時不祥！鸞鳳伏竄兮，鴟梟翱翔：闒茸尊顯兮，讒諛得志。」反觀林黛玉所處賈府的境況，與此何其相似。而且賈誼又是如此悲戚傷懷之人，賈生在長沙王太傅三年後，有鴞鳥飛入賈生舍，止於坐隅，楚人命鴞曰「鵩」，賈生既以謫居長沙，長沙卑濕，自以為壽不得長，傷悼之，作〈鵩鳥賦〉。林黛玉清高的詩人氣質是與賈誼極為相似的，由此可見，通過與古今人物的對比，《紅樓夢》人物超越了其自身的局限性而達到了與歷史人物的共通性，形成了這一類的人格與歷史人物人格的貫通之處。

這也說明，《紅樓夢》中的人物不是孤立的，而是與整個古代小說、史傳形成了有機的聯繫，所以，分析《紅樓夢》中的人物與明清小說的人物的關聯具有一定的參考意義，尤其可以通過人物的演變探究審美文化、思想的演變。

二、《紅樓夢》第二回之「正邪二賦」說與「易地則同」論

這種與古今人物的相通性的合理依據在何處呢？即是書中人物與歷史人

---

[13] 一粟編：《紅樓夢資料彙編・上冊》（北京：中華書局，1964 年），頁 144。

物的意義性的相通可以導向彼此的繫連，這一點在《紅樓夢》文本中有其論述，表現在第二回中作者借賈雨村之口所提出的「正邪兩賦」說和「易地則同」論。

正邪兩賦說是賈雨村為了解釋甄寶玉情癡情種的作態而發，其大體的意思是天地生人除大仁大惡外，皆秉正邪二氣，清明靈秀之氣為天地之正氣，而殘忍乖僻為天地之邪氣，世間種種之人皆由此二氣混合而生，由此生出種種情狀。而大仁之人則為應運而生，大惡之人則為應劫而生，其所秉者是純粹的正或純粹的邪氣，根本上正邪二氣則為陰陽二氣。試看作者的論述：

> 天地生人，除大仁大惡，餘者皆無大異。若大仁者則應運而生，大惡者則應劫而生，運生世治，劫生世危。堯、舜、禹、湯、文、武、周、召、孔、孟、董、韓、周、程、朱、張，皆應運而生者；蚩尤、共工、桀、紂、始皇、王莽、曹操、桓溫、安祿山、秦檜等，皆應劫而生者。大仁者修治天下，大惡者擾亂天下。清明靈秀，天地之正氣，仁者之所秉也；殘忍乖僻，天地之邪氣，惡者之所秉也。（第二回）[14]

作者拋出此論是為後文的非大仁大惡之人的論述作發揮，而且《紅樓夢》中所記並非是大仁大惡之人，而是一些「餘者皆無大異」的癡男怨女、小才微善之人，即書中第一回空空道人所言：「並無大賢大忠理朝廷、治風俗的善政。其中只不過幾個異樣女子，或情或癡，或小才，或微善，我縱然抄去，也算不得一種奇書。」所以《紅樓夢》中之人皆是正邪二氣之糅合而成：

> 今當祚永運隆之日，太平無為之世，清明靈秀之氣所秉者，上自朝

[14] 〔清〕曹雪芹：《紅樓夢：三家評本》第十八回（上海：上海古籍出版社，2021年），頁30。

> 廷，下至草野，比比皆是。所餘之秀氣漫無所歸，遂為甘露、為和風，洽然溉及四海。彼殘忍乖邪之氣，不能蕩溢於光天化日之下，遂凝結充塞於深溝大壑之中。偶因風蕩，或被雲摧，略有搖動感發之意，一絲半縷誤而逸出者，值靈秀之氣適過，正不容邪，邪復妒正，兩不相下；如風水雷電地中既遇，既不能消，又不能讓，必致搏擊掀發。既然發洩，那邪氣亦必賦之於人。假使或男或女偶秉此氣而生者，上則不能為仁人為君子，下亦不能為大凶大惡。置之千萬人之中，其聰俊靈秀之氣，則在千萬人之上；其乖僻邪謬不近人情之態，又在千萬人之下。（第二回）[15]

作者論及當今之世，太平無為，正邪二氣之交融而生成諸種人物，「正不容邪，邪復妒正，兩不相下。」而《紅樓夢》中人物何嘗不是如此？說其正，則非大正，說其邪，也非真邪，而是正邪交融，難以作片面的評判，如秦可卿黷刑壞禮之人也似有可恕之處，更何況賈璉、薛蟠、趙姨娘、賈環諸人；而看似正大的賈政實則迂闊不察，偏聽偏信，而釀成許多惡果。賈寶玉更是此種正邪二氣「既不能消，又不能讓，必致搏擊掀發」的典型體現，所以其「置之千萬人之中，其聰俊靈秀之氣，則在千萬人之上；其乖僻邪謬不近人情之態，又在千萬人之下。」正邪二氣的交融有所偏勝，則形成秦可卿、賈璉、賈政一般人物，而正邪二氣勢力相當，則其爭鬥也即愈加激烈，而形成「搏擊掀發」之勢，這種搏擊掀發之勢進而崩裂而發洩，其所造成的影響已經超越了原本的正邪二氣，而導向了一個新的高度，所以其不同於正邪二氣有所偏勝的靜止狀態，由崩裂而發洩生出的人物也就置之於千萬人之中殊覺另類，這也即是作者想要論述的精要，進而闡釋出賈寶玉、十二釵等人在陰陽（正邪）二氣的一個由來，從而與第一回的還淚說、第五回的判詞說形成並列的三個人物由來的基本點。再者，這一段正邪二氣搏擊掀發之

15　〔清〕曹雪芹：《紅樓夢：三家評本》第十八回（上海：上海古籍出版社，2021年），頁30。

勢，進而崩裂發洩之狀實有作者的構思發揮而來，發前人所未發，王夢阮、沈瓶庵的《紅樓夢索隱》中評述道：「此段議論，精微深奧，卻又實情實理。前人雖莊、列亦未能痛抉此蘊。作者以清靈之筆出之，直泄苞符之秘，非讀書多，積理富，足稱格致大家者，安能道隻字？至風蕩雲摧一段，尤覺妙想入微，文情橫溢。」[16]

正邪二氣不能偏勝而相互搏擊掀發進而崩裂發洩所生之人物，又因其出生環境而造成諸多差異，然而作者提出了「易地則同」的論斷，即這些人所秉的先天之氣是一致的，而因生長環境之不同所造成的差異是後天的，次要的，而應看到超越其後天的生長環境，看到其一致性，這即是「易地則同」論。

> 若生於公侯富貴之家，則為情癡情種。若生於詩書清貧之族，則為逸士高人。縱然生於薄祚寒門，甚至為奇優，為名娼，亦斷不至為走卒健僕，甘遭庸夫驅制。如前之許由、陶潛、阮籍、嵇康、劉伶、王謝二族、顧虎頭、陳後主、唐明皇、宋徽宗、劉庭芝、溫飛卿、米南宮、石曼卿、柳耆卿、秦少游，近日倪雲林、唐伯虎、祝枝山，再如李龜年、黃幡綽、敬新磨、卓文君、紅拂、薛濤、崔鶯、朝雲之流，此皆易地則同之人也。（第二回）[17]

《紅樓夢》所寫之人即多有「易地則同」之人，如公侯富貴之家之賈寶玉，而詩書清貧之族的邢岫煙，乃至書中的優伶蔣玉菡，實則都為前文所述正邪二氣不能偏勝的產物，在這一點上這些人物是相通的。不僅局限於《紅樓夢》書中的人物，而是與歷史人物達成了一種共通，「許由、陶潛、阮籍、嵇康、劉伶、王謝二族、顧虎頭、陳後主、唐明皇、宋徽宗、劉庭芝、溫飛卿、米南宮、石曼卿、柳耆卿、秦少游，近日倪雲林、唐伯虎、祝枝

---

16 王夢阮、沈瓶庵：《紅樓夢索隱》（北京：北京大學出版社，2011 年），頁 23。

17 〔清〕曹雪芹：《紅樓夢：三家評本》第十八回（上海：上海古籍出版社，2021 年），頁 31。

山，再如李龜年、黃幡綽、敬新磨、卓文君、紅拂、薛濤、崔鶯、朝雲之流。」《紅樓夢》中所著重寫的無非是這類的人物，而「易地則同」論也為超越小說的個別人物而達到與歷史人物的共通性提供了一個合理的文本內在依據。尤其值得注意的是，作者將紅拂、崔鶯鶯等在文學文本中影響深刻的人物與歷史人物並提，可以說是超越文學文本人物的具體實踐，同時，也代表了作者在構思《紅樓夢》小說的時候，即將書中的人物帶入到其歷史語境中，在這個長長的人物列表之後的，賈寶玉、林黛玉也必在其後。

這不僅生發出一個新的問題，《紅樓夢》作者緣何對這些聰俊靈秀之氣處於千萬人之上，而乖僻邪謬之態處於千萬人之下的才子佳人情有獨鍾，而書中也正是重寫這些人的聰俊靈秀和乖僻邪謬，尤其在賈寶玉、林黛玉身上表現明顯，其二人之才情高絕眾人，而其乖僻邪謬更是常人難以慮及，乃至最後一死一亡，也並不能為世所理解，作者只能在第一回構造出還淚之說，來說解此種現象。實際上這裡面蘊含著極深的而又限於作者時代而難言的苦痛，迫不得已而用寶玉、黛玉兩形象來展示之，其難以用概念說明，難以以條暢的語句申明，而只能以人之感受力來品咂。王夢阮、沈瓶庵在《紅樓夢索隱》中提出了一個權宜的解釋：

> 作書大旨，全因勘透此層，知情僧、妃子之事，常人尊異者固非，訾議者亦未為是。律以修齊治平之正，誠有背乎親之愛與君之尊；被以耽淫不肖之名，又大負其悟之超與情之篤，皆非，皆是，無可歸類。苦思力索，始由正邪兩賦而來，實亦古今有數人物，故為傳奇記異。作為《紅樓夢》一書，非發此一段名言，人幾不知其命意所在。（《紅樓夢索隱》第二回）[18]

拋除王、沈氏所認為的全書影清世祖與董鄂妃之認識不論，即此段中所

---

[18] 王夢阮、沈瓶庵：《紅樓夢索隱》第二回（北京：北京大學出版社，2011 年），頁 24。

言「情僧、妃子之事」，此段仍然意義切重。寶玉、黛玉之事及前文所列紅拂、崔鶯等人之事，皆不合於儒家的基本義理，乃至寶黛一死一亡，尤其有背於孝親與尊君，將自身的才情與智識辜負了而追逐於男女之情，此蓋是難以說解，難以評價的奇事，不能說其非，因其情之篤、愛之真，殊為難得，不可以儒家的教理來抹殺，所以上文曰「無可歸類」，因其超越了儒道思想的藩籬，張揚了人性和愛的高潔純粹之面，翻越了中華文化保守而自足的疆界，而跨越到一個新的人性解脫的高度，從而形成了奇與異的面貌，所以《紅樓夢》此書正是對此種脫離了原本文化形態的張脫之力的書寫。

第五節　《紅樓夢》人物的影身舉隅

蔡元培曾在《石頭記索隱》一文中曾說：「又與書中主要人物，設種種影子以暢寫之，如晴雯、小紅等均為黛玉影子，襲人為寶釵影子是也。此等曲筆，惟太平閒人評本，能盡揭之。」[19] 張新之確實在其批評中大量運用了影身說的理論來對書中的意象進行了分析，其影身說的理論涉及了書中眾多的人物，且將次要人物、次要情節統攝到主要人物和主要情節之中。

一、關於尤三姐的影子

張新之在評點尤三姐時指出了尤三姐本身有多個人的影子，對尤三姐本身神態舉止的描寫可以透出別的人物的影子，也即可以指涉到書中其他的人物，也就是寫尤三姐一個人卻寫到了書中眾多的其他人。

第六十五回「尤三姐思嫁柳二郎」中對尤三姐進行了淋漓盡致的描寫，「三姐兒聽了這話，就跳起來，站在炕上，指著賈璉冷笑道：『你不用和我花馬掉嘴的！咱們『清水下雜麵——你吃我看』。『提著影戲人子上場兒——好歹別戳破這層紙兒』。』」將尤三姐潑辣剛烈的性格描摹得暢快淋漓，張新之在此評道：「至此方正寫三姐，為李為探為黛共一影。本是絕妙

[19] 高平叔編：《蔡元培全集‧第三卷》（北京：中華書局，1984 年），頁 74。

影戲人子，而全書用意無不具備。」張新之認為到此對尤三姐的描寫可以透出三個人的影子，分別是李紈、探春和黛玉，其中尤三姐品性的正直是與李紈相類似的，所以有李紈的影子。尤三姐的才幹與膽識又有探春的影子。尤三姐的潔淨的品格是與黛玉相聯繫的，所以在尤三姐身上是可以看到三個重要人物的影子的，這實際上探討了不同人物間性格和品性的相通之處，也可以說尤三姐與李紈、探春、黛玉存在互體和卦變的關係，是從李紈、探春、黛玉身上各截取出一點而化成了尤三姐。

二、夏金桂隱寓三人之影

夏金桂是薛蟠的妻，其為人飛揚跋扈，是類似於《金瓶梅》中潘金蓮一樣的人物，她初出於七十九回「薛文起悔娶河東吼」，至一百三回「施毒計金桂自焚身」，是後四十回一大關鍵過脈，其登場出場都是絕好看的能品文字。夏金桂與中山狼孫紹祖一明一暗，演那些「全不念當日跟由，一味的驕奢淫蕩」的無情獸，是書中最為持重的冤家姻緣。在張新之的評點中，可以分析出夏金桂一人的三個用處，即其為王熙鳳的明影，即將書中為王熙鳳隱去的事從夏金桂身上明寫出來。再一點是寫夏金桂是為林黛玉報復薛家，再一點是夏金桂與薛寶釵有相通之處。

夏金桂的性子是與王熙鳳頗為相似的，夏金桂借寶蟾之力來鈐治乃至毒殺香菱的作為也同王熙鳳制死尤二姐如出一轍，說設夏金桂一象來影王熙鳳仍有諸多頗可思量的證據，《紅樓夢》中有明說之處：「若論心中的丘壑涇渭，頗步熙鳳的後塵。」（第七十九回）薛姨媽也曾說：「如今娶了親，眼前抱兒子了，還是這樣胡鬧，人家鳳凰似的。」（第七十九回）這兩處都是明點之筆。讀到夏金桂喜好吃油炸的骨頭，吃得不耐煩便肆行海罵，說：「有別的忘八粉頭樂的，我為什麼不樂。」（第七十九回）這種畫骨之筆也不禁讓人想到王熙鳳挽了袖子，跐著角門的門檻子一面吹風一面罵：「我從今以後倒要幹幾件刻薄事了，抱怨給太太聽我也不怕。糊塗油蒙了心，爛了舌頭，不得好死的下作東西們，別做娘的春夢了！……也不想一想自己也陪使三個丫頭？」（第三十六回）。可見，夏金桂身上是有王熙鳳的影子的，這一點表現在情性相通上。

看寫夏金桂的通篇六回文字，可知夏金桂在文脈的生死攸關之際，絕不僅僅是代一王熙鳳而已，她所處的時候正是奇謀終設寶釵成大禮、黛玉焚稿而遺恨歸天之際，這正是全書慘淡經營百萬言終到的血脈之處，也是臨近元春薨逝、探春遠嫁、迎春慘死而賈家抄沒的關鍵時候，同時也是甄家僕投靠、甄士隱重現、寶玉失真寶玉而得北靜王所贈假寶玉之時，可見此時也是真假循環的一個絕妙契機，所以夏金桂的出場，是用意極深的，其與王熙鳳的關聯僅僅是其用處的一面。

這一面可以說是之前隱筆寫王熙鳳處用夏金桂明演了出來，夏金桂之死正是代鳳姐之死，是其罪已惡極不得不令其死，也正是為鐵檻寺案中人明報復、為尤二姐明報復，根底裡還是為林黛玉明報復，而報復不僅是令其死，而且是令其醜。前文中寫王熙鳳一雙丹鳳三角眼，丹唇未啟笑先聞，寫她屢屢被賈母說作猴兒，寫其辣，寫其貪財，寫她殺伐決斷，逮到寫她與尤二姐之時，也顧全大體，寫她心中丘壑分明，用緩敵之術，乃至借刀殺人，逮到極深的筆處，也往往給人一奸雄的面孔，至多是毒與辣，總不至於醜與陋。而作者一路來處處為鳳姐遮掩，逮到寫她設奇謀之時，已是不能再忍，怒出一夏金桂來把王熙鳳隱處的污穢一筆抖露出來，抖露不足，殺之而後快，殺之不足，辱之而後快，作者誅王熙鳳正是用夏金桂，辱之則更用其本身，讓其「致禍抱羞殘」、讓其「力詘失人心」。那王熙鳳到底機關算盡做了何事，而落得「家亡人散各奔騰」呢？

魯迅曾說焦大是賈府的屈原，而焦大並無屈原的牢騷文氣，相反他是把賈府裡的污穢徑直地罵出來。第七回中，焦大起先是罵賴大的，他罵賴大無非也是為了顯示自己是個忠奴，無非是喝醉了酒發的一點狂氣，並不算是真罵，他的真罵是看到賈蓉送鳳姐的車出來之後，賈蓉和王熙鳳也只把他看作奴才，鳳姐在車上和賈蓉說：「還不早些打發了沒王法的東西！留在家裡，豈不是害？親友知道，豈不笑話咱們這樣的人家，連個規矩都沒有？」賈蓉答應了「是」，他便罵了出來：「要往祠堂裡哭太爺去，那裡承望到如今生下這些畜生來！每日偷狗戲雞，爬灰的爬灰，養小叔子的養小叔子，我什麼不知道？」，王熙鳳說「規矩」、說「王法」、說他是「害」，便惹出了焦大的真罵，焦大的罵原是罵王熙鳳的，也附帶著東府的「大小犬」。可見焦大原本也不願罵，他的罵也是不得已，他的罵畢竟與夏金桂和王熙鳳的罵不同。

固然焦大不會說假話，作者也屢屢抖露了些蛛絲馬跡。第六回劉姥姥一進榮國府之時，賈蓉來王熙鳳處借玻璃炕瓶，賈蓉眉開眼笑，鳳姐要賈蓉的皮，那是一段膩極的文字，而最後鳳姐忽然想起一件事，便向窗外叫：「蓉兒回來！」，賈蓉滿臉笑容地瞅著鳳姐，「那鳳姐只管慢慢吃茶，出了半日神，忽然把臉一紅，笑道：『罷了，你先去罷。晚飯後你來再說罷。這會子有人，我也沒精神了。』」賈蓉答應個是，抿著嘴兒一笑，方慢慢退去。起先讀者都以為鳳姐是有事，而後文又未提及何事，可知無事正是有事，而逮到在第十二回毒設相思局中，作者明明又將此事寫出。

此回開首即是：「鳳姐笑道：『你哄我呢！你那裡肯往我這裡來？』賈瑞道：『我在嫂子面前若有一句謊話，天打雷劈！只因素日聞得人說，……死了也情願。』鳳姐笑道：『果然你是個明白人，比蓉兒兄弟兩個強遠了。我看他那樣清秀，只當他們心裡明白，誰知竟是兩個糊塗蟲，一點不知人心。』」王熙鳳把賈瑞、賈蓉並提，字裡行間已見分曉，而最後王熙鳳正是讓賈蓉、賈薔兄弟兩個去捉賈瑞，這是何等光彩的事情，鳳姐竟大張旗鼓讓他兄弟兩個接付如此重任，則焦大所罵屬實無疑[20]。有趣的是，讓賈蓉兄弟去教訓賈瑞與第九十三回「水月庵掀翻風月案」回賈政讓賈璉來發派賈芹同一寓意，所謂同類箴其同類。而最後，作者又讓賈寶玉問鳳姐焦大所罵爬灰是何意？鳳姐立提念書要緊為事，與前面說「規矩」、「王法」是一套話，而這套話薛寶釵說的是最嫻熟的，所謂深心人每善說公道話。所以，將《紅樓夢》的文本內部之間的線索打通，以旁通的方法來分析，可以看出許多隱情，作者正是依靠這種曲折隱晦的筆法一點點抖露出被隱去的「真事」。

20　該線索在洪秋蕃所著《紅樓夢抉隱》中有較詳細的論述。可見作者寫一事並不是一下子完結，而是在別處忽然陡提。

所以，夏金桂不過是把這暗處的文筆明演了出來，《紅樓夢》的妙處在於無處生有，有處取無，所以此處明寫淫婦卻又設薛蝌這一般書中絕有的人物，張新之認為「蝌」字正寓蝌篆古文，而《易》、《詩》、《書》、《禮》、《春秋》是用蝌篆古文寫成的，作者取名的寓意是寫此人是書中不被財色所惑而一息尚存的人物。作者設夏金桂影王熙鳳，既怒之，則無所不用其極，從而讓夏金桂醜態百出。寫夏金桂設計取薛蝌是將「色」字內涵描寫出來，直到她死後才由寶蟾以毒攻毒，將其取「財」的話也寫出來，讓她的死顯得十分諷刺，「你們不是常和姑娘說，叫他別受委屈，鬧得他們家破人亡，那時將東西卷包兒一走，再配一個好姑爺……」此處作者用重筆，醜極，而隱隱暗照大觀園中改嫁之人。「財」、「色」二字處處是王熙鳳的機關聰明所張羅的，如《周易・文言傳》所言「積善之家，必有餘慶；積不善之家，必有餘殃。」王熙鳳收受私財在書中有多處明點，首先是第十五回「王熙鳳弄權鐵檻寺」中的案子，收納靜虛老尼的三千兩銀子，扼殺人命，除賈瑞之罪是自招不算，栽在王熙鳳手上的人命也已有三四條，甚至尤二姐案中其欲殺人滅口，追殺同黨，她的罪實在是自招的。

王熙鳳前面的行徑或可一放，唯獨眼見林黛玉為眾人所蒙蔽，而王熙鳳又將設計出奇謀之時，作者已是忍無可忍，便怒出一夏金桂來昭明因果報復，作者設此象無非只為明瞭一點，害人自害，戕人自戕。第一一三回「懺宿怨鳳姐托村嫗」一回鳳姐所做的惡都一一找上門來，先是明出尤二姐，後來所出才真是鳳姐的深重的宿怨，「鳳姐剛要合眼，又見一個男人一個女人走向炕前，就像要上炕似的。」這一男一女當是鳳姐弄權鐵檻寺中的兩人，此是遠指，實際上這兩人不過也是寶玉和黛玉的影身，鳳姐的罪當已不輕。

因其不輕，所以立夏金桂一像尚且不足。第一百十二回「死讎仇趙妾赴冥曹」中趙姨娘的死狀淒慘痛苦，描繪得嚇人，作者用的是重筆。鳳姐所發的病是與趙姨娘相同的，皆是幻聽妄語，邪魔悉至，說些胡話，哭哭喊喊，但作者用的是輕筆，寫趙姨娘實際也是影鳳姐，害人自害，戕人自戕，妒婦枉做了妒婦。

夏金桂明演王熙鳳是為一用，在鈐治薛家及寶釵來為林黛玉明報復則又為一用。夏金桂名中有夏字，夏火旺，火能鑠金，作者立此象是明用夏金桂來制「金」。夏金桂在薛家倚嬌作媚，處處將眾人收入囊中，此為明寫，用的是重筆。而薛寶釵在大觀園中立黨結派，拉攏眾人，則是暗寫，用的是輕筆，其實皆一，看到夏金桂的明處便可看到薛寶釵的暗處。這也是夏金桂一人中有影薛寶釵的地方。有趣的是，而今作者設了一個能制金的夏金桂，夏金桂制金先從香菱改名秋菱開始，駁香菱二字「不通之極」。另外，作者另立種種之象，來寓褒貶、明報復。

薛文起復惹流放刑的時候，正是林黛玉的生日，那一日眾人簇擁著林黛玉而來，獨不見薛寶釵，林黛玉於是一問：「寶姐姐可好麼？為什麼不過來？」這乾淨的一問著實讓人心生憐惜，更生痛恨。鳳姐、薛姨媽撮合的、史太君聽之任之的寶玉提親，林尚且不知，還心迷神癡，蒙在鼓裡，演至後來的杯弓蛇影。薛空缺的意思，眾人皆知，獨寶黛不知，薛姨媽答語道：「他原該來的，只因無人看家，所以不來。」更復言：「難得你惦記他，他也常想你們姊妹們，過一天我叫他來大家敘敘。」薛姨媽謹慎之極，唯恐提親之事洩露，此番問答能不令人生恨而扼腕？作者此時已不能忍，非作者不能忍，是天下自有不能忍之事，薛家出事即在此「眾人正高興時」。作者設此象正是為木之發，為木鳴不平，所以夏金桂的制金，實是為林黛玉制金，所謂天理流行，無往不復。

第十八回「天倫樂寶玉呈才藻」，薛寶釵轉眼瞥見賈寶玉起稿「綠玉春猶卷」中有綠玉二字，便趁眾人不理論勸賈寶玉將「綠玉」改為「綠蠟」，她的理由是貴人不喜歡，實際之前的匾額都被貴人改了大半，是寶釵不喜「綠玉」而非貴人，而「綠玉」影的是林黛玉，寶釵做的這件小事與以後的成大禮手段都頗像，不過是「趁人不注意」。不料如今卻來了個內稟風雷之性的夏金桂，冷笑道：「人人都說姑娘通，只這一個名字就不通。」便改香菱為秋菱，是其人之道也還治其人之身。

第五十七回「慈姨媽愛語慰癡顰」，薛姨媽去看林黛玉無非是探其底細，且薛寶釵又與其母捉弄林黛玉，還戲言要將黛玉許給薛蟠，薛姨媽聽之任之，任由薛寶釵在此撒嬌，此象讓人不知其居心，細想來尤為可怕，可見薛殺黛之心久已有之。而今夏金桂並不如林黛玉那般好欺負，夏金桂「先時不過挾制薛蟠，後來倚嬌作媚，將及薛姨媽。」此倚嬌作媚即是前薛姨媽放任寶釵倚嬌作媚之報，章法謹嚴，作者下字必有出處。

第四十五回「金蘭契互剖金蘭語」，黛玉舊疾復犯，薛寶釵來給她送燕窩，說了一席話。最後黛玉歎道：「你素日待人，固然是極好的，然我最是個多心的人，只當你有心藏奸。從前日你說看雜書不好，又勸我那些好話，竟大感激你。往日竟是我錯了，實在誤到如今。」黛玉說出此話，紙背已涼，釵殺黛之心不死，最終黛為其所誆，可勝浩歎。而今出一夏金桂，「（其挾制）後將至寶釵」，但寶釵十分老辣，「每每隨機應變，暗以言語彈壓其志。」寶釵之為人可知，而此報非夏金桂可能為。

可見夏金桂在薛家的所為是為林黛玉作報復。回看夏金桂出場時的文字：

> 原來這夏家小姐，今年方十七歲，生得亦頗有姿色，亦頗識得幾個字。若論心中的丘壑涇渭，頗步熙鳳的後塵。只吃虧了一件，從小時父親去世的早，又無同胞兄弟，寡母獨守此女，嬌養溺愛，不啻珍寶，凡女兒一舉一動，他母親皆百依百順，因此未免釀成個盜跖的情性，自己尊若菩薩，他人穢如糞土；外具花柳之姿，內稟風雷之性。（第七十九回）[21]

內中也有隱寓林黛玉處，只不過用的是重筆，而之前寫黛玉處都用的輕筆或褒筆。「亦頗識得幾個字」與黛玉相關，第三回「接外孫賈母恤孤女」回賈母曾答言黛玉「不過認幾個字罷了」。雙親不完，情性也頗合於黛玉，不過是重筆而寫。「內稟風雷之性」則可聯繫到黛玉，在易學中，風為〈巽〉，為木，居於東南，雷為〈震〉，亦屬木。黛玉為絳珠仙草，為木，

---

21 〔清〕曹雪芹：《紅樓夢：三家評本》第十八回（上海：上海古籍出版社，2021年），頁 1411。

出於海，海居東南，而且夏金桂也是木類，則與黛玉有相通之處。只不過，夏金桂是截取了黛玉身上的一兩點特徵，而將其在程度上加深，就像互體法所形成的另一個卦。

所以，實際上可以從夏金桂一個人身上分析出三個人的特徵，只是這三個人的特徵不是機械地拼湊在一起的，而是在不同的方面與三人發生聯結，這其實是一種互體的思想，從不同的角度看待夏金桂則會得出不同的聯結點，從其品性舉止上有王熙鳳的影子。從其在薛家的所作所為則可以從反面看出其為林黛玉明報復。從其善用財色與拉攏，則又可以映透出薛寶釵。

第五章　卦氣說和陰陽五行說

卦氣說是起源於易學的理論，其最基本的內涵即是用《周易》卦中的陰陽爻來表示節氣的變化，因為一年之中陰陽氣的消長帶來了節氣的更迭，所以卦氣說根本上是節氣的陰陽理論模型，比如冬至這個節氣對應的是䷗〈復〉卦，上面五個陰爻，下面一個陽爻，比喻在極寒的天氣中有一陽初動，表示事物發展到極端的時候即轉向其反面。那麼紅學評點中緣何使用卦氣說呢？因為《紅樓夢》在一定程度上是講盛衰的書，卦氣說是講天道的，是講陰陽變化規律的，而賈府的盛衰則可以體現這種陰陽變化的規律，所以卦氣說的運用於評批《紅樓夢》是以天道明人事。

陰陽五行說在評批《紅樓夢》中也是這個道理，陰陽五行本也是講天道的，五行的相生相剋是代表了一種較為樸素的世界觀，但是它通過語言文字的聯繫卻具有了強大的闡釋能力，如林黛玉與薛寶釵名字中的「木」和「金」，就可以納入五行說的闡釋體系中，來對人事進行深刻的分析。

本章即試圖闡明卦氣說和陰陽五行說最基本的內涵，然後展現這兩種理論在紅學批評中的具體運用，以此歸納出這兩種易學理論的文學批評價值。

第一節　卦氣說的基本內涵

張新之曾評《紅樓夢》在大結構上是「以《周易》演消長」，這個觀念是來源於易學中的卦氣說。卦氣說起源甚早，但廣泛的運用出現在漢代易學家孟喜的易學中，潘雨廷《讀易提要・孟氏《易》提要》云：「考卦氣之說，初見《易緯稽覽圖》，或確係先秦古說，至孟氏必有發揮。」[1] 可見孟喜繼承了先秦的古說，進而對卦氣說有所發揮，僧一行《大衍曆議》云：「十二月卦出於《孟氏章句》，其說《易》本於氣，而後以人事明之。」[2] 孟喜用「氣」來說《易》，體現出其用卦氣說思想來說解《周易》的實踐，因為卦氣說本質上就是研究陰陽二氣的變化規律的，孟喜將這種陰陽二氣的變化規律引入到對經文和卦象的說解中，從而使易學的陰陽變化思想更加系統化，十二辟卦即是其體現，而且使六十四卦與一年中的節氣相對應，卦的本質變成了氣，這是孟喜的貢獻。再者，孟喜以人事明卦氣，是用卦氣說所標明的陰陽消長規律合於人倫物用，其表現即是將卦氣與〈月令〉、〈夏小正〉中的自然節氣現象相對應，形成了卦氣圖，如☷〈泰〉卦的初九爻對應的節氣現象是「東風解凍」，九二爻是「蟄蟲始振」，九三爻是「魚上冰」。☱〈夬〉卦初九爻對應的是「桐始華」，九二爻對應「田鼠化駕」，九三爻對應「虹始見」（詳見下文卦氣圖）。可見，以人事明之在孟喜的實踐中是將陰陽爻變化所具有的內涵指涉到自然界的節氣物象中，而在張新之的評點中，則將陰陽爻變化所具有的內涵指向到人事興衰的變化中，本質上是一致的。卦氣圖尤其是將物候之象表現出來的方式，可以啟發我們將《紅樓夢》中的敗落的整個過程也以這種方式呈現出來。

徐芹庭評述道：「是後世之十二辟卦，十二消息卦出於孟氏也，而孟氏之易說，能本於氣，徵諸天象天候天氣之變化，而歸本於人事，以人事釋之，探索宇宙之理，而符於人事之日用，實殊為可取也。」[3] 十二辟卦是根據卦爻中陰陽的變化來形成的十二個對應十二個月時氣特徵的卦，十一月對應〈復〉卦，十二月〈臨〉卦，正月〈泰〉卦，二月〈大壯〉卦，三月〈夬〉卦，四月〈乾〉卦，五月〈姤〉卦，六月〈遯〉卦，七月〈否〉卦，八月〈觀〉卦，九月〈剝〉卦，十月〈坤〉卦。十二辟卦象徵了從〈坤〉卦

1 潘雨廷：《讀易提要》（上海：上海古籍出版社，2003年），頁1。
2 徐芹庭：《漢易闡微》（北京：中國書店，2010年），頁119。
3 徐芹庭：《漢易闡微》（北京：中國書店，2010年），頁119。

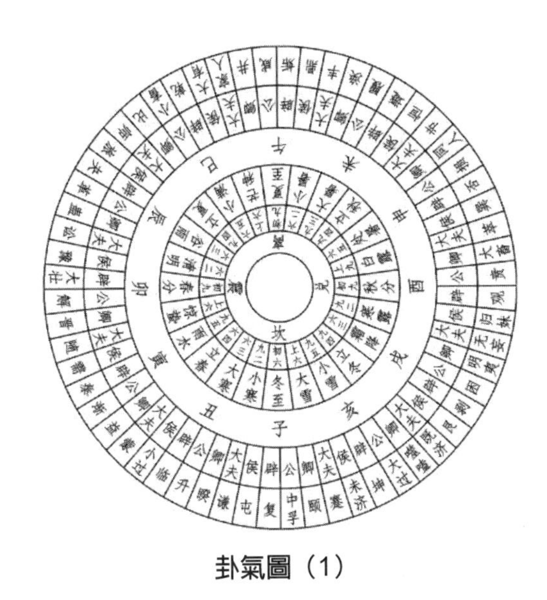

卦氣圖（1）

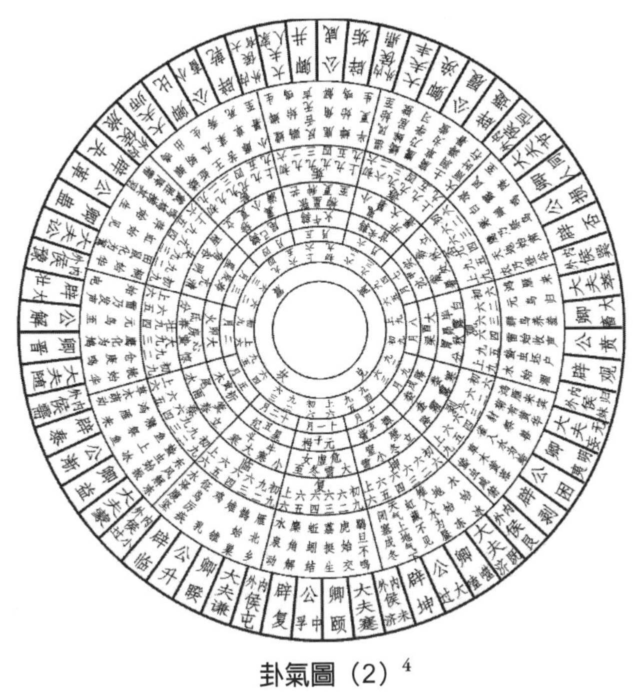

卦氣圖（2）[4]

4　圖 2 比圖 1 更為詳盡。圖 1 沒有將物候的象標出，圖 2 配合了十二星宿等。

純陰到〈復〉卦一陽來復，然後陰消陽長，至四月〈乾〉卦純陽，然後陽消陰長的過程，總之陰陽變化用卦象明確地表現了出來。卦氣說的本質即是運用卦中的陰陽爻有序的變化來表示消長的變化，十二辟卦是根據卦爻中陰陽的變化來形成的十二個對應十二個月時氣特徵的卦，十二辟卦象徵了從〈坤〉卦純陰到〈復〉卦一陽來復，然後陰消陽長，至四月〈乾〉卦純陽，然後陽消陰長的過程，總之陰陽變化用卦象明確地表現了出來。

䷗〈復〉䷒〈臨〉䷊〈泰〉䷡〈大壯〉䷪〈夬〉䷀〈乾〉䷫〈姤〉䷠〈遯〉䷋〈否〉䷓〈觀〉䷖〈剝〉䷁〈坤〉，是陰陽變化的整個過程，可見由〈復〉卦到〈乾〉卦是陽氣逐漸增長的過程，而〈姤〉卦到〈坤〉卦則是陰氣逐漸增長的過程，在易學中十二消息卦是對應不同的節氣，〈繫辭傳〉曰：「變通配四時」，虞翻注曰：「變通趨時，謂十二月消息也。泰、大壯、夬配春，乾、姤、遯配夏，否、觀、剝配秋，坤、復、臨配冬，謂十二月消息相變通，而周於四時也。」[5] 消的意思是陽消陰長，是陰剝陽，而息的意思是陰消陽長，是陽剝陰，十二消息卦因其陰陽爻的不同配合而具有了不同的意義，從而可以通過陰陽的多寡來表現四時，〈泰〉、〈大壯〉、〈夬〉是陽氣逐漸增加之時，所以用來配春季，〈乾〉、〈姤〉、〈遯〉是陽氣到達頂峰而出現衰落之時，〈否〉、〈觀〉、〈剝〉是陰氣逐漸增長而陽氣衰微之時，至〈剝〉則只剩一陽在上。〈坤〉、〈復〉、〈臨〉對應冬季，〈坤〉是純陰之卦，而〈復〉對應的是冬至，是一陽初生之時，至〈臨〉則陽氣漸長。可見，十二消息卦在通過陰陽爻的配合將陰陽的變化形象地體現出來，而其中的每一卦因其陰陽的組合而可以指代整個變化過程中的某一個階段，尤其是〈復〉、〈姤〉、〈坤〉等具有臨界性意義的卦，在人事方面更具有十分深刻的內涵。

張新之的易學批評可以說就是用卦氣說來闡明人事，張新之評《紅樓夢》屢次用〈姤〉卦，來說明賈府破落的開始，到抄家則被剝成純陰之卦〈坤〉，然後返還家財、寶玉與賈蘭中鄉魁則是〈復〉卦，蘊含著家道復

---

5 〔清〕惠棟：《周易述》（北京：中華書局，2007 年），頁 526。

興。卦氣說對闡釋《紅樓夢》文本中的細微的變化，家族是如何一步一步走向衰落具有重要的指示作用，值得深入探索。

第二節　卦氣說在《紅樓夢》評點中的運用

清代人普遍認為《紅樓夢》是講盛衰的書，而《周易》卦氣說中的陰陽消長則為分析寧榮兩府的興衰提供了一個模型，提供了一個陰陽變化的範式，通過這個模型或者範式可以更清晰地解釋《紅樓夢》家族由興盛到沒落而又開始復興的整個變化。卦氣說的模型對此的解釋可以說是非常貼切的。

《紅樓夢》的一個主旨就是講興衰變化，而興衰變化的具體的階段或者關鍵節點可以與十二消息卦中的具體的卦相配合，從而達到闡明書理的作用。太平閒人張新之在其評點中充分運用了這種方式，尤其對書中的重要關節點，如秦可卿之死、抄家等事件用十二消息卦進行了闡明。張新之用卦氣說來評定《紅樓夢》文本是散見於對字句和人物的評批中，非常散漫且不具有系統性，但是他在批評中對幾個卦尤其是〈剝〉、〈復〉、〈坤〉、〈姤〉等具有明顯臨界點意義的卦進行了比較多的運用，用以闡明《紅樓夢》中的陰陽變化關係。

一、劉姥姥關涉〈剝〉、〈復〉卦

在第六回「劉姥姥一進榮國府」之中，張新之比較全面地使用了卦氣說的理論。在張新之的評點理論中他認為劉姥姥對應〈坤〉卦，因為劉姥姥是一個老婦人，是純陰之象，所以與〈坤〉卦的六爻純陰相合。張新之認為劉姥姥兩次進榮國府即是陰氣逐漸的增加。接下來我們試看具體的評注，張新之的批評夾雜在對具體字句的評點中，雖然相對缺乏連貫性，但通過整理其思路則可見一斑。

第六回中寫劉姥姥冬事未辦時有「因這年秋盡冬初，天氣冷將上來，家中冬事未辦。」張新之評曰：「九月十月之交，〈剝〉極而〈坤〉之候。」[6] 寫劉姥姥帶著板兒在寧榮街找門口時，文中寫道：「劉姥姥謝了，遂攜著板兒繞至後門上。只見門上歇著些生意擔子。」張新之評曰：「老老從後門來，正陰進之方，而循環生機，實寓於此。故歇著許多生意擔子，此際要人擔賀也。」此處張新之即點明劉姥姥此來是陰進。寫劉姥姥來了得先去找當家的王熙鳳，文中寫道：「劉姥姥聽了納罕，問道：『原來是他？怪道呢，我當日就說他不錯的。這等說來，我今兒還得見了他？』」張新之評曰：「榮之敗壞，鳳為禍首，故陰之進從他始，人事也。若演天道，則重寶玉。」在此張新之提出了一點看法，認為榮府的敗落是以王熙鳳為開端的，所以劉姥姥作為純陰之象進榮國府先找王熙鳳是有深意的。

寫王熙鳳等待劉姥姥時的衣帽神態時，文中寫道：「那鳳姐家常帶著紫貂昭君套，圍著那攢珠勒子，穿著桃紅灑花襖，石青刻絲灰鼠披風，大紅洋縐銀鼠皮裙，粉光脂豔，端端正正坐在那裡，手內拿著小銅火箸兒撥手爐內的灰。」張新之評道：「儼然見一人在紙上，真奇。此秋末冬初也，而鳳姐已帶紫貂昭君套，撥手爐灰，正覺陰進之速有如此。撥灰有生生不息意，又一意在焦大口中者。而寫端端正正坐在那裡，絕倒。」此處通過鳳姐的衣著來闡發出陰進之意，說明劉姥姥來是陰進之時。

第三十九回，劉姥姥二進榮國府，張新之回後評曰：「三十七回云：『賈政八月二十日起身。』敘寶玉每日遊蕩，『真把光陰虛度』云云，當以出八月，入九月，又菊花當令之候。則劉姥姥之來，仍是九月，為〈剝〉之〈坤〉定矣。乃四十二回看《玉匣記》又云『八月二十五日』，則不為〈剝〉而為〈觀〉，見人能普同回向，亦可回天，使速進之陰，逆留陽氣，是在一心之變化而已。」卦氣說中十二消息卦分別對應十二個月，〈剝〉䷖對應九月，〈坤〉䷁對應十月，以此類推，〈觀〉䷓對應八月，張新之認為劉姥姥此來仍然是陰進，陰進的極點就是〈剝〉卦到〈坤〉卦，因為

---

6 〔清〕曹雪芹：《紅樓夢三家評本》（上海：上海古籍出版社，1988 年），頁 95。下文中所引《紅樓夢》原文及張新之評語皆在該版本正文所注明的章回中，不再一一標出。

〈剝〉卦只剩最後一個陽爻在上，剝掉這個陽爻則成為全陰的〈坤〉卦。所以，劉姥姥二進榮國府是說明家道是在不斷地敗落，在卦氣說中是陰氣逐漸增長的過程，這個陰氣的增長不是劉姥姥本身的作用，劉姥姥本身只是一個標示。

二、鮑二家的關涉〈姤〉卦

劉姥姥一進榮國府和賈寶玉初試雲雨情是陰進的開始，對應的是〈姤〉䷫卦，張新之在四十四回「變生不測鳳姐潑醋」總評中指出：「前第六回『初試』『一進』演一〈姤〉卦，此回上半亦演一〈姤〉卦，彼處主心，此處主事，榮寧禍敗，已基於此。」文中寫鳳姐見到回身就跑的小丫頭後攔住她，並極盡能筆寫出鳳姐的毒辣來威逼小丫頭說出隱情，文中寫道：「丫頭便說道：『二爺也是才來，來了就開箱子，拿了兩塊銀子，還有兩支簪子，兩疋緞子，叫我悄悄地送與鮑二家的老婆去。』」這是賈璉偷偷與鮑二家的老婆私通，張新之認為文中寫的銀子、簪子、緞子以及鮑二家的老婆皆有深意，其評曰：「（兩塊銀子）映金，（兩支簪子）映釵，（兩疋緞子）映『結絲蘿』，是關會寶釵矣。蓋『初試雲雨』亦〈姤〉卦，演襲人即演寶釵，至此又演一〈姤〉卦。」〈姤〉卦在卦氣說中的意義是一陰初生，但是陰在人事方面具有其消極的意義，在《紅樓夢》中所代表的即是導致家道衰落的消極因素，賈寶玉初試雲雨情即是這種消極因素的一種，因而以後賈寶玉牽制於襲人，產生了種種的問題，包括進讒言而導致晴雯之死，乃至受到薛寶釵的拉攏而最終導致掉包之計，促成了木石前盟的破滅，一死一走，釀成惡果，可以說皆是從一陰初生時即有發端的。

再者，張新之認為此處寫鮑二家媳婦也是由〈姤〉卦而敷演出來的，這有多方面的原因，其中張新之本回中評道：「鮑言其臭，又音同報，而《易》道在焉。物極必反，此理之常。鳳因財色殺人，直使兩府無不顛倒錯亂，是尚能不報乎？故于正盛正樂之時便已安一鮑二，家敗人亡基於此，乃演卦九二爻象。」張新之在此處點出鮑二家的人物的設定具有果報的意義，王熙鳳擅權，攫取財貨不擇手段，屢次傷人性命，前有鐵檻寺中因老尼而牽連的一男一女，後有尤二姐的命案，心狠手辣，玩弄官司，驚動朝廷，乃至最後獻掉包之計，導致了賈寶玉與林黛玉愛情的破滅，並最終導向了賈府的抄家與沒落，這都與王熙鳳本身的擅權有很大關係，為了錢財，為了美色而殺人獻計，而最終招致自身的報應，這是張新之認為鮑二家的一個用意。

第三，〈姤〉卦的九二爻辭曰：「包有魚。」張新之在四十四回回後評中認為：「『包有魚』，故姓鮑，故行二。不期而遇之謂姤，乃指二與初遇。其妻為初爻之陰，故與賈璉為不期之遇，璉亦二也。」張新之用〈姤〉卦卦辭來與賈璉和鮑二的情節相比附，本質上是一種通過類比來說解的方法，但並不意味著作者在描寫鮑二家的這個人物時是必然地參考〈姤〉卦爻辭的，這只是一種說解和類比的方式，來使文意變得清晰，而並不具有在創作緣起上的意義。

第四，對於鮑二家的描寫，張新之認為該人物可以關會薛寶釵，其評曰：「（兩塊銀子）映金，（兩支簪子）映釵，（兩疋緞子）映『結絲蘿』，是關會寶釵矣。」這個觀點具有一定的意義，張新之在評點中經常性地將不同的人物聯繫起來，其聯繫的方式是多方面的，比如在此處將鮑二家的與薛寶釵聯繫起來即是因為文中對鮑二家的描寫中關涉了銀子（金）和簪子（釵），但這只是表象的關涉的原因，其深層次的動因還在於薛寶釵所具有的與鮑二家的共通點。在整個《紅樓夢》的大篇章大結構中，薛寶釵最終通過處處循人情而使「金玉良緣」成為賈家家長制中的共識，她實際上明知賈寶玉與林黛玉深刻的愛情關係，而視之不見、巧取豪奪，最終通過在國孝、家孝在身的條件下，利用王熙鳳、賈母等人通過掉包的低下手段，以沖喜的名義與賈寶玉成親，這所有的行徑都是不光彩的，都是一種處心積慮的悖反人的正常情感的作態，而最終導致的結果是賈寶玉出家為僧，林黛玉魂歸離恨天，並最終推進了賈家的衰落和凋亡，所以說其所有的行為與鮑二家的相比實在是大巫見小巫，鮑二家的只是一個出身不高的奴僕的妻子，不具有樸實的品性而貪財好色，與賈璉私通還愚昧地出惡言來傷人害己，本質上在賈府整個的由盛而衰的變化過程中扮演著一個推進者的角色，所以張新之將其比喻為〈姤〉卦的一陰，而薛寶釵的角色則是賈府破敗過程的主要推進者，而且薛寶釵奪取婚姻所利用的方式也僅僅是利用財色，包括螃蟹宴、包括燕窩湯、人參等等都是利用財貨來贏得人心，乃至在婚姻這樣的事情上也是利用財貨，而非真情。薛寶釵從未用真情來打動過賈寶玉，而林黛玉與賈寶玉之間處處是真情。所以，鮑二家的所具有的內涵是深刻的，這在一定程度上意味著以財色來滿足個人私欲的方式會招致惡果。

三、迎春關涉〈夬〉卦

第五十五回「辱親女愚妾爭閒氣」中，文中寫道：「時屆季春，黛玉又犯了咳嗽，湘雲亦因時氣所感，亦臥病於蘅蕪院，一天醫藥不斷。」張新之根據節氣在「季春」二字後評曰：「在卦為〈夬〉，決去一陰為純〈乾〉，而探為女體，則為陰，為〈夬〉之〈剝〉，是〈剝〉去一陽，則為純陰矣。」張新之繼續運用書中情節的進展是陰進而最終導致抄家的理論，通過時氣來聯繫到卦氣說中的具體的卦，進而聯繫到人事。〈夬〉䷪卦在卦氣說中對應三月，是陽氣增長十分迅勁，直到消去最上的陰爻的時刻，〈夬〉卦的卦義即是決去一陰，直到陽氣增長到極盛的純陽之卦〈乾〉䷀卦。在文中對應的節氣是三月，是〈夬〉卦，理應是陽進陰消，但是張新之認為探春是女體，為陰，凡是女體的則在應用上全應轉換為其旁通卦，即陰陽顛倒，這是張新之在批評中所運用的通則，本質上是為了使其理論成立，在易理上也有可通之處。〈夬〉卦的旁通卦是〈剝〉卦，〈乾〉卦的旁通卦是〈坤〉卦，所以〈夬〉之〈乾〉在探春這裡就成了〈剝〉之〈坤〉仍然對應了張新之一貫主張的全書是陰剝陽最終導致抄家的理論。

同時在更深層次上，這也對探春興利除弊的評價產生了影響，張新之的看法是探春的興利在本質上反而加速了賈府的沒落，在五十五回寫探春與吳新登家的交接時，文中寫道：「探春便說：『給他二十兩銀子，把這賬留下我們細看。』」張新之評道：「既以明探春之矯枉失正，刻薄廢公，以對抉題中『親』字；為〈剝〉之主，因隱然布一〈剝〉象。」由此看，在張新之的理論中，探春是〈剝〉之主，是賈府加速敗落的主力。同樣在本回中，寫探春蠲去數項日常的費用，探春首先蠲去的是用於學塾的費用，文中寫道：

「怎麼學裡每人多這八兩？原來上學去的是為這八兩銀子，從今日起，把這一項蠲了。」張新之評道：「點心是養，紙筆是教，劈首先蠲教養之資，正背可卿夢中之語，乃〈剝〉之大者。其言決絕，自〈夬〉來也。」秦可卿彌留之際給王熙鳳托夢時曾囑託教育和祭祀的不可廢，明確地點出要多置田莊、房舍、地畝，作為祭祀、家塾的供給之費，而探春興利首先蠲去的就是家塾的供給，確實可以稱之為〈剝〉之大者。

第九十四回「宴海棠賈母賞花妖」，文中寫探春覺察海棠花悖反節氣而開並非好兆，「探春雖不言語，心內想：『此花必非好兆。大凡順者昌，逆者亡，草木知運，不時而發，必是妖孽。』」張新之評曰：「此書由一歎而生，因設一探春為一〈夬〉一〈剝〉之用，故本回題目『妖』字從他說破，只不好說出。」在該回作者繼續用探春表明賈府的陰剝陽在繼續。

四、北靜王關涉〈復〉卦

北靜王名世榮，是書中一個出場不多但非常重要的人物，一是因為其身分非常尊貴，是王爺。二是因為其與賈家關係非常，前半部有秦可卿葬禮、賈母八旬壽辰，後半部有一百五回賈府抄家、一百七回賈政復世職、一百十九回奏皇上寶玉人品極好，都有北靜王的身影，且都是在這些關係賈府命運的關鍵時候出場。而且北靜王有兩次出場都與賈寶玉的「通靈寶玉」有關，而通靈寶玉又在書中具有十分重要的象徵意義，所以北靜王在整個書中的作用十分值得我們去探尋。

第十四回「賈寶玉路謁北靜王」，張新之在回後評曰：「設一北靜王，乃演一〈復〉卦，為通靈來復之機，死裡求生之道，故必在秦氏大殯路次要截之，否則何時何地不可見耶？目錄『謁』字猶言遏也，即所謂劉姥姥由〈剝〉而〈坤〉而〈復〉。」北靜王首次出場是在此十四、十五回中來為秦可卿的喪禮送殯，在十四回文末書中緩緩引出北靜王，十五回篇首又描寫一番：

> 走不多時，路上彩棚高搭，設席張筵，和音奏樂，俱是各家路祭。第

> 一棚是東平王府的祭，第二棚是南安郡王的祭，第三棚是西寧郡王的祭，第四棚便是北靜郡王的祭。（張新之評：入下半回，北靜是主腦，用東、南、西陪出。）原來這四王，當日惟北靜王功最高，及今子孫猶襲王爵。現今北靜王世榮，（張新之評：北為死方，靜為死地，故曰北靜。而陰極陽生，一轉春生，萬物復榮，實根於此。往過來續，遞嬗無息，所謂世榮也。）年未弱冠，生得美秀異常，情性謙和。（第十四回）[7]

> 話說寶玉舉目見北靜王世榮頭上戴著淨白簪纓銀翅王帽，穿著江牙海水五爪龍白蟒袍，繫著碧玉紅帶，面如美玉，目似明星，真好秀麗人物。寶玉忙搶上來參見，世榮從轎內伸手攙住。見寶玉戴著束髮銀冠，勒著雙龍出海抹額，穿著白蟒箭袖，圍著攢珠銀帶，面若春花，目如點漆。（第十五回）[8]

此段中已經著意把北靜王突出出來，說「當日惟北靜王功最高」。而且，張新之在此評曰「北為死方，靜為死地」，因為此回重寫秦氏殯葬之禮，而且林如海之歿也在此回提及，可見北靜王在此回出場隱含一個象徵意義。看文中在三王之後加「便是」兩字引出，可見是重寫北靜王，按照〈說卦傳〉「北為坎方」，文中重在「北」，便是重在「坎」，漢代孟長卿卦氣說以「坎離震兌」為四正卦，分居四方，首即言坎，時居冬至，正是〈坎〉卦用事，冬至正是陰極而陽復之時，所以〈坎〉卦用事的辟卦正是〈復〉卦，正暗含一陽來復的意思，張新之在此評「陰極陽生，一轉春生，萬物復榮」可見並非憑空為文。那北靜王是名字中寓意〈復〉卦，在義理上他的作用又是如何與〈復〉卦相通的呢？

---

7 〔清〕曹雪芹：《紅樓夢：三家評本》（上海：上海古籍出版社，2021 年），頁231。

8 〔清〕曹雪芹：《紅樓夢：三家評本》（上海：上海古籍出版社，2021 年），頁237。

北靜王在前八十回中有兩次出場，都與通靈寶玉相關，第一次是問：「哪一位是銜玉而誕者？久欲得一見為快，今日一定在此，何不請來？」張新之在此評道：「世榮乃『復見天地之心乎』一『心』字，故為王，而為北王，此心正是寶玉，正是通靈，一而二，二而一，故寫兩人相得無間。」張新之意在以為北靜王之與寶玉相見正是為通靈寶玉，通靈寶玉在書中意義非常，乃是演一個「心」字，此心為聲色所惑，便不能正心，趙岐《孟子・盡心篇》章指曰：

> 盡心者，人之有心為精氣主，思慮可否，然後行之，猶人法天，天之執持綱維，以正二十八舍者，北辰也。《論語》曰：「北辰居其所，而眾星拱之。」心者，人之北辰也。苟存其心，養其性，所以事天也。[9]

心是人的北辰，人的精氣、思慮、行動都要以心為正，正如天的二十八宿要以北辰為正，在此北靜王「北」的意義又與北辰相通起來；再者，〈復・彖傳〉曰：「復，其見天地之心乎？」荀爽注曰：「復者，冬至之卦，陽起初九，為天地心，萬物所始，吉凶之先，故曰見天地之心。」可見，北靜王之「北」字一方面根據卦氣說可以與〈復〉相通，另一方面在正心的意思上可以與北辰聯繫起來，儼然是書中的北辰。北靜王通於通靈寶玉，皆是要正心，正如《大學》所言「欲修其身，先正其心」，北靜王尤其是在陰極之時痛下針砭就猶如天地在純陰之時產生了微弱的陽氣，可以說他的箴諫正是天地心回復陽氣之機。

〈復〉卦是《周易》中一個十分重要的卦，它的卦象是一個陽爻在下，五個陰爻在上，在陰陽的變化中比喻在一片純陰之中忽然回復了陽氣，也比喻陽氣開始逐漸增加之時。按照卦氣說，九月對應〈剝〉卦，〈剝〉卦是陰剝陽，其卦象正是一陽在上，五陰在下，陰氣逐漸增加，從而將要把最上面

---

[9] 〔清〕焦循：《孟子正義》（北京：中華書局，1987年），頁875。

的一個陽爻也要剝盡，對應九月中陰氣逐漸增加。隨著陰氣的增加到了十月，便對應〈坤〉卦，〈坤〉卦是純陰之卦，陰極陽生，所以到了十一月微弱的陽氣便從下面初生，對應的卦象正是〈復〉卦。從當時的各種情形看，林如海死是九月三日，林如海喻木之生，木居東方，為陽，林如海歿則喻木死，正當天地有肅殺之氣，而又逢秦可卿因事自縊，所以這是一片陰象的時候。北靜王此來的目的也正是為了扶陽抑陰，那北靜王是如何來扶陽抑陰，這「陽起初九」的一陽來復是指什麼呢？尤其看他囑咐寶玉的一番話可知：

> 世榮又道：「只是一件，令郎如此資質，想老太夫人輩自然鍾愛極矣。但吾輩後生，甚不宜溺愛，（張新之評：〔求本〕金玉良言。）溺愛則未免荒失了學業。（張新之評：「大哉王言」，乃是正意。）昔小王曾蹈此轍，想令郎亦未必不如是也。若令郎在家，難以用功，不妨常到寒第，小王雖不才，卻多蒙海內眾名士凡自都者，未有不垂青眼，是以寒第高人頗聚，令郎常去談談會會，則學問可以日進矣。」（張新之評：所謂琢磨。○〔求本〕自是河間獻王一流人物。）賈政忙躬身答道：「是。」[10]

北靜王所說的這一段話並非虛言，也切不可在書中草草看過，書中寫襲人、寶釵勸寶玉讀書時時常是曲筆，別有深意，而北靜王的勸則是正面的箴諫。北靜王勸諫賈政「甚不宜溺愛」，可見程度之深，北靜王之意在勸誡寶玉不可因溺愛而荒廢學業，其實這與通篇的書旨聯繫甚密。我們看一下北靜王出場前所發生的事，一是「鬧書房」，可見寶玉在書房全是玩鬧，並未在學問上下點功夫。二是寫賈瑞與秦鐘因情喪身。然後在秦可卿喪身之後突然寫一北靜王來，是有深意的。北靜王此番話是應「北」而來，北為坎方，坎冬至用事，主一〈復〉卦，故此番勸誡是一陽來復之機。為何這麼說呢？北

10　〔清〕曹雪芹：《紅樓夢：三家評本》（上海：上海古籍出版社，2021 年），頁 238。

靜王是乘秦可卿之死而來，我們進一步明白了秦可卿我們也就明白了北靜王。

第五十六回回後評中張新之評道：「前有『神遊太虛境』一夢，為〈姤〉，為夢之來源。後有『幻境得通靈』一夢，為〈復〉，為夢之去路。今演此夢在中，正〈姤〉之終，〈復〉之始，真假有無之樞紐，而劉姥姥、北靜王總匯也，是為常山蛇腰。」在此處張新之進一步確認了《紅樓夢》的整體架構可以通過〈姤〉、〈剝〉、〈坤〉、〈復〉來體現，前半部分是以劉姥姥進榮國府、秦可卿之死等事件體現出陰氣的逐漸增長，在書中的體現也就是倫常的敗壞、家道的沒落，但是在描寫這些背蔑倫常、肆意排場、荒淫用度的行為時卻又時時針砭，比如秦可卿臨死時對王熙鳳的告誡，比如北靜王對賈寶玉不可荒廢學業的告誡，都是書中的「一陽來復」之機。

第七十回「林黛玉重建桃花社」，文中寫道：「咱們重新整理起這個社來，自然更有生趣兒。」張新之評曰：「上半部演〈復〉之〈剝〉，下半部演〈剝〉之〈復〉，數語括之，而大道存焉。」張新之尤其注重對〈剝〉、〈復〉兩個卦的運用，在大章節上，他認為上半部是演家道的敗落，而下半部則演家道如何從剝極而走向復興。

五、賴嬤嬤關涉〈否〉卦

在第四十五回「金蘭契互剖金蘭語，風雨夕悶制風雨詞」總評中，張新之評曰：「此大段演一〈否〉卦，而〈否〉必自〈姤〉來，故此兩回詳演〈姤〉之〈否〉象。上回用一鮑二，此回用一賴嬤嬤。天地之道，〈否〉、〈泰〉而已。泰極則否，此理之常。」在卦氣說中，〈否〉䷋卦是由〈姤〉䷫卦發展而來，表示陰氣的逐漸增加，在卦象中的具體體現就是陰爻已經從〈姤〉卦的一爻而變為〈否〉卦的三爻，在人事中〈否〉就表示一種沒落抑或反常的頹勢。

賴嬤嬤是賴大的母親，賈府中主要管事，她的孫子賴尚榮做了知縣，便在本回敘出要請客吃酒來賀喜，而且連擺三日的賀宴，可見賈府的管家也如此鋪張奢費，並且正因此次賀宴，引起了薛蟠被柳湘蓮痛打以及賭博等事，導致了後來探春整頓大觀園等事件，在一定程度上推進了賈府的沒落和敗亡。

六、秦可卿關涉〈姤〉卦

秦可卿這個人物在書中十分重要，筆者擬用卦氣說和易象的理論對她進行深入的分析。秦可卿判詞曰：「漫言不肖皆榮出，造釁開端實在寧。」可見榮寧兩府的敗落之機的「開端」是從寧國府的秦可卿而來，秦可卿是敗壞消亡的一陰，正合於䷫〈姤〉卦，而〈姤〉旁通[11]於䷗〈復〉，所以秦可卿之去，正是北靜王之來，然而〈姤〉〈復〉都是寓陰陽消長，所以〈姤〉卦之內也有〈復〉機，對應的是秦可卿也有善行，這正是易理中的「飛伏」[12]，並且書中也有明寫秦可卿的善言。我們先看秦可卿的為人。

書中第八回敘其出處時寫她：「她父親秦邦業，現任營繕郎，年近七旬，夫人早亡。因當年無兒女，便向養生堂抱了一個兒子並一個女兒。誰知兒子又死了，只剩女兒，小名喚可兒。長大時生得形容嫋娜，性格風流。因素與賈家有些瓜葛，故結了親。」

第五回引寶玉歇息時寫她：「賈母素知秦氏是極妥當的人，生得嫋娜纖巧，行事又溫柔和平，是重孫媳婦中第一個得意之人。見他去安置寶玉，自是安穩的。」

第五回寫其言行：「秦氏聽了，笑道：『這裡還不好，往哪裡去呢？不然，往我屋裡去罷。』」寶玉點頭微笑。有一嬤嬤說道：「那裡有個叔叔往侄兒媳婦房裡睡覺的禮？秦氏笑道：『噯喲，不怕他惱，他能多大了，就忌

11　旁通易學中的術語。《乾・文言傳》云：「六爻發揮，旁通情也。」是指六十四卦間的對應關係，簡明地講就是卦中的陰陽爻互換，比如〈乾〉卦陽爻全換成陰爻即是〈坤〉卦，所以〈乾〉〈坤〉旁通，〈復〉與〈姤〉旁通，旁通的兩卦意義具有一定的關聯，比如〈復〉卦初爻是陽爻，比喻陽氣初升，而〈姤〉卦的初爻是陰爻，比喻陰氣初生。

12　按照漢代易學中的飛伏說，〈乾〉卦實際上伏有一個〈坤〉卦在，〈坤〉卦中也伏有一個〈乾〉卦在，隱而不顯而已。朱震《漢上易傳》：「凡卦見者為飛，隱者為伏。」

諱這些麼？上月你沒有看見我那個兄弟來了，雖然和寶叔同年，兩個人若同站立在一處，只怕那一個還高些呢！』」

秦氏沒了之時寫道：「鳳姐嚇了一身冷汗，出了一回神，只得忙穿衣往王夫人處來。彼時合家皆知，無不納悶，都有些疑心。那長一輩的想他素日孝順，平輩的想他素日和睦親密，下一輩的想他素日的慈愛，以及家中僕從老小想他素日憐貧惜賤、愛老慈幼之恩，莫不悲號痛苦。」

寫丫鬟觸柱：「忽又聽見秦氏之丫鬟名喚瑞珠的，見秦氏死了，也觸柱而亡。此事可罕，合族都稱歎。」

關於秦氏的事作者寫得虛虛晃晃，極盡蘊藉之筆，又怕讀者真被自己所誑，所以又往往抖露一二，點醒讀者來自尋。上面所引就是一些例證，寫其出處是寫其出身不明，寫賈母的見識一方面是寫賈母不辨忠奸賢愚，往往為人所誑，其為襲人、鳳姐所誑是一理，另一方面是作者故弄虛筆，自說自掩，來引人探尋實理。寫秦氏的言行則用正筆，明明寫出秦氏的行事和作風，是否為賈母所說我們可以自己評判。寫秦氏之死訊則寫得虛虛實實，又是「嚇」，又是「出神」、「納悶」、「疑心」是用虛筆寫實事，後面的各色人的反應則又是用實筆虛用來掩飾一番。寫瑞珠觸柱，則明明吊起讀者心識，使人自悟。秦氏喪葬中寫賈珍處、賈蓉處都用各種筆法，來抖露出秦氏的為人。雖然作者用蘊藉之筆寫其淫，但還是可以下一個判斷，就如秦可卿的判詞所云「情既相逢必主淫」，秦氏是造釁開端的淫首[13]。

既然秦可卿是造釁開端的人，是賈府的敗落的開始，就十分類似於《周易》中的〈姤〉卦，其正代表一個消極的過程的開端，所以其卦象是一個陰

---

13 另據洪秋蕃《紅樓夢抉隱》的文本考證，秦可卿不僅與賈珍亂倫常，也與賈薔等人有染，證據是第九回寫賈薔與賈蓉「他兄弟二人最相親厚，常共起居。寧府中人多口雜，那些不得志的奴僕專能造言誹謗主人，因此不知又有什麼小人詬誶謠諑之辭。賈珍想亦風聞得些口聲不好，自己也要避些嫌疑，如今竟分與房舍，命賈薔搬出寧府，自己立門戶過活去了。（此處也可見作者的自說自掩的筆法，既言「常共起居」，又言奴僕誹謗主人，書中往往是這種文法。）」則可見若秦氏之私於賈珍是屈從，則私於賈薔是為淫。見馮其庸輯校《重校八家評批紅樓夢》第九回洪秋蕃評語。

爻從下方升起。〈姤〉卦卦辭是：「姤，女壯，勿用取女。」虞翻注曰：「消卦也，與〈復〉旁通。巽長女，女壯，傷也。陰傷陽，柔消剛，故『女壯』也。」〈彖〉曰：「姤，遇也，柔遇剛也。勿用取女，不可與長也。」鄭玄注曰：「〈姤〉，遇也。一陰承五陽，一女當五男，苟相遇耳，非禮之正，故謂之『姤』，『女壯』如是，壯健以淫，故不可娶，婦人以婉娩為其德也。」可見，〈姤〉卦的意義簡明地說就是女人有非禮之行。

此卦一陰承五陽，且非禮之正，正與秦氏所為相合。初六爻辭曰：「初六，繫于金柅，貞吉。有攸往，見凶。羸豕孚蹢躅」，虞翻注曰：「『柅』謂二也。巽為繩，故『繫柅』。乾為金，巽木入金，柅之象也。初四失正，易位乃吉，故貞吉矣。」[14]「柅」的意思是車輪上的制動的木頭，虞翻解釋為什麼是「繫」柅，因為〈姤〉內卦是巽，巽為繩，所以有「繫」象。初六爻辭的意思即是，初六的一陰若能依附在堅剛的「柅」上，守持堅貞就會吉祥；如果急於前往，就會有兇險。因為初六爻失位，若能應九四，則當位[15]，但爻辭告誡不宜前往。

巧合的是，〈姤〉卦內卦為巽，巽為繩，與秦氏自縊而亡正相吻合[16]，且秦氏自縊而亡，正類似於初六繫於九二，秦氏為初六，是〈姤〉卦中的一陰，九二是其夫，是賈蓉。可見秦氏之死是死於賈蓉，考文本也正契合。據

14　李道平疏此段曰：「『柅』，《子夏傳》作『鑈』，《說文》作『檷』，二互乾金，故『柅謂二也。』巽繩直，故『為繩』，初繩二柅，故曰『繫柅』。『乾為金』〈說卦〉文。巽，入也。以巽木入金，其象柅。」

15　易例中的當位不當位之說，即指六爻中，一三五爻如果是陽爻，則該爻稱為當位，反之失位；二四六爻如果是陰爻，則該爻稱為當位，反之失位。又，易例中有「乘承比應」之說，適用於內外卦的相互關係，「應」就是指內卦中的一二三爻與外卦中的四五六爻相應，也就是第一爻與第四爻相應，第二爻與第五爻相應，第三爻與第六爻相應，若相應的兩爻陰陽相反，則有交感，若相應的兩爻同是陰爻或陽爻則無交感。〈姤〉卦中，初六爻不當位，且九四爻是陽爻，有交感，所以一般來說初六爻會去往應九四，但爻辭中專門告誡不可以往應，因與整個卦的卦義有關。

16　考鴛鴦自縊後是秦氏來接，故秦氏也為自縊，另外，第十三回賈珍對賈代儒等人說秦氏之死有言：「如今伸腿去了，可見這長房內絕滅無人了！」，「伸腿去了」暗喻自縊。

考秦氏與賈珍、賈薔有染，其死必為賈蓉所逼，看寫秦氏死後無一筆寫賈蓉悲戚，便可知其夫妻反目。

十分巧合的是，秦氏與賈蓉夫妻反目在卦象中也有十分明顯的體現。初六爻辭有「初六，繫于金柅，貞吉。有攸往，見凶。羸豕孚蹢躅。」《九家易》注曰：「絲繫於柅，猶女繫於男，故以喻初宜繫二也。若能專心順二則吉，故曰貞吉。今既為二所據，不可往應四，往則有凶，故曰『有攸往，貞吉』也。」在此初六最宜與九二相合，則可同歸於好，在《紅樓夢》中的體現就是若秦氏能貞潔自守，繫於賈蓉，「非禮勿視，非禮勿動」，則可貞吉，如果非要越過九二而要與九四相應，則會見凶。李道平疏曰：「蓋初為二所據，不可往應於四。若『有攸往』，互離為見，則『見凶』也。」在此李道平的意思是若初六往應於四，居六四位，則互體是離，離為見，所以會「見凶」，可謂與書中之事完全相合。更進一步，若初六與九四易位，也即若是「有攸往」，則成風天☴〈小畜〉卦，而〈小畜〉卦的爻辭正有「輿說輻，夫妻反目」。與書中秦氏與賈蓉之事吻合。

「羸豕孚蹢躅」，此語可以說是秦氏真正的病因，也即是張太醫論病細窮源的「源」。宋衷注曰：「羸，大索，所以繫豕者也。巽為股，又為進退，股而進退，則蹢躅也。初應於四，為二所據，不得從應，故不安矣，體巽為風，動搖之貌也。」宋衷的意思是初六與九四相應，不能前去相應，所以不安躁動，而且〈姤〉卦的內卦是巽，巽為風，所以有動搖之貌。[17]

秦氏的病與此義正相合，秦氏為初六，為賈蓉九二所據，不能往應九四，所以便生躁動。蹢躅，《釋文》云：「不靜也」，巽為躁卦，為長女，

---

[17] 李道平疏虞翻注曰：「〈姤〉，倒〈夬〉也。〈姤〉之三即〈夬〉之四，〈姤〉九三爻辭與〈夬〉正同。〈夬〉四動而成〈需〉，其體為坎（需卦外卦為坎），『坎為豕』，〈說卦〉文，坎有孚，故為『孚』，巽繩操之，故稱『羸』，巽為舞為進退，操而舞，故『羸豕孚蹢躅』。以喻〈姤〉女望于五陽，如豕蹢躅也。」筆者按，虞翻解「豕」象來源是用〈姤〉卦相錯至〈夬〉卦，以〈夬〉體坎來尋得「豕」象，其實若〈姤〉初六往應九四，則成〈小畜〉卦，〈小畜〉卦互體見坎，也可得「豕」象，或可備一說。

可見秦氏是因不能專心自守而躁動不安，猶如被繩索綁縛的豕在進退踟躕，因而致病。試看張太醫論病細窮源的脈象分析：「其左寸沉數者，乃心虛而生火；左關沉浮者，乃肝家氣滯血虧……，右關虛而無神者，乃脾土為肝木克制……心中發熱……不思飲食……精神倦怠，四肢酸軟」，巽為木，肝為木，秦氏的病是因躁動不安而致肝火旺盛，其究是因為躁病。

賈蓉看了藥方說：「高明的很。還要請教先生，這病與性命終究有無妨礙？」張太醫笑道：「大爺是最高明的人，病到這個地步，非一朝一夕的症候了。吃了這藥，也要看醫緣了。依小弟看來，今年一冬是不相干的，過了春分，就可望全愈了。」讀者不禁要問，為何是「今年一冬是不相干的」，而過了春分就可望痊癒呢？要理解張太醫為何這麼說，還要從《周易》說起。

據卦氣說，春分時所應的十二消息卦是〈大壯〉，〈象〉曰：「雷在天上，大壯。君子以非禮弗履。」陸績注曰：「天尊雷卑，終必消除，故象以為戒，非禮不履。」這正是針對秦氏的箴諫之言，若能非禮不履，則可望痊癒。但秦氏不能自決，終究敗家而亡。

䷡〈大壯〉旁通於䷠〈遯〉卦，虞翻認為若一任〈姤〉卦消陽，則：「〈遯〉子弒父，䷋〈否〉臣弒君。」義為〈姤〉消陽消到第二爻則變成〈遯〉卦，消到第三爻則變成〈否〉卦。〈遯〉卦上乾下艮，艮消乾，艮為少男，乾為父，所以是艮子弒乾父。〈否〉卦上乾下坤，坤為臣，乾為君，坤消乾，所以是坤臣弒乾君。可見〈姤〉陰切不可再越禮一步，否則則有弒父之變，考書中脈絡，在秦氏喪禮期間賈珍賈蓉父子甚是疏遠，寫秦氏之歿，獨寫賈珍「哭的淚人一般」，要為秦氏買上等棺木，賈政勸誡而「賈珍如何肯聽？」，寶珠願為義女，「賈珍甚喜」，為了靈幡上好看、喪禮上風光則為賈蓉捐了前程，而文中並無隻言半語寫賈蓉哀痛，反而寫賈珍對賈代儒等說道：「合家大小，遠近親友，誰不知我這媳婦比兒子還強十倍，如今伸腿去了，可見這長房內絕滅無人了。」還說：「如何料理，不過盡我所有罷了！」這些話聽起來真是彆扭得很，真是奇談，賈珍說這媳婦比兒子還強十倍，而不寫賈蓉一筆，父子間的情形可以想見。張太醫論病時曾說：「病到這個地位，非一朝一夕的症候了。」張新之在此評曰：「『臣弒其君，子弒其父，非一朝一夕之故』[18]，我評此書為演一『漸』字。」這真是金玉良言，從〈姤〉卦的一陽一直消到〈坤〉卦的純陰，確實不是一朝一夕的功夫，其所由來者漸矣！〈坤〉初六爻辭：「履霜，堅冰至。」〈象〉曰：「履霜堅冰，陰始凝也，馴致其道，至堅冰也。」腳剛踩在霜上的時候，知道這是陰氣開始凝結，由此便知堅冰不久也就會出現，秦氏的行為如果在開始的時候能加以勸誡，也不至於任由其發展到不可挽回的地步，同時如果秦氏不死，賈珍賈蓉父子隨著一朝一夕的積怨加深，難免不會出現「子弒其父」的行為，這是書中未寫之處，但書中的意思已經到了這個地步，一字不寫賈蓉悲戚便是作者的深意。由此看我們看，作者對秦可卿的立意正是突出了一個「首」字，「造釁開端首在寧」、「家事消亡首罪寧」，秦氏不僅是十二釵中第一個薄命的人，也是寧榮兩府破敗的開端，也正是〈姤〉卦中的一陰之始，正是由此開端，賈家最終剝至純坤。秦氏的寓意在於賈家若能防微杜漸，「非禮勿履」，則不至於家業凋零，金銀散盡。所以前言〈姤〉旁通於〈復〉，秦可卿雖然為陰息之始，但也蘊藏著一陽來復之機。

第十三回秦氏托夢給王熙鳳的都是金玉良言，字字珠璣，蘊藏著家道復興之機，之前的新紅學往往將書刨除儒理，僅以自敘傳視之，則《紅樓夢》精義不彰，落得僅為談情之書。實際上《紅樓夢》每每取義於《周易》，或多或少取象於《周易》，正如張新之所言：「四子六經，囊括其中」，《紅樓夢》都是用象來演出。

上文中我們刨根究底，已經明白秦可卿的為人，可以說是一個獲罪之人，黷刑壞禮，是書中第一個薄命之人。倘拋除一切成見，這麼一個人臨死之際會有何感念呢？看她的言辭吩咐，我們不能不說《紅樓夢》是一部救世之書，其言皆諄諄教誨，茲全引如下：

---

18 出自《坤．文言傳》，其文云：「積善之家必有餘慶，積不善之家必有餘殃。臣弒其君，子弒其父，非一朝一夕之故，其所由來者漸矣。由辯之不早辯也。」

> 恍惚間只見秦氏從外走來，含笑說道：「……還有一件心願未了，非告訴嬸嬸，別人未必中用。」……秦氏道：「嬸嬸，你是脂粉隊裡的英雄，連那些束帶頂冠的男子也不能過你，你如何連兩句俗語也不曉得？常言『月滿則虧，水滿則溢』，又道是『登高必跌重』。如今我們家赫赫揚揚，已將百載，一日樂極生悲，若應了那句『樹倒猢猻散』的俗語，豈不虛稱了一世詩書舊族了？」
>
> 鳳姐聽了此話，心胸不快，十分敬畏，忙問道：「這話慮的極是，但有何法可以永保無虞？」秦氏冷笑道：「嬸娘好癡也！『否極泰來』，榮辱自古周而復始，豈人力所能常保的？但如今能于榮時籌畫下將來衰時的世業，亦可以常遠保全了。即如今日諸事俱妥，只有兩件未妥，若把此事如此一行，則後日可保無患了。」鳳姐便問道：「什麼事？」秦氏道：「目今祖塋雖四時祭祀，只是無一定的錢糧；第二，家塾雖立，無一定的供給。依我想來，如今盛時固不缺祭祀供給，但將來敗落之時，此二項有何出處？莫若依我定見，趁今日富貴，將祖塋附近多置田莊、房舍、地畝，以備祭祀、供給之費皆出自此處；將家塾亦設於此。合同族中長幼，大家定了則例，日後按房掌管這一年的地畝錢糧、祭祀供給之事。如此周流，又無爭競，也沒有典賣諸弊。便是有罪，己物可以入官，這祭祀產業連官也不入的。便敗落下來，子孫回家讀書務農也有個退步，祭祀又可永繼。若目今以為榮華不絕，不思後日，終非長策。眼見不日又有一件非常的喜事，真是烈火烹油、鮮花著錦之盛。要知道也不過是瞬息的繁華，一時的歡樂，萬不可忘了那『盛筵必散』的俗語。若不早為後慮，只恐後悔無益了！」[19]

作者講得明明清楚敞亮，要人早為後慮。之後寶玉中鄉魁也是否極泰來

19　〔清〕曹雪芹：《紅樓夢：三家評本》（上海：上海古籍出版社，2021 年），頁 209。引文從他本校改。

之象，緣何紅學家們偏偏篤信脂硯齋的批語，貶斥高鶚、程偉元「截長補短」的是偽書呢？正因全書所主是《周易》陰陽循環，所以由盛而衰，由〈剝〉而〈復〉，才生出這百二十回的文字，甚至說《紅樓夢》是一齣徹底的悲劇也是值得商榷的，這個後文再論。

看秦氏是何種的人物，她彌留之際所訓誡的話也飽含人情至理，存家道復興之機，可見連秦氏這樣的壞禮的人猶有可復之機，全書之中誰不能改過自新呢？〈繫辭傳〉曰：「百姓日用而不知」，正是說的易理，秦氏所言「月滿則虧，水滿則溢」、「登高必跌重」都是合於《周易》思想的俗語，〈乾〉卦上九爻辭曰：「上九，亢龍有悔。」〈象〉曰：「亢龍有悔，盈不可久也。」〈文言〉曰：「亢之為言也。知進而不知退，知存而不知亡，知得而不知喪。其唯聖人乎？知進退存亡而不失其正者，其唯聖人乎？」秦氏是代作者立言，她是知進退存亡的，所以她說：「榮辱自古周而復始，豈人力所能常保的。」〈乾・文言傳〉曰：「先天而天弗違，後天而奉天時。天且弗違，而況於人乎？」不能違拗於天，則要做好人事，秦氏所提第一是「將祖塋附近多置田莊房舍地畝」，也就是「有恆產」，因為祭祖產業是即使獲罪也不入官的。第二則是「備祭祀供給之費」和「家塾設於此地」，也就是祭祀和家塾，祭祀是孝，家塾則是教，孝教並提。多置田舍地畝是《孟子・梁惠王》所言「無恆產而有恒心者，惟士為能。若民，則無恆產，因無恒心。」孝教並提則合於《孟子・梁惠王》所言「謹庠序之教，申之以孝悌之義」，焦循疏曰：「教化不修，則廢弛。謹，嚴也，振起其廢弛而謹嚴之。」[20] 這不僅合於王道，更是治家的根本，秦氏這一番言論，不啻於聖賢之論。

第三節　陰陽五行說的基本內涵

陰陽和五行學說起源甚早，可以說在八卦形成之時就已經有陰陽觀念存

---

20 〔清〕焦循：《孟子正義》（北京：中華書局，1987年），頁95。

在了，而八卦則已經是陰陽說的具體體現了。一般認為，五行與陰陽具有不同的起源。《尚書・洪範》最先記載五行：「五行：一曰水，二曰火，三曰木，四曰金，五曰土。水曰潤下，火曰炎上、木曰曲直，金曰從革，土爰稼穡。潤下作鹹，炎上作苦，曲直作酸，從革作辛，稼穡作甘」[21]。可見五行的名義不只是物質化的，而是有其本身的義理的特徵，《春秋元命苞》曰：「水之為言演也，陰化淖濡，流施潛行也。故立字，兩人交，一以中出者為水。一者，數之始。兩人，譬男女，陰陽交以起一也。水者，五行始焉，元氣之湊液也。木者，觸也，觸地而生。土之為言吐也，含吐氣精，以生於物。」[22]《白虎通》云：「火之為言化也，陽氣用事，萬無變化也。」[23] 許慎云：「金者，禁也，陰氣始起，萬物禁止也。」[24] 這是對五行的基本名義的說解。

五行之間具有相生相剋的關係，五行間的這個複雜關係是其具有豐富闡釋能力的關鍵。《白虎通》云：「木生火者，木性溫暖，火伏其中，鑽灼而出，故木生火，火生土者，火熱，故能焚木，木焚而成灰，灰即土也，故火生土。土生金者，金居石，依山津潤而生，聚土成山，山必生石，故土生金。金生水者，少陰之氣潤澤，流津銷金，亦為水，所以山雲而從潤，故金生水。水生木者，因水潤而能生，故水生木也。」[25] 關於五行的相克，《白虎通》云：「木克土者，專勝散；土克水者，實勝虛；水克火者，眾勝寡；火克金者，精勝堅；金克木者，剛勝柔。」[26] 下文的五行生克圖可以說表明了五行的內部關係。

21　李民、王健：《尚書譯注》（上海：上海古籍出版社，2004 年），頁 219。
22　〔隋〕蕭吉：《五行大義》（北京：學苑出版社，2013 年），頁 3。
23　〔隋〕蕭吉：《五行大義》（北京：學苑出版社，2013 年），頁 3。
24　〔隋〕蕭吉：《五行大義》（北京：學苑出版社，2013 年），頁 3。
25　〔隋〕蕭吉：《五行大義》（北京：學苑出版社，2013 年），頁 51。
26　〔隋〕蕭吉：《五行大義》（北京：學苑出版社，2013 年），頁 84。

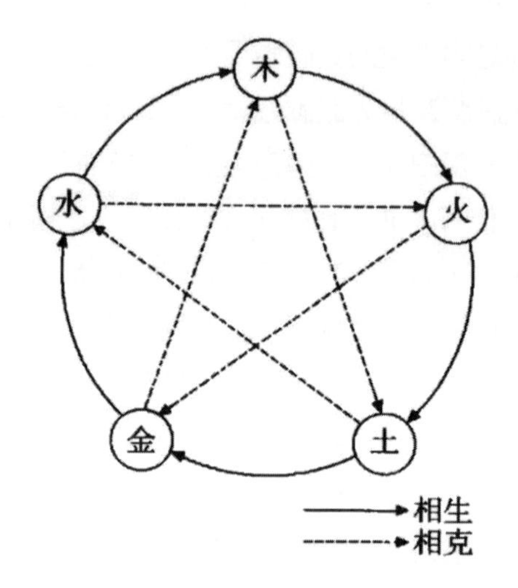

五行生克圖

五行之間相生相剋的運作不只是以五行本身為基礎，更是以五行所代表的方位、節氣、顏色、數字、五臟、五官等為媒介來進行運作。《黃帝內經》對此有全面的論述，其基本的指代如下表：

五行	季節	五味	五色	五臟	五情	五德	方位	五竅
水	冬	鹹	黑	腎	恐	智	北	耳
火	夏	苦	赤	心	喜	禮	南	舌
木	春	酸	青	肝	怒	仁	東	目
金	秋	辛	白	肺	憂	義	西	鼻
土	分主四季	甘	黃	脾	思	信	中	口

通過五行與現象界各種事物的對應關係，可以以相生相剋的理論來分析現象界的各種特徵和聯繫，如《紅樓夢》中眾多的意象的、方位的描寫為五行說的分析提供了非常重要的基礎。

陰陽五行說對文學的批評影響很深。從《文心雕龍》的諸多篇幅中可以看出陰陽五行說對文學批評的影響。〈熔裁〉篇曰：「情理設位，文採行乎其中。剛柔以立本，變通以趨時。」[27] 此論點深受《易傳》的影響，〈繫辭傳·上〉曰：「天地設位，而易行乎其中矣。」〈繫辭傳·下〉曰：「八卦成列，象在其中矣。因而重之，爻在其中矣。剛柔相推，變在其中矣。繫辭焉而命之，動在其中矣。」劉彥和是將情理放在較本源的位置上，而對將文采依附於情理。「剛柔以立本」的思想源於《易傳》，〈說卦傳〉曰：「昔者聖人之作易也，將以順性命之理。是以立天之道，曰陰與陽；立地之道，曰柔與剛；立人之道，曰仁與義。兼三才而兩之，故易六畫而成卦。分陰分陽，迭用柔剛，故易六位而成章。」可見「剛柔」正是陰陽在地道上的體現，陽為剛，而陰為柔。〈情采〉篇中曰：「故立文之道，其理有三：一曰形文，五色是也；二曰聲文，五音是也；三曰情文，五性是也。五色雜而成黼黻，五音比而成韶夏，五性發而為辭章，神理之數也。」[28] 五色、五音、五性皆是五行的延伸物，在此將形文、聲文和情文以五行的方式統合起來，由此，五行對文學批評的影響可見一斑。

以陰陽五行來品評和研究人物，在納甲說中發展成為一整套的運作模式。天干地支可以與五行相配，從而人物的品性也可以與五行相聯繫。隋朝《五行大義》論此最詳，限於篇幅在此無法展開論述。

小說批評中何時開始運用陰陽五行說，還需要進一步的考證。據筆者目力所及的清代小說批評中，康熙年間的張竹坡在評點《金瓶梅》時已經初步運用了易數的評點法，《金瓶梅》第三十三回眉批：「六者，陰數也。潘六兒與王六兒合成重陰之數，陽已全盡，安得不死？〈坤〉盡為〈復〉，〈復〉之一陽，必須靜以保之方可。月娘過街上樓，以致一陽盡，所以必死無疑。」[29] 可以說張竹坡的這段易學評點已經很有見地了。全面運用易學的陰陽五行說來評點小說的，應是乾嘉年間的道士劉一明（1734-1821），其著《西遊原旨》，認為《西遊記》是演內丹的，通篇幾乎運用《周易》卦

[27] 詹鍈：《文心雕龍義證》（上海：上海古籍出版社，1989 年），頁 276。

[28] 詹鍈：《文心雕龍義證》（上海：上海古籍出版社，1989 年），頁 1144。

[29] 〔明〕蘭陵笑笑生：《皋鶴堂批評第一奇書金瓶梅》（長春：吉林大學出版社，1994 年），頁 522。

象和五行來闡釋情節與人物。劉一明應對張新之運用易理評批《紅樓夢》有影響。值得注意的是，《紅樓夢》第二回「冷子興演說榮國府」中，就以陰陽氣稟來論人物。

第四節　陰陽五行說在《紅樓夢》評點中的運用

張新之在〈紅樓夢讀法〉中比較簡略地分析了林黛玉和薛寶釵名字的取義，其中即是運用陰陽五行之說：

> 或問是書因緣，何必內木石而外金石？答曰：玉石演人心也。心宜向善，不宜向惡。故《易》道貴陽而賤陰，聖人抑陰而扶陽。木行東方，主春生；金行西方，主秋殺。林生於海，海處東南，陽也；金出於薛，薛猶雲雪，錮冷積寒，陰也。此為林為薛、為木為金之所由取義也。[30]

張新之曰《易》道貴陽而賤陰。相傳上古時《易》有三《易》，曰《連山》、《歸藏》、《周易》，《歸藏》首卦是〈坤〉，〈坤〉為純陰之卦，所以《歸藏》尚陰，《連山》首卦為〈艮〉，《周易》首卦為〈乾〉，〈乾〉為純陽之卦，所以《周易》是貴陽而賤陰。三《易》中獨《周易》流傳，所以貴陽的思想影響較深，在《易傳》中也有較深的體現，如《繫辭下》曰：「陽卦多陰，陰卦多陽，其故何也？陽卦奇，陰卦耦。其德行何也？陽一君而二民，君子之道也。陰二君而一民，小人之道也。」是以陽為君子，而陰為小人，這在〈象傳〉中也有更明顯的體現。

張新之以五行中的木來指代林黛玉，因林黛玉為絳珠仙草，為草木，所以黛玉在五行中可以用木來涵蓋，木在方位中屬東方，在地支中屬甲乙木，而木對應春季，四季與五行的相配分別是，木為春季，其色青，火為夏季，

30　一粟：《紅樓夢資料彙編》（北京：中華書局，1964年），頁156。

其色紅，金為秋季，其色白，水為冬季，其色黑。張新之評語中的木行東方，主春生，即因林黛玉可以用五行中的木來涵蓋有關。林生於海，也就是水生木，而且林黛玉之父為林如海，木生於水。五行中西方屬金，金為少陰，主肅殺，所以張新之評語中說「錮冷積寒」。這是《紅樓夢》中最重要的兩個人物林黛玉與薛寶釵名字取義的來源，可見確實與五行說理論有明顯的關聯。

張新之在具體的評點中還運用了易數法來對具體細節進行評點，因為易與數從來不是分離的，〈說卦傳〉曰：「易，逆數也。」〈繫辭傳〉曰：「極數知來之謂占」。而且，大衍之法的卜筮方法就是運用了數的組合和變化，所以，在具體評點中運用數字的組合，是因循易學的傳統。

張新之的評點中有對陰陽五行說十分具體的運用，筆者擬挑選具體的評點實例來探討陰陽五行說對《紅樓夢》闡釋的功用。

一、牛黃、狗寶為土

第六十五回「賈二舍偷娶尤二姨」中，寫尤三姐剛烈的性格，怒斥賈璉，為其姐姐尤二姐發威，其中有寫尤三姐呵斥賈璉的一段：「你別糊塗油蒙了心，打量我們不知道你府上的事呢！這會子花了幾個臭錢……如今把我姐姐拐了來做了二房，『偷來的鑼鼓兒打不得』。我也要會會這鳳奶奶去，看他是幾個腦袋？幾隻手？若大家好取和兒便罷；倘若有一點叫人過不去，我有本事先把你兩個的牛黃狗寶掏出來，再和那潑婦拼了這條命！喝酒怕什麼？咱們就喝。」張新之評曰：「足褫鳳姐之魄，而有《五美吟》中紅拂氣概，惜黛不能出此耳。牛、狗皆屬土，土畏木，一篇話正為木發其威令也。」張新之批評的深層義理就是運用旁通理論，從看似毫不相關的語句和人物敘述中提取出應有的意義，在此他認為尤三姐的話中的牛黃、狗寶可以闡釋出關於林黛玉的信息，牛配地支與丑相配，丑在五行中屬土，狗在地支中與戌相配，戌在五行中也屬土，所以說「牛、狗皆屬土」，五行中木克土，而木是指代林黛玉的，所以張新之認為尤三姐這篇話可以聯繫到為林黛玉發威令，因為林黛玉沒有尤三姐的剛烈，不能自作主意，而只能屈居人下，尤三姐的一番剛烈正是為林黛玉這樣的人發聲，而歎息林黛玉不能為此，所以最終落得魂歸離恨天的結局。

二、西金當令，陰始凝矣

第四十五回「風雨夕悶制風雨詞」，寫林黛玉感傷秋色，而寫出了「秋花慘淡秋草黃，耿耿秋燈秋夜長」的名句。其中對周圍景物的描寫尤其到位，「這裡黛玉喝了兩口稀粥，仍歪在床上。不想日未落時，天就變了，淅淅瀝瀝下起雨來。秋霖脈脈，陰晴不定，那天漸漸的黃昏時候了，且陰的沉黑，兼著那雨滴竹梢，更覺淒涼。」張新之評曰：「西金當令，陰始凝矣。」秋季在五行中屬金，金屬於少陰，秋季正是陰氣開始凝結之時，而此時林黛玉的境遇也可以用「陰始凝」來概括，「金蘭契互剖金蘭語」中薛寶釵開始籠絡林黛玉，其目的無非是想讓其轉移對賈寶玉的感情，但前番的努力於事無補，只能處心積慮地用暗刀殺黛玉，這就是「陰始凝」的寓意，表明一個消極的過程的開始。

第六章　敷演說與複本說

敷演說與複本說是針對《紅樓夢》的文本結構而提出的兩個學說。敷演說是指《紅樓夢》的章回構造中是圍繞一個一成不變的基礎敷演而來的，這個基礎即是金玉良緣和木石姻緣的衝突，二者可以作為姻緣而說解，但其實具有更為深刻的文化內涵。敷演說對於理解《紅樓夢》的創作和結構有指導價值，敷演是建立在立象說的基礎上的，認為眾多情節構造是根據本象敷演產生的，是重複本象的原意的存在模式。如依據敷演說茯苓霜案、十二小戲子案皆是為了再現金玉、木石的衝突敷演而成的假象。可見敷演說對於理解《紅樓夢》中的次要情節具有輔助意義。

複本說是根據對後四十回的文本的生發構造進行研判，認為其脈絡有刻意接續前八十回的諸多痕跡，是仿照前八十回的諸多脈絡而起題的。這對於研究《紅樓夢》的成書具有重要的借鑑意義。

第一節　敷演說簡述

敷演說來源於《易經》形成時所依賴的「演」的方法，司馬遷〈報任安書〉云：「文王拘而演《周易》」。《說文解字》云：「演，長流也。」《周易》文本中並無「演」字。〈繫辭傳〉云：「大衍之數五十」，《說文》云：「衍，水朝宗於海也。」可見「演」「衍」二字相通，且「敷演」又常寫作「敷衍」。「大衍」是指《周易》的占筮方法，占筮時用數來象徵陰陽、四時、三才，整個占筮過程就是對這些概念的數的運作，最後推出的數六七八九也是以陰陽為基本而分為太陰、少陽、少陰、太陽。

敷衍就是按照一個不變的基點來運作眾多的個體，如大衍筮法的基點即是陰陽。張新之認為《紅樓夢》中有一個不變的基點，從而其他人物形象都圍繞這個基點來展開，這個不變的基點就是木石前盟和金玉良緣，也就是賈寶玉和林黛玉的心心相印式的精神相通與薛寶釵以徇人情的方式來籠絡賈寶玉的家族人員來達成婚姻目的的衝突。圍繞這個基點其他的人物如賈芸與紅玉、柳湘蓮與尤三姐、司棋與潘又安等等，都是作者所立的象，也就是說，影身構造所依賴的內在邏輯即是敷演說。所以《紅樓夢》中大多數的影身即是以敷演的方式生成出來的。筆者認為可以構造一個類似於易學中方圓圖的圓形，圓形的中心是賈寶玉與林黛玉、薛寶釵二人，而周圍的人物則構成了不同的外延，一波一波地向外延伸，從而構成了《紅樓夢》這種相當長篇幅小說的寫作邏輯。這是與西方的小說演進模式非常不同的，西方小說演進模式類同於直線的演進，側重於描述一個行動的開始、發展到結果。但是，《紅樓夢》的演進模式是類同於一個圓，在敘事的開始故事的結局就已經告訴讀者，故事的演進就是對這個結局的不斷的敷演，通過立象、影身所構成的眾多的形象來反復地表現這個基點，這就非常類似於《周易》中的陰陽作為六十四卦的基點。所以，筆者認為敷演說對理解中國小說的結構具有十分重要的意義。

第二節　敷演說與明清小說的結構

明清小說所形成的特長篇幅是古典文學中結構問題的集大成者，這種結構問題可以表現在三個方面。

一是人物結構或者人物層次，《三國演義》的人物層次是依附於史傳的，人物間關係是現實性的，因而是歷史性的，在文學分析上有借鑑意義，但其意義在於歷史性、現實性的人物關係對小說人物關係所具有的外部意義，單純在小說創作方面，《三國演義》中人物關係的設定幾乎透露不出作者的安排與想法，作者接近於歷史的描摹工。《水滸傳》的人物層次在《三國演義》的基礎上有了發展，其人物的聯結類似於環狀，一環接一環，寫完林沖、寫魯智深，再寫楊志、寫武松，一百單八將各自像小小的溪流，最終匯成偌大的梁山泊，但是每個人物間缺乏必要的關聯，而只有交匯成總織上的所需的必要的聯結，這種結構類型側重於由單線匯成多線，已經是較為複雜的結構類型。《西遊記》的結構類型類似於《水滸傳》，只是其分敘人物的部分少，總敘人物的部分多，分敘中有重點有主導，即孫悟空佔據了核心位置，而之前的小說難以有一個如此重要的、如此抽象的核心。到第十四回孫悟空隨唐僧取經之後的部分則形成了大片的平行模式，這種模式在歐洲文藝復興時期十分常見，如薄伽丘的《十日談》、喬叟的《坎特伯雷故事集》，皆側重於平行分敘，平行線索間的人物缺乏聯繫。《金瓶梅》的人物結構模式是一個飛躍，不同於之前的小說結構層次，其側重於「總」，總之中形成了錯綜複雜的人際關係脈絡，這種脈絡已經不是多線所能概括的，甚至導向了一種無限性，人物與人物之間變得異常複雜，存在著多層的關係，本質上這與現實主義的文學思想有關，因為文學文本直接描摹了當時依附於宗法關係的人情狀態下的人間情狀。另外，《金瓶梅》的這種結構層次應與易學有一定的關聯。《紅樓夢》中的人物層次則凸顯出一定的系統性，單個人物在一定程度上不再具有創作上的歷史意味，而更側重於其文學意味，這一點本書與新紅學的考證研究具有較大分歧。影身說一章主要處理了《紅樓夢》中人物之間的影身與本身的關係，這種人物結構層次一方面與《金瓶梅》應有密切關係，因為要想達到影身說的創作理念，說明作者在設定這個人物所要表達的意義層面已經有了比較明晰的認識，影身只是類似意義的不同的形象表現，這種主張在《金瓶梅》中應有創作實踐。另外，《金瓶梅》中西門慶具有主導位置，而在《紅樓夢》中賈寶玉、林黛玉具有主導位置，這種主導人物的思想在創作實踐上一併可以追溯到《西遊記》，在創作邏輯上應與易學有關聯。

敷演說可以為《西遊記》、《水滸傳》、《金瓶梅》、《三國演義》、《紅樓夢》等小說的結構問題提供一種思路。

敷演的核心是認為龐大的情節結構下有一恒定不變之物，猶如一個黑格爾美學中的「理念」，是這個恒定不變的「一」指導了那外在的「多」。在《西遊記》中這個隱在的恒定不變之物即是第十三回所云：「心生，種種魔生；心滅，種種魔滅。」西天取經路途上的種種妖魔鬼怪皆是敷演此《心經》義理幻化而來。《水滸傳》中敷演的基礎則在首回寫明當朝信用左道、洪信走魔，全篇實以官民衝突為基礎而寫來。

《紅樓夢》的結構與《周易》具有內在的、義理層面的共通關係。確切地說，《紅樓夢》是一部「象」書，而《周易》也是一部「象」書。《紅樓夢》中設立了眾多的人物和形象，這些「象」實際上跟《周易》中用陰陽爻所設的卦象在意義層面沒有本質的不同，只是表現形式和抽象化程度不同。《周易》中的卦象更抽象、更純粹，《紅樓夢》中的象更具體，作為小說化的形象需要貼合現實的邏輯。比如秦可卿在書中造釁開端，實際上其意義就與〈姤〉卦相合，只是表現形式有差異，但是意義上相通。所以，在一定程度上，可以將《紅樓夢》看作一部小說化的《周易》。

再者，《紅樓夢》中體現出內部人物、情節的錯綜複雜、相互指涉的關係，也就是其內部是相互聯通的交融體，不是《西遊記》一樣的一個取經故事接著一個取經故事的機械固化的聯結，而是一圓周式的相互映照指涉的關係。這種內部關係十分類似於《周易》中六十四卦之間的關係，六十四卦之間通過互體、卦變法導向了相互聯通的狀態，其實《紅樓夢》不同人物之間的關係類似於互體、卦變。筆者以為，《紅樓夢》中的人物就像易學中的方圓圖一樣，是一種圓周的關係。

在一定程度上，筆者認為通過易學思想的介入，《紅樓夢》內部的深層勾連才能得到闡釋。《紅樓夢》和《周易》是相互闡釋的關係，《紅樓夢》以人事的方式將《周易》中的義理闡釋出來，而《周易》以相對抽象的卦象方式將《紅樓夢》中錯綜繁複的線索明晰地呈現出來。可以說，《紅樓夢》即是封建社會末期的一部「《易》」。

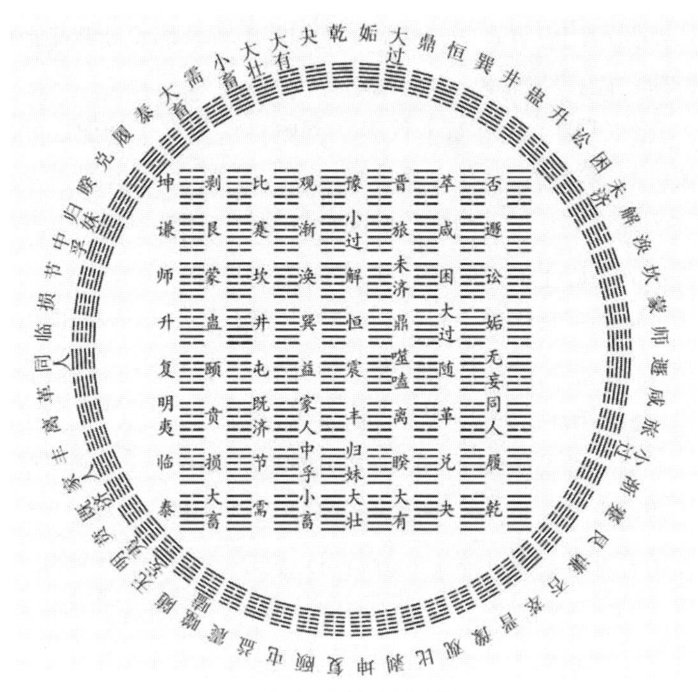

六十四卦方圓圖

結構問題的第二點是情節結構。情節結構與人物結構具有較大的相似性，但其根本問題可以概括為「實」與「虛」的問題。一方面，在《紅樓夢》這部小說內部具有「實」與「虛」的分立，也就是說部分情節是虛化的，是比照書中的主要脈絡也就是實在的情節而摹寫出來的，比如賈寶玉與林黛玉的愛情關係可以認為是書中的實事，則王熙鳳在鐵檻寺中弄權所導致的冤死的一男一女則為虛事，其設定是為了影射賈寶玉和林黛玉愛情的破滅。再如書中的一個大重點，賈寶玉與甄寶玉的關係問題，書中明說「假作真時真亦假，無為有處有還無」，甄寶玉是賈寶玉的一個虛影，實際上是一個虛的人物，這個虛的人物在書中對實在的賈寶玉常常針砭，讓其戒情而在學問上下點功夫，與北靜王的教誨非常相似，但賈寶玉每不願接觸經濟學問，這種真假虛實之間的衝突實際上是作者思想深處的一個矛盾方面，這個矛盾代表了作者那個時代的矛盾，這個大問題暫且不討論。總之，《紅樓夢》情節內部體現出虛實真假的結構，這種將虛實真假交錯起來形成一個隱含著評判的統一體在錯綜說一章有簡略分析。

另一方面，「虛」、「實」代表了歷史材料和文學想像之間的結構關係，索隱派紅學、考證派紅學側重於尋找《紅樓夢》文本中的歷史材料，側重將其虛構的部分弱化，而內部研究則重視書中虛構的部分，並認為全書都是在一個虛構的基礎上而來的，只不過是在歷史材料上的虛構，虛構過程完成後的書中的藝術形象與歷史材料的聯繫已經相當弱化，反而與作者思想中為他那個時代深深思考的矛盾有更緊密的聯繫，可以說，《紅樓夢》中人物的命運就是作者對清代歷史現狀下人物命運的思考的結晶，代表了清代思想中理學的、心學的種種衝突，所以與其去歷史材料中考證人物原型，不如去清代哲學思想中去考察其內部矛盾更能理解《紅樓夢》的內蘊。本書中錯綜說一章中利用旁通理論對「孝」的分析可以說是這種內部研究的一個嘗試。

結構研究的第三點是形式模型的研究，或者說文化模型的研究。作為文學作品，小說在總體框架上透露出與文化模型相關聯的特徵，可以稱之為小說的文化模型。《三國演義》的整體框架中透出分久必合、合久必分的模型，分合交替代表了封建王朝的歷史更迭規律，「是非成敗轉頭空，青山依舊在，幾度夕陽紅」，實際上這也可以歸納到易學思想之中，易學的變化思想，卦氣說中的更迭思想，都可以為此提供一個文化模型。《水滸傳》中也有類似的文化模型，由弱到強，再由盛而衰，也可納入到易學的變化模型中。再如《水滸傳》開篇的詩云「細推治亂興亡數，盡數陰陽造化功。」洪太尉誤走的妖魔實際上也是陰陽造化的產物，可以納入到陰陽五行學說的闡釋內。《西遊記》在此的表現更為明顯，其整個取經的模型是依附於佛教的，種種妖魔鬼怪也與佛道密切相關。《紅樓夢》也不例外，第二回「冷子興演說榮國府」即以陰陽氣化，應運應劫而生論古今人物，更重要的是《紅樓夢》整體由盛而衰的大框架，與易理十分相合。卦氣說即是陰陽學說的一個具體理論，其闡釋書中的盛衰原因和節點具有重要作用。

文化模型和形式模型的在世界文學中也有重要的體現，如古典主義戲劇所遵循的「三一律」來源於亞里士多德的《詩學》，其根本上與太陽運行一日的時間有關。在西方的小說中，這種對文化模型也體現為本文化中的經典文本，比如愛爾蘭作家喬伊斯的《尤利西斯》，本身是敷演了荷馬史詩中《奧德賽》的框架，福克納的小說《喧嘩與騷動》中利用不同的人物來敘述一個相同的事件是取筆於《聖經》手法，《新約》中的〈馬太福音〉、〈馬可福音〉、〈路加福音〉等都是對耶穌一生的記述，但其用筆和敘述則有十分的差異，福克納正是將這種差異性增大來構成小說的多人物敘事，在本質上是對經典的一種回應。

第三節　複本說以及續書問題

複本說主要的研究對象是《紅樓夢》的後四十回，其研究方法是分析後四十回的寫作思路與前八十回的關係，並最終得出一個結論，認為後四十回在相當程度上是模仿前八十回的相關章節而創作或改定的，這個見解來源於張新之，代表了其對後四十回的基本看法。筆者認為複本說從寫作思路、文本材料等方面來分析後四十回與前八十回的聯繫，對認識後四十回作者和備受爭議的續書問題有啟發作用。

下面筆者擬對續書問題作一個簡單的回顧，並將後四十回與前八十回的聯繫作一番簡要的整理。

《紅樓夢》的刊刻者程偉元在〈紅樓夢引言〉中說：

> 《紅樓夢》小說本名《石頭記》，作者相傳不一，究未知出自何人，惟書內記雪芹曹先生刪改數過。好事者每傳抄一部，置廟市中，昂其值得數金，可謂不脛而走者矣。然原目一百廿卷，今所傳祇八十卷，殊非全本。即間稱有全部者，及檢閱仍祇八十卷，讀者頗以為憾。不佞以是書既有百廿卷之目，豈無全璧？爰為竭力搜羅，自藏書家甚至故紙堆中無不留心，數年以來，僅積有廿餘卷。一日偶與鼓擔上得十餘卷，遂重價購之，欣然翻閱，見起前後起伏，尚屬接筍，然漶漫不可收拾。及同友人細加釐剔，截長補短，抄成全部，復為鐫板，以公

同好，《紅樓夢》全書始至是告成矣。[1]

在此該序言說的十分清楚，關於後四十回尤其值得注意的是，一是原目是有一百廿卷的，二是程偉元曾竭力搜尋過後四十回的，乃至是從「故紙堆」到「藏書家」無不留心，可以說是甚為投入。三是程偉元在鼓擔上搜得到十餘卷的殘本，這個殘本的狀況是「漶漫不可收拾」，但是「前後起伏，尚屬接筍」。四是後四十回的文稿是根據這個殘本而來，但是中間有程偉元的抄錄和整理工作，況且也有「補短」的情況，即殘本中漶漫不可收拾的，程偉元則同友人補寫。

我們考察後四十回的情況是否如程偉元序中所說呢？也就是一，後四十回是否同前八十回「前後起伏，尚屬接筍」，考察後四十回的人物命運，與前八十回大體接榫。二是若後四十回中有文筆不同於前文者，應是程偉元及其友人的補寫之筆，這樣的例子在後四十回中有。

可見，程偉元說的話不是虛言。

那麼筆者意在拿出足夠的文本上的證據，來看後四十回與前八十回的具體關係到底有哪一些，進而推斷後四十回的文本特性。

筆者在翻閱後四十回時，發現八十一回到九十回有一個明顯的特徵，即是每回都引前文中的一事來接洽，尤其多提用第一回到第四十回的事，或是根據前文中的事件續寫，或是以前事映現在事，這與八十回以前的文稿不同。一個突出的感覺即是，八十一回到九十回的文稿是著意參考書中首部的情節的。下面我們來看具體的二十二條例證：

一、八十一回中，因迎春苦嫁，由寶玉口中提及海棠結社，大家吟詩做東，何等熱鬧，而今園中光景大變。對應前部三十七回。

二、八十一回，重出李紋、李綺，此二人首出於四十九回，五十三回後無影蹤，直到八十一回重提。邢岫煙初出於四十九回，六十二回後無影蹤，至八十一回重提。尤其是將李紋、李綺、邢岫煙等人一起寫，是五十三回後

---

[1] 參見程甲本《紅樓夢》引言。

的首次。

三、八十一回賈母詢問寶玉和賈母魘魔法時的症狀，從而找出馬道婆、趙姨娘罪狀，此事追原第二十五回。

四、八十一回重提入家塾，中間有「回身也坐下時，不免四面一看，見昔時金榮輩不見了幾個，又添了幾個小學生，都是些粗俗平常的。忽然想起秦鐘來。」直追鬧書房等事，對應書中第九回。

五、八十二回中，黛玉與寶玉論八股文，中間有言：「我們女孩家雖然不要這個，但小時候跟著你們雨村先生念書，也曾看過，內中也有盡情盡理的，也有清淡微遠的。那時候雖不大懂，也覺得好，不可一概抹倒。況且你要取功名，這個也清貴些。」此段追原賈雨村課黛玉等事，對應書中第二回。

六、八十二回中賈代儒講天理人欲，中間有對寶玉說：「你既懂得聖人的話，為什麼正犯著這兩件病？我雖不在家中，你們老爺也不曾告訴我，其實你的毛病我卻盡知的。」此言實對應冷子興演說榮國府中對寶玉的評價，對應書中第二回。

七、八十二回寫黛玉癡魂驚噩夢，首次直接寫出黛玉心事，寫黛玉夢到與賈母的關係及外孫女兒的身分，乃至提筆道：「老太太，你向來最是慈悲的，又最疼我的，到了緊急的時候，怎麼全不管？不要說我是你外孫女兒，是隔了一層的了，我的娘是你的親生女兒，看我娘分上，也該護庇些。」這是寫黛玉處少有的透徹的明筆。這一段重寫外孫女的身分，可以追原到第三回「接外孫賈母恤孤女」，「孤」字在此回寫得顯明透徹。

八、八十二回提及惜春所畫大觀園圖，惜春畫圖可以追原到劉姥姥二進大觀園，第四十回賈母指著惜春笑道：「你瞧我這個小孫女兒，他就會畫，等明兒叫他畫一張如何？」惜春畫園由此開始，至八十二回又重提。

九、八十三回寫王太醫為黛玉診脈，醫帖寫得十分詳細，與第十回「張太醫論病細窮源」所寫為秦氏診脈筆法相近。

十、八十三回寫周瑞家的向鳳姐說外頭人的流言蜚語，中間有言：「也有說：『姑娘做了王妃，自然皇上家的東西分了一半給娘家。前兒貴妃娘娘省親回來，我們還親見他帶了幾車金銀回來，所以家裡收拾擺設的水晶宮似的。』有人還說：『他門前的獅子，只怕還是玉石的呢！園子裡還有金麒麟，叫人偷了一個去，如今剩下一個了。』……還有歌兒呢，說是：『寧國府，榮國府，金銀財寶糞如土。吃不窮，穿不窮，算來……』，說到這裡，猛然咽住。原來那歌兒說道是：『算來總是一場空。』」此段追原第十八回元妃省親，所說的歌兒十分類似第四回葫蘆案中的護官符說法。金麒麟則寫得略顯生硬，追原到二十九回、三十一回、三十二回寫寶玉與湘雲的麒麟之事，此事在四十九回略微一提，至此回鄭重陡提。

十一、八十三回寫省宮闈，「辰巳時進去，申酉時出來。」對應第十八回元妃省親時的戌初來，丑正三刻走。辰巳時到申酉時是由陽之陰，戌時到丑時是由陰之陽，時刻恰好相反，可見存在對應關係。

十二、八十四回寫賈政試文字，與第十七回賈政試才十分切近。

十三、八十四回，王熙鳳向賈母提薦姻緣，說道：「一個『寶玉』，一個『金鎖』，老太太怎麼忘了？」這是書中首次明提寶玉與寶釵的親事，是從第八回奇緣識金鎖到此回重新鄭重提出。

十四、八十四回，賈環探望巧姐將煎牛黃的銱子打翻了，此事應為第二十五回賈環忌恨寶玉便將燈油打翻澆了寶玉一臉的摹本。回目中的「探驚風賈環重結怨」的「重」字即由前事生發而來。

十五、八十五回，北靜王生日寶玉等去拜壽，北靜王問寶玉：「你那塊兒玉好？」直追十四回賈寶玉路謁北靜王，當時北靜王即首次看寶玉的通靈寶玉，這次又仿作了一塊來。此回陡接第十四、十五回。

十六、八十五回中，提及寶玉的小廝鋤藥，鋤藥是首出在第九回鬧書房回，二十八回寶玉去馮紫英家會見蔣玉菡時帶此小廝，第五十二回襲人送殯回寶玉出門也帶此小廝，然後便是此回提及。此回用鋤藥這個小廝引出賈芸，頗有根由，實際上是暗提第二十四回賈芸求鳳姐為大觀園種樹種花的差事，「鋤藥」即事關栽種。八十五回中還有寶玉言：「這孩子怎麼不認為作父親了？……前年他送我白海棠時，稱我作父親大人。今日這帖子封皮上，寫著叔父，可不是不認了麼？」這是直追二十四回情事，可以說由前文生發而來。

十七、八十五回寫薛蟠「復」惹流放刑，所謂「復」，是接第四回葫蘆案中事。可見此事是接前文復寫。

十八、八十六回「受私賄老官翻案牘」也是映照第四回葫蘆案事。

十九、八十七回寫妙玉動凡心，是追原賈寶玉品茶櫳翠庵回，當時妙玉凡心即略動。

二十、八十八回，平兒提及水月庵師父身上不受用，「回到炕上，只見有兩個人，一男一女，坐在炕上，他趕著問是誰，那裡把一根繩子往他脖子上一套，他便叫起人來。」這個一男一女就是第十五回王熙鳳弄權鐵檻寺中冤死的一男一女。此段接續前段而來，引發因果報應。

二十一、八十九回，襲人差焙茗送給寶玉的雀金裘，直追五十二回「勇晴雯病補雀金裘」。

二十二、九十回，寫邢岫煙一件小紅襖失竊，中間寫道：「鳳姐把岫煙內外一瞧，看見雖有些皮棉衣服，已是半新不舊，未必能暖和，他的被窩多半是舊的。」是寫貧女，此景直追第四十九回「琉璃世界白雪紅梅」中寫眾人衣著華麗，而「邢岫煙仍是家常舊衣，並無避雨之衣。」

上面的這些證據只是文中一些明顯的直接追原前事的筆法，但是可以清晰地看出，至少在筆者目力所及的分析範圍內，八十一回到九十回的文稿在相當程度上是比附前四十回來寫的，表現在幾個方面：一是這十回中重複了前四十回的諸多情節，乃至是直接借用前面的情節來生發新的事件，如薛蟠復惹流放刑，如賈環重結怨，如寶玉入家塾，如賈政試文字，如看望元妃，都是明顯地複述了前四十回的情節。二是前四十回描寫的許多小角色，在這十回中重新鄭重地再次提出，如寶玉的小廝鋤藥，如鐵檻寺中冤死的一男一女，如邢岫煙，都是在相當的篇幅內沒有提及，而在這十回中有了充分描寫。

這說明什麼呢？筆者認為這可以從兩方面進行分析。首先，複本說作為小說理論，可以通過重提前情來生發新的事件，造成不同的或對比、反諷等效應。這在大篇幅的長篇小說中尤其有應用價值。再者，複本說對分析《紅樓夢》的續書問題有一定的指導意義，即八十一回到九十回有很大的可能性是程偉元序言中所言及的「截長補短」的續書。

第四節　《紅樓夢》作者的歷史還原

《紅樓夢》的作者問題是百年來聚訟的一個紅學研究中的基礎問題，以往對此問題的解決多依賴於進行文獻上的考索和文本上的互證，這種考證的作者研究範式也見證了五四以來的一種較為盛行的學術風尚和學術方法。然而，具體到紅學研究中，這種通過作者考證研究而奠定的作品研究範式，以及以科學的考證為基礎的作者研究在學術發展中顯現出其不足：其一是重文獻事實而輕於文獻賴以產生的背後的人的（人情的）歷史分析[2]，即文獻本身以及運用文獻皆存在問題；其二便是輕於文學作品發展脈絡本身的考察。以此造成了《紅樓夢》作者問題形成過度依靠文獻而陷入僵局的局面，從而難以回應一些對作者問題提出的質疑。實際上，作者問題已然不是單純的文獻上的問題，而是隱含著更為深層的兩個基礎問題：一是從邏輯上、思想上認識作者失傳和作者考索的邏輯關係問題，二是作者研究是否導向作品的性質為自敘傳的問題。《紅樓夢》作者的研究需要擺脫這種傳統的依靠文獻的思路，文獻的產生和流傳依賴於人，而將人還原到歷史之中尋求其條件性的動因比機械地依靠文獻證據更有助於理解歷史形成的邏輯。古語云：「思之思之，鬼神通之」，從人的思想上這個基礎位置認識到可能的作者，不失為作為一種新的分析方法。

胡塞爾的現象學還原方法可以為分析《紅樓夢》作者提供一個新的思想方法，使人能拋除那些經驗事實來在意向性的過程中分析《紅樓夢》作者的可能條件。胡塞爾認為哲學研究中應當拋除既定的實證科學的諸多判斷，將

2　許建平：〈經驗形態詩學中的自識性與失真性——以王世貞詩學傳播中的「捧殺」與「棒殺」為例〉，文中旨意為人的人情因素是造成文獻內容傾向性的內在動因，這種因人情而起的傾向性造成了詩學批評中有失真性的現象，但是作為普遍的對待經驗性文獻的態度，此種「失真性」依然在古典文學研究中具有普遍的參考價值。

這些經驗性的判斷懸置起來，完全憑藉直觀來對意識到的「意向對象」進行描述，這就是現象學還原[3]。對《紅樓夢》作者的現象學的還原並非純粹的哲學分析，只是借鑑其思想方法來思考一些具體問題。從借鑑這種思想方法而言也可歸納為兩個基本要素：首先即是要將某些經驗的、實證的客觀因素的判斷懸置起來，排除其成見，具體而言也就是排除以前紅學研究中的諸多既定的判斷；二是要憑藉對作品深入瞭解之上的純粹直觀對作者的可能性進行陳述、分析、反思，以使諸種判斷達到內在邏輯的洽和。在現象學中，胡塞爾認為這種對於直觀的陳述有四個特徵：第一，這種陳述是非經驗性的；第二，這種陳述是描述性的；第三，這種陳述所描述的是「現象」；第四，這種描述是意識的意向性行為的表現[4]。這種現象學的還原方法運用到《紅樓夢》的分析中，僅具有方法論的意義，因第一條的非經驗性陳述僅具有排除以往經驗材料干擾的意義，而非具有排除哲學上的經驗性材料的意義，因為這種紅學陳述必然是經驗的，但是可以是排除特定經驗材料的干擾。由此可以將這種方法轉化為對作者描述的所具有的三個特徵：第一，對作者的描述並非優先根據經驗性的考證材料，而是通過意向性的直觀過程描述作者，這種描述不必然地依靠考證，這是區別以往研究的關鍵[5]；第二，這種作者的描述是直觀到的現象，雖然這種現象主要依靠意識的直觀，但是其是不言自明的，是一種「作者應當是如此」的「直觀」。第三，對作者的描述不排斥論證，這種論證是依靠作品本身不言自明的，這種論證不是經驗性的考證證明。

然而這種現象學直觀的有效性的依據在哪裡呢？這種有效性的依據在於根據作品本身的內在不言自明的理據。凡所能直觀到的，皆是合乎這種內在理據之物，這種因直觀而產生的論證是思想本身得以產出的自有的洽和性，從而也具有普遍的有效性，因其合於人們普遍的思想理據。即如下文中將要

3　鄧曉芒：〈論中國傳統文化的現象學還原〉，《中國哲學》2016 年第 9 期。

4　高宣揚：《當代法國哲學導論》（上海：同濟大學出版社，2004 年），頁 195。

5　考證只是利用發現的文獻材料，然而這個發現的文獻材料本身並非絕對的，以往的考證過於絕對地相信文獻，而輕於依靠思想中的判斷，即要避免被考證材料拉著走。

描述的五個判斷，實際上是不言自明地合於這種洽和性和有效性。

一、問題的提出：作者失傳的歷史動因

究竟何人作《紅樓夢》一書，這個問題在胡適 1921 年發表《紅樓夢考證》之前殊乏定論，之後胡適的見解因其所運用的「科學的考證」的方法，加之其在新文化運動的風潮中作為旗手的身分，在新與舊的對抗中壓倒了蔡元培的所謂的舊式的索隱的紅學。實際上，從胡適與蔡元培之後進行的通信來看，胡適的研究有其駁倒「舊的紅學」的直接意圖，這與其對《西遊記》等的研究[6] 具有相通性，都是力在以科學觀念、西方文學觀念來改寫傳統觀念。在以後的歷史脈絡中隨著「賽先生」的觀念日益深入人心，較大程度上改化了中國傳統的信仰風尚，加之有一二擁躉，遂在較長的歷史時期內成為「不刊之論」。然而，一旦號稱以科學方法對歷史作定性的判斷還須時時回到歷史原本中去檢驗。

1791 年（乾隆五十六年辛亥）在《紅樓夢》的第一次刊刻本程甲本的序言中有數語云：「《紅樓夢》小說本名《石頭記》，作者相傳不一，究未

---

6 其《西遊記考證》云：「《西遊記》被這三四百年來的無數道士和尚秀才弄壞了。道士說，這部書是一部金丹妙訣。和尚說，這部書是禪門心法。秀才說，這部書是一部正心誠意的理學書。這些解說都是《西遊記》的大仇敵。現在我們把那些什麼悟一子和什麼悟元子等等的『真詮』、『原旨』一概刪去了，還他一個本來面目。至於我這篇考證本來也不必做；不過因為這幾百年來讀《西遊記》的人都太聰明了，都不肯領略那極淺極明白的滑稽意味和玩世精神，都要妄想透過紙背去尋那『微言大義』，遂把一部《西遊記》罩上了儒、釋、道三教的袍子；因此，我不能不用我的笨眼光，指出《西遊記》有了幾百年逐漸演化的歷史；指出這部書起於民間的傳說和神話，並無『微言大義』可說；指出現在的《西遊記》小說的作者是一位『放浪詩酒，復善諧謔』的大文豪做的，我們看他的詩，曉得他確有『斬鬼』的清興，而決無『金丹』的道心；指出這部《西遊記》至多不過是一部很有趣味的滑稽小說，神話小說；他並沒有什麼微妙的意思，他至多不過有一點愛罵人的玩世主義。這點玩世主義也是很明白的；他並不隱藏，我們也不用深求。」胡適的態度顯而易見是缺乏嚴肅性的，而帶有青年的叛逆的態度，其主張亦深受這種態度所影響，故而其主張多有值得再商榷之處。

知出自何人，惟書內記雪芹曹先生刪改數過。」由言及「作者相傳不一」而並不羅列、分析諸可能的作者，以及「究未知出自何人」諸種表述來看，程高本對待此書作者的態度是不需深究，且不必深究的，或言之也是不能深究的，故其一筆帶過，以數言將此問題遮掩、搪塞過去。

《紅樓夢》的作者之所以失傳，從其反面來看未然不顯現出作者問題的蛛絲馬跡，實際上這正暗含了關於作品和作者問題的一些關鍵要素。換言之，假設一本清代的著作作者將其姓名署於作品之上，而之後著作或傳抄、或刊刻亦能流傳載其姓名，則這本著作的著者問題是不成問題的。但是，一本著作之所以作者失傳，在其歷史邏輯上則亦是由於在以上兩個環節中出現了問題：一則是作者不能在作品上署名，二則是作品的作者亦不能流傳出去。在這個意義上來看，《紅樓夢》的作者問題是先天地由作者本身造成的，他不想、甚或是不能讓人知曉其為本書的作者，既而知道其為本書作者的人亦三緘其口，從而真正知道作者的人有意識地不留下任何線索，人為地、有意識地將真實作者隱沒於與這部作品的直接關聯之中。

這是為何呢？這實際上揭示了《紅樓夢》一書的流傳將對作者不利，在清廷文字獄嚴明的時期，抑或引來殺身滅族之禍，故而作者迫不得已不能令世人知曉其為本書作者，亦且在作品中屢施障霧、疑團，以令人至少從文本上無從直接得知其為本書作者。既而，知其為本書作者的師友朋輩，亦深懼株連之禍，且懷同情共鳴之心，從而亦守口如瓶，亦且不留下關於作者的任何文獻資料。這實際上形成了一個歷史現象，即是任何知道作者的人皆不留下歷史文獻，而不真知作者的人反而多加猜測，在筆記中留下了諸多不確鑿的記錄。這就造成了文獻考證方法的先天的弊端，因為文獻的形成有其歷史的邏輯，真實的歷史信息未然必然地留存在文獻之中，反而是刻意地回避於文獻的記載之中。這就猶如金庸小說《天龍八部》中喬峰欲尋求殺害父母的兇手的帶頭大哥，然而知道真相的人皆寧願喪身也不明言，僅有的書信文獻也被刻意地人為損毀。所以，從文獻中尋求那個真實的作者實際正與作者回避自身的意圖針鋒相對，難以得到真相，反而多被假相蒙蔽，就猶如喬峰被告知假相而誤傷他人。

《紅樓夢》一書緣何令作者深懼暴露於天下呢？至少在當時的政治環境中《紅樓夢》的作者是畏懼為人所知的，不僅在其生世，亦且恐怕連及其後世的子孫，這皆因《紅樓夢》一書蘊含了為清廷抑或為權臣所不容的思想，如蔡元培所言：「書中本事，在弔明之亡，揭清之失，而尤于漢族名士仕清者，寓痛惜之意。當時既慮觸文網」。又如書中六十三回給芳官取名「耶律雄奴」亦斥夷狄之義，斷難為滿族統治者所容。因「耶律」本為滿、金之本姓，而書中以此譏笑並騎在芳官身上打之。故而在程高本中此段悉皆刪去。時世變遷，脫離當時的歷史環境中人們不易理會書中的隱語所指，但是在當時的歷史環境中士人體會到作者的筆意所指卻並非難事。正因此，清廷、某些權臣與《紅樓夢》的作者亦是勢不兩立的，即使知曉作者的士人君子亦憫其辛勞，三緘其口，以令其免於創戮，《紅樓夢》的實際的真實作者自己無論如何也不會將自己的身分直接公諸於天下，遑論直接寫在書中的第一回了。

胡適憑藉程高本所記述的「惟書內記雪芹曹先生刪改數過」，再加上《紅樓夢》第一回中所記述的這位曹雪芹先生，加之袁枚的一些關於曹寅、大觀園的不能作為傳信之言的筆記野語，既而在歷史文獻中考證這位曹雪芹先生為《紅樓夢》的作者，且將書中所記接駕諸事作為互證的材料。然而，這其中亦有諸多邏輯上不能自洽的癥結：第一，《紅樓夢》的作者既然失傳，又如何可能在書中自記呢？即便曹雪芹作為此書的增刪者，亦絕非此書的作者，否則《紅樓夢》的作者豈能說是失傳呢？曹雪芹可直接署名作者（亦可見「曹雪芹」之名未必為實名）。第二，且若非曹雪芹實有其人，且受清廷囑託刪改此書，亦絕無可能直接記其名姓於書中，否則作者之禍恐怕將由曹雪芹受之。若非如此，則曹雪芹恐怕亦是作者所托的子虛烏有的假名而已。且依照胡適認為的曹雪芹為曹寅子孫，然而曹寅號雪樵，後輩中又豈能有雪芹的名呢？

這疑點皆導向兩點認知：第一，如同先前的歷史還原，《紅樓夢》的真實作者無論如何也不可能將其真實的名姓記於書中，記於書中的曹雪芹並非此書作者的真正名姓。第二，若曹雪芹實為《紅樓夢》一書的增刪者，則其與真實作者以及清廷的關係是十分曖昧的。

這皆說明，《紅樓夢》的原始作者仍然處於歷史的隱沒之中，如同他刻意退避於文獻的記述之外一樣。然而，通過《紅樓夢》一書本身的諸多特徵依然可以在歷史文獻之外為此書的作者作一個歷史的還原。

胡適作者研究的癥結在於重於機械的文獻的互證，卻沒有考量文獻背後的記述者的人的因素，沒有把人還原到歷史之中，從而形成了先驗的機械的文獻考證，這也是科學的抽象研究方法只是單純地尋求客觀事實，而對事實本身所依附的人缺乏體察造成的問題。

二、描述一：《紅樓夢》作者與《金瓶梅》作者具有緊密聯繫

《金瓶梅》一書對《紅樓夢》的創造有所影響是顯明的、公認的事實，但是這種影響達到了何種程度，兩部書的在材料、形式、主旨、創作方法上內在關聯和承繼達到了何種程度依然是學界未能深入、精細地體察的問題。而且，兩部書產生如此緊密的聯繫並不是憑空而來的，這種聯繫在某種意義上也意味著兩部書的作者具有某種聯繫。實際上，《金瓶梅》的真實作者是《紅樓夢》的真實作者的重要線索，這一點在前人的論述中缺乏應有的重視。

實際上，清代多有評家認為《紅樓夢》是暗《金瓶梅》，又或言之「《紅樓夢》借徑在《金瓶梅》」，但是這都未闡明這兩本書更深層的聯繫。《金瓶梅》表面寫人間諸態，其本質[7]卻是指陳時事，因為這種人情諸態實在不是《金瓶梅》一書所獨有，在話本小說之中對這種人倫諸態、盛衰消長、善惡報應以及人生至理的傳述實為俯拾皆是的庸常之物，《金瓶梅》的獨特在於將對時事的指陳蘊藉、嵌合、化用在對這些市井婦人的描寫之中，使其渾然為一，從而以曲筆委婉周折地表達了對當世時事的認識，在小說之外兼備了史的價值。故而欣欣子〈金瓶梅詞話本序〉云：「竊謂蘭陵笑

7　其本質即是作者作書的意圖，這個作書的意圖常常不在作品的表層。

笑生作《金瓶梅傳》，寄意于時俗，蓋有謂也。」[8] 廿公跋則云：「《金瓶梅》，傳為世廟時一鉅公寓言，蓋有所刺也。」[9] 東吳弄珠客〈序〉則云：「《金瓶梅》，穢書也。袁石公亟稱之，亦自寄其牢騷耳。」[10] 欣欣子所謂的「寄意于時俗」、「有謂」實是說《金瓶梅》一書指陳當世的朝政，廿公所語的「有所刺」亦是指陳時事之昏昧，袁石公以此書揭示了此種昏昧，故而可以以此寄託其滿腹牢騷，此皆說明《金瓶梅》在人情諸態的外表下實是指陳時事之書，正因時事不可直接指陳，故而將其夾雜於層層障蔽之中，以寫淫來遮蔽這種指陳時事對作者構成的危險，越是對時事指陳的尖銳，越是要通過寫淫來增加其遮蔽、分擾的程度，以使中人以下皆認為此書為淫書、穢書，反而避免了其本身蘊藉的指陳時事引發的政治上的迫害。書中以西門慶隱指嚴世蕃，如何不能加層層蔽障呢？這種隱晦性實際上是《金瓶梅》一書的獨特之處，也是《金瓶梅》一書開創出來的獨家的秘籍和真傳。

《紅樓夢》的作者直接繼承了《金瓶梅》的這個秘籍和真傳，並且，這種繼承是親緣的、單線的，也就是說《紅樓夢》的作者實際上與《金瓶梅》的作者存在師承關係，在最寬泛的意義上，至少同屬一個門派，否則《紅樓夢》的作者不可能對《金瓶梅》的此種真傳領會、運用到出神入化的地步。如果不是學派內的傳承，而僅僅是《紅樓夢》的作者熟讀、模仿《金瓶梅》的話，是難以達到這種高度的。通過熟讀、模仿《金瓶梅》而創作的諸多著作如丁耀亢的《續金瓶梅》、西周生的《醒世姻緣傳》皆只能學到《金瓶梅》的表面功夫，其化用、指陳時事的內功真傳卻沒有承繼，這也進一步說明《紅樓夢》的作者與《金瓶梅》作者的關係絕非是疏遠的。

《紅樓夢》文本內尚有諸多證據說明這種緊密聯繫，限於篇幅，僅簡要枚舉數端。《紅樓夢》第一回所云「指奸責佞、貶惡誅邪」數語實際上不僅是《紅樓夢》的注腳，也是《金瓶梅》指陳時事的承繼。再者，《紅樓夢》中王熙鳳的奴僕來旺則直接與《金瓶梅》中奴僕來旺同名，其他同名者如迎

---

8 〔明〕蘭陵笑笑生：《金瓶梅詞話》（北京：人民文學出版社，2000年），頁1。

9 〔明〕蘭陵笑笑生：《金瓶梅詞話》（北京：人民文學出版社，2000年），頁3。

10 〔明〕蘭陵笑笑生：《金瓶梅詞話》（北京：人民文學出版社，2000年），頁4。

春、琴童、金釧、玉釧等，這實際上也是《紅樓夢》作者直接透露其與《金瓶梅》的聯繫，這種聯繫絕非是模仿性的，而是繼承性的，是一種透露，而非巧合。而且，《紅樓夢》後四十回描寫夏金桂、薛蝌的文風在更大程度上與《金瓶梅》的文風相似，這有可能說明後四十回是未經刪改的原作者的原本，這個原本可能與《金瓶梅》存在更大程度上的相似性。至於《紅樓夢》中諸多語言直接取法於《金瓶梅》，這樣的例子是很多的。更為重要的是，《紅樓夢》與《金瓶梅》具有敘事等形式層面的內在聯繫，這有待於更深入的探討。

總之，這說明《紅樓夢》作者對《金瓶梅》是熟讀、極其熟悉，更重要的是得其真傳的，可見《紅樓夢》的作者對《金瓶梅》的作者是帶著一種特殊的情感和特殊的使命的。

三、描述二：《紅樓夢》的作者身歷明清易代

百二十回中空空道人去尋訪曹雪芹先生時發現他正在翻閱歷來的古史。實際上，這意味著《紅樓夢》一書本身具有史的內涵，其在題材、義理方面與中國古代的史書有著基礎性的聯繫。這說明作者在創作此書之時秉持著基本的立場。

（甲）以人物論

《紅樓夢》一書並非局限於對家事的描寫，而是在描寫家事之中以曲折隱晦的手法寓有對明清史事的指陳。紅學中的索隱諸家對此多有論舉。

這種對時事的指陳中較為明顯的例子是王熙鳳與賈瑞毒設相思局一事指洪承疇降清事，索隱諸家對此也有相對一致的看法。

第十二回回名為「王熙鳳毒設相思局　賈天祥正照風月鑑」，賈瑞，字天祥。賈瑞實與南宋的文天祥相對勘。文天祥，字宋瑞，南宋景炎二年十二月，文天祥兵敗被俘，次年被押往大都，囚禁四年，始終不屈。以賈瑞指假文天祥，蔡元培與王夢阮、沈瓶庵提出此看法的時間大致相仿，約在 1916 年。蔡元培《石頭記索隱》認為賈瑞代表降清而安富尊榮者，書中云：

> 李紈為禮部。（李禮同音。）康熙朝禮制已仍漢舊，故李紈雖曾嫁賈珠，而已為寡婦。其所居曰「稻香村」，稻與道同音。其初名以杏花村，又有杏簾在望之名，影孔子之杏壇也。（《金瓶梅》以孟玉樓影當時之禮部[11]，氏之以孟，又取「玉樓人醉杏花風」詩句為名，即《紅樓夢》所本也。）
>
> 作者于漢人之服從清室而安富尊榮者，如洪承疇、范文程之類，以嬌杏代表之。嬌杏即僥幸。書中敘新太爺到任，即影滿洲定鼎。觀雨村中秋口號云，「天上一輪才捧出，人間萬姓仰頭看。」知為代表滿洲也。于有意接近而反受種種之侮辱，如錢謙益之流。則以賈瑞代表之。**瑞字天祥，言其為假文天祥也。（文小字宋瑞。）**頭上澆糞手中落鏡，言其身敗名裂而至死不悟也。（徐巨源編一劇，演李太虛及龔芝麓降李自成後，聞清兵入，急逃而南至杭州，為追兵所躡，匿于岳墳鐵鑄秦檜夫人胯下。值夫人方月事，迨兵過而出，兩人頭皆血污。與本書澆糞同意。）敘姽嫿將軍林四娘，似以代表起義師而死者。敘尤三姐，似以代表不屈于清而死者。敘柳湘蓮，似以代表遺老之隱于二氏者。[12]

「瑞字天祥，言其為假文天祥」，且文天祥字宋瑞，這種影射顯然是作者有意為之，賈瑞之被王熙鳳侮辱，指有意接近清廷而受辱的降臣，此是王熙鳳設局治賈瑞之寓意。

王夢阮、沈瓶庵與蔡元培的觀點頗似，只是其更詳細地指出降臣中的洪承疇，且認為洪承疇與《紅樓夢》一書的廢存煞有關係：

> 鳳姐與蓉、薔設計引逗之賈瑞，為本回之賈瑞，是指當時降臣，**故用天祥之字。賈天祥者，言假文天祥也**。文襄初入盛京，矢志不移，與

---

[11] 此亦是《紅樓夢》學《金瓶梅》之證據。

[12] 蔡元培：《石頭記索隱》（北京：北京大學出版社，1989 年），頁 8。

文山之被執於元，土室作《正氣歌》時，其蒙難堅貞，相差有幾？惟一則發於正氣，一則動於邪思。正則斬柴市而不辭，邪則飲參湯而不悔。故其究也，一則以狀元宰相，身被萬世之名；一則以豪傑聰明，甘入貳臣之傳。其人同，其事同，其聰明豪傑同，其狀元宰相亦同，然各為芳、臭以貽後世。作書人善於此事，故字賈瑞曰天祥。天祥而假，可知從前抗節，皆非本心。無限惋惜痛恨之心，二字盡之矣。[13]

……相傳清初叔嫂之事，成之者范文肅，主之者洪文襄。至中葉後，恨文襄所為，乃報之以《貳臣傳》。因並燒當時記載之書，此《紅樓》之得遺留，全由雪芹增删之力。是此書存廢，與文襄煞有關係，故類及之。[14]

杜世傑的《紅樓夢考釋》承繼了蔡元培、王夢阮的看法，只是他進一步發揮王、沈的見解，認為此時的鳳姐影射莊妃，鳳姐與賈瑞之事正影射莊妃之勸降洪承疇：

胡虜侵宋，文天祥被擒，解至燕京，至死不降，終於成仁，名垂千古。金虜寇明，洪承疇被縛，鎖送盛京，虜囚勸降，謾罵不休，明人皆以為承疇成仁，設壇十六，為之發喪，名上丹書，媲美宋時文天祥，但事隔不久，洪承疇之投降，終於揭穿，故名之為假天祥。

由賈瑞影射洪承疇諸降臣之事，可見《紅樓夢》一書確實以假語村言描繪明清易代史，尤其對於賈瑞的例子中的索隱是難以駁斥的。賈瑞是一較為明顯的例子，至於其他諸人實際皆有所指，然而因其過於周折隱晦，索隱諸家多有不同見解。

13　王夢阮、沈瓶庵：《紅樓夢索隱》（北京：北京大學出版社，2011 年），頁 158。

14　王夢阮、沈瓶庵：《紅樓夢索隱》（北京：北京大學出版社，2011 年），頁 159。

（乙）以主旨論

脂硯齋的評語中屢次提及本書不可正看，才是會看[15]，實是取《風月寶鑑》切不可正看之義。實際上全書以隱寓指陳明清時事，而表面卻是以談情、家事為遮掩。胡適的自敘傳說以為：「《紅樓夢》是曹雪芹『將真事隱去』的自敘，故他不怕瑣碎，再三再四的描寫他家由富貴變成貧窮的情形」，胡適的這種「真事隱去」的自敘傳說實在無法解決《紅樓夢》正反兩面的矛盾，胡適的看法中「真事」是曹家之真事，這實際上是立不住腳的。至於胡適的論述如：

> 我們看曹寅一生的歷史，決不像一個貪官污吏；他虧空破產，大概都是由於他一家都愛揮霍，愛擺闊架子；講究吃喝，講究場面；收藏精本的書，刻行精本的書；交結文人名士，交結貴族大官，招待皇帝，至於四次五次；他們又不會理財，又不肯節省；講究揮霍慣了，收縮不回來，以致於虧空，以至於破產抄家。[16]

> 《紅樓夢》只是老老實實的描寫這一個「坐吃山空」「樹倒猢猻散」的自然趨勢。因為如此，所以《紅樓夢》是一部自然主義的傑作。[17]

> ……《紅樓夢》是一部隱去真事的自敘：裡面的甄賈兩寶玉，即是曹雪芹自己的化身；甄賈兩府即是當日曹家的影子。（故賈府在「長安」都中，而甄府始終在江南。）[18]

---

15 脂評第十二回寫賈瑞正看《風月寶鑑》時致此意。

16 葉朗主編：《百年紅學經典論著輯要．胡適卷》（合肥：安徽教育出版社，2020年），頁121。

17 同上。

18 葉朗主編：《百年紅學經典論著輯要．胡適卷》（合肥：安徽教育出版社，2020年），頁122。

這種老老實實地描寫「坐吃山空」實際將《紅樓夢》的正反兩面置之不顧。既然是自敘，何須隱去真事，即使其所考證的抄家之事，書中亦是直筆書寫，至於接駕之事，亦是賈母口中直述，何來隱去真事之說呢？胡適看到的實際只是這書的正面。至於作書之人借反面指陳時事之處，胡適並未給予重視，因其並未考量《紅樓夢》的創作方法是從《金瓶梅》而來，也即輕於文學發展脈絡本身的考察。

蔡元培在《石頭記索隱》篇首看透了此書的正反兩面，故其云：「特於本事以上，加以數層障冪，使讀者有『橫看成嶺側成峰』之狀況」，此諸種帳幕是為表面文章，而書中本事實是「弔明之亡，揭清之失」此一政治問題。蔡元培認為此書有四層：

> 一層：最表面一層，談家政而斥風懷，尊婦德而薄文藝。其寫寶釵也，幾為完人，而寫黛玉、妙玉，則乖癡不近人情，是學究所喜也，故有王雪香評本。
>
> 二層：進一層，則純乎言情之作，為文士所喜，故普通評本，多著眼於此點。
>
> 三層：再進一層，則言情之中，善用曲筆。如寶玉中覺，在秦氏房中布種種疑陣，寶釵金鎖為籠絡寶玉之作用，而終未道破。又於書中主要人物，設種種影子以暢寫之，如晴雯、小紅等均為黛玉影子，襲人為寶釵影子是也。此等曲筆，惟太平閒人評本能盡揭之。
>
> 四層：而於闡證本事一方面，遂不免未達一間矣。[19]

第一、二層以家政、談情為表面，實是其指陳時事所設蔽障，胡適則以此家政為作者筆意所在，故有自敘傳之說，實際作者筆意全不在此，猶《金瓶梅》談家政蓋有所刺，《紅樓夢》寫情正類於《金瓶梅》寫淫：一則以此寓事，二則以此為蔽障。第三層所謂曲筆，實是指陳人物的史筆。然而此諸

---

[19] 蔡元培：《石頭記索隱》（北京：北京大學出版社，1989 年），頁 6。

種，仍是《風月寶鑑》之正面，乃是作者所設的幌子。

蔡元培認為在此諸種蔽障之下，在於寫明清政治。實際上之所以鮮有闡證本事的著作乃在於當清廷統治之時，亦無人敢直接揭示此。

王夢阮、沈瓶庵亦以為全書之旨亦在於：「全書大旨，隱寓清開國初一朝史事。」此與蔡元培見解相通，其認為：

> 其書大抵為紀事之作，非言情之作。特其事為時忌諱，作者有所不敢言，亦有所不忍言，不得已乃以變例出之。假設家庭，托言兒女，借言情以書其事，是純用借賓定主法也。
>
> 全書以紀事為主，以言情為賓。
>
> 開卷第一回中，即明言「將真事隱去，用假語村言」云云。可見鋪敘之語，無非假語；隱含之事，自是真事。兒女風流，閨帷纖瑣，大都皆假語之類；情節構造，人物升沉，大都皆真事之類。[20]

這些見解實際上頗得書中三昧，難以駁斥[21]，因其合於作者自敘真事隱去、假語村言之義。由此可見，《紅樓夢》一書所謂真事隱去，其所記的真事，實是明末清初之史事。則作者必然對明清易代之事深有痛惜的情感，此非經後人傳述所能為，作者當身歷其事，其為由明入清的漢人士大夫按此種邏輯應屬無疑。

四、描述三：《紅樓夢》作者身歷貳臣之辱

作者既為經歷明清易代的士人，且其以賈瑞寫降臣，如蔡元培所論，對

---

[20] 王夢阮、沈瓶庵：《紅樓夢索隱》（北京：北京大學出版社，2011 年），頁 5。

[21] 實際上，索隱派紅學在紅學研究史上是有卓見的，這不僅是索隱這種文學研究方法在古典文學的研究中具有其本身的根植於文學傳統的合理性，如儒家經典《詩經》闡釋中的魯詩即多索隱本事以說解詩的內容，而且這更根植於索隱這種認識方法更接近《紅樓夢》一書的本身的性質，索隱實際上認識到了《紅樓夢》本身所具有的多種層面，這不同於後來日益機械的考證的紅學。

其多有痛惜之意。則可見作者與那些變節的降臣實有相互依違的聯繫，王夢阮、沈瓶庵即認為《紅樓夢》一書的廢存與降臣洪承疇煞有關係，可見《紅樓夢》作者實為與降臣有所交往、甚而為身居高位的降臣有所懼殫、有為畏忌的人物。既然與降臣有所交往，則可見作者亦有被招降的經歷亦未可知。其為降臣所懼殫，則可見作者或以明末居有高位、或以文才為眾人推服。

書中實有相關的證據，《紅樓夢》第一回作者現身說法，顯現為一個悔罪者的形象，這種悔罪的深刻而誘發的感染力依然可以透過紙背，「雖我之罪固不能免，然閨閣中本自歷歷有人」，作者正是因對所犯之罪的悔恨而寫下這部書，以這部書來贖罪，然而作者自云有罪，此種罪是何罪呢？

> 何我堂堂鬚眉，誠不若彼裙釵哉，實愧則有餘，悔又無益之，大無可如何之日也。當此時，自欲將已往所賴天恩祖德，錦衣紈絝之時，飫甘饜肥之日，背父兄教育之恩，負師友規談之德，以致今日一技無成，半生潦倒之罪，編述一集以告天下。[22]

這是真實作者的自現和自白，難道作者所謂的罪真的是「一技無成，半生潦倒」嗎？真的是「背父兄教育之恩，負師友規談之德」嗎？若果依胡適自敘傳說以作者為賈寶玉，則書中的賈寶玉的父兄對其有何教育呢？賈寶玉又有怎樣的師友呢？其師是賈代儒之流，其友是薛蟠、柳湘蓮、蔣玉菡之流，可見切不可又被作者的表面之辭蒙蔽過去。作者自白的罪是十分深大的，亦非為書中的賈寶玉之自悔，此種「愧」之「悔」之，悔愧於以往的天恩祖德，這種愧與悔超越了一般意義上的小悔小愧，乃是對傳統士人而言的一種無以復加的大悔大愧。此種悔愧實是變節，便是作為貳臣的悔愧。故有此種大悔大愧才適應作者所用的「大無可如何之日」、「以告天下」這樣的充滿了情感的濃度和廣度的悔愧。

22　〔清〕曹雪芹：《紅樓夢：三家評本》（上海：上海古籍出版社，2021 年），頁 3。引文從他本校改。

對於名節問題《紅樓夢》的作者實是耿耿於懷的，且在書中多有流露。書中寫林黛玉、晴雯潔淨而死而存有清名，寫尤三姐不堪名節受辱而自刎，寫尤二姐最終因名節失守而為人不容，寫「云空未必空」身受清名而實則不清的妙玉，這些人物實際都寄寓了作者對名節的不能釋懷。

《紅樓夢》的作者是經歷過大悲痛的，這種悲痛並非因兒女情長、抄家引發的小悲痛，而是改朝易代的家國之痛，進而產生的變節之痛，其心中對忠與清名有多看重，則這種悔愧便有多深痛，這種痛對於追求清名的士人是難以忍受的，因其是一種對於名的敗壞和屈辱，對於寄希望於身後名的傳統士人而言，這種屈辱無疑斷送了寄希望於不朽的名的存在方式，無異於一種生命的終結。這種痛難於明寫，只能寄意於兒女情長，《紅樓夢》實是以男女離合之情寫家國興亡、辱身變節之痛。作者欲以此書彌補這種身後名的終結，表達對家國、人生之事變幻無常的感覺。

雲亭山人評《桃花扇》云：「《桃花扇》一劇，皆南朝新事，父老猶有存者。場上歌舞，局外指點，知三百年之基業，隳於何人，敗於何事，消於何年，歇於何地。不獨令觀者感慨涕零，亦可懲創人心，為末世之一救矣。」[23]《紅樓夢》的基本精神與《桃花扇》是一致的，在這種離合之情之外實是深厚的興亡之感，寫於此興亡之感中個人的遭際命運，因國家之變而使個人名節受損，乃至於如同「一技無成、半生潦倒」。

《紅樓夢》的作者正是這樣的先仕於明、後仕於清而自悔的明末遺民。《紅樓夢》所寫的正是作者飽經世變，將明清易代之事化用、嵌合為一部以描寫家庭的小說，然而作者以「真事隱去」、「假語村言」寫出，書中諸多隱事多難以給予定性的考證。然而，依照《紅樓夢》秉持的《金瓶梅》的創作思路，書中所寫的家事未然局限於家事，而是具有國事的含義。寫秦可卿之喪禮未然是一兒媳的喪禮，寫抄家亦是以抄家寫興衰之感，是借此事以抒發其隱有的情感。

---

[23] 〔清〕孔尚任：《雲亭山人評點《桃花扇》》（上海：上海古籍出版社，2012年），頁7。

而且，抄家之事甚多，《金瓶梅》中西門慶亦因王黼之事險遭抄家。胡適以賈府抄家的原本為曹家被抄，實際上此抄家正類似於寫賈瑞、王熙鳳之事別有寓意，且賈府抄家為錦衣府所為，錦衣府為明制，清朝的錦衣府僅存入關後一年。可見，作者實是熟悉明制之人。

《紅樓夢》作者當在《清史列傳．貳臣傳》的一百五十七人之中。

五、描述四：《紅樓夢》的作者為當時文壇才俊

《紅樓夢》為貳臣自悔之作，書中欲以記明亡清興事，「指奸責佞，貶惡誅邪」，則此書為當時居於高位的貳臣如洪承疇諸人畏忌亦合於常理。然而，降臣更畏懼的或許為作者的文才和史才，若一無才之人自悔，降臣可置之度外，若有才之人自悔，則恐其著書而留下身後罵名。由此可見作者很可能為文才卓著的文壇領袖，絕非隱士抑或無名之輩。

若作者如同王夫之居於深山著書，當時並無顯著影響，而《紅樓夢》作者著此書，當時士人之間多有傳抄，可見作者並非隱士一流人物。且參照《紅樓夢》書中對佛道以及隱士之態度，多非贊許，如寫妙玉「云空未必空」，寫賈敬不管家事，任由子孫胡為，雖然這些家政皆是作者設計的表象，然而這些表象之中可以窺見作者對諸種事物的態度。

由寫智能兒、妙玉、賈芹、芳官、馬道婆、喜好《太上感應篇》的迎春諸人來看，作者並非僧道中人。

且書中寫賈雨村趕考、賈寶玉、賈環科場考試諸事，可見作者實是熟悉科考，且經由科考而進於官宦，見其於薛蟠案中對官場瞭如指掌可知。且其寫賈雨村數語：「雖才幹優長，未免貪酷，且恃才侮上，那同寅皆側目而視。不上一年，便被上司參了一本，說他貌似有才，性實狡猾，又題了一兩件徇庇蠹役、交結鄉紳之事，龍顏大怒，即命革職。」此數語可見作者身分絕非仕途不通的落魄文人，而是久經官宦的文人。

至於作者寫賈政之眾幕賓，又寫詩社飲宴之盛況，可見作者實是當世的文人墨客。至於辭賦詩詞，《紅樓夢》中已盡露作者之才，作者既非僧道中人，為當時文壇領袖無疑，絕非隱者之流。

《紅樓夢》作者與《金瓶梅》作者相比，《紅樓夢》作者似對市民生活缺乏瞭解，故而書中與此相關的筆墨甚少，且其描繪古董商人冷子興頗乏力度，寫的並無商人的風貌，由是讓人覺得十分呆板，言談舉止反而如同讀書人作派，可見作者實較少同市井人物交接，且其對小人物並無《金瓶梅》作者所敘述的親和感，而多顯冷眼觀照的距離感。《紅樓夢》作者應是較為清高的文人，其創作出林黛玉這樣的人物也是其顯證。

《紅樓夢》作者的文風入於纖柔婉約一派，其為人亦頗類於賈寶玉的懦弱，其人缺乏陽剛之氣，書中亦乏陽剛的美感，而是傷於極其陰柔，作者較大可能為江浙的南人。

六、描述五：「曹雪芹」名字以及批閱增刪的性質

《紅樓夢》書中記述，空空道人兩番抄錄石頭上的字跡，其一記於第一回，其二則記於書中百二十回末尾，曹雪芹的來歷實是在此末尾中說明。

書中寫道：曹雪芹是空空道人欲尋一清閒無事之人，托他傳遍，後在急流津覺迷渡口草庵中遇到一人，實為甄士隱，甄士隱告訴空空道人：「你須待某年某月某日某時，到一個悼紅軒中，有個曹雪芹先生，只說賈雨村言托他如此如此。」後空空道人果尋訪到悼紅軒中的曹雪芹，「見那曹雪芹先生正在那裡翻閱歷來的古史」，空空道人對曹雪芹說賈雨村言了，然而曹雪芹知道賈雨村，空空道人問：「先生何以認得此人，便肯替他傳述？」至此，可見賈雨村、甄士隱、空空道人皆為虛托，其所言也是虛話，曹雪芹則話鋒一轉，轉向實在而又作一番遮掩：

> 既是假語村言，但無魯魚亥豕及悖謬矛盾之處，樂得與二三同志，酒餘飯飽，同消寂寞，又不比大人先生品題傳世。似你這樣尋根究底，便是刻舟求劍，膠柱鼓瑟了。[24]

---

[24] 〔清〕曹雪芹：《紅樓夢：三家評本》（上海：上海古籍出版社，2021 年），頁 2127。

後則在第一回中，曹雪芹亦現身：

> 後因曹雪芹於悼紅軒中批閱十載，增刪五次，纂成目錄，分出章回，則題曰「金陵十二釵」。[25]

甲戌本脂批云：「若云雪芹批閱增刪，然後開卷至此這一篇楔子又係誰撰？足見作者之筆，狡滑之甚。後文如此者不少。這正是作者用畫家煙雲模糊處，觀者萬不可被作者瞞蔽了去，方是巨眼。」[26] 甲戌本的這句批語透露評批者實為雪芹作此書的知情人，又可見在百二十回中空空道人尋訪曹雪芹先生傳書，以及第一回寫曹雪芹批閱增刪來回避作為著者的身分，而使此書形成抄自青埂峰石頭之處的實為「瞞蔽」的假象。這些都是作者的自遮自掩。由脂硯齋之批語，則可見作者未必增刪自他處。

脂硯齋的這句批語也透露曹雪芹實是本書的作者，但是曹雪芹並非為作者真名，而是如同脂硯齋一樣的託名，這亦見於本回的甲戌本及靖藏本的脂批：

> 能解者方有辛酸之淚，哭成此書。（壬午除夕）[27]。書未成，芹為淚盡而逝。余嘗哭芹，淚亦殆盡。每意覓青埂之峰再問石兄，奈不遇癩頭和尚何？悵悵！今而後惟願造化主再出一芹一脂，是書何幸，餘二人亦大快遂心於九泉矣。甲午八月淚筆。[28]

25　〔清〕曹雪芹：《紅樓夢：三家評本》（上海：上海古籍出版社，2021年），頁6。

26　陳慶浩：《新編石頭記脂硯齋批語輯校》（臺北：聯經出版事業公司，2010 年），頁12。

27　此壬午除夕實為批者批語的時間，並非接下句的「芹為淚盡而逝。」見上書頁 13 腳注。

28　陳慶浩：《新編石頭記脂硯齋批語輯校》（臺北：聯經出版事業公司，2010 年），頁13。

批語稱「一芹一脂」，「脂硯齋」既為託名，與其共同提及的「曹雪芹」未必為真名，若將假名與真名並提為「一芹一脂」，則在批評者一面亦顯得不協調。可見，很可能「曹雪芹」這個名號也類同於「脂硯齋」，實為二人的為規避文網的假名號。

本回的脂批中也透露曹雪芹有一弟名棠村：

> 雪芹舊有「風月寶鑑」之書，乃其弟棠村序也。今棠村已逝，余睹新懷舊，故仍因之。

依照此句脂批，則曹雪芹這個假名所托之人實為本書的作者，只是其名姓未然是真。胡適考證的偏誤在於沒有認識到這部指陳時事的小說中作者不會直接現身，更不會現出作者真名。由以上的材料可以對「曹雪芹」這個名號做一個總結：第一，《紅樓夢》作者是曹雪芹，但是曹雪芹未必為作者的真名姓。第二，曹雪芹作此書亦有存史之意，故而空空道人尋訪曹雪芹之時，見他亦在翻閱古史。第三，曹雪芹批閱增刪是對舊稿[29] 有較大的改動，這個改動可能是增加作品指陳時事的蔽障。

第五節　從《紅樓夢》的思想層次分析成書過程及其推論

一、由《紅樓夢》的思想層次分析其成書過程

《紅樓夢》的儒家經義的闡釋乃是根植於一個顯著的文本內容問題，即《紅樓夢》一書中有一個明顯的依託儒家義理而表現的成分，如書中寫熱孝娶親、大鬧學堂、襲人納讒、寶釵權奸、鳳姐跋扈、夫婦關係、父子關係、

---

[29] 「風月寶鑑」在指斥洪承疇，可見作者與洪承疇有對立關係。此書實由洪承疇而起。情僧隱指順治事，此書以此為表象，談情多以順治事為本。風月寶鑑指洪承疇事。紅樓夢指悼明事，秦可卿乃明一帝也。石頭記似指玉璽事，《三國演義》中亦有此玉璽。金陵十二釵則寫遺民十二人，為十二人立傳也，此十二人皆明人。

妻妾關係等，書中對這些人物的思想和行為的表現和褒貶皆是借助了儒家義理來完成的，一方面本著儒家經義立場指斥倫常衰變，一方面實際又在新的人性觀的立場下對倫常本身進行反思。《紅樓夢》一書雖具有多層次的複雜思想成分，但是書中對儒家經義的復歸的成分是嵌在作品內裡的，這是不容忽視的，問題在於對作品中的這一層次應如何理解。

而且，據以往的研究認為[30]，《紅樓夢》中有受滿族文化影響的痕跡。其顯而易見處則是人物的稱謂，即人物的稱呼直稱其名，如稱寶玉為寶二爺，「爺」是滿族人對男性的稱呼，「嬤嬤」也是滿族的音譯，這是語言層面的。情節層面亦存在例證，如賈母的地位獨尊是滿族人的習俗，女人管家是滿族人的習俗，叔嫂的之間不避諱也是滿人的禮俗，同樣男女間的自由戀愛似亦屬滿人的習俗，此完全不同於漢人。察考第二十九回清虛觀打醮寶黛之間的對話[31]，完全不是漢人的對話方式，雖然其文辭雅麗，顯然是經過潤色而成，漢人男女之間實際上似並不存在這種相處模式，至少在以往的文學表現中是缺乏的。從《金瓶梅》、《水滸傳》、「三言二拍」等漢人的著作中看，漢文化中男女之間是缺乏這種戀愛模式的，也難見這種語詞模式和心靈狀況，「你死了，我做和尚」[32]，這是難以在漢文化男女間中出現的語詞模式，包括「看來兩個人，原本是一個心，卻多生了枝葉，反弄成兩個心了」[33]，這種談情模式和心靈模式並不是漢人男女間的作風，明顯這是不同於漢文化的滿人的男女相處模式，是一種類似於西方的自然狀態下發展出的談情模式，這都說明《紅樓夢》是直接或多或少反映了滿人的心靈生活，是有一個滿人的生活方式的底本在的。

---

30 參見杜世傑《紅樓夢考釋》。

31 〔清〕曹雪芹：《紅樓夢：三家評本》第二十九回（上海：上海古籍出版社，2021年），頁498。

32 〔清〕曹雪芹：《紅樓夢：三家評本》第三十回（上海：上海古籍出版社，2021年），頁508。

33 〔清〕曹雪芹：《紅樓夢：三家評本》第二十九回（上海：上海古籍出版社，2021年），頁499。

從這兩方面的對立情況來看，《紅樓夢》既有儒家層面的倫理評判，又有滿人的生活禮俗，我們不由被引向一個推測，即《紅樓夢》一書真正的成書過程恐非經於一人之手。這個成書過程的建構是建立在對《紅樓夢》一書文本思想的矛盾上的，是一種於特定思想契合與相悖的考察。在這個意義上，《紅樓夢》極可能不是一時一人一地寫定的，如果細究書中思想的話存在很大的矛盾，但是已經刪改得不露痕跡[34]，筆者擬以此作一定的推斷，只是因思想分析本身存在的主觀性，此番推斷尚不能作為確論，僅提供一種理解這種因文本內容而起的思想矛盾的解釋思路。

首先，根據此書第一回由石兄傳書的緣起，則此書在成書之初，應是根據一個石兄的原本，進而演化為《情僧錄》的原本，這個原本是一個反映滿人事蹟的稿本，已經具備了基礎的故事框架，即石頭下凡、寶黛談情，以及後來寶玉出家，以及滿人家庭的基本的人物關係，貫徹其中的思想是悲觀的、清醒的，具有受佛教影響的情空觀念，已經預示到家庭的不可收拾的「呼啦啦大廈將傾」。值得注意的是，書中凡是寫不可遏制的必然沒落的思想的都是可以追溯到這個階段。這個思想觀念在很大程度上是滿人的，其中秦可卿托夢的囑託中也浸透著此種觀念，實際上，此是滿人作為小的族群入主中原後產生的一種不可長保的念想。只是，書中的這個囑託和必將沒落的觀念後來經過漢化了，用「盛極必衰」的易學思想來比附，這是第二階段漢族文人的改寫。如探春的認為「百足之蟲，死而不僵，必要從內殺起來」[35]，也是漢化了。如小紅說「千里搭長棚，沒有不散的筵席」[36]，這是明顯的浸透著滿人觀念的思想，漢人更多的是「天下誰人不識君」的樂觀精神。總之，書中的帶有必然悲觀主義色彩的認識定可以追溯到這個石兄、情僧的原本，其似出於清室閒人，是滿人所處的環境和對現狀的認識的反映。此書

---

[34] 從熊十力分析《禮運》後半截的思想考察法可以分析此種推論。

[35] 〔清〕曹雪芹：《紅樓夢：三家評本》（上海：上海古籍出版社，2021 年），頁1315。

[36] 〔清〕曹雪芹：《紅樓夢：三家評本》（上海：上海古籍出版社，2021 年），頁431。

出於乾隆朝，可見那時滿人中一些清醒者已經認識到自身統治的危機。原本的成書時間應在曹雪芹之前五十年左右，即 1650-1700 年的康熙朝，所以這個寶黛談情及出家很可能是滿族文人依照順治帝所寫的一個原本。這個在文本中的證據是賈母的家長制[37]、寶黛的男女談情、賈璉鳳姐的婚姻生活（漢文化中實不可能出現這樣跋扈的女人，敢對夫權提出挑戰，即使在風氣開放的明代文學中，亦未有此類描寫。而且進一步鳳姐形象經過第二階段的漢化了，第一階段實際上鳳姐、賈璉更有平等色彩，從《金瓶梅》中西門慶與吳月娘的對比來看此不似漢族人的事體），以及出家的情節，這是滿文化的突出反映，並非似漢文化的。書中石頭的數次出現即是其殘餘。《情僧錄》中已經出現寶玉出家的情節，發誓做和尚，這樣的話漢人說不出來，也不會這樣對女人說，因漢文化中男子尚且顧及父母、功名，非似癡情能如此者，《西廂記》張生亦以功名為念是其直接佐證，即如西門慶哭李瓶兒雖當時情深，亦轉見其移心別處。這都說明《紅樓夢》成書的最初的原本或多或少受滿文化事體的影響，如索隱派所云，很可能是摹寫順治出家之事，只是後來則改寫增添甚多。

再者，《紅樓夢》成書的第二階段，是吳玉峰和孔梅溪的階段（1700-1730 左右，是康熙末期雍正時期）。之前提出之問題，即如何解釋《紅樓夢》中的對儒家學說的復歸的成分，筆者以為在《紅樓夢》成書的中間階段或者中間作者中，必然存在一個對儒學經義、孔學真義有深刻理解，淹通經史，且按照儒家思想對書中的人物進行改寫、褒貶評判的過程，但是這個改寫褒貶後來又被刪改、隱晦了不少，留下的直筆顯眼處不多，所以這一層大多不易覺察，但仍有殘留，所以在書中留下了這一個層級：一個必然存在的但又被刪減弱化的《春秋》譏刺褒貶的層級，即儒家學說的復歸的層級。如

---

[37] 漢文化對婦女的規定是三從四德，《白虎通疏證・卷十嫁娶》云：「在家從父母，既嫁從夫，夫歿從子也。」（〔清〕陳立：《白虎通疏證》（北京：中華書局，1991年），頁 491。）若非寫皇室生活，則賈母主政一事尚可存疑。

評賈寶玉的《西江月》，「天下無能第一」、「莫效此兒形狀」[38]，很明顯是漢族文人對賈寶玉的一個評判和認知，實際上在滿文化裡這個賈寶玉是富貴閒人、談情的主體，不帶有道德的評判。此是一個明顯的經過儒家化的證據。寫襲人這個重要人物的納讒、寫薛寶釵的奸等事體即是其明顯的遺留和證據。正是在這個階段，《紅樓夢》一書從一個受滿文化影響的事體開始進行漢化，開始儒家化，儒、道家文化也開始滲透書中，如用天道循環的思想解釋興衰，代替純粹的「呼拉拉大廈將傾」的破滅，因在漢文化不認為有純粹的悲劇和徹底的大廈傾覆，漢文化始終是天道循環論。筆者認為這個層級存在最大的作品量，書中的各種文體、詩句、文人化的描寫都是這個階段奠定的，作品實際是成型於這個階段，其基本的思想是儒家的，以一個滿人的故事表達了儒家的立場，主旨是女禍論、忠奸論，已經表現了更多的史書義理的深刻內涵，包括對儒家的反思以及對清代的虛假的儒學統治進行揭露，「指奸責佞，貶惡誅邪」，所以對儒家學說的復歸的解釋正是立足於這一層，但是這一層被明顯地遮掩起來了（似由於最後曹雪芹的刪訂），通過《春秋》、《儀禮》、《詩經》、《周易》的援解能讓一層顯現出來。

《紅樓夢》成書的第三個階段是曹雪芹刪改的階段。曹雪芹兼有旗人和漢人的文化，但是其刪改《紅樓夢》明顯是書中的朝代紀年，以及書中的儒家評判、對虛偽統治的揭露進行了大量的刪改（以《春秋》筆法將其隱晦化）和遮蔽，同時他對書中原本的談情主題進一步深化、文雅化，也可能其中的省親、抄家情節是其增加，使這本書在表面上看來成了一本談情敘舊之書。曹雪芹是書中儒家評判的刪改者，書中第一回的證據即是朝代紀年不可考，這明顯是作品在後期的編訂中所加。曹雪芹的工作即是遮蔽書中的儒家化成分，凸顯書中的滿人原來習俗，進一步維護偽朝。很可能賈寶玉這些人物名字是出自曹雪芹。

《紅樓夢》成書第四個階段是程偉元、高鶚的整理和改寫，程高本實際

---

[38] 〔清〕曹雪芹：《紅樓夢：三家評本》第三回（上海：上海古籍出版社，2021年），頁51。

上是維護《紅樓夢》的漢化的，程高的思路實際上像第二階段的漢族文人一樣，是對書中經曹雪芹編改後的滿族的思想觀念進一步進行儒家化的改造。從薛寶釵成大禮、對襲人的抨擊可以看出來，是恢復儒家的《春秋》指奸責佞的立場。從夏金桂可以看出是恢復了漢族談性而不談情的男女相處模式，漢文化裡男女不談情，而是依靠肉體關係和倫理關係來維繫，這是周公治禮所形成的洞房花燭才是男女相見的開始，男女關係除了倫理關係就是肉體關係，潘金蓮和西門慶、潘巧雲和裴如海、《西遊記》裡女妖精勾引唐僧都是這種男女相處模式。《紅樓夢》的談情似是滿人的男女模式。另外，從賈環、賈芸賣巧姐，以及王熙鳳、趙姨娘等人的結局來看，這種重因果施報、福善禍淫的思想也是漢文化的，而非滿族文人作為小族所體會到的徹底的無緣無故的悲劇情調，漢文化裡沒有這種徹底的悲觀主義，漢文化看重的是樂天知命、天人感應和歷史循環。在這個意義上，程高本的價值高於曹刪本，因程高本更接近漢文化的本來面目，雖然曹刪本在一定歷史環境下宣揚的滿人習俗對漢文化有所鑒戒。

第五個階段是張新之諸人的評本，其進一步用儒家義理恢復《紅樓夢》的儒家精神，將其儒家化。

以上可以看出，《紅樓夢》一書是處於一個不斷增刪、不斷重新闡釋的過程之中的，總其大概，一個方向是受到了以滿文化為主而表現個人情感、悲觀主義，一個方向則是將其儒家化。五四以來的精神是與第一個方向符合的，所以對《紅樓夢》的理解和重視上也多在這個方向。

二、關於成書階段的進一步推測

第一，筆者推測此書的原型或源出於旗人子弟，出於清室中的覺醒者。他們目睹了八旗子弟得到天下之後的作風知道清室必亡，這些零餘子弟、富貴閒人每天只能談情說愛，所以作為一個與漢族相比文化上薄弱的異族帶有一種徹底的悲觀情結，也就是書中的「呼喇喇大廈將傾」的徹底的悲觀主義，這種悲觀情結跟男女愛情結合了起來便形成更深的意蘊，這是漢人不具備的。漢人的思想是樂天知命、風水輪流轉。漢人看來日子怎麼也過得去，但作為遊牧民族的滿人不是，他們作為小族缺乏這種根植於農業文明的自信，其處於漢族蒙古族等各族類的擠壓中，一不留神可能滅族亡種，所以《紅樓夢》中這種徹底的悲觀主義是滿人的，不是漢人的。漢人所處地大物博，實不會有這種觀點。《石頭記》和《情僧錄》即是代表了此階段，書中的標誌即是寶黛談情和出家做和尚。這個書在滿族中流傳，很可能是滿文寫成的。

第二，這個書的原本或故事又被一個或幾個漢族文人加工潤色，漢族人可能不認同或不理解書中的一些主題和習俗，將漢人的對待男女問題的儒家態度也增加了進去，也寫了一些漢人的男女情事，書中的《風月寶鑑》即是如此，突出的特徵是不談情。同時，漢族文人在書中表達了對偽朝的虛假統治的抨擊，運用五經筆法，以儒家經學義理抨擊偽朝的虛假禮制，增加了作品的儒家內涵，「指奸責佞，貶惡誅邪」、窮通有命、富貴在天等思想，林黛玉、襲人、薛寶釵等形象是漢化了的。正是在這個階段作品的內涵複雜深刻起來。

第三，最後的曹雪芹的刪改，他將書中的儒學抨擊淡化，將清室的悲劇精神、談情感傷深化，將作品原有的表現個人意志、情感的主題深化，使這部書成為反思人生、情感的書，而不是對儒家學說精神復歸的書。在這個意義上，曹雪芹實際偏離了漢文化的原本要領。

第四，我們可以得出結論，即《紅樓夢》與《三國演義》相比實際不是一個醇正的漢文化的作品，書中講男女談情、講徹底的悲觀主義，都不是漢文化的，而是滿族人因所處情境的心靈和精神歷程。《紅樓夢》在這個意義上不能代表醇正的中華文化，《三國演義》、《水滸傳》、《金瓶梅》、《西遊記》才是醇正的中華文化，但是作品在第二階段漢族文人的改造又使作品具有漢文化的突出特徵，但是被曹雪芹大量刪減了，最後留下來的很少。

正是看到了《紅樓夢》的非漢文化性，高鶚、程偉元、張新之、蔡元培皆嘗試對其進行改造。高鶚在曹雪芹之後又試圖恢復了一些儒家的評判，後四十回中包括夏金桂這樣的人物完全是漢文化範式下的不談情的女人，包括對襲人、薛寶釵的抨擊也是高鶚試圖恢復漢文化的功勞，高鶚實際上是《紅樓夢》漢化的一大功臣，同樣張新之的評點也是竭力恢復儒家的評判來對抗書中的滿族文化，蔡元培看到了書中第二階段漢族文人對清室虛偽統治的揭露，也是提取了書中的漢文化的義理。

總而言之，經過曹雪芹的刪改之後，書中的儒家精神已經很薄弱，滿文化的悲劇精神、談情精神已經很強烈，這直接影響到了漢族人的精神世界。高鶚的刪改是力圖恢復儒家的傳統，來對抗滿文化，所以又有家道復興之說，後四十回很大程度上是漢文化的。可見《紅樓夢》一書，高鶚的位置實際跟曹雪芹一樣，是眾多的刪改者之一。

第五，漢文化的發展實際通過《紅樓夢》這本書受到了滿文化的影響，滿族人對儒學沒有徹底的領悟，雖然其用儒術治國，但是其自始至終沒有完全漢化，他用虛假表面的儒術來治國造成了大量的偏移，使原本的儒家精神喪失了，使禮教迫害人，這是他們自身也無能為力的，因為其不能深刻理解儒家思想。

但是，滿人的悲劇精神、男女談情模式（漢人不談情，情是意識界的東西，儒家文化重現象界）卻深刻地通過《紅樓夢》一書影響到了漢人，直接改變了漢族人的生活方式，衝擊了儒家的生活方式，這是直到新文化運動的一股推崇個人意志和情感的暗流，直到新文化運動與西方的精神的合流，直接推倒了以《三國演義》、《水滸傳》為中心的漢文化，漢人深受了個人意志、情感的影響。實際上，我們遠遠低估了滿清三百年的統治對中華文化的改變，滿族人所使用的滿語是一種受到蒙古語影響的表音文字，這種以元音和諧為特徵的黏著語直接綿延亞歐大陸直到匈牙利（蒙古文字母借鑑於古維吾爾文字母，而古維吾爾文字母源自基督教的一個支派。蒙古帝國溝通了中西文化，實際上滿族是蒙古文化的一個繼承者。）他們的思維模式遠不同於使用象形文字的漢人，其主體模式、個人精神反倒與西方人有共通，看寶黛愛情雙方的主體模式已經是獨立的個體，完全不同於倫理化的漢族人。很可能在《紅樓夢》成書第一階段就出現了原始文本的寶黛相互告白，實際上清虛觀打醮一回離告白已經相距不遠。這是第二階段的漢族文人所不能忍受的，所以改寫的好像寶玉一直說不出口，因為這是滿人談情模式和漢文化的激烈衝突，儒家看來私定終生是淫奔，所以這是書中一直不予寶黛言語表達的緣由。在儒家看來，一私定便有個好惡、有個主體、有個私心，有了主體男女兩人的相處模式必定是會有爭吵，必然是痛苦的，儒家正是看到了原始狀態下男女談情的不穩定和主體分立的痛苦，而將男女關係改造成純粹的倫理關係，只是肉體和倫理的關係，女人依從男人即可，這就是夫權的來源，實際上這個來源在孔學中的思路是這樣的。但是滿族文化中仍然保持了原始的男女談情模式。

可以說，《紅樓夢》其對中華文化的反映來說不及《三國演義》、《水滸傳》、《西遊記》、《金瓶梅》。《紅樓夢》一書是滿清文化衝擊漢文化的一大利器，其延續了近兩三百年，如今仍在，雖然有高鶚、程偉元、張新之、蔡元培等人的努力，但是對漢文化的澄清仍然是不明，對滿清和西方的意志、情感的認識仍然不明。本書實際上也是以儒家的立場對《紅樓夢》進行進一步澄清，力圖將其進一步儒家化，恢復傳統的漢族儒家的中華文化。

從正面分析《紅樓夢》成書第二階段之一層，這是最有中華文化意蘊的一層，從中用儒家學說的復歸來評判建立。從《紅樓夢》成書的第一階段和第三階段，也包括第二階段，分析出了對儒家學說的反思，對儒家學說的反思由此是三個層面的。作為滿族文化的個人情感、意志對漢文化的對照，來反思個人情感、意志這種原始的東西，進一步佐證儒家文化是深刻認識到自然狀態下的個人情感、意志的不定後而對其進行的人世倫理的改造。這是在現象層面對《紅樓夢》進行的儒家學說的復歸的解釋和對儒家學說的反思的解釋，儒家學說的復歸的解釋力圖恢復《紅樓夢》成書第二階段的漢化模式，削弱異族文化對中華文化的影響，修正曹雪芹對《紅樓夢》的儒學成分的刪減，承繼高鶚、程偉元、張新之的解釋模式，進一步將《紅樓夢》儒家化。

對儒家學說的反思包含三個理路，皆依照《紅樓夢》成書三階段對儒家文化進行有差別的反思。一是滿族文化對照下的反思，二是《紅樓夢》成書第二階段漢族文人對儒家文化的反思，三是曹雪芹作為刪訂者對儒家文化的反思。總而言之，集中在對個人意志、情感、主體（一、三），刑名法術和實用功利（二）。此旨力在論證：一則儒家文化是對原始狀態的改造；二則若馳騁個人的意志、情感，主體自身實際也是走向破滅，其也是現象界中的存在實踐，本質上還是儒家的，只不過少了德性倫理的約束；三則論述刑名法術道家對儒家的補充，對現象界的改造具有實效；四則從歷史的維度論述新文化運動之後的主體實際上是受到滿族文化和西方文化合流影響下的一個階段，這個階段跟儒家學說的復歸的階段是相互迭代的。

《紅樓夢》對實在界的重建則是其真正的功績所在，其意義超出了作者、文本和歷史的研究，而通向了人生問題和社會問題。她的談情是受到滿文化的影響下的瑕疵，以及她本身在漢文化上的不醇正相比其功績也可以相抵，不失其為偉大的作品。無論是對儒家學說的復歸還是對儒家學說的反思，無論是主張家庭人倫、《春秋》大義還是主張個人的意志、情感，都說明儒家實際仍是局限在生活世界的現象界的學問，六合之外聖人所不論，儒家討論的是局限在人世現象界的學問，其超出現象界之外的東西是空缺的。《紅樓夢》正是通過細緻地描繪現象界，以現象界說法，從而說明了現象界本身存在的不可避免的問題。《好了歌》中有所表現，但不近全。《紅樓夢》勘透了儒家現象界無論是何種選擇都有其意義，但都有其無意義，儒學的正反兩面都有意義，遵從倫常有意義，遵從欲望也有意義，《紅樓夢》正是勘透了儒學二者的二律背反，從而形成了對儒學的超越，重建了一個實在界，純粹儒家學說的復歸也罷，對儒家學說的反思也罷，最後都在現象界的變易中走向白茫茫一片大地，就是「千紅一窟」、「萬豔同悲」，王熙鳳也罷，林黛玉也罷，乾淨也罷，骯髒也罷，都超越了，這種評判變得沒有意義，《紅樓夢》從而超越了儒學，重建了現象之外的不易之物，這個不易之物就是變，這就是眾生之途，這個不易之物是具有形而上學意義的，儒家一直缺乏這樣一個東西。

但是《紅樓夢》對不易之物的重建並不是要人脫離現象界，脫離人世，正相反，正是在人世的現象界人才能體悟到此種不易之物，脫離了現象界的釋、道反而不能體悟，《紅樓夢》重建的是一種在人世現象界的超越性，一種根植於人世但又超越於人世現象的超越性（二者缺一不可），這種超越性必然在人世現象中才能實現，超越性建立在現實性的基礎上，所以儒家的人世生活在修身、齊家、治國、平天下之外，又附加了一個超越，在求索之餘有了一種超越達觀，這樣儒家影響下的人就不會對妻財、子孫、功名如此執著，這正是《紅樓夢》一書對儒家的人世所補的天，實際上也是中國文化長久以來的經驗總結。或言之，《紅樓夢》之偉大即在勘透了現象界正反面同時有意義但又無意義的矛盾而重建了一個實在界，然而實在界仍須在現象界展開而形成新的人生實踐。

綜上所述，我們論述了《紅樓夢》一書對原本儒家學說的復歸和對儒家學說的反思要解決的問題，更深刻地理解了儒家，又通過《紅樓夢》的成書過程論證了《紅樓夢》以原本儒家學說的復歸的解釋對恢復中華文化的價值，對儒家學說的反思的解釋來反思《紅樓夢》多重思想對近代歷史的影響的價值，也認識到《紅樓夢》一書由於不斷增刪和闡釋的而具有的複雜性，及其進行儒家改造的必要性。

三、再論問題的提出及八個重要論斷

首先看一下要解決的問題。我們讀《紅樓夢》發現，在《紅樓夢》裡有一個層面是跟儒家緊密相關的，或者說只有借助儒家的東西，這個層面才能得到清晰的顯現。書中寫秦可卿的喪禮，寫薛寶釵成大禮，寫賈璉熱孝娶親，這些婚喪嫁娶是跟儒家的禮密切聯繫的。同樣，寫襲人納讒，寫紫鵑、繡橘、寫薛寶釵，這些忠心耿耿和弄權術的人，是跟《春秋》是有聯繫的。寫家族的物極必反，由盛而衰是跟《周易》有聯繫的。這些簡略一說，即《紅樓夢》的思想中有一層面，必須借助儒家學說的解釋才能體現出來，為了讓這一層顯現，我們須借助禮學、《春秋》學、易學的介入。此是其一，即《紅樓夢》對儒家學說的復歸的解釋的根本依據。

第二個問題則是我們發現書中有一個層面是對儒家的反思，如晴雯、尤三姐，賈寶玉這幾個人物，讓我們用個人意志、欲望、情感等這些對儒學的反思的東西來解釋，這些東西實際上是新文化運動以後人們所要爭求的東西，也是如今人們信仰的東西。這是第二點，也即是說，《紅樓夢》對儒家學說的反思的解釋的根本依據。

第三個問題即是《紅樓夢》對原本的儒家和反思的儒學都有所超越，他對儒學的純粹的忠奸善惡，對儒家學說的反思的欲望、情感。其都有認同的一面，但都有超越的一面，《好了歌》有這個傾向，但跟這裡說的還不完全一樣。就是說，《紅樓夢》對儒家學說的復歸和對儒家學說的反思之外，有沒有開創出新的層面。下面擬對其進行補充論述。

第一，在對儒家學說的復歸的理解中，我們認識到，儒學最初的理論是建立在對原始狀態下人的生活的深刻認識的基礎上的，即深刻認識了人的意志、情感和欲望所造成的混亂無定的局面，如《詩經》中的〈氓〉，孔學的主張正是建立在對人性和野蠻狀態人的生活的深刻理解上的，孔學正是立足於改造人原初狀態下的意志、欲望和情感。孔學的人世是一個人為的創造，是試圖用德性倫理來改造自然欲望，但仍保存自然欲望，只是將其規定化。

第二，在對儒家學說的復歸的理解中，我們認識到，儒學是關注現象界的學說，儒學的精神在人世，在六合之內，在眼前的世界，其自身沒有一個超越於眼前的宗教世界，他的宗教就是眼前的現象界，所以孔學就是一個關於人世現象界的學說，是一個人世現象界的存在方式的學說，即存在於人世的現象界的活法。《紅樓夢》所表現的就是這個儒學的人世的現象界，就是這個活法和人的存在方式，《紅樓夢》表現的就是人世現象，就是儒學。

第三，在對儒家學說的反思的理解中，我們認識到對儒家學說的反思所主張的依從個人的欲望、意志、情感，刑名法術的實用功利（權力運作），這些東西是新文化運動反對儒學的道德本體的工具，但是這些東西本身是有問題的，可以說在孔子主張儒學之初，就認識到了這些問題，從而重視道德本體。在《紅樓夢》裡這些東西也有反映，但是無一不走向毀滅，欲望（秦可卿、賈璉等）、意志（鴛鴦）、情感、刑名法術的實用功利（王熙鳳的法家、探春的名家）無一不走向破滅。

第四，對儒家學說的復歸和對儒家學說的反思二者在邏輯和歷史上是一個相互迭代的過程。越重視儒學的德性倫理，則欲望、意志等物反而增長，越重視此二者，則德性倫理又顯現。從《三國演義》到《水滸傳》，從《金瓶梅》到《紅樓夢》，可以說就是這樣一個迭代的過程。儒家學說的復歸和對儒家學說的反思是相互迭代的過程，可以說從《金瓶梅》的對人欲的肯定到《紅樓夢》的反思人欲而又辯證地回歸儒家倫理，正是認識到了逐欲的缺漏。

第五，在《紅樓夢》一書中，作者是時而站在儒家學說的復歸一邊，時而又站在對儒家學說的反思一邊，書中對兩者的表現是雙向的、客觀的、互補的，又是矛盾的，體現了作者對此的深刻認識。因為兩者同時有道理，同時又都有缺陷。所以書中有兩個王熙鳳，兩個薛寶釵，兩個賈寶玉。

第六，對儒家學說的反思雖然主張個人的欲望、意志、情感，但是其仍是儒學精神的，它並沒有違背儒學基本的在現象界中作為一種生存實踐的存在方式，欲望、意志、情感、刑名法術不過是儒學的另一面的極端化，因為儒學本身就是用德性倫理和飲食男女的雙向協調，不過仍然是針對現象界而存在的。欲望是對現象的欲望，意志是對現象的意志，情感是對現象的情感，所以對儒家學說的反思仍然是儒學，故名曰對儒家學說的反思。

第七，對儒家學說的反思和對儒家學說的復歸都是關於現象的，二者都有合理性，但是書中是偏向於儒家學說的復歸的。新文化運動繼承了對儒家學說的反思的問題，所以可以解釋如今的諸多問題。純粹儒家學說的復歸是早熟的、過於成熟的文化，但也是一個必然的結果。

第八，此書認識到了純粹儒家學說的復歸和對儒家學說的反思都是局限在現象界，從而重建了一層，這一層便代表了一種超越性。一種對人世現象的超越性，人世現象就是《好了歌》中所言的對四者的執著。但是問題在這種超越性不是釋、道的隔絕人世，而是本著「體用不二」的原則對人世的復歸，即這種超越性是在現象中的超越性，依託於現象，若隔絕了現象反而不是超越性了，喻之為人世現象之超越性。肯定人世但也不泥於人世現象，看到了現象界的變易性和表面性。真正的人生實在在於現象，但不在於恒定的現象，而在於現象的變易性和超越性，從而《紅樓夢》在此種意義上可以看作是儒家之補充，是補了儒家原本缺失的天。超越性的兩個特徵：一是體用不二，這種超越性必然在現象的人世生活中顯現出來，而不是人世之外；二是永恆輪回，超越性回到對儒家學說的復歸和對儒家學說的反思中形成一個動態的輪回過程。

所以，紅樓夢的超越性是《紅樓夢》一書對人的一種構造，一種對主體的重塑。這種超越性有儒、釋、道的根源，如儒家的命，道家的齊物，佛家的空。但《紅樓夢》與此三者並不同。《紅樓夢》的超越性是蘊含在現象生活之內，反而生成了一種強烈的現實精神和無畏的精神，而絕非消極和空無，這是物極必反，靜極生陽的結果。這是《紅樓夢》之貢獻，所以《紅樓夢》是用文學來覺醒人的。這是《紅樓夢》的偉大之處。

所以，我們看《紅樓夢》補天說的三個層面：一個是對儒家學說的復歸的天，即《春秋》大義的天。這個是應清代虛偽統治而補，是復歸原本。一個是對儒家學說的反思的新文化的天，即情感、欲望、個人意志的天。這個啟示了後兩三百年。一個是對人世現象具有超越性的天。這個是對儒家文化而言，也是最重要的也最恒久的。

《紅樓夢》的偉大就在於其深刻理解了原始儒家（孔學）的精神，但又看到了其短處，就在於這種矛盾性，既肯定儒家，又否定了儒家，並在此雙向態度上重建了對人世現象生活的超越性。

第七章
《紅樓夢》中的儒家經義義理發微

通過前文的論述，可知以象見義是闡釋《紅樓夢》的重要路徑，這是以立象說為基礎的義理紅學研究方法的本質所在。但是問題在於，通過超越表象來提取意義，這個意義要以何種方式來呈現呢？這實際是問題的關鍵所在，因其牽涉到闡釋《紅樓夢》義理的正當性。筆者以為，對於《紅樓夢》的義理闡釋而言，最為基礎和重要的闡釋方法是「以經證紅」，也即以五經經義來對《紅樓夢》一書的義理進行闡釋，從而達到超越書中表象來提取其內在的思想內涵。筆者認為，這種方法的依據主要在於三方面。

一者，評點紅學的批評實踐以及索隱紅學的部分主張皆證明了《紅樓夢》一書在形式、義理方面與儒家經典有著密切的聯繫。通過經義來闡釋《紅樓夢》，書中的不易被察覺的深層義理能得到較為明晰的呈現。六經之中除其構造的形式法則之外，則有其更為重要的義理，六經中的義理實際上在《紅樓夢》的隱義中具有基礎性的地位。

二者，王國維的《紅樓夢評論》所注重的理論闡釋路徑顯示出重要的價值，通過理論闡釋能理解文學作品所表現的更具普泛意義的人生哲學，這種價值是索隱的和考證的紅學難以達到的。王國維也在《紅樓夢評論》中批判了此種以考證方法研究小說的範式。

由此，通過《周易》思想的介入，我們達到了以立象說為基礎的義理紅學研究方法的闡釋範式，而援介經義提取書中義理則是我們的重要路徑。

第一節　關於《周易》：易理闡釋五條

本節重在以《周易》義理闡發書中思想，《周易》對於《紅樓夢》的闡釋有三個路徑，一是以《周易》的象數形式闡釋書理，二是以總體的易理闡釋書理，三是以具體的卦義闡釋書理。第一方面在前數章已有論述。本節擬以總體的易理闡釋，至於具體卦義闡釋因內容龐大，擬有專書論述。

一、積善說

善惡與禍福具有因果關係，這是《紅樓夢》中力在呈現的一個觀念，書中「太虛幻境」又名「福善禍淫」，可見此實是於書中周流的一條暗脈。考薛蟠、司棋、賈璉、賈珍諸人事體，可謂絲毫不爽。這種觀點在《周易》、《尚書》中皆有具體的呈現。

《周易》曰：「積善之家，必有餘慶；積不善之家，必有餘殃。」善惡報應說是《周易》、《尚書》中的重要觀念。《紅樓夢》一書始終苞含善惡禍福之念，常常如影隨形，薛姨媽欺騙林黛玉過生日時問寶姐姐之事，轉念則薛家禍起。王熙鳳份子錢徇私過生日，轉念賈璉與鮑二家偷情，聲言治死主子老婆諸事皆存此義。[1]

二、盈虛說

盈虛說謂天道、人事皆是變化消長、周流不息的，未有一成不變之物，所有的現時狀態都會走向其對立面，故而於家道中愈是烈火烹油、鮮花著錦之盛，則愈是意味著繁華不能持久，終究走向其消亡的過程。這其中包含著總全的思維方式，鼎盛之時必有衰敗它的因素出現，而衰敗時必有復興它的因素出現，這實際上是天道盈虛消長的變化規律在人事上的顯現，實際並不以人的意志為轉移，即如人的意志行動不由得受到盈虛的制約。《紅樓夢》一書融會此種觀念甚深，全書通觀而言是演一家族之消長，演一由盛而衰的

---

[1] 下節《尚書》面向之闡釋亦有積善的論述。

過程，又隨之而點明諸多衰敗的因素，也點明了衰敗時復興的法子，於此可見作者對於盈虛的態度，乃是順應而為、早做打算。盈虛說在《周易》中有集中的顯現，可以說此種觀念貫穿《周易》全書，乃是其通貫全體的根本脈絡，而《紅樓夢》無論總其篇章大體，還是從其細微筆法處，也實際將此觀念貫注其中，在這個意義上，積善說、慎始慎微說、災異說可以說是順應盈虛說而顯現的，是為了輔助盈虛說這個大框架而含蘊其中的。

《紅樓夢》中所表現的盈虛觀念，集中體現在秦可卿給王熙鳳的托夢中，其言則諄諄教誨。賈家之盈虛是周而復始，有諸人之違禮亂常而抄家，然亦有李紈守節教子，反而最後「蘭桂齊芳」，此是天道善惡的輪轉，也是儒家倫常所具有的存在論價值。

三、慎始慎微說

依照盈虛說，則事物無時不處於變易之中，然而大凡事物之變化之開端，必起於微末。此種微末人多不易覺察，然考究釀成大禍的開端，無不起於小事。《韓非子》云：「千丈之堤，以螻蟻之穴潰」[2]，於物理如是，於人事上亦如是。人多深察物理，卻對於人事上的此種變化往往輕易忽視。《周易》中飽含了慎始慎微的思想，凡每卦初爻皆須謹慎自持。〈坤〉卦初九曰：「履霜，堅冰至。」[3] 腳下有霜時，則能思寒冬堅冰將至，所以慎始。《紅樓夢》中對此慎始慎微融貫頗多，尤其體現在書中筆法之中，寫賈家衰敗，必先寫秦可卿之喪禮；寫賈寶玉出世離家，必先寫其初試雲雨。寫一賈璉與多姑娘，而可見後來之尤二姐，寫賈寶玉初試雲雨情，則可知後來受襲人挾制，以及日後之「粉漬脂痕汙寶光，綺櫳晝夜困鴛鴦。」此賈璉與賈寶玉皆是在初始之小事上不受規勸，乃至日後不可挽回。此慎始慎微思想實際在五經中皆有表現，通貫全體。

2　〔清〕王先慎：《韓非子集解．喻老第二十一》（北京：中華書局，2016 年），頁171。

3　黃壽祺、張善文：《周易譯注》（北京：中華書局，2016 年），頁 24。

四、定志與卜筮

談及《周易》義理則不能不談及卜筮，然而卜筮實與人的志意有直接聯繫。《紅樓夢》一書寫寶黛姻緣，含蘊頗廣，不僅止於談情而已。二人談情之始，則主於心意相通，志意相合，而木石姻緣終破，亦主於二人意志不堅，往往疑懼，而不能有所行動。此較之司棋、潘又安，賈璉、尤二姐則尤為顯著，倘若賈寶玉有賈璉、潘又安之志意，則何來後來差錯。賈寶玉婚姻不定，名義上是賈母不為之定，而實是賈寶玉本人不定志，其先則有薛寶釵，其後則有張家姑娘，往往為眾多女子所惑。後來通靈寶玉丟失，實際暗寓賈寶玉不定志。《周易》、《尚書》中卜筮的思想實際給出了人的心志是一切事情成敗的關鍵，倘能定志，則鬼神為之助，然而志意不定，卜筮亦無用。

《易》本為卜筮之書，然而卜筮並非聽從卜筮，而是在定志的基礎上以卜筮為輔助，「謀及卜筮」而非一切以卜筮為準，而是以心為最終的準衡。《尚書・大禹謨》曰：「帝曰：『禹，官占惟先蔽志，昆命於元龜。朕志先定，詢謀僉同，鬼神其依，龜筮協定，卜不習吉。』」[4] 傳曰：「言已謀斷於心，謀及卜筮，四者合從，卜不因吉，無所枚卜。」[5] 疏曰：「禹，卜官之占，惟能先斷人之志，後乃命其大龜。我授汝之志，先以定矣。又詢於眾人，其謀又皆同美矣。我後謀及鬼神，加之卜筮，鬼神其依我矣，龜筮復合從矣。」[6]

此實是君命、自己主意、眾人之主意、卜筮四者的結合。傳曰：「官占之法，先斷人之志，後命元龜，言志定然後卜也。」[7]《洪範》云：「汝則

---

[4] 〔漢〕孔安國傳，〔唐〕孔穎達正義：《尚書正義》（上海：上海古籍出版社，2007年），頁135。

[5] 同上。

[6] 同上。

[7] 〔漢〕孔安國傳，〔唐〕孔穎達正義：《尚書正義》（上海：上海古籍出版社，2007年），頁135。

有大疑，謀及乃心，謀及卿士，謀及庶人。」[8] 是先斷人之志。又，傳曰：「志先定也，謀僉同也，鬼神依也，龜筮從也，四者合從，然後命汝。」[9]

賈寶玉丟失通靈寶玉，根本上乃合於卜筮之道，卜筮重在先有定志，若無定志，卜筮亦難從，寶玉失通靈寶玉乃是其失去了心志，沒有定志。是誰人讓其失了定志？測字是「賞」字[10]，去當鋪裡尋，當鋪即指薛家。是薛寶釵、襲人一干人攻取寶玉愛婢晴雯，使其喪失心志，而無定見。書中眾人知寶玉失玉，不察其來龍去脈的根由，卻去測字扶乩，是眾人未能謀求自己的心。可見，卜筮亦是以心志為根本，然後可以問於鬼神。

五、變易說與人世二十四字缺憾

《紅樓夢》第一回云：

> 二先師聽畢，齊憨笑道：「善哉，善哉！那紅塵中卻有些樂事，但不能永遠依恃，況又有『美中不足，好事多魔』八個字緊相連屬，瞬息間則又樂極生悲，人非物換，究竟到頭一夢，萬境歸空，倒不如不去的好。」[11]

此書所寫正是人間中的美中不足、好事多磨，瞬息間的樂極生悲，回首已是人非物換，細想來是到頭一夢，萬境歸空，這二十四字確是參透人間的真相。

賈寶玉常說的瘋話時常即是對這種人間真相的體悟，三十六回夢兆絳芸軒寶玉對襲人云：「再能夠你們哭我的眼淚流成大河，把我的屍首漂起來，

---

8 〔漢〕孔安國傳，〔唐〕孔穎達正義：《尚書正義》（上海：上海古籍出版社，2007年），頁 136。

9 同上。

10 〔清〕曹雪芹：《紅樓夢：三家評本》第九十四回（上海：上海古籍出版社，2021年），頁 1669。

11 曹雪芹著，無名氏續：《紅樓夢》（北京：人民文學出版社，2017 年），頁 3。

送到那鴉雀不到的幽僻之處，隨風化了，自此再不要托生為人，就是我死得得時了。」五十七回寶玉對紫鵑云：「活著，咱們一處活著，不活著，咱們一處化灰化煙。」七十一回寶玉云：「我能夠和姊妹們過一日是一日，死了就完了。什麼後事不後事！」、「人事莫定，知道誰死誰活。倘或我在今日明日，今年明年死了，也算是遂心一輩子了。」八十一回寶玉聞知迎春誤嫁，紫菱洲空空如也，便訴與黛玉云：「我只想著咱們大家越早些死的越好，活著真真沒有趣兒！」眾人皆聽不得的寶玉的瘋話，實際這些瘋話卻道出了人間的真相，美好不能永駐，總會出乎意料地迅速凋落，便感歎人世的無意義，對於這種變幻不定，似乎只有一死，才能是確定的了結，可以說這是對人世的缺憾的一種無奈和對抗。

人間是在現象界的存在，而現象是不能停駐而始終變易的，正因為現象的發生是處在不斷變易發展的途中，經常處於到達完善的過程之中，所以便有美中不足，而當發展到相對完善的時候則又月滿則虧，又走向一個反方向的發展過程，而人心如鏡，《詩經》云「我心匪鑒」，則心可有察形之用，心常隨著對現象外物的感照而流轉不定，於是外物以其規律在消長之際便有劇烈的遷變周流，給人樂極生悲之感。

賈寶玉便是常在處安樂之中便能覺察到紅塵之中的不能永駐，一旦此種不能永駐變成真相，如迎春事，其感喟便油然而生，牽發其心而生出瘋話，此瘋話實際以一種詩性的方式達成一種開脫和消解。書中對此種樂極生悲的表現不可謂不多，王熙鳳過生日之時何其喜慶，而其步入家門則窺見賈璉與鮑二家的之事。林黛玉過生日之時，薛姨媽正心喜私忖寶釵嫁娶之事，在場對黛玉多有隱瞞寬慰之辭，而轉瞬薛家出事，薛蟠惹刑。甄士隱元宵佳節而失英蓮。林黛玉一見賈寶玉而睹其摔玉。太虛幻境寶玉與可卿難解難分之時而頓見荊榛遍地、狼虎同群。秦鐘與智能兒繾綣之際不日則陰陽兩隔。黛玉則常見寶玉之溫存而憂思此事難諧，寶玉愈致意而其愈不放心，因此生出一身病。此些小事，皆有樂極生悲之理，而從大處看，如秦可卿所言，賈家赫赫揚揚，已歷百年，須知月滿則虧，登高必跌重，則賈家從元妃省親至被抄家，可謂一大變易、一大樂極生悲之變。

美中不足、好事多磨，是指現象中事物的遷變必然存在其過程，處於並長期處於待完成的過程中。樂極生悲、人非物換，則是指事物在其遷變過程中總在一個方向上走向革變，革變完成後則向其反方向發展，而人心是對外物之映射，且前此之境與現在變易之境兩相對照，則生出感歎。到頭一夢，萬境歸空，則是此種感歎的深化，夢與空皆不是實存之物，抑或其此時存在而在時間中失落，因其在過，而今不在，便不能不謂之夢，便不能不謂之空。

賈寶玉所提出的問題便是此紅塵中的問題，這些問題殊不可解，他對人在世間的存在提出了深深的疑問，便感喟道「活著真真沒趣兒！」寶玉是這種缺憾的對抗者，他直面紅塵中的這些缺憾，直面人在現象界的不可遏制的遷變，在其自身中實際生發出一條新的道路。在孔學的觀念中要人「與時偕行」、「唯變所適」，孔子云「四十不惑，五十而知天命，六十而耳順，七十而從心所欲不逾矩」，其要人活著的過程是己身的觀念須不斷發展的，而賈寶玉則有其自然而較真的一面，對迎春之嫁則言要接回家了住，面對這種人事流散則常常以死應之，面對晴雯之歿常常耿耿於懷，面對黛玉之死則入黃泉尋之，賈寶玉可謂不知變通者，但正是這種不知變通使他成為對古文化的一個反抗者，一個認真的、較真的人。

然而，人世的二十四字缺憾這種觀念實根植於易學思想，正是變易、遷變的觀念的影響才使人以此方式來理解人世的現象，而通過易學思想的介入則對此二十四字的理解更加深刻。

第二節　關於《尚書》：義理關聯三十二條

本節先擷取《尚書》傳注中原文，略加案語，後則點破其與《紅樓夢》義理之關聯，以成一大綱式的本之於儒家義理的說解，計有三十二條。

一

《尚書・堯典》：帝曰：「契：百姓不親，五品不遜，汝作司徒，敬敷五教，在寬。」[12] 疏曰：「帝又呼契曰：往者天下百姓不相親睦，家內尊卑五品不能和順，汝作司徒之官，謹敬布其五常之教，務在於寬，故使其五典克從，是汝之功，宜當勉之。」[13]

傳曰：「一家之內，尊卑之差，即父、母、兄、弟、子是也。教之義、慈、友、恭、孝，此事可常行，乃為無常耳。（案，五品即五常。品，謂品秩）。不遜，即不順，謂不義、不慈、不友、不恭、不孝也。」[14] 案，敬敷五教，謂謹敬地流布五教，敷為「布」義。《春秋・文十八年左傳》云：「布五教于四方，父義、母慈、兄友、弟恭、子孝。」[15] 是布五常之教也。

又，傳曰：「《論語》云：『寬則得眾。』故務在寬，所以得民心也。治不遜之罪，宜峻法以繩之，而貴其『務在寬』者，此『五品不遜』直是禮教不行，風俗未淳耳；未有殺害之罪，故教之務在於寬。若其不孝、不恭，其人至於逆亂，而後治之，於事不得寬也。」[16]

《紅樓夢》中賈敬、賈敷之名本原於此「敬敷五教」，然而賈家誠非能布敬敷之教者，故其父不義，賈政之笞撻寶玉、賈赦之笞縺賈璉皆類於此。母不慈，王夫人嚴苛少恩，奪殺寶玉之愛婢，寶玉自幼唯與元春親如母子，此從反面寫寶玉與王夫人之淡薄，且寶玉在王夫人房中調戲金釧兒，王夫人動則大怒，有失母儀。兄不友、弟不恭，賈寶玉、賈環雖有嫡庶之分，然而至於惡語相向，骨肉間離。子不孝，賈寶玉既失教而不能通人倫，所以為情所惑而出世離家，不能孝親。此實是作者譏刺滿清不通五常。

流布五教務在於寬，寬則得眾，然而賈家治人唯在於嚴苛少恩，笞撻寶

---

12 〔漢〕孔安國傳，〔唐〕孔穎達正義：《尚書正義》（上海：上海古籍出版社，2007年），頁100。

13 〔漢〕孔安國傳，〔唐〕孔穎達正義：《尚書正義》（上海：上海古籍出版社，2007年），頁100。

14 同上。

15 同上。

16 同上。

玉案、賈赦因石呆子畫扇打賈璉案、尤二姐案皆說明此。賈家的問題根本在於倫常問題，倫常不能合於五教，則必邪妄滋生。

二

《尚書・堯典》曰：「皐陶：蠻夷猾夏，寇、賊、奸、宄，汝作士，五刑有服。」[17] 傳曰：「群行攻曰寇，殺人曰賊。在外曰奸，在內曰宄。言無教所致。」[18]

又曰：「五服三就。五流有宅，五宅三居。惟明克允。」[19]

疏云：「帝呼皐陶曰：『往者蠻夷戎狄猾亂華夏，又有強寇劫賊，外奸內宄者，為害甚大。汝作士官治之，皆能審得其情，致之五刑之罪，受罪者有服從之心。言輕重得中，悉無怨恨也。五刑有服從者，於三處就而殺之。其有不忍刑其身者，則斷為五刑而流放之。五刑之流，各有所居。五刑所居，于三處居之。所以輕重罪得其宜，受罪無怨者，惟汝識見之明，能使之信服，故奸邪之人無敢更犯，是汝之功，宜當勉之。因禹之讓，以次誡之。』」[20]

此講用刑之道，以五教化百姓，以五刑治蠻夷，後來法家多吸收此，不以五教化人，而專以五刑治百姓，是顛倒錯亂也。王熙鳳治喪之時不以恩德用人，而以刑法治人，是失喪禮之義。王熙鳳純是法家人物。《紅樓夢》中所寫人物若王熙鳳之奸、襲人之宄，皆是無教所致。

《管子》曰：「倉廩實而知禮節，衣食足而知榮辱。」[21] 又，傳曰：「讓生於有餘，爭生於不足。往者洪水為災，下民饑困，內有寇賊為害，外

---

17 〔漢〕孔安國傳，〔唐〕孔穎達正義：《尚書正義》（上海：上海古籍出版社，2007年），頁100。

18 同上。

19 〔漢〕孔安國傳，〔唐〕孔穎達正義：《尚書正義》（上海：上海古籍出版社，2007年），頁101。

20 同上。

21 同上。

則四夷犯邊，皆因無教之致也。」[22]

倉廩實未必知禮節，賈家之富貴而不能知禮，男女不同席，而其竟置男女於袛席之上。襲人、寶釵衣食足而不能知榮辱，一則以納讒得幸為榮，一則以奪親失禮成親為榮，二人皆無辭讓之心，乃是無教所致。然而寶釵不能謂之無教，然而其虛偽作態，城府深沉，亦是本性使然。

三

《尚書・堯典》：「帝曰：『命汝典樂，教冑子。直而溫，寬而栗，剛而無虐，簡而無傲。詩言志，歌永言，聲依永，律和聲。八音克諧，無相奪倫，神人以和。』夔曰：『于予擊石拊石，百獸率舞。』」[23] 此亦《尚書》之教化之法，以歌詩蹈之舞之教長國子中、和、祗、庸、孝、友。詩言志以道之，歌詠其義以長其言。

《紅樓夢》中不得此教化，書中教化惟寫寶玉入學堂，然而皆是濫竽充數之輩，榮寧二公所托的警幻仙姑也是不能教寶玉入正道，而先道之以雲雨之術。直而溫，寶玉之溫和惟對女子，至於對賈芸則稱己為其父，對賈環則多叱責，至於正直則寶玉瞞贓，不能究詰根本，姑息養奸，寵任芳官。寬而栗，寬弘而能莊栗，寶玉或可得之。

詩、樂是教化之法，賈府中不重視此，至於眾人失教。《樂記》曰：「樂在宗廟之中，君臣上下同聽之，則莫不和敬；在族黨鄉里之中，長幼同聽之，則莫不和順；在閨門之內，父子兄弟同聽之，則莫不和親。」[24] 樂之感人，能成中、和、祗、庸、孝、友之六德也。黛玉所聽之樂則是「良辰美景奈何天，賞心悅事誰家院」使之有思春之念。

---

22 同上。

23 〔漢〕孔安國傳，〔唐〕孔穎達正義：《尚書正義》（上海：上海古籍出版社，2007年），頁 106。

24 〔漢〕孔安國傳，〔唐〕孔穎達正義：《尚書正義》（上海：上海古籍出版社，2007年），頁 107。

四

《尚書・堯典》曰：「帝曰：『龍：朕堲讒說殄行，震驚朕師。命汝作納言，夙夜出納朕命，惟允。』」[25] 傳曰：「言我疾讒說絕君子之行而動驚我眾，欲遏絕之。」「納言，喉舌之官，聽下言納於上、受上言宣於下，必以信。」[26] 納言是宣示王命之官，如王之咽喉口舌。「必以信」。

《尚書》政治之書，《紅樓夢》中讒佞妄行，正因上下為讒佞所惑而致，晴雯之死是襲人納讒，王夫人不能任用賢明，惟輕信一襲人。紫鵑為黛玉之傳信之人，然而亦不能以剛正之念動寶玉，言明賈母。寶黛與賈母之間傳信納言之人唯有一襲人，此人只有自私之念，難能顧全大局。

五

《尚書・大禹謨》曰：「曰：『后克艱厥后，臣克艱厥臣，政乃乂，黎民敏德。』帝曰：『俞。允若茲，嘉言罔攸伏，野無遺賢，萬邦咸寧。稽於眾，舍己從人，不虐無告，不廢困窮，惟帝時克。』」[27]

疏曰：「禹為帝舜謀曰：君能重難其為君之事，臣能重難其為臣之職，則上之政教乃治，則下之眾民皆化，而疾修其德。而帝曰：然，信能如此，君臣皆能自難。並願善以輔己，則下之善言無隱伏。在野無遺逸之賢，賢人盡用，則萬國皆安寧也。為人上者考於眾言，觀其是非，舍己之非，從人之是，不苛虐鰥寡，孤獨無所告者必哀矜之；不廢棄困苦，貧窮無所依者必滑念之，惟帝堯於是能為此行，余人所不能。言克艱之不易也。」[28]

「嘉言無攸伏」，善言無所伏，言之必用。若賈府者，善言不能用，惡言必用之。「野無遺賢」，賈芸、小紅之得用可見賈府任用之難，層層阻

---

25 〔漢〕孔安國傳，〔唐〕孔穎達正義：《尚書正義》（上海：上海古籍出版社，2007年），頁108。

26 同上。

27 〔漢〕孔安國傳，〔唐〕孔穎達正義：《尚書正義》（上海：上海古籍出版社，2007年），頁123。

28 同上。

礙，天地閉，賢人隱。「不虐無告，不廢困窮」，劉姥姥一困窮老嫗，賈府戲之而不敬之，雖有銀兩補給，到底是不知「不廢困窮」之義。

六

《尚書・大禹謨》曰：「禹曰：『惠迪吉，從逆凶，惟影響。』益曰：『吁！戒哉！儆戒無虞，罔失法度。罔游於逸，罔淫於樂。任賢勿貳，去邪勿疑，疑謀勿成，百志惟熙。罔違道以干百姓之譽，罔咈百姓以從己之欲。無怠無荒，四夷來王。』」[29]

傳曰：「順道吉，從逆凶，吉凶之報若影之隨形、響之應聲。」「游逸過樂，敗德之原，富貴所忽，故特以為戒。」「一意任賢，果於去邪，疑則勿行，道義所存於心，日以廣矣。」「專欲難成，犯眾興禍，故戒之。」「言天子常戒慎，無怠惰荒廢，則四夷弗反。」[30]

疏曰：「禹因益言，謀及世事，言人順道則吉，從逆則凶。吉凶之報，惟若影之隨形，響之應聲。言其無不報也。益聞禹語，驚懼而言曰：吁，誠如此言，宜誡慎之哉！所誡者，當儆誡其心，無億度之事。謂忽然而有，當誡慎之，無失其守法度，使行必有恆，無違常也。」[31]

無游縱於逸豫，無過耽於戲樂，當誡慎之以保己也。任用賢人勿有二心，逐去回邪勿有疑惑，所疑之謀勿成用之。如是，則百種志意惟益廣也。無違越正道以求百姓之譽，無反戾百姓以從己心之欲。常行此事，則四夷之國皆來歸往之。此亦所以勸勉舜也。

《紅樓夢》中言吉凶善惡之報，確乎如影隨形，晴雯之拿錐子刺小丫鬟，知後日人惡語中傷之哉？尤二姐、尤三姐失於無守，知後日慘死賈府哉？金釧之嬉弄寶玉、秦可卿之越禮、賈瑞之盜嫂、秦鐘之淫佚、夏金桂之

---

[29] 〔漢〕孔安國傳，〔唐〕孔穎達正義：《尚書正義》（上海：上海古籍出版社，2007年），頁 125。

[30] 〔漢〕孔安國傳，〔唐〕孔穎達正義：《尚書正義》（上海：上海古籍出版社，2007年），頁 125。

[31] 同上。

毒人，皆莫不如是。即如寶釵之為「大盜」，亦只能空守，襲人之奸，受變節之辱，乃至黛玉之情癡不悟，亦堪受人間折磨。行善讓人者劉姥姥則得其升平，李紈能守中和之度，亦得其中平之報。迎春懦則懦矣，演為無情而不能為繡橘出一言，其遇無情之中山狼，亦報也。因果報應，《尚書》載之備至，非待佛教觀念資取之。《易》曰「積善之家，必有餘慶」亦證明此是華土本有之觀念。

「無億度之事」，億度之事是《紅樓夢》中頗重視之事，林黛玉純是億度之人。然其所億度皆是真事，寶釵確有奪玉之意。當其知此，當知「果於去邪，疑謀勿成」，以剛正誠慎之意自保其身，而不可一任情癡，若能為此，則天命有歸。

「罔游於逸，罔淫於樂。」賈寶玉群芳開夜宴，屢在怡紅院宴飲，而後則聽聞賈政問書便裝病，此是耽於逸樂，是失教本旨。

「罔違道以干百姓之譽。」違道而可以尋求他人之譽，賈寶玉所謂閨閣中之知己之類，皆是越禮以求女子之譽，所謂為香菱情解石榴裙，為芳官、柳五兒瞞贓，賈敬殯禮時為尤二姐、尤三姐擋住臭和尚，此皆是干婦人之譽。至於平兒平生所為，亦多類於此，其情掩蝦鬚鐲，判冤決獄平兒行權，皆是故意為好人，故意行好事，以求諸人之譽，其心底之意乃在與王熙鳳毒辣成對照，以求日後進階於賈璉，此是平兒深心處。其與鴛鴦相比，殆有高下之分。「古之學者為己，今之學者為人」[32]，平兒所為皆是為人，實則為己，非是第一等人品，然而論其功過，亦能和暢人心，多行善事。

「罔咈百姓以從己之欲。」賈赦因石呆子之事陷民於囹圄，王熙鳳唆使張華鉗制尤二姐，此皆是反戾百姓而從己之欲，其果報亦遽。

七

《尚書・大禹謨》曰：「皐陶曰：『帝德罔愆，臨下以簡，御眾以寬，罰弗及嗣，賞延於世。宥過無大，刑故無小。罪疑惟輕，功疑惟重。與其殺

---

32 〔宋〕朱熹：《四書章句集注》（北京：中華書局，1982年），頁156。

不辜，寧失不經。好生之德，洽於民心，茲用布犯於有司。』」[33]

「宥過無大，刑故無小。」傳曰：「過誤所犯，雖大必宥；不忌故犯，雖小必刑。」[34] 墜兒偷蝦鬚鐲，是故犯，然而平兒宥之，是賣人情，失刑法之道，晴雯之刑墜兒是應有之義。可見平兒行權不得法度。賈環之戳倒燈油，亦是故犯，然而不了了之。寶玉之藏琪官，實屬少兒無知，然而賈政大動笞撻。

「罪疑惟輕，功疑惟重。」傳曰：「刑疑附輕，賞疑從重，忠厚之至。」[35] 賈政不察事實，因賈環挑唆一語，信以為真。然而晴雯病補雀金裘，實為大功，而賞卻輕。「好生之德」，若賈府則金釧兒案、尤二姐案、夏金桂案、林黛玉案皆置人於死地。

八

《尚書・大禹謨》云：「帝曰：『克勤於邦，克儉於家，不自滿假，惟汝賢。汝惟不矜，天下莫與汝爭能。汝惟不伐，天下莫與汝爭功。予懋乃德，嘉乃丕績。天之歷數在汝躬，汝終陟元後。人心惟危，道心惟微，惟精惟一，允執厥中。無稽之言勿聽，無詢之謀勿庸。可愛非君？可畏非民？眾非元後何戴？后妃眾罔與守邦。欽哉！慎乃有位，敬修其可願，四海困窮，天祿永終。』」[36]

傳曰：「自賢曰矜，自功曰伐。言禹善退讓人而不失其能，不有其勞而不失其功。」[37] 妙玉自賢，黛玉自清，二人雖不爭不伐，而莫與之爭功。

疏曰：「民心惟甚危險，道心惟甚幽微。危則難安，微則難明，汝當精

---

33 〔漢〕孔安國傳，〔唐〕孔穎達正義：《尚書正義》（上海：上海古籍出版社，2007年），頁130。

34 同上。

35 同上。

36 〔漢〕孔安國傳，〔唐〕孔穎達正義：《尚書正義》（上海：上海古籍出版社，2007年），頁132。

37 同上。

心，惟當一意，信執其中正之道，乃得人安而道明耳。」[38] 觀寶釵、薛姨媽步步為營之機，足見人心惟危，然而見薛家有夏金桂、薛蟠之禍，亦見道心惟微，天道微眇，然而善惡吉凶如影隨形。

疏曰：「不當妄受用人語，無可考驗之言，勿聽受之。不是詢眾之謀，勿信用之。」此可為賈政、王夫人一誡。賈政受言於賈環，王夫人受言於襲人，皆受其禍。可見《尚書》有自治之功，《紅樓夢》之中則演出。

九

《尚書・大禹謨》曰：「帝曰：『禹，官占惟先蔽志，昆命於元龜。朕志先定，詢謀僉同，鬼神其依，龜筮協定，卜不習吉。』」[39] 傳曰：「言已謀斷於心，謀及卜筮，四者合從，卜不因吉，無所枚卜。」[40] 疏曰：「禹，卜官之占，惟能先斷人之志，後乃命其大龜。我授汝之志，先以定矣。又詢於眾人，其謀又皆同美矣。我後謀及鬼神，加之卜筮，鬼神其依我矣，龜筮復合從矣。」[41]

此實是君命、自己主意、眾人之主意、卜筮四者的結合。傳曰：「官占之法，先斷人之志，後命元龜，言志定然後卜也。」[42]《洪範》云：「汝則有大疑，謀及乃心，謀及卿士，謀及庶人。」[43] 是先斷人之志。又，傳曰：「志先定也，謀僉同也，鬼神依也，龜筮從也，四者合從，然後命汝。」[44]

38　〔漢〕孔安國傳，〔唐〕孔穎達正義：《尚書正義》（上海：上海古籍出版社，2007年），頁133。

39　〔漢〕孔安國傳，〔唐〕孔穎達正義：《尚書正義》（上海：上海古籍出版社，2007年），頁135。

40　同上。

41　同上。

42　〔漢〕孔安國傳，〔唐〕孔穎達正義：《尚書正義》（上海：上海古籍出版社，2007年），頁135。

43　〔漢〕孔安國傳，〔唐〕孔穎達正義：《尚書正義》（上海：上海古籍出版社，2007年），頁136。

44　同上。

賈寶玉丟失通靈寶玉，根本上乃合於卜筮之道，卜筮重在先有定志，若無定志，卜筮亦難從，寶玉失通靈寶玉乃是其失去了心志，沒有定志。是誰人讓其失了定志？測字是「賞」字[45]，去當鋪裡尋，當鋪即指薛家。是薛寶釵、襲人一干人攻取寶玉愛婢晴雯，使其喪失心志，而無定見。書中眾人知寶玉失玉，不察其來龍去脈的根由，卻去測字扶乩，是眾人未能謀求自己的心。可見，卜筮亦是以心志為根本，然後可以問於鬼神。

十

《尚書・皐陶謨》曰：「皐陶曰：『都！在知人，在安民。』禹曰：『吁！咸若時，惟帝其難之。知人則哲，能官人。安民則惠，黎民懷之。能哲而惠，何憂乎驩兜，何遷乎有苗？何畏乎巧言令色孔壬？』」[46]

傳曰：「歎修身親親之道，在知人所信任，在能安民。」[47] 疏曰：「修身親親之道，人君行此道者，在於知人善惡，擇善而信任之。」[48]又，知人善惡則為大智。

此論知人之難。王夫人不知襲人之善惡，即賈母亦不知，而王夫人任用襲人，乃至禍國敗家，可不慎哉！然而知人對於帝堯而言亦是非常不易之事。《紅樓夢》一書寫諸人實可作為知人之階，書中平兒不易知，寶釵尚可知，知人要能知其心跡，故曰「人心惟微」，不可僅知其行跡，論行跡為賢人者多矣，論心跡為賢人者寡矣！

十一

《尚書・皐陶謨》曰：「皐陶曰：『都！亦行有九德。亦言其人有德，

---

45 〔清〕曹雪芹：《紅樓夢：三家評本》第九十四回（上海：上海古籍出版社，2021年），頁1669。

46 〔漢〕孔安國傳，〔唐〕孔穎達正義：《尚書正義》（上海：上海古籍出版社，2007年），頁145。

47 同上。

48 同上。

乃言曰載采采。』禹曰：『何？』皋陶曰：『寬而栗，柔而立，願而恭，亂而敬，擾而毅，直而溫，簡而廉，剛而塞，彊而義，彰厥有常，吉哉！』」[49]

傳曰：「言人性行，有九德以考察，真偽則可知。稱其人有德，必言其所行某事某事以為驗。如此九者考察其真偽，則人之善惡皆可知矣。」[50]

此論知人之法。《紅樓夢》為文善用遮掩，知書中之人頗難。

十二

《尚書・益稷》曰：「夔曰：『戛擊鳴球，搏拊琴瑟以詠，祖考來格。虞賓在位，群後德讓。下管、鞀鼓，合止柷、敔。笙、鏞以間，鳥獸蹌蹌。簫《韶》九成，鳳凰來儀。』」[51]

傳曰：「皋陶、大禹為帝設謀，大聖納其昌言，天下以之致治。功成道洽，禮備樂和，」[52]以致鳳凰來而有容儀也。

寶玉所居初名鳳凰來儀。可見寶玉為帝系亦不為過。

十三

《尚書・泰誓》：「惟天地，萬物父母。惟人，萬物之靈。」傳曰：「生之謂父母。靈，神也。天地所生，惟人為貴。」[53]

疏曰：「萬物皆天地所生，故謂天地為父母也。《老子》云：『神得一以靈。』靈、神是一，故靈為神也。《禮運》云：『人者，天地之心，五行之端也，食味、別聲、被色而生者也。』言人能兼此氣性，餘物則不能然。故《孝經》云：『天地之性，人為貴。』此經之意，天地是萬物之父母，言

---

49 〔漢〕孔安國傳，〔唐〕孔穎達正義：《尚書正義》（上海：上海古籍出版社，2007年），頁146。

50 同上。

51 〔漢〕孔安國傳，〔唐〕孔穎達正義：《尚書正義》（上海：上海古籍出版社，2007年），頁179。

52 同上。

53 〔漢〕孔安國傳，〔唐〕孔穎達正義：《尚書正義》（上海：上海古籍出版社，2007年），頁401。

天地之意欲養萬物也。人是萬物之最靈，言其尤宜長養也。紂違天地之心，而殘害人物，故言此以數之。」[54]

寶玉說：「老天，老天！你有多少精華靈秀，生出這些人上之人來！」[55]實際此是古國本有之觀念。賈寶玉只知其一，不知其二，知人之靈秀，不知天地為萬物之母，不知此則不知忠孝。人是天地之最靈，然而《紅樓夢》中處處寫人之靈秀，又處處寫人害人，司棋、金釧兒、晴雯、鴛鴦、尤二姐、尤三姐、妙玉、迎春、史湘雲諸人皆為人所害而慘死。是何人殘害如此靈秀人物？此是書旨所在。

十四

《尚書・周官》曰：「作德，心逸日休。作偽，心勞日拙。」傳曰：「為德，直道行於心，逸豫而名日美。為偽，飾巧百端於心，勞苦而日拙，不可為。」[56]

王熙鳳與平兒論探春之時則是王熙鳳作偽之態的本面現出。王熙鳳之心勞日拙皆因平日作偽，上則希奉賈母，下則不以恩信用人，而以巧詐權術弄人，人心盡失。

十五

《尚書・秦誓》曰：「人之有技，若己有之。人之彥聖，其心好之，不啻如自其口出，是能容之。以保我子孫，黎民亦職有利哉。」[57] 傳曰：「人之有技，若己有之，樂善之至也。人之美聖，其心好之，不啻如自其口

[54] 〔漢〕孔安國傳，〔唐〕孔穎達正義：《尚書正義》（上海：上海古籍出版社，2007年），頁401。

[55] 〔清〕曹雪芹：《紅樓夢：三家評本》第四十九回（上海：上海古籍出版社，2021年），頁841。

[56] 〔漢〕孔安國傳，〔唐〕孔穎達正義：《尚書正義》（上海：上海古籍出版社，2007年），頁709。

[57] 〔漢〕孔安國傳，〔唐〕孔穎達正義：《尚書正義》（上海：上海古籍出版社，2007年），頁817。

出，心好之至也。是人必能容之。用此好技聖之人安我子孫，眾人亦主有利哉。言能興國。」[58]

《尚書・秦誓》曰：「人之有技，冒疾以惡之，人之彥聖而違之，俾不達，是不能容，以不能保我子孫，黎民亦曰殆哉。邦之杌隉，曰由一人。邦之榮懷，亦尚一人之慶。」[59] 傳曰：「見人之有技藝，蔽冒疾害以惡之。人之美聖，而違背壅塞之，使不得上通。冒疾之人，是不能容人，用之不能安我子孫，眾人亦曰危殆哉。」[60] 又曰：「杌隉不安，言危也。一人所任用，國之傾危，曰由所任不用賢。」[61]

此一說大賢之行，一說大佞之行。若怡紅院之中則是難以上通之人多矣，紅玉之上通有秋紋、麝月阻之。至於大佞之中則王熙鳳為甚，其用盡手段疾害尤二姐，使之慘死於賈府，可謂不能容人之甚。襲人亦是，其納奸讒陷害晴雯，如出一轍。是妒婦與奸臣同類，皆是不能容人者也。故王熙鳳不能安其子孫，賈母之勢去，則王熙鳳為眾人所惡，竟不能保一巧姐。不能容人之人難保其子孫，正是此意理之昭然處。「邦之杌隉，曰由一人」，賈府之敗落皆王熙鳳一人之故，此是賈母寵任奸佞之果。

至於賢淑之人，見人之好能容之，黛玉見香菱學詩有成而若自己之有成，而寶釵見香菱學詩有成則直是奚落之，以見二人高下。然而賈府皆不能識人。

十六

《尚書・仲虺之誥》曰：「予聞曰：『能自得師者王，謂人莫己若者亡。好問則裕，自用則小。』嗚呼！慎厥終，惟其始。殖有禮，覆昏暴。」

58 同上。

59 〔漢〕孔安國傳，〔唐〕孔穎達正義：《尚書正義》（上海：上海古籍出版社，2007年），頁818。

60 同上。

61 同上。

[62] 傳曰：「自多足，人莫之益，亡之道。問則有得，所以足。不問專固，所以小。靡不有初，鮮克有終，故戒慎終如其始。有禮者封殖之，昏暴者覆亡之。王者如此上事，則敬天安命之道。」[63]

林黛玉萬般皆好，其不好皆可恕，然而惟其清高是為自誤之道，恃其才高則以為大觀園中「人莫己若」，既而「自用」，雖有千般愁緒，而胸中不能出一策，有紫鵑之忠言而不能用，是自誤之道也。黛玉可為香菱之師，而不見其能拜師，師心自用，孤立無援，此可為才高自恃者一誡。

若妙玉者，亦是「人莫己若者」，其問黛玉竟不知這是五年前的雪水，以此為自用之機。妙玉亦是不能戒慎終始之人，其與惜春下棋見寶玉而臉紅，後則坐禪寂走火入邪魔，內亂而禍敗生於外，皆是其不能堅貞自守之故，如惜春論之「畢竟塵緣未斷」。

十七

《尚書・湯誥》曰：「夏王滅德作威，以敷虐於爾萬方百姓。爾萬方百姓罹其凶害，弗忍荼毒，並告無辜於上下神祇。天道福善禍淫，降災於夏，以彰厥罪。」[64] 傳曰：「政善天福之，淫過天禍之，故下災異以明桀罪惡，譴寤之而桀不改。」[65]

福善禍淫乃是天命、天道，此是《尚書》中一重要義理，《紅樓夢》中賈寶玉二度去翻閱冊子，宮門大書「福善禍淫」[66]，書中末回又由士隱道云：「福善禍淫，古今定理。現今榮、寧兩府，善者修德，惡者悔禍，將來

62 〔漢〕孔安國傳，〔唐〕孔穎達正義：《尚書正義》（上海：上海古籍出版社，2007年），頁295。

63 同上。

64 〔漢〕孔安國傳，〔唐〕孔穎達正義：《尚書正義》（上海：上海古籍出版社，2007年），頁296。

65 同上。

66 〔清〕曹雪芹：《紅樓夢：三家評本》第一百十六回（上海：上海古籍出版社，2021年），頁2030。

蘭桂齊芳，家道復初，也是自然的道理。」[67] 此四字實則為全書一總綱。

經又云：「上天孚佑下民，罪人黜伏。天命弗僭，賁若草木，兆民允殖。」[68]「天命弗僭」疏云：「言福善禍淫之道不差」，「僭」為差錯之義。疏：「桀以大罪身即黜伏，是天之福善禍淫之命信而不僭差也。既除大惡，天下煥然修飾，若草木同生華，兆民信樂生也。」[69] 可見福善禍淫之天道絲毫不差，《紅樓夢》書中人物命運並無憑空而來，皆是「善者修緣」、「惡者悔禍」，「有恩的死裡逃生，無情的分明報應」，王熙鳳之死乃是尤二姐、鮑二家的索命，迎春之無情，秦可卿之淫，賈珍、賈璉、賈蓉一干人皆難逃此定理。至於為善者則賈蘭、劉姥姥福報昭然，故而全書演此定理，家道復興亦是當然之理。

十八

《尚書・臯陶謨》曰：「天敘有典，敕我五典五惇哉！天秩有禮，自我五禮有庸哉！同寅協恭和衷哉！天命有德，五服五章哉！天討有罪，五刑五用哉！政事懋哉懋哉！」[70] 疏曰：「典禮德刑，皆從天出，天次敘人倫，使有常性，故人君為政，當敕正我父、母、兄、弟、子五常之教，教之使五者皆惇厚哉。天又次敘爵命，使有禮法，故人君為政，當奉用我公、侯、伯、子、男五等之禮接之，使五者皆有常哉。接以常禮，當使同敬合恭而和善哉。天又命用有九德，使之居官。當承天意，為五等之服，使五者尊卑彰明哉。天又討治有罪，使之絕惡。當承天意，為五等之刑，使五者輕重用法哉。典禮德刑，無非天意，人君居天官，聽治政事，當須勉之哉。」[71]

---

67 〔清〕曹雪芹：《紅樓夢：三家評本》第一百二十回（上海：上海古籍出版社，2021年），頁2125。

68 〔漢〕孔安國傳，〔唐〕孔穎達正義：《尚書正義》（上海：上海古籍出版社，2007年），頁298。

69 同上。

70 〔漢〕孔安國傳，〔唐〕孔穎達正義：《尚書正義》（上海：上海古籍出版社，2007年），頁151。

71 同上。

有罪之人皆天討之。《紅樓夢》中獲罪之處皆在五常之中，父、母、兄、弟、子五常之教有違。

十九

《尚書・伊訓》曰：「古有夏先后，方懋厥德，罔有天災。山川鬼神，亦莫不寧。暨鳥獸、魚鱉，咸若。於其子孫弗率，皇天降災，假手於我有命。」[72] 傳曰：「先君，謂禹以下、少康以上賢王。言能以德禳災。雖微物，皆順之，明其餘無不順。」[73] 疏云：「謂鬼神安人君之政。政善則神安之，神安之則降福人君，無妖孽也。」[74]

「以德禳災」的義理是理解《紅樓夢》中賞花妖寶玉知奇禍的重要依據，賈府不修德，故天降災，書中始終未能明言通靈寶玉到底遺失何處，正是此意，因「皇天降災」惟修德能補救，《春秋・定公八年公羊傳》云：「盜竊寶玉、大弓。」[75] 寶玉大弓是為國寶，「陽虎專季氏，季氏專魯國。」[76] 陽虎之盜竊寶玉大弓正喻失權柄，賈寶玉失通靈寶玉亦喻其婚姻之權早已被王熙鳳、薛寶釵諸人奪走，故而其後能神志不清地成大禮。海棠花妖的出現正是天降災，奈何賈母仍被王熙鳳希奉之言所惑，不反省修德，竟去賞花妖。海棠之不順時而發，正因賈府失德。

二十

《尚書・伊訓》曰：「敢有恆舞於宮、酣歌於室，時謂巫風。敢有殉於貨色、恒於游畋，時謂淫風。敢有侮聖言、逆忠直、遠耆德、比頑童，時謂

72 〔漢〕孔安國傳，〔唐〕孔穎達正義：《尚書正義》（上海：上海古籍出版社，2007年），頁302。

73 同上。

74 同上。

75 〔清〕孔廣森：《春秋公羊經傳通義》（上海：上海古籍出版社，2014 年），頁688。

76 同上。

亂風。惟此三風十愆，卿士有一於身，家必喪。邦君有一於身，國必亡。」[77] 傳曰：「酣歌則廢德。狎侮聖人之言而不行，拒逆忠直之歸而不納，耆年有德疏遠之，童稚頑嚚親比之，是荒亂之風俗。」[78]

此數語切中賈寶玉之病。賈寶玉為賈家嫡子，常與蔣玉菡、芳官諸人酣樂，醉臥則有非禮之行，書中皆暗喻之。至於狎侮聖人之言，賈寶玉常存此心，其批駁「文死諫、武死戰」亦皆是幼稚之見。賈府中有讀書人來訪，賈政常要寶玉與之相談，即使不談仕途經濟，亦可切磋學問，如北靜王囑託之意，而賈寶玉最不願接見這些人，卻喜好親比頑童，與茗煙、秦鐘之類混同一氣，不務正業。書中寫賈寶玉常白描其言行，其中實有作者鑒誡之意在，秦鐘臨終之語對寶玉言自以為見識高出眾人，實則是自誤了。可惜寶玉終不能悟。

二十一

《尚書・伊訓》曰：「惟上帝不常。作善，降之百祥。作不善，降之百殃。爾惟德罔小，萬邦惟慶。爾惟不德，罔大，墜厥宗。」[79] 傳曰：「天之禍福，惟善惡所在，不常在一家。修德無小，則天下賚慶。苟為不德，無大，言惡有類，以類相致，必墜失宗廟。此伊尹至忠之訓。」[80] 疏曰：「《易・繫辭》曰：『善不積，不足以成名。惡不積，不足以滅身。』言為善無小，小善萬邦猶慶，況大善乎。而為惡無大，言小惡猶墜厥宗，況大惡乎。《晉語》：『成人之始，始於善，善進，不善蔑由至矣。始與不善，不善進，善亦蔑由至矣。』言『惡有類，以類相致』也。今太甲初立，恐其親

---

77 〔漢〕孔安國傳，〔唐〕孔穎達正義：《尚書正義》（上海：上海古籍出版社，2007年），頁305。

78 同上。

79 〔漢〕孔安國傳，〔唐〕孔穎達正義：《尚書正義》（上海：上海古籍出版社，2007年），頁307。

80 同上。

近惡人，以惡類相致禍害，故以言戒之。」[81]

《三國志・蜀書・先主傳》曰：「勿以惡小而為之，勿以善小而不為。惟賢惟德，能服於人。」[82]

賈寶玉成人之始，榮寧二公思其「稟性乖張，用情怪譎，雖聰明靈慧，略可望成，無奈吾家運數合終，恐無人規引入正。幸仙姑偶來，可望先以情欲聲色等事警其癡頑，或能使彼跳出迷人圈子，入于正路，亦吾兄弟之幸矣。」[83] 榮寧二公之策實是令人不解，成人之始，當以善導之，未有能以聲色導之而能使其入於正路者，令其觀十二釵冊子知眾人之命途結果，不得不謂之巧，但終究非是正道，能期其入於正道，能齊家則能惠澤眾人，家道又何至於敗落。且警幻仙姑密授之雲雨之事又是不通之至，豈有以淫術導人而能使人自悟者？故寶玉之後便與襲人偷試雲雨，至於「房櫳日夜困鴛鴦」[84]。足見寶玉始誤於賈母令其與黛玉男女同榻耳鬢廝磨，再誤於榮寧二公所托非宜，終誤於警幻仙姑秘授之術，見賈府純是以淫導人，家道能不敗落哉？寶玉之事正合於「始與不善，不善進，善亦蔑由至矣」，其成人之始未能與善人相交，而只是在閨閣之中廝混，又有黛玉天仙之姿惑之，故而「生成一種下流癡病」，此病美其名曰情，實則即淫，書中名之曰意淫。人多以淫為惡，不知情亦為惡，故書中曰「好色即淫，知情更淫」、「巫山之會，雲雨之歡，皆由既悅其色，復戀其情所致也。」[85] 今寶玉生來既惑於此，既而又有警幻導之，期其入於正道，亦天下之難事。故而「奉嚴詞兩番入家

81 同上。

82 〔晉〕陳壽撰，〔南朝宋〕裴松之注：《三國志》（北京：中華書局，1959 年），頁 891。

83 〔清〕曹雪芹：《紅樓夢：三家評本》第五回（上海：上海古籍出版社，2021 年），頁 84。

84 〔清〕曹雪芹：《紅樓夢：三家評本》第二十五回（上海：上海古籍出版社，2021 年），頁 424。

85 〔清〕曹雪芹：《紅樓夢：三家評本》第五回（上海：上海古籍出版社，2021 年），頁 90。

塾」，期能以聖人之言「吾未見好德如好色者也」[86] 治其病，然而寶玉知易行難，既而又在大觀園中，時有黛玉惑心，是終不能改者。此皆因初始之時未能導之正路。

《紅樓夢》一書始終苞含善惡禍福之念，常常如影隨形，薛姨媽欺騙林黛玉過生日時問寶姐姐之事，轉念則薛家禍起。王熙鳳份子錢徇私過生日，轉念賈璉與鮑二家偷情，聲言治死主子老婆。

二十二

《尚書・太甲上》曰：「太甲既立，不明，伊尹放諸桐。三年，復歸於亳，思庸，伊尹作〈太甲〉三篇。」[87] 傳曰：「不用伊尹之訓，不明居喪之禮。」[88] 疏：「太甲既立為君，不明居喪之禮，伊尹放諸桐宮，使之思過。三年，復歸於亳都，以其能改前過，思念常道故也。自初立至放而復歸，伊尹每進言以戒之，史敘其事，作〈太甲〉三篇。」[89]

賈珍、賈璉、賈蓉居喪之中則謀劃熱孝娶親，賈寶玉在賈敬之喪禮惟知不要臭和尚的醃臢氣熏到尤二姐、尤三姐，賈府中兄弟幾人全是敗德之徒。

治賈寶玉之病，惟效法太甲。惜乎賈政不能立主意，惟左右於賈母，賈母溺愛，最後則聽之任之，一任於襲人「約法三章」，徒做面子，則寶玉之真實狀況難以上達，只是襲人一味遮掩，此種苟安治術，遺留後世，為害無窮。此皆賈政不能剛正立則，知襲人之名刁鑽而徹查到底。

---

86 〔清〕曹雪芹：《紅樓夢：三家評本》第八十二回（上海：上海古籍出版社，2021年），頁1453。

87 〔漢〕孔安國傳，〔唐〕孔穎達正義：《尚書正義》（上海：上海古籍出版社，2007年），頁308。

88 同上。

89 同上。

二十三

《尚書・太甲中》曰：「天作孽，猶可違。自作孽，不可逭。」[90] 傳曰：「言天災可避，自作災不可逃。」[91] 疏云：「《洪範五行傳》有『妖孽眚祥』。《漢書・五行志》說云：『凡草物之類謂之妖，妖猶夭胎，言尚微也。蟲豸之類謂之孽，孽則牙孽矣。甚則異物生，謂之眚。自外來，謂之祥。』是孽為初生之災，故為災也。」[92]

賈府海棠花開，是為花妖，花妖之來，言夭胎已結，既而則元妃薨逝，寶玉瘋癲成親，黛玉魂歸離恨天，此皆晴雯之應，襲人之讒晴雯，猶如寶釵之間黛玉，王熙鳳為之驅策，終至家道衰敗，災根不除，演為抄家。賈府之人，不守倫常，動則置人於死地，是為自作孽。花妖之來，賈母、王熙鳳尚不能悟而知反，乃至錯上加錯，皆王熙鳳之惑賈母，襲人之惑王夫人所致，後則有薛寶釵把持全域。薛家之罪，亦因此人而起，故有薛蟠流放、夏金桂鬧事諸事，斷不能招一賢淑媳婦，此天道也，「不可逭」也。

疏又云：「據其將來，修德可去。及其已至，改亦無益。天災、自作，逃否亦同。且天災亦有人行而至，非是橫加災也。」[93]

惟修德可以禳災，賈府德性不立，十二釵之中，惟李紈或能修德，餘之秦可卿、探春、迎春、惜春、史湘雲、妙玉、王熙鳳、林黛玉、薛寶釵，皆德不惇，各有偏廢，各有罪孽，正應「宿孽總因情」[94]，皆受情所禍亂。

此非後世人云亦云之天人感應，因天人本不相分，未有天，人何以存？設若無天地，人能孤立而存在乎？故天地乃人之父母，天地所行之事，人難

---

90 〔漢〕孔安國傳，〔唐〕孔穎達正義：《尚書正義》（上海：上海古籍出版社，2007年），頁314。

91 同上。

92 〔漢〕孔安國傳，〔唐〕孔穎達正義：《尚書正義》（上海：上海古籍出版社，2007年），頁315。

93 同上。

94 〔清〕曹雪芹：《紅樓夢：三家評本》第五回（上海：上海古籍出版社，2021年），頁89。

逃之，人所作之事，天地亦受驗之，因人與天地本為一體，感應之說乃是以為人分於天地而自存，實不可得也。

二十四

《尚書・太甲中》曰：「王拜手稽首曰：『予小子不明於德，自厎不類，欲敗度，縱敗禮，以速戾於厥躬。天作孽，猶可違。自作孽，不可逭。既往背師保之訓，弗克於厥初，尚賴匡救之德，圖惟厥終。』」[95] 傳曰：「言已闇於德，故自致不善。放縱情欲，毀敗禮儀法度，以召罪於其身。已往之前不能修德於其初，今庶幾賴教訓之德，謀終於善。悔過之辭。」[96] 疏曰：「欲者，本之於情。縱者，放之於外。」[97]

此太甲悔過之辭實與《紅樓夢》開篇悔過之辭情實相通：「背父母教育之恩，負師友規訓之德，以至今日一技無成、半生潦倒之罪，編述一集，以告天下：我之罪固不免。」[98] 太甲之「背師保之訓」正類於《紅樓夢》中的那個「我」「背父兄教育之恩，負師友規訓之德」。惜乎《紅樓夢》書中之賈寶玉「弗克於厥初」，亦不能「謀終於善」，終於「誰與我逝兮吾誰與從？渺渺茫茫兮歸彼大荒。」[99] 實不是人世之福，皆因情之為禍深遠，甚於縱欲。賈寶玉縱情於大觀園，雖鍾心於黛玉，然而卻不能收其放心，周圍人如晴雯、襲人、芳官、麝月多為所惑。是仁人君子，於美色避之猶恐不及。

故讀《紅樓夢》者不知戒情，反而知情，則是增添作者之罪，失卻作者良苦用心。惜乎世人讀此書而情思綿綿者多矣，亦是此書之為害世人，故此

---

95 〔漢〕孔安國傳，〔唐〕孔穎達正義：《尚書正義》（上海：上海古籍出版社，2007年），頁314。

96 同上。

97 同上。

98 〔清〕曹雪芹：《紅樓夢：三家評本》第一回（上海：上海古籍出版社，2021年），頁3。引文據他本校改。

99 〔清〕曹雪芹：《紅樓夢：三家評本》第一百二十回（上海：上海古籍出版社，2021年），頁2113。

書可為上士說法，不可為稚子所聞，少不讀《紅樓》，良有以也。

二十五

《尚書・太甲下》曰：「伊尹申誥於王曰：『嗚呼！惟天無親，克敬惟親。民罔常懷，懷於有仁。鬼神無常享，享於克誠。天位艱哉！德惟治，否德亂。與治同道，罔不興。與亂同事，罔不亡。』」[100] 傳曰：「言天於人無有親疏，惟親能敬身者。鬼神不保一人，能誠者則享其祀。為政以德則治，不以德則亂。安危在所任，治亂在所法。」[101]

《尚書》中的政治修身的義理確實是理解賈家衰敗的良藥。「安危在所任」，王熙鳳是賈府的主要主政者，不論是新紅學的王熙鳳是婦人說，還是索隱派認為的其是映射某人說，從書中描寫的王熙鳳做的幾件大事來看，此人確實不是「為政以德」者，經其所治的賈府，雖能小治，暫緩矛盾的發生，但是往往埋下隱患，不能從根本上解決問題，漸漸危機四伏。從秦可卿治喪案看，秦可卿的為人書中寫合家大小莫不稱頌，雖是含譏之辭，但看其為人和順，府中哀戚者斷不在少數，而王熙鳳管事首則不重喪禮戚戚之義，反而首以點卯的法家手段來繩治眾人，克扣月錢，使無敢犯者，此雖能有表面的安定，但不能服人心，人皆有畏懼之心，卻不能有心服，後來從來旺對尤二姐所言可看出眾人心中王熙鳳的名聲怎樣。王熙鳳既不通詩書，亦不能從喪禮戚戚上感懷人心，是其能力所限。然而，對於其與賈璉的家庭生活，其既不能守「二南」婦人不妒忌的倫常規定，雖一個個解決燈姑娘、鮑二家的，卻不能從根本上解決賈璉偷的問題，乃至愈禁愈烈，最終生成了偷娶尤二姐這個大案。賈璉口中多次說王熙鳳是夜叉婆，尤其對尤二姐亦是這般訴苦，可見王熙鳳確實不能以夫妻恩德感心於賈璉，使其心甘情願，總是以威嚴治之，賈璉亦不能服。這便是王熙鳳不能「為政以德」的問題所在。後來

---

[100]〔漢〕孔安國傳，〔唐〕孔穎達正義：《尚書正義》（上海：上海古籍出版社，2007年），頁317。

[101]〔漢〕孔安國傳，〔唐〕孔穎達正義：《尚書正義》（上海：上海古籍出版社，2007年），頁317。

的殺尤二姐案乃至因其御史注意，成為抄家的導火線之一。

王熙鳳聲稱不信鬼神，以為可以免於此，乃至最終不能免，到底是其一味要強，馳騁人力，卻不能藉用天道。「治亂在所法」，王熙鳳所取法乃是法家之術，不是德政，法家取法於五刑以治民，終究不是長久之策，秦治之失即在此。故《尚書》云「德惟治，否德亂」。只有德治才是安定的根本，不以德而治，雖能有苟安之策，終究會愈積愈深，成覆滅之態。

探春實是師法王熙鳳的，故而此人所行亦不是德治。觀其對其親母趙姨娘「口誅筆伐」、「死不認帳」，「誰是我舅舅？我舅舅才升了九省的檢點了！那裡又跑出一個舅舅來！」[102] 故而回目之「辱親女愚妾爭閒氣」實為「辱親母愚女爭閒氣」，探春實是不孝。為了自己討好王夫人以有自己的上升之階，故作清廉，拿親母趙姨娘作繩法，來表明自己的忠心。這種人身負不孝之名，故而天道令其有遠嫁離家之果。獨居他鄉，則此人之孝心尚能回復否？

探春有此心病，故而其所行之政亦非德政，所得之果亦非善果，乃至徹底毀掉大觀園。探春興利首先蠲除的是學堂的費用，寶玉之輩自然不缺此等銀兩，但學堂之費最不可省儉，即使令其為銀兩而上學，亦勝於不學，況且賈家支脈中人等難說不缺此紙筆之費，探春此舉，是斷送賈家教育之本，違背秦可卿托夢所言的學校和祭祀這兩個重要根柢[103]。且探春蠲去脂粉月錢，絕去了買辦的利潤，又將大觀園的果木花卉承包給婆子們，不知這些買辦都是婆子的親戚，結果只能令婆子們變本加厲，將大觀園的花卉果木私有化，以此取利，如此則再也沒有黛玉葬花這樣的美景了，故而黛玉後來聽見婆子叫喊直喊「這裡住不得了！」[104] 是探春變相變賣了大觀園，後來寶玉

102〔清〕曹雪芹：《紅樓夢：三家評本》第五十五回（上海：上海古籍出版社，2021年），頁 964。

103〔清〕曹雪芹：《紅樓夢：三家評本》第十三回（上海：上海古籍出版社，2021年），頁 210。

104〔清〕曹雪芹：《紅樓夢：三家評本》第八十三回（上海：上海古籍出版社，2021年），頁 1467。

對此也多有微辭。

書中寫探春回鄉若即若離，因此人確有辭令上的才幹，志意清明，故而作者之意亦令其有回鄉的意思。探春、王熙鳳皆固執於法令，而少於恩信，是作者「治亂在所法」之義。

薛寶釵此人所取法不是法家之術，而是老子之術，故而此人表面則能廣施恩惠，但是此恩惠是表面文章，但是惟此表面文章卻能瞞過賈家所有人，即使林黛玉亦入其機杼。然而終將敗露，不能長久，故而有寶玉離家。大奸似忠信，寶釵之謂也。亦不是「為政以德」。然而「蘭桂齊芳」，似其有遺腹子。三代之下，能「為政以德」者蓋寡矣，後世之王多類於薛寶釵，然而此類人尚功利而闇於天道，不知禍福所根由，故能保身者亦鮮矣。

二十六

《尚書・太甲下》曰：「若升高，必自下。若陟遐，必自邇。無輕民事，惟難。無安厥位，惟危。慎終於始。有言逆於汝心，必求諸道。有言遜於汝志，必求諸非道。」[105] 傳曰：「言善政有漸，如登高升遠，必用下近為始，然後終致高遠。無輕為力役之事，必重難之乃可。當常自危懼，以保其位。於始慮終，於終思始。人以言咈違汝心，必以道義求其意，勿拒逆之。言順於心，必以非道察之，勿以自臧。」[106]

此數語講為政、察言之法。薛寶釵雖為大奸，然而其行事之法卻多秉持物情之規律，「若陟遐，必自邇」，其知木石前盟乃賈母所定，又寶玉黛玉自幼耳鬢廝磨，多相親厚，自己是後來者，欲奪寶玉，實為難事。然而寶釵先與薛姨媽假造金鎖與玉石匹配，又散播找一個有玉的嫁這種讖語，以金玉良緣匹敵木石前盟。度其居心，實為君子不齒之事，然而其既而又見襲人見識不同於俗眾，便暗結襲人，以為怡紅院之內應，又以恩惠結史湘雲，使之為對陣黛玉之大將，由是則寶玉內有襲人約法三章，外有史湘雲攻之，黛玉

---

105 〔漢〕孔安國傳，〔唐〕孔穎達正義：《尚書正義》（上海：上海古籍出版社，2007年），頁318。

106 同上。

之木石前盟已有縫隙可尋，黛玉此時尚且只是哭鬧，不能出一策。寶釵則循序漸進，極為穩健，厚結賈母、王熙鳳，又逢時有薛寶琴來，又借其勢。此時寶釵則夥同薛姨媽親自上陣，慈姨媽愛語慰癡顰，既而金蘭契互剖金蘭語，寶釵以深心與黛玉相交，所謂我也只有一個哥哥、跟你差不多數語，黛玉則以為原來是誤會了好人、以為你平日是藏奸。如此，黛玉已死矣。可見，黛玉只是一呆霸王。寶釵的行事則是章法謹嚴，以下近為始，終至高遠。然而，此等人深於謀術，卻不得天地之庇佑。

「有言逆於汝心，必求諸道。有言遜於汝志，必求諸非道。」襲人、薛寶釵此等人的言語行動皆是達成其私心目的，故而察其言語行動的順逆則能知其居心。然而，史湘雲、賈寶玉、王夫人諸人為薛寶釵所用，皆因不能察其本心。

王夫人害死了金釧兒，薛寶釵去送壽衣，其勸慰王夫人數語，說她是失了腳掉下去的。此言順於王夫人之心，卻悖於道。「言順於心，必以非道察之。」巧言令色這些伎倆，都是非道的。寶釵的話即是悖於道。然而王夫人卻信任她。

襲人對王夫人說的話，說為了寶玉著想，不能令其在脂粉隊裡混，得以仕途經濟為要。王夫人聽了覺得有襲人這個丫鬟真是有幸。便將自己的月錢出一份給她，使之為姨娘的份兩。襲人的巧言動了王夫人的心，然而襲人藏的卻是私心，不令寶玉出去廝混，自己則可少妒忌。襲人如此，王夫人卻視為親信，甘為其僕役。後來寶玉為了晴雯、黛玉出世離家，襲人、寶釵全成了啞巴，王夫人造成此種局面亦是她自己不能察人察言，自作自受而已。

忠言逆耳，但合於道，讒言順耳，卻逆於道。北靜王對賈寶玉說「溺愛則未免荒失了學業」原是北靜王的經驗談：「吾輩後生，甚不宜溺愛，溺愛則未免荒失了學業。昔小王曾蹈此轍，想令郎亦未必不如是也。若令郎在家，難以用功，不妨常到寒第，小王雖不才，卻多蒙海內眾名士凡自都者，未有不垂青眼。是以寒第高人頗聚，令郎常去談談會會，則學問可以日進矣。」[107] 此是北靜王對寶玉的針砭之言，可惜寶玉卻將北靜王的念珠轉送黛玉，是將他的話亦不放在心上。寶玉一生皆在這個溺愛、荒廢學業上出了問題。

書中所寫順心之言、逆心之言數不勝數，可以說書中辭令皆秉此法度。足見《紅樓夢》中實是將修身察人的義理陶熔蘊藉其中的。

二十七

《尚書・太甲下》曰：「君罔以辯言亂舊政，臣罔以寵利居成功，邦其永孚於休。」[108] 傳曰：「利口覆國、家，故特慎焉。成功不退，其志無限，故為之極，以安之。」[109] 疏曰：「四時之序，成功者退。臣既成功，不知退謝，其志貪欲無限，其君不堪所求，或有怨恨之心。君懼其謀，必生誅殺之計。自古以來，人臣有功不退者，皆喪家滅族者眾矣。」[110]

言之所出，或從於道義，或從於利欲。《紅樓夢》中之眾人言辭皆從此義。王熙鳳知功成身退之義，然而不能得眾者，在於其平日不以德化人之故。襲人之身退，亦是寶釵之意。一山豈能容二虎。臥榻之側，豈容他人酣睡。此可為天下之為奸雄驅策者一誡。

二十八

《尚書・咸有一德》曰：「德惟一，動罔不吉。德二三，動罔不凶。惟吉凶不僭，在人。惟天降災祥，在德。」[111] 傳曰：「行善則吉，行惡則

---

[107]〔清〕曹雪芹：《紅樓夢：三家評本》第十五回（上海：上海古籍出版社，2021年），頁 238。

[108]〔漢〕孔安國傳，〔唐〕孔穎達正義：《尚書正義》（上海：上海古籍出版社，2007年），頁 319。

[109] 同上。

[110] 同上。

[111]〔漢〕孔安國傳，〔唐〕孔穎達正義：《尚書正義》（上海：上海古籍出版社，2007年），頁 322。

凶，是不差。德一，天降之善。不一，天降之災，是在德。」[112] 疏曰：「指其已然則為吉凶，言其徵兆則曰災祥，其事不甚異也。吉凶已成之事，指人言之，故曰在人。災祥未至之徵，行之所招，故言在德。在德，謂為德有一與不一。在人，謂人行有善與不善也。吉凶已在其身，故不言來處。災祥自外而至，故言天降。其實吉凶亦天降也。」[113]

《紅樓夢》書中薛家、賈家之禍福皆有「行之所招」，薛蟠、賈璉、賈瑞之事皆類此。要之則其一干人不知修德而已。此亦福善禍淫之義。

二十九

《尚書・咸有一德》曰：「德無常師，主善為師。善無常主，協於克一。俾萬姓咸曰：『大哉王言。』又曰：『一哉王心。』克綏先王之祿，永底烝民之生。七世之廟，可以觀德。萬夫之長，可以觀政。」[114] 傳曰：「德非一方，以善為主乃可師。天子立七廟，有德之王則為祖宗，其廟不毀，故可觀德。」[115] 疏曰：「此又勸王修德以立後世之名。《禮》，王者祖有功，宗有德，雖七世之外，其廟不毀。嗚呼！七世之廟，其外則猶有不毀者，可以觀知其有明德也。立德在於為政，萬夫之長，能使其整齊，可以觀知其善政也。萬夫之長尚爾，況天子乎？勸王使為善政也。」[116]

賈家是詩禮簪纓、錦衣紈綺的官宦貴族之家，賈代化原任京營節度使世襲一等神威將軍，賈敬是乙卯科進士，賈珍世襲三品爵威將軍。賈赦襲一等將軍，賈政任工部員外郎。其中惟賈政酷喜讀書。賈敬一味好道，燒丹煉汞。賈珍無所不為。其諸人皆不知修德以立後世之名。至賈寶玉，其追求亦

---

112 同上。

113 〔漢〕孔安國傳，〔唐〕孔穎達正義：《尚書正義》（上海：上海古籍出版社，2007年），頁 323。

114 〔漢〕孔安國傳，〔唐〕孔穎達正義：《尚書正義》（上海：上海古籍出版社，2007年），頁 324。

115 同上。

116 〔漢〕孔安國傳，〔唐〕孔穎達正義：《尚書正義》（上海：上海古籍出版社，2007年），頁 325。

有問題，只在脂粉隊裡混，雖百般規訓，寶玉始終不能入於正道。

榮寧二公實功勳卓著，賈氏宗祠中對聯云：「肝腦塗地，兆姓賴保育之恩；功名貫天，百代仰蒸嘗之盛。」[117] 衍聖公孔繼宗書。又有御筆「動業有光昭日月，功名無間及兒孫。」[118]「已後兒孫承福德，至今黎庶念榮寧。」[119] 此數聯皆說明賈家之顯赫，乃至類於定鼎之天子，「功名貫天」、「兆姓賴保育」[120] 皆非臣子可用，實見賈家堪比帝系。且警幻仙姑遇寧、榮二公之靈時，二公言：「吾家自國朝定鼎以來，功名奕世，富貴傳流，已歷百年，奈運終數盡，不可挽回。我等之子孫雖多，竟無可以繼業者。」[121] 見二公參與國朝定鼎之事。其所憂慮者乃是後繼無人，此皆因後輩不知修德。然而觀寧、榮二公囑託警幻仙姑之事「萬望先以情欲聲色等事警其癡頑，或能使彼跳出迷人圈子」[122]，與《尚書》之中所載前聖之言，多有舛離，則後輩若寶玉不能修德，或亦有其先輩德業之失，此於賈母身上亦可偶見。

三十

《尚書・牧誓》曰：「王曰：『古人有言曰：「牝雞無晨。牝雞之晨，惟家之索。」』今商王受惟婦言是用，昏棄厥肆祀弗答，昏棄厥遺王父母弟

[117]〔清〕曹雪芹：《紅樓夢：三家評本》第五十三回（上海：上海古籍出版社，2021年），頁929。
[118] 同上。
[119]〔清〕曹雪芹：《紅樓夢：三家評本》第五十三回（上海：上海古籍出版社，2021年），頁930。
[120]〔清〕曹雪芹：《紅樓夢：三家評本》第五十三回（上海：上海古籍出版社，2021年），頁929。
[121]〔清〕曹雪芹：《紅樓夢：三家評本》第五回（上海：上海古籍出版社，2021年），頁84。
[122]〔清〕曹雪芹：《紅樓夢：三家評本》第五回（上海：上海古籍出版社，2021年），頁85。

不迪。」[123] 傳曰：「喻婦人知外事，雌代雄鳴則家盡，婦奪夫政則國亡。」[124] 疏曰：「紂直用婦言耳，非能奪其政，舉此言者，專用其言，賞罰由婦，即是奪其政矣。婦人不當知政，是別外內之分，若使賢如文母，可以興助國家，則非牝雞之喻矣。」[125]

賈府中主政者皆為婦人，此非漢文化所應有。然而其既寫婦人專政，則暴露婦人主政之問題，任人唯親，依從好惡[126]。王熙鳳任用賈芸植樹，賈芸則須借錢買人情送與王熙鳳方得主事，婦人主政好惡難測，賢能則嫉之，愚昧則蔑之。且婦人主政最易任用外戚，王熙鳳之輔助薛寶釵奪親，則因薛姨媽、王夫人皆王家勢力，進而直使王家控制了賈家命脈。

賈寶玉為晴雯撕扇子千金作一笑，實有商紂為婦言所惑之預演，賈寶玉為博得晴雯一笑，說些歪理，「千金難買一笑」、「幾把扇子，能值幾何？」賈寶玉此種思想難說之後把持家政不為婦言所惑，此種念頭實是貽害無窮。

三十一

《尚書．畢命》曰：「我聞曰：『世祿之家，鮮克由禮。以蕩陵德，實悖天道。敝化奢麗，萬世同流。』」[127] 傳曰：「世有祿位而無禮教，少不以放蕩陵邈有德者，如此，實亂天道。言敝俗相化，車服奢麗，雖相去萬世，若同一流。」[128]

「世祿之家，鮮克由禮」一語確實切中賈府的弊端，賈府已歷百年，然

---

123 〔漢〕孔安國傳，〔唐〕孔穎達正義：《尚書正義》（上海：上海古籍出版社，2007年），頁423。

124 同上。

125 〔漢〕孔安國傳，〔唐〕孔穎達正義：《尚書正義》（上海：上海古籍出版社，2007年），頁423。

126 詳見本章第五節《詩經》面向之闡釋。

127 〔漢〕孔安國傳，〔唐〕孔穎達正義：《尚書正義》（上海：上海古籍出版社，2007年），頁755。

128 同上。

而從第三代賈赦、賈政、賈敬開始已頗不能守禮，治家頗顯無力。賈赦貪好民財，賈政迂闊少斷，賈敬徒好丹汞。到了第四代賈寶玉、賈珍、賈璉則純是胡作非為，已然純粹不知禮法。家中奢費過度，全然不知省儉。秦可卿是最早覺醒此問題者，然而王熙鳳治家理政未能重視，未能恢復禮法，反而愈加沉淪了。《紅樓夢》一書實是揭示了古文化中富貴之家「一代不如一代」、「富不過三代」的問題，也在根本上揭示了家族王朝的更迭原因。溺愛、失教是其主要的原因。

三十二

《尚書・君牙》曰：「惟於小子嗣守文、武、成、康遺緒，亦惟先王之臣克左右亂四方。心之憂危，若蹈虎尾，涉於春冰。」[129] 傳曰：「惟我小子繼受先王遺業，亦惟父祖之臣能佐助我治四方。祖業之大，己才之弱，故心懷危懼。虎尾畏噬，春冰畏陷，危懼之甚。」[130] 寶玉若有此念，則不至於家業傾頹。

第三節　關於《春秋》：《春秋》視域下的《紅樓夢》人物義理的品鑒

一、明因果施報

《左傳》亦有因果施報之義，《周易・文言傳》有「積善之家，必有餘慶；積不善之家，必有餘殃」[131]，也是講因果施報，可見因果施報並非佛教中之觀念，乃亦是儒家自有之觀念。聖人以神道設教，令人懼畏因果，從而能行善，然而因果並非空設之物，乃有其必然性，康德以為因果律乃是先

[129]〔漢〕孔安國傳，〔唐〕孔穎達正義：《尚書正義》（上海：上海古籍出版社，2007年），頁761。

[130] 同上。

[131] 黃壽祺、張善文：《周易譯注》（北京：中華書局，2016年），頁30。

天的知性範疇之一[132]，聖人則以德性倫理與人生命運聯繫成因果環節，這也是神道設教的一個標示。

因果從人心上說，則有儒家的觀念作為其基礎，人心感物，一人對另一人如何，則另一人自能感受而以相同的方式回饋，故儒家常常講自省，即外物所呈現的表象皆可在人自身找到其原因。倘若以禮待人，則人必以禮回返之，這是人心的功用，因其皆有自反之功；若以不敬待人，則人亦以不敬回返之。所以外界如何，常常是自己的行動所造成的結果，「其身正，不令而行；其身不正，雖令不從」[133]，正人先須正己，若己不正，則人對己亦不正，怨訾由此而生。然而孰不知這一切的原因皆在自身。世界是人的表象，是個人意志的呈現，所謂果則是世界所呈現的表象，所謂因則是人之自身的意志，人們往往對因不可控制，也就對果不可控制了。然而對果的不滿卻是人生的常態，人們將其歸之於運命抑或造物，然而孰不知果的呈現皆在於自己的意志的因，因人之意志薄弱或有其偏狹，從而人成了意志的奴隸。不能掌控其意志，而沉陷在欲望、功利、好惡、情感之中[134]，既然不能掌控其意志，也就不能掌控作為起始的因，那就只能接受由因而造成的果了。這一切皆在於世界是意志的表象，人存在於純粹的現象世界中而已。現象世界皆由人的意志作為實在而呈現出來，人怪罪現象世界，而現象世界是人一手造成的，而運命皆是個人逃脫自我意志的罪責的藉口而已。人難以寬恕自身、亦且難以直視自己的意志所造成的惡果，便如俄狄浦斯王一般戳瞎雙眼，而將一切歸咎於命運，而命運乃是意志得以逃避自身罪惡的自造，因人由於先天的缺陷而無法掌控存在於其自身的那個強烈的意志。

儒家的入手處卻正在於要馴服這個意志，以天道來化易人的意志，以剛健篤實的「乾」德來使意志一直有自強不息的充發之力，而無萎靡鬆懈乃至受欲望、功利、好惡、情感的蠱惑，由此意志乃是剛健不息的，乃是一切的因皆在其掌控之中，喜怒好惡皆發之中節，由此也就不會種得不善之因，也

---

132 參見康德《純粹理性批判》先驗分析論。

133 〔宋〕朱熹：《四書章句集注》（北京：中華書局，1982 年），頁 144。

134 《紅樓夢》書中賈寶玉語。

就沒有不善之果，也就沒有因不善之果而導發的對人生的種種不滿和怨訾了。荀子云「善為《易》者不占」[135]，人對當前處境不能滿意，而祈求於未來的表象的預測，以緩解自身因當前處境的痛苦，然而善於《易》道者不會去占卜，因其明瞭一切皆在於其自身的作為，若能守持正道，則外界表象之流轉自然會達到因正道的因而造成的正道的果。《周易》中的爻辭皆是要人「利貞」，利貞則能無咎，貞即守持正道，而不要邪思妄動，若邪思妄動，則是受到欲望、功利、好惡、情感的蠱惑，一旦受其蠱惑，則必然不會有好的結果，因這個因便是不善之因，是人自身受到了意志的驅使而發出的不受控制的行動。

《紅樓夢》一書又名《風月寶鑑》，書中云風月寶鑑這面鏡子「專治邪思妄動之症，有濟世保生之功」[136]，邪思妄動便是受了欲望、功利、好惡、情感的蠱惑而種了不善之因。《春秋》中之亂臣賊子皆是因思出其位而種了不善之因，《紅樓夢》書中諸多人物亦是因邪思妄動而「一步行來錯，回頭已百年」[137]。正是這些人物的感喟從而有《好了歌》之歎功名、金銀、姣妻、兒孫之無常，若其無常則多因受到了邪思妄動之蠱惑。索隱派紅學以賈瑞在書中乃飾演洪承疇[138]，賈天祥便是假文天祥，洪承疇戰敗被俘人皆以為其會如文天祥一樣殉節，然而其卻受孝莊女色之蠱惑而降清，則此種因邪思妄動、一念之差而得的功名如何能守得住呢？「古今將相在何方」，歷史中名臣名相是有的。魏徵、房玄齡、范仲淹、文天祥諸良臣，他們自是活在人心之中，活在青史之中，傳頌不歇，而如洪承疇之流，則只能「荒塚一堆草沒了」。因前者守持正道，而後者則邪思妄動，故《好了歌》

---

135 見《荀子・大略篇》。

136 〔清〕曹雪芹：《紅樓夢：三家評本》第十二回（上海：上海古籍出版社，2021年），頁 201。

137 庚辰本第十三回回前詩。（見陳慶浩：《新編石頭記脂硯齋評語輯校》，臺北：聯經出版事業公司，2010 年，頁 240。）

138 參見王夢阮、沈瓶庵《紅樓夢索隱》第十一、十二回賈瑞情節之評注。（《紅樓夢索隱》，北京：北京大學出版社，2011 年，頁 141-159。）

之對人生無常之感喟，皆是因邪思妄動而導的對人生的幻滅無常的認識，孰不知人生之幻滅無常之現象乃是自身意志所種之因。又如「世人都曉神仙好，唯有姣妻忘不了」，姣妻固不可忘，因此是人倫之大端，萬事之先，共為宗廟之主，然而歌中所云「姣妻」則明別有所指，乃是指因邪思妄動而有之姣妻，索隱派紅學以呆霸王薛蟠影吳三桂，吳三桂為了一介女子陳圓圓而「衝冠一怒為紅顏」，降清借兵，此是為意志中之私意所蠱惑，於家國大事上不能明透，從而導發了金人又對華夏之族的統治。《春秋》大義乃是「內諸夏而外夷狄」[139]，吳三桂不能明乎大義，乃為私情所惑，竟以夷狄之兵攻諸夏，且其反清，已得諸省響應，而因二子羈留清室，貪戀骨肉，猶豫不決而錯失良機，書中名之為「呆霸王」正寓此意。吳三桂之例，正是《好了歌》所諷「唯有姣妻忘不了」、「唯有兒孫忘不了」，其旨意所在破除者，乃是因邪思妄動的私意而引發的意志的受蠱惑，既種不善之因，哪能得其善果呢！故書中云「濟世」之功正在此處。

若《紅樓夢》書中表象人物如王熙鳳、薛姨媽、薛寶釵諸人，則更是善惡因果，絲毫不爽，對此評點派諸家多能揭示。王熙鳳攢金慶壽，而明明是劫貧濟富，周姨娘、趙姨娘之銀兩亦不放過，而其飲酒作樂之時，其夫賈璉已行私通之事，由是家庭之中頓生干戈，可以明曉王熙鳳之於家中亦且不能服人心，其所苟得不足以填補其所失，此皆是邪思妄動的私意所致之不善之果。林黛玉生日之時，黛玉問薛姨媽寶釵為何不來，薛姨媽心中有事而以謊言搪塞之，而孰不知「善惡之報，如影隨形」[140]，頓時薛蟠又惹流放之刑，則薛家母子平日所耗費之心機人事不能填補其子之罪責，雖寶釵成大禮，而禮數不完，乃至下人如周瑞家的亦言不能明白上面的意思，結局亦是守寡。則可見寶釵平日所行之「戲彩蝶」、「慰癡顰」、「解疑癖」、「機帶雙敲」、「金蘭語」、「送燕窩」，以及點戲使賈母取樂、為金釧兒拿壽

139 〔清〕孔廣森：《春秋公羊經傳通義》（上海：上海古籍出版社，2014 年），頁 575。

140 〔宋〕李昌齡等：《太上感應篇集釋》（北京：中央編譯出版社，2016 年），頁 10。

衣、螃蟹宴、改綠蠟、金玉之說等種種心機，皆致使其不意之結果，雖「佳人雙護玉」，亦不能免其不善之果，所謂張新之云「深心人枉做了深心人」，此皆是其邪思妄動，行動謀劃皆出於私意所致。聖人名因果為天道，天道循環正是因果的流行不息，薛寶釵諸人雖精於人情人事，但奈何其不通天道，故其「戲彩蝶」之時則不能為善，而令他人徒受無妄之災。此書正以重因果施報來導人戒邪思妄動之症，以求其濟世保生之功。

二、內諸夏而外夷狄

此是書中之民族思想，索隱派紅學多能揭示之，然而此觀念源於孔子《春秋》。蔡元培《石頭記索隱》云：「《石頭記》者，清康熙朝政治小說也。作者持民族主義甚摯。書中本事，在弔明亡，揭清之失。」[141] 索隱派王夢阮、沈瓶庵、潘重規、杜世傑皆認為此書蘊含民族大義。孫桐生以為此書「立忠孝之綱，存人禽之辨」[142]，實是發揮漢人與夷狄之說。

三、撥亂反正、誅討奸佞

撥亂世，反諸正，莫近於《春秋》。《紅樓夢》一書實亦是撥亂反正之書，其所誅討者乃在於明清易代之際的一些佞臣、降臣，借書中人物飾演出，從而在表象層面有大觀園中之奸佞，而在歷史層面則又有其實指，從而達到「指奸責佞，貶惡誅邪」以撥亂反正的效果。

《明史・奸臣列傳》云：「《宋史》論君子小人，取象於陰陽，其說當矣。然小人世所恒有，不容概被以奸名。必其竊弄威柄、構結禍亂、動搖宗祏、屠害忠良、心跡俱惡、終身陰賊者，始加以惡名而不敢辭。有明一代，巨奸大惡，多出於寺人內豎，求之外廷諸臣，蓋亦鮮矣。」[143] 索隱派紅學認為賈天祥、小紅以飾演洪承疇，賈芹飾演金之俊，而柳湘蓮飾演錢謙益，王熙鳳飾演豫王。然其以具體歷史連絡人物，其說多附會。

---

[141] 高平叔編：《蔡元培全集・第三卷》（北京：中華書局，1984 年），頁 76。

[142] 一粟：《紅樓夢資料彙編》（北京：中華書局，1964 年），頁 40。

[143]〔清〕張廷玉：《明史・奸臣列傳》（北京：中華書局，1974 年），頁 7905。

若從書中表象層面來看，在一家庭之中之奸佞，也歷歷有人，書中多所指斥，其為罪首者則是王熙鳳。第一百六回回目云「王熙鳳致禍抱羞慚」，則云賈府抄家所致禍者乃在王熙鳳一人，此是聲討之辭，書中查抄所得云「東跨所抄出兩箱房地契文，一箱借票，都是違禁取利的。」[144] 則賈家貪求違例坐實之處乃在王熙鳳。且王熙鳳欲陷害尤二姐而引人唆使來旺告官，牽出張華來玩弄官司以鉗制尤二姐，王熙鳳當時云：「就告我們家謀反也沒事的。不過是借他一鬧，大家沒臉。若告大了，我這裡自然能夠平服的。」[145] 則可見王熙鳳之自恃張狂，後來乃至又要結果張華的性命，則見其歹毒之處。後來醉金剛倪二酒醉被抓，倪二家人求於賈芸，而賈芸平日畏於王熙鳳之作威作福，竟不敢去報，所以致曾接濟賈芸的倪二懷恨在心，大恩足以養仇，倪二當時云：「前年我在賭場裡，碰見了小張，說他女人被賈家占了。他還和我商量。我倒勸他，才了事的。但不知這小張如今那裡去了，這兩年沒見。若碰著了他，我倪二出個主意，叫賈老二死給我瞧瞧！好好的孝敬孝敬我倪二太爺才罷了！」[146] 後倪二去賭場中去，勢必張揚賈家強佔民女事，此則為御史所聽聞，後來才有御史參賈府之事。薛蝌聽聞消息訴於賈政所云：「在衙門裡聞得有兩位御史，風聞得珍大爺引誘世家子弟賭博，這款還輕；還有一大款是強佔良民妻女為妾，因其女不從，凌逼致死。那御史恐怕不確，還將咱們家的鮑二拿去，又還拉出一個姓張的來。只怕連都察院都有不是，為的是張姓曾在都察院告過的。」[147] 則可見御史所參之事在賈珍聚賭尚屬較輕，而鮑二家的之死、尤二姐之死皆可在王熙鳳身上找到干係，皆因其妒。《儀禮・喪服》云婦人七出之義：「七出者，無子一也，淫

144〔清〕曹雪芹：《紅樓夢：三家評本》第一百五回（上海：上海古籍出版社，2021年），頁 1847。

145〔清〕曹雪芹：《紅樓夢：三家評本》第六十八回（上海：上海古籍出版社，2021年），頁 1212。

146〔清〕曹雪芹：《紅樓夢：三家評本》第一百四回（上海：上海古籍出版社，2021年），頁 1833。

147〔清〕曹雪芹：《紅樓夢：三家評本》第一百五回（上海：上海古籍出版社，2021年），頁 1854。

佚二也，不事舅姑三也，口舌四也，盜竊五也，妒忌六也，惡疾七也。」[148] 王熙鳳不識字，故其不能明理，只是一味以刑名法術使人。因其好妒，又與賈蓉、賈薔曖昧不清，賈璉云：「你不用怕她，等我性子上來，把這醋罐子打個稀爛，他才認得我呢。她防我像防賊似的，只許她同男子說話，不許我和女人說話。略近些他就疑惑。她不論小叔子、侄兒，大的小的，說說笑笑，就不怕我吃醋了！」[149] 王熙鳳且視禮法於不顧，與寶玉叔嫂同車。王熙鳳只知一味希奉賈母，與邢夫人則有嫌隙，而賈赦、邢夫人乃是其舅姑，上不能事舅姑，下不能安其夫，王熙鳳在家庭倫理方面完全是與儒家之禮背道而馳的。且王熙鳳曾指責尤氏「你又沒才幹，又沒口齒，鋸了嘴子的葫蘆，就只會一味瞎小心，應賢良的名兒」[150]，而王熙鳳則自恃口齒伶俐，殺伐決斷，而因此故也致其口舌不斷，其跐著那角門的門檻子罵趙姨娘云：「我從今以後倒要幹幾件刻薄事了。抱怨給太太聽我也不怕！糊塗油蒙了心、爛了舌頭、不得好死的下作東西們，別做娘的春夢了！明兒一裹腦扣了的日子還有呢。如今裁了丫頭的錢，就抱怨了咱們，也不想一想自己也配使三個丫頭！」[151] 王熙鳳此番口舌，可謂過於刻薄。因王熙鳳恃強惡毒，機關算盡，爭強鬥智，心力虧損，以致不能安眠，又兼小月，而致下紅之症。凡七出之義，除盜竊外，王熙鳳幾都占了，而其在鐵檻寺收受老尼三千銀兩、攢金慶壽、大鬧寧府以要銀子，其貪甚於盜竊，幾乎是劫奪。則可見王熙鳳一人是與儒家之義完全背道而馳的，其未有一絲一毫篤守儒家對婦女之規定，而完全是儒家的反面人物，書中對此雖以儒家的立場多有抨擊，但是王熙鳳顯然已不是儒家固定下的人物了。儒家的禮儀倫常之義，乃在於讓

---

[148]〔清〕秦蕙田：《五禮通考・凶禮八・喪禮》（北京：中華書局，2020 年），頁 12376。

[149]〔清〕曹雪芹：《紅樓夢：三家評本》第二十一回（上海：上海古籍出版社，2021 年），頁 354。

[150]〔清〕曹雪芹：《紅樓夢：三家評本》第六十八回（上海：上海古籍出版社，2021 年），頁 1215。

[151]〔清〕曹雪芹：《紅樓夢：三家評本》第三十六回（上海：上海古籍出版社，2021 年），頁 609。

人能在人世中安平和樂，在理欲之間求其中和，從而使人免於一味求欲所造成的痛苦，亦免於人不能滿足欲望而有的痛苦，所以儒家倫常乃是企求讓人在人世能有其安樂平和，是對人的一種在人世生活的指引，以此種方式生存，在人世則可得最大的幸福。王熙鳳則是對此種倫常規定的徹底反動，其爭強鬥智，逞其私意，從而在這個人世間也未能安享人世的幸福，而一生動盪不安，波折不斷，家庭生活不能求其和樂，亦且乃至不能保其子嗣，「機關算盡太聰明，反誤了卿卿性命」、「一場歡喜忽悲辛，歎人世，終難定」[152]，人世之難定，歡喜之不長，皆因不能守倫常，倫常乃聖人遺誡，雖其古朽，而實是人在世間之保護，書中以「酸鳳姐」、「王熙鳳弄權」、「王熙鳳毒設」、「鳳姐潑醋」諸語來鑒戒王熙鳳之存在方式，雖其對儒家之悖反，但其自身的存在實亦受到危機。王熙鳳後來獻掉包之計，則令賈家嫡孫賈寶玉的婚姻亦屬不幸，而致其拋捨家庭，可見王熙鳳終生之失，皆在於不能守持正道。

書中云王熙鳳「都知愛慕此生才」[153]，則其才終究或有可欽慕圈點之處，王熙鳳之才是商鞅、韓非之才，是刑名法術之才，不是仁義學養之才。所以王熙鳳治秦可卿之喪，能於喪期使諸管家雜事人等各安其位，卻不能使人秉持喪期戚戚之心，乃動輒喪期用殺伐決斷之術，且喪期竟與寶玉叔嫂同車，又於鐵檻寺弄權害命，乃至寶玉秦鐘諸人竟動其淫心，可謂甚違喪期之義，有其表而無其實。王熙鳳之才，則又見其治賈瑞之術，不能以正言呵斥戒勸，而反以言語動其邪思，此則非是正理，乃亦是邪門歪道，亦不可謂之為才。蓋儒家仁義禮智信，舉其一而他者皆在，若舉仁則義禮智信必在其中，王熙鳳之才乃發於其巧智，其中並無仁義，故觀其所為皆是無仁心。王熙鳳之才，乃在其殺伐決斷，而毫無一絲畏難之情。變生不測鳳姐潑醋一回，王熙鳳見小丫頭坐在門口，便能深察其中必有異常，其言語之機巧變

152〔清〕曹雪芹：《紅樓夢：三家評本》第五回（上海：上海古籍出版社，2021年），頁89。

153〔清〕曹雪芹：《紅樓夢：三家評本》第五回（上海：上海古籍出版社，2021年），頁83。

幻，安人取信，而又不走露風聲，足有戰國縱橫家之辭令手段。其聞聽賈璉與鮑二家的言語，先打平兒，後一腳踹開門，抓著鮑二家的就撕打，王熙鳳之才乃在於此處。又且其治尤二姐之事，全身縞素，去親迎尤二姐，後步步為營，唆使告官，而又一步一步欺壓尤二姐，又借秋桐之力借劍殺人，則見其深通陰謀之術。但是王熙鳳不通天道，不知誤人適以自誤，尤二姐不能留一子嗣，王熙鳳則背無後之名，置人於死地，殺之而後快，雖其云不信鬼神，然而終究最終有冤魂來索命。尤二姐之冤魂來云：「姐姐的心機也用盡了」[154]，其自身在人世的存在亦不能得其長久安樂，天之力四時篤行，有遍生萬物之德，聖人法天，以仁義待人，聖人法地，則能厚德載物，王熙鳳不能容一尤二姐，是其無德，先前其陪嫁之人，死的死，出的出，可見其所貽誤者非是一人。書中寫此，正是欲家庭倫常之和諧，而誅絕妒婦之義，這是書中儒家主張的一面，但是作者的態度實不是如此單向，但是這個儒家的主張在書中是確切存在的。寫一王熙鳳，以誡天下如王熙鳳者，以刑名法術立身，雖有其短暫效果，但是皆不長久，皆不能得其正道，不能得於人世之安樂，且多有自誤誤人之弊，書中責王熙鳳，正在於此。作者欲期家庭倫理能撥其亂而返於正道，如「二南」、《儀禮》之旨意，然而此問題非是王熙鳳一人之責。賈家的男人不能修身齊家，而一王熙鳳亦不能安於婦位，責一王熙鳳，同時則責賈家。然而王熙鳳一生為賈家管家之人，難道其無功績而受此討問？若賈家無王熙鳳則何人當此職能做的更好？王夫人失於不能明察而性情刻深，邢夫人則愚強不知變通，李紈明於禮義，多恩無罰，尚德不尚才，頗適合為賈家樹立德政之人，但是時當末世，李紈恐不能當，如探春興利回李紈與探春二人議事，則有欺幼主之刁奴，又似非探春、王熙鳳之刑名法術不足以制之。則作者之責王熙鳳，亦在於責當時之世風。

書中著力刻畫以撥亂者則又有薛寶釵。薛寶釵與襲人為一體，評點派諸家多以襲人為薛寶釵之影身[155]，二人雖多有相同之處，但亦有不同。襲人

---

[154]〔清〕曹雪芹：《紅樓夢：三家評本》第一百十三回（上海：上海古籍出版社，2021年），頁 1982。

[155]詳見本書影身說一章。

平生之意乃在於為寶玉之妾，鴛鴦誓絕鴛鴦偶一回鴛鴦對襲人與平兒云：「你們自以為都有了結果了，將來都是做姨娘的！據我看來，天底下的事未必都那麼遂心如意的。」[156] 此則揭出襲人、平兒之心。襲人做姨娘則由於其適時對王夫人納言，王夫人以為寶玉有襲人是其福分，聞聽了襲人一大段公道話便對襲人云：「我的兒，你竟有這個心胸，想得這樣周全！我何曾又難想到這裡？只是這幾次有事就忘了。你今日這一番話提醒了我。難為你成全我娘兒兩個聲名體面，真真我竟不知道你這樣好。」[157] 此則全是指襲人之私心人言公道話，指其奸，而王夫人不能明察，竟為襲人所弄。後王夫人送襲人兩碟小菜，又拿出自己的月錢份兩給襲人，後又回明賈母，則襲人之目的似已達到，襲人所做的無非是贏取王夫人的信任，以為其心腹，而後則獻讒言攆晴雯，對寶玉約法三章，無論其真讀書也罷，假讀書也罷，只是老爺太太在時要裝樣子，其忍受了寶玉一窩心腳而不敢聲言，襲人的手段全是以寶玉作為贏取王夫人、賈母的手段，以此作為自己進身之階。襲人之奸則在於其私柔而實以柔襲人，晴雯便為其為言語所斃命。蓋古今惟陰柔者可懼，判詞云「枉自溫柔和順」[158]，不知其溫柔和順適足以敗賈府，襲人之奸又在於其暗妒。因其私心是暗妒，卻處處以公道話排揎他人、挾制寶玉，寶玉在其手中更不能讀書明理，反而常常假讀書、裝樣子，且其以離開賈府、雲雨情諸事控制寶玉，使其入於淫僻之境，而王夫人竟以為襲人為保全其母子二人聲名體面之人。

薛寶釵與襲人合盟正在寶玉與黛玉情深意切，二人無處下手之時，二十一回寶釵窺察襲人，見其言語志量，深可敬愛，此則是寶釵襲人聯手對抗黛玉之時，二人一氣，寶釵則又以螃蟹宴諸事聯結史湘雲，則在林黛玉周圍布

156〔清〕曹雪芹：《紅樓夢：三家評本》第四十六回（上海：上海古籍出版社，2021年），頁791。

157〔清〕曹雪芹：《紅樓夢：三家評本》第三十四回（上海：上海古籍出版社，2021年），頁579。

158〔清〕曹雪芹：《紅樓夢：三家評本》第五回（上海：上海古籍出版社，2021年），頁81。

下了重重敵陣。薛寶釵此人有諸多長處，人所不易學，此人又有諸多短處，而人所易見。觀其平生所為，則其深通老子之術，又善用兵法。雖有涵養而似偽，雖貌平和而似奸。若欲言其過則覺人多受其恩惠，若欲言其善則其平生無一事不出於私心。若參之以黛玉之死、寶玉之離，則對於薛寶釵可以一言以蔽之，此人乃是無情而深險者。其無情，正似「金簪雪裡埋」[159]；其深險，則察其平生所為之事，未有不深、未有不險者。此實是作者所欲誅討之人，以鄉願行世，而陰襲人者也。三十六回夢兆絳芸軒之前，寶釵乃以對立之姿態與黛玉相處，故黛玉嘗云一直以為她是藏奸的人，因其對立則除了在言語上「機帶雙敲」與黛玉爭鋒，寶釵則又通過螃蟹宴籠絡史湘雲而又形成了一湘黛對立，史湘雲是心直口快的人，故史湘雲實為寶釵對抗黛玉的大將，而寶釵則在其幕後坐收其成。且這其間寶釵又做了幾件事以削弱林黛玉，一是元妃省親題詩，寶釵讓寶玉將綠玉改為綠臘，明順元妃之意，而陰奪黛玉之寵，此後薛寶釵「羞籠紅麝串」則是元妃特許之狀。二是寶釵戲彩蝶，聞見小紅與墜兒於滴翠亭談及手帕秘事，則以金蟬脫殼之計佯裝追逐林黛玉，而使小紅誤以為黛玉偷聽，而小紅乃頗有才量之人，後又為王熙鳳做事，則寶釵此舉實是置黛玉於流言暗箭之中。三是金釧兒跳井，寶釵去慰勸王夫人，則云金釧兒是失了腳掉下去的，又聽王夫人不忍將林妹妹的剛做的兩套新衣服給金釧兒作裝裹，便言把自己的拿來，此又暗中削黛玉而奉承了王夫人。四是寶釵暗結襲人，而讓鶯兒給寶玉的通靈寶玉打梅花絡，此則是明示其主。然而自從三十六回寶玉夢兆絳芸軒，寶玉夢中喊罵：「和尚、道士的話如何信得？什麼是金玉姻緣，我偏說是木石姻緣！」[160] 寶釵聞此言不覺怔了，因其發覺寶玉黛玉之情牢不可破，若徒以對立之法勢不能奪黛玉之親，反讓寶玉生隔絕之心，於是寶釵乃一變其先前所為，轉而攻黛玉之心。三十六回至四十九回，寶釵則適機彌補與黛玉的關係，故又以《牡丹

159〔清〕曹雪芹：《紅樓夢：三家評本》第五回（上海：上海古籍出版社，2021年），頁 82。

160〔清〕曹雪芹：《紅樓夢：三家評本》第三十六回（上海：上海古籍出版社，2021年），頁 612。

亭》之詞審林黛玉，寶釵之口氣則是：「顰兒，跟我來！有一句話問你。」[161] 又笑道：「你跪下！我要審你（呢）。」[162] 正是以此似剛而柔的「蘭言」「解疑癖」，才使黛玉消除守備之心。後來寶釵又行「金蘭契互剖金蘭語」與黛玉交心，黛玉不能察其奸，而云：「你素日待人，固然是極好的，然我最是個多心的人，只當你有心藏奸。從前日你說看雜書不好，又勸我那些好話，竟大感激你。往日竟是我錯了，實在誤到如今。」[163] 則寶釵以與黛玉交心之術，而陰制黛玉。後寶玉問黛玉：「是幾時孟光接了梁鴻案」[164]，黛玉則笑道：「誰知她竟真是個好人，我素日只當他藏奸。」[165] 則黛玉實已為寶釵所鉗制，中其陰謀。後寶釵送黛玉燕窩諸事，則適挑起賈母、王夫人諸人以黛玉多病且耗費之念，此是寶釵第二步所行之事。此時已見黛玉天真爛漫，徒知春恨秋悲，而於鬥爭之法，實不是寶釵的對手，此後書中黛玉寶釵明似相安無事，而實暗寓玄機。自五十七回則寶釵又行其第三步，「慈姨媽愛語慰癡顰」，則又攻黛玉之心，而暗示角逐，此時寶釵已深結人心於賈母、王夫人、王熙鳳、乃至趙姨娘諸人，羽翼豐厚，黛玉已全不可當，寶釵在黛玉面前故與薛姨媽作母子溫存之狀，伏在其母懷裡，黛玉只能言語：「你瞧！這麼大了，離了姨媽，他就是個最老到的，見了姨媽他就撒姣兒。」[166] 又云：「他偏在我這裡這樣，分明是氣我沒娘的人，故意形容

[161]〔清〕曹雪芹：《紅樓夢：三家評本》第四十二回（上海：上海古籍出版社，2021年），頁721。

[162]〔清〕曹雪芹：《紅樓夢：三家評本》第四十二回（上海：上海古籍出版社，2021年），頁721。

[163]〔清〕曹雪芹：《紅樓夢：三家評本》第四十五回（上海：上海古籍出版社，2021年），頁774。

[164]〔清〕曹雪芹：《紅樓夢：三家評本》第四十九回（上海：上海古籍出版社，2021年），頁847。

[165] 同上。

[166]〔清〕曹雪芹：《紅樓夢：三家評本》第五十七回（上海：上海古籍出版社，2021年），頁1011。

我。」[167] 則此時見金蘭語一回寶釵云「我也是和你一樣」之假。寶釵與黛玉交心而適以刺其心，後寶釵又送土儀與黛玉，令其生鄉愁之心而淚痕滿面，是寶釵又刺黛玉之心，此時黛玉已成寶釵案上之魚肉，任其宰割了，故寶釵已搬出園子，其功已成，只等坐收其利了。此時徒天道可以償黛玉，故黛玉生日之時，打扮的如嫦娥下界，不見寶釵實生疑心，問薛姨媽而薛姨媽搪塞過去，轉瞬薛家出事，此是天道不平黛玉之受欺。寶釵對付黛玉之三步，可見其深險矣，然其終不通天道而只一味在人事上用力，亦不能安享其成，故殺一黛玉後，寶釵又開始施功於寶玉，不僅令人喟歎，「既生瑜，何生亮！」既生寶黛木石之緣，又為何生一薛寶釵！寶釵深忌寶玉對黛玉之舊情，故其先令寶玉知黛玉之死而令其死心，其「深知寶玉之病實因黛玉而起，失玉次之，故趁勢說明，使其一痛決絕，神魂歸一，庶可療治。」[168] 如是寶釵明告寶玉黛玉已死，則寶釵之無情，庶可想見。此人純是機心行事，人雖責寶釵性急告知寶玉黛玉死訊，而「那寶釵任人誹謗，並不介意，只窺察寶玉心病，暗下針砭。」[169] 寶釵以此種誅討寶玉之心的手段暗下針砭來為寶玉治病，則寶玉之悲苦可知，加之又有襲人鉗制寶玉，則寶玉在此二人收拾之下能得其安好？「寶玉雖不能時常坐起，亦常見寶釵坐在床前，禁不住生來舊病。寶釵每以正言勸解，以『養身要緊，你我既為夫婦，豈在一時』之語安慰他。」[170] 則寶玉之處境猶如囚徒，非僅身之囚，亦乃其心、意在寶釵之言語囚制之下，且不在一時，此實是人間鬼蜮，書中又云：「又見寶釵舉動溫柔，也就漸漸的將愛慕黛玉的心腸，略移在寶釵身上。此是後話。」[171] 此語雖平，然寶玉由一癡情人變為此種人，其所為寶釵之所

---

[167] 〔清〕曹雪芹：《紅樓夢：三家評本》第五十七回（上海：上海古籍出版社，2021年），頁 1012。

[168] 〔清〕曹雪芹：《紅樓夢：三家評本》第九十八回（上海：上海古籍出版社，2021年），頁 1736。

[169] 〔清〕曹雪芹：《紅樓夢：三家評本》第九十八回（上海：上海古籍出版社，2021年），頁 1737。

[170] 同上。

[171] 同上。

挾制之經歷蓋可想見，故亦是膽戰心驚之筆。後來寶玉趁赴考歸而不回，寶釵實是有所先知，因其平日所為也，寶玉之逃離，不堪受襲人、寶釵之精神挾制也，亦不能忘黛玉真心之情。寶玉無路可去，只能隨僧道出離人世，尋求其精神自由之境。此自由之境正是黛玉平生所寄寓，黛玉信天命，乃於人世中得其精神之自由。

則寶釵者，一無情冰冷深險之人，蠶食人之精神之人，其既蠶食黛玉之精神，又食寶玉之精神。寶玉庶得逃脫，「歸彼大荒」。後世之《狂人日記》，乃是寶玉之同類所寫，而「吃人」者，則寶釵之同類。書中之撥亂反正誅討寶釵，正在於此。《紅樓夢》之秉聖學愛人濟世之心，亦在於此。

書中所撥亂反正誅討奸佞者，以王熙鳳、襲人、薛寶釵為魁，若他人則是「小巫見大巫」，然亦有其一二可圈點之處。

平兒實是不易勘透之人，然此人亦是書中力在誅討之人。平兒並非忠於王熙鳳，其只是力在平衡各方面關係者，以從中用其靈巧以取利，故云其為「俏平兒」。俏平兒軟語救賈璉則寫其行私情於賈璉，替其遮瞞，且平兒云：「這件事你該怎麼謝我呢？」[172] 則為平兒畫骨之筆。賈璉嘗云妒婦連平兒也不讓他沾一沾，則為側面畫平兒之心。俏平兒情掩蝦鬚鐲一回，則又見其違公理而行私惠，盜竊之事本非小事，平兒告於麝月勿言於寶玉，然麝月能不言？平兒用人情之理來安其體察之心，結果寶玉得知，「喜的是平兒竟能體貼自己的心」[173]，此是平兒用功之處。判冤決獄平兒行權，平兒之做法亦是不能明查園中傳送盜竊諸事，而協同寶玉瞞哄過去，亦是以其權行私惠，於己則有仁惠之名，於人亦有寬厚之實，然而不能明察園中盜竊、傳送諸事，不能有防大患於微情，不知千里之堤，將毀於蟻穴，平兒此種邀名縱容之舉，以後則有傾覆賈家之勢，故平兒軟語救賈璉，賈璉日後則變本加厲，一偷鮑二家的，二偷娶尤二姐，若於初始多加防範，則何來日後不可收

---

[172] 〔清〕曹雪芹：《紅樓夢：三家評本》第二十一回（上海：上海古籍出版社，2021年），頁354。

[173] 〔清〕曹雪芹：《紅樓夢：三家評本》第五十二回（上海：上海古籍出版社，2021年），頁901。

拾之遺患。又平兒行權，則致園中諸事愈加紛雜，婆子家下人等不安其位，夜間賭博，乃有日後園中日亂，招致夥盜之事，此皆在於平兒不能嚴加杜絕於初始，而留遺患於將來。則可見平兒乃為王熙鳳泄力者，王熙鳳平日所操持杜絕，乃有身邊一平兒表面為其忠臣，而實難與其同心，二人之爭，亦時見於筆端。因多姑娘之事平兒乃與王熙鳳言語相對，王熙鳳云：「平兒丫頭瘋魔了，這蹄子認真要降伏起我來了！仔細你的皮要緊。」[174] 書中又寫賈璉云：「賈璉聽了，倒在炕上拍手笑道：『我竟不知平兒這麼利害，從此倒服了他了。』」[175] 此為平兒發端之始，已見其柔中帶剛之勢，而至王熙鳳生日見賈璉與鮑二家私通一回，因賈璉口中提及平兒，王熙鳳頓時打平兒兩下子，然後踢門而入與鮑二家的撕打，又打平兒，平兒又與鮑二家撕打，鳳姐乃見平兒怕賈璉，妒從心起，平兒見其情急，便拿刀子尋死，外面婆子苦勸乃止，正因平兒此舉方制住鳳姐，激起賈璉，賈璉方提劍欲殺鳳姐，此局勢中之關鍵一筆乃在於平兒尋死，方更激化了賈璉、王熙鳳之矛盾。於此則見平兒之勢愈進，其能在關鍵時候為鳳姐之主，賈母聞知此事有一語云：「平兒那蹄子，素日我倒看他好，怎麼暗地裡這麼壞！」[176] 此則為對平兒之針砭之語，史太君一念能見其本質，猶如其一念見黛玉之心病，見寶玉之好姊妹之由，而作者之筆轉瞬又遮掩，借尤氏之口云：「平兒沒有不是，是鳳姐拿著人家出氣。兩口子不好對打，都拿著平兒煞性子。平兒委屈的什麼似的，老太太還罵人家。」[177] 有尤氏之見識，方有寧府賈珍之胡作非為，故借尤氏之口說的卻是反話，明尤氏之言不可信，亦是作者故作遮掩之辭。鳳姐之遷怒於平兒，乃因聞見賈璉、鮑二家之言及平兒之好而將有代己之勢，則可見平兒平日收攏人心，以至於鮑二家的之流，乃至於為人所共許，

---

[174]〔清〕曹雪芹：《紅樓夢：三家評本》第二十一回（上海：上海古籍出版社，2021年），頁355。

[175] 同上。

[176]〔清〕曹雪芹：《紅樓夢：三家評本》第四十四回（上海：上海古籍出版社，2021年），頁755。

[177] 同上。

鳳姐又因其見平兒尚有寵於賈璉也，賈璉尚有情於平兒，而意想平日平兒對己如何忠誠溫順，鳳姐以為平兒乃為與自己一心，今日知其外收人心，此是鳳姐怒於平兒之本由，乃因見其偽也，故史太君一言揭出平兒本來面目，以為誅討之筆，眾人皆為平兒說情，乃見其外結人心之厚，即賈母亦不能獨斷專行以揭之。平兒一生所行，皆外借王熙鳳虎威之勢，而暗行其仁惠，廣結人心，順應天道，危機之時又能以剛正對抗王熙鳳，借眾人之力為自己羽翼，使罪責歸於妒婦浪子，而自己則從中保身安命。若從眾人之眼中看去，則平兒確乎乃是仁厚之人，而從王熙鳳眼中看去，則平兒確乎為「壞」，而平兒乃為王熙鳳之近臣，二女同居，其志本不相得，而平兒將能委婉從容，以此則見平兒所行之仁術矣！平兒之術，其不易度而難識者，其似忠而近偽，其似仁而近利，其似柔而善剛，其通人情兼明天道，其將為李代桃僵，制妒婦而取而代之者，然而其取而代之，卻為天道、人情所許，此其不負於天下人，而唯獨負於王熙鳳者。因其負於王熙鳳，則失為臣之忠義，故其亦不能為史家所許，故書中之誅討平兒，亦是力透紙背之史筆。若古之以仁義篡國者，實不易察，作者寫一平兒，正以誅討行仁術者。平兒雖謬君臣之忠義，但量妒婦之狠毒，出一平兒以泄其力，亦是天道流行、平兒借力所致，平兒之接救尤二姐，搭救巧姐，亦有其功績，然察鴛鴦誓絕鴛鴦偶時其給鴛鴦出的主意：「你不去，未必得干休。大老爺的性子，你是知道的。雖然你是老太太房裡的人，此刻不敢把你怎麼樣，難道你跟老太太一輩子不成？也要出去的。那時落了他的手，倒不好了。」[178] 則見平兒實是察時巽順之人，而並無如鴛鴦一樣的節義，故其終生亦得其「平」而已。

若唐史之有武后作亂，而又有一韋皇后、上官婉兒之流，《紅樓夢》之中，有一王熙鳳，則又有薛寶釵、襲人、平兒之流。《明史・閹黨列傳》云：「明代閹宦之禍酷矣，然非諸黨人附麗之，羽翼之，張其勢而助之攻，虐焰不若是其烈也。中葉以前，士大夫知重名節，雖以王振、汪直之橫，黨

---

[178]〔清〕曹雪芹：《紅樓夢：三家評本》第四十六回（上海：上海古籍出版社，2021年），頁791。

與未盛。至劉瑾竊權，焦芳以閣臣首與之比，於是列卿爭先獻媚，而司禮之權居內閣上。迨神宗末年，訛言朋興，群相敵仇，門戶之爭固結而不可解。凶豎乘其沸潰，盜弄太阿，黠桀渠憸，竄身婦寺。」[179] 此殆《紅樓夢》「貶惡誅邪」之所應乎？

四、表彰節烈

《明史・列女列傳》云：「婦人之行，不出於閨門，故《詩》載〈關雎〉、〈葛覃〉、〈桃夭〉、〈芣苢〉，皆處常履順，貞靜和平，而內行之修，王化之行，具可考見。其變者，〈行露〉、〈柏舟〉，一二見而已。」[180] 表彰節烈之義，乃在存人禽之辨，既論人禽之辨則於衽席之上為其所重矣。《紅樓夢》書中既有撥亂反正之義，既「反正」則書中也有正人，李紈、賈蘭、邢岫煙、包勇、鴛鴦為是，皆秉持節義，守其節烈，若薛蝌者，則尚有瑕疵。

雖作者之意乃認識到「鏡裡恩情，更哪堪夢裡功名」、「問古今將相可還存？也只是虛名兒後人欽敬。」[181] 李紈之守節正類虛名，作者雖於判詞、曲中反思之，然而其所欽敬亦非絕然可否定，亦是書中本有之層面，尤其相較於王熙鳳、襲人諸人，則李紈之可欽敬處又非他人可比。李紈在書中乃近乎完人，並未有絲毫悖禮之行，其守身教子，有慈母之度。李紈父名李守中，「曾為國子監祭酒，族中男女無有不讀詩書者。至李守中繼續以來，便謂『女子無才便為德』，故生了此女便不叫他十分認真讀書，只不過將些《女四書》、《列女傳》、《賢媛集》等三四種書，使他認得幾個字，記得前朝這幾個賢女便罷了；卻只以紡績井臼為要，因取名為李紈，字宮裁。因此，這李紈雖青春喪偶，居家處膏粱錦繡之中，竟如槁木死灰一般，一概不

---

[179]〔清〕張廷玉：《明史・閹黨列傳》（北京：中華書局，1974 年），頁 7833。

[180]〔清〕張廷玉：《明史・列女列傳》（北京：中華書局，1974 年），頁 7689。

[181]〔清〕曹雪芹：《紅樓夢：三家評本》第五回（上海：上海古籍出版社，2021 年），頁 89。

聞不問，惟知侍親教子，外則陪侍小姑等針黹誦讀而已。」[182] 此段話乃作者自說自掩之辭，即說不令其十分讀書，而讀《女四書》、《列女傳》、《賢媛集》諸書，殊不知這就是已經深明讀書大義了。若如賈寶玉讀飛燕、合德的外傳、林黛玉讀《牡丹亭》諸書，則是為讀書而移了性情，因讀了這些野史外傳而於情、色上留心，則是後來貽害之由，而李紈族中無不讀書，則其為詩書之家則深可知。且李紈只以紡績井臼為要，是為有婦德，而惟知侍親養子、針黹誦讀而已，則除此之外，尚何有其他事令其關心？以此知李紈有婦行，則李紈乃書中合於儒家對婦女規定之人，亦是書中贊許之人。試想若李紈亦讀《牡丹亭》、《西廂記》諸書，則李紈能有如此行止乎？李紈之長處亦乃在於其有勤儉之行，四十五回王熙鳳算李紈年入銀兩，而李紈帶諸姊妹詩社遊玩亦且有儉省之度，則李紈是尚節儉之人，此是在賈家如此貪奢之地少有之品行。黛玉易簀之時，是李紈在其身邊，睹李紈之言語行止，則見其有慈母之愛，使黛玉臨行前不至於過於淒涼。[183]

五、明孝

《明史・孝義列傳》云：「孝弟之行，雖曰天性，豈不賴有教化哉。自聖賢之道明，誼辟英君莫不汲汲以厚人倫、敦行義為正風俗之首務。……故史氏志忠孝義烈之行，如恐弗及，非徒以發側陋之幽光，亦以覘世變，昭法戒焉。」[184]

書中有抨擊偽孝以明真孝，寫元春省親以明「子尊不加于父母」[185] 之義，寫探春與趙姨娘爭執以寫不孝之女，寫熱孝娶親則指斥賈家黷廢倫常。

---

182 〔清〕曹雪芹：《紅樓夢：三家評本》第四回（上海：上海古籍出版社，2021年），頁59。引文並參他本校正。

183 對於李紈之品評亦可參見本章第六節判詞之闡釋。

184 〔清〕張廷玉：《明史・孝義列傳》（北京：中華書局，1974年），頁7575。

185 此義出於《春秋公羊傳解詁・桓九年》，詳見後文。

《春秋》隱二年經曰：「冬，十月，伯姬歸於紀。」[186] 其稱伯姬，因伯姬是魯國之女，自家稱自家的女兒，則稱其字，《公羊傳》曰：「伯姬者何？內女也。其言歸何？婦人謂嫁曰歸。」[187] 段熙仲按云：「自紀言之，則曰履綸來逆女，自我言之，則曰伯姬。父母之于子，雖為天王后，猶曰吾季姜；雖為鄰國夫人，猶曰吾姜氏。『僖九年：秋，九月，乙酉，伯姬卒』之《傳》曰：『婦人許嫁，字而笄之，曰伯姬，猶曰季姜也。』」[188] 伯姬之所以稱其字，因「子尊不加于父母」，孩子地位如何，不可加之於父母身上，明父母子女之間但明親親之道。「子尊不加于父母」之義在桓九年，經曰：「九年，春，紀季姜歸於京師。」[189]《公羊傳》云：「其辭成矣，則其稱紀季姜何？自我言紀。父母之于子，雖為天王后，猶曰吾季姜。」[190]《解詁》云：「明子尊不加于父母。」[191] 桓三年經曰：「九月，齊侯送姜氏於讙。」[192]《公羊傳》曰：「何以書？譏。何譏爾？諸侯越竟送女，非禮也。此入國矣，何以不稱夫人？自我言齊，父母之于子，雖為鄰國夫人，猶曰吾姜氏。」[193] 不論女為天王后，還是鄰國夫人，於父母而言，皆是子女，子尊不加於父母，而父母亦不以「外」義加於子女。《春秋》於此發明了其重要的義理，即「子尊不加于父母」，父母亦不以「外」義加於子女。但是在《紅樓夢》中則顯然違背了此重要原則，《紅樓夢》則力在指出此處的過失以警醒世人恢復此原則。

186〔清〕孔廣森：《春秋公羊經傳通義・隱二年》（上海：上海古籍出版社，2014年），頁258。

187 同上。

188 段熙仲：《春秋公羊學講述》（南京：南京師範大學出版社，2002年），頁339。

189〔清〕孔廣森：《春秋公羊經傳通義・桓九年》（上海：上海古籍出版社，2014年），頁312。

190 同上。

191 同上。

192〔清〕孔廣森：《春秋公羊經傳通義・桓三年》（上海：上海古籍出版社，2014年），頁298。

193 同上。

元春為賈政、王夫人之女，寶玉之姊，賈母之孫女，與諸人乃是倫常血親之關聯。元春省親之提出在十六回賈璉之口中提出，賈璉此段話在書中有重要意義，試逐作分析。

> 如今當今體貼萬人之心，世上至大莫如「孝」字，想來父母兒女之情，皆是一理，不在貴賤上分的。[194]

萬人之心皆同於孝親，《孝經》云：「夫孝，德之本也，教之所由生也。」[195] 父母兒女之性，則是父母於兒女有慈愛之心，而兒女於父母則敬愛之心，這個道理是不以貴賤為轉移的，這是書中作者體察聖人之義所發之言，然而書中所寫則全有違背此理者，五十四回因襲人喪母未來宴樂，賈母則云：「跟主子，卻講不起這孝與不孝來。」[196] 此則是書中譏刺之筆，以明賈家實在不明孝之理，其欲以貴賤來區分孝道，欲使主子奴才之義強加於孝親之義之上，無怪賈府諸人所行不孝之事。然而襲人喪母尚知守孝，而賈璉諸人則公然熱孝娶親，是不如一襲人。

> 當今自為日夜侍奉太上皇、皇太后，尚不能略盡孝意，因見宮裡嬪妃才人等皆是入宮多年，拋離父母，豈有不思想之理？且父母在家，思想女兒，不能一見，倘因此成疾，亦大傷天和之事。[197]

此語則揭示出元春致病之由。元春雖身居寵貴之位，但是拋捨父母，其

---

194 〔清〕曹雪芹：《紅樓夢：三家評本》第十六回（上海：上海古籍出版社，2021年），頁257。

195 〔漢〕鄭玄：《孝經正義》（上海：華東師範大學出版社，2022年），頁13。

196 〔清〕曹雪芹：《紅樓夢：三家評本》第五十四回（上海：上海古籍出版社，2021年），頁940。

197 〔清〕曹雪芹：《紅樓夢：三家評本》第十六回（上海：上海古籍出版社，2021年），頁257。

思念家人，不能盡孝，日積月累，以至於成疾，其省親時所自道云：「田舍之家，齏鹽布帛，得遂天倫之樂；今雖富貴，骨肉分離，終無意趣。」[198] 元春語中之意，乃至於哀怨，其云「終無意趣」，則甚於哀怨，乃至於精神之困厄，此是元春久而久之因此而殉身。然而省親並不能消解元春的思念之情，省親之時，賈母、王夫人皆對元春下跪行國禮，此是顛倒倫常，倒行逆施，悖離「子尊不加于父母之義」，違人情性，元春只有垂淚而已，其對賈母、王夫人言：「當日既送我到那不得見人的去處，好容易今日回家娘兒們一會，不說說笑笑，反倒哭個不了。一會子我去了，又不知多早晚才能一見呢！」[199] 則此種會面，適足以傷心而已，薛姨媽、寶釵、黛玉不得立見，乃是「外眷無職，不得擅入」[200]，寶玉不得立見，乃是「無諭，外男不敢擅入」[201]，此種皇家規矩，適足以扼殺孝心，談何略盡孝意呢。賈政對元春則以臣相稱，其云：「臣草芥寒門，鳩群鴉屬之中，豈意得徵鳳鸞之瑞。今貴人上錫天恩，下昭祖德，此皆山川日月之精奇，祖宗之遠德，鍾於一人，幸及政夫婦。且今上體天地生生之大德，垂古今未有之曠恩，雖肝腦塗地，豈能報效於萬一！惟朝乾夕惕，忠於厥職。伏願我君萬歲千秋，乃天下蒼生之福也。貴妃切勿以政夫婦殘年為念。更祈自加珍愛，惟勤慎肅恭以侍上，庶不負上眷顧隆恩也。」[202] 此種以子尊加於父母、父母以子為外之話語，不僅不能發人之孝心，反而乃是以君臣之義固結自然之孝心，顛倒倫常，足以扼殺人心。元春省親，賈母諸人期盼，而僅僅從戌初起身、丑正三

---

198 〔清〕曹雪芹：《紅樓夢：三家評本》第十八回（上海：上海古籍出版社，2021年），頁298。

199 〔清〕曹雪芹：《紅樓夢：三家評本》第十八回（上海：上海古籍出版社，2021年），頁297。引文並參他本校正。

200 〔清〕曹雪芹：《紅樓夢：三家評本》第十八回（上海：上海古籍出版社，2021年），頁297。

201 〔清〕曹雪芹：《紅樓夢：三家評本》第十八回（上海：上海古籍出版社，2021年），頁298。

202 〔清〕曹雪芹：《紅樓夢：三家評本》第十八回（上海：上海古籍出版社，2021年），頁298。

刻回鑾，只有兩三個時辰，此是賈璉口中所云「聖人體貼萬人之心」，以孝治國之義，何其諷刺。

> 所以啟奏太上皇、皇太后，每月逢二六日期，准其椒房眷屬入宮請候省視。於是太上皇、皇太后大喜，深贊當今至孝純仁，體天格物。因此二位老聖人又下諭旨，說椒房眷屬入宮，未免有關國體儀制，母女尚未能愜懷，竟大開方便之恩，特降諭諸椒房貴戚，除二六日入宮之恩外，凡有重宇別院之家，可以駐蹕關防者，不妨啟請內廷鑾輿入其私第，庶可盡骨肉私情，共享天倫之樂事。[203]

聖上之義在盡骨肉之情，享天倫之樂，而其所行之實則背道而馳，此種匆匆會面，又有種種規矩束縛，不僅不能盡孝，乃足以扼殺人心。

元春省親結束，作者之筆則立即寫襲人回家探母，則田舍之家的天倫之樂、暖意融融，卻在襲人之家看出，書中寫寶玉去襲人之家，正是此景的描繪，其與元春省親的皇家規矩判然有別，作者乃於此寫出真孝假孝。

賈家之不明孝，又在辱親女愚妾爭閒氣一回，然趙姨娘為探春之親母，探春竟也以所謂官例制度來加於人倫之情，母子之間嫌隙叢生，口角相對，此是令人歎息之筆，作者寫出一探春，正以抨擊不明孝以從反面發孝親之理。

賈家之不明孝，尚有數處。一者爇孝娶親，此則近於禽獸。二者無兄弟之義，弟弟皆怕哥哥，乃至兄弟共妻。[204] 三者婦不能事舅姑，乃至似無此義。賈家唯以主奴論事，又兼男女為苟合，實是不明倫常者，此應是清室之寫照。

---

[203]〔清〕曹雪芹：《紅樓夢：三家評本》第十六回（上海：上海古籍出版社，2021年），頁258。

[204] 此則秦可卿事體中事。

六、復古禮以斥淫邪

《春秋》之義在抨擊禮崩樂壞，違禮亂常，孔子則倡復禮之說，倘禮能得正，則為個人安定、國家安定的基礎。個人安定是個人人生得以有其安樂的基礎，國家安定又是個人得以安定存在的基礎。《大學》云：「自天子以至於庶人，一是皆以修身為本」[205]，修身即是克己復禮，克己即使心力發動剛健篤實的天之力，而非為欲望、私意所驅使，復禮即是個人使欲望在中庸平和的適宜範圍內，不至於過於節欲，亦不至於涉於淫慢，《周易・節卦》爻辭云：「上六：苦節，貞凶，悔往」[206]，則是誡一味減損欲望，其卦辭云：「亨。苦節不可，貞」[207]，《正義》云：「節須得中，為節過苦，傷於刻薄，物所不堪，不可復正」[208]，故儒家之義，實以欲望為基礎，不可過於刻薄欲望，只是不可放縱沉溺則可，故〈節卦〉爻辭又云：「六三：不節若，則嗟若，無咎」[209]，當節損欲望之時，亦應當立即節損，若不能節損，則失禮，失禮則涉於淫慢，對於欲望之事，一有過度則勢必沉溺其中，終至於違禮亂常，殞身敗家，《春秋》齊襄公文姜之事即明乎此，《春秋》云：「十有四年，春，西狩獲麟」[210]，《公羊傳》曰：「君子曷為為《春秋》？撥亂世，反諸正，莫近諸《春秋》。則未知其為是與？其諸君子樂道堯舜之道與？末不亦樂乎堯舜之知君子也？制《春秋》之義，以俟後聖。以君子之為，亦有樂乎此也。」[211] 亂世之為亂，乃在倫常之亂，人皆涉於欲求不得其正的處境，反於正，亦是使人之心志反於正道，人

---

[205] 〔宋〕朱熹：《四書章句集注》（北京：中華書局，1982年），頁4。

[206] 黃壽祺、張善文：《周易譯注》（北京：中華書局，2016年），頁442。

[207] 黃壽祺、張善文：《周易譯注》（北京：中華書局，2016年），頁438。

[208] 〔魏〕王弼注，〔唐〕孔穎達疏：《周易正義》（北京：北京大學出版社，2000年），頁281。

[209] 黃壽祺、張善文：《周易譯注》（北京：中華書局，2016年），頁441。

[210] 〔清〕孔廣森：《春秋公羊經傳通義・哀十四年》（上海：上海古籍出版社，2014年），頁719。

[211] 〔清〕孔廣森：《春秋公羊經傳通義・哀十四年》（上海：上海古籍出版社，2014年），頁721。

心自有平和安樂之度，使人返於此境，則莫近於復禮，《紅樓夢》一書寫倫常廢壞之情境，亦是存復古禮之義。

《禮記・禮運》云：「飲食男女，人之大欲存焉」[212]，言飲食則乃是其表象，飲食之背後乃是物質，物質之所從生則為土地、人民、農耕、商賈，其究乃是政權，言飲食乃言乎政，故飲食不足，則易有政之變，則政者，其究乃為飲食。言男女亦是其表象，男女之背後乃是人欲，有人欲則有欲之齊與不齊，則有爭鬥，則有痛苦，由是而有道德，言男女其究乃歸於德，德之大者乃在男女婚姻，故婚姻乃是人之大德，無婚姻，則人禽不辨，婚姻不諧，則身必不修。《紅樓夢》一書寫飲食則寫政之所由出，寫男女則寫德之所由敗。觀賈府飲食奢費，則知政必苛責於民，由是而有一劉姥姥，寫賈府諸人如何戲弄劉姥姥則知賈府之政如何愚弄於民。觀賈府婚姻失序，則知其德之不修，人禽莫辨，以至於寶玉、黛玉自幼耳鬢廝磨，同起同坐，聖人「男女授受不親」[213]、「七年，男女不同席，不共食」[214]之誡置若罔聞，再至於寶玉竟淫母婢，私通近婢，既不習灑掃、應對、進退之節，又不習禮樂、射御、書數之文，更不能學窮理、正心、修己、治人之道，乃至於判冤決獄平兒行權，寶玉竟假作盜，學堂讀書竟是貪戀風情，讀書則時常扮假，寫字則眾姊妹代寫，正是書中所云：「天下無能第一，古今不肖無雙」[215]，賈寶玉之失德可見一斑，而至於書中時以其充滿詩性的瘋話掩飾，皆是其表象，而其內裡實際已是德業廢弛，索隱派多以為賈寶玉乃寫偽朝帝系，則由此可觀金人之不能通於儒家之學，而以原始之談情狀態作為其人生存在方式，而非儒家的修齊治平以德業為基礎，故書中之寫男女婚姻，乃是指斥金人既違於儒禮，而致人禽不辨，倫常廢弛，進而致人生之痛苦以及無

---

212 〔漢〕鄭玄：《禮記注・禮運第九》（北京：中華書局，2021年），頁301。

213 〔宋〕朱熹：《四書章句集注》（北京：中華書局，1982年），頁289。《集注》云：「古禮，男女不親授受，以遠別也。」

214 〔漢〕鄭玄：《禮記注・內則第十二》（北京：中華書局，2021年），頁385。

215 〔清〕曹雪芹：《紅樓夢：三家評本》第三回（上海：上海古籍出版社，2021年），頁51。

出路，書中寫飲食，乃是寫金人施政不知節儉，而至於淫奢，人民既窮苦不堪，乃至更加以戲弄。

第四節　關於《儀禮》：《紅樓夢》的婚姻禮學意旨評釋十四論

本部分論述《紅樓夢》中諸婚姻對於婚姻禮學的變例。婚姻的變例即論書中昏姻的違禮，《儀禮・士昏禮》及諸禮之中對昏禮有多個維度的規定，這些規定的要義又與書中有不同層面的聯繫。本部分提取十二條《儀禮》中的婚姻規定，以此與《紅樓夢》中的婚姻描寫進行對勘發明。

一、論夫妻敵體義

一論夫妻敵體義。《儀禮・喪服》中為妻的服制是齊衰杖期，等同於父在為母的服制，妻位與夫有相互敵體之義，是非常尊貴的，在妻位的意義中是沒有男尊女卑之義的，〈喪服〉中以妻是至親，疏云「妻移天齊體，於己同奉宗廟，為萬世之主，故云至親」[216]，可見妻的地位是齊體於夫的，這實際為妻在家庭中的地位奠定了一個思想的基礎，但是妻與夫雖然齊體，然而二者卻依從於不同的觀念和法則，妻與夫齊體是本於地與天齊體，但地的德性是順承而負載萬物，天的德性是剛健而自強不息，《孝經》云：「昔者明王事父孝，故事天明；事母孝，故事地察」[217]，夫妻的齊體是本體意義上的齊體，但是在用的層面上則是妻順承於夫，〈喪服〉所云三綱之一則是「婦之於其夫」、「婦以夫為天」[218]，婦既然以夫為天，則夫必然以婦為地，這個作用是相互的，在本體意義上是齊體而平等的，但是在用的層面上

---

216 〔元〕敖繼公：《儀禮集說・喪服第十一》（上海：上海古籍出版社，2017 年），頁 625。

217 〔漢〕鄭玄：《孝經正義》（上海：華東師範大學出版社，2022 年），頁 216。

218 〔清〕秦蕙田：《五禮通考・凶禮九・喪禮》（北京：中華書局，2020 年），頁 12443。

則是有差異的，這個差異是必要的，正因差異的存在才能保證本體的齊體，若是皆為天，則兩者必不能相容，若是顛倒則必然違背了其自然本性，陽性外發而尚剛健，陰性內斂而尚柔順，若以妻為天或以夫為地則都不合於于自然，皆有其不利的結果。

《紅樓夢》中妻多有在本體意義上不合於坤道者，這尤其體現在王家的婦女身上，即王夫人和王熙鳳。為母尚慈，法地的柔順寬厚，但王夫人雖然吃齋念佛，卻嚴苛寡恩，賈寶玉與王夫人的關係實未能如和樂的母子關係，十八回元春省親時云「其名分雖係姊弟，其情狀有如母子」[219]，可見寶玉與元春的關係實際勝於與王夫人，王夫人因寶玉調弄金釧兒而掌摑之，致使金釧兒自盡，寶玉心中能無哀毀？所以後來有「不了情暫撮土為香」。王夫人又因襲人納讒而不顧寶玉感受攆晴雯，致使寶玉心傷，後來「賞花妖」癡傻實是因晴雯心傷之舊病，此皆是王夫人不能作慈母亦不能寬厚而失察。乃至在寶玉的婚姻大事上，王夫人能做一家之主，而能凌於賈政之上，促成這個不倫不類的喪中娶親，這都是王夫人不能守己慈順，而主於刻薄盲動的害處，可以說賈寶玉的不幸王夫人實難辭其咎。其本根上則在於思想觀念上王夫人不能以賈政的看法作為指導，在賈政打寶玉之時一起發威，而最終削弱了賈政作為夫的尊位，乃至賈政在寶玉的婚事上只是任從賈母與王夫人處置，從而夫位沒有主導地位，這是後面一切禍患的原本。

在金釧兒之事、寶玉挨打、對待趙姨娘及賈環、攆晴雯、寶玉沖喜這幾件事上最能體現王夫人本身的妻位的不能承順，而缺乏巽順之德，從而致使賈政不能在家族事務中發揮其本有的作為父的主導作用[220]。王夫人所依恃的是其作為賢德妃的元春，二是其兄弟王子騰，由是王夫人實際是賈府中作威作福之人。同樣王熙鳳本身也是作為女性而過於陽亢、剛健外發，從而在家庭中撼動了賈璉的作為夫的地位，由此造成諸多嚴重的問題。薛家的夏金

219〔清〕曹雪芹：《紅樓夢：三家評本》第十八回（上海：上海古籍出版社，2021年），頁296。該本引文原文「雖為姊弟，有如母子」，正文引文並參他本校正。

220 作為父、夫的主導作用並非單純的以男性作為主導，而是父性所代表的剛健篤實的品性與母性的調和。

桂也是缺乏巽順之德，加之有淫佚之病，所以將薛家鬧得天翻地覆。邢夫人是承順賈赦的，但其失在於固執，但其危害實是小的。尤氏有婦人之德，攢金慶壽一回其歸還銀子可見其本身是體恤他人的，其本身實不是導致賈府衰敗的主要力量。

夫尊卑，人道所不能免，而惟於昏姻之中倡平等之義，則此旨大矣，婦女之平等亦從此衍發而來，而於三千年後變一新世界，《紅樓夢》一書於婚姻處寫諸人之命運情況，寫存在之諸多問題，則此為其能撼動根基改制立法之故也，其眼界高遠深厚殆在於此。

二、論婦人三從義

二論婦人三從義。《白虎通》云：「嫁娶者何也？嫁者，家也，婦人外成，以出適人為家。娶者，取也。男女，謂男者，任也，任功業也；女者，如也，從如人也。在家從父母，既嫁從夫，夫歿從子也。傳曰：『婦人有三從之義。』」[221]《儀禮・喪服》云：「《傳》曰：為父何以期也？婦人不貳斬也。婦人不貳斬者何也？婦人有三從之義，無專用之道，故未嫁從父，出嫁從夫，夫死從子。故父者，子之天也。夫者，妻之天也。婦人不貳斬者，猶曰不貳天也。婦人不能貳尊也。」[222] 佛家言平等實是指現象中本無規定，儒家婦人三從之義，則是對現象之規定，新文化運動之時曾對此種觀念進行猛烈抨擊，認為其為封建糟粕，而倡西方自由平等思想加以摒斥，然而婦人三從之義，其義深刻，聖賢未加深論，俗儒轉相授受，亦未能思為何有此義。婚姻禮制為儒家思想之基礎，婦人三從之義又在婚姻禮制之中佔據重要位置，須知一思想之中斷無肯定一物為糟粕者，相反，其必然有此義存在的內在思路和內在認識，應該加以反省的是婦人三從之義背後的內在認識，而非對其表層進行盲目的批判。聖人立教雖以物質、欲望為基礎，此是

221〔清〕秦蕙田：《五禮通考・嘉禮二十四・昏禮》（北京：中華書局，2020 年），頁 7057。

222〔清〕秦蕙田：《五禮通考・凶禮九・喪禮》（北京：中華書局，2020 年），頁 12417。

秉於人的自然性，但是聖人欲以仁教改化此種自然性，令其在仁的限度內達成其自然性，由是夫婦雖有齊體之義，但是卻是因循不同的法則，妻法坤道尚柔順，而夫法乾道尚陽剛，此是婦人三從的理路依據，若是婦人不從坤道，而逞其自專之義，則儒家仁教勢必不能施行，因婚姻實是仁教之基礎，婦人自專，則其以自己意志掌握婚姻權和配偶權，由是婦人乃從己意掌握婚配，一旦婦人掌握了此，則婦人必將權力化入自己手中，男人亦不得不屈從於婦人，如武則天案，則必是弱肉強食之世界，而仁教必不得行，故婦人三從之義，乃是將婦人先天所賦的婚姻權轉移，使婦人不得自專。因男人秉於陽剛，其性本是外發之物，婦人有掌控外發之男性的權力，則物類實為婦人之選擇，此實是直接撼動儒家人倫基礎之事，故儒家以三從之德改化婦人之性，乃是全體大用之考慮，內則順其柔順之性，外則能在此之上建立人倫，一旦婦人自專，則人倫必毀[223]，因儒家之基礎乃在物質、欲望，此本為一個危險的基礎，因其承認了物質、欲望之正當，而一旦不能有人倫規定此二者，婦人自專則必致欲望橫流，而人也不能避免因欲望失去遏制而遭受的苦難，《紅樓夢》一書實對此深有洞悉，書中寫婦人自專正寫欲望橫流。

王熙鳳眼中是毫無「既嫁從夫」之義的，其不能從夫，則有自專之嫌，秦可卿喪王熙鳳與賈寶玉叔嫂同車，此非是合於禮之事，鐵檻寺中寫秦鐘、智能兒實是隱寫王熙鳳作奸犯科。至於熙鳳生日因賈璉私通而潑醋大鬧，因賈璉偷娶尤二姐之事而大鬧寧國府，此種種事皆說明夫婦關係之中女方逞其剛強，有其個人之意志而非人倫之意志，則此種婚姻關係必然是危機重重的。王夫人亦是自專，自賈政笞撻賈寶玉之後，因賈母、王夫人之袒護，賈政實不能在兒孫之事上發揮其主導，而是受制於王夫人，賈寶玉的婚事即是王夫人提議，而賈政也只得應允而已。尤氏、邢夫人實是從於其夫的，然而二人並非有「二南」中后妃、婦人之德，不能勸諫其夫以德義，而致賈珍、賈赦屢屢惹事。

---

[223] 英國文學中的婦女皆有其自我的婚姻權，而男性僅為其選擇，成為彬彬有禮之紳士，奧斯丁《傲慢與偏見》即是此義，婦人自專則必傲慢，觀蠻族之風尚，當思我國之優長。

三、論婦之於姑舅之禮之義

三論婦之於姑舅之禮之義。《儀禮・士昏禮》有「婦見舅姑」一節，其文云：「夙興，婦沐浴，纚、笄、宵衣以俟見。質明，贊見婦于舅姑。席于阼，舅即席。席于房外，南面，姑即席。婦執笲、棗、栗，自門入，升自西階，進拜，奠于席。舅坐撫之，興，答拜。婦還，又拜。降階，受笲腶脩，升，進，北面拜，奠于席。姑坐，舉以興，拜，授人。」[224] 其中值得注意之處是新婦對公公行禮，「新娘捧著裝有棗、栗的笲，從寢門進入，登上西階；送至公公的席前行拜見禮，禮畢，將笲放在席上。公公坐在席上，撫摸笲，表示接受禮物，然後起身，向媳婦答拜還禮。媳婦轉身回避，表示不敢當公公之拜，並向公公行拜禮。」[225] 媳婦與姑舅的關係乃是人倫之敬，是全憑人倫而建立起來的關係，若舅姑已沒，也要行廟見舅姑之禮，即祭舅姑於禰之中。《儀禮・喪服》中婦為舅姑乃行齊衰不杖期之禮，顧炎武云：「婦事舅姑，如事父母，而服止於期，不貳斬也。然則心喪則未嘗三年矣。」[226]《疏》云：「本是路人，與子牉合，得體其子為親，故重服，為其舅姑也。」[227] 婦人與舅姑的關係本是路人而已，只是因夫的關係而產生的人倫關係，然而人倫之規定卻要求婦事舅姑如事父母，雖服止於期，但要心喪三年，此中則生偽。

《紅樓夢》中婦與舅姑之關係則深可玩味。王熙鳳之舅姑為賈赦、邢夫人，然而王熙鳳卻不知侍奉二人，只是一味希奉賈母，乃至邢夫人有心生嫌隙，書中寫邢夫人因周瑞家的捆了兩個老婆子而有心氣王熙鳳：「邢夫人直至晚間散時，當著眾人，陪笑和鳳姐求情說：『我昨日晚上，聽見二奶奶生

---

[224]〔清〕秦蕙田：《五禮通考・嘉禮二十五・昏禮》（北京：中華書局，2020 年），頁 7122。

[225] 彭林：《儀禮譯注》（北京：中華書局，2017 年），頁 58。

[226]〔清〕秦蕙田：《五禮通考・凶禮九・喪禮》（北京：中華書局，2020 年），頁 12441。

[227]〔清〕秦蕙田：《五禮通考・凶禮九・喪禮》（北京：中華書局，2020 年），頁 12444。

氣，打發周管家的娘子，捆了兩個老婆子，可也不知犯了什麼罪？論理我不該討情。我想老太太好日子，發狠的還要舍錢舍米，周貧濟老，咱們先倒磨折起老家人來了？便不看我的臉，權且看老太太，暫且竟放了他們罷。』」[228] 且賈赦因賈璉辦事中用，賞了一個秋桐給賈璉，須知王熙鳳因尤二姐事大鬧寧國府，上下皆知，今賈赦又賞賈璉秋桐，人皆知王熙鳳之妒，此舉實是對王熙鳳之意而已。乃至最後邢夫人竟欲倉促嫁出巧姐，亦不十分體味其中利害，此皆是王熙鳳平日不能侍奉舅姑，而招致的人情之不諧。邢夫人雖不為賈璉親生母親，但從《儀禮・喪服》義，繼母如母，《傳》曰：「繼母何以如母？繼母之配父與因母同，故孝子不敢殊也。」[229] 所以王熙鳳亦不能因此而疏邢夫人。

又秦可卿本與賈珍乃婦與舅之關係，賈珍賈蓉竟父子聚麀，此是蔑棄倫常之舉。儒家之義，婦與舅姑本為路人，若不能以人倫改化之，則庶可至於有禽獸之行，唐玄宗之於楊玉環亦如此類，此皆是不能得禮之正，而一任欲望所致。

李紈惟知侍親養子，是能守禮之人。

四、論昏年之義

四論昏年之義。《周禮・地官媒氏》云：「掌萬民之判。凡男女自成名以上，皆書年月日名焉。令男子三十而娶，女子二十而嫁。」[230]《禮記・曲禮》曰：「三十曰壯，有室。」[231]《禮記・內則》云：「女子二十而嫁。」[232] 雖《周禮》、《禮記》所記乃男三十而娶，女二十而嫁，譙周則

---

[228]〔清〕曹雪芹：《紅樓夢：三家評本》第七十一回（上海：上海古籍出版社，2021年），頁 1264。

[229]〔清〕秦蕙田：《五禮通考・凶禮八・喪禮》（北京：中華書局，2020 年），頁 12359。

[230]〔清〕秦蕙田：《五禮通考・嘉禮二十四・昏禮》（北京：中華書局，2020 年），頁 7067。

[231] 同上。

[232] 同上。

以為「男自二十以及三十，女子十五以及二十，皆得以嫁娶，先是則速，後是則晚。凡人嫁娶，或以淑賢，或以方類，豈但年數而已。」[233]

昏年有其自然依據，《孔子家語》云：「男子八月生齒，八歲而齔，二八而化；女子七月生齒，七歲而齔，二七而化。一陽一陰，奇偶相配，然後道合化成，性命之端形於此也。」[234] 又云：「男子十六精通，女子十四而化，是則可以生民矣。而禮，男子三十而有室，女子二十而有夫也，豈不晚哉！……夫禮言其極也，不是過也。男子二十而冠，有為人父之端；女子十五許嫁，有適人之道，於此而往，則自昏矣。」[235] 聖人唯以民之飲食與民之昏娶著意，飲食昏娶不正，則天下皆受其苦，《紅樓夢》中昏娶不正，大觀園中諸人皆受其苦。禮所言者乃是其極，男不過於三十，而女不過於二十，則見禮稱人情而設文，乃是因循人的自然性而所設之指引。男以八為數，二八精通，《內經》云：「二八，腎氣盛，天癸至，精氣溢泄，故能有子。」[236] 女以七為數，《內經》云：「二七而天癸至，任脈通，太沖脈盛，月事以時下，故有子。」[237] 書中寫賈寶玉在秦可卿臥房中一夢，乃是寫其初次精通，此時寶玉十六上下而已，書寫寶玉精通而即寫其與襲人偷試，此實是箴誡寶玉此時實已可論及婚事，雖男二十而娶，乃是因未行冠禮，譙周曰：「天子諸侯十五而冠，十五而娶。娶必先冠，以夫婦之道，王教之本，不可以童子之道治之。」[238] 明代冠禮比較盛行，洪武元年詔定冠禮，但是清代則冠禮廢弛，書中寫賈寶玉絲毫未言及其冠禮，賈母諸人亦以童子視之，可見作者之義，若無冠禮則徑可以昏禮成之可也，而令寶玉一直於怡紅院中與女婢曖昧不明，此實是賈母諸人之失察，因書中似無冠禮之

---

[233] 同上。

[234]〔清〕秦蕙田：《五禮通考・嘉禮二十四・昏禮》（北京：中華書局，2020 年），頁 7068。

[235] 同上。

[236]〔唐〕王冰注：《黃帝內經》（北京：中醫古籍出版社，2003 年），頁 10。

[237]〔唐〕王冰注：《黃帝內經》（北京：中醫古籍出版社，2003 年），頁 9。

[238]〔清〕秦蕙田：《五禮通考・嘉禮二十四・昏禮》（北京：中華書局，2020 年），頁 7067。

義，循人自然之度早為之娶親可也，庶可免去寶玉諸多愛紅之癖。賈母於清虛觀打醮一回言及賈寶玉年齡尚小，過幾年再成親，若按婚年算來，賈寶玉當時十五六左右，顧及寶玉與秦鐘、襲人、麝月等人諸多情事，實際此時已經不小。至於林黛玉則實是遲誤昏年者，亦應早論及定親之事，此中似有隱情，張新之、洪秋蕃諸人認為黛玉之進賈府，林如海托孤實際已經先定寶玉與黛玉親事[239]，否則賈母其不思量黛玉定親之事而致其貽誤昏年？黛玉常常陷於情癡，皆是不能早為之定下之故，此都是當行其嫁娶之時而不行，失其時，而令寶玉諸多淫行，令黛玉耽於情癡，而屢為摽梅之歎，若賈府早為兒女計，而非後來倉卒而行，則免卻多少事情，可見昏時之義大矣哉！

不止於寶玉、黛玉兩人，書中寫小紅年方十六歲，是二八之年，此時亦是懷春之時，正因其家中亦未能為其早定親事，所以才有種種遺帕惹相思之事，皆因昏時已到，而昏禮未及，禮違於人願，從而生出不才之事。聖人稱人情而設禮，禮非固化之物，當因時損益，導引人之自然性有其適宜即是禮之目的，故《周禮．地官媒氏》云：「仲春之月，令會男女，於是時也，奔者不禁。若無故而不用令者，罰之。司男女之無夫家者而會之。」[240] 昏禮六禮，本一禮不備，聖人不允，但是在特殊情況之下，男女無夫家者可令其在仲春之月相會，此時則不論禮之備否，此是稱情設禮之義。賈芸比寶玉大四五歲，實際也早已到昏年，賈府中一任在宴樂排場上奢費，卻不能顧及子弟們的婚事，令其貽誤昏年，生出種種妄事，若無遺帕惹相思，豈有「楊妃戲彩蝶」？豈有林黛玉中暗箭？此皆是其本不固，而其末則至於亂。

書中因昏年而貽誤者則尚有賈瑞，評者論及賈瑞與王熙鳳之事只見賈瑞之為淫所惑、王熙鳳之毒，而未見賈瑞緣何能至於此，賈瑞欲盜嫂，緣何不去盜李紈諸人？皆因其平日於王熙鳳不循禮之事多有聽聞，故其才能伺機而

---

239 洪秋蕃《紅樓夢抉隱》總論論之較詳，張新之批語中則時見，應是洪秋蕃發揮張新之此說。

240 〔清〕秦蕙田：《五禮通考．嘉禮二十四．昏禮》（北京：中華書局，2020 年），頁 7071。

尋，其為何又欲伺機而尋？書中云：「他二十來歲人，尚未娶親」[241]，此是問題的根本，賈瑞實早已到當娶親的年紀，但因其父母早亡，只有祖父賈代儒教養，觀賈代儒的行事為人並不是真儒，只是「代儒」而已，「那代儒素日教訓最嚴，不許賈瑞多走一步，生怕他在外吃酒賭錢，有誤學業。今忽見他一夜不歸，只料定他在外非飲即賭，嫖娼宿妓，那裡想到這段公案？」[242] 賈府教人只是求一嚴，非打即罵，賈政之教育賈寶玉如此，賈赦之教育賈璉如是，賈代儒則因此打了賈瑞三四十板，又不令其吃飯，跪在院內讀文章，賈代儒這些行為皆是不通道理的行為，至於「道之以政，齊之以刑」[243] 亦不是，只是胡作為非而已。賈瑞既已至昏年不能娶親，又兼沾染了諸多吃喝嫖賭的惡習，賈代儒又不能以正理教育賈瑞，內不能修其身，外不能避其邪，所以只能是受欲望操控下的奴隸而已，儒家之以禮化人，便是令人之欲望先能得到其合乎適宜的滿足，如飲食有禮、婚姻有禮，在這個滿足的基礎上使之合乎禮的固定，從而形成確定的秩序，昏年的規定即是由此出發，到了昏年應當嫁娶，因這是自然性的驅使，這個時候用禮來引導規定則一切能合乎自然，若是貽誤了昏年，則禮實際也無用了，若不能修其身，其違禮也是不言自明之事。

司棋之所以與潘又安有情事，實際亦是因昏年的緣故，鴛鴦之偶遇二人之時，書中寫道：「鴛鴦眼尖，趁著半明的月色，早看見一個穿紅裙子，梳鬅頭，高大豐壯身材的，是迎春房裡司棋。」[244] 接著鴛鴦便叫道：「司棋，你不快出來，嚇著我，我就喊起來當賊拿了。這麼大丫頭了，也沒個黑夜白日，只是頑不夠。」[245] 文中用「高大豐壯」、「大丫頭」寫司棋，可

241〔清〕曹雪芹：《紅樓夢：三家評本》第十二回（上海：上海古籍出版社，2021年），頁199。

242〔清〕曹雪芹：《紅樓夢：三家評本》第十二回（上海：上海古籍出版社，2021年），頁197。

243〔宋〕朱熹：《四書章句集注》（北京：中華書局，1982年），頁54。

244〔清〕曹雪芹：《紅樓夢：三家評本》第七十一回（上海：上海古籍出版社，2021年），頁1268。

245 同上。

見司棋實是年紀不小了，且未能婚配，便惹出與潘又安的不才之事，究其根本，實是當循禮娶親之事未能及時成全而致其殞身亡命，可見昏年之義絕非小可之事。

金聖歎〈水滸傳序〉云：「人生三十未娶，不應更娶。四十而未仕，不應更仕。五十不應為家，六十不應出遊。何以言之？用違其時，事易盡也。」[246] 儒家深知人在世間的存在百年而已，其並不如佛家、道家求生死之出路，而是直面此有限的人生，人生既有限則凡事當能及時，不可失時，昏娶之事乃人生大事、萬世之始，賈府之中人竟對此掉以輕心，觀書中能及時婚配者，唯薛寶琴早許了梅翰林家，薛寶釵是未定，林黛玉似定而未定，賈寶玉當定而不定，賈環當及時定下彩雲這個丫鬟，可惜也未定下，迎春是倉卒定親而失之考量，探春亦是倉卒而定，置身海疆。皆因其不定，所以大觀園中生出多少「楚漢相爭」之事，薛寶釵處心積慮謀破木石姻緣，以成其金玉姻緣，此皆是不定而令其有可乘之機。賈家於昏娶之事，可謂是用違其時，待到寶玉已病篤之時，才想到沖喜之事，若早為之定，能有此等不諧之事？正因其不以昏時為意，一意推遲，而使王家諸人結成羽翼，使兒女婚事成一勢利之場，不惟賈寶玉，至於探春、迎春、巧姐諸人之婚姻，莫不如是，此皆說明賈府不通之處。夫欲天下治者，當以治昏禮為本，昏禮失時，則人道苦，子孫不蕃盛，此是長久之遺患，不可不察也。

五、論奔者不禁

五論奔者不禁。奔者不禁義本出於《周禮・地官媒氏》。〈內則〉云：「聘曰妻，奔曰妾。六禮不備，謂之奔。」[247] 奔者不禁，則謂聽其殺禮而成昏，即不循昏姻六禮而成昏，此是〈地官媒氏〉的禮制，其云：「仲春之

---

246 〔明〕金聖歎：《金聖歎批評第五才子書水滸傳》（天津：天津古籍出版社，2006年），頁 14。

247 〔清〕秦蕙田：《五禮通考・嘉禮二十四・昏禮》（北京：中華書局，2020 年），頁 7072。

月，令會男女，於是時也，奔者不禁。若無故而用令者，罰之。」[248] 此條禮制的用心之處實是令男女昏娶得以及時，所以《詩經》有〈桃夭〉、〈摽有梅〉之詩，「桃之夭夭，灼灼其華」[249]、「摽有梅，其實三兮。求我庶士，迨其今兮。」[250] 皆是寫昏娶及時之義，所以仲春之月，陰陽交會之時，令無配偶的男女相會，以順天時，若無故而用此令則處罰，所謂有故而用之，則是指國有凶荒、家有喪禍，此時則昏姻六禮難備，所以殺禮而令其成昏，以不誤昏時。邵寶曰：「先王制禮，豈不欲六禮皆備而後歸哉？禮不下庶人，勢也。故仲春奔者不禁，恐失時也。荒年殺禮，多昏欲繁育也。」[251] 可見聖人制禮，絕不是為禮本身，而是為禮能引導人從於適宜，至於昏禮，則適宜者在於天時，天時為大，寧可殺禮，不可違天時，因昏禮本欲人循天時而已，此中實隱含了儒家對人世的根本認識。《易》是明時的，諸六經實際亦是時學，因人生本時也，所以六經之義，皆以時立義，故《春秋》分三世，《易》有卦氣卦時，而云「以察時變」[252]，《詩》、《禮》重昏時、三年之喪，皆從時間上立義，人本為時間中之存在物，六經之義，本之於人生在世，所以寧可「奔者不禁」。經典中亦多有例證來言時之切要，《詩・野有死麕》云：「有女懷春。」[253]《疏》云：「此云春者，此女年二十，期已盡，不暇待秋也。此思春，思仲春，欲其以禮來。」[254] 女年二十，其期將盡，所以懷春，欲其以禮來，而其終不能以禮來，則是凶荒之

---

[248]〔清〕秦蕙田：《五禮通考・嘉禮二十四・昏禮》（北京：中華書局，2020 年），頁 7071。

[249]〔宋〕朱熹：《詩集傳》（北京：中華書局，2018 年），頁 7。

[250]〔宋〕朱熹：《詩集傳》（北京：中華書局，2018 年），頁 17。

[251]〔清〕秦蕙田：《五禮通考・嘉禮二十四・昏禮》（北京：中華書局，2020 年），頁 7074。

[252] 黃壽祺、張善文：《周易譯注・賁卦・彖傳》（北京：中華書局，2016 年），頁 167。

[253]〔清〕秦蕙田：《五禮通考・嘉禮二十四・昏禮》（北京：中華書局，2020 年），頁 7074。

[254]〔清〕秦蕙田：《五禮通考・嘉禮二十四・昏禮》（北京：中華書局，2020 年），頁 7075。

故，故此詩實是寫凶荒殺禮。嚴粲曰：「春者，天地交感，萬物孳生之時。聖人順天地萬物之情，令媒氏以仲春會男女。故女之懷昏姻者，謂之懷春。」[255] 懷春即是懷昏姻及時之義。《詩・匏有苦葉》曰：「雝雝鳴雁，旭日始旦。士如歸妻，迨冰未泮。」[256]「歸妻」即請期，冰未散則云正月中以前，此時請期，則二月仲春可以成昏，亦是言昏時。《詩・七月》曰：「春日遲遲，采蘩祁祁。女心傷悲，殆及公子同歸。」[257] 女子感歎春日遲遲，實亦是心懷公子欲昏姻及時之義。《詩・東山》曰：「倉庚于飛，熠耀其羽。之子于歸，皇駁其馬。」[258] 倉庚仲春而明，知此時為嫁娶之候，〈序〉云：「樂男女得以及時。」[259]《大戴禮・夏小正》云：「二月，綏多士女。」[260] 亦為男成冠禮、女子嫁娶之時。《禮記・月令》云：「仲春之月，玄鳥至。至之日，以太牢祀于高禖，天子親往。」[261] 注以為燕子來時，以人堂宇作巢，乃是孚乳嫁娶之象，所以當此之時祀於媒氏，以應昏娶。則可見仲春之月是應天時陰陽相交而特允於奔者不禁，而至於六禮之嫁娶，則通年可為，仲春特應於奔者不禁，乃是天時所致。

聖人之意，苟失其時，奔之可也，寧奔勿失時也，故其三百篇中存淫奔之詩，存變禮以應時變，禮為人設，自可消殺之也，可見聖人人本之心。若聖人果抵制淫奔不遺餘力，則斷不留淫奔之詩，而如阿拉伯之教，將淫奔者處以極刑也，而聖人斷不為此，可見即使晚明、民國淫奔之風，亦乃聖人之教也，乃其殺禮之變風耳。聖人必料，禮不得其中，而一任淫奔，則人必不堪其苦，而自有從淫奔而折回禮儀之變，物極必反也。禮儀者，人情之中也，故淫奔與禮儀之迭代，乃純粹儒家學說的復歸與對儒家學說的反思之迭

---

[255] 同上。

[256] 同上。

[257] 同上。

[258] 同上。

[259] 同上。

[260]〔清〕秦蕙田：《五禮通考・嘉禮二十四・昏禮》（北京：中華書局，2020 年），頁 7076。

[261] 同上。

代，三百篇中存淫奔之詩，亦是聖人睹春秋時變而前料世事變幻之大端，存之以相調和也，而聖人原始要終之本義，乃是令人世為一可存在之域，少其困苦折磨耳。《紅樓夢》一書，實得於聖人此心，將三百篇中「變」《風》「變」《雅》淫奔之義，積而發之，改制立法，其所改立者，實亦未離聖人之義，乃其偏至耳。總而言之，聖人所創制，乃人世之人生生活，禮者，乃為此生活服務者，非獨立存在以約束生活之物，此是長於西人之立法者也。故唯儒家教化之域方有人世之生活，西方之域未有人世之生活，而有理性、欲望之生活，而法律繩規二者，此非是人世，乃是人存在於某境，人與境有不可消除之隔閡，此種隔閡俱因法律、理性、欲望而來，而儒家竟將所有之物消融為人世，人在人世如魚在淵，而全無脫離之狀。此須深刻體會。昏姻之變，百世之變也，因昏娶將延及於百世，苟失其時，其所延誤者亦百年以上。

《紅樓夢》言昏娶及時之義，則在寶玉、黛玉以及諸人身上可見。至於奔者不禁，乃是殺禮以從時，戚序本六十五回回目為「膏粱子懼內偷娶妾，淫奔女改行自擇夫」，尤三姐雖為淫奔之女，至於其與柳湘蓮之情，作者之義實是依允。後人之義實亦是依允，故回目改為「尤三姐思嫁柳二郎」。聖人之意，苟失其時，奔之可也。尤三姐明目張膽說出自擇柳湘蓮之意，實是書中他人所不敢為，是寶釵、黛玉諸人所不能為者，黛玉恐失時而憂思在己，尤三姐恐失時則自行擇夫，雖其行為頗有差異，然而皆秉於聖人之意，昏姻不失時而已，故尤三姐思嫁之舉謂之奔可也，謂之淫奔則未然。尤三姐托夢於尤二姐云：「若妹子在世，斷不肯令你進來，即進來時，亦不容她這樣。此亦係理數應然，你我生前淫奔不才，使人家喪倫敗行，故有此報。」此淫奔則非關於昏姻失時，其與賈珍廝混乃是欲字作祟而已，是失貞之行。書中司棋與潘又安亦奔，恐亦不能以淫奔視之，奔者乃聖人殺禮隨時之義，淫奔則聖人所不允。至於茗煙與萬兒、秦鐘與智能兒，則是失於淫僻，此是書中鑒戒之處。

六、論昏姻賓主敵體義

六論昏姻賓主敵體義。《春秋》桓公八年經云：「八年，冬，祭公來，遂逆王后于紀。」[262] 此言天子娶女於諸侯，使諸侯主婚，以與婦家為禮，周王娶女使魯國主婚，所以魯國令祭公先從紀國迎接王女至於魯，然後魯國與婦家成禮。因為凡昏姻，皆賓主敵體，相對行禮，天子嫁女於諸侯，使諸侯主婚，令與夫家為禮，天子聘后於諸侯，也是令諸侯主婚，使於王后家為禮。此為周制，天子與諸侯為昏，則使同姓諸侯為之主，魯國為周公之後，為王主禮，其來已久。然此中的問題乃是尊王之問題，若天子至尊，則天子無敵於天下，諸侯不得與天子行昏姻敵體之禮，故令同姓諸侯為之主婚，以使王尊不加於諸侯，而使昏姻有敵體相對之義。此是存尊王之義而又保全昏姻敵體之義的做法，故云「天子雖尊，不自為主人。」[263] 然而若涉及天子娶親，則出現了昏姻敵體之義與尊王之義的衝突，若天子娶親令諸侯主婚，則天子失親迎之禮，親迎為昏禮中至重之禮，天子昏而不親迎則虧於昏禮，從昏禮之義，此是不恰當的，故《禮記・哀公問》曰：「『冕而親迎，不已重乎？』孔子對曰：『合二姓之好，以繼先聖之後，以為天地之主，非天子則誰乎？』」[264] 可見孔子之義乃是天子當親迎，而不可令主婚者迎，因昏禮之義甚大，合二姓之好以為天地主，此大於王尊，所以冕而親迎，並無不當，而不可因尊王之義而虧親迎之大義，所以天子親迎猶如天子親耕，《禮記・祭統》云：「天子親耕于南郊，以共齊盛。」[265] 可見儒家之中飲食男女兩極重要之事天子皆當示範之，若有親耕之義，則亦須必有親迎之義。

而《左傳》則云王者至尊，無敵體之義，不親迎。《公羊》則以天子至

---

262 〔清〕秦蕙田：《五禮通考・嘉禮二十四・昏禮》（北京：中華書局，2020 年），頁 7080。

263 〔清〕秦蕙田：《五禮通考・嘉禮二十四・昏禮》（北京：中華書局，2020 年），頁 7081。

264 〔清〕秦蕙田：《五禮通考・嘉禮二十四・昏禮》（北京：中華書局，2020 年），頁 7095。

265 〔漢〕鄭玄：《禮記注・祭統》（北京：中華書局，2021 年），頁 621。

於庶人，皆親迎。言不親迎者其內在理路是親迎有虧於王尊，言親迎其理路乃在親迎全敵體之義，合於昏姻之大義。《公羊》、《穀梁》皆重親迎之義，而不同於《左傳》。實際上，天子親迎與否乃是關係儒家政治的一個極為重要的問題，也關係到《紅樓夢》中元春省親、天子選才人、贊善的評價問題，甚為關鍵。

《左氏傳》對此只云：「祭公來，逆王后于紀，禮也。」[266]《公羊傳》何休注云：「昏禮成於五：先納采、問名、納吉、納徵、請期，然後親迎。時王者遣祭公來，使魯為媒，可，則因用魯往迎之，不復成禮。疾王者不重妃匹，逆天下之母若逆婢妾，將謂海內何哉？故譏之。」[267] 天子娶婦，令魯國主婚往迎，則天子實未能親迎王后，所以公羊之義，乃是痛恨於王者不重昏姻妃匹，迎天下之母如同迎婢妾一般。公羊之義乃合於孔子，乃是即使貴如天子，更應以身示範，行親迎之禮。《穀梁傳》云：「不正其以宗廟之大事，即謀於我，故弗與使也。」[268] 穀梁之義亦是委婉不允周王之舉，其義則為周王不去親迎，卻令魯國迎娶，此非是魯國之本職，所以不認為此是宗廟之大事。可見，《公羊》、《穀梁》，皆以天子不重妃匹，而失親迎之禮。左氏則以之為禮，其察於諸侯為之主婚，而不察親迎之事。

然而天子親迎在後儒之中則愈加晦而不明，或以為天子至尊，無敵於天下，故不親迎，或以為使同姓往逆可也，亦不必親迎，此是後世君主專制愈厲而儒家本義不明之證。金胡寧云：「或曰天子必親迎，信乎？太上無敵於天下，雖諸父昆弟莫不臣；適四方，諸侯莫敢有其室。若屈萬乘之尊而遠行親迎之禮，即何無敵於天下之有？或曰，王后所與共事天地宗廟，繼萬世之重者，其禮當如之何？使同姓諸侯主其辭命，卿往逆，公監之，父母之國諸

---

266 〔清〕秦蕙田：《五禮通考・嘉禮二十四・昏禮》（北京：中華書局，2020 年），頁 7080。

267 〔漢〕何休解詁，〔唐〕徐彥疏：《春秋公羊傳注疏・桓八年》（上海：上海古籍出版社，2013 年），頁 164。

268 〔清〕柯劭忞：《春秋穀梁傳注・桓八年》（桂林：廣西師範大學出版社，2018 年），頁 63。

侯皆送至京師，舍而止，然後天子親迎以入，其納王后之禮乎？」[269] 胡寧的看法頗有專制體制之下的代表性，太上無敵於天下，然不在於親耕、親迎之上，更不在臣諸父昆弟之上，儒家之義，人倫為天，天子無違人倫以彰顯其無敵，何況《春秋》有「子尊不加于父母」之義，故天子亦當以人倫為重，不以君臣之位加之於人倫之上。當漢之時，群臣尚有「飲酒爭功，醉或妄呼，拔劍擊柱」[270] 之舉，叔孫通為高帝制禮，而劉邦始歎皇帝之貴（《史記・叔孫通傳》），可見漢之時天子之位尚不加於臣子，何況諸父昆弟，然由親迎而發的天子地位問題，非小可之事，天子之位過重而輕親迎則違於昏禮人倫，若過重於親迎而輕於天子之位，則恐有呂后、隋后、武后之亂，可見此中道理不可不重，亦不可過重。

元妃省親之事亦是天子之位與儒家人倫的一大衝突。元妃之貴乃秉於天子之貴，元妃之位亦秉於天子之位，天子無敵於天下，雖諸父昆弟莫敢不臣，故元妃亦可臣諸父昆弟，此是君位至重而人倫至輕的典型，故元妃省親以賈母、賈政、王夫人及寶玉諸人為臣，皆須對元春跪行國禮，於此則可見君位鎮壓於人倫，人倫完全不得舒張。若以昏姻敵體而論，元妃省親有此舉，則天子斷不為親迎之事，即如同姓主婚，賓主敵體相對行禮之事，亦斷不會有。因君位甚重，所以昏姻妃匹之義皆不得舒張，而只如元春「聘選」[271] 嬪妃、薛寶釵「備選」[272] 為才人、贊善之職一般，「聘選」、「備選」則毫無敵體之義，則全是君臣等級之義，可見在君位專制之下，儒家昏姻之義已全為摧損。

薛寶釵成大禮實際正是清納妃舊例，書中所寫甚簡，她只是被一頂大轎抬進賈府大門，賈府之人並未去薛家親迎，昏禮六禮之中無一完備，更無主

269〔清〕秦蕙田：《五禮通考・嘉禮二十四・昏禮》（北京：中華書局，2020 年），頁 7081。

270〔漢〕司馬遷：《史記・叔孫通傳》（北京：中華書局，1959 年），頁 2722。

271〔清〕曹雪芹：《紅樓夢：三家評本》第四回（上海：上海古籍出版社，2021 年），頁 66。

272 同上。

婚之人，則亦無賓主敵體之義，完全是薛寶釵自己送上門來，此實是清室納妃的一個縮影，所以元妃省親對王夫人諸人垂淚云：「當日既送我到那不得見人的去處」[273]，賈妃云「送」，可見絕不是親迎而接去的，乃是如薛寶釵這樣送到賈府的。昏禮甚重親迎，先儒所論已多，《春秋》唯於此事耿耿於懷[274]，若親迎失禮，則是夫婦陰陽不得平衡諧和，夫家於親迎上不顯示重視婦人，則婦日後難以伸其義，更何況如「二南」之中所要求的諴勸君子諸事了。

七、論父母送女義

七論父母送女義。昏姻之中本無父母送女之義，而探春遠嫁偏偏是獨自起身，家人送別，此中實是作者寫父母送女義。《春秋》桓公三年經曰：「秋，公子翬如齊逆女。九月，齊侯送姜氏於讙。公會齊侯於讙。夫人姜氏至自齊。」[275] 此記魯桓公迎娶齊侯之女姜氏，齊侯親自送其女以致越國邊境，此中一則譏桓公不能親迎，二則譏齊侯送女越境。《左氏傳》云：「齊侯送姜氏，非禮也。凡公女嫁於敵國，姊妹則上卿送之，以禮於先君；公子則下卿送之。於大國，雖公子，亦上卿送之。於天子，則諸卿皆行，公不自送。於小國，則上大夫送之。」[276] 可見斷無諸侯作為父母親自送女之禮，因人情難以堪受也。《公羊傳》意思相仿，其云：「何以書？譏。何譏爾？諸侯越境送女，非禮也。此入國矣，何以不稱夫人？自我言齊，父母之于子，雖為鄰國夫人，猶曰吾姜氏。」[277]《公羊傳》於越境送女非禮之外，更論及子尊不加於父母，父母亦不以外義加於子，雖為鄰國夫人，也依然以

---

[273]〔清〕曹雪芹：《紅樓夢：三家評本》第十八回（上海：上海古籍出版社，2021年），頁 297。

[274]〔漢〕司馬遷：《史記‧外戚世家》（北京：中華書局，1959 年），頁 1967。

[275]〔清〕秦蕙田：《五禮通考‧嘉禮二十四‧昏禮》（北京：中華書局，2020 年），頁 7087。

[276] 同上。

[277] 同上。

「吾姜氏」視之，此是說明父母子女惟以人倫關係相始終。《穀梁傳》曰：「禮，送女，父不下堂，母不出祭門，諸母兄弟不出闕門。父戒之曰：『謹慎從爾舅之言。』母戒之曰：『謹慎從而姑之言。』諸母般申之曰：『謹慎從爾父母之言。』送女踰境，非禮也。」[278] 父母送女不下堂，因從禮則本有夫家親迎，父母養女至於十幾年，其中自有其辛勞，女兒嫁出之時，其心當有不捨之狀，若一任相送，則十里長亭尚為不足，徒添依戀傷別之情而已，所以禮令父母不下堂，亦是尊敬於父母之位之義，父母戒女云謹慎聽從婆家舅姑的話，其發心實是誨人尊敬於舅姑而已，至於後世則此流為束縛人的禮教。

父母送女是人情之苦，故禮有夫家來接，而無父母昏禮送女，因婦人皆有〈鵲巢〉之性，其不居本家，而居於夫家以為立身之處，夫家當謙恭下禮來接迎婦人居有其家，而非令婦家相送，婦家相送則失男下女之義，令昏姻牉合基礎不牢。

《紅樓夢》中探春遠嫁，乃不見夫家來相迎，乃是探春獨身啟程，此是煞可怪之狀，未見有遠嫁海疆而令女親往者，此是甚悖昏禮之義。書中寫「那賈母又想起探春遠行，雖不備妝奩，其一應動用之物，俱該預備」[279]，可見探春之遠嫁是遠嫁得可疑，竟連妝奩也不備。王夫人的吩咐則是：「我想探丫頭雖不是我養的，老爺既看見過女婿，定然是好才許的。只請老太太示下，擇個好日子，多派幾個人送到他老爺任上。該怎麼著，老爺也不肯將就。」[280] 探春遠嫁是先至賈政任上，由賈政嫁出，而非從賈府嫁出，此竟像賈政主婚一樣，雖千里之遙，壻家當親來賈家迎接，而非有自送去之理。趙姨娘辭別探春之語亦頗不成道理，其云：「姑娘，你是要高飛的

---

[278]〔清〕秦蕙田：《五禮通考・嘉禮二十四・昏禮》（北京：中華書局，2020 年），頁 7088。

[279]〔清〕曹雪芹：《紅樓夢：三家評本》第一百回（上海：上海古籍出版社，2021 年），頁 1775。

[280]〔清〕曹雪芹：《紅樓夢：三家評本》第一百回（上海：上海古籍出版社，2021 年），頁 1772。

人了。到了姑爺那邊，自然比家裡還好，想來你也是願意的。便是養了你一場，並沒有借你的光兒。就是我有七分不好，也有三分的好，總不要一去了把我擱在腦杓子後頭。」[281] 探春雖與趙姨娘頗有隔閡，亦多爭鬧氣，然而趙姨娘相送探春之語多有刺心之句，可見《穀梁傳》所云「謹慎聽爾姑之言」到了趙姨娘這裡則成了如此私心之語，儒家之人倫皆成了一私心之域。探春嫁娶，乃是喜事，而書中所營造氛圍卻是雲消雨散的分別之狀，除卻作者以此別有所指之外，實則因嫁娶多不循禮，禮乃庇護人情者，不循禮則人情難堪其苦，所以寫遠嫁倒成了寫悲情，「清明涕泣江邊望，千里東風一夢遙」，乃是寫獨身啟程遠嫁之狀，此是儒家之禮中所不應有之事，前有齊侯送姜氏，後有探春獨身遠嫁，皆有人情不堪之苦，此皆是儒家悲乎昏禮之廢，揭之以示天下，若夫家親來相應，絕不至於令喜事成悲情。儒家之義，禮不可略，亦不可過，惟其適當而已，探春遠嫁則為禮之過於疏略，故人情不堪其苦。

八、論喪中娶親義

八論喪中娶親義。喪中娶親乃是儒家文化中一母題，《春秋》多處譏喪娶，而《紅樓夢》亦多處譏喪娶，其義則一脈相承，統是譏其失三年之恩，傷孝子之心。《春秋》文公二年經云：「公子遂如齊納幣。」[282] 僖公以十二月薨，至此未滿二十五月，且禮，先納采、問名、納吉，然後納幣，文公行此四者皆在僖公喪三年之內，可見其確是喪娶。《公羊傳》云：「納幣不書，此何以書？譏。何譏爾？譏喪娶也。娶在三年之外，則何譏乎喪娶？三年之內不圖昏，吉禘於莊公譏，然則曷為不於祭焉譏？三年之恩疾矣，非虛加之也，以人心皆有之。以人心皆有之，則曷為獨於娶譏焉？娶者，大吉也，非常吉也，其為吉者主於己，以為有人心焉者，則宜於此焉變矣。」[283] 禮

---

[281] 同上。

[282] 〔清〕孔廣森：《春秋公羊經傳通義・文二年》（上海：上海古籍出版社，2014年），頁 479。

[283] 同上。

皆是稱人情而設，而非浮於人情所設之虛物而已，故經文云非虛加之也。三年之喪，是人倫至親之喪，凡有人心者皆為之戚戚焉，三年之喪本是發於人心之自然，禮則準衡之，三年之喪，天下之通喪也，孔子認為君子居喪，「食旨不甘，聞樂不樂，居處不安」[284]，而文公竟能在喪中謀親事，則是以禮為虛表而心實不喪也。嫁娶之事乃大吉之事，居喪之中而謀此大吉之事，其所違背者不是禮，因禮乃人設之外物而已，其所違背的乃是人基本理性，因三年之喪乃稱人之孝子之心而設，以之為仁孝之子而允之三年之喪，今竟喪中謀親，是自逐於理性之外。儒家之義，乃是敬人為人，今人所行或違於人道，則譏之耳。喪娶之譏，在《春秋》中屢見不鮮，無怪乎有子弒其父、臣弒其君者，可見《春秋》之時人心一大變，於喪中而謀親事，由此一端則可見其餘矣。

《春秋》宣公元年經曰：「公子遂如齊逆女。三月，遂以夫人婦姜至自齊。」[285]《公羊傳》云：「夫人何以不稱姜氏？貶。曷為貶？譏喪娶也。喪娶者，公也，則曷為貶夫人？夫人與公一體也。」[286] 此亦是譏喪娶之文。

《紅樓夢》之中多有喪中娶親，此書既表明賈府諸人不能明孝，則喪娶之義實是賈府難免之事。襲人因母喪而回避除夕宴會，賈母云跟主子卻講不起這孝與不孝，可見賈府之人並不知孝為何物，書中曾借賈璉之口堂而皇之地言及：「如今當今貼體萬人之心，世上至大莫如孝字，想來父母兒女之情，皆是一理，不在貴賤上分的。」[287] 孝本不在貴賤上分別，但賈府所行卻明明悖於此。五十四回寫賈母除夕享天倫之樂，卻以王熙鳳效戲彩斑衣為孝，戲彩斑衣之事講孝子服斑衣以娛樂父母，王熙鳳則講笑話娛樂賈母，殊

284〔宋〕朱熹：《四書章句集注》（北京：中華書局，1982 年），頁 182。

285〔清〕孔廣森：《春秋公羊經傳通義・宣元年》（上海：上海古籍出版社，2014 年），頁 514。

286 同上。

287〔清〕曹雪芹：《紅樓夢：三家評本》第十六回（上海：上海古籍出版社，2021 年），頁 257。

不知此皆是假孝，非是真孝，讒佞惑君，多類於此，趙高惑弄秦二世，亦是以取媚之言惑人而已，所謂巧言令色者也，王熙鳳怎麼能當孝名呢？《孝經》云：「夫孝，始於事親。」[288]「愛親者，不敢惡於人；敬親者，不敢慢於人。」[289] 王熙鳳一害人之人，其效戲彩斑衣為孝則猶如《西遊記》中白骨精「屍魔三戲唐三藏」，徒用其表面而已，不知正因王熙鳳屢害人之故，正致賈璉無子嗣、賈寶玉婚姻不諧、賈家遭查抄，而賈母終不能悟，乃至散餘資仍不能明王熙鳳之失，仍給其銀兩，則可見讒佞惑人之深，有過於屍魔惑唐三藏。且此回史太君既能破陳腐舊套，殊不知自家子孫卻落入此陳腐舊套之中，有過之無不及，此皆是幼不能修人倫，則長不能立身處世，此回之中賈寶玉用賈母沏茶之熱水洗手，則可見寶玉心中是絕無一絲孝的觀念在的，此人惟知情而已矣，不似漢文化中之人，其見父則唯唯諾諾，見弟則多斥責，上不能事父，下不能悌弟，賈璉、賈蓉、賈珍諸人皆有類於此，可見，賈府之中斷不明孝之義，不似漢文化之家，竟似夷狄之家，因夷狄只知男女，不知孝悌之事。

寧國公與榮國公是一母同胞的兄弟兩個，寧公居長，生了四個兒子，賈代化為其一，賈代化又生賈敷和賈敬，賈敬生賈珍，賈珍生賈蓉。榮國公生賈代善，賈代善之妻便是賈母，賈代善生長子賈赦、次子賈政，賈赦生賈璉。賈敬為賈璉之叔伯，案《儀禮・喪服》，賈璉當有齊衰不杖期一年的功服，《傳》曰：「世父、叔父何以期也？與尊者一體也。」[290] 郝敬曰：「伯叔父母非尊于祖父母，何以與祖父母同服？雖不尊于祖父母，而實與祖父為一體，父至尊，又與父為一體，惟其一體，所以同服。」[291] 賈璉明是有服娶親，且是在喪禮進行的熱孝之中謀取昏娶之事，則此中壞人倫之義，

---

288 〔漢〕鄭玄：《孝經正義》（上海：華東師範大學出版社，2022 年），頁 16。

289 〔漢〕鄭玄：《孝經正義》（上海：華東師範大學出版社，2022 年），頁 25。

290 〔元〕敖繼公：《儀禮集說・喪服卷十一》（上海：上海古籍出版社，2017 年），頁 628。

291 〔清〕秦蕙田：《五禮通考・凶禮九・喪禮》（北京：中華書局，2020 年），頁 12388。

實亦深矣。

賈璉起意之時是因賈敬停靈在家，每日與二姐三姐相認已熟，不禁有垂涎之意，且其深知二姐三姐之性，二人與賈珍、賈蓉父子嘗有聚麀之事。賈蓉為賈璉出主意，只是賈璉話裡引出的，賈蓉言做二房之事，賈璉心中所考量只是：「敢自好。只是怕你嬸子不依，再也怕你老娘不願意。況且我聽見說你二姨兒已有了人家了。」[292] 可見賈璉之所慮全在此事能否可行上，卻全不慮此事當不當行，其慮中竟無此時正在喪中，可見其心中本無此是事喪之時，所以其也在停靈之時只是垂涎二尤而已。喪禮對賈璉而言只是一幅空架子而已，其個人的欲望卻是唯一實在之物，此猶如《西遊記》中取經之時，見了女色而動了凡心，便忘卻取經之事了，賈璉見了女色則情亂性從、神昏心動了，將本不可為之事做成了熟飯。此種視禮為虛設而徒有其表的行為在書中屢見不鮮，亦是有其漸次。賈璉在巧姐出痘兒之時不能為家人祈福、潔淨其身，反而在外招惹多姑娘，後來其妻王熙鳳生日之時其竟能於此日與鮑二家的私通，可見其心中置妻位、兒孫於不顧，則在熱孝之時娶親而置祖宗也不顧則可以想見了。非獨賈璉如此，賈珍、賈蓉聚麀於二尤，賈寶玉王熙鳳於秦可卿喪禮之時叔嫂同車，此諸人心中並無孝的觀念，而是皆一任其欲望，只知男女，不知孝敬之義，頗不似漢文化中之人物。

賈寶玉娶親亦在元春九個月的功服之內，且薛寶釵的哥哥薛蟠此時在監中，賈政又將要起身外任，此三層的難處皆背於人情人倫，而尤其喪期娶親之事，賈府則又進一層，書中曾云賈妃與寶玉名分雖為姊弟，情狀有如母子，寶玉三四歲時即得賈妃傳授幾本書、數千字在腹內，且賈妃對寶玉心心念念，常囑託不嚴不能成器、過嚴恐生不虞，「眷念切愛之心，刻未能忘」[293]，可見賈妃與寶玉感情深厚，雖王夫人嚴苛少恩，賈寶玉所得之母愛大半來自賈妃則可以想見，且賈妃常關心賈寶玉親事，嘗賜薛寶釵紅麝串，說

[292]〔清〕曹雪芹：《紅樓夢：三家評本》第六十四回（上海：上海古籍出版社，2021年），頁1146。

[293]〔清〕曹雪芹：《紅樓夢：三家評本》第十八回（上海：上海古籍出版社，2021年），頁296。該本原文作「眷念之心，刻刻不忘。」引文從戚序本、庚辰本校改。

明賈妃頗鍾意於寶釵，賈妃對於寶玉之關心切愛，有如母子，並不比於王夫人不辨忠奸、擹其愛婢種種之事。而賈妃喪期，賈寶玉竟毫無守喪之念想，亦未見其有絲毫悲戚，竟如賈敬之喪中的賈璉、賈珍、賈蓉一般，此時寶玉全不以死者為意，只是為了林妹妹、失了玉一日呆似一日，寶玉失玉言其心失，所謂賈母云失魂落魄之狀，是寶玉為情所迷而目中毫無人倫，寶玉之為情所迷，有如賈璉之為色所迷，書中寫賈璉熱孝娶親是為色所迷而蔑棄倫常，寫賈寶玉喪中娶親是為情所迷而喪棄良知良能，而為群婦所擺弄。

佛家以諸法空相而不落兩端，故不講是非，儒家則反之，儒家講是非。《紅樓夢》書中皆是是非昭然，對於喪娶之行為作者則以史筆揭露之，正是寓是非之評判。《禮記・哀公問》曰：「哀公曰：『敢問人道誰為大？』孔子愀然作色而對曰：『人道政為大。』公曰：『敢問為政如之何？』對曰：『夫婦別，父子親，君臣嚴。三者正，則庶物從之矣。』公曰：『願聞所以行三言之道。』對曰：『古之為政，愛人為大。所以治愛人，禮為大。所以治禮，敬為大。敬之至矣，大昏為大。』」[294] 孔子學說中之政治實是以夫婦為基礎，而夫婦之中最能體現敬的則是昏禮，所以昏禮必須敬慎，「君子興敬為親」[295]，親即是能敬，而《紅樓夢》中正是於賈敬之喪禮上賈府諸人倒行逆施，逞其不敬之心。

九、論夫婦之隱德義

九論夫婦之隱德義。《漢書・張敞傳》載張敞語：「臣聞閨房之內，夫婦之私，有過於畫眉者。」[296] 夫婦共相起居，實處隱微之間，人所不能察知者，夫婦能察知，至於人前則可有揚長避短，能隱其所不欲見，然夫婦之間則無所隱矣，故察人莫甚於夫婦之際，其婦不能深敬之人，乃至生怨訾

294 〔清〕秦蕙田：《五禮通考・嘉禮二十四・昏禮》（北京：中華書局，2020 年），頁 7094。

295 〔清〕秦蕙田：《五禮通考・嘉禮二十四・昏禮》（北京：中華書局，2020 年），頁 7095。

296 〔漢〕班固：《漢書・張敞傳》（北京：中華書局，1962 年），頁 3222。

者，則絕非君子，故二三其妻者，其人可知，此不可不察也。《尚書・堯典》記「有鰥在下，曰虞舜。」[297] 堯問舜之人如何，曰：「瞽子，父頑，母嚚，象傲，克諧，以孝烝烝，乂不格奸。」[298] 舜之父親心術不正，母親愚蠢頑固，弟弟則傲慢，然而舜皆能與之和諧相處，以孝義薰蒸，不去正其奸惡，此已可見舜有大德，然而堯仍要以其二女親試舜，文曰：「帝曰：『我其試哉！』女於時，觀厥刑於二女。釐降二女於嬀、汭，嬪於虞。」[299] 舜以二女妻舜，是觀其交接二女之法度，以觀舜之治家而知其治國。可見欲深知君子之德，當於家庭之中觀之，惟於夫婦交接之際，乃見其全體，蔡《傳》曰：「堯二女，娥皇、女英也。莊子所謂『二女事之，以觀其內』是也。蓋夫婦之間，隱微之際，正始之道，所係尤重。故觀人者，于此尤切也。」[300] 此數語極為切要，識人惟於夫婦之際，其德無所隱藏也。《水滸傳》中宋江怒殺閻婆惜，則可知其日後如何對待兄弟，其為自己之身、自己之名不惜以他人為代價，又西門慶與潘金蓮之類，皆是貫承此意，寫夫婦之間、隱微之際，正以令人毫髮無隱，《金瓶梅》中寫性乃亦為此理，故夫婦不合者，其德必有闕。《紅樓夢》所發多有夫婦之間隱微之意，而間有旨意閎深處，竟別立一新境界。然書中警幻仙姑以可卿試寶玉之德，欲令其知「兼美」為何物，而能知女色畢竟如此，以期入於正道，此榮寧二公之愚策，而不料其以淫說法，寶玉竟於襲人偷試之，寶玉之德可見。雖以淫說法，正入淫窟，絕非聖人之教[301]，然寶玉之德絕非一等品行，而是絳花洞主，耽於女色之人，故而平兒理妝則喜出望外，對於一苦命香菱亦聽其解石榴裙，賈寶玉之無德可見一斑，賈寶玉與賈璉、賈蓉之人之分別僅在意與才而已，賈寶玉天生有些才氣，但其過於情癡，而在意中有纏綿不盡、作繭自

---

[297] 〔清〕秦蕙田：《五禮通考・嘉禮二十四・昏禮》（北京：中華書局，2020 年），頁 7097。

[298] 同上。

[299] 同上。

[300] 同上。

[301] 聖人之教則不見。《中庸》有不睹之義，《易》有艮背之誡。

縛之狀，即是意淫之狀，若賈寶玉無此二者，則與賈璉、賈蓉並無二類，此於怡紅院之中諸情事如洗澡、撕扇子作千金一笑、群芳開夜宴可觀也。

第七回「送宮花賈璉戲熙鳳」寫賈璉與王熙鳳白日豐兒看門、平兒舀水，則是宣淫也，賈璉如是，賈珍如是，茗煙與萬兒亦如是，至於寶玉如何則可想見。寶玉雖稱情癡，然其娶寶釵之後，在寶釵歷次言語診治之下，又見寶釵本是第一品的人物，也就如魚得水、恩愛纏綿，二五之精、妙合而凝了，無論從此事還是從寶玉為王熙鳳諸人掉包娶親，還是從寶玉不知對黛玉提親，皆可看出寶玉是一懦弱之人，其心志絕不堅定，無堅定之心志，亦無果敢之行動，所以其在現實世界之中其志意皆無法得到實現。在這一點上他甚至不如賈璉，賈璉所欲行之事大都能完成，而寶玉不能完成之故，在於寶玉受了情的蠱惑，情是意中之物，情癡則意淫，一旦陷入意中的五里雲中，則無端耗費其心力，其男子之力皆斷送在此妄想之中，而不能在實踐中發揮其力，再加上其與諸丫鬟的私行，全都將其置於耗費精力的境地中，所以寶玉之懦弱全在於其為女人所迷。在此種意義上，賈寶玉是儒家失教的一個反面人物而已，儒家親戒男女不同席，又戒「戒慎乎其所不睹，恐懼乎其所不聞」[302]，又戒「非禮勿視，非禮勿聽，非禮勿言，非禮勿動」[303]，寶玉所視者，則秦鐘與智能、茗煙與萬兒、秦可卿臥房、邪書僻傳之類，寶玉所聽者則警幻所授之秘事、焦大所云爬灰、養小叔子，寶玉所行者則與襲人偷試、與黛玉談情、學堂戀風情，寶玉所言者則通通是為女人如何如何之類，賈寶玉在賈府此種環境之中，又無良師訓導，只有一襲人對其約法三章，則寶玉怎麼能好？寶玉之失全在失教而已，以為此人有覺悟，則全是從此失教中生發出的異樣之物，此異樣之物雖不同，但未見得是一個好的東西。

婦人之德，亦在床笫隱微之上可見，第五回寫寶玉偷試，庚辰本中云：「羞的襲人掩面伏身而笑」、「今便如此，亦不為越禮」[304]，作者文筆兩面三刀，此明是越禮之事，所謂「非禮勿視，非禮勿聽，非禮勿言，非禮勿

[302]〔宋〕朱熹：《四書章句集注》（北京：中華書局，1982 年），頁 17。

[303]〔宋〕朱熹：《四書章句集注》（北京：中華書局，1982 年），頁 133。

[304] 曹雪芹著，無名氏續：《紅樓夢》（北京：人民文學出版社，2017 年），頁 77。

動」，襲人則先視非禮之物，又問了非禮之言，然後寶玉則講與聽了非禮之事，既而寶玉與襲人則非禮而動，聖人之誡全在此一小段中依次悖逆，可見視聽言動依次而行，一為無禮，則後至非禮，此中即可見出襲人本一無守無貞之人，亦可見寶玉之淫婢是為警幻之誤導，初試雲雨亦是作亂之始階。《易》有履霜之戒，觀於寶玉初試，則可知其後事如何，此處不正，則婚姻之禮難正，殊不知賈府之敗，已在此處先導之矣。此一小段，則正書中之直筆，亦是書中禍亂之由。此一小段諸本各有差異，而程乙本則改動較大，其將「不為越禮」數語徑改為「也無可推脫的，扭捏了半日，無奈何」[305] 數語，此數語則略可減襲人之罪，將導淫之婢之違禮減輕了些，然而書中不動聲色的文筆的鑒戒之義卻削弱了。

書中寫王熙鳳對賈璉並無一絲溫存的心裡話，然而寫賈璉與尤二姐外居的日子則寫出了小家庭的情投意合、溫存委婉。書中寫：「那賈璉越看越愛，越瞧越喜，不知要怎麼奉承這二姐兒才過得去，乃命鮑二等人不許提三說二，直以『奶奶』稱之，自己也稱『奶奶』，竟將鳳姐一筆勾銷」、「賈璉又將自己積年所有的體己，一併搬來，與二姐兒收著，又將鳳姐兒素日為人行事，枕邊衾裡，盡情告訴了他，只等一死，便接他進去。」[306] 賈璉之人則生動可見，賈璉、薛蟠、賈寶玉諸人在其本質上並無差異，皆是從其自然活動驅使的人，並未受到儒家的改化，其心地也不至於歹毒刻薄。尤二姐則有語云：「我雖標緻，卻無品行，看來到底是不標緻的好。」[307] 庚辰本賈璉則對云：「你且放心，我不是拈酸吃醋之輩。前事我已盡知，你也不必驚慌。」[308] 程乙本則別加一句云：「如今跟了我來，大哥跟前自然倒要拘

---

305 見《紅樓夢》程乙本。

306〔清〕曹雪芹：《紅樓夢：三家評本》第六十五回（上海：上海古籍出版社，2021年），頁1158。

307〔清〕曹雪芹：《紅樓夢：三家評本》第六十五回（上海：上海古籍出版社，2021年），頁1161。

308 曹雪芹著，無名氏續：《紅樓夢》（北京：人民文學出版社，2017年），頁791。

其行跡來了。」[309] 程乙本為賈璉、賈珍聚麀略加遮蓋，也全尤二姐之名，所謂令其「尚不謬於名教」[310]。尤二姐之自謂無品行，善其有自知之明。夫婦之隱德，絕非兩可之事，乃是治亂之階也，今人多受西方現代文化之影響，倡個性解放，殊不知凡個性解放者皆受天道之繩縛，由是知本無個性解放之說，此是西方現代工業文明惑人之說，今人受其惑者不在少數。儒家深知雖飲食男女為人之存在之基礎，若不能以德性倫理指引之，則在承認此二物的思想基礎下人必陷溺於此。

《莊子・達生》言：「人之所取畏者，衽席之上，飲食之間。」[311] 此正是為儒家飲食男女警醒處，魯迅言於此書「道學家看見淫」[312]，然非於淫處不可以論人，孔子的創造在於將男女之情改化為男女之欲，惟於欲處能見其品行。統而言之，由夫婦之間、隱微之際、床笫之上，則可見賈府之人皆是無德，非類於漢文化中之人。

十、論王姬下嫁義

十論王姬下嫁義。王姬下嫁之義乃是雖貴為王姬，亦下嫁於諸侯，「無以天子之尊而乘諸侯，無以天子之富而驕諸侯，陰之從陽，女之順夫，天地之義也。往事爾夫，必以禮義。」[313]（〈京房傳〉）七十二回王熙鳳與賈璉論王家的嫁妝，則失之於驕橫，女之以本家勢位欺人者是違王姬下嫁之義。《易・泰卦》：「六五，帝乙歸妹，以祉元吉。」[314] 程頤《傳》曰：「自古帝女雖皆下嫁，至帝乙然後制為禮法，使降其尊貴，以順從其夫

309 見《紅樓夢》程乙本。

310 見《紅樓夢》程甲本序言。

311 〔清〕王先謙：《莊子集解・達生第十九》（北京：中華書局，1985 年），頁 196。

312 魯迅：《魯迅全集・第八卷》（北京：人民文學出版社，2005 年），頁 179。

313 〔清〕秦蕙田：《五禮通考・嘉禮二十四・昏禮》（北京：中華書局，2020 年），頁 7098。

314 同上。

也。」[315] 帝乙嫁出少女，制為禮法，以昏娶為獲福祉之事。《詩・何彼襛矣》〈詩序〉云：「美王姬也，雖則王姬，亦下嫁于諸侯。車服不係其夫，下王后一等，猶執婦道，以成肅雝之德。」[316] 王姬雖下嫁諸侯，然其所乘之車，所衣之服，皆不根據其夫之尊卑，而是下王后一等而已，由此可見其尊貴，然而其尊貴如是，猶能守持婦道，以成肅敬雍和之德，尤不以己尊而慢人。《春秋》莊公元年：「夏，單伯送王姬。」注云：「禮，尊者嫁女於卑者，必待風旨，為卑者不敢先求，亦不可斥與之者，申陽倡陰和之道。天子嫁女於諸侯，備姪娣如諸侯之禮，義不可以天子之尊，絕人繼嗣之路。」[317] 陽倡陰和是循昏姻自然之理，不以尊卑而廢之，雖有天子之尊，而不廢昏姻繼嗣之義，此是明昏姻大於王權之義，切不可將尊卑代入昏姻之中，儒家人倫本大於一切王權。胡安國《傳》云：「《春秋》之義，尊君抑臣，其書王姬下嫁，曷為與列國之女同辭而不異乎？曰陽倡而陰和。夫先而婦從，天理也。述天理，訓後世，則雖以王姬之貴，其當執婦道，與公侯、大夫、士、庶人之女何以異哉！故舜為匹夫，妻帝二女，而其書曰：『嬪于虞』。西周王姬嫁于齊侯，亦執婦道，成肅雝之德。」[318] 可見儒家本義皆是陽倡陰和，王姬猶執婦道，則人愈敬之，而後世因尊君之義而多變此義，胡安國《傳》又云：「自秦而後，尤欲尊君抑臣為治，而不得其道，至謂列侯尚公主，使事男女，夫屈於婦，逆陰陽之位，故王陽條奏世務，指此為失。而長樂王亦以其弊，至父母不敢畜其子，舅姑不敢畜其婦。原其意，雖欲尊君抑臣為治，而使人倫悖於上，風俗壞於下，又豈所以為治也？其流至此，然後知《春秋》書王姬、侯女同辭而不異，垂訓之義大矣。」[319] 王姬下嫁義乃

315〔清〕秦蕙田：《五禮通考・嘉禮二十四・昏禮》（北京：中華書局，2020 年），頁 7098。

316 同上。

317〔清〕秦蕙田：《五禮通考・嘉禮二十四・昏禮》（北京：中華書局，2020 年），頁 7099。

318〔清〕秦蕙田：《五禮通考・嘉禮二十四・昏禮》（北京：中華書局，2020 年），頁 7101。

319 同上。

秉陰陽正位之義，雖尊卑有差而不改陰陽正位，此方是儒家之本義，後世以尊君之故，悖亂陰陽人倫，乃至有呂后、隋后、武后、王熙鳳、夏金桂之亂，此是違儒家之大旨。汪克寬云：「後世公主出嫁，無王姬執婦道之風，莫不庸奴其夫。雖尚公主者極有才名，而勢屈於崇貴，吞悲茹氣，無所逃訴。故晉人有『無事取官府』之說。至六朝，其失尤甚。江斅尚臨海公主讓，昏表有云：『制勒甚於僕隸。』則其弊可知矣。《春秋》書王姬之歸，與《詩》相表裡，實萬世之法也。」[320]

可知尊卑、君權、勢位加之於昏姻久矣，若為治道，首要之務在於正陰陽之位，若以勢位加之於陰陽，則陰陽之位失，人道苦不堪言，而文化蓋無進益，何哉？皆累於家庭之苦與家庭之制矣。今人自新文化運動以來，丟棄文化本位，致使人世之變，愈為沉淪，男女昏姻有變、失時者不可勝記，昏姻之中機心變詐，全無一古國時人之風尚氣度矣。因尊君而勢位加之於昏姻，則於民亦如是。孔學之夫婦，敵體之義，而後世變而為君權之僕役；孔學之民，政之主體，而後世變為君權之僕役，故顧炎武有論君乃民之寇仇，譚嗣同亦有此論[321]，熊十力則謂孔學之革命，乃在群龍無首[322]，而為大同之治，此為近世民主之開端，然須知孔學中本有此義，因君權而扼制之而未發。今人云西方有民主之政治，竟有云堯舜之道在彼者，此言差矣，不知其西方背後乃資本之操縱，自由民主者其假象耳，欲有大同之治，則非天下公有莫屬。然治世之階，乃在於男女昏姻，男女者，人道之大本，陰陽和，男女正，三年而治道矣，此誠非虛言也！或有謂經濟物質為比男女昏姻更為本質之基礎，然昏姻乃人世條理之基礎，經濟物質乃人自然之基礎，若單有經濟物質而無條理，亦為人世不諧。

《紅樓夢》之中王熙鳳屢論王家之勢，王夫人亦頗以王子騰為意，二人結勢，加之有外戚薛姨媽，王家之勢則賈府可謂遮天，王熙鳳能對賈璉如此，皆因此也，七十二回王熙鳳云：「我們王家可那裡來的錢，都是你們賈

---

[320] 同上。

[321] 參見譚嗣同《仁學》。

[322] 參見熊十力《體用論》、《明心篇》、《乾坤衍》。

家賺的。別叫我噁心了！我們看著你家什麼石崇、鄧通？把我王家地縫子掃一掃，就夠你們一輩子過的了。說出來的話也不害臊！現有對證，把太太和我的嫁妝細看，比一比，我們那一樣是配不上你們的？」[323] 夫周王姬下嫁，雖貴為王姬，尚能執守婦道，王熙鳳為四大家族之一家，看其言行，則飛揚跋扈，頗逆陰陽之位，庸奴其夫，由是其家庭亦不得幸福圓滿，昏姻陰陽正位，天下之大本，於此有失，則王熙鳳一生頗多坎坷皆從此而生。夏金桂脾性上亦頗類王熙鳳，有盜跖的情性，書中寫她：「愛自己，尊若菩薩，窺他人，穢如糞土；外具花柳之姿，內秉風雷之性。」[324] 可見其毫無馴順之度，此語畫出多少人來，又寫「今日出了閣，自為要作當家的奶奶，比不得作女兒時靦腆溫柔，須要拿出威風來，才鈐壓得住人。況且見薛蟠氣質剛硬，舉止驕奢，若不趁熱灶一氣炮製（熟爛），將來必不能自豎旗幟矣。」[325] 夏金桂能如此跋扈，並不以婦道為事，只是想著在昏姻之中如何鈐壓住人，外則花柳，內則風雷，全失卻了孔學對婦人的指引。緣何竟能如此，書中也道出緣由：「從小時父親去世得早，又無同胞弟兄，寡母獨守此女，嬌養溺愛，不啻珍寶，凡女兒一舉一動，他母親皆百依百隨，因此（未免嬌養太過），釀成個盜跖的情性。」[326] 夏金桂的問題與賈寶玉、薛蟠諸人並無分別，皆是失教、溺愛所致，自幼不能以正理規勸引導，則形成此種嬌養失度的傾向，凡嬌養之人皆失於體度他人，加之夏家非常的富貴，嫁至薛家頗有驕橫之氣，尤其其對香菱毫無敬愛之心，竟欲除之，此皆是恃其勢位，王姬下嫁之謙遜有禮，可為此諸人一羞。

王姬下嫁之義其本質乃是昏姻之中不雜有尊卑勢位之義，而應以陽倡陰和、夫唱婦隨為昏姻的根本要領，後世昏姻之中常雜有論財論勢，違陰陽本

323〔清〕曹雪芹：《紅樓夢：三家評本》第七十二回（上海：上海古籍出版社，2021年），頁 1278。引文部分從他本校改。

324〔清〕曹雪芹：《紅樓夢：三家評本》第七十九回（上海：上海古籍出版社，2021年），頁 1411。引文部分從他本校改。

325 同上，引文部分從他本校改。

326 同上，引文部分從他本校改。

位，而以財勢為意，則昏姻難諧，故所謂有婦德，即是能順自然陰陽之位，而不驕矜，此便是能有德。賈家不能聘林黛玉為婦，究其本乃是因其無財勢，或言林如海家之金銀萬兩皆早隨黛玉而來，賈家貪慕其財，欺林家無人，便反生貪慕薛家財勢之意，故其能違寶黛之情投意合而拆散鴛鴦，此皆是昏姻之中生財勢之念。

《白虎通義》有「王者不臣」義，其云：「王者所以不臣有三，何也？謂天王之后，妻之父母，夷狄也。」[327] 妻與己一體，同奉宗廟，欲得其歡心，所以不臣；子尊不加於父母，所以不臣妻之父母。可見，昏姻之中既不應雜有尊卑勢位，元春省親之事亦是此義之證，元春省親以天子之尊加於賈妃之父母兄弟，是令人痛心者，此是君權戕賊人倫之明證，儒家之義在此皆偏廢，故後世仇視古文化者，不當仇視儒家，而應仇視後世之君權弄人，儒家之本義人倫大於君權，後世之君則悖亂人倫，此不可不明。

十一、論昏姻六禮之納幣義

十一論昏姻六禮之納幣義。陳氏《禮書》云：「昏有六禮：納采、問名、納吉、納徵、請期、親迎。而納采者，擇其族類。」[328] 鄭玄《目錄》云：「士娶妻之禮，以昏為期，因而名焉。必以昏者，陽往而陰來，日入三商為昏。」[329] 可見昏禮之義乃是昏時所行之禮，因夫為陽，婦為陰，取陽往陰來之義。《儀禮・士昏禮》云：「下達，納採用雁。」[330]「下達」即先使媒氏下通其言，女氏許之，然後使人納其採擇之禮。昏姻必以媒氏交接、介紹雙方，所以能養其廉而避其恥。納采之禮用雁，取其順陰陽之義，

327 〔清〕陳立：《白虎通疏證》（北京：中華書局，1991 年），頁 316。

328 〔清〕秦蕙田：《五禮通考・嘉禮二十四・昏禮》（北京：中華書局，2020 年），頁 7096。

329 〔清〕秦蕙田：《五禮通考・嘉禮二十四・昏禮》（北京：中華書局，2020 年），頁 7105。

330 〔清〕秦蕙田：《五禮通考・嘉禮二十四・昏禮》（北京：中華書局，2020 年），頁 7106。

因雁有陽倡陰和之度，也有不再偶之貞，所以取其能順陰陽而守貞之寓意。

《紅樓夢》書中賈寶玉娶妻無納采之禮，納采之義是以媒人介紹雙方，以有基本的瞭解，然後可以進一步作定奪。書中張道士言及賈母前日看見一位小姐，十五歲了，尋思寶玉也該尋親事了，又論模樣、聰明智能、根基家當倒也配得過，張道士之義即是作媒之義，賈母回絕是因寶玉尚幼，實則賈母心中別有主意，說「不管他根基富貴，只要模樣兒配的上，就來告訴我」[331]，因此時賈府正是烈火烹油，對於錢的事尚不關心，木石姻緣的事在賈母的心中尚有一些位置，因黛玉已是失勢之人，實在是沒有了根基靠山，賈母說的話是為黛玉、湘雲而已，至於湘雲則有金麒麟的念頭，然而湘雲是黛釵湘之爭中最先敗下來的，雖賈母有意亦沒奈何了。四十九回出薛寶琴，賈母對薛寶琴喜愛異常，王夫人認寶琴作乾女兒，賈母則帶寶琴一處安寢，又拿孔雀毛織的斗篷給寶琴，眾人都云：「這麼樣疼寶玉，也沒給他穿」[332]，此皆因薛寶琴許了梅翰林之子為婚。寶琴的出現實則改變了賈母的兩層看法，一則寶琴令賈母知大觀園之外尚有許多標緻人物，不僅在園中而已；一則賈母亦深覺婚姻之中財勢的重要，張道士說親回賈母尚對此不以為意，但聽說寶琴許了翰林之子，則心下思寶玉又如何能定一沒有根基的黛玉呢，於此時實則賈母的木石姻緣的念想已經動搖，而此時正是寶釵不遺餘力、步步為營的時候。一直到了後來八十四回，賈府已經每況愈下，入不敷出，此時王爾調又給寶玉說張家的親事，此張家是邢夫人的舊親，說女孩兒德容功貌俱全，家資巨萬，但因要入贅的女婿，賈母便一口回絕了，說：「我們寶玉別人服侍他還不夠呢，倒給人家當家去！」[333] 此時雖賈母顧及張家的家資巨萬，但是入贅的條件賈母是不能接受的。後來又有九十四回傳

---

[331]〔清〕曹雪芹：《紅樓夢：三家評本》第二十九回（上海：上海古籍出版社，2021年），頁 493。

[332]〔清〕曹雪芹：《紅樓夢：三家評本》第四十九回（上海：上海古籍出版社，2021年），頁 845。

[333]〔清〕曹雪芹：《紅樓夢：三家評本》第八十四回（上海：上海古籍出版社，2021年），頁 1495。

試家的兩個女人來拜訪賈母，也無非是作媒之義，傅秋芳為傅試之妹，傅試是賈政的門生，傅秋芳有幾分姿色而聰明過人，年已二十三歲，豪門貴族嫌傅家根基淺薄，不肯求配，傅家屢來賈府，其心事不過是結親之義。但此親事後來還是王熙鳳對賈母挑明，「現放著天配的姻緣，何用別處去找？」、「一個『寶玉』，一個『金鎖』，老太太怎麼忘了？」[334] 薛寶釵家設金鎖一物，又編出癩頭和尚金配玉的話，此金玉良緣雖則在賈母心中多時亦有位置，但直到現在才得確定。

納采之本質在於通過媒人而使男女雙方得能互通信息，媒人的話往往寥寥數語便能決定散合。心中有定者不宜為其說，此張道士說親不得之故；人有嫡子不宜說入贅，此王爾調說張家不得之故，也是邢夫人一言及此而將此門親事斷送。昏姻陽倡陰和，傅秋芳家屢親自來則有攀附之嫌，也不得成。可見媒人甚為重要，成與不成，才貌家資固為重要，但媒人之言亦不可小覷。木石姻緣之所以敗，無媒也，一紫鵑難當其力，一慈姨媽作偽而已。金玉良緣之所以能成，薛寶釵本身八面玲瓏、大方得體自不可少，更為重要的是有王夫人、王熙鳳二人暗中充為媒人[335] 的身分，整個地能削弱賈母對木石姻緣的念想，又且薛家有資財，這對於每況愈下的賈家而言並非小可之事。

十二、論昏禮六禮之問名義

十二論昏禮六禮之問名義。問名即問女子的姓氏，問名與納采是相繼而行，納采完後即同一使即行問名禮。問得女子姓氏之後男方則歸，於其禰中卜其吉凶，《禮記・郊特牲》曰：「卜郊，受命于祖廟，作龜于禰宮。」[336] 於祖廟中卜，是尊祖親考之義，若卜得吉，則說明此親事受天命及祖宗

[334]〔清〕曹雪芹：《紅樓夢：三家評本》第八十四回（上海：上海古籍出版社，2021年），頁 1496。

[335] 書中事可作婚姻事解，亦不可全作婚姻事解。

[336]〔清〕秦蕙田：《五禮通考・嘉禮二十四・昏禮》（北京：中華書局，2020 年），頁 7096。

允可，然後行納吉禮。後世買妾，若不知其名，則卜其姓，若同姓則不能和親，此亦是敬祖之義。

《白虎通義・姓名》云：「人所以有姓者何？所以崇恩愛、厚親親、遠禽獸、別婚姻也。」[337] 問名的本質乃是避免娶同姓，使昏禮雙方進一步瞭解，知其名姓然後卜於祖廟，以諮祖宗對此門親事的看法，因昏娶乃是奉宗廟、繼後世之義。《紅樓夢》中賈寶玉昏娶並無問名之禮，因此門婚事是外戚一干人從始至終促成，問名實無意義，賈寶玉昏娶時薛姨媽遣薛蝌「辦泥金庚帖，填上八字，即叫人送到璉二爺那邊去，還問了過禮的日子來，你好預備。」[338] 問八字實是後世卜婚姻吉凶的禮，但是此問八字應由賈家來求問，而斷無薛家送去之禮，此處是於禮不通。昏姻是陽倡陰和，薛家送去八字則傷廉了。賈府之人既不能明孝，也不知繼奉宗廟之義，所以七十五回寫「開夜宴異兆發悲音」，賈珍、傻大舅、邢德全一干人吃酒聚賭成勢，以至於臨近祠堂而聽有長歎之聲。賈寶玉初見林黛玉問黛玉之名，此是小兒女情事，不比昏姻問名之禮。

十三、論昏禮六禮之納吉、納徵禮

十三論昏禮六禮之納吉、納徵禮。納吉禮如納采禮，所以為吉者，乃是問名後卜得吉兆，則派使者告知女家，此即納吉禮，納吉禮後婚姻可定。

納徵，徵，成也，令使者去婦家納幣以成昏禮，即是去婦家送聘禮。聘禮為玄纁、束帛、儷皮。《周禮》曰：「凡嫁子娶妻，入幣純帛，無過五兩。」[339]《禮記・雜記》云：「納幣一束，束五兩，兩五尋。」[340] 可見男方聘禮非是重聘，後世則於聘禮之索取，失昏禮陰陽諧和之義。《紅樓夢》

---

[337]〔清〕陳立：《白虎通疏證》（北京：中華書局，1991 年），頁 401。

[338]〔清〕曹雪芹：《紅樓夢：三家評本》第九十七回（上海：上海古籍出版社，2021 年），頁 1714。

[339]〔清〕秦蕙田：《五禮通考・嘉禮二十四・昏禮》（北京：中華書局，2020 年），頁 7112。

[340] 同上。

中薛姨媽吩咐薛蝌「還問了過禮的日子來，你好預備」[341]，薛姨媽令薛蝌問賈府來送聘禮的日子，此亦是不通，納徵之禮應是男方去女方家問，此薛姨媽求問賈家是失禮之處，反倒成了陰求陽，實際是作者譏刺之筆。薛姨媽吩咐薛蝌過了兩日後，賈家即送來聘禮，計有：金項圈、金珠首飾共八十件，妝蟒四十匹，各色綢緞一百二十匹，四季衣服一百二十件[342]。王熙鳳吩咐送聘禮不必走大門，只從大觀園裡從前開的便門內送去，且囑咐不要在瀟湘館內提起。賈家此納吉之禮即送重聘，然而行得鬼鬼祟祟，可見王熙鳳諸人明是心中有鬼，亦是書中譏刺婚姻失禮、奪親之筆。

十四、論昏禮六禮之請期、親迎

十四論昏禮六禮之請期、親迎。請期謂男方去女家請問迎娶之期，其禮則是壻家既卜得吉日，乃不直接告示女家，而是請女家定，女家則推辭說男家定，男家告之，其儀節則同於納徵禮。請期義則是尊於女家之義，男下女之義。《紅樓夢》中賈寶玉娶親無請期禮。

親迎禮是昏姻至重之禮，《儀禮・士昏禮》對親迎之禮作了細緻的規定。親迎是在日落黃昏、陽往陰來之時，初昏之時，男家先在自家寢門外的東面陳設三個鼎，鼎中放豚、魚、臘三種不同食物，同時設阼階東南下設洗。此皆是將親迎前的陳設，以示鄭重。

親迎之時，儀節非常繁複慎重，其主要分為十個方面：

一是新郎的衣服車馬、新娘的車馬：主人爵弁，纁裳緇袘。從者畢玄端。乘墨車，從車二乘，執燭前馬。婦車亦如之，有示炎。

二是到了新娘家後新娘家的陳設：至於門外。主人筵於戶西，西上，右几。

三是新娘的衣飾舉止：女次，純衣纁袡，立於房中，南面。

341〔清〕曹雪芹：《紅樓夢：三家評本》第九十七回（上海：上海古籍出版社，2021年），頁1714。

342〔清〕曹雪芹：《紅樓夢：三家評本》第九十七回（上海：上海古籍出版社，2021年），頁1715。

四是乳母的衣飾舉止：姆纚笄宵衣，在其右。

五是陪嫁者的衣飾舉止：女從者畢袗玄，纚笄，被纚黼，在其後。

六是新娘的父親迎接女婿行禮：主人玄端迎於門外，西面再拜，賓東面答拜。主人揖入，賓執雁從。

七是新娘的父親與女婿在入廟後行禮：至於廟門，揖入。三揖，至於階，三讓。主人升，西面。

八是女婿在廟前行禮奠雁：賓升，北面，奠雁，再拜稽首，降，出。

九是新娘跟從新郎下堂：婦從，降自西階。主人不降送。

十是新郎為新娘駕車行禮直至到壻家：婿御婦車，授綏，姆辭不受。婦乘以幾，姆加景，乃驅。御者代。婿乘其車先，俟於門外。

可見親迎之禮直接描述了新娘之父與新郎的交接過程、新郎在新娘家廟門的祭祀過程、新娘跟從新郎乘車至夫家的過程，由此可見昏禮之鄭重。

《紅樓夢》中賈寶玉娶親無親迎禮，賈寶玉並未去薛家親迎薛寶釵，薛寶釵是自己送上門來的，書中寫：「一時大轎從大門進來，家裡細樂迎出去，十二對宮燈排著進來，倒也新鮮雅致。儐相請了新人出轎。寶玉見新人蒙著蓋頭，喜娘披紅扶著。」[343] 賈寶玉第一眼見新人是在此時的賈府中，賈寶玉此時已是患了情癡之病，神志不清，料其也不能行親迎之禮，賈家諸人以此昏禮為沖喜，然而此昏禮實在是不倫不類，乃至寶玉見娶的是寶釵，則是滑天下之大稽。自有儒家設昏禮以來，未有如此昏禮荒唐者。寶釵初見賈寶玉的通靈寶玉時，書中有詩嘲云：「女媧煉石已荒唐，又向荒唐演大荒。失去幽靈真境界，幻來親就臭皮囊。好知運敗金無彩，堪歎時乖玉不光。白骨如山忘姓氏，無非公子與紅妝。」[344] 此詩出於寶釵初見通靈，而意成於寶釵成大禮，成大禮是荒唐，通靈寶玉已無良知良能，只剩下一個臭皮囊而已，此後金則無彩，玉則不光，金玉姻緣正是演荒唐，本來林家夫

[343]〔清〕曹雪芹：《紅樓夢：三家評本》第九十七回（上海：上海古籍出版社，2021年），頁1725。

[344]〔清〕曹雪芹：《紅樓夢：三家評本》第八回（上海：上海古籍出版社，2021年），頁137。

婿，卻成了薛家禁臠，江山易色，白骨如山，不過是公子紅妝空相對之類，這正是：「甚荒唐，到頭來都是為他人作嫁衣裳！」[345]

以上為《紅樓夢》禮學角度之婚姻之解釋之一端。

第五節　關於《詩經》：《詩經》「二南」與《紅樓夢》婚姻義理

《紅樓夢》中有很多與《詩經》之義相聯繫的內容，從《詩經》尤其是「二南」之中對后妃、夫人的倫常規定可以作為分析《紅樓夢》中婦女形象的一個批判的來源，雖然這是局限於外在表象對《紅樓夢》進行的分析，但是這個外在表象也實在是書中所蘊含的一個層面，以《詩經》為接引對其進行分析可以對書中義理進行更為深刻的認識。

一

〈關雎〉〈詩序〉云：「〈關雎〉，后妃之德也。是以〈關雎〉樂得淑女以配君子，憂在進賢，不淫其色。哀窈窕，思賢才，而無傷善之心焉，是〈關雎〉之義也。」[346]《正義》云：「女有美色，男子悅之，故經傳之文通謂女人為色。淫者過也，過其度量謂之淫。男過愛女謂淫女色，女過求寵是自淫其色。此言不淫其色者，謂后妃不淫恣己身之色。婦德無厭，志不可滿，凡有情欲之屬，莫不妒忌。唯后妃之心，憂在進賢，賢人不進，以為己憂。不縱恣己色，以求專寵，此生民之難事，而后妃之性能然，所以歌美之。」[347]

345〔清〕曹雪芹：《紅樓夢：三家評本》第一回（上海：上海古籍出版社，2021年），頁16。

346〔漢〕鄭玄箋，〔唐〕孔穎達疏：《毛詩注疏》（上海：上海古籍出版社，2013年），頁4。

347〔漢〕鄭玄箋，〔唐〕孔穎達疏：《毛詩注疏》（上海：上海古籍出版社，2013年），頁26。

《紅樓夢》書中寫女人皆有改制立法之意，〈關雎〉后妃之德的婦人之德一變而為四，曰黛玉之才貌高潔，曰鳳姐之權奸口舌，曰寶釵之機心從容，曰探春之才幹精明，後世之女人之變，實本之於此，此謂之女性之變風、變雅可也。

〈關雎〉寫淑女配君子，是為《詩經》之首，則聖人刪詩，以男女為人倫之大端，以男女求偶為一萬事之先之事，此事是既重要又正大之事，然而必須得其要領，而不可涉於亂，君子求淑女，其心則輾轉反側、寤寐思服，是寫其雖有欲但能節制，求淑女亦須得其章法，故詩中云「琴瑟友之」、「鐘鼓樂之」，以琴瑟來與淑女友善，以鐘鼓來使淑女愉快，此實是說明了在男女關係初始階段是男下女的，且以聲樂使淑女心喜，淑女心喜然後可得而從之。之所以以琴瑟聲樂來使淑女心喜，因后妃為淑女，淑女有德，所以不能以亂處之，王肅云：「善心曰窈，善容曰窕」[348]，君子所慕者乃在於淑女之有善心善德，故能行之以禮，動之以樂，使淑女心喜為歸宿，淑女心喜，心既從之，則淑女為君子之配矣。

《紅樓夢》中寫男女婚耦，正是發聖人所最關心的男女婚姻之事，這是此書的最大的旨意。書中賈寶玉戀慕林黛玉，黛玉實是一個有善心、有善容的淑女，然而賈寶玉似不能使黛玉心喜，且常常使黛玉心憂，因寶玉只知一味談情，卻不知以禮樂來使黛玉心中愉快，一味談情則陷入「你證我證」[349] 的意中勞煩的思維過程中，空空耗費多少心力，卻不能得其心安。賈寶玉並不知琴瑟調和之意，只是一味在姐妹堆裡廝混，作些愛紅的癖好，則淑女並不以此為喜，也並不以寶玉的癡話如「你死了我做和尚」[350] 為心喜之辭。聖人之意在於男下女以求女之心喜，而非以己身之利害作為愛意的誓言和佐證，蓋因男女之關係本不在二人守一契約或守一誓言，而根據〈關雎〉

---

[348] 同上。

[349]〔清〕曹雪芹：《紅樓夢：三家評本》第二十二回（上海：上海古籍出版社，2021年），頁368。

[350]〔清〕曹雪芹：《紅樓夢：三家評本》第三十回（上海：上海古籍出版社，2021年），頁508。

之義乃在於二人能得和樂之境，二人相處能和樂心喜則二人關係自然穩固長久，更要誓言何用？而賈寶玉只知立誓，發明其愛人之心，然而觀其行動，卻往往難以使人心喜，這便是癥結所在了。愛人本於令人愉快安樂，而非用語言表明愛字，此是霄壤之別，寶玉的只知傾訴真心，而得知寶玉之心黛玉就能心安？只是由此心而轉入意中之虛幻談情之境中了，反而身心俱疲，更不用說心喜了。〈關雎〉本為房中之樂，中國古人的意思之中，男女之關係並非以情為根系，而是以男女間自然的陰陽性為基礎，故男女婚姻初見乃即是洞房花燭，男女間是以性為基礎而非以情為基礎，以性為基礎則能得二人之心喜和樂，以情為基礎實際招致多少煩惱困惑，故聖人改易男女自然之情為男女之性。在古典小說中，一談男女多及於男女之性，此是受到儒家影響的習慣所致，如《西遊記》中一有女妖精多是要與唐僧成親，《水滸傳》中閻婆惜、潘金蓮、潘巧雲與男人關係都是以性為基礎，《西廂記》也是以私會為歸宿，杜麗娘也是以思春為緣起，至於唐之穢史則全涉於性，在古人的心中一談男女本就是性。情實際是一件新鮮事，談情實是自《紅樓夢》始，蓋情在古文化之中實際已經被聖人改易，《紅樓夢》談情似受滿人的影響，滿人受蒙古文化影響而與歐亞大陸相通，其保持了本原的自然狀態下的男女之情，順治為情而出家，這在古文化來說是一件新鮮事，「你死了我去做和尚」本不似受孔孟影響的漢人說出的話，古文化以忠孝為根本，以功名利祿為歸宿，「兄弟如手足，妻子如衣服」，斷不會為了一個女人而出家做和尚，《紅樓夢》談情實不是漢文化的正統，故其在漢文化中談情亦不能得其善果。漢文化中男女之正統乃在於〈關雎〉，即男下女而使女心喜，其間必循從禮樂，或言之就是在禮樂的限度內男戲女而使女心喜，女心喜男亦心喜，二人心喜則家庭和樂，家庭和樂則天下和樂，此是漢文化的正統，不僅表現在〈關雎〉的文辭中，這種思想更表現在中國人的衽席之上。《紅樓夢》中有「送宮花賈璉戲熙鳳」一回，賈璉之戲熙鳳本於漢文化正統，但是二人白日宣淫卻是為禮樂所不允的，此是書中譏刺之處，實際上書中保存了漢文化的正統的男女關係及其談情的變體，如襲人、夏金桂此人則全是漢文化中女性，其並不知談情為何物，至於黛玉則是談情之主，其深為情所迷，而入於迷復之境，不得回轉。蓋一人談情，二人煩惱，二人煩惱，家庭不諧，家庭不諧，國家不治，情乃是禍亂人心之主，戕賊人身之物，黛玉、晴雯之結局可知矣。《紅樓夢》實是談情而戒情，故其末回所云乃是，「凡是情思纏綿的，那結果就不可問了」[351]。在這個意義上，《紅樓夢》乃是正男女婚姻，揭示談情為人生痛苦之由，而導源回到儒家的本旨〈關雎〉上來，這是此書以正男女而正天下之義。

關雎為雎鳩相應之和聲，雎鳩為水鳥，「生有定偶而不相亂，偶常並遊而不相狎」[352]，《毛傳》以為「摯而有別」[353]，雎鳩的這種品性實是古文化中對男女關係的確切認識，男女生有定偶則進於文明，不相亂則有法度，此是禮之所從生，偶常並游則言於人欲之有節，不相狎則循禮而自居，摯而有別則發明陰陽相和之義，正因有別，則可親摯，若無別則親摯無所措，有別而親摯則循自然之理，可見由雎鳩所描述的男女關係是親切而獨立、和諧而有禮度、溫婉從容、細水長流的關係，這種男女關係確切地說在世界文明史上是最完善的關係。無論是西方的以兩希文明為主導的或遵從個人意志和欲望、或遵循和服從教諭的男女關係，還是現代文明中以自由、平等為主導的男女關係都達不到中國古文化中這種「摯而有別」、細水長流、溫婉和樂的境界，男女關係是社會關係的基礎，從而它們也達不到中國古代社會中那種平和安樂的人世境界。現代文明中的男女關係恰恰是違背雎鳩之義的，是無定偶而相亂，近則相狎、離則相恨，離散聚合皆憑己意，男女歸同，女不溫存、男不陽剛，而皆是一個人私意和意志的代化物而已，男不成男，女不成女，一旦如此則家庭紛亂，而人世所哀歎之事亦是不可勝數，此皆由於未尋得完善的男女關係，而聖人之所指引，卻似金鐘廢棄。雖則男女關係的革變在新文化運動時得到其歷史的顯現，然而在《紅樓夢》中此種衰變已經很顯著地開始，在這個意義上，《紅樓夢》的旨意中又有明顯的描寫婚姻和家

351〔清〕曹雪芹：《紅樓夢：三家評本》第一百二十回（上海：上海古籍出版社，2021年），頁2124。

352〔宋〕朱熹：《詩集傳》（北京：中華書局，2018年），頁2。

353同上。

庭衰變的內涵。賈寶玉實是無定偶之人，其心雖則在黛玉身上，然只是談情，至於淫襲人、麝月、碧痕，狎金釧兒、平兒、香菱，通秦氏，且又混吃女兒胭脂，又有薛寶釵、史湘雲玩樂，整個大觀園中女子實則都是寶玉一人之玩伴，寶玉此時尋此人、彼時尋他人，實是心下無定，心即不定則哪能有定偶？故其聞聽劉姥姥信口開河，也就尋根究底，觀秦鐘智能兒之事，也要去村間訪襲人，此皆是寶玉無定的顯現。不只寶玉無定，賈璉則先私淫於多姑娘、鮑二家的，而又心移於尤二姐、秋桐，賈赦、賈蓉、賈芹、賈薔諸人自不待言，是皆無定偶而相亂者。

黛玉雖質本潔來還潔去，然其於寶玉之相處亦有不宜之處，此非黛玉之問題，乃是賈母的問題。黛玉與寶玉幼時「親密友愛」[354]，「日則同行同坐，夜則同止同息，真是言合意順，略無參商」[355]，聖人云「七年，男女不同席、不共食」[356] 自有其考慮，寶黛二人白日則同行同坐，夜晚則同止同息，此確非適宜之事，故後來「意綿綿靜日玉生香」一回寶玉則有狎黛玉之舉，黛玉雖拒之，然亦可見其端倪。且書中二十九回又云：「原來那寶玉自幼生成有一種下流癡病，況從幼時和黛玉耳鬢廝磨，心情相對；及如今稍明時事，又看了那些邪書僻傳，凡遠親近友之家所見的那些閨英闈秀，皆未有稍及林黛玉者：所以早存一段心事，只不好說出來。」[357] 此則是作者著意在彼而出意在此，寶黛即同起同臥，則其所致寶玉之病則在此「下流癡病」，此皆是自幼由黛玉之冶容導引所致，即不能守偶常相遊之度，一旦親密無間，則難免相戲相狎，一旦狎戲則失敬，而禍亂怨怒皆由此而生，所以「摯而有別」的道理，黛玉能明，但是賈寶玉終生不能明。

354〔清〕曹雪芹：《紅樓夢：三家評本》第五回（上海：上海古籍出版社，2021年），頁75。

355〔清〕曹雪芹：《紅樓夢：三家評本》第五回（上海：上海古籍出版社，2021年），頁75。原本「略無參商」作「似漆如膠」，從庚辰本校改。

356〔漢〕鄭玄：《禮記注・內則第十二》（北京：中華書局，2021年），頁385。

357〔清〕曹雪芹：《紅樓夢：三家評本》第二十九回（上海：上海古籍出版社，2021年），頁498。引文從庚辰本校改。

「女有美色，男子悅之，故經傳之文通謂女人為色。」世人所好者則為金錢、美色、權力、名譽，若再總而言之則為財色二字，此是古文化中人之所大欲，而於色一字上，人能所參透者則少，即能參透而過不去、做不到的亦常有，《金瓶梅》首回所云：「就如那石季倫潑天豪富，為綠珠命喪囹圄；楚霸王氣概拔山，因虞姬頭懸垓下。真所謂：『生我之門死我戶，看得破時忍不過。』」[358] 又云：「這『財色』二字，從來只沒有看得破的。若有那看得破的，便見得堆金積玉，是棺材內帶不去的瓦礫泥沙，……朱唇皓齒，掩袖回眸，懂得來時，便是閻羅殿前鬼判夜叉增惡態……」[359]，循作者之意，財色二字是看不破的，即便看破了也做不到，即便做得了一時，也做不了一世，無論是《金瓶梅》中所論酒色財氣，還是《好了歌》中所云功名、金銀、姣妻、兒孫，其實皆為一物，乃是色，色乃現象之稱，色界乃是現象界，古文化中人之生活實際就是存在於這個現象界之中的，既然存在於色界之中，又如何能看破色界呢？古文化中的人實是被色所規定的、所構成的，所以難有出離現象界之可能，而如《金瓶梅》中所云以「朱唇皓齒」為「鬼判夜叉」，實是以現象之流變補救現象的方法，然而出脫此現象又入另一現象之中，終究只是在現象界。《西遊記》中唐僧堅定其心以應對現象之干擾，實是一種應對現象的方法，蓋色本原於心，治色當須治心，這實際正是儒家的功夫了，儒家艮止之義[360] 在於此，非禮勿視之義亦在於此，然而儒家卻並不要人以心來摒斥現象，恰恰相反卻要用心來構建現象，儒家導引人用心所構建的現象界就是人世，人憑此心所構建之現象正是人世，人世說到底就是財色，「飲食男女，人之大欲存焉」是儒家立教之基，財色不過就是飲食男女之偏至，所以人難以摒棄財色，因財色正是人自身。《金瓶梅》

358〔明〕蘭陵笑笑生：《皋鶴堂評第一奇書金瓶梅》（長春：吉林大學出版社，1994年），頁11。

359〔明〕蘭陵笑笑生：《皋鶴堂評第一奇書金瓶梅》（長春：吉林大學出版社，1994年），頁11。

360《周易．艮卦》，「艮其背，不獲其身；行其庭，不見其人」。乃即《中庸》所謂「戒慎乎其所不睹」、《論語》所謂「非禮勿視」之義。

中云此二物：「見得人生在世，一件也少不得，到了那結束時，一件也用不著」[361]，這是儒家所構建的人，以及人在人世的生活。如果要出離財色，唯一的方法還是從心上入手，此就是賈寶玉所做的功夫，賈寶玉用真情這一物來改化其心，從而使其心偏離了儒家所規定的財色，所以寶玉也就入了太虛幻境而出離人世了，「走來名利無雙地，打出樊籠第一關」[362] 正是寫寶玉終於超脫色界之束縛，而入渺渺茫茫之境，然而此於青埂峰、無稽崖、大荒山下的渺渺茫茫之境為何種樣態，卻是不得而知了，因其超出了現象界，所以也就不可論了。寶玉實是出離色的一人，此是其後來之事，然而其前半生卻是深陷色之中的。

然而，女緣何有美色，緣何男子又悅之，而聖人設〈關雎〉又令人去求之呢？蓋人世之動力，全在於一飲食男女之人欲，人若無此欲望，則人世斷然便空寂而廢弛了，如無人煙之荒原，寸草不生、蕭條寂寞，所以古文化知人欲不可廢，一廢人欲，人這個種族便衰落了，一廢人欲則道德、文化、物質皆無所措了，因道德、文化、物質皆是通過人欲而依附存在的，倘無人欲，道德何用？故儒家之義，立人欲以立道德，人欲與道德相互制約而行，以人欲為基礎，以道德為指引，以人欲為實在，以道德為學說，學說制約實在，學說與實在並行不悖，雖然人世之實在不能如學說一樣完善，但有其制約終究導其向善，若一味制約則人欲之實在不存，道德學說也就無所措了，此是儒家的二端。所以後世以為儒家近於偽，則是缺乏對其深刻的理解，儒家實際上是允許人欲氾濫的，因為儒家是人欲為基礎立教的，這是必須要看到的一點。正因人欲之氾濫，儒家的學說化才有存在之價值，正因人欲氾濫，則儒家之人世現象界才有存在之可能，正因人欲氾濫，以財色為基礎的功名、美色、權力、名譽才有得以展開並發揚光大的條件。儒家人世的豐富多彩正在於財色，若沒有財色，則人世不過一蕭條之境罷了，人世之崩塌亦

---

[361] 〔清〕蘭陵笑笑生：《皋鶴堂評第一奇書金瓶梅》（長春：吉林大學出版社，1994年），頁12。

[362] 〔清〕曹雪芹：《紅樓夢：三家評本》第一百十九回（上海：上海古籍出版社，2021年），頁2090。

復不遠。然而只有財色也是不行的，《紅樓夢》一書正是發明此理，有財色而倫常衰廢則人世亦崩塌，所以儒家之二端失其一端則人世必因此崩塌。

聖人設〈關雎〉而要人求取淑女，是立於人欲之一端，但求取淑女又要守其禮度，且后妃有德，則是立於倫常之一端。由是〈關雎〉之兩端之義，實是通於《紅樓夢》之寫人欲之氾濫而復倫常。然而有一問題尚未解決，女緣何有美色而緣何男子又能悅之呢？此實是一困難問題，為何女子的冶容就是美色呢？《金瓶梅》中所云看透者能將「朱唇皓齒」看作「鬼判夜叉」，《老子》云：「天下皆知美之為美，斯惡矣」[363]，《莊子．齊物論》云：「毛嬙麗姬，人之所美也；魚見之深入，鳥見之高飛，麋鹿見之決驟，四者庶知天下之正色哉？」[364] 實際上釋老莊皆看到現象的不確定性和流變性，這實是現象的本質，賈寶玉也看到了這個問題，他說女子未嫁，是無價之珠寶，既嫁是沒有光彩寶色的死珠，再老了就是魚眼睛了，分明一個人，緣何變出三樣來？[365] 怡紅院中醉臥劉姥姥，亦是示朱唇皓齒也轉瞬變成老嫗，現象本就是不定的，一念之間，氣象萬千，一年之中，萬象更新，一世之中，人非物換，這是現象的本質，但是儒家卻是要在這個流變的現象之上立教並建立人世的！這其中自然充滿了危險性，猶如在湍急的河流之上建立一個安居的樂園，談何容易呢！所以儒家努力的方向就是在現象的不定之中求其恒定、設一恒定，使變動不居的人世能安定下來、能靜止下來，這一切就要求對現象進行制約、進行規定、進行確定，所以經儒家的確定之後才有了美之為美、美色之為美色，在釋老莊中皆欲破除的美色之為美色實際是儒家竭力所欲建立起來的東西，因為有這樣美色之為美色的確定的秩序，現象才能確定，人世才能確定，人的生活才能確定，人心才能確定，人才能在確定中得到其安樂，人存在於世間才有意義。正是沿著這個確定美色之為美色的思路，儒家進一步確定了功名、金銀、姣妻、美色、名譽、兒孫等現象中的

363〔清〕宋常星：《道德經講義》（臺北：東大圖書公司，2018 年），頁 5。

364〔清〕王先謙：《莊子集解》（北京：中華書局，1985 年），頁 35。

365〔清〕曹雪芹：《紅樓夢：三家評本》第五十九回（上海：上海古籍出版社，2021 年），頁 1040。改引文各本有出入，從庚辰本文意敘出。

中流砥柱，在流變的現象界若無這幾種中流砥柱來支撐人世，人存在於世間將以何種樣態存在呢？此是不得而知的，人會被現象之流沖走。儒家確定美色之為美色、求一恒定的根據在哪裡呢？實際上儒家還是利用了人的自然的情性、欲望，因勢利導以改化之，所以聖人有裁奪之功。《左傳・昭十年》云：「凡有血氣，皆有爭心。」[366] 鄭玄箋注曰：「凡物有陰陽情欲者，無不妒忌。」[367] 聖人以裁奪嫉妒之自然情性以成功名、名譽這人世砥柱之基礎。人秉陰陽二氣而生，陰陽和合，萬物化生，陰陽相合乃人自然之欲，聖人裁奪此自然之欲以成婚姻、姣妻之基礎。民以食為天，人秉自然皆有吐故納新、運化百物之欲，故聖人裁奪人之食欲以成金銀之基礎。人皆有依戀之情，群居野處，繁衍生息，聖人裁奪此以為兒孫之基礎。人皆有愛戀嬌小、潔淨、溫婉、柔嫩、華麗之欲，故聖人裁奪之以為美色之基礎。聖人根據人的自然性而建立起的這些在人世現象中的確定性正是儒家人世的中流砥柱，它們是對人欲進一步改造而形成的人欲的代化物，其本原皆是人欲而已。

「女有美色，男子悅之」，男子既悅於女子之美色，則輾轉反側，寤寐思服，此是人欲之自然，然令人欲之自然得情性之中，則未為易事，提一美色，則他如功名、金銀、權力、名譽等皆在其中，〈關雎〉之君子能得情性之中，守其禮度，然而《紅樓夢》之中既悅其容貌，而又沉溺其中，不能得其中和而致其慘痛者，則歷歷有人。賈寶玉之悅於林黛玉，自有悅其容貌之一面，黛玉秉絕代姿容，具希世俊美，其性情則有孤潔清高之度，又加二人以情相許，心意相通，然而寶玉之為情所迷而失其度，乃至聞聽黛玉坐船而失其智識，黛玉情重斟情亦失其中和，二人沉溺其中，致其遺患。他如賈璉之於尤二姐，乃是悅其容貌，失其禮節，而致不測之果。

「淫者過也，過其度量謂之淫。男過愛女謂淫女色，女過求寵是自淫其

---

[366] 〔漢〕鄭玄箋，〔唐〕孔穎達疏：《毛詩注疏》（上海：上海古籍出版社，2013年），頁56。

[367] 〔漢〕鄭玄箋，〔唐〕孔穎達疏：《毛詩注疏》（上海：上海古籍出版社，2013年），頁55。

色」[368]，而〈關雎〉中之后妃則憂在進賢，不淫恣己身之色，是謂有后妃之德。儒家於現象界所立之物皆本於欲，一旦過度則過猶不及，色如是，情亦如是，耽於女色則如賈璉，一步一步至於熱孝娶親，耽於癡情則如黛玉，至於春恨秋悲，朝啼暮哭，而致其壽不永，耽於求寵則如襲人，明則約法三章，挾制寶玉，暗則納讒排擠晴雯，致寶玉出世，而自己亦下嫁優伶，若王熙鳳、薛寶釵亦皆如襲人之流，「婦德無厭，志不可滿，凡有情欲之屬，莫不妒忌」[369]，此三人皆是懷嫉妒之心，欲求專寵於男人，所謂自淫其色，故王熙鳳排揎平兒，而薛寶釵收拾襲人，亦見其相攻之勢，總而言之，則此三人皆犯於淫，故王熙鳳至於白日宣淫，襲人至於偷試雲雨，薛寶釵至於明知寶玉之心，而彈壓其志，至於「二五之精，妙合而凝」[370]。

「后妃之心，憂在進賢，賢人不進，以為己憂」[371]，后妃思賢才，而無傷善之心，此是后妃有德的體現，后妃有德乃在於能為其夫之內助，能箴諫其夫親賢遠佞，而至於愛民。《史記・外戚世家》云：「夏之興也以塗山，而桀之放也用末喜；殷之興也以有娀及有㜪，而紂之滅也嬖妲己；周之興也以姜嫄及太任、太姒，而幽之禽也淫褒姒。」[372] 家庭興衰，婦人之功至於過半，故有德之婦可以興家，失德之婦可以敗業，賈家之敗，敗於婦人之手，一王熙鳳上以諂奉賈母，下以權術使人，賈芸雖不至於為賢才，然觀其應答之度亦為可用之人，王熙鳳則屢屢刁鑽其進身之路，至於賈芸憚懼於鳳姐，不敢為醉金剛說情，乃至小鰍生大浪，賈家招致是非禍敗，王熙鳳不能進賢，則賢人在野多怨責之辭，內中所用則偏袒之人，於一襲人竟攀附勢力，於一尤二姐則逞其機詐傷善之心，無德之甚，莫如王熙鳳。他若王夫人

368〔漢〕鄭玄箋，〔唐〕孔穎達疏：《毛詩注疏》（上海：上海古籍出版社，2013年），頁26。

369 同上。

370〔清〕曹雪芹：《紅樓夢：三家評本》第一百九回（上海：上海古籍出版社，2021年），頁1918。

371〔漢〕鄭玄箋，〔唐〕孔穎達疏：《毛詩注疏》（上海：上海古籍出版社，2013年），頁26。

372〔漢〕司馬遷：《史記・外戚世家》（北京：中華書局，1959年），頁1967。

者，則至於忠奸不辨，引奸盜襲人於臥榻之上，以至惑弄其母子於股掌之中，且王夫人剛愎自用，略無仁心，打金釧兒、攆晴雯，而於寶釵送壽衣則不能察其奸，此是其無識而無才，貽誤兒孫。通觀賈府一家，其所進者皆是奸佞，其所斥者多是良臣，婦人不能深察事理，徒以利欲相交接，偏袒私護，至於作繭自縛。然后妃所為，實是生民之難事，《紅樓夢》寫眾婦人之失，以見后妃之德可資為用，雖百世不可易。

《召南・鵲巢》為〈關雎〉之應。陳奐云：「〈關雎〉、〈麟趾〉，王者之風，故曰后妃。〈鵲巢〉、〈騶虞〉，諸侯之風，故曰夫人。」[373]《釋文》云：「〈周南〉是先王之所以教，聖人之跡深。〈召南〉是先王之教化，文王所行之淺跡。」蓋〈周南〉、〈召南〉，有聖人所化深淺之不同，蓋因時地之異所化有深淺。〈詩序〉云：「〈鵲巢〉，夫人之德也。國君積行累功以致爵位，夫人起家而居有之，德如鳲鳩，乃可以配焉。」[374]《箋》云：「夫人有均壹之德如鳲鳩然，而後可以配國君。」[375]〈關雎〉后妃之德是進賢不妒忌，夫人之德則是能居有國君之家，而德如鳲鳩，有均壹之德。〈鵲巢〉之義在於言婦人須居有男人積行累功所建立的家，就像鳲鳩自己不築巢而居有鵲所築的巢，因婦人終須離開父母之家來至夫家，「（夫人）往嫁之時，則夫家以百兩之車往迎之，言夫人有德，禮迎具備。」[376]夫家親迎夫人來居於家，便是婚姻之義。昏禮合二姓之好，上以事宗廟，下以繼後世，夫人與夫共為宗廟主，故〈鵲巢〉言婚姻之形成乃是夫人居有其家，而能有均壹之德，然後可以與國君相配。再者，鵲築巢乃是自冬歷春而完成，國君積行累功勤勞乃能有此爵位，此亦是國君能自立其功績，而接應夫人來居有其家。

373〔清〕陳奐：《詩毛氏傳疏》（南京：鳳凰出版社，2019年），頁33。

374〔漢〕鄭玄箋，〔唐〕孔穎達疏：《毛詩注疏》（上海：上海古籍出版社，2013年），頁82。

375 同上。

376〔漢〕鄭玄箋，〔唐〕孔穎達疏：《毛詩注疏》（上海：上海古籍出版社，2013年），頁83。

大凡婚姻之成，夫必須勤勞克儉然後能有功業，方可接引夫人之來，而《紅樓夢》之中賈寶玉居於富貴之家，且「富貴不知樂業」[377]，榮寧二公乃創業之主，深知勤儉克讓以立功業之艱難，所以其亦頗憂慮於賈寶玉不能明悟正道，而陷溺於聲色情迷之中，然其所囑託之警幻仙姑並非以聖學開悟寶玉，反而導之以淫，欲令其知聲色畢竟如此，庶可進於正道，然以淫情說法，適以誤人子弟，故寶玉夢中之後便初試雲雨，可見榮寧二公之不通正理。寶玉既不能知立業之艱難，則亦不能知聘娶妻室之切迫，既不能於學問有所進益，亦不能知夫婦同奉宗廟以繼後世之義，所以寶玉於婚姻似是茫然無覺，因其不知立業，也就不知成家之義，只知園中有一個林妹妹，平日則嬉笑怒罵、情意綿綿，竟不能有一延聘之語。

書中寫潘又安，潘又安起先跑了，因在外面發了財，所以又來找司棋，度其意，亦是此時有資財可以成家，便可以迎娶司棋了，但是他來時並沒說發了財，惹得司棋的媽怒罵司棋，從而司棋自盡，司棋她媽問潘又安為何不早說，潘又安云：「大凡女人，都是水性楊花，我若說有錢，他便是貪圖銀錢了。如今他這為人，就是難得的。我把金珠給你們，我去買棺盛殮他。」[378]潘又安這句話意味頗深。〈鵲巢〉一詩實是揭明了女人的一個本性，即是如鳲鳩一樣自己不能築巢，而要居有鵲之巢，則女人如果能選擇，則會依從其本性來選有巢的男人，換句話說便是會衡量男人的金錢、地位、權勢、力量，召公〈鵲巢〉之義實是發明此義，女人或女方之家有權要求男方達到其要求，然後方可行婚配之禮，蓋因「築巢」之類金錢、地位、權勢、力量是需要男方來盡力完成的，如果男方不能完成，也就不能令女人居有其家，由是婚姻也就不成了，這個觀念是在古文化中不言自明的，這便是門當戶對的婚姻觀念，這個觀念實際來源於〈鵲巢〉此詩。所謂門當戶對，不過就是男方有令女方滿意的金錢、地位、權勢、力量，所以薛寶釵相中了賈寶玉，

377〔清〕曹雪芹：《紅樓夢：三家評本》第三回（上海：上海古籍出版社，2021年），頁51。

378〔清〕曹雪芹：《紅樓夢：三家評本》第九十二回（上海：上海古籍出版社，2021年），頁1625。引文從他本校正。

即使在絳芸軒中明知賈寶玉是心有黛玉的，她依然處心積慮、步步為營來成為賈寶玉的妻子，就是因為她想居有賈寶玉的「巢」，也就是賈寶玉作為嫡子的金錢、地位、權勢和力量。襲人之想在眾丫鬟之中成為姨娘、平兒之想轉正，不過都是看中了男人的身分地位，因為其本身是無巢的，只有借助這個男人她才有巢，所以她可以用盡百種方法、裝出百種樣子。平兒雖與王熙鳳似為諧和，但是王熙鳳在因多姑娘、鮑二家的之事中，平兒皆與熙鳳作對，卻暗地裡絕不破壞與賈璉的關係，且有軟語救賈璉，替賈璉瞞過頭髮絲之事，平兒外施恩惠，以顯熙鳳之毒辣，判冤決獄平兒行權、情掩蝦鬚鐲諸事可見一斑，至於襲人之為了爭姨娘的位子，則能忍寶玉的窩心腳而不事聲張，怡紅院中有諸事皆不令傳到賈母、王夫人耳中，以形成其善於服侍寶玉的樣子，對於寶玉則約法三章，無論真讀書假讀書都要讓太太、老太太安心為是，在時機來臨之時又能及時獻言求取信任，寶玉被打襲人便進言王夫人，從而幾乎成了姨娘，察於身邊有寶玉的愛婢晴雯，面上雖忍，而背後暗進讒言，此皆是襲人為求取姨娘之位所用的種種心機手段。然而鴛鴦說得好：「你們自以為都有了結果了，將來都是做姨娘的！據我看來，天底下的事，未必都那麼遂心如意的。」[379] 襲人沒守得寶玉的巢，卻到了蔣玉菡的巢，襲人本身似乎並沒有不滿意，因為書中寫她服侍誰，眼中便只有那個人，想來襲人最後眼中也是只有蔣玉菡了。由襲人、平兒、寶釵可見，古代的女人為了求一安身之巢，實是其平生所慮之大事，為此殫精竭慮，因其所求得的乃是男人的金錢、地位、權勢、力量。這種現象在古文化中是正常的、認同的，儒家之義就是要男人有物質力量，有了物質力量之後才能迎娶女人，「維鵲有巢，維鳩居之」，言下之意就是沒有物質力量的男人，實際不宜迎娶女人，而應勤勉努力以構建起其物質力量，這實際上是儒家在現象界進行的一種激勵，從而促進人在現象界中存在的活力和可能性，而女人從她的一方面則要審視男人的物質力量，能否達到自己的要求，若能達到，則

---

[379]〔清〕曹雪芹：《紅樓夢：三家評本》第四十六回（上海：上海古籍出版社，2021年），頁 791。

女人實是去求取男人，若不能達到，男方求取婚姻也有權拒絕之，這個拒絕權在女方手裡在儒家看來是合理正當的，所以門當戶對這個表述實際是根植在女方這裡的。來旺婦倚勢霸成親，之所以能霸得成，就在於來旺家抓住了門當戶對這一條。然而〈鵲巢〉終究是召南之詩，其與〈關雎〉相比則似有不淳之狀，即如「維鵲有巢，維鳩居之」之義若是細究起來，也大有文章。潘又安的話實是對〈鵲巢〉的一個反動，潘又安偏偏沒有說自己發了財，因其擔心司棋是看中了「維鵲有巢」，看中了自己的物質力量，潘又安所要追求的是超越物質關係的男女真情，這實際就超越了〈鵲巢〉之詩對男女婚姻的規定，司棋也確實沒有因金錢、地位、權勢、力量來評判潘又安，而是責怪潘又安跑了、沒良心，辜負了她的心，實際潘又安沒有辜負司棋，二人的感情不僅超越了物質力量，也超越了生命，司棋自盡，潘又安為她收拾完裝殮，也與之殉情了。潘又安云司棋為人是難得的，就在於司棋超越了〈鵲巢〉的規定，不從物質層面衡量男人，卻只從男女之情的層面與潘又安相愛，這超出了儒家的規定，實際上是儒家不能忍受的，因為一旦男女間不靠物質力量、男女之性聯結在一起，人世的現象界便走向衰退，而人皆逞其個人精神力量，倫常也就無所措了，因情超越了欲望、超越了物質、甚至超越了生命，這是儒家不能接受的，因為這破壞了儒家的根基和秩序。潘又安云女人都是水性楊花，是云在古文化中因「維鵲有巢」而引發的女人之性是關注男人的物質力量的，若有金錢、地位、權勢、力量更高的人，則女人便自然傾心於他，就像男人見到更為美的女人，也傾心於她，在這個意義上女人是「水性楊花」，男人是「見一個愛一個」，這實際是儒家以欲望立基所存在的本有的道德的危險性，所以儒家便在其學說之中強調義。然而女人水性楊花的本質是什麼，是否應該對其進行道德評判呢？「維鵲有巢，維鳩居之」實際規定了女性的選擇權和判斷權，女方雖不一定親自進行選擇，女方的家庭為其進行選擇實際是代行女方的權力，其本質仍然是婚姻權的一種優化，乃亦是儒家以物質欲望作為立教基礎的緣故，因物質欲望重要，所以婚姻要有一家，若儒家不是如此重視物質欲望，則男女之結合與一物質之巢有何關係。至於水性楊花，貪慕權貴，乃是儒家以欲望為基礎的人世中人皆難以避免的特徵，若有人能摒斥之，則以道德名譽來嘉賞之，因其做了不易做之事，若有人不能以義協調之，也僅留的一個不好的聲名罷了，實是難以對其進行根除，因為這是儒家重視欲望的必然結果。

二

〈葛覃〉〈詩序〉云：「葛覃，后妃之本也。后妃在父母家，則志在於女功之事，躬儉節用。服澣濯之衣，尊敬師傅，則可以歸安父母，化天下以婦道也。」[380] 后妃之德在於不淫其色，后妃之本則在於儉，能有儉德，謹財節用，尊敬師傅，則能化天下以婦道。儒家以欲望為基礎，但是卻提倡節儉，此是對欲望之制約，若是后妃專尚奢侈，則導引世人以奢侈為上，由是世風丕變，財用奢廢，亦不免至於亂，恐怕最後連基本的物質需求都難以滿足。

「后妃在父母家，則志在女功之事」，女子婚齡二七天癸至，已可以成婚，但是要等到十八方成婚，乃是在家修習女功之事，三四年可待其嫻熟，然後至於夫家不至於不能為女功。唐文治云：「周家自后稷開基，以農為務，歷世相傳，其君子則重稼穡之事，其室家則重織紝之勤」[381]，君子重稼穡則能勤勉自強，夫人重女功則能安分守己，稼穡女功成，則能至於衣食無憂，物質豐盈，家庭安樂，國家安定，故稼穡女功實是王業之基。薛寶釵蘭言解疑癖曾言於林黛玉云：

> 男人們讀書不明理，尚且不如不讀書的好，何況你我？連作詩寫字等事，原不是你我分內之事，究竟也不是男人分內之事。男人們讀書明理，輔國治民，這更好了。只是如今並聽見有這樣的人。讀了書，倒更壞了。這是書誤了他，可惜他也把書糟踏了，所以竟不如耕種買

380〔漢〕鄭玄箋，〔唐〕孔穎達疏：《毛詩注疏》（上海：上海古籍出版社，2013年），頁38。

381 唐文治：《唐文治經學論著集．第二冊》（上海：上海古籍出版社，2019年），頁1110。

> 責，倒沒有什麼大害處。至於你我，只該做些針黹紡織的事才是，偏又認得幾個字。既認得了字，不過揀那正經書看看也罷了，最怕見了些雜書，移了性情，就不可救了。[382]

書中寫薛寶釵之為人雖兩面三刀，但這一番話作者實是借薛寶釵之口道出了一些道理，林黛玉的病症正在於薛寶釵所言的這句話，黛玉為邪書僻傳所沾染，心中鬱積著一段纏綿不盡之情，耽於男女之情而惑心，此便是移了性情。所謂移了性情，便是偏離了儒家所指引的中和之度，而陷入意中之邪思妄動，黛玉之思雖不至於邪，然確有妄動之症，乃至後來杯弓蛇影，疑心重重，此便是為情所惑的緣故，且黛玉素來不用力於女功之事，女功之事非僅在於表面之針黹紡織所成的衣物，乃在於針黹紡織這一物質實踐過程能安頓人之心，使人精神專一、動靜有常、心意相諧。若做針黹之事心不在焉便常常被針刺到手指，所以針黹似為小事，而實是能鍛煉人的心志耐心之事，若不做針黹，則平日無所事事，靜中生動，便不免於邪思妄動，至於夏金桂、寶蟾所行之事便是如此，而黛玉無事之時則或睹物傷懷、觸景生悲，或又讀書寫字、作詩諷詠，這皆不是能安頓身心之事。睹物觸景則愈感身世之悲，將難以停歇，作詩諷詠所形成的文字則令人回環往復，不往忘懷，也不是能消解愁思之事，反而詩詞之中偏又引出多少離情別恨，且黛玉彈琴高臥，又常至於孤潔自賞，亦非長久保身之法，所以黛玉平日所行之事倒不如能靜心於針黹，庶可使心志合一，思慮不至於內耗，而能導發於實踐之中，這實際類似體力的勞動可以煉身。心與意本是身中之物，若一任心意之流行不息，則心意乃耗費身，所以須用實踐的方法來導發身的力量來與心意相協調，否則心意失去身的協調亦將墮入五里霧中。黛玉後來為情所迷，心意錮窒，身體虛弱，至於不能進食，這是思慮內耗適以殺身的緣故，然而黛玉不能專心針黹而癡心於情者，因其為黛玉也，若能一心於針黹，則非黛玉也，

382〔清〕曹雪芹：《紅樓夢：三家評本》第四十二回（上海：上海古籍出版社，2021年），頁722。個別字句從他本校改。

然此可誡天下之如黛玉者。針黹之類的實踐活動實是讓人掙脫情迷、使心志合一的明路。寶釵云「你我偏認得了字，既認得了字，須揀些正經書去看，不要為雜書移了性情，否則就不可救了」，度寶釵之意，則認字本不是女性分內之事，李紈之父李守中曾云：「女子無才便為德」[383]，所以不令李紈十分讀書，只讀了《女四書》、《列女傳》、《賢媛集》之類的正經書，所以李紈竟真個是只以紡績井臼為要，惟知侍親養子，寶釵話語中的人物實即是如李紈此類，李紈能守此道，也確乎一生平靜，且有兒孫孝養。黛玉所讀的雜書移了性情的則是《牡丹亭》、《西廂記》之類，二十三回寶玉偷看《會真記》卻與黛玉說看《大學》、《中庸》，而後兩人竟同看《會真記》，此則是寶玉為邪書僻傳所惑而又兼及於黛玉矣，所以寶黛之情性乃是為邪書僻傳所改化之情性，從而與《大學》、《中庸》中所造化之人殊為不同了，故二人的思想實是革變之思想，二人的行為也實是革變的行為，但是其於儒家的「學、庸」之旨未見得是完全背離，恰恰相反，《牡丹亭》、《西廂記》中的情學、心學乃至對於人欲之觀點實際上仍是本於儒家的，是切合於儒家本旨的，《詩經》有〈野有死麕〉之變風之詩，故「西廂」、「牡丹」也實際得於儒家之「變《風》」而已，其與儒家的道德偏至所形成的「學、庸」雖似不合，實則相通，故寶黛之思想反叛乃亦是儒家內部的思想紛爭，並未超出儒家以人欲道德兩者立教的基礎。

寶釵的言論實是秉於儒家道德之偏至，其結果是雖造化出一些如李紈這樣槁木死灰、安分守常的人，但是也生出了一些如薛寶釵這樣虛詐偽善的人，薛寶釵的話是堂堂正言，但是其所行卻是偽善，寶釵所為之針黹紡績是為了做面子，故其針黹乃是為了給寶玉的通靈寶玉做一個套子來進行婚姻上的打算，而非是為了如后妃之本一樣的有確切功用的王業之基，所以薛寶釵確實學了后妃之本的針黹、節儉，她的房間如雪洞一般，空無一物，適以彰顯她的節儉，但是寶釵所做的這些都是做面子而深有企圖，是空有其表而沒

383 〔清〕曹雪芹：《紅樓夢：三家評本》第四回（上海：上海古籍出版社，2021年），頁59。

有其實在，也就是說明到了薛寶釵這裡，儒家的所謂「后妃之本」這樣的規定全成了一幅空架子，是陰謀家適以利用的手段而已。薛寶釵所論的男人讀書不明理還不如不讀書，讀書要輔國治民，如今卻不見這樣的人，可見是書誤了他，他也把書糟蹋了，寶釵這番話實際是自道，也是講那些為了仕途經濟而讀書的祿蠹，這些人讀書正如薛寶釵針黹一樣都是為了做面子，有這個面子來行其個人的功利上的打算，既然是以功利為根本而以讀書為面子，則讀書全成了手段，一旦遇到義利、天理人欲相夾雜矛盾的時候，他卻全依從了利欲，卻欺罔了天理道義，甚而為了利欲行出一些變詐之事，這便是枉做了讀書人，把書都白讀了。薛寶釵滴翠亭戲彩蝶暗箭傷人、賈雨村要挾石呆子奉承賈赦皆如此類，然而這裡面的問題仍是複雜深刻的，薛寶釵的話也只是說出了一面，雖然這一面光明正大，但是儒家在其根本上仍是兩面的。這實際是儒家的道德學說的層面和物質實在的層面的衝突，這個衝突在儒家內部是自然存在的，儒家雖竭力主張道德學說，但是其對求取物質實在的行為卻是默許的，其尋求平衡的方法是用名譽來進行協調，以薛寶釵這樣偽善的方法求取了物質實在的人給予其不好的名聲，而對於李紈這樣恪守儒家倫理規定的人、沒有得到物質富足的人給予其好的名聲。在儒家這裡，功名、金錢、美色、名譽四者是巧妙地進行分配和平衡的[384]，其本質則是物質和道德、人欲和倫常之間巧妙平衡。儒家在實質上並未放棄過物質和人欲，哪怕在物質、人欲和道義、倫常發生衝突時，儒家對物質和人欲仍然是默許的，雖然其主張和評判仍然是指責，但是必須要看到儒家的名與實、學說和實在的根本關係。儒家的主張到了其最根本的顯現的時候，就是其大呼要名，但是其實在卻在取利，其大呼要道德學說，但是其實在卻是在取物質，孟子云：「舍生而取義」[385]，正是在大呼要名和道德學說的時候，但是這個時候卻是默許人取生的，所謂默許，便是只是指責而已，卻並不能在其物質實踐上怎麼樣，只有儒家真碰到物質實踐上的矛盾時，才會拿出物質實踐來對

---

[384] 梁漱溟之《鄉村建設理論》對此有切要論述。

[385]〔宋〕朱熹：《四書章句集注》（北京：中華書局，1982 年），頁 339。

抗，否則只是罵罵而已。儒家表面上要道義，實際上要利，表明上要名，實際上要利，這看似矛盾實則不矛盾，名、義、道德學說皆是儒家用來平衡物質利欲之物，其中確實生出了偽，但是儒家默許這種偽，偽就是罵名，有罵名才能制約利欲，所以儒家有專門的罵人的學問，便是「指奸責佞」。孔子《春秋》就是指斥這些以利欲為矢的的亂臣賊子，所以儒家是表面上罵人，實際上卻許了人利，表明上給人名，實際上卻失去了利，這是儒家的奇怪、巧妙、神奇之處。今人討論儒家，多只看到儒家的道德學說的一面，然而這僅僅是儒家的表層，但是儒家的道德學說實際上是也極其精深，遠非只是造化出李紈這樣的槁木死灰的人而已，實際上李紈也並非槁木死灰，此人有慈母之心而深有識見，唯其不爭，故莫能與之爭，賈府中有善結果之人李紈乃是其一。

寶釵的男人若讀書不能明理，還不如不讀書的好，此語實際上就是指責和罵名，若一心讀書、修習儒家的道德學說而在較大程度上摒斥其物質實在，則能走向儒家的道德之偏至，乃至能成聖賢，此是讀書有其結果，如諸葛亮鞠躬盡瘁、死而後已，然而三代之下，一人而已。而讀書不能修德性之偏至，而為利欲所惑者，乃是以讀書所成之智識助其謀求利欲，此則是寶釵所言的讀了書倒更壞了，此中實亦是一複雜問題。天既生萬民，實際上皆秉陰陽氣質之良莠不齊，如賈雨村所論的正邪二氣之說，又如納甲命理之說，其天生中的氣質中有成聖賢之材質，則自能在讀書上有所體悟而終有所成，而其天生之氣質便近於濁亂，則即使讀書也是不能得其精髓，甚而助長其邪思而已，所以只憑讀書實是不能改化人的，天地生人自有其一定之理，壞乃是其天生氣質之惡而已，讀書對其影響甚微，賢亦是其天生氣質之中有其賢德而已，其讀聖賢之書便覺心心相印，於是便似是讀書有所成，實際卻都是其天生氣質中之所有，總而言之，乃是在一命而已。命者，「天之令也」[386]，天之令，乃是天地之造化，孟子云：「求之有道，得之有命，是求無

[386]〔漢〕班固：《漢書・董仲舒傳》（北京：中華書局，1962 年），頁 2501。

益於得也，求在外者也。」[387] 讀書能否成大道，便是「得之有命」之意了，寶釵之指責那些讀了書更壞的，實際也是苛責於人了，因其氣質之偏差宜於成此種修行，然而至於其改過從善、天理循環則不是寶釵這一句話能涵蓋的了。孟子云：「五百年必有王者興，其間必有名世者」[388]，世間之人，皆秉天地之造化，讀書一事，是其門徑然絕非其以此而定者，定人者，乃是天也。

君子重稼穡則能勤勉自強，周家基業得益於此，寶釵亦言耕種買賣沒有什麼大壞處，男子之於耕種則猶如女子之於針黹，乃是身學之範圍。耕種則能使天時與人力合於一，則能明曉天之剛健不息、陰陽變化，所謂唯能耕種才可對於天道有深刻的認識，且耕種是一種實踐活動，使心志合一，培養其剛健不息的心體之力。賈寶玉並不知稼穡為何事，寶玉之心皆為意中之情所惑，倘若寶玉能習稼穡，則其情癡之病或可以醫治。

后妃躬儉節用，是有儉德，唐文治云：「後世閨閣專尚奢侈，宜讀此詩以為法戒。」[389] 李紈是能節儉持家之人，故其與姑娘們詩社伴讀，亦能省儉費用，而秦可卿、王熙鳳則一概為奢費之人，第五回賈寶玉於秦氏臥房中之描寫，可見秦氏之奢侈，其云我這裡便是神仙也住得了，劉姥姥來初見王熙鳳時，則見王熙鳳之排場用度，亦是奢費。賈家之人專尚奢費，無論於日常家宴用度，還是於節日慶賀以及喪禮，皆毫不見其儉省之意，唯見其衣服奢華、飲宴排場，劉姥姥二進大觀園之時可見一斑，寶玉之房間乃如小姐之繡房，寶玉之於雀金裘縱其恣意之心，且累及於晴雯。寶玉身邊之人無一人能勸誡其省儉的，因其皆不能秉后妃之本，唯元妃省親之時，告誡不可再這般奢費，然賈家之人並不能改，待其將要省儉時，已是入不敷出，王熙鳳只有去當鋪當其家私、打算賈母的古董了，探春求省儉之法亦多流弊，可見省儉在於日常，若等到入不敷出之時再去謀劃，則為時已晚。

---

387 〔宋〕朱熹：《四書章句集注》（北京：中華書局，1982 年），頁 357。

388 〔宋〕朱熹：《四書章句集注》（北京：中華書局，1982 年），頁 252。

389 唐文治：《唐文治經學論著集・第二冊》（上海：上海古籍出版社，2019 年），頁 1110。

〈采蘩〉〈詩序〉云：「夫人不失職也。夫人可以奉祭祀，則不失職矣。」[390] 王先謙云：「助祭祀是國君夫人之職，能供祭祀，是『不失』也。〈射義〉：『士以〈采蘩〉為節。〈采蘩〉者，樂不失職也。』」[391]

夫人與夫同為宗廟主，詩中云夫人采蘩以供祭祀，備庶物以事宗廟，是能夙夜在公，而不失其職，詩中寫夫人如此，而士亦受其感，而能盡心盡職、鞠躬盡瘁。祭祀是儒家上以事宗廟的至重要之事，儒家以人世為根基，但是其確有一超出人世現象的信仰，那就是對於祖先的祭祀，然而此種對於祖先的信仰仍是人世現象的延續，只是這種現象變成了意識中的信仰。儒家的信仰即是對於人世種種現象的信仰，或言熱衷，因其與宗教的信仰有不同，因其是可求證且實踐的，但祭祀是超出了人世的眼前現象而進入了純粹宗教意義上的信仰，祭祀超出了現象，然而其是人世現象的延續，故儒家有「祭如在」[392] 之義，即是仿佛這個曾經存在的人世現象還是存在於面前的，祭祀仿佛是延續了現象的存在和對現象的實踐過程，由此祭祀仍依然是基於人世現象的延伸而已，這種延伸實際是對現象流變的一種補救和對現象的一種確定和規定，因為儒家以現象為信仰，所以要規定這個在本質上是流變的現象，這樣才能確保對現象進行信仰的合理性，而祭祀實際就是這種合理性的一個舉措，因為祭祀仿佛使現象確定了，這個逝去的祖先仍然是存在的，也就是人世的現象並不是徹底變化的，由是對現象的信仰還是有意義的，這是祭祀的意義。《好了歌》所旨在揭示的問題就是現象的流變，從而指出對現象的信仰是無意義的，這是《紅樓夢》對人世現象的一種反思，她旨在反思儒家的人世，但是她並不能指明現象外的一條人世出路。其實，祭祀、孝就是補救現象流變的一條出路，通過祭祀，現象的流變得到了補救，人心對於流變的創傷得到了安撫，人產生了對現象之外的信仰，那就是對祖先的類似於宗教的信仰，從而這種信仰又回返到對人世的信仰，光宗耀祖這

---

390 〔漢〕鄭玄箋，〔唐〕孔穎達疏：《毛詩注疏》（上海：上海古籍出版社，2013年），頁 86。

391 〔清〕王先謙：《詩三家義集疏》（北京：中華書局，1987 年），頁 69。

392 〔宋〕朱熹：《四書章句集注》（北京：中華書局，1982 年），頁 64。

種觀念就是這種積極回返的一個體現。祭祀之所以在儒家之中是極為重要的事情，就因其保全了現象的存在，從而使儒家對人世現象的信仰不因現象的流變而失去意義。

聖人以神道設教，殷人尚鬼而重祭祀，其實，由祭祀而產生的靈魂學說可以觸及到儒家學問的一些根本，《周易・繫辭傳上》云：「精氣為物，遊魂為變」[393]，人之成形，乃為精氣之所聚，人之將去，乃是精氣之所散，《紅樓夢》九十八回云：「凡人魂魄，聚而成形，散而為氣，生前聚之，死則散焉」[394]，精氣散但是並不消，其不能聚為人形，但是其生前之所思念鬱結所成之氣則仍然以一定的形態存在著，八卦的形態乃是最為基本的陰陽的配合形態，而人之魂魄則是更為複雜的以陰陽配合而形成的結構，人形體散失之後此種由人的意志思想所聚合起來的陰陽結構卻不會消失，這種陰陽結構是永存的，它可以在時空之中遊蕩，這種結構的區分就是鬼神的來由。這種陰陽結構也可以與生者進行溝通，因為生者不過是陰陽結構的更加整一的聚合而已，死者則是將這個聚合的結構打散了，但是其中最為劇烈、固結的部分卻不會打散，這個劇烈、固結的部分就是人生前的執念和意志中積累沉澱的部分。儒家的這種觀點與唯物主義和無神論並不衝突，因為陰陽本是最根本的物質形態，陰陽的特定結構所形成的魂魄並非宗教中構畫出的神，而是一種物質的存在。儒家的祭祀正是生者與死者的陰陽結構進行溝通的過程。但是這種靈魂學說對於當今崇尚個人意志和自由科學的社會來說則似為不可接受之物。

賈寶玉去陰司泉路尋訪林黛玉，這是執念於其形，其形已經消散，何處尋訪呢？陰司中人云：「林黛玉生不同人，死不同鬼，無魂無魄」[395]，此意為賈寶玉乃是耽於情癡，其癡情所指向之人已非實在之人，乃是其意中的幻形，乃是太虛幻境中之物，既為一意中自造之幻形，則必無人之魂魄，故

---

393 黃壽祺、張善文：《周易譯注》（北京：中華書局，2016年），頁480。

394〔清〕曹雪芹：《紅樓夢：三家評本》第九十八回（上海：上海古籍出版社，2021年），頁1735。

395 同上。

無處尋訪。然而真實之黛玉去世後乃為絳珠仙子，是其魂魄清淨故可上升至天，天乃行四時之節令，所以黛玉之掌百花乃是自然之理，他如死後成仙者也是此類，因仙乃是純陽無雜之體，所以其陰陽結構自然上升至天，天能司萬物之命運，人能行善則心中清氣明朗，自然與天相通，也就得天仙之感召了，而平生作惡者，則濁氣深重，散而成氣之後則流散到陰蔽之處，故能覺其陰氣逼人。這皆是自然之理，其根本上乃是陰陽物質學說的觀念。

王熙鳳生日之時，賈寶玉祭奠金釧兒，撮土為香，乃與「神饗德與信，不求備焉，沼沚谿澗之草，猶可以薦」[396]，夫人以蘩菜助祭，賈寶玉祭人則撮土為香，乃重在其德與信，至於所祭之物，不必求其完備。大概人情之所寄託，於有情之人勢難消除，故寶玉在賈府喜樂之中不能忘懷一金釧兒之情，唯祭祀可以通神明，以暫消除心意之思念。書中又寫寧國府除夕祭宗祠，至於其所行之禮為滿人之禮還是漢人之禮，則待詳考，然其隆重可見一斑。

〈采蘩〉之義乃在國君夫人不失其職，其最大之職則在於共為祭祀宗廟，引而伸之則為不失其職，夙夜在公，扶持君子，能進賢而無私詖。而《紅樓夢》中之夫人也亦多矣，王夫人、邢夫人、尤氏、王熙鳳、薛姨媽，其能扶持君子者則鮮矣。

三

〈卷耳〉〈詩序〉曰：「后妃之志也，又當輔佐君子，求賢審官，知臣下之勤勞。內有進賢之志，而無險詖私謁之心，朝夕四年，至於憂勤也。」[397]

婦人與君子繼體同德，聖人制夫婦之義，實是本於人欲之聯繫，然有此人欲之聯繫不能令二人局限於此，所以聖人培植后妃之德，以令與君子有自然欲望、至親至近之人能輔佐君子之德行，《儀禮‧喪服》云：「妻至親

396〔漢〕鄭玄箋，〔唐〕孔穎達疏：《毛詩注疏》（上海：上海古籍出版社，2013年），頁86。

397〔漢〕鄭玄箋，〔唐〕孔穎達疏：《毛詩注疏》（上海：上海古籍出版社，2013年），頁46。

也」[398]，因其至親所以緣人情則易能對君子產生影響，朝夕共處，共有子女，所以妻之言實是重於他人之言，若妻之德行不能立，則君子身邊有此種人何能立身行德呢？所以聖人外則要求君子修身，內則以「二南」之義要求婦人有德，如是君子不惑於人欲而能修德於至親之人，此是聖人要人修婦德之義，則此義剛健正大，甚可為今人所法。

「內有進賢人之志，唯有德是用，而無險詖不正，私請用其親戚之心」[399]，《正義》以為，緣婦人之性，則易有險詖私謁之行，險詖乃是顛倒是非，不能實事求是，而譽惡為善，私謁則是婦人有寵之時，多私薦其親戚，「故厲王以豔妻方煽，七子在朝，成湯謝過」[400]，此是婦人之常態，聖人猶恐不免，而后妃能無此心而有進賢之志，所以嘉美之。

探春興利一回薛寶釵薦怡紅院焙茗的娘來管香草諸事，而不用平兒之薦鶯兒的媽，則能見其避嫌而又能見其私心。王熙鳳之用賈芹管小沙彌、小道士，則因見楊氏素日嘴頭兒乖滑，則應允了，回頭與賈璉吃飯時便薦於賈璉，賈璉雖被賈芸求了兩三遭，還是被王熙鳳一說便將此事給了賈芹，而賈芹是何種人？則見水月庵掀翻風月案可知，王熙鳳用此人則全憑一己之好惡，不知聖人之教「巧言令色，鮮矣仁」，徒見楊氏口嘴乖滑便應允。然而賈芸之求王熙鳳種樹之事，王熙鳳則是用盡臉色，賈芸只得送禮而得此職，王熙鳳之無德，可見一斑，王熙鳳如此，賈璉又豈能好？王熙鳳既不能有德，則不能以正言戒勸君子，只是一味發其潑辣酸醋，則可見賈府之倫常衰廢，以致人世禍患叢生，此無怪乎人世的痛苦，皆是不能循其正道之故。至於王熙鳳暗中助薛姨媽、薛寶釵以拆散木石姻緣，亦是薦其親戚之義。

〈采蘋〉〈詩序〉云：「大夫妻能循法度也。能循法度，則可以承先

---

398 〔清〕秦蕙田：《五禮通考・凶禮八・喪禮》（北京：中華書局，2020 年），頁 12376。

399 〔漢〕鄭玄箋，〔唐〕孔穎達疏：《毛詩注疏》（上海：上海古籍出版社，2013 年），頁 47。

400 同上。

祖，共祭祀矣。」[401]

婦德、婦言、婦容、婦功，是謂四德。從鄭玄之說，婦言須婉，婦容須娩，婉謂言語溫婉，娩謂容貌嫵媚，此是從言語和容貌方面對女性的規定。聽受順從於人，為婦德。治葛縫線之事，以供衣服，謂之婦功。女子在家十年不出門，即在家學此四德之事，十五歲及笄，二十歲嫁人，嫁人之後，仍能循其為女時所學所觀之事則為能循法度。

婦人之行，尚柔順，自潔清，婦德則為能聽受順從於人，此是本於自然之教化，因女性本於坤德，坤有承順之義，所以婦人能聽受於人則是有德，若一味自強，則家庭必亂，女必淫，或者夫必受婦人之制，夫不成夫，當今社會夫婦之義顛倒者有之，然而《紅樓夢》中也發此顛倒之義。王熙鳳之制賈璉、薛寶釵之制賈寶玉、夏金桂之制薛蟠，婦人皆過於剛強，婦人剛強則不能循法度而一任己意，則必不能得其中正，而易流於偏狹險詖，然男子若不修其身，亦不能免婦人之失，故聖人培植君子之德與后妃、夫人之德。《紅樓夢》中之所以夫婦顛倒，乃是因君子不能修其身，婦人不能修其德，倫常之精義泯滅，而徒有其表，由是因儒家本來以人欲立基，而此時失德性倫理之制約，人欲橫流，男子不能自治其身，又何嘗能齊其家？故婦人之制夫，乃源於男子之不能自治，寶玉之不能自治，故受制於襲人、寶釵，亦是此例。尤氏是能順從於人者，然而賈珍不能自治，尤氏亦難免其禍患，故女有四德，亦必須有后妃之志，能輔佐君子，及時勸勉。邢夫人一味順承賈赦以自保亦是不能守后妃之志，可知「二南」之義並非以婦人只以順從為德，順從乃是其一面，而順從之中時予箴諫，亦是有其主動之義，此種巧妙，頗類道家之術，唯婦人能領會之，然不可涉於險詖。

〈樛木〉〈詩序〉云：「后妃逮下也，言能逮下，而無嫉妒之心焉。」[402]

---

[401] 〔漢〕鄭玄箋，〔唐〕孔穎達疏：《毛詩注疏》（上海：上海古籍出版社，2013年），頁96。

[402] 〔漢〕鄭玄箋，〔唐〕孔穎達疏：《毛詩注疏》（上海：上海古籍出版社，2013年），頁52。

鄭玄箋云：「后妃能和諧眾妾，不嫉妒其容貌，恒以善言逮下而安之。」[403]

此詩言后妃能不嫉妒而誡婦人嫉妒之心，凡有血氣，皆有爭心，是有情欲者無不妒也，妒乃是人自然之情性，而嫉妒則為妒之甚而失其節制，古文化之中嫉妒乃是一普遍之情，其原因殆因聖人並不在根本上否定欲望，而是以欲望立基，既以欲望立基則情性之自由實是被認同的，至於有無德性之制約乃看個人之修為，故古文化中屢有嫉妒之事而不能斷絕之，因嫉妒實乃與好美色一樣，本於自然人欲而並不能根除，只能加以節制。龐涓之嫉妒孫臏，是妒其才，呂后之嫉妒戚夫人，是妒其色，此是嫉妒之甚者，而至於古人言語之間，皆有爭心、妒心存焉，此實是一難以收拾之事，故唯修德可以制妒，能愛人則能化妒，故聖人云：「己欲立而立人，己欲達而達人」[404]，皆是令人為人之所難為以與人之自然情性對抗，能至於此則知天下乃一身，人我本無邊界，也就無從嫉妒了，嫉妒皆是一私心作祟，將自己的利欲看作至重之物，此問題的根本乃亦是本於儒家之承認人欲，所以「二南」之中屢提嫉妒之事，以使德性來補其失。

令后妃不嫉妒，本一難能之事，因后妃與眾妾相處，而地位又高於眾妾，且同侍奉於君子，其本可逞其爭心以求專寵，而后妃仍能以恩義和諧眾妾，使俱以進御於王，此實是人之所難能、儒家德性之偏至，但是儒家確實改化了人的自然之性，成功造化出了這樣的有后妃之德的人物，《金瓶梅》中的吳月娘實是此類。王熙鳳是古今妒婦的集大成者，本書對王熙鳳之妒所論已甚多[405]，王熙鳳嫉妒的特點在其毫無節制，一有此心則能大怒不止，凡妒者必淫，因妒本於私欲恣盛，故於人欲皆不能得其中和，且其因妒而生害人之心，鮑二家的之死、尤二姐之死皆未見其有絲毫惻隱之心。王熙鳳是女中之奸雄，其行為皆與儒家之指引背道而馳，而摻雜法家之術，但其晦於天道，只知其術而不知其道。有明妒，有暗妒，若王熙鳳則為明妒，夏金桂之妒秋菱亦是明妒，而襲人之妒晴雯、寶釵之妒黛玉，則為暗妒，明妒之於

---

403 同上。

404 〔宋〕朱熹：《四書章句集注》（北京：中華書局，1982年），頁92。

405 並參見本章第三節《春秋》篇。

人暴且奸，而暗妒之於人陰且險，此皆難於收拾之物。若周瑜之妒諸葛亮，一旦妒從心生，則難行其正道，一旦不能行正道，則漏洞百生，適為自誤之機，孔子云：「三人行，必有我師焉」、「見賢而思齊焉，見不賢而內自省也」[406]，人皆秉陰陽二氣而生，各有其優長，正所謂尺有所短，寸有所長，故周瑜以為諸葛亮勝於己則是其偏狹之心作怪，天生萬物，人各有其用，奈何王熙鳳不能容一尤二姐，夏金桂不能容一秋菱，此皆適以自誤也。

〈小星〉〈詩序〉云：「惠及下也，夫人無妒忌之行，惠及賤妾，進御於君，知其命有貴賤，能盡其心矣。」[407] 鄭玄《箋》曰：「以色曰妒，以行曰忌。命謂禮命貴賤。」[408]

此詩仍是論妻妾間之關係，詩中之義，夫人尊貴而妾卑賤，但夫人仍惠及妾，令其進御於君，但因妾地位低於妻，自知卑賤，故抱衾而往御君，不當夕，此實是古文化中略為不堪之事，古文化中實有對弱者的嬉弄，所謂禮命貴賤，即因禮而形成的貴賤差等，其處於禮所規定的卑下者，常處於被欺凌之地，「肅肅宵征，抱衾與裯。寔命不猶！」[409] 妾只能抱怨此種卑下是其命。此種家庭之中的妻妾關係可以說是古文化中頗為特殊之物，《紅樓夢》中對此反思頗多。

〈內則〉云：「諸侯取九女，兩兩而御，則三日也。次兩媵，則四日也。次夫人專夜，則五日也。」[410] 是五日之中，一夜夫人，四夜媵妾。度聖人之意，則對妻妾進御之事絕不忌諱，且有其規制，由此再度可見儒家對人欲的肯定，實際上儒家是以人欲作為其立論基礎，妻妾制度便是對此最明顯的證明，儒家認為陽性外發，故以多施為德，所以一妻不足，仍要有陪嫁

406 〔宋〕朱熹：《四書章句集注》（北京：中華書局，1982 年），頁 98、73。

407 〔漢〕鄭玄箋，〔唐〕孔穎達疏：《毛詩注疏》（上海：上海古籍出版社，2013 年），頁 125。

408 同上。

409 〔漢〕鄭玄箋，〔唐〕孔穎達疏：《毛詩注疏》（上海：上海古籍出版社，2013 年），頁 129。

410 同上。

的二媵兼及妾，此九人進御於君子，實是對君子欲望的徹底承認和滿足，所以儒家的道德規定是在人欲滿足的基礎之上的，《論語》之中多講德性倫理的層面，然而在「三禮」之中則可見全是描述的對欲望的規定，對欲望的規定實是以對欲望的承認為基礎的，妻妾制度就是一種對欲望的規定，在這種規定之中有一種等差，即所謂的「禮命」。禮命乃是為人所設之物，但並不能因人所設而謂禮命全然為可否定之物，自然之中尚有飛禽走獸之不齊，故人世中之禮命亦是人之不齊，此種不齊越到最後實際越是生發出多種問題。

古文化中越是禮命卑下的人，時常卻越是顛覆秩序的根本，宦官、閹黨即是一個例子，東漢靈帝時十常侍誤國，明代亦有宦官之禍，此宦官、閹黨皆為禮命卑賤不全之人，人多對其嬉弄諷刺來發促狹之心，然而正是這些人反過來顛倒了整個秩序，婚姻制度中的妾亦是此類，禍亂宮闈的諸多女性本只是媵妾之屬，如武則天，可見此種禮命的制度在根本上就埋藏了毀滅自身的隱患。儒家為了穩定這種秩序，便指引夫人須仁惠以惠及賤妾，而不宜有妒忌之心，由是才能穩定這種禮命的規定，但是如詩中所表現的，作為小星的賤妾實際亦是心有不甘，只能將一切歸結為自己的命，因這種貴賤的區分實是引發了人心上的諸多問題，造成了古文化中的人時常心中懷著一個誰貴誰賤的觀念，對於貴者則發其敬奉之心，對於賤者則置其鄙薄之意。

趙姨娘是賈政的妾，趙姨娘一生可以說受夠了這種禮命上的規定，對自己的妾的身分充滿了不滿，她將這種不滿進一步傳導給賈環，由是賈環也承繼了這種身分上的卑賤而時常發其促狹之心，將燈油潑在寶玉的臉上便是矛盾的發作，趙姨娘受馬道婆的蠱惑而以魘魔的方法報復賈寶玉和王熙鳳以發洩這種禮制上的不公對精神的殘害。不止如此，因為趙姨娘是個妾，就連她的親生女兒探春也不認她，在趙國基的賞銀上母女兩個冷語相對，探春因一心往上爬而對趙姨娘冷面冷心，乃至不認這個舅舅，「誰是我舅舅？我舅舅才升了九省檢點了！那裡又跑出一個舅舅來？」[411] 可見在這種禮命的規定

---

[411]〔清〕曹雪芹：《紅樓夢：三家評本》第五十五回（上海：上海古籍出版社，2021年），頁964。

之中，要麼像探春這樣做個糊塗人、刻薄人與其撇開關係，要麼只能如趙姨娘、賈環一樣在這個受眾人的眼光欺凌的環境中伺機還擊發洩其不滿，於是趙姨娘得知連芳官這個比自己還卑賤的戲子居然欺騙賈環時，她再也不能忍受了，「有好的給你？誰叫你要去了，怎麼怨他們耍你！依我，拿了去照臉摔給他去。這會子撞喪的撞喪去了，挺床的挺床，吵一軸子，大家別心淨，也算是報報仇。莫不成兩個月之後，還找出這個碴兒來問你不成？就問你，你也有話說。寶玉是哥哥，不敢衝撞他罷了，難道他屋裡的貓兒狗兒也不敢去問問？」、「趁著抓住了理，罵那些蕩娼婦們一頓，也是好的。」[412] 可見從〈小星〉中妾的抱怨「寔命不同」、「寔命不猶」變成了趙姨娘這一番話，結果趙姨娘真個一頭火上來走進園子，又加夏婆子一挑撥，便膽氣十足，「走上來，便將粉照芳官臉上摔來，手指著芳官罵道：『小娼婦養的！你是我們家銀子錢買了來學戲的，不過娼婦粉頭之流，我家裡下三等奴才也比你高貴些。你都會「看人下菜碟兒」！寶玉要給東西，你攔在頭裡，莫不是要了你的了？拿這個哄他，你只當他不認得呢。好不好，他們是手足，都是一樣的主子，那裡有你小看他的？』」[413] 趙姨娘平日對姨娘身分積壓的不滿一股腦兒發洩到芳官身上，雖說是打芳官，實際正是對此種禮命規定的抨擊，書中作者正是以趙姨娘此人的諸多舉動反思了這個不平等的妻妾制度、嫡庶制度，這個制度在保證了嫡子、妻位的特權之後，如果嫡子、妻不能以仁惠的態度感化庶子與妾以使其安於其位，則這些禮命上處於卑賤之位的人最終可能是反動者，正如書中所揭示的，「欣聚黨惡子獨承家」，賈環反而成為賈家之中的掌權者，賈赦也曾言賈環是曹唐再世，「這詩據我看，甚是有氣骨」、「以後就這樣做去，這世襲的前程，就跑不了你襲了」[414]，

---

[412]〔清〕曹雪芹：《紅樓夢：三家評本》第六十回（上海：上海古籍出版社，2021年），頁1051。引文從他本略校改。

[413]〔清〕曹雪芹：《紅樓夢：三家評本》第六十回（上海：上海古籍出版社，2021年），頁1053。

[414]〔清〕曹雪芹：《紅樓夢：三家評本》第七十五回（上海：上海古籍出版社，2021年），頁1341。

可見作者之意實是對於備受禮命束縛的賈環諸人深有同情的，賈環之詩有氣骨也是因其備受禮命壓迫所致，然其與諸人賣巧姐之事，亦是王熙鳳平生作惡所招，不可為賈環之定評。

襲人、平兒、尤二姐、香菱、秋桐、寶蟾亦皆是妾，襲人、平兒前此已論較多，襲人是竭盡所能以求妾位，其自身實是任勞任怨的，亦且不會如〈小星〉之中有「寔命不同」的抱怨，因襲人實是一個安分隨時的人。平兒則能審時度勢，安於妾位，上則能安平妒婦，下則能廣施恩惠，雖其李代桃僵，但對妾位亦未有不平之意，非如趙姨娘之類。尤二姐則自知其犯了淫的病，有此一病，則其他百般的好都付之東流，因其名節不立，其受制於妒婦，妒婦以欺詐之術待之，其不能自立於其中，而頗令人歎惋，尤二姐亦是妻妾制度下的犧牲品。秋桐、寶蟾則趙姨娘之類，秋桐原為賈赦房中的丫鬟，賞賈璉為妾，此事本是深為可恥的父子聚麀之事，然而賈璉樂此不疲，竟為秋桐冷落了尤二姐，王熙鳳既不能正己，又且挑唆妾之矛盾，借劍殺人，由是妻妾制度在這裡已經成了人間鬼蜮，夏金桂之施計於寶蟾、香菱，亦同此類，家庭之中成為人轄制人之環境。儒家的本義在此徹底背離了，雖則是因這些人都不能循儒家的禮制，其深層原因則在於儒家的這個以人欲為基礎、讓人只求物質滿足而無心靈滿足的指引有其內在的隱患。儒家以物質歸化心靈，物質的欲望滿足成為可以導向心靈滿足的條件，從而沒有純粹的心靈需求，而只是在物質現象中打轉，從而一妻不足，還要有妾[415]，這都是根植於物質需求的，卻沒在其心靈需求上作出指引，從而人在物質中永遠不會滿足，人也變成物，一尤二姐不足，還要有一秋桐，一秋桐又何能足？這是問題的根本。後來新文化運動，這個陳舊的制度徹底打破了，人解放了出來，但是心靈的滿足仍舊虛浮而五花八門，未在其根本上建立起來，這仍是受儒家影響的歷史慣性，人依然追求物質的進益。近半個世紀漢文化圈中在物質上的偉大成就實際與這種歷史慣性是分不開的，這四十多年是物質的

[415] 雖此妻妾制度是男性為主導，但是歷史環境中女性主導亦有之，其本質不變。如唐史中武則天案、韋皇后案，《金瓶梅》中林太太案。

成就，是唯物觀和儒家的人欲物質觀結合而產生的歷史結果，但是如同儒家中本來存在的一味在物質現象中打轉，抑或用德性倫理加以引導，而讓人無心靈需求的問題一樣，人依然沉陷在物質裡不能自拔，與古文化的三妻四妾現象並無不同，滋生出更多的對物質的貪婪。儒家的德性倫理的偏至學說只能在少數士人心中產生作用，而難以在廣大的民眾中發揮其心靈的影響，而是只有外在教化的規定，這也是儒家存在的問題。

四

〈螽斯〉〈詩序〉云：「后妃子孫眾多也，言若螽斯不妒忌，則子孫眾多也。」[416]《續漢書》順烈梁皇后曰：「陽以博施為德，陰以不專為義。蓋詩人螽斯之福，則百斯男之祚所由興也。」[417]

此詩討論的實際是生育的問題，生育子孫是儒家的大問題。之所以令后妃不嫉妒，而能惠及眾妾，其中有為欲望考慮的一面，亦有為生育考慮的一面，儒家之所以重視生育，乃是因其關係人世的延續和宗廟的祭祀，在其本質上即是關係到人世現象界存在的合理性。如果沒有子嗣來作為人世現象界的延續，則儒家所規定的人世現象的諸多理念皆會沒有著地而落空，《周易・文言傳》曰：「積善之家，必有餘慶；積不善之家，必有餘殃」[418]，此「餘慶」、「餘殃」皆可以子孫作為其承載物，如果沒有子孫作為人世現象的延續，則人在人世中只為自己這個有限的生命而考慮，那人世現象就是有限的，從而其存在的正當性也就深可懷疑了，所以歷來無子孫父母妻妾牽絆者易遁入空門，因其自身只是為自身而存在，這個由人世現象建立起來的人世對其來說就缺乏意義。儒家的高明就是在子孫這樣一個自然產物之上建立了其人世意義，本來在西方社會看來，子孫生育完之後就是一個獨立的個體，在這個獨立的個體之上並未附加過多的人際間的其他意義，但在儒家卻

416〔漢〕鄭玄箋，〔唐〕孔穎達疏：《毛詩注疏》（上海：上海古籍出版社，2013年），頁54。

417〔清〕王先謙：《詩三家義集疏》（北京：中華書局，1987年），頁35。

418 黃壽祺、張善文：《周易譯注》（北京：中華書局，2016年），頁30。

不同，儒家改化了自然的子孫而在其上建立了父母子女的倫常關係、物質關係和祭祀關係，子孫是婚姻的必然結果，而子孫適以成全婚姻，因為無子孫則無父、無母，無父母之位則婚姻的倫理關係亦不成立，所以儒家之重視子孫，乃是其構建以人世現象為存在方式的一個必要選擇，所以子孫作為《好了歌》所提出的人世現象的四大信仰功名、金銀、美色、兒孫中的一極。

既然儒家是對於人世現象的信仰，此種信仰實是根植於人的欲望，對於現象而言，康德在《判斷力批判》中曾提出數量的崇高和力量的崇高[419]，黑格爾在論述象徵型藝術如埃及的金字塔、印度的梵天時亦指出其因缺乏內在的精神而走向在感性現象的數量上的龐大[420]，其實儒家正是停留在現象界而以現象為信仰，儒家提供給人在現象層面的滿足，但其並不關注心靈層面，其讓人缺乏一種內在的追求，而只是一味注重外在現象的追求，功名、金銀、美色、兒孫皆是屬對於外在現象的追求，因其缺乏一個內在的精神蘊含，所以其滿足也是短暫的，所以只能追求在現象層面的數量的增加，功名則越多越好、地位越高越好，這只是一個數量層面的區分，同樣金銀亦是越多越好、嬌妻美妾三宮六院越多越好、兒孫滿堂亦是越多越好，因其局限於現象，所以只能在現象上求其數量的進益來滿足其對現象的信仰，然而其內裡仍是空虛的，因儒家對人的指引停留在了現象界。中國人真正的問題在於缺乏宗教般的心靈滿足，此處不滿足則一味以現象上的進益為滿足，《紅樓夢》此書實際看到了儒家的人世生活所存在的此問題，所以其力圖重建人的心靈需求。

后妃能不妒忌，則眾妾能得進御於君子，由是子孫蕃盛，子孫蕃盛則人在人世越有意義，這是儒家人世所導向的必然傾向，賈府之中亦有這種傾向，賈府子孫並不少，也可謂支庶蕃盛，雖嫡孫只有賈寶玉一人，然其賈府中的子嗣卻從寶玉這一輩越來越不濟，乃至不能留後了。賈璉無子，賈蓉也無子，賈寶玉似與薛寶釵有一子，其中子孫不能蕃盛的原因皆在於賈府女性

---

[419] 李秋零主編：《康德著作全集第 5 卷・判斷力批判》（北京：中國人民大學出版社），頁 302、315。

[420] 〔德〕黑格爾：《美學》（北京：商務印書館，1979 年），頁 47、70。

多有妒忌之心，這是其表層原因，即儒家的倫常到了這個階段便衰壞異常，家庭之中女性幾乎完全背離儒家的規定而走向儒家的反面，儒家令人不妒忌而書中所寫女性偏偏甚為妒忌，從馬克思主義的觀點看來這裡面有社會經濟發展而導致觀念形態演變的原因，但是社會經濟的發展並不能完全解釋在家庭制度不變的情況下人性如何從一個遵從教化而走向一個自然化甚至扭曲的過程，賈府中的女人是當時社會的一面鏡子，從王熙鳳、秦可卿身上可以看出，這些女性完全企圖背離儒家的倫常規定而走向一個個人自專的意圖之中，即是為所欲為，秦可卿可不顧忌叔侄媳婦的身分，王熙鳳也可不顧忌叔嫂同車，甚至也可以憑著自己的意願和家庭地位作惡，這在本質上並不是一個歷史演變的問題，而是一個共時的一直存在的問題，即儒家的兩個基點人的自然欲望和德性倫理之間的衝突，儒家的過程在於改化人的自然性，但是如果這個過程不能達到其效果則反而加深了人的自然欲望走向失衡的危機。王熙鳳因妒忌尤二姐便陽奉陰違，暗中借劍殺人，致尤二姐受暗氣而鬱結，本懷身孕而最終誤用藥打胎殞亡，如若王熙鳳能不妒忌，則賈璉必能多得子嗣，然而王熙鳳完全違背了這個指引，這實際上既說明儒家的指引乃是勘透了人的自然性之後而作出的改化，又說明這個改化本身潛存著危機，因其本身是與人的自然性相對抗的，能對抗得下則為安樂人世，然不能對抗得下則在儒家的人世之中生出諸多禍患。

嫉妒與妒忌二者，在古文化中實為最常見之事，何哉？因孔學以人與人之關係為中心，以此施展仁之用，但一旦人在關係之中，則激發其本有之勝心，不加克制疏導，而成嫉妒與妒忌矣。古文化中之小人皆因妒忌而生，後世更有宦官之屬，全以妒忌私心用事，殘害忠良，更甚者則是將人捆縛在一環境之中，如宮廷、家庭、大觀園之類，人在其中能無嫉妒之心哉？古文化之小人，皆是此心之運作，其術之橫行皆賴一固定環境與專制之家長。《紅樓夢》一書也進一步說明，倫常的衰壞則令人世為鬼蜮，婦人之間尤甚，乃至不能留其子嗣。

〈江有汜〉〈詩序〉曰：「美媵也，勤而無怨，嫡能悔過也，文王之時，江沱之間，有嫡不以其媵備數，媵遇勞而無怨，嫡亦自悔也。」[421]

此詩仍是講家庭之中妻妾關係，媵為陪嫁之女，媵在家庭之中能勤勞無怨，妻也能體諒媵之辛勞，也能自悔其過，消其妒忌之心，從而嫡媵之間能和諧共處。妻妾關係實是儒家家庭之中十分重要的關係，此種關係的由來則是由於陪嫁的制度，《公羊傳》曰：「諸侯一娶九女，二國媵之」[422]，到其後世則流為以人欲為主的禮俗，即妾實是為了滿足男性的欲望而設之位而已。後世家庭之中的問題妻妾關係實際促成了儒家家庭的崩塌，這個關係生出了極大的問題，可謂妻妾不寧。

趙姨娘是賈政之妾，鬧出了多少問題，又平兒為賈璉之妾，其與王熙鳳亦貌合神離，襲人為寶玉之妾，寶釵得位則收拾襲人，至於秋桐之與尤二姐，寶蟾之於香菱，則是妾與妾之間水火不容，把女性們以此種制度捆綁在一起，實際是人間鬼蜮，《金瓶梅》之中西門慶五個妾之間的關係亦是發明此義。然而古文化之中對此問題竟熟視無睹、不能求其解決，可見儒家一味以人欲立基，人只知功名利祿、財色酒氣而沉陷此中，不能脫身，所以竟無一社會改良的觀念提出。賈寶玉實是參透了妻妾關係的一人，其最初待晴雯、麝月、襲人之人並非純是欲望的態度，而實是有平等之心，晴雯為嚇唬麝月，寶玉告訴麝月晴雯出去了，則可見其心中實一視同仁，而當攆晴雯、黛玉死之後，寶玉實是開始琢磨此中的因果關係，漸漸也就明白襲人、寶釵等人之為何種人了，由是寶玉之離開家庭，實是參透了女性捆綁在這個大觀園之中，其所思所慮實是不乾淨的，寶玉之離去，乃是尋求其心中自由純真之境。

「嫡亦自悔過」，則可見人皆有自反之心，可見人心皆有自反之功，自反是能自反於善，知其所行之過失處，所謂心平氣和而無思慮擾亂之時才能明曉過失，亦能寬恕待人，此自反是儒家善根的基礎，人心能自反有如孟子所云平旦之氣，若不能自反，則不能保其平旦之氣，則人漸非人矣，故能悔

421〔漢〕鄭玄箋，〔唐〕孔穎達疏：《毛詩注疏》（上海：上海古籍出版社，2013年），頁130。

422 同上。

過自反，即是能自省，便是修身成仁的功夫，曾子曰：「吾日三省吾身，為人謀而不忠乎？與朋友交而不信乎？傳不習乎？」[423] 曾子甚重自省的功夫，便是能遷善改過，能遷善改過則說明其心還生動鮮活。

《紅樓夢》書中呆霸王薛蟠雖多行惡事，亦且冥頑不靈，惟知嫖娼聚賭、財色酒氣，然而對於此種人作者卻常常能示其有鮮活之心，能有一真性情，錯裡錯以錯勸哥哥一回，寶釵因寶玉被打事詢責薛蟠，薛蟠與之爭執，乃至薛蟠戳出了寶釵的心事，寶釵大為不悅，而後薛蟠因聽到薛姨媽對寶釵的一番話：「我的兒，你別委屈了。你等我處分那孽障。你要有個好歹，我指望那一個來？」「薛蟠在外聽見，連忙的跑了過來，對著寶釵左一個揖，右一個揖，只說：『好妹妹，恕我這次罷！原是我昨兒吃了酒，回來晚了，路上撞著客了，來家未醒，不知胡說了什麼，連自己也不知道，怨不得你生氣。』」[424] 寶釵也由不得笑了，薛蟠能為此，便是能自反，又且柳湘蓮將薛蟠騙至城外北門大打一頓，後來薛蟠竟能回返過來，「濫情人情誤思遊藝」與張德輝外出做買賣，路上竟也與柳湘蓮言歸於好，結為兄弟，然而薛蟠此人雖有變通自反之心，但終究情性裡帶著呆霸鬥狠之氣，所以後來仍是復惹流放刑，其雖能知自反，但畢竟不能窮究其性，在根本上改過遷善，此皆是為利欲所惑。至於賈璉、賈蓉、賈珍諸人，雖其所行為過失，亦不以為其為過，反而皆是變本加厲，一敗塗地，如賈璉既不能知在鮑二家一事的錯，亦不能知其在尤二姐事上的錯，至於尤二姐忌日王熙鳳假慈悲，賈璉竟信妒婦為真，以此可見其愚妄。

王夫人打金釧兒令攆出去，雖見其有自悔之心，然而身邊諸人如寶釵者竟委婉相勸，云金釧兒是自己失足掉下去的，則王夫人之自悔亦非真悔，所以後來又有攆晴雯之事，其攆晴雯之時猶記其攆金釧兒事否？由是雖吃齋念佛斷不能遷善，不能遷善亦且為奸佞所惑，從而母子相失。襲人、寶釵之流乃是終生不能自悔者，因其心皆為機心，仁心已失，故絕不悔其所行之事。

---

[423]〔宋〕朱熹：《四書章句集注》（北京：中華書局，1982 年），頁 48。

[424]〔清〕曹雪芹：《紅樓夢：三家評本》第三十五回（上海：上海古籍出版社，2021 年），頁 590。

悔過乃是人生中之常態，能悔過便能自新，能悔過則是明德未失。

五

〈桃夭〉〈詩序〉云：「后妃之所致也。不妒忌，則男女以正，婚姻以時，國無鰥民也。」[425]《正義》云：「后妃內修其化，贊助君子，致使天下有禮，昏娶不失其時，故曰致也。由后妃不妒忌，則令天下男女以正，年不過限，昏姻以時，行不逾月，故周南之國皆無鰥獨之民焉，皆后妃之所致也。」[426] 可見家庭之中，君子之政得后妃之助，若后妃有賢德，則君子有善政，而所有善政之中，男女以正、昏姻以時、國無鰥民三者可謂善中之善，因人在世間之幸福實賴於此。

男女婚姻百事之先、萬事之始，婚姻能正則家庭方可得其正，婚姻不正則以後之事皆是難以得正，何謂正？《詩經》之義在於斥淫奔，婚姻不由六禮則非正，若〈野有死麕〉則是禮不得正而行強娶，若男女私會而不由媒聘也是非正，非正則為淫、奔，淫奔即今日所謂自由戀愛。儒家反對自由戀愛正因其難以得正，而造成諸多問題。《紅樓夢》一書即是寫男女婚姻上的不得正從而衍生出的人生問題，但是書中之意實是對此持反思態度，並非一味以不得正抹殺之。

寶玉黛玉之關係實是自定終身，然而其二人自幼耳鬢廝磨，若有為黛玉作主張者，若有為寶玉求聘者，則二人之姻緣也可成，然而寶玉終究不知下禮求聘之事，黛玉雖有紫鵑為其出謀，但此事主動之權實在寶玉，其失也在於寶玉。寶玉只知與黛玉談情，不知兒女婚姻之事在於得六禮之正。賈芸與小紅手帕傳情，實亦是私會，亦是不得禮數之正者。潘又安與司棋亦是此類，皆是自定終身，此皆是因男女之情而萌生婚姻之意，而非循婚姻的聘問之禮。尤三姐私定於柳湘蓮則是自定終身，尤三姐光明正大地提出此意，讓

425〔漢〕鄭玄箋，〔唐〕孔穎達疏：《毛詩注疏》（上海：上海古籍出版社，2013年），頁57。

426〔漢〕鄭玄箋，〔唐〕孔穎達疏：《毛詩注疏》（上海：上海古籍出版社，2013年），頁58。

賈璉作媒說及柳湘蓮，則亦是維持婚姻之禮之義，然而黛玉無此膽量，亦因孤身力薄，無人為其張羅。尤二姐之婚姻也不得其正，亦是因禮序顛倒。

至於薛蟠之娶夏金桂，則失於急，且因貪慕其財，賈家之為寶玉訂寶釵為妻，亦因貪其財，可見婚姻貪其財勢者皆難以得正，若賈赦之嫁迎春，亦是貪慕孫家聘禮，結果令迎春殞身亡命。婚姻之權雖求聘在男方，而定奪則在女方，女方之慮正，則婚姻可正，女方之慮在於勢利，則婚姻難言。邢岫煙之訂薛蝌，則幸有媒妁之言，二人亦頗有德行。至於巧姐，則是「勢敗休云貴」[427]，其能得劉嫗說親，亦是從其命運之理而得正者。襲人嫁於蔣玉菡，則是命中之理。婚姻一事，雖假借媒聘六禮，然而其成與不成、諧與不諧，雖曰人事，實亦天命，若李紈之婚姻實亦明此。

〈桃夭〉實言婚時，「桃之夭夭，灼灼其華」，言女之灼灼有美色，婚姻貴得時，所謂天時也，十五至十九女灼灼夭夭然，則此時男女婚姻結合是天時之正，因婚姻本於人的欲求，若失其時，則婚姻本身的價值實亦減弱了。鰥寡者則是人欲匱乏者，能令民免於此，則是善政。

〈摽有梅〉〈詩序〉云：「男女及時也。召南之國，被文王之化，男女得以及時也。」[428]

《紅樓夢》中男女多失其時。摽有梅，是黛玉之歎，男女不能及時，便是賈母說一拖再拖，一直托言寶玉還小，等再大點，這便是誤事。此詩可引為黛玉思春之用。賈母諸人不早作打算，弄一襲人尚且不明張，其不明理甚矣。《三家義》引蔡邕，「〈葛覃〉恐其失時，〈摽梅〉求其庶士，唯休和之盛代，男女得乎年齒，婚姻協而莫違，播欣欣之繁祉。此魯義。〈召南〉披文王之化，男女及時。」[429]《紅樓夢》中便是失時甚矣。尤三姐尤二姐如是，黛玉、寶釵、探春、迎春、惜春如是，觀薛寶琴早許梅翰林可知。女

---

427 〔清〕曹雪芹：《紅樓夢：三家評本》第五回（上海：上海古籍出版社，2021年），頁83。

428 〔漢〕鄭玄箋，〔唐〕孔穎達疏：《毛詩注疏》（上海：上海古籍出版社，2013年），頁121。

429 〔清〕王先謙：《詩三家義集疏》（北京：中華書局，1987年），頁101。

二十春盛而不嫁，至夏則衰。如今之世，便是失時更甚，嫁得更晚，其不嫁者或荒亂社會，機心處事，社會從而為一地獄。黛玉之憂，便是摽梅之憂。女年二十無嫁端則有勤望之憂。則有不待禮會而行之者，求我庶士，迨其謂兮，便是不待禮會，謂明年仲春，不待以禮會之也。時禮雖不備，相奔不禁。

可見失時甚於失禮，前〈行露〉貞女以失禮而直拒之，今因失時而不待禮會。時之義大矣哉！〈摽有梅〉教人善時，而新文化運動連同儒家對人真切之關心真切之理解一併拋除，則人不能安生。如今男女不能得時，是一大厄。女年二十，婚期以此為限。二十當婚，而今晚之又晚。古今之變，人不能安好。然人須知為何有此禍，是摒棄儒家之失。如今禮俗不能勒令女嫁，當設一法律勒令二十五之前必嫁，不嫁之女，純陰之體，機心用事，於社會則無益。

儒家之本乃在婚姻，婚姻貴及時，不能及時則人事難諧。男三十為娶，女二十未嫁，則為鰥寡，鰥寡則不能行人倫，由是儒家在人世便不能展開，所以鰥寡實是儒家十分關切之事，寧可禮不全，不可令民鰥寡，所以《管子》有合獨之義，即「取鰥寡而合和之，予田宅而家室之」[430]，《周禮》有仲春之月令會男女，禮雖不備，亦會而行之，〈有狐〉序又云：「古者凶荒則殺禮而多昏，會男女之無夫家者，所以蕃育人民也。」[431] 唯有男女及時，萬事才可進行，這是儒家關切之處，《紅樓夢》中卻見男女遲遲不得婚配，而得婚配者多是被勢利所驅，由是諸女子命途多舛。黛玉之困厄，亦是賈母不能為其主張，不能早得婚配之失。

〈兔罝〉〈詩序〉云：「后妃之化也，〈關雎〉之化行，則莫不好德，賢人眾多也。」[432]《箋》云：「罝兔之人，鄙賤之事，猶能恭敬，則是賢

430〔清〕陳奐：《詩毛氏傳疏》（南京：鳳凰出版社，2019 年），頁 53。

431〔清〕陳奐：《詩毛氏傳疏》（南京：鳳凰出版社，2019 年），頁 53。

432〔漢〕鄭玄箋，〔唐〕孔穎達疏：《毛詩注疏》（上海：上海古籍出版社，2013 年），頁 63。

人眾多，是舉微以見著也。」[433]

后妃之化行，則賢人眾多，至於山林，然后妃之化不行，則小人眾多，須知賈府之細枝末節，如賈芹、來旺、來興、柳婆子、傻大姐之屬，是類於苴兔之人，觀賈府之細枝末節，可以知家中婦人之德行。故賈府之大事，每起於毫髮纖微之中，寶玉之與秦可卿神遊太虛乃因賞梅而倦怠，知賈府奢費之弊乃起於千里之外、芥豆之微的一劉姥姥，抄檢大觀園乃起於一傻大姐撿得繡春囊，黛玉知機關乃亦因傻大姐泄消息，鳳姐之德行乃發於尤二姐問來興之口中，賈府之抄檢乃源於賈芸忘恩於醉金剛，由此可知知芥豆之微乃可知其全體大概，有一小紅之傳情於賈芸，則園中亦有黛玉之鍾情於寶玉，知丫鬟之所為則可知小姐之所為，有入畫與其哥哥傳送銀物，則亦有芳官與柳五兒傳送物品，知寶玉之友秦鐘之所為，則可知寶玉之所為，觀其細枝末節，而可知其得失，書中之筆法，亦復如是，寫其微而見其著，寫多姑娘之頭髮絲及平兒隱瞞之事則可知後來。

王先謙引三家詩云：「『肅肅兔罝，施于中林』，處獨之謂也。」[434]徐幹《中論・法象篇》云：「人性之所簡也，存乎幽微。人性之所忽也，存乎孤獨。夫幽微者，顯之原也。孤獨者，見之端也。胡可簡也？胡可忽也？是故君子敬孤獨而慎幽微，雖在隱蔽，鬼神不得窺其隙也。《詩》曰：『肅肅兔罝，施于中林』，處獨之謂也。」[435]處獨於幽微，乃是人性所易忽，而孤獨、幽微乃見之端、顯之原，因顯見之物必於幽微孤獨處發其跡，人之真性易在幽微孤獨處見其端，所謂君子慎其獨，能於孤獨處敬慎其身心，則方能於顯見之處得其中正，顯見之處不能得其中正者，亦因於孤獨幽微之處有其所疏忽。賈寶玉不能敬慎於孤獨之中，至於背警幻之訓而偷試雲雨，乃至兼及近婢數人，「撕扇子作千金一笑」，不能以賢良正道導化近身之人，而以奢費之道恣縱晴雯之心，由是晴雯愈不能制其情性，乃至於謾罵毆打，此皆是寶玉不能勸誡他人，而只是一味縱容，至於其在言語上袒護黛玉，則

---

[433] 同上。

[434]〔清〕王先謙：《詩三家義集疏》（北京：中華書局，1987 年），頁 46。

[435] 同上。

多類於婦人之行，而不能得其正大之誼，故寶玉之與女孩好多是在孤獨幽微之中露其心跡，平兒理妝、香菱情解石榴裙諸事，皆是寶玉在孤獨幽微之中不能敬慎其身，偏在此種時候放蕩其心，這是寶玉不能慎獨修身，所以適以貽誤自身，不能堅其心志，而受欺於婦人之手。

《鹽鐵論・備胡篇》：「匈奴處沙漠之中，生不食之地，如中國之麋鹿耳。好事之臣，求其義，責之禮，使中國干戈至今未息，萬里設備。此〈兔罝〉之所刺，故小人非公侯腹心干城也。」[436] 胡承珙云：「此言當時之臣，異于〈周南〉之賢人，不能折衝禦難，為國干城，將不免為〈兔罝〉詩人所刺也。」[437] 夫匈奴不可不擊，知後世金元清日之禍，則知漢唐擊匈奴之用也，此非儒者所易知。凡漢儒之論[438]，多以擊匈奴為無用，其地不可耕，其人不可化之以禮義，擊之則遠，退之則進，殺之則累年又蕃盛，故以之無用也，此陋儒之論。夫匈奴不可不制也，不可不防也，一有武備之疏忽，則其日益蕃盛，禍亂中原無日矣。夫隋煬之征高麗亦然，不可不征也，雖征之勞師動眾，幾有內亂之禍，然不可不征，此隋煬於中原之功也。若《紅樓夢》中，則林之於湘雲、寶釵不可不制也，不以言語制之則其以言語制己，故知攻也者守也。以攻為守，尚可守也，以守為守，則不可守也。知寶釵之籠絡黛玉之後，黛玉不制寶釵之後，則黛玉之死無日矣。所以，〈兔罝〉之誡亦在於有至微之賢人折衝禦難，則於顯見之處方可無患，若包勇是也，而黛玉於幽微之處即受蠱惑於寶釵，則顯見之處不能自主矣。

〈羔羊〉〈詩序〉曰：「〈鵲巢〉之功致也，召南之國，化文王之政，在位皆節儉正直，德如羔羊也。」[439]《正義》云：「〈宗伯〉注云：『羔取其群而不失其類。』〈士相見〉注云：『羔取其群而不黨。』《公羊傳》何休云：『羔取其贄之不鳴，殺之不號，乳必跪而受之。死義生禮者，此羔

---

[436]〔清〕王先謙：《詩三家義集疏》（北京：中華書局，1987 年），頁 47。

[437] 同上。

[438]《漢書》諸章節有論之。

[439]〔漢〕鄭玄箋，〔唐〕孔穎達疏：《毛詩注疏》（上海：上海古籍出版社，2013 年），頁 110。

羊之德也。』然則今大夫亦能群不失類，行不阿黨，死義生禮，故皆節儉正直，是德如羔羊也。毛以儉素由於心，服制行於外，章首二句言裘得其制，是節儉也，無私存於情，得失表於行。」[440]

所謂文王之政之化，即是化去人之利欲之心，而使之歸於節儉正直，利欲不得其中節則化而為貪吝，節儉正直，死義生禮者，《紅樓夢》之中似無有當此者。然邢岫煙困窮而有節儉之德，鴛鴦之於賈母則能死之以忠義，紫鵑之為黛玉亦有忠義之心，此三人皆能群而不黨，似有羔羊之德者。《紅樓夢》一書實有表彰忠義的思想，至於醉金剛接濟賈芸，包勇鬥夥盜而庇護賈府，此皆非利欲之交，而實有天地之公心存焉，而至於平兒接濟尤二姐、寶釵施惠兼及趙姨娘、寶釵贊湘雲螃蟹宴，此則雜有功利之心矣，可見忠義有真有假，唯至於患難之間可見其真。

六

〈漢廣〉〈詩序〉云：「德廣所及也，文王之道被于南國，美化行乎江漢之域，無思犯禮，求而不得也。」[441] 鄭玄《箋》云：「紂時淫風遍於天下，維江、漢之域先受文王之教化。」[442]

「美化行于江、漢之域，故男無思犯禮，女求而不可得」，所謂美化，即是未有犯禮之思，所謂思不出其位，女求而不得，則謂其能貞靜，故能不為巧言令色所惑而失其守，「南有喬木，不可休息。漢有遊女，不可求思」，喬木以高其枝葉之故，所以人不得就而止息，以興賢女雖出遊流水之上，然不可犯禮以求，因其貞潔之故，所謂不可求，乃有可求之道，可求之道乃在於禮。明於此，則可知寶玉、黛玉之心實不可明睹，「意綿綿靜日玉生香」一回寶玉竟欲思出其位，而黛玉拒之，則見黛玉本有貞潔之性，而寶

440 〔漢〕鄭玄箋，〔唐〕孔穎達疏：《毛詩注疏》（上海：上海古籍出版社，2013年），頁111。

441 〔漢〕鄭玄箋，〔唐〕孔穎達疏：《毛詩注疏》（上海：上海古籍出版社，2013年），頁69。

442 同上。

玉常懷犯禮之心，故度寶玉之對黛玉，實則受邪書僻傳之沾染自始至終未能得禮之正，所以寶玉自始至終不知求聘之事，其本不知禮也。然而黛玉之心既受寶玉之沾染，雖其身可守，而其心乃失其守，為寶玉之言行所迷，乃至入於情癡之境，無論黛玉之自定主意，還是寶玉之犯禮之思，皆是石破天驚之事，其欲自作主張，而二人終生不能脫離於此。

女有貞潔之性，犯禮而往，將不至矣，犯禮求黛玉，將不能至，然寶玉竟終究不能得其正道。以此見寶玉之邪思，黛玉之貞潔，然黛玉失於情癡，此絕非儒家規定的純粹貞女，乃是一革變的樣態。

「木以高其枝葉，人無休息者；女由持其潔清，人無求思者」[443]，由是知黛玉、妙玉皆是內動其心，而外招來求思者，妙玉乃黛玉之偏至，妙玉之招夥盜，乃黛玉一生之小影，黛玉若能返璞歸真而忘情，則免卻塵緣中多少煩惱，書中云黛玉本自情天幻海而來，似可為其耽於情之開脫，然邪書僻傳之改易情性、幼時男女同居實是其根本。〈內則〉云：「女子居內，深宮固門」[444]，乃是因治其性於初始而防患於未萌，而賈府則自幼將寶玉、黛玉養於榮禧堂下，耳鬢廝磨，此則不能慎於其始，而導二人於情癡之境，皆是賈家不能明禮之失也。

「淫風大行之時，女有可求，今被文王之化，遊女皆潔」[445]，聖人之事，無他，不過是治亂治淫，化淫風以潔清，化亂世為治世，淫則亂，亂則淫，貞則治，治則貞，聖人原不過在人心上下手，人心能導於平和安定，此則為聖人之務。《金瓶梅》、《紅樓夢》二書，原不過本於聖人之心以治淫之書，一治皮肉之淫，一治意淫。皮肉之淫乃是色，意淫乃是情。故《紅樓夢》末回云：「大凡古今女子，那『淫』字固不可犯，只這『情』字也是沾

443〔漢〕鄭玄箋，〔唐〕孔穎達疏：《毛詩注疏》（上海：上海古籍出版社，2013年），頁 70。

444〔漢〕鄭玄箋，〔唐〕孔穎達疏：《毛詩注疏》（上海：上海古籍出版社，2013年），頁 71。

445 同上。

染不得的。」[446] 若金、瓶、梅三人者犯於淫是不可，若林黛玉之沾染了情也是不可的。大約古文化中男女之間多以色而行，此是受儒家改化男女之欲的結果，然《紅樓夢》中以大旨談情，後世之男女多以情而行，乃至新文化運動之後則全以所謂愛情而行，愛情即是情，因愛情所惑者，直至今人仍受其迷惑，可不慎哉！當今若有聖人復出，當務之急乃在於治此，此是儒家之要義。

「無求犯禮者，謂男子無思犯禮，由女貞潔使之然也。所以女先貞而男始息者，以姦淫之事皆男唱而女和，由禁嚴於女，法緩於男，故男見女不可求，方始息其邪意。」[447] 文王之化不過在於教，教而化之，所以女能變其自然之性而有貞潔之行，聖人之教，皆在於一思，思無邪，則無邪矣，要在能治其思。治思之法甚難，因思感於物情，流轉無度，且思在隱處，全憑自我之察度，所以聖人治思要在能慎其獨，「戒慎乎其所不睹，恐懼乎其所不聞」[448]，謂能以戒慎恐懼之心察度其思，思方可能入於正，此為治思之第一法；《易》有艮止之義，若一有邪思將萌，須立即知止，「知止而後有定」[449]，然知止尚且不足，須不見，「行其庭不見其人，艮其背不見其身」[450]，能不見則能知止、則可止，此為治思之第二法；此二法皆非容易之事，故聖人以《詩經》培植人涵泳優遊、溫柔敦厚之度，能得諷詠《詩經》，內化其中和之度，則自然能思無邪，故《詩經》本於思，以詩化思，此是自然而然之過程，故令人無思犯禮，當先以《詩經》入手。賈寶玉之讀《詩經》，未得其精要，寶玉讀《詩經》到第三本〈鹿鳴〉，賈政則要寶玉不讀《詩經》，先將四書講明，然而四書之於童子，難得其要領，而《詩

[446]〔清〕曹雪芹：《紅樓夢：三家評本》第一百二十回（上海：上海古籍出版社，2021年），頁 2124。
[447]〔漢〕鄭玄箋，〔唐〕孔穎達疏：《毛詩注疏》（上海：上海古籍出版社，2013年），頁 71。
[448]〔宋〕朱熹：《四書章句集注》（北京：中華書局，1982 年），頁 17。
[449]〔宋〕朱熹：《四書章句集注》（北京：中華書局，1982 年），頁 3。
[450]黃壽祺、張善文：《周易譯注》（北京：中華書局，2016 年），頁 383。

經》之於童子能涵詠其度，不先從《詩經》入手，其於四書亦是僅得表面，寶玉黛玉皆不能明透「二南」之旨，所以皆不能得其思之正，故寶玉常思犯禮，又加秦可卿、王熙鳳等人導引，難以入於正道。「女先貞而男始息」者，此是能深察男女之性，男之不息，在女之不貞以導引之，陽性主於外發，故伺尋其機，陰性內閉者也，須能守其貞，而成固若金湯之勢，尤二姐之不貞，正以導賈璉之淫也，襲人之不貞，正以導寶玉之不學、無度也，若寶玉身邊皆貞女，則寶玉斷不至於「房櫳日夜困鴛鴦」[451]。賈璉要尤二姐檳榔之事，則先見尤二姐與賈璉男唱女和，皆在於尤二姐守身不嚴，若尤三姐當日與賈珍、賈璉對飲，則見其剛烈之性，此雖不是守貞靜之正道，然至於此種境況能以剛烈守貞亦是息男子邪思之法，可見要在於女能守，女能守貞則男自息其心，故聖人之教在於禁嚴於女，所謂治其本也。若王熙鳳之愚弄賈瑞、賈璉，則純是背聖人之教，天下未有以此法治淫者，此是罔民之術。若夏金桂、寶蟾之引誘薛蝌，則亦是女失於教化。若論守身守心之嚴，則未有過於惜春、李紈者。《紅樓夢》一書寫女之失於禁嚴，或情思纏綿，或邪思妄動，皆不能致其貞靜之度。

此詩魯說云，鄭交甫見江妃二女而下請其佩，既而顧二女，忽然不見，視佩，空懷無佩，故《詩》曰：「漢有遊女，不可求思。」[452] 齊說曰：「喬木無息，漢女難得。橘柚請佩，反手離汝。」[453] 韓說曰：「遊女，漢神也。言漢神時見，不可得而求之。」[454] 此不可求而得之，若即若離，幻渺之感，實是貫穿於中國文學的一條線，最終寶玉求黛玉不得，「上窮碧落下黃泉，兩處茫茫皆不見」，乃至「誰與我逝兮吾誰於從？渺渺茫茫兮歸彼

451〔清〕曹雪芹：《紅樓夢：三家評本》第二十五回（上海：上海古籍出版社，2021年），頁424。

452〔清〕王先謙：《詩三家義集疏》（北京：中華書局，1987年），頁51。

453〔清〕王先謙：《詩三家義集疏》（北京：中華書局，1987年），頁51。

454同上。

大荒。」[455]

〈行露〉〈詩序〉云：「召伯聽訟也，衰亂之俗微，貞信之教興，彊暴之男不能侵凌貞女也。」[456] 此詩乃是寫因婚禮而致訟之事。《正義》曰：「由文王之時，被化日久，衰亂之俗已微，貞信之教乃興，是故彊暴之男不能侵凌貞女也。男雖侵凌，貞女不從，是以貞女被訟，而召伯聽斷之。」[457]

「衰亂之俗微，貞信之教興」，可見貞信因教而成，孔學重教，孔學正是以教來化人，仁厚、貞信自非天然而充發者，因教而充發之，此是孔學之本，故曰「天命之謂性，率性之謂道，修道之謂教」[458]，孔學之教以天命發明人本有之明德，而《紅樓夢》之中則屢寫失教，賈府中諸人的命運皆可在失於教化和指引上找到其端倪。林如海延聘賈雨村為黛玉啟蒙之師，然賈雨村此人頗複雜，觀其正邪二氣之說與易地則同之論，實是一有見識之人，絕不同於賈代儒之輩，至於其仕途沉浮、判斷葫蘆案、充發門子、趨利避害、相時而動諸多行為，亦難以對其作定論，論者有以賈雨村歸結紅樓夢，以為此人乃是全書之作者，似有其見，然而其啟蒙黛玉，只念了四書，於〈關雎〉之義卻不能明，雨村之於黛玉，應不同於陳最良之於杜麗娘，然黛玉不能明〈關雎〉之義，而蹈其自專之失。賈代儒為寶玉之師，其為代儒者何也？是亦不能以明理發蒙寶玉，而使寶玉之入私塾乃為戀風情，觀寶玉一生所行，其並未入聖人之門庭，是未啟蒙之狀，此皆因賈府不能延聘名儒，而只取一代儒教之，故寶玉只知赤子之心，不知修身齊家的學問。若李紈則能學《女四書》、《賢媛集》，是其父李守中知學之故，故李紈能有貞信。然黛玉之自專，乃因寶玉之不能守己，此皆因寶玉之失教，找邪書僻傳與黛玉同看之故，故知貞信因教而成，因失教而亂。

455〔清〕曹雪芹：《紅樓夢：三家評本》第一百二十回（上海：上海古籍出版社，2021年），頁2113。

456〔漢〕鄭玄箋，〔唐〕孔穎達疏：《毛詩注疏》（上海：上海古籍出版社，2013年），頁105。

457同上。

458〔宋〕朱熹：《四書章句集注》（北京：中華書局，1982年），頁17。

「誰謂雀無角，何以穿我屋？誰謂女無家，何以速我獄？雖速我獄，室家不足。」[459]《箋》云：「人皆謂雀之穿屋似有角，彊暴之男，召我而獄，似有室家之道於我也，物有似而不同，雀之穿屋不以角，乃以味，今彊暴之男召我而獄，不以室家之道於我，乃以侵凌。」[460] 男不以婚姻之道而行，則貞烈之女以禮自守，非是柔弱之屬，因關涉禮之事不能以柔弱屈就之，故貞女乃變而為剛烈，而薛寶釵之成大禮，竟無一合於禮，而寶釵竟能扶黛玉之婢而行昏禮，與〈行露〉之貞烈之女相形之下，寶釵豈無羞哉？一禮不備，貞女不行，而寶釵昏禮全背禮，而其竟略無介意，此是不知恥也。

「昏禮，純帛不過五兩。幣可備也。室家不足，謂媒妁之言不和，六禮之來彊委之。」[461] 此〈媒氏〉之文，後世則於聘禮高昂其價，重索聘禮，失昏禮之義。因婚而訟者，《紅樓夢》中有英蓮、張華，以及鴛鴦、來旺霸成親之事，然鴛鴦能守其剛正而拒婚，彩霞則畏於權勢為成婚。英蓮乃遇癡情子不得而捲入訟事，張華則受鳳姐唆使而告官，因婚而訟者，由來已久，然其本乃在於此〈行露〉之女，此女守貞而訟，而《紅樓夢》書中則視婚禮為勢利之場。

《正義》：「『六禮之來彊委者』，謂以雁幣，女雖不受，彊留委置之，故《左傳》昭元年云『徐吾犯之妹美，公孫楚聘之矣，公孫黑又使彊委禽焉』是也，此貞女不從，明亦以六禮委之也，六禮者，納采至親迎，女既不受，可彊委之，納采之雁，則女不告名，無所卜，無問名，納吉之禮，納徵之禮，可彊委，不和，不得請期，期不從，不得親迎。」[462] 二人聘一女之事古來自有，則知馮淵、薛蟠共聘英蓮之事乃自來即有之事。彊委聘禮，女不從已，則見其未能說合，納采之禮可彊委，然問名不可彊致，以是可見

---

459 〔漢〕鄭玄箋，〔唐〕孔穎達疏：《毛詩注疏》（上海：上海古籍出版社，2013年），頁107。

460 同上。

461 同上。

462 〔漢〕鄭玄箋，〔唐〕孔穎達疏：《毛詩注疏》（上海：上海古籍出版社，2013年），頁109。

中國人在婚姻上甚重自由意志，只是此意願在家族還是女子而已，中國人的個人意志唯在婚姻上最能見其發揮，至於在忠孝節義等諸人生之事上則未見得有其徹底的個人的意願，此種緣故因婚姻乃是儒家的最本質的顯現，即可以合理地以好惡利欲作為衡量的尺度，若知男方醜陋酗酒，則女方可拒之，此則絕不受德性倫理的約束，而至於忠孝之事，則全是德性倫理尺度之內的事。

《韓詩外傳》云：「夫〈行露〉之人，許嫁矣，然而未往也。見一物不具，一禮不備，守節貞理，守死不往。」[463]《列女傳》云：「召南申女許嫁於酆，夫家禮不備，女不肯往。夫家訟之於理，致之於獄，終以一物不具，一禮不備，守節持義，必死不往。」[464] 服虔宣元年《左傳》注亦云：「古者一禮不備，貞女不從。」[465] 於此可見薛寶釵平日守禮皆是做樣子，而於其昏禮之時，幾無一禮備，且攙扶黛玉之婢以飾黛玉，則辱甚矣，則此是作者以成大禮辱寶釵也，不儆〈行露〉之女之貞烈，不知寶釵之輕禮大辱。

夫婦者人倫之始，不可不正，《傳》曰：「正其本則萬物理，失之毫釐，差以千里，是以本立而道生，源始而流清。故嫁娶者，所以傳重承業，繼續先祖，為宗廟主也。夫家輕禮違制，不可以行。」[466]《紅樓夢》一書立意之基就在寫婚姻、夫婦以正人倫之始，此皆本於儒家六經之義，不知此不明此書作者緣何以男女婚姻為本而著此書，書中寫諸人之婚，有為情而亡者，有私會者，有守寡者，有犯淫者，有亂倫者，有倚勢強娶者，有機心成大禮者，有熱孝娶親者，有雙雙殉情者，有悔娶悍婦者，有誓死絕嫁者，有遠嫁千里者，有貴為妃嬪者，有削髮為尼者，有遁入空門者，有為婚不成而自刎者，有婚中欺凌而亡者，凡此種種，正所謂「有恩的死裡逃生，無情的

---

[463]〔清〕王先謙：《詩三家義集疏》（北京：中華書局，1987 年），頁 90。
[464]〔清〕陳奐：《詩毛氏傳疏》（南京：鳳凰出版社，2019 年），頁 47。
[465]〔清〕王先謙：《詩三家義集疏》（北京：中華書局，1987 年），頁 91。
[466]〔清〕王先謙：《詩三家義集疏》（北京：中華書局，1987 年），頁 90。

分明報應」[467]，《紅樓夢》寫婚姻之大變，乃是人世之大變，乃是儒家人世天崩地坼將至之時，所以此書一出，歷一二百年苟延殘喘、滿目瘡痍之後，呼喇喇大廈傾覆，而有一新文化之誕生，新文化在很大程度上對儒家人世生活進行了改良，但是在其本質上仍是儒家人世生活的以欲望和德性為支柱的，唯物論促進了欲望的滿足和物質的發展，這與儒家的本質仍是相通的。新文化變易了古文化中殘破不堪的婚姻生活，但是其借鑑西方而新建的婚姻生活實際也是問題叢生的，在這個意義上，重新反思《紅樓夢》一書描寫的婚姻生活的這個人世之始是有至為重要的意義的。

齊說云：「婚禮不明，男女失常」[468]，此八字可為《紅樓夢》一書之總綱。

七

〈汝墳〉〈詩序〉云：「道化行也，文王之化能行乎汝墳之國，婦人能閔其君子，猶勉之以正也。」[469]

君子能居於正道，則婦人之勸勉實不可少，所謂以人為鏡，可以明得失，因同起居相處之人最能見其得失。襲人、薛寶釵、林黛玉皆曾勸勉賈寶玉以讀書為業，然而寶玉終不能悔悟，一味以仕途經濟為祿蠹之流，寶玉的見解是疏漏之甚，當世之時自有以讀書為進身之階、沽名釣譽者，但是不妨有能修身齊家以治國的真儒，賈寶玉此人並不通儒理，只以詩詞歌賦、邪書僻傳為業，進而耽於聲色之場，其並不知仕途經濟乃是儒家人欲之一端，其亦不知掃灑應對、修身齊家以至於忠孝節義之正大，觀其所論文死諫、武死戰可知其淺陋。夫魏徵有言，「文死諫乃是忠臣，然非良臣」，賈寶玉徒知文死諫之失，不知良臣以退為進、以屈為伸之大用，至於武死戰，其不知馳

---

467 〔清〕曹雪芹：《紅樓夢：三家評本》第五回（上海：上海古籍出版社，2021年），頁89。

468 〔清〕王先謙：《詩三家義集疏》（北京：中華書局，1987年），頁90。

469 〔漢〕鄭玄箋，〔唐〕孔穎達疏：《毛詩注疏》（上海：上海古籍出版社，2013年），頁74。

騁沙場、忠軍報國乃是心中剛正之氣之勃發，而只以邀名視之，足見其耽於聲色、毫無剛氣而淺陋之甚。今人每以寶玉所論當作一談，殊不知寶玉所論不過是孽子淺論，作者以之為「腹內原來草莽」、「潦倒不通庶務」[470]之證而已，須知以耽於聲色、只知喜出望外平兒理妝、情解石榴裙、因聞聽黛玉回家而頓作癡傻之人是不能明理的，其所發言吐氣皆是不能由其正大而故用其智而已。賈寶玉不能明理自有襲人之緣故，襲人先導之以讀書乃是裝樣子，身邊有此近婢，則難能令其有進益。薛寶釵勸寶玉立身揚名，湘雲勸其仕途經濟，則皆是深通儒家的正理，寶玉之不能聽正見其反動，寶玉之反動乃是由於其愚癡，秦鐘臨終之前對寶玉所云，乃是云以前以為我倆的見識高於眾人，實是自誤了，還應以功名為業[471]。北靜王也曾勸寶玉不可因溺愛而疏於讀書世務，然而寶玉始終是不開竅，其中的緣故則是有襲人令其淫於色，有黛玉令其淫於情，其整個的心思皆在於聲色之中，由此豈能知學問之道呢？聖人云：「三人行，必有我師焉。擇其善者而從之，其不善者而改之。」[472]賈寶玉見賈芸竟要認個兒子，見了秦鐘也只知其風流，則見其從始至終皆未能入於學問之門徑。至於婚成之後與寶釵爭論赤子之心，寶玉也只以陷於貪嗔癡愛之中為正理，殊不知寶釵所言聖賢以忠孝為赤子之心[473]，寶玉不知貪嗔癡愛皆因其未能得情性之正。鴛鴦引寶玉重翻冊子，鴛鴦是未發之情，唯有未發之情方能得其中正，「喜怒哀樂之未發謂之中」[474]，一旦已發便墮入貪嗔癡慢疑之中，寶玉終生皆在此貪嗔癡愛中度過，

---

[470] 〔清〕曹雪芹：《紅樓夢：三家評本》第三回（上海：上海古籍出版社，2021年），頁51。

[471] 見《紅樓夢》第十六回，秦鐘臨終之時說的「以前你我見識自為高過世人，我今日才知自誤了。以後還該立志功名，以榮耀顯達為是。」此段見於從庚辰本與戚序本。三家評本與程乙本類同，皆無此段。

[472] 〔宋〕朱熹：《四書章句集注》（北京：中華書局，1982年），頁98。

[473] 見〔清〕曹雪芹：《紅樓夢：三家評本》第一百十八回（上海：上海古籍出版社，2021年），頁2077。

[474] 見《中庸》並〔清〕曹雪芹：《紅樓夢：三家評本》第一百十一回（上海：上海古籍出版社，2021年），頁1948，「喜怒哀樂未發之時，便是個性。」

此是其不得解脫之緣由，至於仕途經濟、功名利祿，寶玉實不足以論此諸物，因其並不知趨利避害、相時而動、身家性命為何物，其亦不知治水患、賑災、行軍打仗為何物，其只知在一大觀園之安樂園中作其富貴閒人，所以所謂寶玉對仕途經濟諸物的反思實稱不上反思，其本身就未經歷且不知其為何物，談何反思呢？作者之意仍不脫開篇所云「背父兄教育之恩，負師友規訓之德」。

賈璉送黛玉父喪之時，王熙鳳則掐指算日子，此則非是能「勉之以正」，「既見君子，不我遐棄」[475]，《箋》云：「已見君子，於已反得見之，知其不遠棄我而死亡，於思則愈。」[476] 然王熙鳳之思非在於「閔其辛勞」。

「魴魚赬尾，王室如燬」[477]，《箋》云：「君子仕于亂世，其顏色瘦病，如魚勞則尾赤。所以然者，畏王室之酷烈，是時紂存。」[478] 王先謙云：「昔舜耕於歷山，漁於雷澤，陶於河濱，非舜之事而舜為之者，為養父母也。家貧親老，不擇官而仕。親操井臼，不擇妻而娶。故父母在，當與時小同，無虧大義，不罹患害而已。夫鳳鳥不離於罻羅，麒麟不入於陷阱，蛟龍不及於枯澤。鳥獸之智，猶知避害，而況於人乎？生於亂世，不得道理而迫於暴虐，不得行義然而仕者，為父母在也。」[479] 此為親老而不擇官而仕之義頗為重大，足為道家、隱者之反思。父母在，當與時小同，此是大義也，實是滲透進古文化深層之物。中國社會之變革，多少人因父母之故，而忍氣吞聲，隱忍苟活，故社會不得進步，此深可反思之物，宋江即是累於此。中國文化因此一招而敗，因其義正大而不可反駁，然正因父母之義，多

475〔漢〕鄭玄箋，〔唐〕孔穎達疏：《毛詩注疏》（上海：上海古籍出版社，2013年），頁76。

476 同上。

477〔漢〕鄭玄箋，〔唐〕孔穎達疏：《毛詩注疏》（上海：上海古籍出版社，2013年），頁77。

478 同上。

479〔清〕王先謙：《詩三家義集疏》（北京：中華書局，1987年），頁56。

少能做之事而不能做，多少可革新之事而不能革新。但《紅樓夢》一書之中並不明父母之義為何物，父母子女乃是相互牽累，王夫人之牽累於寶玉，寶玉之牽累於王夫人，探春亦然。賈寶玉此人根本不知父母為何物，更不用說孝道了，其人並非似漢文化中之人，所以寶玉能不受父母之義之牽累而說出國賊祿蠹、鄙棄仕途經濟之說，皆因其並不知祖輩父母之恩，所以能一任情之所惑。

〈殷其靁〉〈詩序〉云：「勸以義也，召南之夫遠行從政，不遑寧處，其室家能閔其勤勞，勸以義也。」[480]《正義》云：「召南之大夫遠行從政，施王命於天下，不得遑暇而安處，其室家見其如此，能閔其夫之勤勞，而勸以為臣之義。言雖勞而未可得歸，是勸以義之事也。」[481]《紅樓夢》書中非惟父子之義不明，即夫婦之義亦甚不明，未見有能勸其夫入於正道者。

〈麟之趾〉〈詩序〉云：「〈關雎〉之應也，〈關雎〉之化行，則天下無犯非禮，雖衰世之公子，皆信厚如麟趾之時也。」[482]

《正義》云：「此〈麟趾〉處末者，有〈關雎〉之應也。由后妃〈關雎〉之化行，則令天下無犯非禮。天下既不犯禮，故今雖衰世之公子，皆能信厚，如古致麟之時，信厚無以過也。」[483] 賈寶玉撿得金麒麟絕非憑空之筆，《春秋》云孔子西狩獲麟而夫子之道窮[484]，今〈關雎〉以麟為應，則知麒麟之事絕非閒筆，是作者比附聖人經意之筆。文王之化，后妃之化也，故知宮闈之內尤非小事，《紅樓夢》抉宮闈之失以發天下之失，因男之主外

480〔漢〕鄭玄箋，〔唐〕孔穎達疏：《毛詩注疏》（上海：上海古籍出版社，2013年），頁 115。

481 同上。

482〔漢〕鄭玄箋，〔唐〕孔穎達疏：《毛詩注疏》（上海：上海古籍出版社，2013年），頁 78。

483〔漢〕鄭玄箋，〔唐〕孔穎達疏：《毛詩注疏》（上海：上海古籍出版社，2013年），頁 79。

484〔清〕孔廣森：《春秋公羊經傳通義》（上海：上海古籍出版社，2014 年），頁 720。

實由女之主內所助也，今內既禍亂不行，則外可知矣，作者秉〈關雎〉之義以寫宮闈也。

后妃之化行，則天下無犯非禮，而王熙鳳之流竟躬自殺人犯法，以見天下之變實本於宮闈。

〈騶虞〉〈詩序〉云：「〈鵲巢〉之應也，〈鵲巢〉之化行，人倫既正，朝廷既治，天下純被文王之化，則庶類蕃殖，蒐田以時，仁如騶虞，則王道成也。」[485]《正義》云：「言〈鵲巢〉之化行，則人倫夫婦既已得正，朝廷既治，天下純被文王之化，則庶類皆蕃息而殖長，故國君蒐田以時，其仁恩之心，不忍盡殺，如騶虞然，則王道成矣。〈鵲巢〉之化，謂國君之化行於天下也。人倫既正，謂夫人均一，不失其職是也。朝廷既治，謂以禮自防，聽訟決事是也。天下純被文王之化，謂〈羔羊〉以下也。」[486]

夫婦是得正之始，夫婦能正則朝廷能治，人倫能得正，夫人有德義，則國君有仁恩之心。《紅樓夢》中夫婦不能得正，則人倫不能得正，由是萬事廢弛，作者之寫賈寶玉，乃寫人倫之偏離所生出之萬種情狀。

以上為《紅樓夢》之《詩經・二南》角度之解釋。

第六節　人存在於儒家人世的缺憾：《紅樓夢》十二支曲義解

一、又副冊、副冊判詞

霽月難逢，彩雲易散。心比天高，身為下賤。風流靈巧招人怨。壽夭多因誹謗生，多情公子空牽念。[487]

485〔漢〕鄭玄箋，〔唐〕孔穎達疏：《毛詩注疏》（上海：上海古籍出版社，2013年），頁141。

486同上。

487〔清〕曹雪芹：《紅樓夢：三家評本》第五回（上海：上海古籍出版社，2021年），頁81。

此寫晴雯，晴雯此生之存在是潔淨剛烈、不同流俗的，雖身居僕役之職，心中卻懷平等、卓立的思想，從不將世俗的名位觀念置在心中，而張揚其個性，故有撕扇子千金作一笑，有心中所發的勇力自任，故有病補雀金裘，有勃發其脾氣，故有罵芳官、攆墜兒，有不容濁垢奸邪，故有間不容髮指摘襲人、麝月之淫僻，因其潔淨無暇、忠貞專一，而令寶玉牽念不休，以致賞花妖寶玉瘋癲乃是因追思晴雯所致，候芳魂五兒承錯愛則對晴雯之思力透紙背。晴雯之沒落因其被諸人怨害，雖其高潔而竟遭泥沼之汙，此是其一生的存在，無論其生前如何，死後如何，這一切有何意義呢？徒讓多情公子空牽念，此是無可奈何之事，可見現象界之存在實是如此的脆弱不堪，如此的薄弱，如此的短暫。

枉自溫柔和順，空云似桂如蘭。
堪羨優伶有福，誰知公子無緣。[488]

此是寫襲人，其性情不同於晴雯，雖確有溫柔和順之度，但實是如寶釵一樣處處以私心為念，其約法三章勸寶玉讀書、其以寶玉年紀大了為幌子納讒於王夫人、其要寶玉戒去吃胭脂的習慣等等，即是其妒心、私心的發作，可以說是以私心人最善說公道話，其以公道為幌子行其私心，但最終仍是枉費心機，嫁於優伶蔣玉菡，其與寶玉雖然有共同生活的經歷，但誰知命運造化之功，終究是無緣，可見人在現象界的執著與遭際皆不能彌補其遺憾，此種遺憾實需要超越現象界才能達到，所以《紅樓夢》所重建的生活即在於彌補現象界不可避免的缺憾。

根並荷花一莖香，平生遭際實堪傷。
自從兩地生孤木，致使芳魂返故鄉。[489]

---

[488] 同上。

[489]〔清〕曹雪芹：《紅樓夢：三家評本》第五回（上海：上海古籍出版社，2021年），頁 82。

這是寫香菱，香菱雖生於仕宦之家，但幼年命數不濟，初遭拐賣，雖遇一癡情公子馮淵，但拐子兩頭生意又將其賣於薛蟠，香菱雖溫順好學、志意賢良，但又遇薛蟠娶妻夏金桂，空受多少欺壓之恨，亦且險遭其毒手，最後竟因難產而返太虛幻境。如詩中所云，香菱平生遭際令人歎傷，其於人世之中竟無一幸事，惟於其從黛玉學詩之處，其專心動人之處又過於常人，更令人歎思人世無常，於人世現象界之存在即如香菱這樣無辜之人，也竟遭此際遇。

可歎停機德，誰憐詠絮才。
玉帶林中掛，金簪雪裡埋。[490]

《醒世姻緣傳》云：「後漢樂羊子出外遊學，慮恐家中日月無資，回家看望，其妻正在機中織布，見夫棄學回家，將刀把機上的布來隔斷，說道：『為學不成，即是此機織不就！』樂羊子奮激讀書，後成名士。」[491]《後漢書・列女傳》云：「一年來歸，妻跪問其故。羊子曰：『久行懷思，無它異也。』妻乃引刀趨機而言曰：『此織生自蠶繭，成於機杼，一絲而累，以至於寸，累寸不已，遂成丈匹。今若斷斯織也，則捐失成功，稽廢時月。夫子積學，當日知其所亡，以就懿德。若中道而歸，何異斷斯織乎？』羊子感其言，復還終業，遂七年不反。」[492] 薛寶釵時常勸誡寶玉讀書，曾有以忠孝為赤子之心之論，寶釵通大體而全小惠，細微之處籠絡他人而不計身家，而關乎要害名利之處則能出奇制勝，不計賢良，故其能步步為營最終合成金玉姻緣，然而所求非所得，寶玉身在而心弛，最終身亦離去，寶釵只能守寡，若通論寶釵之度，則私心勝於公心，實不能稱為停機之德，因其中有偽。林黛玉才高，故以詠絮才喻之，謝道韞詠雪而云「未若柳絮因風起」[493]

490 同上。

491 〔清〕西周生：《醒世姻緣傳》（西安：太白文藝出版社，1995 年），頁 5。

492 〔南朝宋〕范曄：《後漢書》（北京：中華書局，1965 年），頁 2792。

493 〔南朝宋〕劉義慶：《世說新語》（杭州：浙江古籍出版社，1986 年），頁 66。

而被稱為詠絮之才，然黛玉之才實高於詠絮，「一畦春韭綠，十里稻花香」[494] 則見其意境高遠，旨趣超逸，「一從陶令平章後，千古高風說到今」[495] 則其才堪比青蓮，而有蘊致之格，「孤標傲世偕誰隱，一樣花開為底遲」[496] 則其才高於格而力透紙背，直入仙格而人所難當，「風蕭蕭兮秋氣深，美人千里兮獨沉吟」、「山迢迢兮水長，照軒窗兮明月光」、「人生斯世兮如輕塵，天上人間兮感夙因。感夙因兮不可惙，素心如何天上月」[497]，則見其古今合璧、了悟人道、絛達洞曉而絕世超凡，黛玉無他，僅一才高而已矣，從他處論黛玉皆不能得其三昧，若性格真率、家世舛離、貞一專情則皆因其才高而生，故論黛玉當以才高為本，他處為末，然而黛玉終究「玉帶林中掛」得其超逸絕世之所歸，可見儒家現象界之人世竟不能當此好物，而只能令其別歸太虛幻境，此是人世現象界之必然存在的問題，薛寶釵「金簪雪裡埋」得其陰冷苦寒之所歸，正如其蘅蕪苑空空如雪洞一般，此是精於人情者而在人世之所歸，亦是深心人枉做了深心人，可見在現象界的人的存在，才高傲世也罷，深於人情遊刃有餘也罷，終究是千紅一窟、萬豔同悲，此是眾生之途。

二十年來辨是非，榴花開處照宮闈。
三春怎及初春景？虎兔相逢大夢歸。[498]

---

[494]〔清〕曹雪芹：《紅樓夢：三家評本》第十八回（上海：上海古籍出版社，2021年），頁 304。

[495]〔清〕曹雪芹：《紅樓夢：三家評本》第三十八回（上海：上海古籍出版社，2021年），頁 652。

[496]〔清〕曹雪芹：《紅樓夢：三家評本》第三十八回（上海：上海古籍出版社，2021年），頁 653。

[497]〔清〕曹雪芹：《紅樓夢：三家評本》第八十七回（上海：上海古籍出版社，2021年），頁 1547-1548。

[498]〔清〕曹雪芹：《紅樓夢：三家評本》第五回（上海：上海古籍出版社，2021年），頁 82。

元春待寶玉情同母子，幼時寶玉讀書寫字皆是元春所教，又能告誡家中不可太過奢華，且其分於寶玉與寶釵之物相同，是其能認同寶釵的性情，元春深居宮中，應亦是謹慎小心的生存方式，故云「二十年來辨是非」，謹慎小心、日以心鬥，實是心神勞累。元春省親戌初起身而丑正三刻即回，短短幾個時辰，且賈母、賈政、王夫人須對元春行國禮，寶玉被視為「無職外男，不得擅入」[499]，此種顛倒人倫的禮制可以說深傷元春之心，故其言：「田舍之家，雖齏鹽布帛，得遂天倫之樂；今雖富貴，骨肉分離，終無意趣。」[500] 又云：「當日既送我到那不得見人的去處，好容易今日回家娘兒們一會，不說說笑笑，反倒哭起來。一會子我去了，又不知多早晚才來！」[501] 襲人探母尚得小住幾日，元春省親不能盡孝，可以說是其傷心致病之由。由元春可見，身居寵倖之位，而在現象界之存在亦不能逃脫其不美的命運，大夢歸處，遑論其他。

才自清明志自高，生於末世運偏消。
清明涕泣江邊望，千里東風一夢遙。[502]

探春才幹優長、局面廓大，見抄檢大觀園一回其打王善保家的可謂殺伐決斷暢快淋漓，正如秋爽齋之名有秋氣之肅殺，然而其興利除弊，革除三項費用並有上學之費，則失於姑娘之無遠見，正悖秦可卿夢中叮嚀之語，又且其因庶出而耿耿在心，對待趙姨娘失於刻薄不敬，竟說「誰是我舅舅？我舅

---

[499]〔清〕曹雪芹：《紅樓夢：三家評本》第十八回（上海：上海古籍出版社，2021年），頁298。

[500]同上。

[501]〔清〕曹雪芹：《紅樓夢：三家評本》第十八回（上海：上海古籍出版社，2021年），頁297。

[502]〔清〕曹雪芹：《紅樓夢：三家評本》第五回（上海：上海古籍出版社，2021年），頁82。

舅早升了九省的檢點了！那裡又跑出一個舅舅來？」[503] 則是其等級名位觀念深重，雖其自有一番見識，知花開不時必有奇禍，亦且是不能有俠義精神搭救黛玉者，生於末世只能是中興之臣，而非有改換天地之功。

> 富貴又何為？繈褓之間父母違。
> 展眼吊斜輝，湘江水逝楚雲飛。[504]

有黛釵之爭，亦有黛湘之爭，湘雲被寶釵所拉攏，而能與黛玉爭鋒，說破小旦一回、金麒麟之事皆是此類，湘雲性情豁達，不拘小節，自云：「『是真名士自風流』，你們都是假清高，最可厭的。我們這會子腥的膻的大吃大嚼，回來卻是錦心繡口。」[505] 又有憨湘雲醉眠芍藥茵，然而生於富貴卻不得父母之養，嫁於良壻卻不能長相廝守，心地豁達卻須忍受叔嫂針織女工之累，湘雲存在於世間亦是令人歎惋傷悲，人在人世的生活不論如何竟是如此。

> 欲潔何曾潔？云空未必空。
> 可憐金玉質，終陷淖泥中。[506]

妙玉自高，而實是侯門之女，故不能免塵世之緣，其將自己吃的杯子拿與寶玉吃，與惜春下棋遇見寶玉而臉紅，則是塵緣未斷，將劉姥姥的去處洗

503〔清〕曹雪芹：《紅樓夢：三家評本》第五十五回（上海：上海古籍出版社，2021年），頁964。

504〔清〕曹雪芹：《紅樓夢：三家評本》第五回（上海：上海古籍出版社，2021年），頁82。

505〔清〕曹雪芹：《紅樓夢：三家評本》第四十九回（上海：上海古籍出版社，2021年），頁852。

506〔清〕曹雪芹：《紅樓夢：三家評本》第五回（上海：上海古籍出版社，2021年），頁83。引文從他本校改。

洗地，又自稱檻外人，最賞的詩是「縱有千年鐵門檻，終須一個土饅頭」[507]，則有高而無用之嫌，妙玉實與湘雲相對，一失於高，一失於淺，妙玉被劫實是作者對此種人生方式的反思。然自高而高不可至，求潔而潔不可守，太過之故也，苟不能得其中，則行狷道而有所不為可也，一意求高則危矣，恐其不得而旋失其所也。

子系中山狼，得志便猖狂。
金閨花柳質，一載赴黃粱。[508]

迎春失於懦，故竟不敢問乳母累金鳳之去處，一繡橘竟不能扶持之，己懦則失於察，故不能針砭司棋於事發之初，凡事只以《太上感應篇》為處事之法，最終竟為孫紹祖摧殘致死，可見一味懦弱忍讓的存在方式亦是行不通的。老子之術云「柔弱者生之徒」、「堅強者死之徒」[509]、「柔弱勝剛強」[510]，然以迎春之弱，竟不能保其身，則弱者，其用也，強者，其體也，故云老子純以「術」論道，而道之本體，仍在〈乾〉之剛健不息，獨守其用而諱修其體，則太上之感應亦不能予人以福，迎春之戒正在於，事天先須修己，己立而天道明，己不立而天道晦。

勘破三春景不長，緇衣頓改昔年妝。
可憐繡戶侯門女，獨臥青燈古佛旁。[511]

507〔清〕曹雪芹：《紅樓夢：三家評本》第六十三回（上海：上海古籍出版社，2021年），頁1124。

508〔清〕曹雪芹：《紅樓夢：三家評本》第五回（上海：上海古籍出版社，2021年），頁83。

509〔清〕宋常星：《道德經講義》（臺北：東大圖書公司，2018年），頁333。

510〔清〕宋常星：《道德經講義》（臺北：東大圖書公司，2018年），頁153。

511〔清〕曹雪芹：《紅樓夢：三家評本》第五回（上海：上海古籍出版社，2021年），頁83。

惜春雖年幼，但其目睹既多，而又是寧府嫡系，故能深察物理，看其對妙玉之裁判其見解可謂入木三分，其論黛玉云：「林姐姐那樣一個聰明人，我看她總有些瞧不破，一點半點兒都要認起真來。天下事那裡有多少真的呢！」[512] 則可見惜春實是十二釵中最洞達明識之人，其弊則在通曉物情後而孤介無情，看其對入畫之冷淡無情可見一斑，但惜春實是十二釵中唯一能自由其志而自保其身之人。

> 凡鳥偏從末世來，都知愛慕此生才。
> 一從二令三人木，哭向金陵事更哀。[513]

王熙鳳全是法家手段，殺伐決斷，心如蛇蠍，既妒且毒，而人皆謂之有才幹，殊不知正因王熙鳳之所謂才幹，上以趨奉賈母，下以暗算眾人，暗結虎狼之勢，放貸、徇私、淫佚無所不為，鐵檻寺中收受老尼之賄，弄小巧借劍殺尤二姐，出掉包之計害死林黛玉，正因此種才幹賈府方一敗塗地，王熙鳳不仁也，其所謂見識皆是刑名法術的功利之舉，其不通天道明矣，於人道其亦不明，若無一賈母昏且老，王熙鳳斷不能貽害若此。而至於理喪之法度嚴明，似有齊家之才，而能兼及殺一賈瑞，喪者貴戚也，非貴酷法，至於詩社、酒席之插科打諢，似有和樂之度，而實存妒忌之心，故能屢以言語譏刺木石姻緣，宴者貴和也，非貴私意也，故聰明反被聰明累，天道循環，毫無差厘，故其生日而遇賈璉私淫，正是攢金慶壽不恤眾人之財之報，凡此種種，皆是王熙鳳行事法度，其病退而與平兒論及探春新法諸事，談及天理良心與私心藏奸，然亦終究是從功利私心處著眼，失於狹小，此其不如秦可卿托夢之見識通透者，然而縱使如此，觀其與平兒自述平生之語，亦可見管家

512〔清〕曹雪芹：《紅樓夢：三家評本》第八十二回（上海：上海古籍出版社，2021年），頁1462。

513〔清〕曹雪芹：《紅樓夢：三家評本》第五回（上海：上海古籍出版社，2021年），頁83。

之難，「金紫萬千誰治國，裙釵一二可齊家」[514]，雖不能無大功，亦有苦勞也。然而即便如王熙鳳，亦有令人哀歎之處，因其命運亦是不能逃脫，現象界無論如黛玉之清高，還是如王熙鳳之毒辣，竟是殊途同歸，於此可見人在人世現象界的問題。

勢敗休云貴，家亡莫論親。
偶因濟劉氏，巧得遇恩人。[515]

巧姐，王熙鳳之遺孤。賈環、賈芸、王仁之欲賣巧姐，實是王熙鳳平日所為之因果報應，此種因果是人情之因果，非關玄理，「己所不欲，勿施於人」[516]，則人害己者亦因己害人，「愛人者人恒愛之，敬人者人恒敬之」[517]，故巧姐之事，亦是義理中應有之事，王熙鳳自述平生云行事太毒，也該抽回退步，此種事情於賈芸、趙姨娘、尤二姐諸人身上猶可深見，然惟於一無甚干係的窮困劉嫗，其竟能待之以敬，濟之以財，庶可見人情之差離厚薄，殊為難料，偶合之事竟有扶危濟困之舉，親近之人竟是冷面相向，邢夫人如是也，寫一巧姐，則以明微昧之天道也。

桃李春風結子完，到頭誰似一盆蘭。
如冰水好空相妒，枉與他人作笑談。[518]

李紈守寡，而能教子，賈蘭亦是爭氣之人，二人是書中唯一能守己善終

514 此句三家評本無，引自庚辰本。
515 〔清〕曹雪芹：《紅樓夢：三家評本》第五回（上海：上海古籍出版社，2021年），頁83。
516 〔宋〕朱熹：《四書章句集注》（北京：中華書局，1982年），頁134。
517 〔清〕焦循：《孟子正義》（北京：中華書局，1982年），頁641。
518 〔清〕曹雪芹：《紅樓夢：三家評本》第五回（上海：上海古籍出版社，2021年），頁83。「似」原作「是」，從他本校改。

之人。書中寫李紈雖青春喪偶，竟如槁木死灰一般，一概無見無聞，惟知侍親養子，外則陪侍小姑等針黹誦讀而已，其父名李守中，書中雖云李守中教女「女子無才便是德」，不令李紈讀書，唯有《女四書》、《列女傳》、《賢媛集》三四種書，殊不知這就是讀書了，寶釵曾云讀《牡丹亭》、《西廂記》之類移了性情，而黛玉確乎是被「良辰美景奈何天」諸句所貽誤者，可見李紈是能守「二南」之法度的女性。李紈亦是節儉早慮之人，園中辦海棠社，李紈讓鳳姐做東以省儉費用，黛玉魂歸之際，是李紈來張羅，觀其言行舉止，才幹雖不能扶危濟困，亦有慈母溫存愛戀之度，至於句中所云「如冰水好空相妒，枉與他人作笑談」，其中妒字、作笑談於賈府中諸人似切，於通篇義理而觀則未然。

情天情海幻情身，情既相逢必主淫。
漫言不肖皆榮出，造釁開端實在寧。[519]

秦可卿是有識見的，觀其夢中託付王熙鳳之事，不啻聖賢之論，然而其臥房奢華淫麗，竟有唐人宮室之風，其哄寶玉於此酣睡，而悖離亂常之事，竟從此人而出，可見一部《紅樓夢》，率先置倫常於不顧者，是從賈珍、秦可卿始，張太醫論病細窮源對賈蓉云：「大爺是最高明的人，病到這個地位，非一朝一夕的症候了。」[520] 而秦氏喪事竟不寫一筆賈蓉之戚，則可見賈珍、賈蓉父子嫌隙亦有履霜堅冰之戒，而日後王熙鳳指使賈蓉、賈薔愚弄賈瑞，賈蓉唆使賈璉偷娶尤二姐，皆在賈蓉之一己之家不能齊，而轉而貽誤他人，追本溯源則在於秦氏也。警幻云：「好色即淫，知情更淫」[521]，而

519〔清〕曹雪芹：《紅樓夢：三家評本》第五回（上海：上海古籍出版社，2021年），頁84。

520〔清〕曹雪芹：《紅樓夢：三家評本》第十回（上海：上海古籍出版社，2021年），頁175。

521〔清〕曹雪芹：《紅樓夢：三家評本》第五回（上海：上海古籍出版社，2021年），頁90。

秦氏本是情天情海而出，既淫於情，亦淫於色，則是「情既相逢必主淫」，其所教訓既不能使寶玉入於正道，反而以淫、情說法，反使寶玉入於淫、情，則榮寧二公之慮實有失也，既欲使寶玉入於正道，則捨聖賢之書而何為？不能延聘名儒，而只有一代儒為之師，既不能發蒙，又領警幻所訓之事淫於襲人，合意淫之情施於黛玉，則寶玉之不能入於正途，實是警幻之淫訓所致，故知聖人立教，原以〈艮〉止不見為法，「非禮勿視，非禮勿聽，非禮勿言，非禮勿動」[522]，而警幻竟教以非禮之事，不知其所由來也，故一部《紅樓夢》其造釁開端、貽誤後生者，實在秦氏臥房警幻之訓也，不可不察也。

二、《紅樓夢十二支曲》

〔紅樓夢引子〕　開闢鴻蒙，誰為情種？都只為風月情濃。奈何天，傷懷日，寂寥時，試遣愚衷。因此上，演出這悲金悼玉的《紅樓夢》。[523]

情種之所由來，自不從鴻蒙開闢而始，聖人無情也，陰陽判分，男女媾合，天地絪縕，萬物化醇，男女構精，萬物化生，一本於自然也，自無情字之分曉，若堯妻二女娥皇、女英於舜，大禹娶於塗山，桀娶於末喜，紂淫於妲己，周娶於姜嫄，幽王淫於褒姒，文姜之於齊襄，一皆本於人倫，非本於癡情，故其有天倫之樂，而無風月之情。無可奈何之思緒、傷懷感喟之思慮一皆本於風月之情，風月之情乃意中之物，非是天之力之剛健篤實而發，故其變動紛紜，衷腸款款，思緒紛紛，而引人至於幻境，幻則不實也，不實則虛，虛則虛人也，警幻仙姑之名警幻正意在警示此為幻境，勿蹈入其中而虛其心志也，故云情種者，將是為情種說法，情皆幻也，故謂愚衷，鍾情於虛

[522]〔宋〕朱熹：《四書章句集注》（北京：中華書局，1982 年），頁 133。

[523]〔清〕曹雪芹：《紅樓夢：三家評本》第五回（上海：上海古籍出版社，2021 年），頁 86。

而不實之物則為愚衷，開闢鴻蒙，誰為情種？其意則是欲演自鴻蒙開闢以來最癡情之情種以警世人情為何物，故其悲金悼玉將是演其場面之大也、愴痛之巨也，以明「那『淫』字固不可犯，只這『情』字也是沾染不得的。所以崔鶯、蘇小，無非仙子塵心；宋玉、相如，大是文人口孽。凡是情思纏綿的，那結果就不可問了。」[524] 故一部《紅樓夢》無非是以情種說法，欲人脫離幻境，勿入情網，是戒情之書也，非是談情之書，若讀《紅樓夢》而知情，則猶如讀《金瓶梅》而效淫也，戒之慎之也！[525]

> 〔終身誤〕　都道是金玉良緣，俺只念木石前盟。空對著山中高士晶瑩雪，終不忘世外仙姝寂寞林。歎人間美中不足今方信。縱然是齊眉舉案，到底意難平。[526]

情種第一曲便是終身誤，可知情誤終身也。情緣何能誤終身？因情使人一味陷於意中，而虛其心志也，由心到志之意志實踐過程殆由此衰弱中斷，於實踐中不能成一事，則於人生中亦無成也，[527] 故《西江月》言賈寶玉曰：「潦倒不通庶務，愚頑怕讀文章」、「可憐辜負好韶光，於國於家無望」[528]，又書中初回云：「背父母教育之恩，負師友規訓之德，以致今日

---

[524]〔清〕曹雪芹：《紅樓夢：三家評本》第一百二十回（上海：上海古籍出版社，2021年），頁 2124。

[525] 西方文學於此不明，故一味談情，故將引吾國青年亦效法談情，而談情者莫不受情之傷，此理殆須講明。須為減輕眾生之痛苦而讀書，而愛情一事，實是人生痛苦之一大因素，不可不明也。

[526]〔清〕曹雪芹：《紅樓夢：三家評本》第五回（上海：上海古籍出版社，2021年），頁 86。

[527] 故知婚姻一事，原不應本於虛幻之情，智者不入愛河也，情令智昏，婚姻本於人品學問、門當戶對，原不以你愛不愛、有多愛對方為準的，故男女因情生出的事，多是虛費之事，不可不明也。傅雷談及愛情亦言此。

[528]〔清〕曹雪芹：《紅樓夢：三家評本》第三回（上海：上海古籍出版社，2021年），頁 51。

一技無成、半生潦倒之罪，編述一集，以告天下。」[529] 此皆是書中正經旨義，而不是讓人觀賞歎惋寶黛之情也，後世讀書者以談情之書視之，則悖離書中戒情本旨。都道是金玉良緣，則金玉之緣是從於眾人之意願，緣何金玉之緣能入眾人之心？因寶釵為王夫人、王熙鳳之外戚，論服則屬近親，近親則易攀附，其勢眾也。且又因寶釵本意在入宮為才人贊善之職，故本修得舉止嫻雅，人情洞達，處事外則溫柔和順，內則能趨利避禍，故亦能籠絡眾人之心，所以從眾人之意願則金玉良緣，然而此眾人非是謂父母之辭，而是諸女眷之辭，禮制則婚姻之事從於父母之命，而賈家則有一賈母主於家事，作其威福，賈政雖為人端方正直，但處事迂闊，不能挺立決斷，家事則一應為婦人所制，所以都道是金玉良緣，亦非是正經父母之命，失其父之決斷主事，焉有正經父母之命？故「都道是」，其中實亦有其私蔽昏庸處。俺只念木石前盟，俺則謂賈寶玉，重其個人之意志，為何寶玉只念木石前盟？所謂前盟者，虛話也，是玄理中之因果，非是人情中之因果，寶玉之念木石之盟，不在因果，卻唯在癡情，因寶玉與黛玉有情也，情為何物？情為意淫，即二人意中有無限情思纏綿，溫存軟語，由是落入情之幻境，而脫離物質實踐世界，心體之剛健勃發之力皆累於意中之盤根錯節，由心至志的意志過程不能施於物質實踐，故於現實中不能成一事，所以二人之無果實在於二人陷入意中而心志虛弱無力，不能有其剛健篤行之意志來決定自己之意志，所以寶玉止言於「我也為的是我的心」[530]，卻不能有一二行動，黛玉亦止於不放心而煩惱，亦不能有一二行動，只能說「寶玉，寶玉，你好！」[531] 卻不能再多，所以木石前盟是癡情之盟，亦只能存在於念中，故云「俺只念」，落入念中則失於行動矣。

---

[529] 〔清〕曹雪芹：《紅樓夢：三家評本》第一回（上海：上海古籍出版社，2021年），頁3。

[530] 〔清〕曹雪芹：《紅樓夢：三家評本》第二十回（上海：上海古籍出版社，2021年），頁339。

[531] 〔清〕曹雪芹：《紅樓夢：三家評本》第九十八回（上海：上海古籍出版社，2021年），頁1739。

空對著山中高士晶瑩雪，則是云薛寶釵成大禮之後事，「空對著」云其徒然無意也，非是本來之意願則徒然無用，「山中高士晶瑩雪」則與「金簪雪裡埋」一理，喻薛寶釵如雪之冰寒陰冷也，正如其所居蘅蕪苑亦空空如如雪洞一般，然寶釵雖有雪之冰寒，而其中則有熱毒，故其云「從胎裡帶來的一股熱毒」[532] 而常服冷香丸以制之，因此熱毒而逞妒而有機心，故屢能彈壓黛玉之志，「戲彩蝶」、「送土儀」、「慰癡顰」、「送燕窩」等等諸事，行籠絡之計以假作真，而陰奪其位，此皆是寶釵妒火中燒而能以陰冷機心為之也，其待寶玉亦如是，明告黛玉之死令其神魂歸一，爭辯赤子之心令其入於科場，寶玉出走則遣派襲人，凡此種種，不得不謂寶釵手段利害也，然而天人不相分，奪於人者失於天，其獨守之兆蓋亦是自招。云其「高士」者，則謂寶釵雖確有角逐生事之嫌，而天性之中亦有一段隱逸之格，蘅蕪苑「雪洞一般，一色的玩器全無，案上只有一個土定瓶，瓶中供著數枝菊花，並兩部書、茶奩、茶杯而已。床上只吊著青紗帳幔，衾褥也十分樸素。」[533] 雖是刻意，亦是難為，猶如金釧兒衣服之事，寶釵竟毫不介意，此種刻意亦是難為，觀其海棠詩「珍重芳姿晝掩門，自攜手甕灌苔盆。胭脂洗出秋階影，冰雪招來露砌魂。淡極始知花更豔，愁多焉得玉無痕。欲償白帝宜清潔，不語婷婷日又昏。」[534] 含蓄渾厚而自有高格，又念寶釵平日為人，自有一種不爭之度，其言辯之時又有一種從容不迫，故喻之為高士，亦是其有人所難能之格調。云其「晶瑩」者，則寶釵肌膚瑩潤豐澤，臉若銀盆，眼似水杏，唇不點而紅，眉不畫而翠，比黛玉更具一種嫵媚風流，二十七回又言「滴翠亭楊妃戲彩蝶」，則寶釵有楊妃之美，其晶瑩者，於外則是肌膚，於內則在於其靈透，觀其《凝暉鍾瑞匾額》：「芳園築向帝城西，華日祥雲籠

532〔清〕曹雪芹：《紅樓夢：三家評本》第七回（上海：上海古籍出版社，2021年），頁118。引文從他本校改。

533〔清〕曹雪芹：《紅樓夢：三家評本》第四十回（上海：上海古籍出版社，2021年），頁689。引文從他本校改。

534〔清〕曹雪芹：《紅樓夢：三家評本》第三十七回（上海：上海古籍出版社，2021年），頁630。

罩奇。高柳喜遷鶯出谷，修篁時待鳳來儀。文風已著宸遊夕，孝化應隆歸省時。睿藻仙才瞻仰處，自慚何敢再為辭。」[535] 則此人心地亦是靈透精華。

終不忘世外仙姝寂寞林，則謂寶玉對黛玉之情終不能忘也，可見情之入於意，勢難消除，情不知所起，而其滅則不知其所能，情有生而無滅也，尤其此種入骨未完之情，情之不滅，因其由意而反入於心，本來心之力本於天之力之發動而經意之加工成而為具有實踐功用之志，今則情於意中張大其勢，反復其意，盤根錯節，如蠶作繭自縛，愈纏愈密，不能脫離，由是意張大反而入於心，則情蓋無消除之日矣，此是為情所毀者，可不慎哉！賈寶玉雖復得通靈死而復生，而心有冷意，但終不能忘情也，「世上的情緣，都是那些魔障」[536]，魔障則魔障矣，而寶玉終不能忘情，故其出而不歸乃是因情所傷的一種反抗，「誰與我逝兮吾誰於從？渺渺茫茫兮歸彼大荒！」[537] 則須見字面之義而入於字裡之義，字面是無路可通之超脫，字內之義則是無可奈何之傷懷，黛玉已死，上天入地，情不能完，無可奈何，只能作此渺茫玄通之狀，其所深恨者，仍在與黛玉不能完合，仍在一情也，則於此可見，情之力本於天地化生、陰陽化生，其力殆等於天之力矣。「終不忘」是忘不了也，已入於心，何由而忘？本於萬物絪縕，天地化生，何由而忘？其欲忘而不能也，「世人都曉神仙好，只有嬌妻忘不了」，是「忘不了」，是能力之缺乏，非由人意志所可強為也，即便如甄士隱，末回尚有英蓮之「兒女私情」未了，可見「世人都曉神仙好，只有兒孫忘不了」，皆是「忘不了」，如孟子所云此是「挾太山以超北海」[538]，是「誠不能也」，非不為也，故寶玉之「卻塵緣」正因不能忘情，不能忘情只能遠離塵緣，以免不盡之苦

535〔清〕曹雪芹：《紅樓夢：三家評本》第十八回（上海：上海古籍出版社，2021年），頁301。

536〔清〕曹雪芹：《紅樓夢：三家評本》第一百十六回（上海：上海古籍出版社，2021年），頁2036。

537〔清〕曹雪芹：《紅樓夢：三家評本》第一百二十回（上海：上海古籍出版社，2021年），頁2113。

538〔宋〕朱熹：《四書章句集注》（北京：中華書局，1982年），頁209。

痛。由此可見，情之傷殆甚於淫，淫者失其一身，而情者則落入苦海矣，竟無回頭之日，故「歸結紅樓夢」云「那『淫』字固不可犯，只這『情』字也是沾染不得的。」「凡是情思纏綿的，那結果就不可問了」[539]，此是一部《紅樓夢》之大旨也。

「世外仙姝」者，則是云黛玉超逸絕塵，若論玄理虛言，則黛玉本於靈河岸上三生石畔的絳珠仙草，嬌娜可愛，日得甘露滋養，又受天地精華，雖是草木之胎，而得幻化人形，游於離恨天外，饑餐秘情果，渴飲灌愁水，故其本為仙子，不同凡塵，絳者，紅也，珠者，明也，絳珠與黛玉相對也，紅、黑，色之深也。黛玉本於草木之胎，木為仁，故常思報還澆灌之恩，仁者心體柔軟而剛健，其心體有翕斂之柔，而有剛健之體，故易於感物觸發，而行止高尚，此是黛玉之為人也。姝者，美好之女子，書中云「閒靜似姣花照水，行動處似弱柳扶風」[540]，則純一美好可愛之女子，於世間為難得。「寂寞林」者，言黛玉閒靜超逸之度，黛玉才高，而孤潔自賞，園中唯以寶玉為知音，傷春之心發而為〈葬花吟〉，感秋則作〈秋窗風雨夕〉，其寂寞者，亦是才質所定也，雖有塵俗之樂。此種女子，寶玉為之不能忘情，亦是理義之所必然。

〔枉凝眉〕　一個是閬苑仙葩，一個是美玉無瑕。若說沒奇緣，今生偏又遇著他；若說有奇緣，如何心事終虛話？一個枉自嗟呀，一個空勞牽掛。一個是水中月，一個是鏡中花。想眼中能有多少淚珠兒，怎經得秋流到冬，春流到夏！[541]

539〔清〕曹雪芹：《紅樓夢：三家評本》第一百二十回（上海：上海古籍出版社，2021年），頁2124。

540〔清〕曹雪芹：《紅樓夢：三家評本》第三回（上海：上海古籍出版社，2021年），頁51。引文從他本校改。

541〔清〕曹雪芹：《紅樓夢：三家評本》第五回（上海：上海古籍出版社，2021年），頁87。

「枉凝眉」者，訴情緣之徒勞空如也，蓋緣情而論得之則為人間之非常之喜，失之則為人間之非常之悲，喜難以自勝，悲難以自持也，故生枉然悔恨之心，多少凝眉傷懷時，都付東流，勞而無功，失之交臂也，能不哀歎？故此首全是為寶黛之情而作，哀訴情緣之存而不持，虛而不可恃，則此情非盡是囿於意中之由，乃亦是天道之變化流行，緣起生滅，不能依著之故也，故能長存者，唯有以剛健篤實的誠意之心，庶可發之於實踐之志，得以改變物質世界，則略勝於意中之思也。閬苑仙葩，黛玉也，黛玉本仙草也，美玉無瑕，寶玉也，寶玉何得無暇，因寶玉之心似赤子之心，又云「明明德外無書」，則寶玉之心未為仕途經濟所迷，美玉無瑕，則亦云其先天之體，其後天則多有為聲色情意所迷者。「若說沒奇緣，今生偏又遇著他」，人間遇合之事，殊為難料，若以遇之為緣，則離之亦為緣耶？人與人緣何而能相遇，此實一不可詰責之問題，此由人何以入於世間，亦是不可詰問之問題，周敦頤云「無極而太極」，則人於世間亦是無中而有此身，人與人相遇亦是無中而有此旦暮之遇，蘇軾〈赤壁賦〉云「自其變者而觀之，則天地曾不能以一瞬」，遇合之緣，天地化生也，無定而有定，有定而無定，求之而不可得，遇之而無所求，若天地有一造物之主，此其方耶？而善談因果者，以為遇合皆因緣化成，此則以無定而強之為有定，則膠柱鼓瑟、刻舟求劍矣。書中所論以為還淚報恩，故有遇合之緣，此亦是權宜之解，而未料為何神瑛侍者得遇絳珠仙草乎？上溯其源則無源也，故遇合之事本於無極也，無極而太極，未見天地無有，一見天地判然，未見虛極無事，一見傾心不已，未見為無，一見而有也，此則是遇合之緣，皆由不定之無而生有定之有也，若論其他則不可言。「偏又遇著他」，此「偏」字正寓無定之有定也，「若說」，設問之辭，而不可設問也，因顯現已是既定，「若說沒奇緣」，則意定有奇緣也，此奇緣作萬種說解，終不可脫無定而有定。

「若說有奇緣，如何心事終虛話？」此句與上句相對，而其意則不在一層面，前句講遇合之緣之有定，此句講遇合之緣轉而成虛，從其語意，則謂若有奇緣，則當緣成而耦合，奈何心中所想之牉合之緣不能成真而轉而成虛呢？則此緣不真乎？若是我二人無緣，為何又讓我二人相遇呢？似有緣而無緣，似無緣而有緣，其終究是哀恨緣之不成也，然而為何既有緣相遇，而不能相好呢？然此實是兩個問題，相遇是一層面，而相好是另一層面，不能相好總可找出許多因素，而以萬法皆緣而論，則此種解說又是愚陋，若以物質實踐哲學而論，則此種解釋尚可得立，因唯物則力圖以健偉之力改造物質世界也，然而此一問句實是千古一問，誰能解其中意味呢？此一問實是揭示了人在世間的一個真相，即現象與實在的割裂，人在現象界中消息流轉，不能自由，而現象之外似有一主宰之物，此主宰明知其無，而更設一主宰也，《紅樓夢》一書即力圖在紛擾無序之現象界重建一主宰，來使人有纖毫安歇之地。寶黛之終虛話，實可於書中找出現實層面之緣由，然而現實如此運行，又有其主宰耶？終究仿佛若有一主宰之物。

「一個枉自嗟呀，一個空勞牽掛。」則是寫癡情之狀，情生於意中，而入於心，意中之情回環往復、意緒紛紛，如〈關雎〉云「求之不得，寤寐思服。優哉遊哉，輾轉反側。」[542] 而不想此種嗟歎、牽掛竟終成空，不得其所，所求非所願也。而「自嗟」傷於心，「勞」則傷於身，意中情意張大，心志皆為之所耗，人間苦痛，莫若此端，癡情之苦，避之避之。

「一個是水中月，一個是鏡中花。」鏡花水月皆狀其虛而不實，而情本有其真意，因其本於萬物氤氳，陰陽化生，男女之情自有其至真之意，然而癡情則令情牽於意，於意中生出萬種情愁，心志轉而衰弱無力，而不能行一得當之事，故不能在現實中得其物質實踐，美好之情反而落得為鏡花水月，此是耽於意中之思所害也。故寶黛之情，其本為至真之物，二人自幼在榮禧堂耳鬢廝磨，心情相對，乃是自然陰陽之和合化生，而二人之不諧，實因後天沾染所致，書中云：「今稍明時事，又看了那些邪書僻傳，凡遠親近友之家所見的那些閨英闈秀，皆未有稍及林黛玉者，所以早存一段心事，只不好說出來。故每每或喜或怒，變盡法子，暗中試探。那林黛玉偏生也是個有些癡病的，也每用假情試探。因你既將真心真意瞞了起來，只用假意，我也將

---

[542] 〔漢〕鄭玄箋，〔唐〕孔穎達疏：《毛詩注疏》（上海：上海古籍出版社，2013年），頁31。

真心真意瞞了起來，只用假意，如此兩假相逢，終有一真。其間瑣瑣碎碎，難保不有口角之爭。」[543] 寶玉因既睹他人色相，又受邪書僻傳之染汙，而弱其貞一之心，故用其意暗中試探，殊不知正因此假意，而生出無限哀愁，二人之真反而被其湮沒了，鏡花水月之戒有其緣由。

「想眼中能有多少淚珠兒，怎禁得秋流到冬盡，春流到夏！」黛玉傷心而哭皆因寶玉所惹，寶玉以假意對黛玉而試其真，則黛玉始終不能放心，因這不放心，而惹出一身的病。

> 〔恨無常〕　喜榮華正好，恨無常又到。眼睜睜把萬事全拋；蕩悠悠芳魂消耗。望家鄉路遠山高。故向爹娘夢裡相尋告：兒命已入黃泉，天倫呵，須要退步抽身早！[544]

判詞論其人生，而十二支曲則論其義理。元春一生正是喜榮華而榮華正好，恨宿命無常而無常又到，其來也時，其去也速，榮華者，則貴為嬪妃，無常者，不幸而染痰厥四十三歲而薨逝，此正是由泰而否之象，書中所云「樂極生悲」之紅塵中之不足。無常，謂意中未料之事，秦可卿所云「榮辱自古周而復始，豈人力所能長保的？」[545] 則無常亦是天理之應然，如《周易》十二辟卦，自有其消長之勢，然而從於儒家義理，則尚其剛健不息，《大學》云「苟日新，日日新，又日新」，慮萬物之變化殊屬無用，不如養發心體剛健不息之力，令己身日新其德，而能自強不息，以不變應萬變，以此方得大解脫，方得大自在，心體強健則志意堅決，則無常之來亦能物來順應，廓然大公，如王陽明臨終所言「此心光明」，若元春者，元者始也，善

---

[543]〔清〕曹雪芹：《紅樓夢：三家評本》第二十九回（上海：上海古籍出版社，2021年），頁498。

[544]〔清〕曹雪芹：《紅樓夢：三家評本》第五回（上海：上海古籍出版社，2021年），頁87。

[545]〔清〕曹雪芹：《紅樓夢：三家評本》第十三回（上海：上海古籍出版社，2021年），頁210。

之長也，春者，正天時也，其汲汲於得失而心為所累，故有「眼睜睜，把萬事全拋」，言其不捨也，因何而不捨，則因其甚重榮華富貴，而不知其亦為消長之物。「蕩悠悠，把芳魂消耗」，或有別意，索隱派多發此論，然而於生活之欲海中顛倒起伏，豈不為「蕩悠悠」哉？喻其隨波逐流，日日平庸無奇也。「望家鄉，路遠山高」，則此為元春致病之由，前已論，省親方得幾個時辰，並不能寬慰慈孝之心，反而空添別離之恨，又兼皇家規矩，顛倒天倫，屢次生發，不僅不能疏解孝心，竟是見而不得，得而不能久，反得耗其心神，頻添心病，由是竟是省親、探親而足以戕元春也，故其言「田舍之家，雖齏鹽布帛，終能聚天倫之樂；今雖富貴已極，骨肉各方，然終無意趣！」[546] 言「終無意趣」則其心已殛矣。

「故向爹娘夢裡相尋告：兒命已入黃泉，天倫呵，須要退步抽身早！」司馬遷〈屈原列傳〉云：「故勞苦倦極，未嘗不呼天也。疾痛慘怛，未嘗不呼父母也。」[547] 元春之呼爹娘正因身勞而心苦，不能忍受之也，其所不能忍受者，天倫之斷也，天倫則父母兄弟之情，不能盡天倫則人生固是毫無意趣，榮華富貴又豈能安享？此是元春之悲也。「須要退步抽身早」則戒汲汲於名利者，名利終為虛物，到手之後索然無味，而其所失者則是更為寶貴之本來之物，或曰其身，或曰其天倫也，「昨憐破襖寒，今嫌紫蟒長」，「身後有餘忘縮手，眼前無路想回頭」[548]，此皆是為求功名者之一戒也！勿為虛名而喪耗所本有也！然此中意趣，不經歷者又豈能洞曉？《紅樓夢》所欲濟世救人者，正在於破假而存真，而又能知假之所以為假而有其道理，真之所以真亦有其缺漏，而重建一實在之界，以為人生之補，是為補天也，故其寫貴如元春，而悲險若此，則世人當可超越矣，故其所重建之域，乃是人存在於現象界之超越性，超越現象中種種藩籬，知其不過是變易之物，能超越

---

546 〔清〕曹雪芹：《紅樓夢：三家評本》第十八回（上海：上海古籍出版社，2021年），頁298。

547 〔漢〕司馬遷：《史記・屈原列傳》（北京：中華書局，1959年），頁2482。

548 〔清〕曹雪芹：《紅樓夢：三家評本》第二回（上海：上海古籍出版社，2021年），頁26。

之，則能力行之，因心無所累，意無所著，廓然大公也，元春不能超越，而讀元春之事者當可超越矣，此是《紅樓夢》所教人也。

〔分骨肉〕　一帆風雨路三千，把骨肉家園，齊來拋閃。恐哭損殘年，告爹娘休把兒懸念，自古窮通皆有定，離合豈無緣？從今分兩地，各自保平安。奴去也，莫牽連。[549]

諸姐妹中，除寶黛之外，則探春才學為高，而其曲則主於「分骨肉」，則可見天道微昧，得於此者失於彼，得於彼者失於此，王熙鳳論探春庶出云：「雖然庶出一樣，女兒卻比不得男人。將來攀親時，如今有一種輕狂人，先要打聽姑娘是正出是庶出，多有為庶出不要的。殊不知別說庶出，便是我們的丫頭，比人家小姐還強呢。將來不知那個沒造化的為挑庶出誤了事呢，也不知那個有造化的不挑庶出的得了去。」[550] 探春本亦為庶出而耿耿於懷，故「爭閒氣」回與趙姨娘嘴角相爭，實不必也，探春為求進益之路而以至親試法，實則令人寒心者也，若賈環者，則並不因庶出而介懷，因其無才也，探春有才則有志，有志則有行，故抄檢大觀園回探春秉燭開門而待，雷厲風行，氣節昭著，而發透徹之論云：「『百足之蟲，死而不僵』，必須先從家裡自殺自滅起來，才能一敗塗地呢！」[551] 但探春並非能扶危濟困之人，而是借現成之制度以求其中興，若論其興利除弊，實則隱伏禍患大觀園之機，蠲去上學銀兩而將園中之物私化變賣，後來黛玉云「這裡住不得了」[552]，以及園中婆子聚酒賭博，以致招致夥盜，皆可溯至探春新政之弊也。

---

[549]〔清〕曹雪芹：《紅樓夢：三家評本》第五回（上海：上海古籍出版社，2021年），頁87。

[550]〔清〕曹雪芹：《紅樓夢：三家評本》第五十五回（上海：上海古籍出版社，2021年），頁970。引文從他本校改。

[551]〔清〕曹雪芹：《紅樓夢：三家評本》第七十四回（上海：上海古籍出版社，2021年），頁1315。

[552]〔清〕曹雪芹：《紅樓夢：三家評本》第八十三回（上海：上海古籍出版社，2021年），頁1467。

黛玉之危，探春亦不能救，且其常附寶釵者也，鳳姐之威，探春亦無所避，因其欲自立者也，則探春者，實則中興自立之臣，非有遠見卓識、扶危濟困之功也。

「一帆風雨路三千，把骨肉家園，齊來拋閃」，元春之宿命在於送往不得見人的去處，不能享天倫之樂，竟不能睹見父母兄弟而覺人生終無意趣，而探春者則又蹈其覆轍，其遠嫁鎮海統制，遠別家園，孟子曰：「所謂故國者，非謂有喬木之謂也，有世臣之謂也。」[553] 諸人已去，家園殘損，探春一去，猶世臣之去也，故云「拋閃」，此亦人生中不能自主之事，有所求則必有所失，而難能無所求，求功名又不免去國懷鄉，百里奚別妻、樂羊子別妻皆屬此類，人心所不能堪也，此猶寶玉一去科場，而家人頓生牽掛，中國人之心自與異族人不同，明矣，然而此種痛苦何得而解脫？一部《紅樓夢》，正欲求減輕眾生痛苦之良藥也。

「恐哭損殘年，告爹娘休把兒懸念，自古窮通皆有定，離合豈無緣？」此句則讓人心肝寸斷之句，疾痛慘怛，未嘗不呼父母也，其所痛者，心痛也，心痛則哭也，人者有心則哭也，「哭損殘年」，哀之至也，遠別故里，身居異域，殘年衰朽，能不思當日錦繡繁華？感懷之至，只能自作洞達，「自古窮通皆有定」，是無定而有定也，因其進退難能，只能在意中設一有定之辭聊以自勸，是無可奈何而作曠達也，若自古萬事皆有其定，則我一己之遭遇又有何傷？「離合豈無緣」則又講到緣上，以緣為開解萬物之實在，統攝現象流變之根本，然而緣本隨現象而顯現，捨現象何由識緣，則緣為一虛物也，虛則本無也，則離合之事，本無所謂緣，其自生也，無定而有定也，緣則後起聊慰之辭。

「從今分兩地，各自保平安，奴去也，莫牽連。」人生在世，有在時間中之短暫消歇，時間難以克服之物也，「喜榮華正好，恨無常又到」則論時間之似嚴刀也，「昨日黃土隴頭送白骨，今宵紅燈帳底臥鴛鴦」，則論時間流變之無奈荒唐也，人為時間中之存在物，已屬悲不自勝、荒唐之極之事

---

553 〔宋〕朱熹：《四書章句集注》（北京：中華書局，1982 年），頁 220。

實，「又向荒唐演大荒」，則又有空間之阻隔，更添人間悲愴，崔鶯鶯十里長亭而送，終有一別，大荒山，無稽崖，縹緲虛幻之境，如隔重山，寶玉身向冥界以尋黛玉，又向仙界以訪黛玉，求而不得也，「從今分兩地，各自保平安」，祝福之語，戳心之句也，你已去，何由平安，「奴去也，莫牽連」，你此去，如何不牽連！是樹欲靜而風不止，抽刀斷水水更流，不能遏制之人心之流動迸發也，一部《紅樓夢》，全以人心設辭，其於人世之苦痛，明達洞曉，所謂「世事洞明皆學問，人情練達即文章」，而其求解脫之過程，實艱難險阻，只可身歷心傳，難以言述。

> 〔樂中悲〕　繈褓中，父母歎雙亡。縱居那綺羅叢，誰知嬌養？幸生來英豪闊大寬宏量，從未將兒女私情，略縈心上。好一似霽月光風耀玉堂，廝配得才貌仙郎，博得個地久天長，准折得少年時坎坷形狀。終久是雲散高唐，水涸湘江。這是塵寰中消長數應當，何必枉悲傷！[554]

湘雲之人生又歸結為「數應當」，無可奈何之辭也，因人生在世，皆不完美，而不完美又生苦痛，苦痛無可消解，但惟求「廝配得才貌仙郎，博得個地久天長，准折得幼年時坎坷形狀。」若前半生波折，後半生多福，則幸還可折得幼年時坎坷，然而湘雲之夫又病且亡，能不令人唏噓！然而湘雲又不是傷天感時之人，也從未將兒女私情縈繞於心間，乃至坐臥起居，風流倜儻，似將人世之事毫不關心，宛若赤子，而又心直口快，大說大笑，喜怒哀樂皆一任其發動，人謂有晉人風度，實則是由心而發之意志無間隔之發動，而無意之擾煩所致，則湘雲者，實是葆存心體剛健篤實之力之唯一一人。

「繈褓中，父母歎雙亡」，言其得之於人之少也，「縱居那綺羅叢誰知嬌養？」雖生富貴之家，而無父母之怙，姑嫂竟令其勞費於針織，則是未得嬌養者也，「子生三年，然後免于父母之懷」，而湘雲竟失此照應。「幸生

554〔清〕曹雪芹：《紅樓夢：三家評本》第五回（上海：上海古籍出版社，2021年），頁 88。

來英豪闊大寬宏量，從未將兒女私情，略縈心上」，湘雲不拘小節，亦未嘗因情所困。「好一似霽月光風耀玉堂」，則似寫湘雲之氣度。「終究是雲散高唐，水涸湘江」，則寫其命運不濟，「這是塵寰中消長數應當，何必枉悲傷！」消長之數，而有不齊之兆，因悲戚造化之數亦屬無用，則此中實提出一深刻問題，此是《紅樓夢》之一思想上的弊病，因其立一無可奈何的造化消長之數，而人於其中竟為牢籠，不可得脫，此得於儒家「不知命，無以為君子」[555] 之一端，而儒家自強不息、剛健篤實之力以為修身立命之學，則此書將其忽略。

〔世難容〕　氣質美如蘭，才華阜比仙。天生成孤癖人皆罕。你道是啖肉食腥羶，視綺羅俗厭；卻不知好高人愈妒，過潔世同嫌。可歎這青燈古殿人將老，辜負了紅粉朱樓春色闌，到頭來依舊是風塵骯髒違心願。好一似無瑕白璧遭泥陷，又何須王孫公子歎無緣。[556]

書中對妙玉之氣質、才華描寫不多，而此首句堪為妙玉定評，其所作之詩有云：「露濃苔更滑，霜重竹難捫。猶步縈紆沼，還登寂歷原。」則見其格致仙逸。曲中云妙玉孤僻，然見其品茶一回則又與黛玉、寶玉、寶釵為良友，見其與惜春、邢岫煙之交，則由情同志和，竟能深論大道，則妙玉未為孤僻也，只是有所不為而有所擇也，若探春之流，則未見其有深交如妙玉者，妙玉之孤僻，乃是厭絕塵俗，若劉姥姥之類，妙玉之不能入眼，亦是理義中之所宜然，不宜別加深論，雖有曲加作為之嫌，然亦是心有所擇，因其畢竟為一十六七女子也。「你道是啖肉食腥膻，視綺羅俗厭」，「你道」則是別加評判詢責之辭，其意評騭妙玉之行止也，然若黛玉之流，尚且厭棄腥膻綺羅，何況妙玉，其所擇愈嚴，則人所計議愈多也，此人情之實也，「卻不知太高人愈妒，過潔世同嫌」，此是論妙玉精闢之句，曲中之眼也，孔子

---

[555]〔宋〕朱熹：《四書章句集注》（北京：中華書局，1982 年），頁 196。

[556]〔清〕曹雪芹：《紅樓夢：三家評本》第五回（上海：上海古籍出版社，2021 年），頁 88。

云：「不得中行而與之，必也狂狷乎！狂者進取，狷者有所不為也。」[557]若妙玉者，則是狷介之至，意其求高之由，一則在其所擇甚嚴，察其謂黛玉之語云：「你這麼個人，竟是大俗人，連水也嘗不出來！……你怎麼嘗不出來？隔年蠲的雨水，那有這樣輕清？如何吃得！」[558]則見其對人要求甚高，一則在於因其有所不為則視為者為鄙，再則由於其於世間有一二見解，若其云獨賞「縱有千年鐵門檻，終須一個土饅頭」之句，又云：「文是莊子的好，故又或稱為『畸人』」[559]，此亦是其有所自由有所選擇，然察其具體行止，則所為與所擇殊難諧和，寶玉來品茶而喜，拿自己杯子與之飲，寶玉來觀其下棋而臉紅，寶玉生日而恭祝芳辰，凡此種種則發求高之難，因其難為也，而不能為，則演為偽，有高則有妒，有偽則有嫌，有妒有嫌則難免口舌叢生，而引禍入身矣，如品茶回寫寶釵云：「寶釵知他天性怪僻，不好多話，亦不好多坐，吃過茶，便約著黛玉走出來。」[560]則此語雖淺平，而暗伏禍端也，又浪蕩之子論妙玉走火入邪魔云：「這樣年紀，那裡忍得住！況且又是很風流的人品，很乖覺的性靈，以後不知飛在誰手裡，便宜誰去呢？」[561]則是開其禍機也，惜春之論妙玉是為定評：「妙玉雖然潔淨，畢竟塵緣未斷。」[562]妙玉之塵緣蓋在於其有所求，其求高也，仍有所求，則必有其危。「可歎這青燈古殿人將老，辜負了紅粉朱樓春色闌，到頭來依舊是風塵骯髒違心願」，則是為妙玉設辭也，然所設則失於淺陋，妙玉未必歎

557〔宋〕朱熹：《四書章句集注》（北京：中華書局，1982 年），頁 148。

558〔清〕曹雪芹：《紅樓夢：三家評本》第四十一回（上海：上海古籍出版社，2021 年），頁 706。

559〔清〕曹雪芹：《紅樓夢：三家評本》第六十三回（上海：上海古籍出版社，2021 年），頁 1124。

560〔清〕曹雪芹：《紅樓夢：三家評本》第四十一回（上海：上海古籍出版社，2021 年），頁 706。原本作「黛玉知他天性孤僻」，唯程乙本改作「寶釵知他天性孤僻」從程乙本改。

561〔清〕曹雪芹：《紅樓夢：三家評本》第八十七回（上海：上海古籍出版社，2021 年），頁 1550。

562〔清〕曹雪芹：《紅樓夢：三家評本》第八十七回（上海：上海古籍出版社，2021 年），頁 1551。

人老春盡，此是外加評議之辭，若其「違心願」亦是其邪魔之所自招，其應有所慮。「好一似無暇白玉遭泥陷，又何須王孫公子歎無緣」，則是作曲者戒勸似妙玉為人者，此皆是所求非所願之人世間之一難題，白玉潔淨而泥陷，不應有之事也，而有之，發人深思，而王孫公子之歎無緣，因其本無緣也，此則又似有一主宰之天，此是《紅樓夢》論十二釵所共有之義也，然此主宰之天，實空蕩浩渺。

〔喜冤家〕　中山狼，無情獸，全不念當日根由，一味的驕奢淫蕩貪歡媾。覷著那侯門豔質同蒲柳，作踐的公府千金似下流。歎芳魂豔魄，一載蕩悠悠。[563]

迎春自言：「回去別說我這麼苦，這也是命裡所招。也不用送什麼衣服東西來，不但摸不著，反要添一頓打。說是我告訴的。」[564] 俗言道：「不是冤家不聚頭」，夫妻正是歡喜冤家，寶黛二人曾玩味此語，一個在瀟湘館臨風灑淚，一個在怡紅院對月長吁，人居兩地，情發一心，而曲中所云「喜冤家」者，則非出於情，而盡出於冤。迎春慘死，竟全因此門婚事，可不慎哉！

「中山狼，無情獸，全不念當日根由」，則謂孫紹祖忘恩負義，恩將仇報，類同禽獸，殘忍無度。「一味的驕奢淫蕩貪歡媾」，亦是獸行也，如警幻所云：「恨不能天下之美女供我片時之趣興」[565]，如譚嗣同《仁學》所論，愈是殘暴之人，愈是貪於淫趣，因其以縱弄他人為樂，孫紹祖一武夫也，其性殘暴狠絕。「覷著那侯門豔質同蒲柳」，狀一干不知愛惜他人之

---

[563]〔清〕曹雪芹：《紅樓夢：三家評本》第五回（上海：上海古籍出版社，2021年），頁88。

[564]〔清〕曹雪芹：《紅樓夢：三家評本》第一百回（上海：上海古籍出版社，2021年），頁1771。

[565]〔清〕曹雪芹：《紅樓夢：三家評本》第五回（上海：上海古籍出版社，2021年），頁90。

人，是為不仁也。「作踐的公府千金似下流」，此言孫紹祖之獸行。「歎芳魂豔魄，一載蕩悠悠。」此言迎春之終局。迎春一生以《太上感應篇》為念，而竟不能自保自身，則作者之意在於破一任道術之虛無寡用。

> 〔虛花悟〕　將那三春勘破，桃紅柳綠待如何？把這韶華打滅，覓那清淡天和。說什麼天上夭桃盛，雲中杏蕊多。到頭來誰見把秋捱過？則看那白楊村裡人嗚咽，青楓林下鬼吟哦，更兼著連天衰草遮墳墓。這的是昨貧今富人勞碌，春榮秋謝花折磨。似這般生關死劫誰能躲？聞說道，西方寶樹喚婆娑，上結著長生果。[566]

賈惜春是書中唯一能自由其志而自保其身之人，惜春是書中一高人。雖其年幼，而目睹既多，身為嫡系，則所慮既全，而能自堅其志，觀其所慮云：「迎春姐姐磨折死了，史姐姐守著病人，三姐姐遠去，這都是命裡所招，不能自由。獨有妙玉如閑雲野鶴，無拘無束。我能學她，就造化不小了。但是我是世家之女，怎能遂意！這回看家已大擔不是，還有何顏在這裡？又恐太太們不知我的心事，將來的後事如何呢？」[567] 又云：「妙玉雖然潔淨，畢竟塵緣未斷。可惜我生在這種人家，不便出家。我若出了家時，那有邪魔纏擾，一念不生，萬緣俱寂。……便口占一偈云：『大造本無方，云何是應住。既從空中來，應向空中去。』」[568] 則惜春之識人察物實是見解洞達的，此非寶黛釵諸人可及，又見其論黛玉云：「林姐姐那樣一個聰明人，我看她總有些瞧不破，一點半點兒都要認起真來。天下事那裡有多少真

566〔清〕曹雪芹：《紅樓夢：三家評本》第五回（上海：上海古籍出版社，2021年），頁 88。

567〔清〕曹雪芹：《紅樓夢：三家評本》第一百十二回（上海：上海古籍出版社，2021年），頁 1971。

568〔清〕曹雪芹：《紅樓夢：三家評本》第八十七回（上海：上海古籍出版社，2021年），頁 1551。

的呢！」[569] 則惜春一語道地，足可驚醒夢中之人。後來惜春「矢素志」而出家，竟與寶玉為知已，寶玉之去云：「走來名利無雙地，打出樊籠第一關」[570]，此亦是惜春注腳，然書中以惜春「惑偏私」而「矢素志」，則是書中有別見，是以儒理之立場論惜春之出家，然而惜春之所選擇，實是不得已為之，其已目睹三春之命運，洞曉儒家人世生活之必然路向，雖云「惑偏私」然亦是時勢所必然，亦可見儒家人世之缺陷已是劍拔弩張、不可不補了。書中又多有以儒理責惜春無情處，抄檢大觀園回惜春因入畫而云：「你們管教不嚴，反罵丫頭。這些姊妹，獨我的丫頭沒臉，我如何去見人！昨兒叫鳳姐姐帶了他去又不肯。我想，她原是那邊的人，鳳姐姐不帶她去，也原有理。我今日正要送過去，嫂子來得恰好，快帶了她去。或打，或殺，或賣，我一概不管。」[571] 則見其「百折不回的廉介孤獨僻性」，是無情之人也，然正是此無情之人方得落入空門，此是作者以儒理責惜春也。

「將那三春勘破，桃紅柳綠待如何」，則謂世間繁華皆過眼煙雲，人生命運皆難以逃脫，此是惜春目睹元春、迎春、探春之後之所覺悟，知人非物換、萬境歸空也。「把這韶華打破，覓那清淡天和」，既已勘破，則摒棄良辰美景，求那清淨不變之境，「說什麼天上夭桃盛，雲中杏蕊多，到頭來誰見把秋捱過？」此擬惜春之辭，知芳華不得永駐，萬境轉瞬歸空也，天上夭桃，雲中杏蕊，皆虛而不實之物，喻人所期望，多半成空，而目睹現實，反是別樣悲境，「則看那白楊村裡人嗚咽，青楓林下鬼吟哦，更兼著連天衰草遮墳墓。」此更寫人間真相，繁華過後，無非村裡白楊淒清，聞人嗚咽之聲，又有青楓林下慘淡，聽鬼聲吟哦，更有連天衰草遮墳墓，此悲極之景也，亦是曲中之眼，正應「衰草枯楊，曾為歌舞場」、「昨日黃土隴頭送白

569〔清〕曹雪芹：《紅樓夢：三家評本》第八十二回（上海：上海古籍出版社，2021年），頁 1462。

570〔清〕曹雪芹：《紅樓夢：三家評本》第一百十九回（上海：上海古籍出版社，2021年），頁 2090。

571〔清〕曹雪芹：《紅樓夢：三家評本》第七十四回（上海：上海古籍出版社，2021年），頁 1321。改段各本出入較大，從庚辰本校改。

骨」，然而此意則失於過悲，亦有不實之相，須知雖萬境歸空，而陰陽化生，改天換地，別又有景象，非可沉浸至此。「這的是昨貧今富人勞碌，春榮秋謝花折磨。」此則是矯枉過正，刻求人間之失，人間雖自有其缺憾，然而貧富變易、春榮秋謝，自然之理也，原可不必以之為意，順其自然可也，而書中之意則是只欲求春之榮，而不欲睹秋之謝，只願春常在，人常聚，不願睹其消散，且以此種消散為人生苦痛之源也，賈寶玉此人一切哀愁即從此生，書中云：「那寶玉的情性只願常聚，生怕一時散了，那花只願常開，生怕一時謝了。只到筵散花謝，雖有萬種悲傷，也就無可如何了。」[572] 寶玉說的瘋話也都是如此：「只求你們看守著我，等我有一日化成了飛灰，——飛灰還不好，灰還有形有跡，還有知識的。——等我化成一股輕煙，風一吹就散了的時候兒，你們也管不得我，我也顧不得你們了，憑你們愛那裡去那裡去就完了。」[573] 寶玉喜聚不喜散，對於此種煙消雲散之感其無力開脫，只能以此種詩性的話語來超越，人謂之瘋話，實則是現代意義上的詩語，人在其中獲得其審美的超越，以解脫人世的缺憾，而惜春的解脫則是通過理性，此是二人殊途同歸處。「似這般生關死劫誰能躲？聞說道西方寶樹喚婆娑，上結著長生果。」惜春、寶玉同求出世之法，寶玉則為脫離情苦，惜春則自知其數，而欲躲「生關死劫」，若虛寂無識，則似可掙脫苦海。

〔聰明累〕　機關算盡太聰明，反算了卿卿性命。生前心已碎，死後性空靈。家富人寧，終有個家亡人散各奔騰。枉費了意懸懸半世心，好一似蕩悠悠三更夢。急喇喇似大廈傾，昏慘慘似燈將盡。呀！一場

---

572 〔清〕曹雪芹：《紅樓夢：三家評本》第三十一回（上海：上海古籍出版社，2021年），頁 524。

573 又如第三十六回：「我此時若果有造化，該死於此時的，如今趁你們在，我就死了。再能夠你們哭我的眼淚流成大河，把我的屍首漂起來，送到那鴉雀不到的幽僻之處，隨風化了，自此再不要托生為人，就是我死得得時了。」

歡喜忽悲辛，歎人世終難定！[574]

王熙鳳求籤云「王熙鳳衣錦還鄉」，簽辭云：「去國離家二十年，於今衣錦返家園。蜂采百花成蜜後，為誰辛苦為誰甜？」[575] 王熙鳳一生，於賈府可謂施展才用、用心用力，其自述平生云：「若按私心藏奸上論，我也太行毒了，也該抽回退步，回頭看看；再要窮追苦克，人恨極了，他們笑裡藏刀，咱們兩個才四個眼睛兩個心，一時不防，倒弄壞了。」[576] 則其自知其行事為人，且王熙鳳有一特點在不信鬼神，其自云：「你是素日知道我的，從來不信什麼陰司地獄報應的，憑說什麼事，我說要行就行。你叫他拿三千兩銀子來，我就替他出這口氣。」[577] 又云：「胡說！我這裡斷不興說神說鬼，我從來不信這些個話。」[578] 而王熙鳳臨死之際，眾冤孽皆來纏繞，尤二姐、鐵檻寺中男女皆來索命，王熙鳳平日言行殺伐決斷，是自強之義，而一反「二南」對夫人之規定，王熙鳳之強，有澤天〈夬〉之象，一陰居於眾陽之上也，此不利於夫婦之和，亦不利於家庭之美，而其又能獻掉包之計，則是多行不義了，而賈府之頹敗，實則因此人惹官司而生，不能齊家，則禍亂皆生於衽席。

「機關算盡太聰明，反算了卿卿性命」，王熙鳳鐵檻寺收受老尼三千銀子，以至治喪而能殺一賈瑞，又加放貸收利，借劍殺人以制尤二姐，乃至欲治死張華，凡此種種，皆其算人而不知天算，《紅樓夢》立一主宰之天，乘

574〔清〕曹雪芹：《紅樓夢：三家評本》第五回（上海：上海古籍出版社，2021年），頁88。

575〔清〕曹雪芹：《紅樓夢：三家評本》第一百一回（上海：上海古籍出版社，2021年），頁1793。

576〔清〕曹雪芹：《紅樓夢：三家評本》第五十五回（上海：上海古籍出版社，2021年），頁972。

577〔清〕曹雪芹：《紅樓夢：三家評本》第十五回（上海：上海古籍出版社，2021年），頁244。

578〔清〕曹雪芹：《紅樓夢：三家評本》第八十八回（上海：上海古籍出版社，2021年），頁1568。

除加減，上有蒼穹，則王熙鳳悖天命而行其私謀，實是不積陰騭。「生前心已碎，死後性空靈」，生前心碎者，言其夫賈璉屢行不才之事，前後有燈姑娘、鮑二家的、尤二姐、秋桐諸人，熙鳳嫉妒不已，其為甚者，乃至生日筵席而禍其於家門，熙鳳雖潑辣而其心實亦破碎，婚姻不諧，則人道苦，熙鳳之毒蓋起於婚姻不諧，故屢設害人之謀；死後性空靈者，言其歸於虛寂。「家富人寧，終有個家亡人散各奔騰」，「奔騰」，言諸人散去之勢之急迫，此以賈家設言，可見富貴不可依恃，有富貴必生不能守業之徒，又添一二浪蕩敗家之子，夫婦不諧，兄弟不睦，熱孝娶親，倫常廢弛，乃至家業難理，變賣家園，夥盜蜂起，此亦天理流行之勢，如秦可卿托夢所言榮辱自古周而復始，人力不能長保。「枉費了意懸懸半世心，好一似蕩悠悠三更夢」，熙鳳持家，實亦不易，見夏太監來借銀子，其未敢半絲怠慢，求鴛鴦當換賈母不用的器玩，亦有青黃不接之時，入不敷出之勢，皆熙鳳所當，可謂耗費了半世心，「蕩悠悠三更夢」，言其夜中病體所慮，別有一番無奈淒涼。「急喇喇似大廈傾，昏慘慘似燈將盡。」則寫頹敗之勢，其來也急。「呀！一場歡喜忽悲辛，歎人世終難定！」人非物換，轉瞬成空，人世難定，非人力所能當。

> 〔留餘慶〕　留餘慶，留餘慶，忽遇恩人。幸娘親，幸娘親，積得陰功。勸人生濟困扶窮，休似俺那愛銀錢忘骨肉的狠舅奸兄。正是乘除加減，上有蒼穹。[579]

王熙鳳平生所行善事在於接濟劉姥姥，而臨終又托孤於劉嫗，此之謂「積善之家，必有餘慶」[580]，劉姥姥則熙鳳之餘慶也，是其恩人。「陰功」者，樂善好施則積陰騭，行不善之事則損陰德，書中亦引《尚書》云

---

579 〔清〕曹雪芹：《紅樓夢：三家評本》第五回（上海：上海古籍出版社，2021年），頁89。

580 黃壽祺、張善文：《周易譯注》（北京：中華書局，2016年），頁30。

「福善禍淫」[581]，萬惡淫為首，百善孝為先，《太上感應篇》云：「禍福無門，惟人自召。善惡之報，如影隨形。」[582] 此雖與唯物實踐哲學多有不符，亦與儒家自強不息之精神不諧，然此卻是《紅樓夢》中所立之一主宰。「勸人生濟困扶窮」，扶危濟困則陽氣充盈，天地間少悽愴之氣，有剛健篤實之心則視萬物為一體，扶危濟困之功，是大德，而惜乎書中無一人能濟黛玉之困。「休似俺那愛銀錢忘骨肉的狠舅奸兄」，則謂王仁也，王仁，忘仁也，仁者人也，無仁心則禽獸也，兼及賈環、傻大舅諸人。「乘除加減，上有蒼穹」，則是書中所立主宰之天，謂人不可只知事人，而須知事天，事天者，則慎獨省察而多行善事，務去邪思妄念，此之謂事天，天者剛健篤實之體，是一仁體也，葆其仁心則能事天，若徒知事人，則入於利欲之中。

> 〔晚韶華〕 鏡裡恩情，更那堪夢裡功名！那美韶華去之何迅，再休提繡帳鴛衾。只這戴珠冠，披鳳襖，也抵不了無常性命。雖說是人生莫受老來貧，也須要陰騭積兒孫。氣昂昂頭戴簪纓，光燦燦胸懸金印，威赫赫爵祿高登，昏慘慘黃泉路近。問古來將相可還存？也只留得個虛名兒與後人欽敬。[583]

李紈亦是書中一有結果之人，殊為難得。李紈幼受庭訓而能讀《列女傳》、《女四書》、《賢媛集》，實是通曉大體之人，處事和順，與世無爭，有慈母之度，行貞婦之節。其與尤氏並屬賢惠之人，而較尤氏為長，長於能有為，觀其言談，則有主發之勢，其論海棠詩云：「若論風流別致，自

---

581 〔漢〕孔安國傳，〔唐〕孔穎達正義：《尚書正義》（上海：上海古籍出版社，2007年），頁296。

582 〔宋〕李昌齡等：《太上感應篇集釋》（北京：中央編譯出版社，2016 年），頁10。

583 〔清〕曹雪芹：《紅樓夢：三家評本》第五回（上海：上海古籍出版社，2021年），頁89。

是這首；若論含蓄渾厚，終讓蘅蕪。」[584] 則能見其有決斷，有決斷則有擇取，故其作詩社而請鳳姐做東，求其省儉。乃至後來賈蘭中舉，子以母貴，母以子貴，則李紈亦屬有其結果。

「鏡裡恩情，更哪堪夢裡功名！」喻寡居之狀，猶如守鏡中的恩情，如夢中的功名，皆是虛物，不能有實在的慰藉。「那美韶華去之何迅，再休提繡帳鴛衾」，亦喻寡居之苦，夫婦完合之時光短暫。「只這戴珠冠披鳳襖也抵不了無常性命」，則人生無常，不以富貴貧賤論，在此端眾生皆一。「雖說是人生莫受老來貧，也須要陰騭積兒孫。」李紈晚年有其結果，老有所終，且賈蘭學有所成，皆是其平日積德之結果。「氣昂昂頭戴簪纓，光燦燦胸懸金印，威赫赫爵祿高登，昏慘慘黃泉路近！」此句則演功名之由盛而必衰，將及為虛化之物，類於消亡也。「問古來將相可還存？也只是虛名兒後人欽敬。」由李紈而兼及論將相功名者，因李紈守節之名，亦為虛物，故兼論將相之功名，類同此端，書中之意乃在破有名而乏實，以發名之虛無，如《好了歌》云：「古今將相在何方，荒塚一堆草沒了。」此是書中一貫之思想。

〔好事終〕　畫梁春盡落香塵，擅風情，秉月貌，便是敗家的根本。箕裘頹墮皆從敬，家事消亡首罪寧，宿孽總因情！[585]

寧府以秦可卿治家，則家焉得不敗？因其悖亂倫常，秦可卿、王熙鳳聲氣相通，王熙鳳與寶玉叔嫂同車，而秦可卿與寶玉叔侄媳婦同房，則此家焉得不敗？寧榮二公欲啟蒙寶玉，不求名儒大賢，而求一警幻仙姑與秦可卿教寶玉行雲雨之事，則寶玉焉得不壞？所求既非正道，則所得絕非正途，所以

584〔清〕曹雪芹：《紅樓夢：三家評本》第三十七回（上海：上海古籍出版社，2021年），頁631。

585〔清〕曹雪芹：《紅樓夢：三家評本》第五回（上海：上海古籍出版社，2021年），頁89。

引寶玉入於身淫意淫之中，不能自拔，以致「房櫳日夜困鴛鴦」[586]，則榮府之敗，連於寧府，皆以秦可卿一人為開端也。

「好事終」，則好事實非好事，乃是僻邪之事，利於欲利之事也。「畫梁春盡落香塵」，則喻好事終之荒廢景象。「擅風情，秉月貌，便是敗家的根本」，言秦可卿婀娜纖巧，溫柔和平也，花容月貌，兼有黛玉寶釵之美，《易傳》曰：「慢藏誨盜，冶容誨淫」[587]，若德不堪其冶容，則必生事，而觀秦可卿臥房，其德可知，觀賈蓉為人，其德亦可知，則賈珍之事，絕非生於空無。「箕裘頹墮皆從敬」，《禮記・學記》云：「良冶之子，必學為裘；良弓之子，必學為箕。」[588]「箕裘」以喻先輩基業，先輩基業不能承繼而頹損皆因賈敬之不管家事，族中無主事之人，子弟皆屬紈絝。「家事消亡首罪寧」，悖禮起於寧府而導於榮府也。「宿孽總因情」，警幻云「好色即淫，知情更淫」，秦氏為第一談情之人，由其弟秦鐘亦可觀之。

> 〔飛鳥各投林〕　為官的家業凋零，富貴的金銀散盡。有恩的死裡逃生，無情的分明報應。欠命的命已還，欠淚的淚已盡：冤冤相報豈非輕，分離聚合皆前定。欲知命短問前生，老來富貴也真僥倖，看破的遁入空門，癡迷的枉送了性命。好一似食盡鳥投林，落了片白茫茫大地真乾淨！[589]

既言「紅樓夢」，則有夢醒之時，人生若夢也，夢醒為何境？蘇軾云：「人生如夢，一樽還酹江月」，則尚有其豁然通達之度，若魯迅則云夢醒了無路可走，然而「紅樓夢」之醒來乃是「飛鳥各投林」，一派中國文學中少

---

[586] 〔清〕曹雪芹：《紅樓夢：三家評本》第二十五回（上海：上海古籍出版社，2021年），頁424。

[587] 黃壽祺、張善文：《周易譯注》（上海：上海古籍出版社，2016年），頁487。

[588] 〔漢〕鄭玄：《禮記注・學記第十八》（北京：中華書局，2021年），頁480。

[589] 〔清〕曹雪芹：《紅樓夢：三家評本》第五回（上海：上海古籍出版社，2021年），頁89。

有之淒慘景象。此中之故，既有作者於人生缺憾之洞達徹極，亦有易代變遷之歷史苦痛而化成。

「為官的家業凋零」，則謂賈府、甄府一干為官之族，其勢之敗，亦是摧枯拉朽，然不至於消盡，故亦有往復之機，如北靜王之庇護賈府，賈母之散餘資，賈蘭之登科，皆是云家道有往復之機，此是天理也，非是徹底之悲劇。「富貴的金銀散盡」，則是云賈府中人，省親、喪葬、宴禮之耗費無度，日常用物如扇子諸玩物毫不吝惜，而莊裡年成不好，七旱八澇，遂漸至入不敷出。「有恩的死裡逃生」，則謂巧姐一干人。「無情的分明報應」，則謂王熙鳳一干人。「欠命的命已還」，謂王熙鳳、夏金桂諸人。「欠淚的淚已盡」，謂林黛玉。「冤冤相報自非輕」，謂王熙鳳之與趙姨娘、賈環、賈芸諸人。「分離聚合皆前定」，謂賈寶玉、林黛玉諸人。「欲知命短問前生」，謂賈瑞、秦鐘、秦可卿、元春、迎春諸人。「老來富貴也真僥倖」，謂李紈。「看破的遁入空門」，謂賈惜春、賈寶玉。「癡迷的枉送了性命」，謂林黛玉、賈瑞、秦鐘、尤二姐、尤三姐、晴雯諸人。「好一似食盡鳥投林」，謂家園將敗，各自散場。「落了片白茫茫大地真乾淨！」謂人去樓空，萬境歸空，如於毘陵天大雪中泊頭遇賈寶玉。然此中之賈府諸人自非限於賈府，乃人世中必然之現象，曲中之眼亦在「有恩的死裡逃生」而已。

第八章
《紅樓夢》對儒家人世的反思與超越

《紅樓夢》以無材可補蒼天，欲下塵世享榮華富貴的一塊頑石為引子，寫出其所幻化的賈寶玉在人世的一番經歷。由眷戀紅塵而最終出離人世，其中歷盡人生的「二十四字缺憾」：美中不足、好事多魔、樂極生悲、人非物換、到頭一夢、萬境歸空。[1] 乃至以此對儒家傳統下人生的價值追求進行了直視和反思。賈寶玉的一番經歷是篇幅廣大、盡覽無餘的覺醒歷程，而作為楔子的甄士隱的一番「小榮枯」則又是以不同的人生經歷導向的同一歸宿的人生結果，由依戀人世之種種人物事物而參透人世走向空無。《好了歌》是為甄士隱一生的參悟，亦是《紅樓夢》書中人物對功名、金銀、情愛、子孫這些傳統儒家價值追求的結果的注腳。《紅樓夢》對傳統人生觀的反思乃是立足於破除對於這四者的執著，而在更高的人生視角下參透了無論對於功名利祿還是對於情愛婚姻的追求都是空無的，其所以為的這些物的「真」實際都轉向了「假」。在對這種人生核心概念「真」、「假」的參悟中進而超越了傳統的人生價值追求，立起了新的人生路標。

1　〔清〕曹雪芹著，無名氏續：《紅樓夢》第一回（北京：人民文學出版社，2022年），頁3。本章《紅樓夢》引文皆出自此書，概不一一標注版本信息。

第一節　《紅樓夢》對傳統文人讀書做官、仕途經濟的反思

《論語・子張》曰：「子夏曰：『仕而優則學，學而優則仕。』」[2] 孔子學說中向來重視仕進，其弟子子路為季氏宰，宰我為臨淄大夫，子貢則「常相魯、衛，家累千金」[3]，子游為武城宰，而孔子則做過季氏史、魯國大司寇行攝相事[4]，既而為實踐其政治思想周遊列國，顛沛流離。孔子所代表的儒家謀求仕進的本意一方面乃是其思想中「祖述堯舜、憲章文武」[5]，傳承三代以來的先王舊學，這就在根本上意味著孔子學說在很大程度上是先王治道，只有謀求政治職位才能達成其學說的實現。另一方面，孔子既不能在春秋之世實現其政治理想，既而刪述先王舊典，纂成六經，授徒立說，企求其政治思想通過其弟子在後世得以實現，這也是其身為「素王」[6] 而決定的其學說思想必然是要人積極仕進的。自漢武帝「推明孔氏，抑黜百家」[7]，又有數大儒如董仲舒《春秋》學、揚雄之「宗經、徵聖」[8] 之思想的推波助瀾，儒家經典逐漸成為學問之準的、問道之北斗，其積極入世的思想在西漢文人中表現為王權之附麗，而在東漢文人中則呈現為砥礪名節、崇尚氣節。自隋代高祖楊堅廢除九品中正制，於開皇十八年詔令「以志行修謹，清

2　〔魏〕何晏注，〔宋〕邢昺疏：《論語集解》，清嘉慶二十年南昌府學重刊宋本十三經注疏本，卷十九，頁 663。

3　〔西漢〕司馬遷撰，〔劉宋〕裴駰集解，〔唐〕司馬貞索隱，張守節正義：《史記・仲尼弟子列傳》，清乾隆四年武英殿刻本，卷 67。

4　〔西漢〕司馬遷撰，〔劉宋〕裴駰集解，〔唐〕司馬貞索隱，張守節正義：《史記・孔子世家》，清乾隆四年武英殿刻本，卷 47。

5　〔西漢〕戴勝編，〔東漢〕鄭玄注，〔唐〕陸德明音義：《禮記正義・中庸》，清乾隆四十八年武英殿刻本，卷 16。

6　〔東漢〕王充撰：《論衡・定賢》：「孔子不王，素王之業在《春秋》。」明萬曆二十年新安程氏刻本，卷 27。

7　〔東漢〕班固撰，唐顏師古注：《漢書・董仲舒傳》，清乾隆四年武英殿刻本，卷 56。

8　汪榮寶撰：《法言義疏》，民國二十二年排印本。

平幹濟二科舉人」[9]，正式實行科舉制。唐代科舉制逐漸完備，其根本上仍是以儒家經典為主要對象，其影響直至清末。科舉制及其儒家經典為主要學習對象造成了一千多年間的現象，即傳統文人多是讀儒書以求仕進，仕進之後又成為王權之附庸，於宦海浮沉中多為仕途經濟所累，除極少數能超脫流俗的文人以外，絕大多數文人的整個的人生追求和人生目的實際上可以概括為「讀書做官，仕途經濟」。

《紅樓夢》中的賈雨村實際正是這種傳統中的人物，作者勘透了賈雨村這種人物的「假」，而寫出一不同於此的賈寶玉，又通過賈寶玉的聲口行動來對傳統文人讀書做官的道路所形成的價值追求進行反思。具體而言，這種反思體現在三個方面。

一、以為官不正的賈雨村反思宦途

書中對賈雨村的直露的表現見於平兒之語，第四十八回平兒對賈雨村作了一番評價：「都是那賈雨村什麼風村，半路途中哪裡來的餓不死的野雜種！認了不到十年，生了多少事出來！今年春天，老爺不知在哪個地方看見了幾把舊扇子……」[10] 因賈赦看中了石呆子的二十把舊扇子，石呆子昂其價一千兩一把，賈璉無法，而賈雨村聽聞後「便設了個法子，訛他拖欠了官銀，拿他到衙門裡去，說：所欠官銀，變賣家產賠補，把這扇子抄了來，作了官價，送了來。」賈璉說：「為這點子小事，弄得人坑家敗業，也不算什麼能為！」[11] 賈赦聽賈璉拿話堵他，便打了賈璉。這件事作者之筆雖明處寫賈赦貪求，側面則意在描繪賈雨村的行事。他為了賈家的情面，徇私掠取了石呆子的扇子，即如賈璉這樣的浪蕩子也點破了賈雨村的行為實在「不算什麼能為」。本是讀儒書科舉出身的賈雨村卻在仕途之中做出此種事，這也

9　〔唐〕魏徵等撰：《隋書・帝紀第二》，清乾隆四年武英殿刻本，卷 2。

10　〔清〕曹雪芹著，無名氏續：《紅樓夢》（北京：人民文學出版社，2022 年），頁 647。

11　〔清〕曹雪芹著，無名氏續：《紅樓夢》（北京：人民文學出版社，2022 年），頁 647。

是賈寶玉不願親近賈雨村諸人的根由，賈寶玉所認為的「祿蠹」[12]、「『明明德』外無書」[13] 實際與賈雨村這樣的行事針鋒相對。

賈雨村與賈家本非同族，因祖輩同朝為官而結為宗親。至賈雨村生於末世，父母根基已盡，流落破廟為窮儒。然而其人相貌魁偉，言談不俗[14]，抱負不淺[15]，既而通過甄士隱的接濟考取功名，然而其為官後只記得當初回頭三顧的嬌杏，卻對已經破落的甄士隱並不過問。為官則「才幹優長，未免有貪酷之弊」，「且又恃才侮上，那些官員皆側目而視」，不久被參，言其「生性狡猾，擅纂禮儀，且沽清正之名，而暗結虎狼之屬」[16]，即被革職。既而其得其時勢因冷子興、林如海攀附賈家，因王子騰、元春之勢官至金陵應天府知府。葫蘆案一案中知曉案情後他本欲直接捉拿兇犯薛蟠，卻被門子示以護官符，且云：「豈不聞古人有云：『大丈夫相時而動』，又曰：『趨吉避凶者為君子』。依老爺這一說，不但不能報效朝廷，亦且自身不保。」[17] 賈雨村則借勢依門子之法亂判葫蘆案，此中緣由一則賈雨村雖是讀聖賢書得進士出身，然其人生多借儒家禮儀之勢為其仕途經濟鋪路，其名為化，表字時飛，是見機而動、借勢而為、沽名釣譽而得其私利之人。只吸取儒道兩家的安身處世之術而不顧其仁義的內裡實是傳統文人為官的一大特徵，司馬懿、宋江實為此中的典型。二則，王權下人情司法實非個人所能決定，此則顯現出現實局面下做官的必然歸宿：《紅樓夢》中的司法實際乃是四大家

12 〔清〕曹雪芹著，無名氏續：《紅樓夢》（北京：人民文學出版社，2022 年），頁 264。

13 〔清〕曹雪芹著，無名氏續：《紅樓夢》（北京：人民文學出版社，2022 年），頁 264。

14 《紅樓夢》第三回賈政所見。

15 第一回甄士隱聞其所賦之詩「玉在櫝中求善價，釵於奩內待時飛」、「天上一輪才捧出，人間萬姓仰頭看」所見。

16 〔清〕曹雪芹著，無名氏續：《紅樓夢》（北京：人民文學出版社，2022 年），頁 22。

17 〔清〕曹雪芹著，無名氏續：《紅樓夢》（北京：人民文學出版社，2022 年），頁 61。

族操縱下的，在現實局面是不可能做一個不顧權勢的好官。從賈雨村看來宦途一方面必然是身不由己，一方面必然是順應鑽營、不顧恩義，兩千年來作為王權附庸的文人的遭遇早已說明了這一點。

儒家典籍中的積極入世是為了實現先王舊法的政治理想而來，但是這種政治理想在現實政治中與以宗法人情為基礎社會結構產生激烈衝突。儒家理想中的仁義與人情政治中的功利的衝突是士人讀書做官面臨的必然結果。在這種衝突中儒家理想無一例外成為人情政治的犧牲品，從而讀聖賢書而步入官場的文人皆捲入仕途經濟的漩渦。如同賈雨村的亂判葫蘆案、栽陷石呆子，乃至最後其對賈府的態度皆是仕途經濟的功利考量戰勝儒家所推重的仁義而產生的結果。故而賈寶玉口中所言的後世儒家愈加推重的「『明明德』外無書」實則正是為了對抗這些通過讀書做官的徒有禮儀之表而無仁義之實的假人。

賈寶玉的不讀書是不喜通過讀書仕進，因其看到了這條道路通往的只能是賈雨村一樣的假人，故而詬之為「祿蠹」。如同薛寶釵所言：「男人們讀書明理，輔國治民，這便好了。只是如今並不聽見有這樣的人，讀了書倒更壞了。這是書誤了他，可惜他也把書糟踏了，所以竟不如耕種買賣，倒沒有什麼大害處。」[18] 若如賈寶玉一樣葆有赤子之心，而不學儒家枝末的「趨吉避凶」之術，亦不至於落入濁流。書中寫賈寶玉之赤子之心實際都是《紅樓夢》一書對千古文人讀書皆成了名利之徒的無奈的譏刺。

二、以「武死戰」、「文死諫」反思求名

與賈雨村所代表的背棄儒家仁義而順從仕途經濟相對，在傳統文人價值觀中又有不順從仕途經濟乃至不顧身家性命而砥礪名節的人物，這是儒家文人價值觀中的另一極端，也即是賈寶玉口中的「文死諫」、「武死戰」。賈寶玉云：「人誰不死，只要死得好。那些個鬚眉濁物，只知道文死諫，武死

18　〔清〕曹雪芹著，無名氏續：《紅樓夢》（北京：人民文學出版社，2022 年），頁 569。

戰，這二死是大丈夫死名死節，究竟何如不死的好！必定有昏君他方諫，他只顧邀名，猛拚一死，將來棄君於何地？必定有刀兵他方戰，猛拚一死，他只顧圖汗馬之名，將來棄國於何地？所以這皆非正死。」[19] 在賈寶玉看來無論是文官死諫還是武官死戰都不能從根本上解決現實問題，身死之後對君王、國家並沒有實在的益處，而只能成全一個忠孝之名而已。在此作者對傳統儒家文人為求忠孝之名而不顧身家性命的價值觀進行了批判。

實際上，這種以死求名的做法並非符合孔子學說的本意，孔子云：「暴虎馮河，死而無悔者，吾不與也。必也臨事而懼，好謀而成者也。」[20] 司馬遷亦云：「人固有一死，或重於泰山，或輕於鴻毛。」[21] 二者的本意皆在於利用生命來成全功業，而非「杖血氣之勇，疏謀少略，自己無能，送了性命」[22]，亦非「兩句書窩在心裡，胡彈亂勸，只顧邀忠烈之名，濁氣一湧，實時拼死。」[23] 在賈寶玉看來，「文死戰」、「武死諫」皆是為血氣、濁氣的影響，實非明智之舉，這都是儒家傳統影響下的只追求其表面虛名的風氣所致。孔子之重視名乃是為了「正名」。《論語・子路》曰：「名不正，則言不順；言不順，則事不成；事不成，則禮樂不興；禮樂不興，則刑罰不中；刑罰不中，則民無所措手足。」「名」是保證上下等級秩序、倫理秩序的基礎，「君君，臣臣，父父，子子」這樣的合理秩序只有在名的導引和確定下才能得到實行。孔子「正名」的思想衍至末流則導致人人求名、人人好名，乃至與政教合流而演化成為後來的名教，故而李贄云：「孔子知

---

19 〔清〕曹雪芹著，無名氏續：《紅樓夢》（北京：人民文學出版社，2022 年），頁 483。

20 〔魏〕何晏注，〔宋〕邢昺疏：《論語集解》，清嘉慶二十年南昌府學重刊宋本十三經注疏本，卷七，頁 232。

21 〔東漢〕班固撰，〔唐〕顏師古注：《漢書・司馬遷列傳》，清乾隆四年武英殿刻本，卷 62。

22 〔清〕曹雪芹著，無名氏續：《紅樓夢》（北京：人民文學出版社，2022 年），頁 483。

23 〔清〕曹雪芹著，無名氏續：《紅樓夢》（北京：人民文學出版社，2022 年），頁 483。

人之好名也，故以名教誘之」[24]，此實是後來孔學偏離本旨產生的結果。

到了《紅樓夢》產生的時代對於名教的政治作用極為重視。如與《紅樓夢》成書約同時的《明史》比之前代史書更細設〈孝義列傳〉〈忠義列傳〉〈佞幸列傳〉〈奸臣列傳〉[25]，《清史列傳》亦設〈忠義〉〈貳臣〉〈逆臣〉[26]諸門類以表彰節烈、褒貶人物，以名教繩墨人的行動來利於社會秩序和政治統治。作者雖然借賈寶玉批判了這種求名的風氣，但是因所處時代的限制即使《紅樓夢》本身亦是用名教的方法來實現其褒貶，這對林黛玉「質本潔來還潔去」的諸評價中仍有其顯現。總之，對於傳統文人求名的價值觀而言賈寶玉是持對立態度的，故而其以「祿蠹」、「沽名」來評價這種傳統文人的價值追求。但是，雖然賈寶玉對這種價值追求進行了否定，但是其自身也只能以「眼淚流成大河」、「自此不再托生為人」這樣的詩性的方式消解這種求名價值的空無。

三、以「探春興利」反思仕途經濟

除了對傳統文人讀書做官的道路進行了反思，《紅樓夢》中亦對追求仕途經濟的價值追求進行了反思，這主要體現在對於探春興利的刻畫上。探春本為庶出，但為求仕進，不惜與趙姨娘爭閒氣，利用其舅舅的喪禮賞銀來博得大公無私的好名，進而向王夫人表忠心，以利於仕進。在探春的三項新政中，不僅蠲去了秦可卿夢中囑託的上學的銀兩，亦蠲去了買辦的生路，進而將大觀園承包給婆子們經營，實質上造成了大觀園花花草草的私有化。[27]後來林黛玉與賈寶玉對探春此舉多有不滿，黛玉乃至發出「這裡住不得

---

[24] 〔明〕李贄：《焚書・卷一書答》，清光緒上海國學保存會國粹從書本，卷一。

[25] 〔清〕張廷玉等：《明史》（北京：中華書局，1974 年），見目錄。

[26] 王鍾翰注解：《清史列傳》（北京：中華書局，1987 年），見目錄。

[27] 〔清〕曹雪芹著，無名氏續：《紅樓夢》（北京：人民文學出版社，2022 年），頁766。

了」。[28] 這實際都是作者對一味為仕途、為經濟而不顧道義和大局的行為的批評，故而作者假借薛寶釵杜撰的《姬子》云：「登利祿之場，處運籌之界者，竊堯舜之詞，背孔孟之道。」此實是對於傳統文人在仕途經濟場中的評判。

第二節 《紅樓夢》對於儒家人生價值追求的反思

無論是在宦海中沉浮，還是在生死中求名，亦乃是為仕途經濟上下顛簸，仍脫不出儒家對於人生的基本看法，仍是儒家人生追求的不同顯現形態。《禮記・禮運》云：「飲食男女，人之大欲存焉。」[29]《孟子》云：「食、色，性也。」[30] 故而《儀禮》中所載皆是圍繞「飲食」、「男女」、「食、色」而設，故有〈士昏禮〉〈鄉飲酒禮〉〈聘禮〉〈少牢饋食禮〉等皆是為了人一生中的需求如養生送死、婚姻宴禮而設。雖然孔子在《論語》中多是表述了其對於仁義等道德概念的看法，但是孔子所編訂的作為學生教習的六經中實際保存了其更為原初的觀點。故而《詩經》的首篇是〈關雎〉，而《周易》上經首篇為〈乾〉〈坤〉，下經首篇為〈咸〉〈恒〉，《儀禮》中〈士冠禮〉之後即是〈士昏禮〉，《春秋》中則多次譏刺「不親迎」。這些都是與男女婚姻密切聯繫的，可見孔子在道德概念仁義之外實際上甚為重視男女婚姻問題。這在諸多典籍中皆有明確的表述。如《禮記・郊特牲》曰：「天地合而後萬物興焉。夫昏禮，萬世之始也。」[31]《禮記・昏義》曰：「男女有別而後夫婦有義，夫婦有義而後父子有親，父

---

[28] 〔清〕曹雪芹著，無名氏續：《紅樓夢》（北京：人民文學出版社，2022 年），頁 1167。

[29] 〔西漢〕戴勝編，〔東漢〕鄭玄注，〔唐〕陸德明音義：《禮記正義・禮運》，清乾隆四十八年武英殿刻本，卷七。

[30] 〔東漢〕趙岐注，〔宋〕孫奭疏：《孟子注疏・告子》，清嘉慶二十年南昌府重刊宋本十三經注疏本，卷十一。

[31] 〔西漢〕戴勝編，〔東漢〕鄭玄注，〔唐〕陸德明音義：《禮記正義・郊特牲》，清乾隆四十八年武英殿刻本，卷八。

子有親而後君臣有正。故曰：昏禮者，禮之本也。」[32]《周易・序卦傳》曰：「有天地然後有萬物，有萬物然後有男女，有男女然後有夫婦。」[33]《史記・外戚世家》云：「故《易》基〈乾〉、〈坤〉，《詩》始〈關雎〉，《書》美釐降，《春秋》譏不親迎。夫婦之際，人道之大倫也。禮之用，惟昏姻為兢兢。」[34] 實際上，儒家所推重的積極入世是為了合理的政治秩序，而合理穩定的政治秩序才能保證百姓的基本生存，至少是其「飲食」的充足。而婚姻則是儒家關注的另一重點，這是為了種族的延續。在其本質來看，儒家以飲食男女作為一個實在的基礎，以德性倫理指引這個基礎以使之處於禮的適宜的限度內，從而有利於飲食男女的適宜和洽和。以仁義為代表的德性倫理、天道學說[35] 對飲食男女的具體施行起教化、指引、規範、評騭的作用，整個古文化的歷史即是對此的注腳。

《紅樓夢》正是延續了儒家的「飲食男女」的根本精神，故而書中的主題即在描繪男女婚姻、飲食宴樂、仕途得失，以食色、飲食男女為根本表現對象。這是建立在其對儒家本質深刻瞭解的基礎上的。但是，《紅樓夢》正是通過細覽無餘地描繪儒家影響下的這種人生的價值追求，而表現了這種價值追求本身存在的問題，並對其進行了反思。這種反思集中體現在第一回的《好了歌》中，《好了歌》破除了人們對於功名、金銀、情愛（姣妻）、子孫的追求，而認為這些追求在更廣博的人生視角下都缺乏實在的意義，故而形成了「好即是了，了即是好」的悖反局面。「若不了，便不好，若要好，須是了」。[36] 這在根本上參透了儒家傳統人生價值追求的問題，然而細分

32　〔西漢〕戴勝編，〔東漢〕鄭玄注，〔唐〕陸德明音義：《禮記正義・昏義》，清乾隆四十八年武英殿刻本，卷二十。

33　〔魏〕王弼注，〔唐〕孔穎達疏：《周易注疏・序卦傳》，清嘉慶二十年南昌府學刻本，卷九。

34　〔西漢〕司馬遷撰，〔劉宋〕裴駰集解，〔唐〕司馬貞索隱，張守節正義：《史記集解・外戚世家》，清乾隆四年武英殿刻本，卷 49。

35　朱熹將仁義禮智信與五行相配亦是說明倫理的天道性。

36　〔清〕曹雪芹著，無名氏續：《紅樓夢》（北京：人民文學出版社，2022 年），頁 17。

開來，這種問題宜於從兩方面加以分析。

一、對情愛和婚姻的追求是空無的

從《好了歌》以及《紅樓夢》全書的根本表現對象來看，實是力在破除對於情愛和婚姻的執著。這種對情愛、婚姻的價值追求是不持存的、不真在的、無望的。

（一）情愛和婚姻皆不持存

情愛和婚姻的這種虛妄性、不持存性在書中的眾多的姻緣描寫中多有表現，但其最為本質的表現是賈寶玉的「兩番閱冊」。賈寶玉第一番閱冊是在第五回的秦氏臥房的夢中神遊太虛幻境中，看到「金陵十二釵」諸冊子，其中是一些別有意蘊帶著幾行字跡的意象畫，或是烏雲濁霧，或是鮮花破席，或是桂花枯藕，或是林中玉帶、雪裡金簪等，這些意象多是榮枯參半，喻示了書中女子的「千紅一窟、萬豔同悲」、好物不長的命運。警幻仙姑之義是在以這些女子的人生命運「警其癡頑」，「或能使彼跳出迷人圈子」[37]，但寶玉閱冊尚未覺悟。警幻又令其聽《紅樓夢十二支曲》，歷述十二女子家敗人亡、萬境歸空的命運，寶玉仍是「竟尚未悟」。最後警幻無法，知寶玉之好意淫，而將其妹許配並秘授之雲雨之事，望寶玉能知曉其中根底不過了了，能「改悟前情，留意於孔孟之間，委身於經濟之道」[38]，但寶玉繾綣過後仍舊不悟。賈寶玉的此番太虛幻境所歷實際是書中堪比甄士隱遭遇的又一楔子，點明情愛的空無、人生終究空亡的結果。賈寶玉夢中不悟，反而變本加厲與襲人偷試，乃至最後其自己經歷了一番情愛的空無之後方了悟前情。此是一百十六回黛玉死後其第二番閱冊，最終了悟「世上的情緣，都是那些

[37] 〔清〕曹雪芹著，無名氏續：《紅樓夢》（北京：人民文學出版社，2022 年），頁 87。

[38] 〔清〕曹雪芹著，無名氏續：《紅樓夢》（北京：人民文學出版社，2022 年），頁 87。

魔障。」[39] 此在甄寶玉的夢中說得更明確：「見了無數女子，說是多變了鬼怪似的，也有變做骷髏兒的。」[40] 可見，在人生終有一死、人生終將老朽的生死觀的立場下勘視，情愛、美色是多麼不堪直視的事物：「女孩兒未出嫁，是顆無價之寶珠；出了嫁，不知怎麼就變出許多的不好的毛病來，雖是顆珠子，卻沒有光彩寶色，是顆死珠了；再老了，更變得不是珠子，竟是魚眼睛了！」[41] 而至人老去，則都變成鬼怪、骷髏，賈寶玉意淫的那些女子都何在呢？都將變成何物呢？一旦在生死、變易這些躲不開的宏大的人生情境下勘視，對情愛、婚姻的癡迷都是愚妄的，即如《好了歌》點破：「君生日日說恩情，君死又隨人嫁了」。在這種觀念下，看書中那些為情而殉身失節的人，司棋與潘又安、賈璉與尤二姐、柳湘蓮與尤三姐，或死或亡，或敗或逃，都是為情愛所迷，都是沒有跳出這個迷人圈子。故而書中末回道：「那『淫』字固不可犯，只這『情』字也是沾染不得的」、「所以崔鶯蘇小，無非仙子塵心；宋玉相如，大是文人口孽」、「凡是情思纏綿的，那結果就不可問了。」[42] 最終導向了戒情的本旨，批評了意在寫情事的文人。情愛與婚姻在人生價值中之所以產生如此大的影響乃是根本於儒家對於男女婚姻的重視，但是後世由此種重視中衍發出來的「淫」、「情」實際是對人生危害極大的兩物，二者實是孔學婚姻觀導致的後世流變。《紅樓夢》一書正是在這個意義上對這種人生追求進行了反思。[43]

---

[39] 〔清〕曹雪芹著，無名氏續：《紅樓夢》（北京：人民文學出版社，2022 年），頁 1548。

[40] 〔清〕曹雪芹著，無名氏續：《紅樓夢》（北京：人民文學出版社，2022 年），頁 1293。

[41] 〔清〕曹雪芹著，無名氏續：《紅樓夢》（北京：人民文學出版社，2022 年），頁 815。

[42] 〔清〕曹雪芹著，無名氏續：《紅樓夢》（北京：人民文學出版社，2022 年），頁 1603。

[43] 林黛玉、賈寶玉、尤三姐這些為情所深迷的人的人生追求都是作者反思的對象。但是這種反思仍是雙向的、複雜的，書中對於情愛雖最後持批評的立場，但是書中的態度實是矛盾的。

（二）情愛仍是功利的犧牲品

情愛是近世文學中愈加顯明的文學要素，在很大程度上也是近世文學發展嬗變的驅動力，是人性發展的重要基礎。[44] 但是，由儒家婚姻觀念下產生的男女情愛因素並非是獨立之物，而是在其現實發展中時時面臨被功利扼殺的命運，由是情愛與功利的衝突成為近世文學的一個顯著母題，也是《紅樓夢》一書對於情愛的又一重要反思。

男女懵懂之時如同寶玉、黛玉耳鬢廝磨、兩小無猜之時萌發的自然的吸引是情愛的萌芽，這種萌芽是至潔至真之物，不摻雜一絲一毫功利的考量，完全是陰陽最初相互吸引的自然結果。寶玉第一次見到黛玉時便云：「這個妹妹我曾見過的。」這便是「天地絪縕，萬物化醇。男女構精，萬物化生」[45] 所代表的那種自然力量的顯現，只有此物才是最具有生命力之物，因其最真，故而是一發便是天下之至情。但是寶黛間的這種原初至情在苞含著功利觀念的薛寶釵來臨之時便受到了威脅。薛寶釵出身商人家庭，本欲入宮選為才人、贊善之職，自幼便知於進退、深於人心，故「比通靈」一回寶釵假擬金鎖與通靈寶玉相配之事，又有鶯兒、薛姨媽從中張羅，以見寶釵私意萌露。既而寶釵則先後籠絡襲人、湘雲、王夫人，步步為營，假意贏取黛玉信任，後則利用賈母、王熙鳳等人對於日益入不敷出的家計的考量，以功利的方法使金玉良緣贏取了木石前盟。雖寶釵千般謀劃，但是黛玉孤身一人，父母亡故，從元妃的立場來講亦依從功利選取寶釵。這種婚姻上的功利考量是儒家婚姻「父母之命，媒妁之言」的本有處置方式，因儒家以婚姻作為倫理制度的基礎，近世所推重的情愛並不在其考量之內。即使在《西廂記》中的崔鶯鶯亦是在滿足功利條件下才能與考取功名的張君瑞完婚。黛玉婚姻之為功利扼殺實亦是此中衝突的典型顯現，然而黛玉以死抗爭、寶玉出世離家實亦是情的因素在歷史中愈加張大的表現。

《紅樓夢》中因功利受阻的婚姻尚有司棋與潘又安，九十二回中潘又安

---

44 章培恒：《中國文學史新著・序言》（上海：復旦大學出版社，2014 年）。

45 〔魏〕王弼注，〔唐〕孔穎達疏：《周易注疏・繫辭下傳》，清嘉慶二十年南昌府學刻本，卷 8。

帶著金銀迎娶司棋，但司棋他媽不允，司棋自盡，然而司棋他媽看見潘又安拿出的金珠首飾以後，便後悔云：「你既有心，為什麼總不言語？」[46] 潘又安道：「大凡女人都是水性楊花，我要說有錢，他就是貪圖銀錢了。如今他這為人就是難得的。我把首飾給你們，我去買棺盛殮他。」後則亦自盡。潘又安之事是作者用重筆寫出的以男女之真情對抗功利的婚姻觀念。這種功利的婚姻觀念尚不只是在金銀之上，如柳湘蓮以為的尤三姐有失名節亦是為這種功利考量付出沉重代價。然而退一步講，與司棋潘又安這些推崇情的力量的人相對，從保守的勢力來看，男女恩情在功利、生死面前亦是脆弱之物。故而《好了歌》云：「君生日日說恩情，君死又隨人嫁了。」《好了歌解》云：「昨日黃土隴頭送白骨，今宵紅燈帳底臥鴛鴦。」在這個意義上，司棋、潘又安諸人所代表的情實際是作者為突破功利、生死立場而創造出的新變、超越的因素。

（三）情愛蠱惑意識的危險性

情愛從其本身來看雖然具有強大的力量，但是對情愛的追求卻給人生帶來了一定的危機，因情愛是意中之物，熱烈的情愛容易蠱惑人的理性而進入非理性的境地，進而對倫常乃至現實秩序造成破壞。清代評點家張新之評「黛玉為意淫之主」，認為一味癡情、為其所惑實是不可取的。情本源於自然陰陽之理，而陰陽和合、萬物化生，這種陰陽間的化合具有強大的力量。這種力量乃至能浸漫、俘獲人的意識，超越倫常的教化。或許孔子學說中正是勘透了情本身的巨大力量才改化男女婚姻，使自然之情的男女情愛成為遵從倫理秩序的男女婚姻。這是書中保守立場下反對談情的依據，因從司棋、潘又安、尤三姐等追求情的人物的悲劇命運來看，情乃至導致了人生的破滅。若一任談情，則儒家倫理秩序勢必被破壞，故而在《紅樓夢》本身實際亦存在著對於情的矛盾的看法。但是，總體而言，情在傳統社會的價值追求中實際易於導致人生的破滅、進而陷入空無的境地。這是《紅樓夢》對於追

---

[46] 〔清〕曹雪芹著，無名氏續：《紅樓夢》（北京：人民文學出版社，2022 年），頁 1208。

求情愛的人生價值的另一反思。

二、對功名、金銀、子孫的追求亦不可依恃

《好了歌》不僅表現了對情愛的追求是空無的，更表現了功名、金銀、子孫三者亦是不可依恃的。《紅樓夢》雖大旨談情，但是在其描寫家庭生活的細枝末節中亦表現了對追求這三者的反思。

對於功名的反思，《好了歌解》中云：「陋室空空，當面笏滿床，衰草枯楊，曾為歌舞場」。傳統文人追求的功名實是轉瞬成空的，「古今將相在何方？荒塚一堆草沒了。」李紈判詞亦云：「問古今將相可還存，也只是虛名兒與人欽敬。」因李紈有守節之名，亦為虛物，故兼論將相之功名，類同此端，書中之意乃在破有名而乏實，以發名之虛無。如前所論，孔子重名在於「正名」，「正名」則倫理秩序可以依照「名」的規定而合理化。後世之人追求功名，亦是想要達成與名相配的益處。但是在儒家的社會秩序中，權、財利、名譽面子是根據「職業分立」有差異性地分配的。名譽面子歸士人，有時也有權，但權不可久掌。財利便歸最無面子的工、商。「為農的面子好一點，但不如工商業者可以發財。」[47] 故而士人所追求名譽面子多是虛物、多是虛名。這種策略也用在政教之中，守節的婦女便有名譽，如《紅樓夢》書中的李紈青春喪偶，處膏粱錦繡之中，卻如槁木死灰一般[48]，但是其能守節便有名譽。但是這個名譽如同《紅樓夢十二支曲》中所云的「夢裡功名」都是不真在的、虛無的，一旦得到了這個名反而味同嚼蠟一般。再者，士人求取功名所帶來的榮華富貴常常不可長保，「因嫌紗帽小，致使鎖枷杠」之人不少，賈府赫赫揚揚、已將百載，而因不修德政，賈赦、賈璉諸人鋃鐺入獄。可見「榮辱自古周而復始，豈人力可長保的」[49]。可見，功名一物，不僅是虛物的、亦是受制於諸種條件而是短暫的。

---

[47] 梁漱溟：《鄉村建設理論》，《梁漱溟全集》（濟南：山東人民出版社），頁209。

[48] 〔清〕曹雪芹著，無名氏續：《紅樓夢》（北京：人民文學出版社，2022年），頁56。

[49] 〔清〕曹雪芹著，無名氏續：《紅樓夢》（北京：人民文學出版社，2022 年），頁170。

在士人的人生追求中功名常常與金銀聯繫在一起，讀書做官步入宦途則人情交接皆是仕途經濟。金銀實是人生在世不可或缺之物，《史記・貨殖列傳》云：「禮生於有而廢於無。故君子富，好行其德。……人富而仁義附焉。」[50] 又云：「天下熙熙，皆為利來；天下攘攘，皆為利往。」[51] 可見對於金銀財利的追求實是傳統人生價值的重要一極。然而《紅樓夢》對於此種追求有其反思。《好了歌》云「終朝只恨聚無多，及到多時眼閉了」，《好了歌解》又云：「金滿箱，銀滿箱，展眼乞丐人皆謗。」對於人追求金銀的反思亦體現為兩點。一者，金銀雖能帶來榮華富貴，然而在生死觀的立場下觀照則金銀實是生不帶來、死不帶去的身外之物，耗費心思貪求金銀又有何用？二者，俗語云「君子愛財，取之有道」，《論語・述而》亦云：「不義而富且貴，於我如浮雲。」[52] 若多取不義之財，則終將反噬其身。王熙鳳則多為此種不義獲財之事，其於鐵檻寺中收受老尼三千銀兩拆散一對鴛鴦，又借尤二姐偷娶事榨取寧國府五千兩銀子，暗中放地契。一〇五回抄家所得之物云：「東跨所抄出兩箱房地契，又一箱借票，卻都是違例取利的。」[53] 王熙鳳雖身受管家之難，但不從正倫常入手，反倒一任鋪張奢費，張華一案竟多以銀兩封口，可見倫常不正，金銀則多奢費。金銀奢費，王熙鳳只能非法取財填補，最後反得其辱。可見，對於金銀的追求實是禍福參半，稍有不慎則禍患其身，乃至最後亦是一堆虛物。

對子孫的癡愛在《紅樓夢》看來亦是空無的。「癡心父母古來多，孝順兒孫誰見了」、「訓有方，保不定日後作強梁。」賈母癡心溺愛寶玉，然而其最終出世離家。賈府的這些紈絝子弟，無事不做。賈瑞正照「風月寶

---

50 〔西漢〕司馬遷撰，〔劉宋〕裴駰集解，〔唐〕司馬貞索隱，張守節正義：《史記集解・貨殖列傳》，清乾隆四年武英殿刻本，卷 129。

51 〔西漢〕司馬遷撰，〔劉宋〕裴駰集解，〔唐〕司馬貞索隱，張守節正義：《史記集解・貨殖列傳》，清乾隆四年武英殿刻本，卷 129。

52 〔魏〕何晏注，〔宋〕邢昺疏：《論語集解》，清嘉慶二十年南昌府學重刊宋本十三經注疏本，卷七，頁 237。

53 〔清〕曹雪芹著，無名氏續：《紅樓夢》（北京：人民文學出版社，2022 年），頁 1425。

鑑」，賈芹與尼姑曖昧不清，賈璉吃喝嫖賭、熱孝娶親，賈珍覬覦美色、父子聚麀，賈環設計賣巧姐，此皆是賈府子弟所為。且有才的探春，為求仕進不惜與親母爭氣；看透的惜春，又與妯娌不和。孔子學說中的仁義孝悌在後世皆走向了其衰變，父子相處多為訓誡[54]，父女相見為君臣相奏[55]。在這種末世的倫理衰敗的情況下，子孫實際上亦是不可依恃的，這是《紅樓夢》感於時變作出的反思。

第三節　對人生中的一核心概念「真」與「假」的反思

「真」、「假」的問題在傳統儒道觀念中本不是重要的概念，乃至在《荀子》中有「化性起偽」的觀點，「偽」即是人為的，但並不是不好的，反而被看作是正向的，禮義皆從「偽」中生。故《荀子・性惡》曰：「聖人積思慮，習偽故，以生禮義而起法度」、「聖人化性而起偽，偽起而生禮義。」[56]「偽」、「假」在明代以前甚至並不帶有被批判的價值傾向，這在對於歷史人物的評價中多可覺察。如劉邦、曹操、司馬懿處事皆有虛偽處，但絕不至於貶斥的程度，乃至被視為是禮義乃至智慧。但是，明代李贄一人的影響使「真」「假」問題成為明清以降的核心問題，乃至在明清小說中對於此問題皆有不同程度的顯現（《西遊記》有真假美猴王，《水滸傳》有李逵李鬼）。李贄認為童心即是真心，「夫童心者，絕假存真，最初一念之本心也。若失卻童心，便失卻真心；失卻真心，便失卻真人。」[57]一旦失卻童心，以聞見道理為心，則是假人假言。李贄對於真假的認識直接影響到《紅樓夢》。賈寶玉與寶釵論「不失其赤子之心」，且其所倡的「明明德外無書」，平日所為，渾為赤子。在這種赤子之心的勘視下對《紅樓夢》中的真假問題可以有更明晰的解答。

---

[54] 賈政與寶玉試才時行為。

[55] 元妃省親時行為。

[56] 民國王先謙撰：《荀子集解・性惡》，清光緒十七年刻本，卷17。

[57] 見李贄〈童心說〉。《焚書・雜述》，清光緒上海國學保存會國粹從書本，卷3。

一、「假去真來真勝假」：由孔學不求真到求本心之真

在儒家德性倫理文化影響下人們並不習慣於求真，而是求善。存在義與利的衝突，而少有真與假的衝突。因人們並不慣於去認識一個客觀的真，而是多依從主體在內心和義理上的善與和諧。這就造成了傳統文化價值觀中本有的短板，即在人生價值觀上對真缺乏認知和重視。《紅樓夢》對此問題有所探討，故而書中既描繪了傳統文化中不求真、只是消解矛盾而追求暫時的和諧的處事方式，也刻畫了一些超越此種文化傳統而求真的人。對於前者如書中描寫的因王熙鳳、賈璉婚姻問題作用下鮑二家和尤二姐的先後亡故、寶玉瞞贓、平兒行權等諸事，人們皆是不追究問題產生的真正根源，而是一味的往外推來消解矛盾，故而最後總有一個犧牲者，但是真正的矛盾並未解決，故而鮑二家的雖死，但王熙鳳妒忌的問題根源在尤二姐身上又重現。寶玉瞞贓、平兒行權、平兒軟語救賈璉諸事亦是如此，只求得一個安定和諧的結果，至於真正的矛盾根源皆不去追究[58]，此類於「你好我好大家好」的處事態度。

然而林黛玉是此種傳統的反動，她是一個較真、求真的人。賈惜春評價林黛玉道：「林姐姐那樣一個聰明人，我看他總有些瞧不破，一點半點兒都要認起真來。天下事那裡有多少真的呢。」[59] 賈惜春能勘透黛玉之病，然黛玉、寶玉都是求真之人。若要在孔學人世中講一個真字，那將要顛覆了孔學。因為人情之中沒有真這個範疇，只有仁義，仁義是對己之要求，真是對客觀物之要求，故孔門之學皆求之於己，不求之於人，即不求之於外在的客觀世界。如黛玉心知「賈母尚且如此，何況他們」，人情中一旦細細睹認較真，則不堪其睹，且書中寫襲人問候黛玉、薛家婆子送蜜餞，皆秉私心，然名為問候，皆是真假對峙，令人不寒而慄。且黛玉言八股之真，而寶玉斥其假，真言令人不可聞，而投意之言則可令人心悅，此是作者實對孔學人世有

---

[58] 故而平兒行權，根本問題不解決，後則有抄檢大觀園。

[59] 〔清〕曹雪芹著，無名氏續：《紅樓夢》（北京：人民文學出版社，2022 年），頁1165。

所勘透，人皆秉一心，孔學以仁立教，仁則將心比心，以此心證彼心，同則悅，異則離，發言皆出於心，而非出於客觀之外物，言真則傷心，故此書是寫心之書也。然而黛玉、寶玉的求真，實開了後世的變革的先河。

寶玉之離開賈家，因其由尤二姐、尤三姐、晴雯、黛玉等諸人的死中體悟到了身邊人下至襲人、寶釵，上至王熙鳳、王夫人、賈母等人的真面目。也即寶玉求得了人情中的真，勘透了人情的假。人情的假即是人人皆失去了童心，而聽從聞見道理的心，從而也在人情中順從利欲而行事。故而在寶玉的婚事上，賈家人雖然知曉寶黛間的非分之情，但是卻皆不顧忌此而順從功利來促成金玉良緣。金玉良緣所代表的聞見道理的人情之假與木石前盟代表的童心之真在此展開了衝突，此是書中真假對峙的點題。寶玉最終認清了人情之假，順從自己的本心而出離了這個虛假的倫常世界，此便是「假去真來真勝假。」

二、「走來名利無雙地」：儒家人生價值觀中的任何追求皆不真在

寶玉的勘透了人情之假而尋求童心之真代表了一個「假去真來」的過程，然而這個過程也伴隨著他對於儒家人生價值觀追求的全部消解。這種消解是在寶玉科考之後反而離家棄世，在傳統文人價值觀中最為重要的功名——科考，在寶玉這裡成為了可以捨棄之物。這代表了寶玉成為了傳統文化中的一個新人，代表了其精神價值的超越。在這一點上，賈寶玉成為對儒家傳統文化價值觀的反思者和超越者。

在傳統文人價值觀中，人們處於儒家文化圈中不自覺地被文化集體屬性所影響而去遵從儒家的「聞見道理」，以此去尋求的價值認同如功名、金銀、情愛、子孫諸物實際都是不真在的，《紅樓夢》書中用諸人對於功名、金銀、情愛、子孫追求的破滅細覽無餘地說明了這一點。因為，這些東西都是偏離了人的本心、童心而尋求外在的「放心」[60]、聞見道理所追求的東

60　《孟子》云「求其放心」，「放心」乃放逐於外在事物的心。

西，它們本身缺乏實在的意義，故而都經不起時間的打磨而紛紛露出其「短暫性」，也即是假。在這個意義上，傳統文人追求的讀書做官、金錢、情的這些在當時看似是「真」的追求在後來都無一例外顯現出其「假」。這個假在更重要的意義上是超越現實人生，而放在整個人生意義、整個生死觀的立場上思考而得出的結論，當時的真也是假。真是不存在的。從這個更高的層面來看，「真」猶如康德所云的「物自體」，它是不存在的。這種真的不存在正是因為違背了赤子之心，遵從了聞見道理之心。賈寶玉正是赤子之心的代表，而薛寶釵是聞見道理之心的代表。薛寶釵苦心經營最後達成的結局實際是假的，而識破了人生價值追求之假的寶玉「走來名利無雙地」，走出了大觀園。

第四節 《紅樓夢》對儒家傳統人生價值觀的超越

正是建立在傳統儒家價值觀中對於「讀書做官」乃至對於功名、金銀、情愛、子孫的追求的反思之上，《紅樓夢》以書中諸人物形成了對於傳統人生價值觀的超越。雖然，書中的惜春、紫鵑，乃至作為才高的詩人品格的黛玉，皆以不同方式突破了傳統的人生價值追求，但是，在文化品格和覺悟歷程上能對傳統人生進行超越的集中體現者仍是寶玉。《好了歌》中的了卻「四大追求」在寶玉身上獲得了其充分顯現。但是，《紅樓夢》一書的文化精神卻是超越了主人公寶玉的人生歸宿，並在此種歸宿以外的。這就是說，《紅樓夢》風行兩百多年，然而寶玉的覺醒帶給了吾國文化中人的覺醒，人開始參透了對於名利、財色、子孫的追求的本質。然而，人們並未沿著寶玉的道路去脫離人世，相反，愈是對於《紅樓夢》知之深者，愈是對紅塵、對人世有眷戀之感。因為，書中表現了儒家人世的根本精神，雖明知其破滅空無，但愈有一種相反相成的力量和動力，讓人在明知破滅的基礎上還不息地前進。這種動力促使人在傳統人生追求和對其超越的覺悟中流轉，為心靈提供一個短暫的安歇，從而以更為通透的姿態向人生道路！

這就是說，《紅樓夢》不只是讓人「了」，了卻「四大追求」並不是此書的目的，而是說讓人在「了」的基礎上「好」。即看透了「四大追求」的空無，但是卻帶著這種必將空無的覺悟繼續去生活、去追求。或言，即明知人生必然走向死亡，但是卻帶著這個覺悟去生存。這樣的生存和追求就不同於傳統儒家的單純的、執迷的「四大追求」，而是對其形成了一種昇華與超越。在這個意義上，《紅樓夢》是在「了」的基礎上「好」，在「好」與「了」的永恆輪回中不斷昇華，在「好」中體悟「了」，在「了」中體悟「好」，在人世追求的空無中體味人世，在人世追求的滿足中體悟空無。簡而言之，這實際上是兩個過程：（一）若要好，須是了——在「好」「了」中永恆輪回。（二）帶著「了」的心境去求「好」。

「了」是「好」昇華的必然過程，這是一個猶如黑格爾邏輯的辯證的過程，只有通過「了」這個否定，才能通向「好」這個進一步的肯定。只有認識到了對於功名、金銀、情愛、子孫追求的「假」才能通往更高的對待此四物的「真」。只有知曉人生的必然結果，才能覺悟人生存的方式。而且，「了」是不能脫離「好」而覺悟的，反之亦是，二者是互為體用的關係，正如熊十力的「體用不二」[61] 的思想，海水與眾漚不可分離，對四大追求的「了」必然是在「好」中參悟的。故而，這是理解《紅樓夢》入世還是出世的關鍵，一旦出世，則人生成為「了」的單向過程，這就落入了片面性。只有在入世中出世，在出世中入世，才是《紅樓夢》所形成的超越性，人生才會變成動態的不斷昇華的過程。

在這個意義上，《紅樓夢》的思想與海德格爾的「向死而生」達成了一種超越時空的共通。在「好」與「了」的尼采意義上的永恆輪回中，人生成為一個動態向上的過程，在不斷地破滅、參悟和成就中跨入人生新的階段。這樣，傳統文人的人生不再是單向的王權的附庸，而成為一個自為的發展的過程。從寶玉開始，至少在邏輯上中國文人的存在形態徹底改變了。

---

[61] 熊十力：《熊十力全集‧第七卷》（武漢：湖北教育出版社，2001 年），頁 11。

結語：經義理論闡釋導向的《紅樓夢》的新人生論

一

「紅樓夢十二支曲」備述諸人命運，而無論賢愚、無論其所擇取，於人世之中則皆有其消散不諧之終局，其中雖有善惡之報，然而並不能免其一致之宿命，則是「飛鳥各投林」[1]，則是「千紅一窟、萬豔同悲」。在這個意義上，《紅樓夢》一書實是提出了人生的一大問題，即無論在現世人生中以何種方式來存在，皆不可避免有一必然的缺憾。此種缺憾在以往的文學思想中常常將其消解，如蘇軾之「人生如夢，一樽還酹江月」，如「一壺濁酒喜相逢，古今多少事，都付笑談中。」[2] 都以一種豁然達觀的情思將這種人生的不圓滿給消解掉了，從而達到一種釋然的平衡境界，然而在《紅樓夢》中一反這種通過消解不圓滿而達成的釋然境界，而是將此問題認真、鄭重、全面地表現出來，並竭力尋求其解決與解脫，此是此書所關心著力之處。

第一回一僧一道見石頭凡心已熾，而對其訴說紅塵中的缺憾，其云：「那紅塵中有卻有些樂事，但不能永遠依恃，況又有『美中不足，好事多磨[3]』八個字緊相連屬，瞬息間則又樂極悲生，人非物換，究竟到頭一夢，萬

1　〔清〕曹雪芹：《紅樓夢：三家評本》第五回（上海：上海古籍出版社，2021年），頁89。

2　〔清〕毛宗崗評改：《三國演義：毛評本》（上海：上海古籍出版社，2021 年），頁3。

3　甲戌本、戚序本作「魔」，然而經此一改，則文意頓生虛妄，故改回以正人道。

境歸空。倒不如不去的好。」[4] 全書即是以此二十四字設法，而演人世之不足，此二十四字為：美中不足，好事多磨，樂極悲生，人非物換，到頭一夢，萬境歸空。此二十四字實則說明在人在現象界所必然面臨的人生際遇，雖然此問題實是人生自然之理，但是《紅樓夢》一書卻著眼於此種缺憾而在此缺憾上開出一片新天地，其欲盯著此二十四字缺憾而求其解脫之道。

賈寶玉平生所云癡病、瘋話皆由此對此種缺憾的領悟而生，如其云：

> 你說那幾件？我都依你。好姐姐，好親姐姐！別說兩三件，就是兩三百件我也依的。只求你們看著我守著我，等我有一日化成了飛灰，——飛灰還不好，有形有跡，還有知識的。——等我化成一般輕煙，風一吹就散了的時候，你們也管不得我，我也顧不得你們了，那時憑我去，我也憑你們愛那裡去就去了。[5]

> 可知那些死的都是沽名，並不知大義。比如我此時若果有造化，該死於此時的，如今趁你們在，我就死了。再能夠你們哭我的眼淚，流成大河，把我的屍首漂起來，送到那鴉雀不到的幽僻之處，隨風化了，自此再不要托生為人，就是我死的得時了。[6]

> 我只願這會子立刻我死了，把心迸出來你們瞧見了，然後連皮帶骨一概都化成一股灰；灰還有形跡，不如再化一股煙；煙還可凝聚，人還看見，須得一陣大亂風吹得四面八方都登時散了，這才好！[7]

4　此段三家評本闕，引自戚序本、庚辰本。

5　〔清〕曹雪芹：《紅樓夢：三家評本》第十九回（上海：上海古籍出版社，2021年），頁321。

6　〔清〕曹雪芹：《紅樓夢：三家評本》第三十六回（上海：上海古籍出版社，2021年），頁614。

7　〔清〕曹雪芹：《紅樓夢：三家評本》第五十七回（上海：上海古籍出版社，2021年），頁1005。引文從他本校改。

我只告訴你一句蔥話：活著，咱們一處活著，不活著，咱們一處化灰，化煙。如何？[8]

那寶玉的情性只願常聚，生怕一時散了，那花只願常開，生怕一時謝了。只到筵散花謝，雖有萬種悲傷，也就無可如何了。[9]

我能夠和姊妹們過一日，是一日，死了就完了，什麼後事不後事。又說：人事莫定，誰死誰活？倘或我今日、明日、今年、明年死了，也算是隨心一輩子了。[10]

賈寶玉的瘋話即是對人生的不圓滿而發，其本質是一種詩性的、消極的對抗，然而其將人存在於世間的問題拿出來直面，並企求其解脫，全書中心之中實是縈繞此一問題，而欲尋求其解答。然而欲解答人生的缺憾，其以二十四字為代表，以「紅樓夢十二支曲」展現的十二釵的命運為典型顯現，則須對從儒家創制人世以來人依賴現象而存在的存在方式進行必要的討論。

人存在於現象界之中，何為現象？現象與抽象相對，即是在現成之境之中存在，如賈寶玉從陰司中尋黛玉，回來所見是「案上紅燈，窗前皓月，依然錦繡叢中，繁華世界」[11]，此種錦繡叢中即是一個現成的現象之境，而寶玉覺察其在其中，實是在現象中存在的察覺，這個現象之境是真在的、物質的、實踐的，從而也是實在的，而與之相對的則是抽象之境、幻境，在抽

8　〔清〕曹雪芹：《紅樓夢：三家評本》第五十七回（上海：上海古籍出版社，2021年），頁 1006。

9　〔清〕曹雪芹：《紅樓夢：三家評本》第三十一回（上海：上海古籍出版社，2021年），頁 524。

10　〔清〕曹雪芹：《紅樓夢：三家評本》第七十一回（上海：上海古籍出版社，2021年），頁 1267-1268。

11　〔清〕曹雪芹：《紅樓夢：三家評本》第九十八回（上海：上海古籍出版社，2021年），頁 1736。此種例又如第一回甄士隱一夢醒來，大叫一聲，但見「烈日炎炎，芭蕉冉冉」。

象、幻境之中人難以獲得其真正的存在。海德格爾的現象學存在論即是意識到人不是在抽象物中存在，而是在一個由上下左右的實在的境中存在，人可以在抽象中思考、思維以獲得其存在，如黑格爾的《邏輯學》中的抽象的思辯作為人的存在方式，人亦可在幻相、幻境中獲得其存在，如基督教的神的觀念、德國浪漫主義作家諾瓦利斯的藍色花，二者都是在思維或言意識中獲得其存在。觀念論的哲學及其影響下的文學是其代表，佛教哲學也是依靠此種意識的自證獲得其存在，然而其都不可避免地走向唯心主義。但是儒家學問從一開始就避免了這種抽象的、幻相的、幻境的存在方式，而是從其思想的開端就以現象的存在作為其存在的開端，在現象中存在並永遠在現象中存在，並不超出這個現象界，也並不走入抽象、幻相、幻境之中，這是儒家學問的基本立場。孔子云：「未知生，焉知死」[12]，即是要人不要去尋求現象之外之物，而是要人把目光著重於現象之中，又云：「知之為知之，不知為不知」[13]，此即是云現象之外之物是不知的，也不必去知，所知的是現象中之物即可，莊子云：「六合之外，聖人存而不論」[14]，六合之外即是超出了現象，聖人是不去追究的，此存而不論的領域實即其他學問嘗試探究的領域，如抽象、幻相、幻境的學問可以說就是六合之外的。正是在儒家學問的影響下，古文化的學問十分重視現象，乃是可以說都是針對現象而發的學問，如古文化中發展優長的學問倫理學、史學、醫學、易學、文學等等，皆是依從於現象，而缺乏抽象，都是針對現實中存在的現象之物，而非現象中不存在之物，故我國的文學長於具象的展現，而乏抽象。儒家的學問將人局限於現象界，而避免了人陷入到意識的抽象和幻相中。

現象是事物呈現出的樣子，而事物除了其所呈現的樣子實不存在其他的樣子，故而現象即是顯象。人的生活即是在現象界展開的，由是現象又是物質和實踐的，人不可能在抽象中尋求其存在，抽象的人的生活是不存在的，幻境中的人的存在是可以思維的，但是在實際上卻是不存在也無法加以驗證

---

[12] 〔宋〕朱熹：《四書章句集注》（北京：中華書局，1982 年），頁 126。

[13] 〔宋〕朱熹：《四書章句集注》（北京：中華書局，1982 年），頁 57。

[14] 〔清〕王先謙：《莊子集解・齊物論第二》（北京：中華書局，1982 年），頁 32。

的，如賈寶玉在太虛幻境之中的存在，是可以思維的，但是其具體的存在卻不能如在太虛幻境中一般，同樣孫悟空大鬧天宮的存在也是思維的存在物，而不是現象的存在物，因其脫離了現象而進入了幻境，縱然幻境在很大程度上借鑑了現象。《紅樓夢》一書中所描寫的就是實在的現象界，就是人存在於現象界的事實。

人存在於現象界且只能在現象界存在，也即是受制於物質和實踐，從而《紅樓夢》中所揭示的二十四字缺憾實即是現象界的缺憾：美中不足，好事多磨，樂極悲生，人非物換，到頭一夢，萬境歸空。

現象的發生、存在和變易有其規律，美中不足即是事物的發展總在其到達頂峰的過程之中，將長期持續在一個平庸、庸常的階段之中，所以與意中的期望相較而生出美中不足之感，好事多磨亦是此種樣態，因事物的發展總是按照其規律漸次而成的，猶如《周易》中的十二辟卦，都有其發展運動的過程。樂極悲生亦是易理，猶如夏至之後天地開始變短，夏至對應〈姤〉卦，象徵一陰初生，則人世中也有此物極必反的道理，這是現象發展變化的一定規律。人非物換講現象的流變，人與物作為現象都不是持存的，都在其聚散變易之中。到頭一夢、萬境歸空則述其現象流變所生的縹緲失落之感。

因儒家將人局限於現象界中而存在，並不令人以抽象來求真知，也不令人以幻相來求信仰，而只讓人執著於眼前的實在的世界，在此現象之中達成其安定和諧的生活。把眼前的事做好就好，這實際是儒家的態度，《大學》所謂「誠意」[15]，即是要人將精神所注放在當下的事情之上，而不要自欺，自欺便是不誠，即是做一件事時而有三心二意，如去為孝時便存一孝心而行動，則所行之事便是孝行，如灑掃應對，則是講此眼前的現象的事情做好便是修身了，而不是從現象之外去求他物，「格物致知」亦是云從現象出發而求現象之規律，其總的基礎仍在於現象，即這個實存著的眼前的世界。

所以在儒家對眼前的現象的世界態度看來，這個現象無非是物與人，即二十四字缺憾中所講的「人非物換」。因儒家將人的存在指向了現象界，所

15 〔宋〕朱熹：《四書章句集注》（北京：中華書局，1982年），頁3。

以人生的一切問題實由在現象界中存在而生。《好了歌》所云的功名、姣妻、金銀、子孫皆是現象界中之物，《紅樓夢》力在破除對此種現象的執著。

在儒家的指引下古文化過早地認識到現象對人的重要意義，而沒有蹈入像西方世界中對神抑或理性的信仰，現象即是眼前持存著的世界，古文化將此種現象看視為人生所追求的本質，對現象有了十分的執著，認為現象就是實在，就是本原。所以古文化中人的追求可以說都是對現象的追求，人在現世生活中的存在亦是以現象作為其秩序的。

現象對儒家生活而言就是物質和實踐，物質和實踐是事物發展所呈現出的外在形式，但只有此外在形式是唯一真在的，其中假託的內在的規律或內在的主宰實際上必須以外在形式為依託而呈現，一旦脫離了外在的形式，任何規律、主宰都是不存在的，都是意識中的抽象物或其所以為的宇宙之自然之理，在這個意義上現象即是外在，外在反而就是實在，因為外在是現世世界中唯一的實在，內在相對於外在而言實際是意識的假託，是一個憑藉外在而存在的幻相，如論盛極必衰的規律，《周易》中以〈泰〉卦、〈否〉卦，以及十二辟卦中的〈剝〉、〈復〉來展現此規律或自然法則，然而此自然法則不是抽象存在的，在抽象中其是不存在的，而必須依託外在的現象而獲得其存在，這就如十二辟卦中夏至日對應〈姤〉卦，喻一陰初生，而冬至日對應〈復〉卦，而一陽來復，又如在人的人世中的所感受到的樂極悲生，看到的月的陰晴圓缺，此都是外在的現象，儒家指引人所重視和實踐的就是在此種現象中的實踐。孔子云：「視其所以，觀其所由，察其所安。人焉廋哉？人焉廋哉？」[16] 孔子即是從人的外在物質和實踐層面進行看視、觀察從而進行一個實在的判斷，這個外在的現象實際就是其實在，又云：「君子周而不比，小人比而不周」[17]，「周」、「比」皆是在外在現象層面的區分，「周」本為對現象的區分，《左傳》：「晏子曰：『清濁大小，短長疾徐，

---

[16] 〔宋〕朱熹：《四書章句集注》（北京：中華書局，1982 年），頁 56。

[17] 〔宋〕朱熹：《四書章句集注》（北京：中華書局，1982 年），頁 57。

哀樂剛柔，遲速高下，出入周疏，以相濟也』」，段玉裁云：「以周與疏反對」，又云：「周，密也。密，山部曰山如堂者，引伸訓為周致也。」周字從用口，言能善用其口則密，不善用其口則不密，亦是針對在外在實踐層面而作的區分和規定。又云：「孟懿子問孝。子曰：『無違。』」[18]《集注》云：「無違，謂不背於理。」[19] 然而不背於理必然要達成一個物質實踐行為，單純的「不背於理」只是心的規定，並不能體現「無違」的物質性和實踐性，《注疏》云：「『無違』者，此夫子之答辭也。言忠孝之道，無得違禮也。」[20] 則《注疏》勝於《集注》在於，其提出了具有物質性和實踐性的禮，而非用抽象的理來說解，「無得違禮」必然是在外在現象層面的物質實踐，而「不背於理」卻削弱甚至取消了其物質實踐性，無違即是不違背對父母的忠孝的實踐規定，甚或言之即不違背父母之命，這是一種具體的物質實踐的行為，其必然是表現在現象之上的，而非現象之外的抽象的過程。又云：「子夏問孝。子曰：『色難。』」[21]《注疏》云：「謂承順父母顏色乃為難」[22]，這也是言及在事孝過程中的外在的現象，此現象表現為人的表情舉止，若是強為之孝行，則其顏色舉止便有不妥，而生強難之色，《集注》云：「蓋孝子之有深愛者，必有和氣；有和氣者，必有愉色；有愉色者，必有婉容；故事親之際，惟色為難耳，服勞奉養未足為孝也。」[23] 儒家的意思是既要從外在的現象察其根本，也要在外在現象上下功夫，外在現象即是其所認識的來源和實踐所致力的地方。又如孔子云：「君子食無求飽，居無求安，敏於事而慎於言，就有道而正焉，可謂好學也已。」[24] 食無求飽、

---

18 〔宋〕朱熹：《四書章句集注》（北京：中華書局，1982 年），頁 55。

19 同上。

20 〔三國〕何晏注，〔宋〕邢昺疏：《論語注疏》（北京：中國致公出版社，2016 年），頁 16。

21 〔宋〕朱熹：《四書章句集注》（北京：中華書局，1982 年），頁 56。

22 〔三國〕何晏注，〔宋〕邢昺疏：《論語注疏》（北京：中國致公出版社，2016 年），頁 18。

23 〔宋〕朱熹：《四書章句集注》（北京：中華書局，1982 年），頁 56。

24 〔宋〕朱熹：《四書章句集注》（北京：中華書局，1982 年），頁 52。

居無求安、敏於事而慎於言，此皆是對外在現象的物質實踐層面的規定和指引，儒家之義即在此現象上用力。又如「曾子云：『吾日三省吾身：為人謀而不忠乎？與朋友交而不信乎？傳不習乎？』」[25] 曾子所省察其身的內容亦是在外在現象層面的物質實踐行為，而不是抽象的思辯過程，這都說明，儒家從其源頭上就是以外在現象作為其心力所注的唯一目的，其關注現象，通過現象認識事物，也在現象上進行物質實踐以改變現象，在儒家這裡現象就是唯一的實在，現象就是實在的顯現，其先天的不存在現象與實在的二分，而是先天的現象與實在是同一的，其是先天的一元論，即是以現象為一元。

在其指引下，古文化中的人一生的心力所注、日常所為、所存在、所生滅之地皆在此外在的現象之中，外在的現象的表現形式就是物質和實踐，從而在二十四史之中，我們足可發現我們民族骨子裡就是注重物質和實踐的，就是在物質和實踐上下功夫的，建功立業、乃至所謂「舉大事」、「成大事」、「大事可圖」，在我們民族內心深處的「大事」就是在物質和實踐上的層面的大事，這是我們民族的至為根本的、最為深處的訴求，所以二十四史王朝更迭的過程、一家一姓之政治遷變被看作根本的、重要的事，我們民族最關心的就是這等天下大事，這是外在現象的最劇烈、根本的顯現形式，所以古文化中喜聞樂道的是「說三分」、「楚漢爭霸」、「春秋五霸」、「戰國七雄」，這些政治爭鬥的現象實是外在現象中一種極為劇烈的形式，所以吸引了古文化中的對現象如此重視的人的心魂，康德所云的：「有兩樣東西，越是經常而持久地對它們進行反復思考，它們就越是使心靈常新而日益增長的驚贊和敬畏：我頭上的星空和我心中的道德法則。」[26] 康德的話對我們民族、對古文化中的人而言是極其陌生的，因為我們仰望星空是為了體察天道以明人世，我們的道德法則是為了立德立業，以爭取在現象界的更大的功用、更為突出的物質和實踐能力，中國人的骨子裡是沒有為意識中的

---

[25] 〔宋〕朱熹：《四書章句集注》（北京：中華書局，1982 年），頁 48。

[26] 〔德〕康德著，李秋零譯：《康德三大批判合集》（北京：中國人民大學出版社，2016 年），頁 662。

崇高之物所欽敬讚賞的時刻的，只有為眼前的現象界的崇高偉大之物所讚歎的時刻，項羽見秦始皇游會稽，曰：「彼可取而代之也」[27]，劉備幼年與小兒戲於大桑樹下，曰：「吾必當乘此羽葆蓋車。」[28] 中國人骨子裡是要建功立業，是要在物質和實踐領域發動其畢生精力的，而非在抽象之域。實踐論和唯物論是合於儒家思想的本質並且也合於古文化中中國人的存在方式的，這是唯物論之所以能在中國生根發芽並結出累累碩果的原因。儒家的本質就在於其為人指引了在現象中存在和謀劃這條路，從而在現象世界竭力完成其自身的存在歷程，所以中國的古人受到儒家的影響在其本質上都是物質實踐的，德國哲學家康德終其一生沒有離開過柯尼斯堡，其人生的整個歷程平靜無波、單調乏一，其是在其意識和思維中構建其哲學體系以形成其人生的存在形態，但是古文化中的中國人不是以此種以思考為存在的生活作為其存在方式，而是從其開始就浸漫了濃重的實踐情結，要在眼前的世界、物質的世界的實踐改造中完成其整個生命的存在，所以孔子志在使其學說能發揮其政治效果，講學授徒，周遊列國，其濃重的做官的政治情結就在於只有掌握了政治其思想才能得到其具體的實踐，才能達到改變其眼前的世界的效用，陸遊詩云：「王師北定中原日，家祭無忘告乃翁」，即是要看到現象界的改變才是其最為強烈的願望，這就是古文化中幾千年來士人讀書做官的存在方式，讀書做官就是認識、體察、改變現象界，現象界呈現出的樣態和形式就是事，事中又有物和情，而人一貫於其中，所以認識、體察、改變現象界的形式就是做事，「事」實即在現象中存在的一個實在的、終極的形態，在現象中存在就是做事，而做事則要體察物與情，故《大學》云：「物有本末，事有終始。知所先後，則近道矣。」[29] 事表現為儒家在現象界中存在的一具有其規定的形式，「事」實是儒家的現象存在論中之一核心的概念，由事則導出「物」與「情」二概念，三者乃組成儒家現象存在論之基礎。

人存在於現象界之中的形式即是存在於事中，現象本為抽象之語，在儒

---

[27] 〔漢〕司馬遷：《史記・項羽本紀》（北京：中華書局，1959 年），頁 296。

[28] 〔晉〕陳壽：《三國志・先主傳》（北京：中華書局，1959 年），頁 871。

[29] 〔宋〕朱熹：《四書章句集注》（北京：中華書局，1982 年），頁 3。

家觀念之中實不存在現象這一概念，因儒家所面臨的整體就是現象，在其存在論意義上並未有現象與實在的二分，今以現象來論儒家的主張乃是後加之辭。因現象之概念過於抽象，且現象乃是以一籠統的、整全的概念來描述儒家存在論的範圍，而事則是在現象中存在的具體形式，存在於現象之中就是存在於事中，事是現象的具體表現形式，由此分析事在實際上即可達到分析現象的目的。

事[30] 作為現象的表現形式其自身必然是物質的和實踐的，脫離物質和實踐的事即是脫離現象的事，其本身是不存在的，乃是幻相。現象在其哲學意義上即是經驗的，即是人們通過感知而得到的，但這並不是在認識論意義上的經驗論，而是存在論意義上的經驗論，即人並不能脫離經驗世界而存在，現象世界包含了經驗世界，但是人的經驗是受限的，從而現象作為經驗的整全其要大於個人的經驗，儒家要人在現象界中存在乃是要人注重其所經驗之物，即所感知之物，並在此物上投注其心力。事就是被規定了的現象，或言被經驗到的現象，是現象的具體化。因為儒家以現象為旨歸，要人存在於現象之中且為現象而存在，則人實是為事而存在，即人始終在事中，事成為了其終極的目的，人為事這個終究目的而存在，人是為事存在的，或言人是為現象而存在的，這是儒家現象存在論的本質，即人從不是以其自身而被建立起來的，而是通過外在的現象、事而被建立起來的，人之為人，乃在於其所成的事，事是第一性的，現象是第一性的，所以在古文化中的人中，都是以事論人，而人自身卻是缺乏的，這實際上是一種一元的現象論，即以現象為終極的東西，人反而服務於此物。

然而《紅樓夢》一書卻要破除此種一元的現象論，她要重建一個現象之外的人可以存在的地方，她意圖重建一個不被現象約束的人，一個不被事所規定的人，賈寶玉即是這樣一個「富貴閒人」、「一技無成」，他本身是為其自己而存在的，而不是為事而存在的，他厭棄讀書做官、仕途經濟這樣的傳統的人為事、功業而存在的存在形態，他認為這是無用的，他摒斥「武死

30 二十四史即是以事而存。

戰」、「文死諫」[31] 這樣的「事」業，他認為這些是虛而不實的，乃至《好了歌》中直接否定了為現象的存在方式，其云「古今將相在何方，荒塚一堆草沒了」[32]，《紅樓夢》這本書認為現象是無用的！她意圖否定儒家所指引的人為現象的存在方式，雖然書中對此種否定也持辯證態度，此即是秦鐘臨終前告訴寶玉：「以前你我見識自為高過世人，我今日才知自誤了，以後還該立志功名，以榮耀顯達為是。」[33] 北靜王所囑託寶玉大意亦同此類，在這個意義上《紅樓夢》此書實有與西方思想乃至後世新文化運動的相通之處，此書似通過蒙古、滿族文化受到西方影響而提出了不同於儒家主張的見解，其在破除儒家影響下的人對現象的執著，而求其自立之道，然而此書在成書過程中亦明顯具有兩股力量的角逐，此即是以秦鐘之言、北靜王囑託等此類以讀書仕進為主張以戒情思妄動的儒家思想與寶玉談情、鄙視功名而建立自我精神的思想的對抗，如秦鐘之語在程本之中即被刪改，此亦是《紅樓夢》書中的一大矛盾，即人到底為現象、事而存在，還是建立其自我的精神呢？此種矛盾實際亦是純粹儒家學說的復歸和對儒家學說的反思的一大對立。

在純粹儒家學問的眼光看來，人是以事作為其畢生的使命的，這個事小處而言是掃灑應對，大處而言是忠孝節義、綱常倫理，立德、立功、立言，乃至還有「舉大事」、「大事可圖」，《春秋》、《儀禮》、《詩經》、《周易》、《尚書》五經所記述無非就是這些事，這是純粹的儒家的學問主張，就是要在這個人世現象界做事，無論大事小事，這一生都要在做事中度過，做事的態度就是「誠意」，即是認真做事，「物有本末，事有終始」，掌握其方法道理，在做事中「格物致知」，積累經驗，體悟大道，從而修身齊家治國平天下，從而成為於家於國有用的、有作為的人，此是老生常談，然而卻是儒家傳承至今的精髓所在，孔子自述一生云：「吾十有五而志於

---

31 《新唐書・魏徵傳》云良臣忠臣之別，寶玉此論實有所本。

32 〔清〕曹雪芹：《紅樓夢：三家評本》第一回（上海：上海古籍出版社，2021年），頁15。

33 曹雪芹著，無名氏續：《紅樓夢》（北京：人民文學出版社，2017年），頁186。

學，三十而立，四十而不惑，五十而知天命，六十而耳順，七十而從心所欲不逾矩。」[34] 孔子一生，就是不斷學習，不斷做事，在做事中積累經驗從而成為有所作為的人，所謂「活到老，學到老」，這個「學」實際就是在人世間做事的學問，就是在現象界做事的學問，而不是抽象地去研究思考，而是要去實踐，儒家的本質是實踐的。

而在以《紅樓夢》為代表的對儒家學說的反思的立場看來，這個純粹儒家的在現象界做事是大有問題的，因為現象是流變的，在其中做的事亦都會成空，變為不存在之物，《好了歌》即對此進行否定，其云「世人都曉神仙好，只有功名忘不了。古今將相在何方，荒塚一堆草沒了。」[35] 又分別否定姣妻、金銀、子孫云：「君生日日說恩情，君死又隨人嫁了」、「終朝只恨聚無多，及到多時眼閉了」、「癡心父母古來多，孝順兒孫誰見了」[36]，此是對現象界中做事的否定，這個否定在一定程度上是存在問題的，但是其確實揭發出了儒家現象存在論的問題。再者，《紅樓夢》以賈寶玉闡發了其對純粹儒家學問主張的反思，賈寶玉反對以往士人讀書做官的在現象界做事的存在方式，而以談情發揚其個人意志、以女色沉恣其個人欲望、以自由追求個人婚姻、以與姊妹們活一日是一日的心態度過其日常生活、以富貴閒適、與世無爭作為處世態度、以出世離群作為葆全其個人精神的反抗，在賈寶玉這裡，婚姻、情感、意志、欲望、矛盾、鬥爭等現象界的存在之物都與純粹儒家中的存在形態不同了，但其在相當程度上仍未超出現象界的存在，雖然其存在形式發生了變化，但是書中對此種悖於純粹儒家的存在形態也是持消極立場的，書中發現了二者皆存在的問題。然而更為重要的是，《紅樓夢》一書以《好了歌》、賈寶玉等人的生活展現了人在現象中存在、人以做事為存在方式的缺陷，並企圖彌補這種缺陷，重建儒家的生活。

在儒家的以事的對人的規定中，人不可避免地走入到在現象的存在中，

34　〔宋〕朱熹：《四書章句集注》（北京：中華書局，1982年），頁54。

35　〔清〕曹雪芹：《紅樓夢：三家評本》第一回（上海：上海古籍出版社，2021年），頁15。

36　同上。

《紅樓夢》即是儒家在現象存在論的精神的一個集中顯現，此書雖然在不同維度上反思了儒家，但是其對人的生活的描述完全是儒家的現象存在論的，這就體現在人皆在事之中。《紅樓夢》中的大事小事有幾千件，正是這些事將書中的人物猶如網一般統攝起來，無一人不在事之中，亦無一人不有其事，人是被事辨認規定的，人甚至是通過事而存在確定的，在事、現象為第一性的基礎上，人是事的承載者，人在事中存在，正是人在現象中存在，這實際上揭示了古文化中人存在的一個本質特徵。

《春秋》之中，人的存在亦是在事之中的，論一個人為何人，則是以其所做的事而定的，如論魯隱公，則知其為代桓公得立而後被弒的國君。然而在《史記》中，則將人樹立了出來，以人論事，人取代時間成為現象界中的主角，然而論述人之時，仍然以其所為之事而論，這在本質上仍然是人在事中得以存在的顯現。《紅樓夢》之中則純粹是以事作為原發的動力而推動敘述，書中所寫的無非都是事，人在事中存在，不存在脫離事的人，也不存在脫離人的事。在這個意義上，《紅樓夢》實際上揭示了儒家思想指引下的人的存在本質，即人通過存在於事中而存在、固定於現象界。

在現象中存在，無論以何種生活方式、思想觀念而生存，其最終都要受制於現象本身的變化發展的規律，這就是金陵十二釵的命運所揭示的觀念。雖然書中人物的取捨各異，然而其必然都要受限於現象、事的規定和制約，並最終都成為現象的顛覆物，這是人存在於現象中必然的缺憾。書中所提及的二十四字缺憾也是因在現象中存在所不可避免的規律性的顯現。而且，無論是遵循純粹儒家學說的復歸的倫理主張，還是試圖反思超越這些主張，其本身在大框架內仍然無法超越現象的制約，這實際是人存在於現象界的顧此失彼，因為無論作何選擇和主張，其主張都是有一個在現象界的確定的結果，這是《紅樓夢》此書對十二釵命運分析之後所得出的結論，這在一定意義上削弱了儒家德性倫理的價值，但是儒家的現象存在論卻並不因此而被影響，《紅樓夢》力圖重建儒家的生活正是其力圖在儒家現象存在論上尋求彌補其缺憾的方法。

因儒家德性倫理在現象存在論有其缺憾的基礎上被弱化，所以個人的存在則具有了其兩面性，或其自身意義上悖反。《紅樓夢》一書對現象層面內悖反是同時表現、共同存在的，書中的策略是一攻一守的態度，從而客觀表現了純粹的儒家主張和反思的儒家主張的矛盾對立，然而二者皆有其合理性，也皆有其不合理性，所以書中有兩個王熙鳳[37]、兩個林黛玉、兩個薛寶釵、兩個賈寶玉。作者的思想一是矛盾的，即對不同主張的生存方式是矛盾的，二是超越的，即作者同時認識到了二者在現象界的共同缺陷。所以作者超越二者的方法和觀念實際是重建儒家生活的重要思想基礎。

二

熊十力於一九五六年秋至一九五七年冬於上海寫出《體用論》，作為其晚年三部重要著作之一，另外兩部為《明心篇》、《乾坤衍》，而《體用論》其自云此書專以解決宇宙論之體用問題。體用不二雖為熊十力所提出之思想觀點，然而是此觀點是解決和理解《紅樓夢》之思想是出世還是入世的關鍵，是理解《紅樓夢》一書是肯定人生還是否定人生的關鍵。體用不二的思想熊十力概括為「實體是完完全全的變成萬有不齊的大用，即大用流行之外無有實體。譬如大海水全變成眾漚，即眾漚外無大海水。體用不二亦猶是。夫實體渾然無象，而其成為用也即繁然萬殊。實體所以名能變者，其義在此。」[38] 即是云實體的顯現乃是在用之中，猶如眾漚為用，而其實體仍乃是大海水，體與用本不可二分，現象與實在本不可二分，實在乃是在現象之中，不存在超出現象的實在，所以《紅樓夢》中所云色空、夢幻、變易諸物皆不是獨立存在之物，乃是依賴於現象而存在的。

《紅樓夢》雖以賈寶玉出家為終局，以《好了歌》人世之空為注腳，似是解釋人生之虛無與色空，然而此種虛無與色空並非獨立存在之物，必然在現象世界其自身才能獲得其存在，故虛無與色空仍然作為一種對實在界的體

[37] 即以純粹的儒家學說意圖指奸責佞的王熙鳳和以「千紅一窟、萬豔同悲」這樣的超越倫理評價視角下的王熙鳳，作者對人物的認識實是具有此兩種看法。

[38] 熊十力：《熊十力全集·第七卷》（武漢：湖北教育出版社，2001 年），頁 14。

悟而返回到人世現象界，試思空無其自身如何存在？出世則到何處去？出世並不能超脫現象界，賈寶玉之出世乃是一種以之說法，其最終仍是誡人帶著人世終究空無的感受而重返現象界，而非誡人出世而已，故賈寶玉之出世正以誡人在現象界以其勇力而存在，正因賈寶玉的出世而表達了濃烈的入世願望，這是一個內中的相反相成，正因書中對人的命運的悲劇性的描寫，從而使人具有更強烈的生活欲望，而非導人以出世、否定人世。這在歷史的脈絡中是可見的，《紅樓夢》的影響未有讓人產生消極的出世念頭，而是愈睹《紅樓夢》，而心中的入世念頭、對紅塵的把握和依戀愈加濃厚，此是此書以相反的寫法而達成了其正面的意義，其機要便在於體用不二，因無獨立之空，所以凡是寫空，反而都導向不空，因無絕對之出世，寫出世反而導向入世。此是以體用不二思想理解《紅樓夢》之思想之大概。

莊子齊物思想以超脫人世之利欲，而達到人皆因循其自然性從而無親無私、無仁無義的自然境界，莊子勘透了人世現象的本來面貌，即現象界本無所謂親疏遠近，「百骸、九竅、六藏、駭而存焉，吾誰與為親？」天下皆為人之一身，每一骸、每一竅皆有其功用，親於目之能視而疏於耳之能聽乎？若親此疏彼則必然不全，莊子以此現象之自然本來的秩序來反對儒家的對自然的規定和改化。實際上，依照莊子的規定人將回返到儒家意在改化人世之前的自然狀態，也必定不可避免人在自然狀態下的殘酷和紛亂，儒家改化人世、悲憫人在自然狀態下的用心實是莊子未能勘透的，莊子用其智而已，其卻不知人之本質為何物。所以莊子齊物思想只能作為反思這個儒家已經建成的人世社會的補充，而實不能作為一種可資人存在的思想形態。

所以，莊子的齊物思想乃至只能作為一種思想形態而存在，只能在人思想中完成，作為一種對人世現象的超越，然而其最終仍需返回到這個讓人的本質得以顯現的人世現象界，一旦回返到這個人世現象界，齊物的思想就要面對現實的審判了，人世之現實是自然大道的化成，在這種自然大道的化成面前，一種齊物的思想則又是有所待的小道了，由是這種齊物思想在現實人世之中又顯得似乎多餘了，然而其最大的功用無非是作為反思的超越性而存在，卻不能作為人世現實中的法則，因為一旦作為法則，齊物之思想便流於另一種刻意了，反而違背了自然大道。

《紅樓夢》中勘透了儒家人世以現象為信仰而存在的諸問題，人世現象的終結本來即是流變而空洞的，功名、金銀、姣妻、兒孫莫不如是，《紅樓夢》勘透了現象之本質，如同莊子勘透了現象原本是自然而無規定的，前者是認識到儒家人世以此人世現象作為基礎而存在的必然缺憾，後者是認識到對現象進行人世規定是違背自然，二者皆是反思了儒家對人世現象的處理方式。

《紅樓夢》和莊子在看到儒家對現象的處理的問題之後，卻不能提出更好的存在方式，因為人本來根本無法脫離在現象界存在的宿命，儒家正是勘透了這一點才創制了人世現象界的種種規定，莊子對這些規定如好惡、臣妾、親疏的反思卻正是儒家的良苦用心之處。

《紅樓夢》認識到了人世現象的問題正在於儒家把人安身在了現象界，然而人並無法超越於此，即便是超越亦只能是在思想中的超越，現實現象的缺陷並不是社會變革所能補救完成的，「美中不足、好事多磨、樂極生悲、人非物換、到頭一夢、萬境歸空」，這種缺憾是自然大道本身的規律，任何的社會變革和現實的變化都無法撼動這種規律性，這是現實現象發生的必然邏輯，物質力量的進步並不能改變這二十四字的缺憾，因為物質乃是現象中的一物而已，而現象發生的規律卻必然導向這二十四字缺憾，所以《紅樓夢》看到的問題是超越了社會變革的人存在於現象界的問題。

但是，以唯物論的觀點看，物質力量的進益如同宗教般的精神的鴉片一樣可以在一點程度、一定範圍內緩解這人世現象的二十四字缺憾，卻不能根治。《紅樓夢》的悲劇就在於既難以在物質層面進行社會變革，也難以再以宗教作為其精神的鴉片，因為《紅樓夢》根本意識到了色空卻又本不空，《紅樓夢》的悲劇正是在這物質和精神皆難以解脫的悲劇。倘若只有精神的寄託，而在現實之中難以實現，只能在思想中完成，如莊子一般，則是人間的莫大的悲劇，然而《紅樓夢》的悲劇則是連精神的寄託也沒有、也不足了。因為其看到了人在現象中的必然空但是又無法離開現象，既然無法離開現象，則儒家的人世規定就有意義，而釋老莊反而是智之偏至；既然現象是必然空，那麼儒家的人世規定就又無意義，此是人落入世間的一進退兩難的悲劇。所以賈寶玉的出世也出得渺渺茫茫，此種渺渺茫茫便是在出世與入世的門檻上，出不去，進不來，出去了無處可去，進來了萬境歸空，有什麼辦法呢？若要去求其辦法，卻是沒有任何辦法。

三

「詩性」即是對現實存在的超越，此種詩性實是對儒家過分強調現象界之物的一種超越，此種詩性的超然重建了儒家人世的內在形態。

人既然因事而在現象界中存在，事有萬殊，人有萬異，無論其自身以何種方式而存在，都將覺察到其自身存在方式的不滿，這個不滿是在現象界的必然規律，從而尋求其期望尋求的另一種存在方式，然而當其尋求到與原先對立的存在方式之後，其又發現此種存在方式的不滿，進而覺悟到無論何種存在方式都是充滿缺憾的、都是不完美的，如張愛玲所云：「生命是一襲華美的袍，爬滿了蝨子。」[39] 進而其似乎領悟到了人生的真相，好像參透了人存在於世間的真相，那是一點詩性的明透，在那一刻仿佛整個人洞曉超然了，便明白原來人生不過就是這麼回事，活著不過如此，有什麼意義呢？正是這一點明透、超然、洞達是甚為珍貴的，這一點點東西實際就是《紅樓夢》竭力訴說的東西，就是在人在現象之中存在而領悟到現象的本質後產生的那一點明透、超然、洞達、以為看到了真相，其所以為的看到的真相實際就是與現象界相對的實在界，人領悟到了一點實在界的東西，然而這個實在界本然是不存在的，它的出現只在那麼一瞬，每個在現象中存在的人都有那麼一絲明澈的時刻，那就是超越現象而望到實在的時刻。

張愛玲的話就是那一個時刻的感受，她看到了現象背後的實在，一發之便是詩語。然而如張愛玲自己，詩語發完之後又將進入到現象的繁複的生活

---

39 來鳳儀選編：《張愛玲散文·我的天才夢》（杭州：浙江文藝出版社，2000 年），頁 3。

之中，既而又發種種不滿，又求種種生活的調解，既而嘗試過許多不同之後，又會發出此種詩語的感歎，「生命是一襲華美的袍，爬滿了蝨子」，這便是一個永恆的輪回。

永恆輪回（Die Ewige Wiederkunft）是尼采的說法，其云：

> 這人生，如你現在經歷和曾經經歷的，你將必然再依次並無數次地經歷它；其中沒有新東西，卻是每種痛苦和每種快樂，每種思想和每種歎息，以及你生涯一切不可言說的渺小和偉大，都必對你重現，而且一切皆在這同一的排列和次序中——一如這蜘蛛和林間的月光，一如這頃刻和你自己。存在的永恆沙漏將不斷重新流轉，而你這微塵的微塵與它相隨。[40]

生命的過程就是在這種不斷的嘗試、不斷經歷、不斷地接受不同，然而又領悟到一點實在，而又陷入到現象的變易之中的過程，體味到實在，然而實在並不能作為存在方式，仍需依然帶著在對實在的一點領悟進入到現象的生活之中，如此回環往復，永恆輪回。

人生是如此，歷史亦是如此，歷史即是在倫理與欲望之間不斷破滅與不斷重建的過程，歷史即是在人心的收斂與放蕩之間不斷變換的過程，歷史就是一個永恆的輪回，一如人生是一個永恆的輪回。

《紅樓夢》的意義在於她用現象的種種破滅來激發、引導出人超出這個存在已久的現象界而能望到一點人生的實在，在這一點實在的渲染下達到新的境界，而在現象世界中謀求新的出路。在這個意義上，《紅樓夢》所揭示的人生的空洞正是激發人生向前的動力，其所展現的種種的破滅正是感發人們在現象世界竭力進取的力量，一切的喜笑悲哀、貪求思慕縱然都遺落而無結果，但是其又以一種無畏的力量感發人們繼續在塵世中生存，更好地生存。

---

[40] 參見尼采《快樂的知識》（Die fröhliche Wissenschaft），第 341 節。

《紅樓夢》不是出世的，而是入世的，她展現了世間的悲愴和破滅，而讓人以更加無畏的力量在世間生存，越是徹底的悲劇，越能引導人無畏向前，新文化運動的青年正是承繼了這種力量而努力開出了新的天地。

《紅樓夢》不是意在否定人生，而是在肯定人生，正因對人生的肯定才引發出人生破滅的哀傷，正因睹見人生破滅的哀傷才引發出對生命的不懈追求，越是否定的力量，越是能達到積極的肯定，《紅樓夢》正是展現了人生的否定而在歷史中推進出新的人生的篇章，從此改變了中國人的存在方式，讓中國人換了一種活法。

《紅樓夢》的偉大即在勘透了現象界正反面同時有意義但又無意義的矛盾從而重建了一個實在界，然而實在界仍須在現象界展開從而形成新的人生實踐。

《紅樓夢》勘透了正反二面皆無意義，但純粹的、原始的儒學之存在實踐自是參透其反面之欲望情感實踐而設，故純粹儒家學說的復歸自身是成熟、早熟的文化和存在形態。對儒家學說的反思因歷史性事實的遷變而重新出現，又與西方思想合流，但大觀園中的實驗證明對儒家學說的反思的新的主體仍走向覆滅，還不如恪守儒家之主體。

世界永是輪回，當個人、意志、情感、自由諸物變得可望不可即，而只是意識中的概念和追求而難以為人在世間的存在提供實在的基礎時，世界又將走向其反面。

在《紅樓夢》中皆可找到此種在歷史中浮現的永恆的輪回、雙向的變遷，書中既有以儒家現象存在論為基礎的物質和實踐的變革，也有正在勃發興起的個人精神、個人情感和個人意志，《紅樓夢》同時肯定了兩者，又同時否定了兩者，而看到了兩者必然的歸途，且亦看到了後者在本質上仍是前者的偏至形態，從而確證了兩者共同在現象界中的歸途，由是意圖構建對儒家的現象存在論為補充的存在形態，而這種在正反兩面、在現象與實在中的永恆的輪回，則為人的存在增添一種動力，這種動力促使人在現實性和超越性間流轉，而消歇，而進步，而為心靈提供一個短暫的安歇，從而以更為通透的姿態向人生的道路！

此窺見到的實在究竟為何物？是變易、是夢、是空、是命、是白茫茫一片大地、是不可言說，是好的，是壞的，是不好不壞的，是重建了一種異於儒釋道之物，是一種於現象界之中的超越性，此方是真正的「紅學」，試做一分析，茲提出幾種觀點：

（一）現象即是實體，即是唯一的實在。此熊十力《體用論》的觀點。作為實在的孔學人世生活以此現象為根本，當下即是生活。至於儒道的「道」的觀念雖然具有形而上的意義，但是其顯現卻必然在現象中。

（二）現象的變易性即是實在。《周易》思想與《紅樓夢》中的家道復興，皆體現了人世的變易性是難以超越的實在。而且，在現象世界中「密響旁通」般的種種巧合也是實在，如黛玉聽到傻大姐說真話。由是又導向了生活又不在眼前之現象，生活總在變易之現象中。

（三）人性的構成即是實在，人性中包含了善惡的諸種因素。人性中善惡意志的勃發是其實在。

（四）人世的有限性即是實在。此是經驗界唯一之實在。

（五）人世的夢幻性即是實在。人生如夢的觀念是其集中顯現，「真如福地」即是「太虛幻境」，人世的何種經歷皆具有其夢幻性。

（六）道德倫理具有重要的實在性。《紅樓夢》中觀念「福善禍淫」、「因果施報」貫穿全書。道德本體是唯一的實在，道德形而上學的理念將偶然性的雜多統合起來。儒家的人世生活外儒內佛道，外在是承認儒的現象界存在，而內在則用佛道將現象統合起來。由此沒有儒亦無佛道，古文化觀念的佛道必然依附儒的人世生活顯現出來，而又在內部將其統合。儒家的德性倫理與佛道的本體觀念結合起來，形成了儒家的人世的道德本體。

（七）審美的存在作為實在，此為一種詩性的超然境界。宛如「白茫茫一片大地真乾淨」，《紅樓夢》實際上建構了此種人世超越的美學意蘊。

《紅樓夢》的實在只能通過現象顯露出來，顯示現象就是顯示實在。《紅樓夢》的實在是空、變易、夢幻等諸物，但實在必須依託作為現象的人世生活才能存在和顯現出來，所以現象仍然是唯一重要的，實在必須通過現象而存在，沒有現象就沒有實在，儒家實際即是只關注現象的。實在與現象二者不可分，實際上是同一物，即是人世。

前此的分析認為《紅樓夢》是儒學精神的再現，實際上《紅樓夢》超越了儒學，《紅樓夢》提出了儒學的現象之外的學問。現象與實在的二分是啟發在於不要被賈寶玉奇形怪狀的表面現象所迷惑，而補天所補的情以及人世現象界的重建、補充全是通過賈寶玉完成的。

對在現象中存在的人而言窺見到現象之外的實在是其重建自我，從而展開新的存在方式的契機，《紅樓夢》對儒家生活的重建正在於其在這一點窺見到的實在上面發揮了其主張，其所重建的就是利用這個本不真在的、但是依託現象而存在的實在來調和現象中的存在，以使其異於傳統的儒家的現象存在論，那麼對《紅樓夢》中所提出的實在的分析是必要的，何為現象之中的實在呢？茲對以上提出的七種觀點進行分析。

所謂實在的就是現象，超出現象無所謂實在，現象就是實在，此為第一種觀點。熊十力在其《體用論》中對此觀點進行了闡發，其認為「實體是完完全全的變成萬有不齊的大用，即大用流行之外無有實體。譬如大海水全變成眾漚，即眾漚外無大海水。體用不二亦猶是。夫實體渾然無象，而其成為用也即繁然萬殊。實體所以名能變者，其義在此。」[41] 生活現象本即是其實在的體現，超過生活現象無所謂實在，即便是對實在的窺見也是對現象的窺見、是以現象為基礎的，所以實在仍是在現象基礎上的實在，此種實在必然要依附、重返現象才能達到其顯現，這實際上昭明了實在的本質特徵，即實在的存在必然以現象為形式。然而實在與現象究竟同而有異，其異卻在可言與不可言之間。其他的對實在的闡發實際上都以實在須返回到現象來形成其顯現作為形式。如賈惜春「勘破三春景不長」，此種勘破即是依靠其理性而對現象中的實在的窺見，然而此種窺見所得仍是返回到惜春在現象存在中的實踐中，故其「矢素志」而剪髮出家。賈寶玉則往往意識到姊妹散場的局面、體味到「赤條條來去無牽掛」的最終境地時，以詩性的方式求其解脫，而之後則又帶著更為濃烈的依戀來回歸這塵世，故黛玉死、晴雯逝，而有五

41 熊十力：《熊十力全集・第七卷》（武漢：湖北教育出版社，2001 年），頁 14。

兒承錯愛。對實在的領悟終究要在現象中獲得其新的呈現，實在本是空無，而依託現象則獲得其存在。

現象的變易即是實在，此為第二種觀點。於現象之流變中體味到萬事皆變為實在，秦可卿夢中對王熙鳳之語云：「常言『月滿則虧，水滿則溢』；又道是『登高必跌重』。如今我們家赫赫揚揚，已將百載，一日樂極生悲，若應了那句『樹倒猢猻散』的俗語，豈不虛稱了一世的詩書舊族了！」[42] 月滿則虧、水滿則溢，此是自然之理，非人力所能改易，蘇軾云：「自其變者而觀之，則天地曾不能以一瞬」，在現象中存在不可避免的便是面臨現象的流變，《好了歌》是講明此理，甄士隱所解云：「亂哄哄，你方唱罷我登場」[43]，則是對此人世現象的深刻體悟。因其變易，故人心不能不受其擾，睹今蕭條之境則思前歡樂之場，「衰草枯楊，曾為歌舞場」[44]，人既在現象中存在，實以此現象為其存在之依託，而現象遽變，而人所依託者安在？此則云人在現象界的落空，這實是一種折磨，是以現象作為安身之地的必然的隱患。《周易》是明變之書，其以現象之變易有其規律性，而以六十四卦之陰陽消長旁通作為其顯現，對於現象之變易，其以為此是自然之理，人須「與時偕行」，以避免現象流變給人的創傷，且現象的變化有其消則亦有其長，即便是消極的過程其亦有其變成積極過程的一面，故「衰草枯楊」亦不是一成不變的，亦又有復演為「歌舞場」之時機，故家道由盛而衰亦不須過分歎傷，因其為自然之理，歎傷亦無濟於事，而須知亦有家道復興之機，所以末回甄士隱云：「將來蘭桂齊芳，家道復初，也是自然的道理。」[45] 然而，《紅樓夢》一書窺見此種變易，因其將個人精神樹立了起來，所以以個

---

[42] 〔清〕曹雪芹：《紅樓夢：三家評本》第十三回（上海：上海古籍出版社，2021年），頁209。

[43] 〔清〕曹雪芹：《紅樓夢：三家評本》第一回（上海：上海古籍出版社，2021年），頁16。

[44] 同上。

[45] 〔清〕曹雪芹：《紅樓夢：三家評本》第一百二十回（上海：上海古籍出版社，2021年），頁2125。

人的眼光看視此種現象的流變則以其為深可歎傷之物。個人者，一不可更易、不可動搖之個體，如賈寶玉、林黛玉之類，個人得立，則為一不可轉之石，而現象之變則圍繞個人周流不息，則個人必因此種流變而生出個人的情感、歎傷，故愈是能窺見現象之流變之人，乃是個人精神最牢固之人，反而循天理而行的人，對現象之變本不在意，因其並不將己身視為現象外之一物，而與時偕行，猶如春花秋月以時而動，而賈寶玉將立個人，而不能使之超脫現象界，本亦在現象之中而以現象之變為不滿，此是於急流中而立，而歎傷急流之流動不息也，而急流愈湍，則個人愈是堅韌不倒，賈寶玉之立個人正是愈是目睹現象流變之痛，而愈是堅守個人之體，賈寶玉之意義正在於此，其於現象之流變中窺見其實在，而以此實在之感更進入現象之流中以求堅守，正因其堅守而個人以是得立，故其出世，乃是其個人精神的顯現，若是寶玉屈從於賈府之中，則寶玉之為寶玉之精神亦由是而亡。

現象之巧合乃是其流變中之所旁通，而其義玄妙難知，而實是現象運行中一至為關鍵的因素，所謂「無巧不成書」，巧合實不是書中之杜撰，乃是生活現象中之所必然發生之事，或以之為緣，然緣義廣大，非可發此中奧蘊，或以為別有主宰，或以為現象之間必有其內部旁通，如林黛玉之聽聞傻大姐「泄機關」[46]，此是事理之所應然，而竟然得以在現象界發生。處人世之間，恰恰有此種巧合之事，仿佛天地間自有其安排，賈母因寶玉、黛玉二人吵嘴而云「不是冤家不聚頭」[47]，正從此語中二人回味無窮，而參得現象中之實在，二人「如今忽然得了這句話，好似參禪的一般，都低頭細嚼這句話的滋味，都不覺潸然泣下。雖不曾會面，然一個在瀟湘館臨風灑淚，一個在怡紅院對月長吁，卻不是人居兩地，情發一心？」[48] 此是對於現象巧合的領悟透出一點實在之感，此種感覺煞可感發人心，而更易其現象中之存

---

46 〔清〕曹雪芹：《紅樓夢：三家評本》第九十六回（上海：上海古籍出版社，2021年），頁 1700。

47 〔清〕曹雪芹：《紅樓夢：三家評本》第二十九回（上海：上海古籍出版社，2021年），頁 502。

48 同上。

在，若寶玉、黛玉二人則由此語而情愈深，故此回云「癡情女情重愈斟情」。

對人的瞬息的參透乃亦是一種實在，此為第三種觀點。人道即人於世間存在之規律，《紅樓夢》一書深察人道，而以一言以喻之，便是「假作真時真亦假」[49]，人道皆是以假而設，其真則在於其私心也，惜春鑒戒黛玉之語，云世間的事哪有那麼真的呢？黛玉之夢中為賈母諸人所欺，及至探春諸人來探望，自以為老太太尚且如此，何況她們，則此為黛玉於人世現象中一點洞見，此實是人與人關係之真相，亦是孔學立教所強為者，故後世禮法皆流於偽，因其刻意改化人自然之性而令之入於教化之道，然而通過教化能改易者什有其一，一旦教化之所不能成，則忠奸對立，賢者見戕，以是而知人之生自有其賢愚不齊，孔子因材施教，自知人皆秉於天之賦予之陰陽不齊，故子路有子路之性，而顏淵有顏淵之性，教化之節，非可強致，而賢愚善惡，自有分途。寶玉之出世亦是察見為婦人所弄，又兼受寶釵諸人之挾制，由是而明曉人為何物，而遠離人世，以求「汎若不繫之舟」[50]之境界。

人存在的有限性亦是人存在於現象界的實在，此為第四種觀點。正因此種有限性，而人在現象中存在皆受制於此，皆帶著此觀念以求其存在，因存在之有限，則愈能指引在現象界之實踐。

夢幻之感亦是人從現象中窺見到的實在，第一回云「萬境歸空，到頭一夢」[51]，則此前之所經歷皆為虛而不實之物，手不可觸，目不可見，其焉在哉？故知人生一夢而已。情為太虛幻境之物，而物是人非之後，回首先前之境，諸事杳無所存，似唯有當時之情，唯在目前，李商隱詩云：「此情可待成追憶，只是當時已惘然」，則太虛幻境反是真如福地，情反是唯一能留下之真物。

---

49 〔清〕曹雪芹：《紅樓夢：三家評本》第一回、第五回（上海：上海古籍出版社，2021 年），頁 9、80。

50 〔清〕曹雪芹：《紅樓夢：三家評本》第二十二回（上海：上海古籍出版社，2021 年），頁 367。

51 曹雪芹著，無名氏續：《紅樓夢》（北京：人民文學出版社，2017 年），頁 3。

福善禍淫之道德本體亦是現象世界之實在。《紅樓夢》中所設一事之發生絕非空來，而自有其善惡之主宰，王熙鳳生日而賈璉私通、家事不諧，則此是其平日作威作福、攢金慶壽行其私惠之報也，林黛玉生日時薛姨媽欺瞞黛玉寶釵未來之故，而頓時禍起蕭牆，薛蟠又惹流放刑，此亦是薛家母女壞木石姻緣之報也，薛家之來一夏金桂，亦是因其送土儀等等計謀灼傷黛玉之報，而全書之總義，則是寧府不能正其人倫，而敗壞倫常，以至於賈府熱孝偷娶，而最終推波助瀾，以至於抄家而敗，則總一「孽海情天」為「福善禍淫」[52] 也，此是現象遷變之一實在的主宰。

《紅樓夢》一書總覽人物，歷述其人情興廢，以一「落了片白茫茫大地真乾淨」[53] 的歎傷之情收場，則給人審美的超越境界，以暫時超脫「罪淫飽臥」、「避世去愁」[54] 的利欲之境，而能有一超越功利之感受。

儒家思想指引人局限於現象界，是其優點，但是長此以往則中國人心中缺乏一實在之境，從而全是在現象層面求其生活，一直在現象中生活，以現象為信仰，則愈演愈陋，故有范進中舉而見其醜態，功名、金銀、姣妻、子孫成了漢民族的信仰和在現象中存在所依戀之物，世界上未有其他一民族如漢民族貪戀此四者者，我民族的人的一生實是為此四者而生活，其間雖有歡樂，亦有苦痛，然而幾千年來一復如是，人們賴以生存的現象界已經琳琅滿目、錦繡繁華，乃至也已經爛陋不堪、魚龍混雜，現象界本身難以維持其自身的存在而要崩塌了，在《紅樓夢》中便展示了現象界的崩塌，在人世現象中的存在已經劍拔弩張、難以維持了，賈璉之提劍殺鳳姐、黛玉之死、寶玉之出世皆是此種現象崩塌的顯證。

《紅樓夢》認識到人存在於現象中的必然空，以及人隨現象流變的痛苦不堪，而反思了人存在於現象中的存在方式，她認識到了儒家的原始主張的

---

52 〔清〕曹雪芹：《紅樓夢：三家評本》第一百十六回（上海：上海古籍出版社，2021年），頁 2030。

53 〔清〕曹雪芹：《紅樓夢：三家評本》第五回（上海：上海古籍出版社，2021年），頁 90。

54 曹雪芹著，無名氏續：《紅樓夢》（北京：人民文學出版社，2017 年），頁 5。

優點也認識到了其弊端，其認識到了對儒家的反思的欲望、情感、意志、個人諸觀念，但也意識到此種對儒家的反思也是必然崩塌的，於是她在參透了儒家的正面和反面的一致的必然空之後力圖重建一實在之境來彌補儒家存在於現象界的缺憾，但是她所重建的此實在之境必然還以儒家現象存在為依託，並非導人離開現象界，而是用實在之境之物來調和儒家的現象人世，此種調和與改造之態度是《紅樓夢》一書對儒家人世生活的補充。

總而言之，儒家的人世皆為在現象界的存在，凡種種之物、種種之觀念如自我、婚姻、孝親、社會政治等皆是不斷變化的，在很大程度上亦是偶然的。五經如《春秋》、《禮記》、《詩經》、《尚書》、《周易》所載都可歸納到現象界之學問。《紅樓夢》筆力所彙聚亦是在現象界，然而其憑藉賈寶玉、林黛玉的詩性超越了現象界，而勘透了人在現象界的一點實在，此種實在不管現象界如何變易，皆為「不易」之物，不易故而實在。此種不易之物，如前文所論，可歸之為七物：一曰現象（外無他），二曰（現象皆）變易，三曰（人世）有限性，四曰人性（有善惡），五曰夢幻性，六曰道德本體，七曰審美境界。

此七種觀念皆為對現象中存在的詩性體悟，本源上依賴在現象界的體察而生出，而必然又回歸到現象界的存在中通過現象獲得其顯現。故而參透了此七種觀念之人，將與儒家觀念規定的人物有差別，因其彌補了儒家局限於現象界的本有缺陷，而使人獲得了有如「宗教性」的補充，賈寶玉實是此類人物。賈寶玉以後的人物，又無不以賈寶玉為先驅。而此其中觀念，實際上又昭示了思想史中的七種脈絡，在《紅樓夢》以後的思想界皆能看到其顯現。此是《紅樓夢》一書在文化史上接續前代、開闢後代的功績。

自從《紅樓夢》發揮其影響後，漢文化的人的存在方式也確實發生了變化，這種變化是多方面的，但其總的傾向便是一種超越性，然而不僅於此，茲列其數端：

（一）雖知人世現象之空，而愈有在現象中存在之欲望，雖可望不可即，然竭力去爭取，即使無成，亦有超脫之態度。

（二）確知人世於現象存在之有限，亦無所希冀其將來，而愈加計較當下之事，以求其圓滿與順心，由是愈在現象中沉淪，然而心中卻知空。

（三）情之一物，浸漫人心，此太虛幻境之物乃化為人於現象界存在之真如福地，人皆求男女之真情，果有成者，然亦有不成者，人皆知於現象之人世一遭，而此物竟是唯一真在之物，逮到諸物皆空，回首之唯有此物。此亦是補天之一端，補情天也。

（四）人皆不求出世，乃求《紅樓夢》以解脫，此書雖不秉出世之法，而以其瑣碎家常、兒女情事竟能蕩滌人心，安撫心神，既回首而知其不可諫，亦能勸人來者之可追，故有一紅學以為人棲身之地，以解現象存在之苦厄。

（五）有能以此悟入超越通達之境者，而在藝術、審美之領域別開局面，則此種了悟人世、通曉天人之見識足可資於現象界中一切事中求其圓滿，故《紅樓夢》雖以其不圓滿，而補人世圓滿之天。有一《紅樓夢》之存在，而人世竟得其圓滿，此其補天之義也。

（六）有能以此而悟入孔學者，知孔學深察人世自由無序之蔽，而立其仁教，以立新法，以濟萬民，故《紅樓夢》一書，其所重者乃是復歸孔學之書。《紅樓夢》之精髓，仍在孔學憫世救民之心也。此亦《紅樓夢》補孔學之天之一義。

（七）以是知《紅樓夢》補天之三義，而能明澈洞達，以此作為人在世間一「宗教性」的補充。故而《紅樓夢》有了其宗教性意味。

附錄：《紅樓夢》批語

第一回　甄士隱夢幻識通靈　賈雨村風塵懷閨秀

賈雨村竊甄府丫鬟，甄士隱接濟賈雨村進京趕考。

元宵，甄士隱失英蓮。

三月十五，甄府失火。

甄士隱與妻封氏投靠岳丈封肅。後隨破足道人而去。案，人生之事無解，便是甄士隱、柳湘蓮、賈寶玉、紫鵑、惜春諸人入二氏之由。

第二回　賈夫人仙逝揚州城　冷子興演說榮國府

賈雨村新任太爺，次日，從封肅處討嬌杏作二房。半年後，扶作正室。

雨村革職。至鹽政林如海處為林黛玉西賓。案，黛玉之失，在未得良師，《詩》首〈關雎〉，而寓后妃之德，雨村一闖觀之人，如何明〈關雎〉之義，又如何發蒙幼女？

雨村游山至智通寺，又於村肆遇冷子興，冷子興演說榮寧二府，賈雨村論清濁二氣。

第三回　托內兄如海薦西賓　接外孫賈母恤孤女

庚辰本回目作：賈雨村夤緣復舊職　林黛玉拋父進京都

賈雨村央煩林如海謀於賈政起復之事。林黛玉、賈雨村赴京都榮國府。

林黛玉見賈母、舅母並迎春、探春、惜春、王熙鳳諸人。後見賈寶玉，寶玉摔玉，襲人慰勸。

第四回　薄命女偏逢薄命郎　葫蘆僧亂判葫蘆案

賈雨村授應天府，接薛蟠案。

薛姨媽並薛蟠、薛寶釵入榮國府，住梨香院。

本回乃是揭薛家來由，並言人世無常。

第五回　賈寶玉神遊太虛境　警幻仙曲演紅樓夢

戚序本作：靈石迷性難解仙機　警幻多情密垂淫訓

庚辰本作：遊幻境指迷十二釵　飲仙醪曲演紅樓夢

賈母、邢夫人、王夫人諸人於寧國府賞梅。寶玉困倦，欲睡中覺，秦氏引之於臥房而睡。寶玉入夢至太虛幻境。

本回乃譏刺賈代善、賈代化不能以正術教育子孫。戚序本得之，當延聘真儒，而非令警幻導其淫術，觀之後初試雲雨，則知榮寧二公之教不通之極。

第六回　賈寶玉初試雲雨情　劉姥姥一進榮國府

戚序本作：賈寶玉初試雲雨情　劉老嫗一進榮國府

賈寶玉淫賈母婢女襲人。

劉姥姥因周瑞而見王熙鳳，受接濟二十兩。案，賈寶玉、劉姥姥關合處多矣，後有劉姥姥醉臥怡紅院，則寶玉不明者，乃是其所身淫、意淫之人，將化作老嫗，此其所蔽。

本回乃示警幻仙姑教訓無用，正以導淫。寶玉不能明晰，其所迷戀之婦人，皆為一劉姥姥也。此回至秦鐘之死為《風月寶鑑》本旨。

第七回　送宮花賈璉戲熙鳳　宴寧府寶玉會秦鐘

戚序本作：尤氏女獨請王熙鳳　賈寶玉初會秦鯨卿

甲戌本回目作：送宮花周瑞歎英蓮　談肄業秦鐘結寶玉

周瑞送薛姨媽之宮花於各處，薛寶釵並言冷香丸。王熙鳳白日宣淫。

賈寶玉初會秦鐘於寧府。

焦大痛罵。

第八回　賈寶玉奇緣識金鎖　薛寶釵巧合認通靈

戚序本作：攔酒興李奶母討厭　擲茶杯賈公子生嗔

庚辰本作：比通靈金鶯微露意　探寶釵黛玉半含酸

甲戌本作：薛寶釵小恙梨香院　賈寶玉大罪絳芸軒

賈寶玉識薛寶釵之金鎖於梨香院。

此回示釵黛之對立隱而起矣。

第九回　訓劣子李貴承申飭　嗔頑童茗煙鬧書房

庚辰本作：戀風流情友入家塾　起嫌疑頑童鬧學堂

學堂與書房不同，鬧學堂示廢學也。清靜學堂乃成戀風流之地，賈家失教兆於此。

《紅樓夢》意旨初時跟以後有幾大變。寶玉失教上學與秦鐘等人廝混以及賈瑞諸篇似是以儒家為本旨，譏失教，此為《風月寶鑑》的所本。後來作者思想又有發展，變成反思儒家、道家本旨，演化為寶釵黛玉之爭。所以，《紅樓夢》一書，其思想並不統一，而是有所發展。

第十回　金寡婦貪利權受辱　張太醫論病細窮源

本回示譏刺寧府倫常廢棄，父子反目。

第十一回　慶壽辰寧府排家宴　見熙鳳賈瑞起淫心

此回仍是《風月寶鑑》本旨，誅絕邪淫也。

第十二回　王熙鳳毒設相思局　賈天祥正照風月鑑

此回回目乃如書中焦雷，驚心動魄，乃一書之一大關節。

情之惑人，至於生死之際而不悟者，有矣。

而情之制人，莫甚於相思，欲令智昏，而陷入盤根錯節之情網，不能脫身。以賈瑞寫淫，正以戒情也。

賈瑞來過幾次，偏鳳姐不在，賈瑞有不該死處，偏他去撞。平兒說，癩蛤蟆想吃天鵝肉，沒人倫的混帳東西。人倫在這裡點出了。一語兩面，不能直接罵賈珍秦可卿，只能寫一賈瑞來補上，寫賈瑞與王熙鳳，真是寫賈珍和秦可卿，賈瑞與王熙鳳的故事，便是賈珍與秦可卿的故事，一明一暗而已。《紅樓夢》這個文章妙法，全得之於《詩》，而本源在《周易》的陰陽。賈瑞與王熙鳳便是賈珍與秦可卿的影。

寫秦氏之死，是因倫常欲望，又要拉上一個，便是賈瑞，此秦氏和賈瑞是一個死法。賈瑞父母早亡，便是失教，此是《風月寶鑑》原旨。賈代儒管教嚴苛，也不是儒家本義，無仁愛，而有指斥，此便是失。

第十三回　秦可卿死封龍禁尉　王熙鳳協理寧國府

此回寫王熙鳳以法家之術治人，而喪禮寧戚，而於其時大動刑政之術，至後文嫌隙人有心生嫌隙，是此回之應也，壽辰之時須恤老憐貧，而喪禮之時不宜動刑也。

一件喜事偏是從秦可卿嘴裡說出，此是《風月寶鑑》之謝幕，而後大觀園便是古文化裡古戰場。勘透《風月寶鑑》，才可進大觀園。此義閎深，便知大觀園裡非女子也。

第十四回　林如海捐館揚州城　賈寶玉路謁北靜王

賈夫人、林如海皆於揚州，奈何寶玉於陰曹中尋訪黛玉卻云：「姑蘇林黛玉」？且又有「你們揚州城裡，有個林子洞」。

此回路謁北靜王，宣寶玉失學本旨。書中人事興廢，皆有其因果，而唯獨於林如海、賈夫人之事，則似無端而生，此大可疑也。

第十五回　王鳳姐弄權鐵檻寺　秦鯨卿得趣饅頭庵

此回示失禮之甚。兼刺弄權及淫佚。善惡之報，如影隨形，秦鐘即遭此報，而王熙鳳豈得免？臨終之際一男一女則其所破之姻緣也，而此影又在大觀園中。

第十六回　賈元春才選鳳藻宮　秦鯨卿夭逝黃泉路

此回開出上半部《情僧錄》、《金陵十二釵》脈絡，而秦鐘易簀所言之語，則《風月寶鑑》之旨明。

第十七回　大觀園試才題對額　榮國府歸省慶元宵

戚序本作：大觀園試才題對額　怡紅院迷路探曲折

此回貶賈政不知為父何以示庭訓於其子，一味訓責，寶玉不能免其驕。

歸省則又譏刺倫常之顛倒錯敗，國禮至於父跪於子。並示元春致死之由，乃由不能盡孝。歸省僅數時辰，唯有對泣而已，而田舍之家，乃得天倫之樂，富貴已極，終無意趣。

第十八回　皇恩重元妃省父母　天倫樂寶玉呈才藻

戚序本作：慶元宵賈元春歸省　助情人林黛玉傳詩

此回並示譏刺也。皇恩重則歸省僅數時辰，天倫樂乃在田舍之家，元春口中言明也。此回乃貶所謂皇家制度，乃是錯亂顛倒。

第十九回　情切切良宵花解語　意綿綿靜日玉生香

此回示寶玉因色而陷於襲人之鉗制，襲人約法三章乃皆是以寶玉為工具，寶玉始假讀書。寶玉身邊有此婢，則焉得能入於正道？王夫人終生不悟，寶玉之壞於何人之手，此回乃示其階也。寫一襲人，又寫一黛玉惑心，聖人有男女不同席之誡，而賈家制度，將以導亂也。一黛玉不足，並有一寶釵，妒婦相爭，言語相刺，寶玉焉能讀書？此回開《情僧錄》本旨，將以示談情之弊，而將以戒情也。

第二十回　王熙鳳正言彈妒意　林黛玉雅語謔嬌音

此回示趙姨娘與王熙鳳矛盾之始，所謂正言者，乃是歪理。正因不能以正言相勸，乃至後來妻妾皆不得安寧，趙姨娘屢犯事。

林黛玉之雅語，乃亦是妒婦之言，微妒也。湘雲之來，亦示黛湘之對立。

此回仍是《情僧錄》談情之旨。

第二十一回　賢襲人嬌嗔箴寶玉　俏平兒軟語救賈璉

此回則示眾婦之相爭。

襲人之嬌嗔，妒也，非賢也，乃是奸，自持而越位也。平兒之救賈璉，則平兒忠於鳳姐否？平兒之私，人難以見，此回則能見矣，平兒每以剛勝，至於拿剪子，而鳳姐平生所為，全為平兒作嫁衣裳。故婦人之爭，有高下矣，而亦為大觀。此皆身之不修，而家之難齊也。

第二十二回　聽曲文寶玉悟禪機　制燈謎賈政悲讖語

此回則《情僧錄》之點題也。《寄生草》已透露情僧之悟，《南華經》已示出世之感，而諸燈謎則暗示諸人之命運，唯於此回中全書初現散場之感。

第二十三回　西廂記妙詞通戲語　牡丹亭豔曲警芳心

此回亦是談情，而添二書則漸入癡情之地，履霜之誡，可不慎哉！豔曲警芳心者，纏綿悱惻而不得終局也，大凡情思纏綿的，其結局便不可問了。

寶玉靜中生煩惱，便如悟空，然悟空有煩惱而修道，而茗煙攜武則天、飛燕、合德、楊貴妃之外傳與寶玉看，便入淫僻之邪路，以讀此類書而飾以讀《大學》、《中庸》，則寶黛二人不由正路，可知矣！故二人之情癡，乃是循違禮之徑，以至於殞身亡命，癡情之為害，甚於淫也，正警幻所謂好色即淫，知情更淫。

妝晨繡夜心無矣，對月臨風恨有之。二人已不可逃脫矣。

第二十四回　醉金剛輕財尚義俠　癡女兒遺帕惹相思

此回一則譏賈芸寶玉失倫常之序。二則述賈芸謀事之難，冷心冷面，世態炎涼，而王熙鳳仍加刁難，弄權之傷人心也，賈芸伶俐乖覺，亦得躲過。述小紅正以述賈芸也，可見居下位之人上進之難也，賈芸遭舅舅之冷面，而小紅受秋紋、碧痕之欺壓，朝扣富兒門，進身之難由此而發。

其中又有賈芸小紅一段情事，情之分殊，無論貴賤，發之於心，輾轉反側，皆是有心為之。

書中俠義之人不多，而醉金剛可謂俠義，大觀園中奈何無有此一人。

此回亦是談情之本旨。

第二十五回　魘魔法姊弟逢五鬼　紅樓夢通靈遇雙真

程乙本作：魘魔法叔嫂逢五鬼　通靈玉蒙蔽遇雙真

此回則述倫常衰壞而引發的家庭紛爭。三姑六婆，淫盜之媒，一馬道婆外祟之來蓋有內中有不諧，嫡庶紛爭至此而極。

然亦誡寶玉沉迷情色，「粉漬脂痕汙寶光，綺櫳晝夜臥鴛鴦」，則受襲人諸人所害不淺，一耽於色，再則耽於情，兩相其下，寶玉能不失其心？

此回亦是《情僧錄》本旨，誡情色之空，所謂因空見色，由色生情，傳情入色，自色悟空。

第二十六回　蜂腰橋設言傳心事　瀟湘館春困發幽情

以紅玉、賈芸之情癡寫寶玉、黛玉之情癡，兩相並進，以述情為何物。情動於思，而輾轉不止。

此回則寶黛之情又入深矣。黛玉扣門，反聽冷語，談情易於傷心，以此為是。

第二十七回　滴翠亭楊妃戲彩蝶　埋香塚飛燕泣殘紅

以楊妃、飛燕述二人，則是以寶玉為主，寶玉之惑於二人如是，故一部《紅樓夢》，乃古今《后妃傳》之精髓。

黛玉沉酣入情，而不知此時出一情敵，紅玉得幸於鳳姐，而黛玉受無妄之災於寶釵，見婦人之相爭，亦見天道流轉，人事分殊。

黛玉之弊，在於情癡，癡則不能立身，則不能剛斷決謀，故受人之制。

寶釵之弊，在於情險，其明於人事卻暗於天道。故其人事雖成，而天遂奪之。

此回亦是談情，而現出談情之弊，釵黛之對立亦有針鋒之勢。

第二十八回　蔣玉菡情贈茜香羅　薛寶釵羞籠紅麝串

此回亦是談情，而示由一男女之情而引出多少煩惱。

薛寶釵受寵於元妃而得紅麝串，則黛玉愈不放心矣，而寶玉並非能堅貞其心者，見寶釵之白膀子，雖以黛玉之語遮飾，然亦見其色心之動，故有之後「二五之精，妙合而凝」。黛玉之不放心，是應有之義，全在於寶玉之不能立身，而一味沉酣聲色之故也。

寶玉不只惑於身邊婢女、園中姐妹，亦交通戲子、紈絝，蔣玉菡、馮紫英之流如是，見其酒席所為，則寶玉安得自立，狐朋狗友耳，權代秦鐘者也，而北靜王之囑託其毫不經心。

此回則黛玉寶釵有爭鋒之勢。一得於寶玉，一得於元妃也。

第二十九回　享福人福深還禱福　癡情女情重愈斟情

此回明寫賈母清虛觀打醮，暗寫寶玉婚姻。不只有金玉之說惑黛玉，且有張道士說親，亦有金麒麟之說來魚目混珠，則木石前盟之廢，已現其端矣。賈母之心，則見其動搖矣。

黛玉之鬧，殆出於此，其不放心之故也，其不放心因其已察其機也，然其不能明示於賈母，而一味牽心於寶玉，是其所蔽也。

寶玉砸玉，亦是施壓於賈母，而賈母終不能決。不是冤家不聚頭，則此時黛玉尚有其主動之勢。此書演黛釵二人奪親，猶史書演楚漢之爭也，故其亦有主有謀，有形勢之變，天道之機。

第三十回　寶釵借扇機帶雙敲　齡官劃薔癡及局外

此回述寶黛釵情事及言語爭鬥。寶釵機帶雙敲，所敲者木石前盟也。亦證寫寶釵乃是寫楊妃。黛釵之爭愈演愈烈，而鳳姐則旁觀者清也。

而金釧兒之事則寫出王夫人情性，貶王夫人也。齡官畫薔，以影寫黛玉情深，而寶玉不能知其心事。至於寶玉淋雨，則是文氣所致之筆。

此回主旨仍是寫情，由談情而生出黛釵之爭也，仍為《情僧錄》本旨。

第三十一回　撕扇子作千金一笑　因麒麟伏白首雙星

此回由黛釵之爭而兼及二人之影襲人、晴雯。寶玉踢襲人，乃是天道循環，惡其所為也，然襲人此人一心事上，以寶玉為進身之階耳。

寫晴雯撕扇子，兼及揭出寶玉與碧痕情事，寫寶玉之耽於情色也。

出一史湘雲論陰陽，金銀麒麟，又是影指婚姻，而暗中破木石者，其所指仍在林黛玉。故林黛玉，園中姐妹群所妒者，無人不想破木石，而黛玉孤身將不能守矣。

第三十二回　訴肺腑心迷活寶玉　含恥辱情烈死金釧

此回寫黛湘之爭。本有一金玉之說以惑黛玉，而今又出一麒麟之說，則木石之約愈成不定之勢，故黛玉愈施壓於寶玉，寶玉訴肺腑何用，可見情疑斷無可解，此皆是書中揭出談情之惑心，因其本於虛空之意，生不實之見，懷疑驚恐，患得患失，皆由此生，故黛玉一身之病皆在於談情。談情至於心迷，寶黛二人終生不能脫身，故此書演情癡以戒情，若讀此書而知情，則猶讀《金瓶梅》而知淫，將萬劫不復矣！

寫湘雲之居家之累乃是借筆以寫寶釵之用人也，由是湘雲將成寶釵之將，以攻黛玉者也，故寶釵不僅是精於籠絡，乃是善用兵。而王夫人訴金釧之事，寶釵所言及其借衣，則見一王夫人亦成寶釵麾下之卒，一應其驅使耳，寶釵精於人事如是，然其不通天道，故亦不知善惡。王夫人無才且無識，故其惑弄於寶釵、襲人之手而不自知，奸人弄其子而不能明。

第三十三回　手足眈眈小動唇舌　不肖種種大承笞撻

此回寫倫常衰廢，嫡庶兄弟相害，母子相離。

寶玉之惡習事已成勢，故乃淫色兼及母婢，又加外通戲子，不務正業，履霜之誡在於事之始時加以針砭，當此之時打亦無用，故寶玉之吃胭脂，當時即知其好色，當時若能力下針砭，教以正理，則尚有可復之機，如今寶玉淫則入於群女婢之中，情則有黛玉惑其心，已不可治矣，故賈政之打，毫無作用，反更生賈母溺愛，更生寶玉戀聲色之心。不能發其心病之根本，庶加以良藥，斷不能醫治，程高本所補「奉嚴詞兩番入家塾」所言「吾未見好德如好色者也」，乃是程高對於寶玉之病之認識，故補文如是。

賈政不能為一家之主，而受制於群婦，且其對事不求其根本，徒見其表面，知襲人之名不諧而不能改，知寶玉不讀書而不能教，毫無對策，此是賈政之失，一打了之，而無下文。寶玉由是更加放任矣。

寶玉之不肖種種，乃是其失教，究其根本，乃是父母不能教。

第三十四回　情中情因情感妹妹　錯裡錯以錯勸哥哥

寶玉之不悟，在於只知打，而不知被打之由，仍是一味以姐姐妹妹為事，有黛玉及眾姐妹在此，其如何能悟，故聖人之教，在於艮止之誡，令其不睹也，又令姐妹來勸，則更生貪戀之心，故益生情癡妄語，譏刺之也，由此事而寶玉之病更進一層矣，已絕難醫治。

襲人趁此而獻計於王夫人，殊不知寶玉若不能悟，則襲人之計適足以殺寶玉。因其心病不治，而徒分離眾姐妹以治其表，則足以殺之。而襲人全是私心說公理，然襲人之語，亦不可謂之錯，寶玉早不該進園，如今搬出，雖不能治，然亦是治法。然王夫人愚則不能識人，以致亦為襲人所用，貶之也。

黛玉情癡，「眼空蓄淚淚空垂，暗灑閑拋卻為誰？」黛玉之病亦深意，寶黛皆情癡之病，為情所惑也。

寶釵則以人情事人，懷其私心，故亦將置手足之情於不顧，可見倫常顛倒，皆存利於心。薛蟠秉性渾頑，故發寶釵之心。由此，則寶釵奪婚之心愈明。

此回仍是談情，以寶黛之情為主也，而示寶釵相攻之勢。

第三十五回　白玉釧親嘗蓮葉羹　黃金鶯巧結梅花絡

黛玉情深又兼命薄，勢單又兼力薄，故其不能守木石之盟，空發戚怨之心，中國文學中多有對於弱者之同情，然黛玉當有剛健果決之體，庶可免於非命。

此回則薛姨媽、寶釵母女明行奪婚之事，賈母、王夫人亦云寶釵之好，可見黛玉大勢已去矣，而其終不悟。

寶玉之令玉釧兒嘗蓮葉羹，仍是執迷不悟，色心不改。

傅秋芳家人論寶玉，乃見木石之未定，眾人企求之勢，賈母之心已為數人動，而已移矣。其論寶玉之癡傻，乃是寶玉意淫之病。

鶯兒結梅花絡，則見寶釵之進攻，而此時襲人多得兩碗菜，見寶釵、襲人之勢成也。

此回仍是談情，然亦明寫奪婚，見《情僧錄》之中，亦有兒女角逐。

第三十六回　繡鴛鴦夢兆絳芸軒　識定分情悟梨香院

此回將以斥寶釵之壞木石，發情之出於一心也，而釵黛對立暫且擱置。

寶釵勸導寶玉讀書，寶玉便不能入耳，則寶釵此人不能入於寶玉之心，因其不解寶玉一味談情之心，二人心性蓋有差異。

絳芸軒寶玉一語，驚破寶釵之心，此人當此之時知其進退可也，而不悟。

此回湘雲則全護著寶釵，而於黛玉志不相得。

襲人因月錢與姨娘一樣，而愈規勸寶玉，其與寶玉論文死諫、武死戰，寶玉之論實是不通之論，因其於現世問題無法開脫，又不能超越情之束縛，故出詩語以超脫。

寶玉睹賈薔與齡官鬥雀之事，則知情有定分，各人有各人之情，各人得各人之眼淚，則至此則此書談情之終也。從二十三回至此回談情為主，迤迤邐邐，至寶玉悟得情有定分而止，則其知情定於黛玉，而寶釵亦有寶玉夢中之語知寶玉心事，則談情可告一段落。黛釵紛爭亦暫且消歇。此是《情僧錄》之暫且終局，下文則開《金陵十二釵》，寫各人性情命運。

第三十七回　秋爽齋偶結海棠社　蘅蕪苑夜擬菊花題

至此回則入《金陵十二釵》，寫十二釵聲口情性，而幾視黛釵各有優長。

李紈論黛釵之詩，得其精神，若論風流別致，自是瀟湘，若論含蓄深厚，終讓蘅稿，而探春則力贊蘅蕪，寫黛玉失勢也。

寶釵贊湘雲設東擬題，卻全是寶釵之主意，寶釵欲做事以成其名。

第三十八回　林瀟湘魁奪菊花詩　薛蘅蕪諷和螃蟹詠

寶釵湘雲做東而黛玉奪魁，以示寶釵之有涵容。

此回不談情，而寫黛釵性情，兼有對立之義。

第三十九回　村姥姥是信口開河　情哥哥偏尋根究底

戚序本作：村老嫗是信口開河　癡情子偏尋根究底

劉姥姥二進賈府，則重開書中第二番局面，此局則重寫十二釵也。

寫劉姥姥以見賈府宴樂之奢費。

劉姥姥講雪下抽柴，則暗喻寶釵破木石。

寶玉情癡不改，仍以劉姥姥所言為實，其究乃是情癡，意淫也。

第四十回　史太君兩宴大觀園　金鴛鴦三宣牙牌令

寫賈母宴樂，則足以提攜眾人，則將十二釵總領一遍。寫眾人戲劉嫗，則明賈府不知憐貧愛老，失一敬字，不知倫常者也，若徒以為有贈財物則可以不敬，則失之大矣，孔子色難之誡，在於此。

遍寫大觀園中奢華，以見其後來之敗。

瀟湘館為上等書房，則見黛玉才高。探春房中則大氣灑脫。寶釵房中則空如雪洞。然而於賈母、俗人眼中，則能見其所好。

此回通觀大觀園，至抄檢一回則又是通觀，而見其分別。

各人所行之令，乃兼顧十二釵之旨。

第四十一回　賈寶玉品茶櫳翠庵　劉姥姥醉臥怡紅院

庚辰本回目作：櫳翠庵茶品梅花雪　怡紅院劫遇母蝗蟲

賈府不能明於倫常，故以豪器愚弄老人為樂，鳳姐以大杯欺劉嫗，是古書中聞所未聞之愚弄老人之事。此書以此譏刺賈府偽善，不知尊老，是類同蠻夷也。

寫十二釵不可遺落妙玉，寫妙玉則寫其塵緣未斷。

寫劉姥姥在怡紅院，則有深意，寶玉終生於情色不悟，不知婦人非不易之物，乃俱為一劉姥姥也。其後則言女兒女人未嫁為珍珠，既嫁則為魚眼睛，則能見色之流轉。寶玉之不悟，乃令讀書人悟之。

第四十二回　蘅蕪君蘭言解疑癖　瀟湘子雅謔補餘香

戚序本作：蘅蕪君蘭言解疑語　瀟湘子雅謔補餘香

接濟貧老是善事，然賈府實不知敬老，失一敬字，則他者終究無濟於正道。

寶釵知寶玉之心不可更易，乃轉攻黛玉，黛玉則年幼無知，而受其蠱惑矣，黛玉之不疑，則見其死機，黛玉之疑癖，乃其有所見，而今不疑，則有所蔽矣。

黛釵之好，乃其假象耳，亦足見老子之術之害人匪淺，此則入其心以摘其心矣。寶釵之險在於此。

第四十三回　閑取樂偶攢金慶壽　不了情暫撮土為香

此回仍是寫十二釵，兼譏刺貪求及人情惡習。

鳳姐攢金慶壽，上能希奉賈母之面子，下又能搜集眾人銀兩，於金銀之上見其為人，乃是劫貧濟富之人。

尤氏之還銀子，則見此人有善心，書中乃褒之也。

鳳姐之生辰乃金釧兒之忌日，寶玉祭之，見其未失赤子之心也，尚有良心存焉。

第四十四回　變生不測鳳姐潑醋　喜出望外平兒理妝

鳳姐平兒相對，二人非是志相得者，猶襲人之於晴雯、黛玉之於寶釵耳，然二人乃是未發之爭，明不爭而實爭也。

鳳姐家庭生變，乃天道循環，近則有攢金慶壽，劫貧濟富，遠則多矣。

至於平兒之剛，不得已而為之。而寶玉仍是執迷不悟，欲對平兒盡心，故乃是寶玉喜出望外。

此回寫十二釵，乃鳳姐、平兒小傳，兼及家庭倫常之衰變，妾不成妾，妻不成妻，夫不成夫。

第四十五回　金蘭契互剖金蘭語　風雨夕悶制風雨詞

黛玉不能悟，乃以寶釵為知己，則無怪乎其死矣，秋窗風雨夕乃作者憐傷之辭。

鳳姐算李紈年入銀錢，李紈言天下人都被她算計了去，則是鳳姐小照。

蘅蕪院婆子送黛玉雪花洋糖，奈何奈何。

此回仍是黛釵二人相爭傳。

第四十六回　尷尬人難免尷尬事　鴛鴦女誓絕鴛鴦偶

此回寫邢夫人、鴛鴦，是為二人小傳，兼及鳳姐，亦言家庭之事，而見倫常之廢。

鳳姐言邢夫人秉性愚強，只知承順賈赦以自保，次則婪取財貨為自得。

鳳姐算計二人，實則失算。而鴛鴦、平兒、襲人三人之語，實發後事，鴛鴦乃有見識之人，後太虛幻境鴛鴦為主，乃是未發之情，得中之人。

寫一鴛鴦，以見忠臣孽子。

第四十七回　呆霸王調情遭苦打　冷郎君懼禍走他鄉

一奴僕且宴請三日，見其奢費。

此回乃書中之〈遊俠列傳〉，俠以武犯禁，而柳湘蓮之打薛蟠則猶如王熙鳳之對於賈瑞，亦何必哉，足見世風之弊，倫常即假，兄弟尚且相害，則人倫不能外推，人亦害人矣，故天下之人，皆逞己意而逐利欲。

第四十八回　濫情人情誤思遊藝　慕雅女雅集苦吟詩

此回則薛蟠、香菱列傳。

薛蟠之遊藝則是困而後學之流，香菱之學詩乃是秉性好學，薛蟠、香菱雖俗世之人，然其情性中有勝於寶黛處。

寫香菱學詩兼寫黛玉、寶釵情性，見黛玉寬達，而寶釵狹隘。

插敘石呆子一事，接敘賈赦既欲求母婢為妾，又貪求民財，既不能修己治家，於賈璉亦是一打了之，而賈璉亦如薛蟠之有絲毫良知，云為這點小事，弄得人家坑家敗業，也不算什麼作為，雖其理正，亦見其狡辯，父子之間，一旦而失其倫常。

第四十九回　琉璃世界白雪紅梅　脂粉香娃割腥啖膻

戚序本作：白雪紅梅園林集景　割腥啖膻閨閣野趣

此回一大聚攏，以見人物之盛。

薛寶琴、薛蝌、邢岫煙、李紋、李綺皆來，寶玉乃歎天地精華靈秀，生出這些人上人來，此則寶玉博達通明處，以天下為己身，而略無私意，此是寶玉所長，絕非名利之徒。

寫鳳姐冷眼度邢岫煙，則是邢岫煙小傳，此人在書中有一定位置，以見富貴不可依恃，貧賤乃能立身。鳳姐云其不似邢夫人而溫厚可疼，則見萬物之分殊不齊。

賈母愛戀寶琴，給寶琴斗篷，以見賈母情性無定。

寶玉問黛玉，是幾時孟光接了梁鴻案，則見黛玉答曰素日只當她藏奸，則黛玉早已自誤，可見身沒必先於智昏，黛玉之終究不能明察，其不通人情者也。

蘆雪廣割腥啖膻，則湘雲為首，以見黛湘雅俗之對立，寶釵乃深居幕後，湘雲乃其大將也。

此回十二釵並諸人一總，諸人情性各見。

第五十回　蘆雪庵爭聯即景詩　暖香塢雅制春燈謎

此回人物圓滿，而轉瞬樂極生悲，人非物換矣。

第五十一回　薛小妹新編懷古詩　胡庸醫亂用虎狼藥

薛寶琴懷古詩，乃此書要領。以蒲東寺、梅花觀亦入懷古詩中，乃見寫兒女情事若同寫英雄人物，則亦是此書本旨，索隱派有其道理。

襲人探母尚知盡孝，則在此處勝於賈家，則襲人乃漢人哉？鳳姐如此厚待襲人，見其攀附，此襲人小傳。

晴雯之驚嚇麝月，適以自身著涼，晴雯有少思量少沉穩處。霽月難逢，彩雲易散，晴雯之散，乃諸人消散之開端，此晴雯小傳。

度晴雯性急的性情，非用猛藥不可，寶玉不通醫術，只以女兒纖薄論，而不知用藥乃據情性，其去枳實、麻黃，所以致晴雯久病不愈，適以成遺疾。須知殺晴雯者，寶玉也，晴雯之戲麝月，因寶玉也，去晴雯之藥者，亦寶玉也。寶玉之殺晴雯，如殺金釧兒同，皆在於其情癡，不知情癡乃足以害人，寶玉之殺黛玉，亦與殺晴雯同。則寶玉者，絳花洞主，乃以情禍亂眾人者。

此回仍是寫十二釵及副冊，旨歸仍在譏刺寶玉之情癡，情癡者，有愛人之假象，而足以成誤人之實，不可不明也。

第五十二回　俏平兒情掩蝦鬚鐲　勇晴雯病補雀金裘

此回仍是晴雯本傳，寫一晴雯，以見諸人心地。

墜兒偷金，寶玉明告晴雯，則適以氣晴雯，晴雯補雀金裘，則適以累襲人，則作者明示，作踐晴雯者乃何人耳，雖名為情癡愛人，乃是不能知人愛人者。

寶玉身不能修，賈母溺愛之與之雀金裘，而適足以累人矣。

黛玉病篤，因寶釵之張羅而園中人人皆知黛玉吃燕窩，一趙姨娘亦來走動，則見黛玉處境。

此回寫晴雯乃穿插寶黛釵湘諸人。

第五十三回　寧國府除夕祭宗祠　榮國府元宵開夜宴

此回寫祭祀禮，家宴禮，而用一襲人發明思母含悲，以孝言事。

賈府人物昌盛於此一總。

烏進孝交租則見收成不好，寫人事適以明天道，人事不齊，農收凋敝，人倫廢弛，奢費無度，則進一步乃是物質問題、經濟問題。

第五十四回　史太君破陳腐舊套　王熙鳳效戲彩斑衣

此回暗揭倫常廢弛，指奸責佞，乃以一孝字為主。

戲演《八義》，乃屠岸賈殘害忠良事，而襲人不在，則此戲乃正指襲人，指奸也。

然書中人物翻轉，又以襲人譏賈母，賈母云跟主子卻講不起這孝與不孝，則揭示賈府根本不明何為孝，賈璉家中論元春將省親時云以孝治國，則通通為假。

寶玉小解用賈母泡茶水洗手，則又是暗譏不孝。

王熙鳳效戲彩斑衣，則欲示孝敬，而所講笑話終非正理。

書中屢欲明孝，然終究未能通曉何為孝。為孝當須先有一仁心，苟若不仁，以機巧希奉為孝，則是假孝矣。刻意為孝，則失孝悌之義。

第五十五回　辱親女愚妾爭閒氣　欺幼主刁奴蓄險心

此回仍寫倫常廢弛，母女之間嫌隙叢生，針鋒相對，則違孝之甚，莫過於此。

此回回目之義實為「辱親母愚女爭閒氣」，探春為求進身之階，而對其親母冷心冷面，冷言冷語，堪為一歎。

第五十六回　敏探春興利除宿弊　時寶釵小惠全大體

戚序本作「識寶釵」。

此回寫探春興利，乃其正傳，然不能從根本上正倫常，則興利適得其反。

探春所蠲去一是去買辦，二是蠲去上學費用，去買辦則眾人無利可圖，未免有怨聲而生盜，蠲去上學費用則違背秦可卿夢中託付之旨，上學乃是立身之本，探春蠲去此可謂不利於賈府長遠之計。

探春興利則是將園中之物承包給眾婆子，則一大觀園為婆子所私有，一旦私有則必有爭利，由是園中不得安寧，後黛玉云這園子住不得了。探春興利實伏後來園中敗廢之機。

寶釵與探春辯云其利慾薰心，探春則云「登利祿之場，處運籌之界者，竊堯舜之詞，背孔孟之道。」孔孟未嘗不談經濟之學，然經濟須以德性為根柢，猶飲食男女以倫常為根基，若探春則一味以勢利為本，則其求利祿亦不可得。

第五十七回　慧紫鵑情辭試忙玉　慈姨媽愛語慰癡顰

戚序本作「試寶玉」。

此回又入《情僧錄》談情本旨。

寶釵已占上風，而黛玉不能悟，紫鵑乃黛玉忠臣，其欲試寶玉之情，寶玉本是情癡，聽見紫鵑之語自然失魂落魄。

邢岫煙與薛蝌結親，則見姻緣雖曰天命，亦乃是人事，足見鑒戒黛玉人事失察。

薛姨媽寶釵母女之慰勸黛玉乃見其不仁，則破木石姻緣已是成竹在胸，明目張膽。

第五十八回　杏子陰假鳳泣虛凰　茜紗窗真情揆癡理

此回仍是談情本旨。

藕官之祭藥官，乃影後來寶黛之事。

寶玉聽芳官云得新棄舊、情深意重之語，則又品味男女真情，癡理乃是真情之理，不再是倫常之理。

第五十九回　柳葉渚邊嗔鶯叱燕　絳芸軒裡召將飛符

此回寫大觀園中閒雜情事，以見老幼皆失其序，爭鬥生於瑣事。

第六十回　茉莉粉替去薔薇硝　玫瑰露引出茯苓霜

此回仍寫大觀園中閒雜情事，以見人物交通，戲子亂事，治家之難。

芳官、蕊官、藕官諸人，戲子也，戲子無倫常之規定，而一味以私意義氣相合，則園中諸事皆由戲子、婆子惹出。治家當須對此慎重。

第六十一回　投鼠忌器寶玉瞞贓　判冤決獄平兒行權

戚序本作：投鼠忌器寶玉情贓　判冤決獄平兒徇私

此回仍寫大觀園中閒雜情事，以見園中漸亂。

寶玉瞞贓則見不能究察問題根本，平兒行權亦是文過飾非，凡此縱容之事，將遺患無窮。戚序本得平兒真相。

後來園中抄檢、抄家、夥盜諸事皆起於微粒閒雜之事，此種事不謹慎對待，方有後來敗家之事。故作者寫園中細微閒雜之事，乃示以履霜之誡。事雖小，而其弊甚大。

第六十二回　憨湘雲醉臥芍藥裀　呆香菱情解石榴裙

此回又入十二釵傳，寫湘雲、香菱二人，見寶玉意淫之未悟。

寶黛二人言語則對探春興利暗寓抨擊。則園中諸事實都因興利而起。

第六十三回　壽怡紅群芳開夜宴　死金丹獨豔理親喪

此回寫寶玉執迷不悟，一味沉酣於聲色。

賈敬喪禮則又見賈蓉諸人悖亂倫常。

第六十四回　幽淑女悲題五美吟　浪蕩子情遺九龍珮

此回寫倫常悖亂。

以黛玉寫《五美吟》示紅顏薄命，而開出尤二姐、尤三姐二人命運。

賈蓉唆使賈璉之事，純是蔑棄倫常，熱孝偷娶，不敬之態，無以復加。

第六十五回　賈二舍偷娶尤二姨　尤三姐思嫁柳二郎

戚序本回目為：膏粱子懼內偷娶妾　淫奔女改行自擇夫

此回寫倫常廢棄，婚姻之變。

賈蓉於鐵檻寺回寧府路上給賈璉出偷娶、外娶之主意。

賈璉回寧府從俞祿取銀子，逢尤二姐於寧府。

初二日，尤老娘、尤三姐看視新外房。鮑二從。

初三日，五更，尤三姐乘素轎入新外房。賈璉素服乘小轎來。拜天地，焚紙馬。案，譏不親迎，二人耦合也，拜天地與焚紙馬同時，吉凶混雜，不倫不類。

兩月後，賈珍入尤二姐外宅。四人吃酒，尤三姐斥責。案，賈珍偷去外舍，乃賈蓉之亦有之主意，又因秦可卿事，可見父子同奸，此譏刺滿人、蒙古人之筆。

尤二姐問興兒榮府事。

案，《紅樓夢》為後世改制立法，此偷娶外舍後世學得甚好，改制立法即是變男女婚姻這個基礎，生出了王熙鳳這一類人。再就是女性自己打主意定終身，尤三姐一類人。

第六十六回　情小妹恥情歸地府　冷二郎一冷入空門

此回仍寫婚姻之變，乃為人世痛苦之源。

尤三姐立定主意，非柳湘蓮不嫁。

賈璉從尤二姐外宅處起身赴平安州。

賈璉遇薛蟠、柳湘蓮。柳湘蓮置定禮鴛鴦劍。

柳湘蓮問寶玉賈璉偷娶二房之事。柳湘蓮要回定禮，而尤三姐以雌鋒自刎。賈璉欲告官，尤二姐命止。湘蓮撫棺大哭，後隨道士而去。案，女兒自定主意，是此書改制立法之處。然觀其結局，亦是作者矛盾處。

第六十七回　見土儀顰卿思故里　聞秘事鳳姐訊家童

戚序本作：餽土物顰卿思故里　訊家童鳳姐蓄陰謀

此回寫王熙鳳手段，兼寫寶釵攻黛玉手段。

尤三姐葬於城外。柳湘蓮截髮出家。

薛寶釵聞尤三姐事而言他，送姑蘇土儀於林黛玉，林黛玉見土儀而哭，寶玉勸解。

趙姨娘得寶釵所饋賈環之物而喜，心中有揚釵抑黛之心，而赴王夫人處賣好，王夫人以其所言不倫不類而不理。案，此是寶釵籠絡至於趙姨娘，而其卓有效力，而黛已不勝其敵。

襲人往觀鳳姐而聞鳳姐秘事。

鳳姐訓斥旺兒、興兒，得知偷娶之事，眉頭一皺而計上心來。

案，書中寫女人皆有改制立法之意，〈關雎〉后妃之德的婦人之德一變而為四，曰黛玉之才貌高潔，曰鳳姐之權奸口舌，曰寶釵之機心從容，曰探春之才幹精明，後世三百年之女人之變，實本之於此，此謂之女性之變風、變雅可也，此在《詩經》一章進行討論。酸鳳姐大鬧寧國府，斥言尤氏又無才幹，又無口舌，只知道一味謹慎忍讓，此是鳳姐對傳統女性價值之抨擊，然其所新立者，實亦不可避免而覆滅，可見書中改制立法，亦無法解決人生之問題，於是立甄士隱、柳湘蓮、賈寶玉、紫鵑、惜春一干人為人世超越之探索。作者正勘透人世的有意義並無意義，故而重建一實在界，為在欲望與倫理中永恆輪回，在人世的現象與實在中永恆輪回，而其中寓有一絲超越、淡然、勘透、審美之境界。本書第一層次即論人世的純粹儒家的生活方式及其意義，第二層次即反思此儒家而從欲望、情感、個人意志、知識處入手反思儒家，以明即使從此五者人生亦不免空洞，人世之問題亦無法根本解決。故而無論純粹的儒家還是反思的儒家，無論是純粹儒家的生活方式，還是依靠欲望、個人意志、情感、知識的生活方式，都是欠缺的，都是在現象界的顧此失彼，故而《紅樓夢》重建了一實在界，來作為儒家之補充，此即第三層次之內容。

又案，書中人物由此可分為不同層級，即純粹儒家的，反思儒家的改制立法的，儒家之補充的實在界的。

第三層次之實在界的人物：甄士隱、柳湘蓮、賈寶玉、紫鵑、惜春一干人。

第二層次對儒家學說的反思改制立法的人物：王熙鳳、探春、尤三姐（自定主意）。

第一層次純粹儒家學說的復歸的人物：尤二姐（尤二姐云犯了淫字，表明她還是有溫馴之德的），尤氏（無口齒才幹，謹慎忍讓）。

此中亦有一些變體，是假儒，實際是大奸：襲人、薛寶釵、王熙鳳之一半。

第六十八回　苦尤娘賺入大觀園　酸鳳姐大鬧寧國府

戚序本作「酸鳳姐鬧翻寧國府」。

此回寫王熙鳳手段，以見妒婦將以覆家。

賈璉於平安州住下。十五日，王熙鳳並平兒、豐兒、周瑞家的素服往外宅接尤二姐。

尤二姐入大觀園，住李紈處。

案，尤二姐受害，並同黛玉、晴雯等人受害，奈何大觀園中並無一俠肝義膽之士，不如市井中一醉金剛，《春秋》實與文不與桓公救難之德，而大觀園中竟無一此人，可見偽朝專制下純粹儒家亦不能存。

案，寫酸鳳姐大鬧寧國府，不忘寫賈蓉與鳳姐之私情，鳳姐云我今日可知道你了，此是含譏之筆。

第六十九回　弄小巧用借劍殺人　覺大限吞生金自逝

此回寫王熙鳳家庭之中紛爭，見家庭乃成地獄。其原因乃在於倫常皆成虛物，人無仁心，反以害仁為事。

第七十回　林黛玉重建桃花社　史湘雲偶填柳絮詞

此回略作停頓，重開局面。重在寫十二釵命運。

第七十一回　嫌隙人有心生嫌隙　鴛鴦女無意遇鴛鴦
此回寫鳳姐失勢，又為邢夫人小傳，兼寫出園中亂象。
司棋、潘又安情事是園中亂象之一端，又寫出情之誤人。

第七十二回　王熙鳳恃強羞說病　來旺媳倚勢霸成親
此回寫賈府財用已是青黃不接，又加外祟取財，逐漸見破落之機。
王熙鳳已見其末路，而又寫婚姻上弊病，乃是譏刺婚姻失序。

第七十三回　癡丫頭誤拾繡春囊　懦小姐不問累金鳳
此回寫園中亂象，兼為迎春小傳。
寶玉被嚇，則可見園中已是亂極，而其讀書仍是徒有其表。

第七十四回　惑奸讒抄檢大觀園　矢孤介杜絕寧國府
此回以抄檢一總十二釵，然見其末路矣。
寫惜春則為其小傳。
本回主旨亦在指奸責佞。

第七十五回　開夜宴異兆發悲音　賞中秋新詞得佳讖
此回寫家庭倫常衰敗，將有抄家之兆。
賈珍聚賭，則見下人之亂漸及於家中之亂。
中秋家庭聚會，則見蕭條，賈赦責賈母偏心，可見倫常之失。

第七十六回　凸碧堂品笛感淒清　凹晶館聯詩悲寂寞
寫家庭之蕭條。
黛玉湘雲聯詩，發寂寞之哀情。

第七十七回　俏丫鬟抱屈夭風流　美優伶斬情歸水月
此回寫晴雯結局，兼寫芳官出家。

第七十八回　老學士閑徵姽嫿詞　癡公子杜撰芙蓉誄

此回寫寶玉與諸學士論詩，兼寫寶玉哀晴雯。

姽嫿詞乃書中主旨，乃寫婦人意旨所在。

第七十九回　薛文龍悔娶河東獅　賈迎春誤嫁中山狼

此回寫薛家則明因果循環，終究乃是倫常失序。

寫迎春則寫其終局。

第八十回　美香菱屈受貪夫棒　王道士胡謅妒婦方

戚序本作：懦弱迎春腸回九曲　姣怯香菱病入膏肓

此回仍寫薛家事，見家庭倫常廢弛。

婦人之妒，眾亂之源。

第八十一回　占旺相四美釣遊魚　奉嚴詞兩番入家塾

此回重開局面，而寶玉又始讀書，則其有可悟之機。

因迎春出嫁，寶玉傷感，與王夫人、黛玉訴說，感人生之變，云「活著真真沒趣兒」。

遇李紋、李琦、邢岫煙、探春四美釣遊魚。

賈母問寶玉、王熙鳳魘魔法時，並敘馬道婆敗露事，兼及趙姨娘。

賈政會賈代儒，令寶玉再入學。寶玉入學見與前次光景大異，不見金榮、秦鐘諸人。

案，四美是結果略好者。寶玉之歎，正是歎儒家人世之注目於現象界，而現象總是變化，故云「活著真真沒趣兒」。此是勘透儒家人世的問題。

賈代儒非真儒，寶玉終生不得良師。林黛玉童蒙之師為賈雨村，亦非良師，不能講明〈關雎〉后妃之德，故有貽害。

子曰吾未見好德如好色者也，這是寶玉的病症所在。德乃天理，色乃人欲。這一段進書房是從鬧書房重鋪一個文法，而見寶玉不可教。

第八十二回　老學究講義警頑心　病瀟湘癡魂驚夢

此回賈代儒與寶玉談四書，然恐是程高補筆，寶玉若能悟此，則能免於脫棄人倫。然黛玉終是不悟，為情所迷，陷入虛妄之中。

寶玉下學訪黛玉，寶玉嘲八股文誑功名，黛玉對曰其中亦有近情理、清淡微遠者，而寶玉以黛玉變。

代儒令寶玉講「後生可畏」、「吾未見好德如好色者也」二章。寶玉亦知其大義。

襲人因己心訪黛玉，探其口氣而言香菱事。並見薛家婆子送蜜餞荔枝給黛玉，而出言冒撞，故刺其心。

黛玉因言獲夢，夢賈雨村作媒道喜、南京有人來接，並繼母、邢、王、賈母背義，以及寶玉剖心事。

紫鵑驚黛玉咯血，黛玉心冷半截。

翠縷翠墨訪黛玉，探春、湘雲從惜春處觀畫來，賈惜春云：「林姐姐那樣一個聰明人，我看他總有些瞧不破，一點半點兒都要認起真來。天下事那裡有多少真的呢。」

黛玉見探春湘雲諸人而想「何況他們」。湘雲看痰盒而直言，失言，探春遮掩解說。

案，襲人之訪黛玉與薛家婆子送東西是一心。

賈惜春能勘透黛玉之病，然黛玉、寶玉者是求真之人，若要在孔學人世中講一個真字，那將要顛覆了孔學，人情之中沒有真這個範疇，只有仁義，仁義是對己之要求，真是對客觀物之要求，故孔門之學皆求之於己，不求之於人。然黛玉之求真，實開了後世的變革的先河。

湘雲說真，而探春說假，真令人心灰，假令人心惡，黛玉心知「賈母尚且如此，何況他們」，人情中一旦細細睹認較真，則不堪其睹，且上文襲人問候、薛家婆子送蜜餞，皆秉私心，然名為問候，皆是真假對峙，令人不寒而慄。

且黛玉言八股之真，而寶玉斥其假，真言令人不可聞，而投意之言則可令人心悅，此是作者實對孔學人世有所勘透，人皆秉一心，孔學以仁立教，仁則將心比心，以此心證彼心，同則悅，異則離，發言皆出於心，而非出於客觀之外物，言真則傷心，故此書是寫心之書也。

第八十三回 省宮闈賈元妃染恙 鬧閨閫薛寶釵吞聲

黛玉聞婆子言而大叫此處住不得。探春以言安撫黛玉。

襲人來黛玉處訴寶玉昨夜心疼事。

探春來賈母處言黛玉之病，賈母命大夫明日看寶玉、黛玉。大夫診寶玉無大礙，診黛玉為積鬱之症。

周瑞言於鳳姐外面聲張賈府有錢的傳聞，並稱銀子打理黛玉添補。

賈璉因聽賈赦、賈珍、賈政打聽宮中妃子染恙事。

賈母親丁四人進宮中看望元妃，酉初辭回。

夏金桂寶蟾鬥嘴，薛姨媽、薛寶釵往觀，夏金桂與寶釵對嘴。

案，黛玉一旦求真，在真假之際則其心必疑，因無真也，乃是物自體。

黛玉之病與元妃染恙同時，則一明一暗，黛玉即妃也，此應是書中為文之法。

此回諸事似不相關聯，而因果分明，賈母既不喜黛玉之病，然旋即元妃染恙。黛玉因薛家婆子言語而噩夢，旋即夏金桂大鬧薛家。

第八十四回 試文字寶玉始提親 探驚風賈環重結怨

此回回目鄭重，曰：試文字寶玉始提親，探驚風賈環重結怨。

薛姨媽被氣服藥。

元妃疾愈，家中歡喜。

賈母賈政商量寶玉親事。

賈政看寶玉三個題目，「吾十有五而志於學」、「人不知而不慍」、「則歸墨」。

賈母因香菱改名問薛姨媽家事，薛姨媽兼及問黛玉之病，言黛玉心重。

巧姐搐風。

賈政與眾門客王爾調、詹光言及張大爺家小姐，欲為寶玉提親。但聞說不肯出嫁，倒要上門，便罷。

王熙鳳趁機抛出金玉姻緣之說給賈母。

賈環打翻巧姐牛黃藥銱子，鳳姐咒罵。趙姨娘打罵之。

案，薛姨媽言家事而及黛玉，其亡黛玉之心不死。其欲先破木石，而後伺機得利。

門客之言，則是堅其毀木石之約。

王熙鳳純一奸臣，其拋出金玉之說，全是趁人之危。奈何其不知因果，巧姐之報其速哉？總之古文化便是人與人相害。

第八十五回　賈存周報升郎中任　薛文起復惹流放刑

此回回目鄭重，曰：賈存周報升郎中任，薛文起復惹放流刑。

賈環因趙姨娘責怪而出惡語。

北靜王生日，賈政、賈赦、寶玉等拜壽。北靜王與寶玉言及讀書作文事，言及吳大人保賈政升任事。並仿通靈寶玉式樣做了一塊給寶玉。

寶玉與賈母言寶玉放光。王熙鳳讒曰此是喜信發動。

賈母與王夫人等言及金玉婚配事。寶玉言及襲人不知賈母等人是何意，襲人問寶玉黛玉當時在否。此時秋紋麝月鬥牌，輸了錢不肯拿出來。案，此是以秋紋麝月喻指木石姻緣之失信。

襲人向紫鵑處打探消息，黛玉在看書。無處入話而反。

鋤藥言賈芸給寶玉送帖。襲人言賈芸躲躲藏藏心術不正。寶玉撕其帖，而哭。

次日賈芸會寶玉，知賈政升郎中，人來報喜。

賈代儒給寶玉放一天假。

寶玉道喜只不見寶釵、寶琴、迎春三人。王熙鳳言寶黛二人相敬如賓。

王子騰及眾親戚家送戲。簇擁黛玉而來，為其過生日，黛玉如嫦娥下界。薛姨媽問今日黛玉也有喜事嗎？案，正發其猜意鶼雛之心。獨不見寶釵。

薛家人報薛蝌薛家出事，薛蟠殺人。

案，薛姨媽誑黛玉之時，而薛蟠正惹禍，因果不爽。此書寫人間事態之因果循環。樂極而生悲。鳳姐生日時見賈璉淫人亦是此例，即是第一回中所云人間的美中不足、好事多磨，瞬息間又樂極生悲，人非物換，究竟是到頭一夢。「紅塵中有些樂事，但不能永遠依恃。」則作者之對人生之出路之看法在何處？

案，此書寫人事兼明天道，天道幽眇，薛姨媽、王熙鳳處處機心攻黛，奈何報於其子之身。

第八十六回　受私賄老官翻案牘　寄閒情淑女解琴書

此回寫司法腐敗。

黛玉解琴乃涵詠性情，琴者禁也，乃聖人之器。

黛玉之憂思深，如《詩經》，如聖人之憂思，此一大段則是超越了《紅樓夢》，進而入聖學了。超越了文化反思，而進入聖學境界了，皆黛玉發聖學。書中興致所至，則能超越人物之局限，而發文化之精髓，若黛玉撫琴，則是以黛玉為聖賢，而非僅以之為黛玉了，此是作者興之所至，馳騁遊思所寫。書中此類寫法不少，故寫人因興致所至，一任遊思，非是實錄了。若探春打王善保之類亦是靈機一動，而發此妙文。

黛玉之憂思不是情，而是人生在世了。皆因情而引發人生在世。

妙玉辨音言太過，便不能持久。

黛玉之音是變《風》、變《雅》，憂世之深也。此是《詩經》本旨。琴者聖人之器發之中和，奈何黛玉之憂思如屈原也。

第八十七回　感秋聲撫琴悲往事　坐禪寂走火入邪魔

此回寫黛玉抒發其憂思，而寫出人生浩渺之感。

妙玉塵緣未斷，走火入魔，殆有其事發之機。

此仍是十二釵收場筆墨。

第八十八回　博庭歡寶玉贊孤兒　正家法賈珍鞭悍僕

此回寫家庭瑣事。

寶玉贊賈蘭，則見倫常之正。

賈珍鞭悍僕，以見家法之嚴。

則此有復正之機。

第八十九回　人亡物在公子填詞　蛇影杯弓顰卿絕粒

此回寫寶黛之情。

黛玉聞信，則適以殺人，由悟之不早悟矣，其悔也難。

黛玉糟蹋身子便是任性了。然而禮教之下，又有何法，超然而外，有何用處。

大傷身者莫大於疑。疑則不定，不定則神耗。

黛玉之殤是中國文化失調下生出的花。

黛玉立定主意，糟蹋身子，便是無出路殉情之法。此是愛情自由意志之結果。

滿腔心事只是說不出來，這個說不出來事大。是文化的問題竟讓人不能說話。

兩人見面只用浮言勸慰，親極反疏。

第九十回　失綿衣貧女耐嗷嘈　送果品小郎驚叵測

此回寫邢岫煙、薛蝌事，兼及黛玉病輕之事。

第九十一回　縱淫心寶蟾工設計　步疑陣寶玉妄談禪

此回寫夏金桂、寶蟾、薛蝌家庭之事，見倫常廢弛，人欲滔天。

又寫寶玉黛玉談情，然一味談情，全成意中之事，失於謀劃。

第九十二回　評女傳巧姐慕賢良　玩母珠賈政參聚散

此回寫家庭倫常情事。是為巧姐小傳。

司棋之事亦在此了結，由司棋之事見情之惑人。

第九十三回　甄家僕投靠賈家門　水月庵掀翻風月案

此回述家庭瑣事。包勇投靠賈家。

賈芹之事，則亦是貪淫所致。

第九十四回　宴海棠賈母賞花妖　失寶玉通靈知奇禍

通靈知奇禍，則通靈還是賈寶玉一身之主。

十月海棠開花便是異象。此《春秋》本旨。《春秋》察五行祥異也。

海棠開花便是下一年枯萎。探春知道草木不時而發必是妖孽。鳳姐亦知，所以送紅綢。

第九十五回　因訛成實元妃薨逝　以假混真寶玉瘋癲

此回寫元妃終局。又寫寶玉失玉而瘋癲。

第九十六回　瞞消息鳳姐設奇謀　泄機關顰兒迷本性

此回寫王熙鳳乃壞事之主。

黛玉至此而悟。

第九十七回　林黛玉焚稿斷癡情　薛寶釵出閨成大禮

此回乃全書中心。

黛玉之沒，寶釵之成也。

第九十八回　苦絳珠魂歸離恨天　病神瑛淚灑相思地

此回寫黛玉易簀之時。

第九十九回　守官箴惡奴同破例　閱邸報老舅自擔驚

此寫賈政外任之事。

第一百回　破好事香菱結深恨　悲遠嫁寶玉感離情

此回寫薛家夏金桂鬧事，又寫探春遠嫁之事，是為探春終局。

第一百一回　大觀園月夜警幽魂　散花寺神簽驚異兆

此回寫王熙鳳命運。

第一百二回　寧國府骨肉病災襟　大觀園水符驅妖孽

此回寫倫常廢弛，而妖孽皆從心生。

第一百三回　施毒計金桂自焚身　昧真禪雨村空遇舊

此回寫夏金桂終局。又寫賈雨村遇甄士隱提攜此書綱領。

第一百四回　醉金剛小鰍生大浪　癡公子餘痛觸前情

此回寫賈府致禍之由在一賈芸、倪二，賈芸失之輕應人諾，倪二則在賭場中揚言賈家之惡。然總一天道循環。

寶玉仍不能忘情，喚紫鵑來問事。

第一百五回　錦衣衛查抄寧國府　驄馬使彈劾平安州

此回寫抄家。

第一百六回　王熙鳳致禍抱羞慚　賈太君禱天消禍患

此回寫抄家之由在王熙鳳，然查抄不能消其餘孽。

第一百七回　散餘資賈母明大義　復世職政老沐天恩

賈母不明大義也，仍給予王熙鳳銀兩，罪者不懲，何以立家。

復世職則見官官相護，此根柢不易輕除。

第一百八回　強歡笑蘅蕪慶生辰　死纏綿瀟湘聞鬼哭

此回寫家庭情事，而死者黛玉猶在諸人心中。

第一百九回　候芳魂五兒承錯愛　還孽債迎女返真元

此回寫寶玉之死者之情，又寫迎春終局。

第一百十回　史太君壽終歸地府　王鳳姐力詘失人心

此回寫賈母之沒，又寫王熙鳳失人心，乃其報也，可見法術終讓於仁義。

第一百十一回　鴛鴦女殉主登太虛　狗彘奴欺天招夥盜

此回寫鴛鴦殉主，又寫賈府失竊，乃是剝之又剝。

第一百十二回　活冤孽妙姑遭大劫　死仇讎趙妾赴冥曹

此回寫妙玉、趙姨娘終局。

第一百十三回　懺宿冤鳳姐托村嫗　釋舊憾情婢感癡郎

此回寫鳳姐家事，托孤於劉嫗。

寶玉仍為情所困，與一紫鵑談情以慰其心，可見情皆作用於意中，乃虛物也。

第一百十四回　王熙鳳歷劫返金陵　甄應嘉蒙恩還玉闕

此回寫王熙鳳終局。

第一百十五回　惑偏私惜春矢素志　證同類寶玉失相知

此回寫惜春終局。

甄寶玉不能開悟賈寶玉，寶玉仍是不悟，為情所迷，終身不誤。

第一百十六回　得通靈幻境悟仙緣　送慈柩故鄉全孝道

情無可開脫，只能以幻境說法。

棄情反真，乃歸於孝道，此是實在可觸之物，宜為人生立足之基，情則虛幻矣。

汝若有心尋訪，潛心修養，自然有時相見。可見黛玉諸人本是太虛，不是實體，林黛玉之死是一理念或心之死，不是實體之死，太虛便是實體發生之前的理念世界，所以十二釵不是實體人物，而是理念人物。那些膠柱鼓瑟的索隱派考證派是癡迷了。（然潛心修養則所言為實，黛玉之沒，皆因心之不能修，則志之不能達。）

有心尋訪，潛心修養便是能明明德，黛玉本在理念中，寶黛是一非二。黛玉是寶玉的心，尋黛玉不過是尋心而已，寶玉之失心是因情，寶黛之間之情是情之理念，情未生之太虛之情，不是愛情，此便是真心，失卻此真心便是失卻了理智和感知，所以便成瘋傻。因為心為之主宰。心不定則情必失，心不在如何發之於他人呢？有一個仁心發之於父母便是孝，發之於兄弟便是悌，此心失了，便是因禮制和權奸的壓迫，心不自主，不自由，黛玉便死，此是書中之形上意味。

陰司說有便有，說無便無。此義大也。通部書便是如此。

取出一石打心窩，便是從情迷中跳出。黛玉是心是情，非一也，黛玉有一心之中，便是體，有一情之現，便是用，黛玉便是體用合一，內中是心，發而為情，為黛玉所迷，是心體之用，也是情迷之失。

陰司之石頭打心便是恢復本體，削弱情用。所以寶玉竟稍有理智。見案上紅燈，窗前皓月，依然錦繡從中，繁華世界。定身一想，原來竟是一場大夢。仔細一想，真正無可奈何，不過長歎數聲而已。這便是心之恢復。

第一百十七回　阻超凡佳人雙護玉　欣聚黨惡子獨承家

如賈赦所言，賈環確乎當家。

然寶玉情迷，終不可悟矣。

襲人、寶釵其亦當知天道。

寶釵的令寶玉一痛決絕，神魂歸一，庶可療治，是作者借寶釵為之，此仍是絀用擊體。

寶玉也就漸漸將愛慕之心放在寶釵身上了，此是後話，這是體變而用生。

第一百十八回　記微嫌舅兄欺弱女　驚謎語妻妾諫癡人

王仁之欺巧姐，見果報，亦見倫常廢弛。

妻妾不能諫寶玉，而寶玉終究不能悟，寶玉已超越此。

第一百十九回　中鄉魁寶玉卻塵緣　沐皇恩賈家延世澤

寶玉卻塵緣，終不能悟，然亦悟矣，知其不可為，故卻之也。

第一百二十回　甄士隱詳說太虛情　賈雨村歸結紅樓夢

一部書完，真事者，不過倫常之事，太虛情，乃男女之情，紅樓夢，乃塵緣中之人世，一夢而已。

參考文獻

一、經學類文獻：

[1] 〔清〕李道平撰.周易集解纂疏[M].中華書局.1994
[2] 尚秉和著.周易尚氏學[M].中華書局.1980
[3] 黃壽祺.張善文撰.周易譯注[M].上海古籍出版社.2007
[4] 〔宋〕朱熹.周易本義[M].中華書局.2009
[5] 〔清〕焦循.易圖略[M].九州出版社.2003
[6] 〔清〕焦循.雕菰樓易學五種[M].鳳凰出版社.2016
[7] 〔清〕惠棟.周易述[M].中華書局.2007
[8] 〔清〕胡煦.周易函書[M].中華書局.2008
[9] 〔清〕黃宗羲.易學象數論[M].中華書局.2010
[10] 〔清〕胡渭.易圖明辨[M].中華書局.2008
[11] 〔清〕毛奇齡.毛奇齡易著四種[M].中華書局.2010
[12] 〔五代〕譚峭.化書.中華書局[M].2009
[13] 〔隋〕蕭吉.五行大義[M].學苑出版社.2013
[14] 〔清〕陶素耜.道言五種[M].中華書局.2011
[15] 〔宋〕程頤.周易程氏傳[M].中華書局.2011
[16] 〔魏〕王弼.周易注[M].中華書局.2011
[17] 〔清〕王夫之.周易外傳[M].中華書局.1977
[18] 王孝魚.周易外傳選要譯解[M].中華書局.2014
[19] 〔宋〕朱熹.周易本義[M].北京大學出版社.1992
[20] 〔宋〕程顥,程頤.二程集[M].中華書局.2004
[21] 〔清〕劉一明.西游原旨[M].宗教文化出版社.2015
[22] 〔清〕劉名瑞.敲蹻道人全集[M].宗教文化出版社.2012
[23] 李鏡池.周易通義[M].中華書局.1981
[24] 〔清〕杭辛齋.學易筆談[M].中華書局.2017
[25] 黃壽祺.易學群書平議[M].北京師範大學出版社.1988

[26] 劉大鈞.周易概論[M].巴蜀書社.2016
[27] 徐芹庭.漢易闡微[M].中國書店.2010
[28] 任法融.周易參同契釋義[M].東方出版社.2012
[29] 劉師培.經學教科書[M].上海古籍出版社.2006
[30] 周予同.群經概論[M].嶽麓書社.2011
[31] 馬宗霍.中國經學史[M].上海書店影印出版.1984
[32] 〔日〕本田成之著,孫俍工譯.中國經學史[M].上海書店出版社.2001
[33] 〔清〕孫星衍.尚書今古文注疏[M].中華書局.2004
[34] 王維堤,唐書文.春秋公羊傳譯注[M].上海古籍出版社.2014
[35] 〔清〕劉逢祿.春秋公羊經何氏釋例[M].上海古籍出版社.2013
[36] 〔宋〕朱熹.詩集傳[M].中華書局.2017
[37] 〔清〕馬瑞辰.毛詩傳箋通釋[M].中華書局.1989
[38] 〔清〕王先謙.詩三家義集疏[M].中華書局.2011
[39] 吳闓生.詩義會通[M].中西書局.2012
[40] 林義光.詩經通解[M].中西書局.2012
[41] 〔清〕廖平.穀梁古義疏[M].中華書局.2012
[42] 〔清〕鍾文烝.春秋穀梁經傳補注[M].中華書局.1996
[43] 〔清〕洪亮吉.春秋左傳詁[M].中華書局.1987
[44] 〔清〕劉寶楠.論語正義[M].中華書局.1990
[45] 〔清〕皮錫瑞.孝經鄭注疏[M].中華書局.2016
[46] 〔清〕皮錫瑞.經學通論[M].中華書局.1954
[47] 〔宋〕朱熹.四書章句集注[M].中華書局.2003
[48] 詹鍈.文心雕龍義證[M].上海古籍出版社.1989
[49] 鍾泰.莊子發微[M].上海古籍出版社.2002
[50] 潘雨廷.易學史發微[M].復旦大學出版社.2001
[51] 潘雨廷.易與佛教・易與老莊[M].上海古籍出版社.2005
[52] 潘雨廷.周易虞氏易象釋易則[M].上海古籍出版社.2009

二、紅學類文獻：

[53] 〔清〕張新之.妙復軒評石頭記[M].北京圖書館出版社.2002
[54] 〔清〕曹雪芹.三家評本紅樓夢[M].上海古籍出版社.2014
[55] 〔清〕曹雪芹.鄧遂夫校訂.脂硯齋重評石頭記甲戌校本[M].作家出版社.2001
[56] 〔清〕曹雪芹著,無名氏續.紅樓夢[M].人民文學出版社.2008
[57] 〔清〕夢癡學人.原紅樓夢.復旦大學古籍圖書館藏.光緒十三年刊本

[58] 胡適.胡適文存（1-4 集）.遠東圖書公司.1953
[59] 一粟.紅樓夢研究資料[M].中華書局.1964.
[60] 周汝昌.紅樓夢新證[M].中華書局.2016
[61] 俞平伯.脂硯齋紅樓夢輯評[M].中華書局.1960
[62] 王夢阮,沈瓶庵.紅樓夢索隱[M].北京大學出版社.2011
[63] 馮其庸輯校.重校八家評批紅樓夢[M].青島出版社.2015
[64] 馮其庸.瓜飯樓重校評批紅樓夢[M].青島出版社.2011
[65] 俞平伯.紅樓夢辨[M].人民文學出版社.1973
[66] 陳維昭.紅學通史[M].上海人民出版社.2005
[67] 魯迅.魯迅全集・第九卷[M].人民文學出版社.2005
[68] 馮其庸.論紅樓夢思想[M].商務印書館.2014
[69]〔清〕戴震.孟子字義疏證[M].中華書局.2008
[70] 梁漱溟.東西方文化及其哲學[M].上海人民出版社.2006
[71] 高平叔編.蔡元培全集・第三卷[M].中華書局.1984

術語索引

E

F

G

H

J

K

L

M

N

P

Q

R

S

Y

Z

國家圖書館出版品預行編目資料

《紅樓夢》的經義批評——
以評點派紅學的批評理論爲基礎

李柏林著. – 初版. – 臺北市：臺灣學生，2024.05
面；公分
ISBN 978-957-15-1939-5 (平裝)

1. 紅學 2. 文學評論 3. 研究考訂

857.49 113003841

《紅樓夢》的經義批評——
以評點派紅學的批評理論爲基礎

著 作 者 李柏林
出 版 者 臺灣學生書局有限公司
發 行 人 楊雲龍
發 行 所 臺灣學生書局有限公司
地 址 臺北市和平東路一段 75 巷 11 號
劃撥帳號 00024668
電 話 (02)23928185
傳 眞 (02)23928105
E-mail student.book@msa.hinet.net
網 址 www.studentbook.com.tw
登記證字號 行政院新聞局局版北市業字第玖捌壹號
定 價 新臺幣七〇〇元
出版日期 二〇二四年五月初版
ISBN 978-957-15-1939-5

85737